A Map of Days

시간의 지도

A Map of Days

랜섬 릭스 지음 | 변용란 옮김

폴라북스

프롤로그 7

제 1 장 ... 11

제 2 장 ... 59

제 3 장 ... 113

제 4 장 ... 155

제 5 장 ... 195

제 6 장 ... 225

제 7 장 ... 277

제 8 장 ... 299

제 9 장 ... 329

제 10 장 ... 361

제 11 장 ... 391

제 12 장 ... 423

제 13 장 ... 455

제 14 장 ... 483

제 15 장 ... 511

제 16 장 ... 547

제 17 장 ... 587

제 18 장 ... 621

제 19 장 ... 649

옮긴이의 말 680

프롤로그
prologue

정신병원으로 끌려가던 나를 구하려고 송골매 여인이 아이들을 데리고 나타난 첫째 날 밤처럼 내가 제정신인지 아닌지 의심해본 적도 없을 것이다. 부모님 자동차 뒷좌석에 덩치 큰 외삼촌들 사이에 끼어 앉아 어쩔 수 없이 정신병원에 입원할 처지였던 내 눈앞에 상상 속에서 곧장 튀어나온 것처럼, 천사가 떼를 지어 나타나듯 눈부신 헤드라이트 불빛 속에서 이상한 아이들이 장벽처럼 앞을 막아섰다.

우리는 끽 소리를 내며 차를 세웠다. 뽀얗게 피어오른 흙먼지가 창문 너머 세상 모든 것을 지워버렸다. 두뇌 깊숙한 곳에 투사된 홀로그램처럼 내가 그들의 환영을 불러낸 걸까? 친구들이 지금 여기 와 있다는 사실보다는 차라리 그 어떤 것도 믿을 수 있을 것 같았다. 이상한 아이들은 무엇이든 가능해 보이도록 만드는 재주가 있지만, 이들의 방문은 거의 불가능한 일이라 나로선 아직도 확신이 안 섰다.

악마의 영토를 떠난 것은 내 선택이었다. 친구들이 따라올 수 없는 집으로 다시 돌아오는 것. 돌아옴으로써 나는 내 인생의 서로 다른 실마리를 하나로 엮을 수 있기를 바랐다. 정상적인 삶과 이상한 아이로서의 삶, 평범한 인생과 특별한 인생.

또 하나의 불가능이었다. 할아버지 역시 당신의 삶을 하나로 묶어보려 애썼지만 실패했고, 결국엔 이상한 가족과 평범한 가족 모두로부터 멀어졌다. 어느 한쪽만을 선택하기를 거부하려다가 할아버지는 스스로 둘 다 잃어버리는 운명을 맞이했고, 나 역시 이제 막 그런 처지가 될 뻔했다.

고개를 든 나는 서서히 가라앉는 뽀얀 먼지를 뚫고 우릴 향해 다가오는 형체를 보았다.

"도대체 당신은 누구죠?" 아빠가 말했다.

"알마 르페이 페러그린입니다." 그녀가 대답했다. "임브린 위원회의 임시 의장이자 이상한 아이들을 보호하는 원장입니다. 선생과는 전에도 만난 적이 있지만, 아마 기억 못 하시겠지요. 얘들아, 인사하렴."

제 1 장

chapter one

정신이 소화해낼 수 있는 것과 밀어내는 것이 있다는 건 참 이상하다. 몇 세기 이전의 과거로 되돌아가고, 눈에 보이지 않는 괴물을 길들이고, 시간에 붙들린 할아버지의 옛 여자 친구와 사랑에 빠지는 등 얼마 전까지 상상 가능한 한도 안에서 가장 초현실적인 여름을 견뎌냈건만, 정작 내가 자라온 플로리다 교외의 집에서 지금 막 벌어지고 있는 예상치 못한 현재는 눈으로 보고도 믿기 어려웠다.

에녹은 우리 집 베이지색 소파에 벌러덩 드러누워, 템파베이 버커니어스 축구팀 로고가 새겨진 아빠의 텀블러 잔으로 콜라를 홀짝이고 있었다. 무거운 구두를 신지 않은 올리브는 공중으로 떠올라 빙글빙글 돌아가는 천장 선풍기 날개에 앉아 있었다. 호러스와 휴는 우리 집 부엌에 가 있었는데, 호러스는 냉장고 문에 붙은 사진들을 살폈고 휴는 간식거리를 뒤졌다. 앞뒤에 달린 입을 둘

다 헤벌리고서 거대한 벽걸이 TV의 검은 화면을 응시하는 클레어도 있었다. 커피 탁자에 놓인 엄마의 인테리어 잡지를 집어 들고 허공에서 책장을 펼쳐 넘겨보는 밀라드의 맨발 모양이 그대로 카펫에 찍혔다. 수천 번 상상했지만 절대로 가능할 것이라고는 꿈도 꾸지 못했던 두 세계가 뒤섞였다. 그 광경이 정말로 여기 내 눈앞에 펼쳐졌다. 두 행성이 전력으로 충돌하듯 나의 과거와 미래가 한꺼번에.

어떻게 그들이 두려움 없이 안전하게 이곳에 왔는지는 밀라드가 이미 애써 설명을 해주었다. 악마의 영토에서 우리 모두를 거의 죽일 뻔했던 루프 붕괴로 그들 내면의 시계가 재조정되었다고 했다. 이유는 밀라드도 제대로 이해하지 못했지만, 현재에 오래 머물러도 더는 갑자기 치명적으로 나이를 먹을 위험이 없다는 정도는 알았다. 이젠 그들도 나처럼 한 번에 하루씩만 나이를 먹었고, 햇빛 찬란한 똑같은 날을 되풀이해 살며 20세기 대부분을 보내느라 세월에 빚을 졌던 건 용서받은 듯했다. 그것은 의심할 여지없는 기적이자 이상한 세계 역사상 유례없는 돌파구였지만, 나로선 어떻게 그런 일이 일어났는지가 그들이 정말로 여기와 있다는 사실의 절반만큼도 놀랍지 않았다. 내 옆에 서 있는 엠마, 사랑스럽고 강인한 엠마가 나와 손을 깍지 낀 채로 초록색 눈을 반짝이며 경이로운 시선으로 방 안을 둘러보았다. 집으로 돌아온 이후 길고 외로운 몇 주간을 보내며 내가 그토록 자주 꿈꾸었던 엠마가. 그녀는 무릎 아래까지 내려오는 실용적인 회색 원피스에 필요할 때 언제든 달릴 수 있을 듯한 딱딱하고 납작한 구두를 신고, 엷은 갈색 머리칼은 정수리에서 하나로 묶은 모습이었다.

수십 년의 세월 덕분에 엠마는 뼛속까지 실용적인 사람이 되었지만, 그렇다고 해서 그녀가 짊어져온 삶의 무게와 책임감이 내면에서 너무도 밝게 뿜어져 나오는 소녀다운 광채를 꺼버리진 못했다. 언제나 엠마는 단단한 동시에 부드럽고, 시큰둥하면서도 상냥하고, 나이가 많으면서도 어렸다. 그토록 많은 것들을 다 담아낼 수 있는 사람이라는 점이 바로 내가 엠마를 가장 사랑하는 이유였다. 그녀의 영혼은 무한했다.

"제이콥?"

엠마가 나에게 말을 하고 있었다. 대답을 하려 했지만 내 머리는 꿈결 같은 구렁에서 헤매는 중이었다.

엠마는 내 앞에서 손을 흔들다가 손가락을 딱 튕겼고, 부싯돌처럼 엄지손가락에서 불꽃이 튀었다. 나는 깜짝 놀라 정신을 차렸다.

"너구나, 미안해." 내가 말했다.

"무슨 생각을 그렇게 해?"

"난 그냥……" 나는 허공에 매달린 거미줄을 치우듯 손짓을 했다. "널 만나서 좋아, 그뿐이야." 문장을 맺는 것조차 수십 개의 풍선을 한꺼번에 안으려고 아등바등 애쓰는 느낌이었다.

엠마는 미소를 지었지만 일말의 걱정을 감추지는 못했다. "이렇게 우리가 다 같이 들이닥친 게 너한텐 끔찍이도 낯선 상황이란 거 알아. 우리 때문에 네가 너무 심한 충격을 받진 않으면 좋겠어."

"아니, 아니야. 음, 약간 충격이긴 해." 나는 집 안에 들어와 있는 모두를 향해 고갯짓을 했다. 친구들은 어딜 가든 행복한 혼돈을 몰고 다녔다. "나 꿈꾸는 게 아니란 거 확실해?"

"내가 꿈꾸는 게 아니란 건 확실하니?" 엠마가 내 다른 쪽 손을 마저 잡고 꼭 누르자, 그녀의 온기와 견고함이 현실에 무게를 좀 실어주는 듯했다.

"오랜 세월, 이 작은 도시에 내가 직접 와보는 걸 얼마나 많이 상상했는지 몰라."

순간적으로 나는 혼란스러웠지만, 그럼…… 당연히 그렇겠지. 에이브 할아버지는 우리 아빠가 태어나기 전부터 이곳에 살았다. 엠마가 간직한 편지에 적힌 할아버지의 플로리다 주소를 나도 본 적이 있었다. 추억에 잠긴 듯 엠마의 시선이 허공을 떠돌자 나는 못마땅한 질투심이 타오르는 것을 느꼈고, 이내 그런 마음이 당혹스러웠다. 엠마는 자신의 과거를 누릴 자격이 있고, 내가 그랬듯 우리가 접한 두 세계의 충돌이 낳은 해방감을 느낄 권리가 충분히 있었다.

페러그린 원장이 토네이도처럼 불쑥 나타났다. 여행용 외투를 벗은 그녀는 방금 말을 타고 당도한 사람처럼 눈에 띄는 초록색 트위드 재킷과 승마용 바지 차림이었다. 그녀가 방을 가로지르며 명령을 내렸다. "올리브, 거기서 어서 내려와라! 에녹, 소파에서 발을 내리거라!" 원장은 나를 향해 손가락을 까딱거리며 주방쪽으로 고갯짓을 했다. "포트먼 군, 자네와 의논할 일이 있다."

엠마가 내 팔짱을 끼고 따라와주어 고마웠다. 빙글빙글 도는 방의 움직임이 계속 멈추지 않았기 때문이다.

"벌써 둘이 작별 키스하려고 사라지는 거야? 우리 겨우 방금 도착했는데!" 에녹이 말했다.

엠마가 내 팔짱을 끼지 않은 다른 손을 뻗어 그의 머리칼 꼭 대기를 그을렸다. 에녹이 몸을 움츠리며 연기가 솟는 머리를 두들기자 내 입에서 웃음이 터져 나왔다. 그제야 머릿속에 가득했던 거미줄이 좀 사라지는 것 같았다.

그렇다, 내 친구들은 진짜로 여기 와 있었다. 그뿐만 아니라 페러그린 원장은 아이들이 당분간 머물 것이라고 말했다. 현대 세계를 좀 배울 것이라고. 케르놈의 자랑스러운 옛집이 사라져 악마의 영토에 있는 누추한 집이 그들의 임시 거처가 되었으므로, 그곳을 떠나 한숨 돌리며 충분히 누릴 자격이 있는 휴가를 보낼 예정이었다. 물론 이들이라면 대환영이었고, 나로선 친구들이 와주어서 말로 표현할 수 없을 만큼 고마웠다. 하지만 정확히 어떻게 해야 이 일이 가능해질까? 지금 바로 이 순간만 해도 브로닌이 차고에서 감시하고 있는 부모님과 외삼촌들은 어쩌고? 한번에 모두 해결하기엔 너무 벅찬 상황이었으므로 잠깐 옆으로 밀어두기로 했다.

페러그린 원장은 열린 냉장고 문 옆에서 휴에게 말하고 있었다. 스테인리스 스틸로 뒤덮인 네모반듯하고 현대적인 주방에 서 있는 두 사람은 엉뚱한 영화 세트장에 잘못 들어가 헤매는 배우들처럼 주변과 통 어울리지 않았다. 휴는 비닐 포장된 스트링치즈를 봉지째 흔들고 있었다.

"여긴 괴상한 음식밖에 없는데, 전 몇백 년간 굶주렸다고요!"

"과장하지 마라, 휴."

"과장 아니에요. 악마의 영토에선 1886년이었고 거기서 아침을 먹었잖아요."

호러스가 실온 식품 저장실에서 갑자기 튀어나왔다. "식량 현황 파악을 끝냈는데 솔직히 충격받았어요. 베이킹 소다 한 봉지, 소금에 절인 정어리 통조림 한 개, 벌레 생긴 비스킷 믹스 한 상자가 전부예요. 여긴 정부에서 식량을 배급해준대요? 전쟁 중인가요?"

"우린 주로 포장 음식을 사다 먹어서 그래. 부모님은 요리를 별로 안 하셔." 내가 호러스 곁으로 걸어가며 말했다.

"그럼 이렇게 어마어마한 주방은 왜 있는 거야? 내가 뛰어난 요리사로서 고급 요리를 선보일 수도 있겠지만, 아무런 재료 없이 뭘 만들 순 없어." 호러스가 말했다.

사실은 아빠가 디자인 잡지에서 본 주방 인테리어를 그대로 집에 들이겠다고 결정한 거였다. 아빠는 요리를 배워서 가족을 위해 기막힌 저녁 만찬을 차려주겠다고 약속하며 막대한 비용을 정당화하려 애썼다. 하지만 아빠의 수많은 계획들이 다 그러했듯, 몇 번 요리 강습을 받은 이후로는 흐지부지되었다. 그래서 엄청나게 돈을 쏟아부은 부모님의 주방은 주로 저녁때 냉동식품을 조리하거나 하루 지난 포장 음식을 데우는 데 이용되었다. 그러나 그런 사연을 하나라도 털어놓는 대신 나는 그냥 어깨를 으쓱하기만 했다.

"5분 더 참는다고 해서 분명 배고파서 죽진 않을 거다." 페러그린 원장이 호러스와 휴를 주방에서 내쫓으며 말했다. "이제 그럼 대화를 나눠볼까. 조금 전까지 어지러워하는 것 같던데, 포트먼 군. 기분 괜찮니?"

"조금씩 나아지고 있어요." 약간 당황하며 내가 말했다.

"루프 시차 때문에 그럴 수도 있어. 네 경우엔 회복이 좀 지연 된 거겠지. 시간여행자들에겐 전적으로 정상적인 반응이고 특히 초심자들에겐 당연하단다." 페러그린은 주방을 여기저기 돌아다 니다가 수납장마다 안을 확인하며 어깨 너머로 내게 말했다. "대 개 증상은 대수롭지 않지만 늘 그런 것만도 아니야. 현기증을 느 낀 건 얼마나 됐지?"

"모두들 여기 나타난 이후에 처음 그런 거예요. 진짜로 전 괜 찮⋯⋯."

"출혈성 궤양이나, 발가락 물집, 편두통은 어때?"

"없어요."

"갑작스러운 정신착란은?"

"어어⋯⋯ 제 기억에는 없는데요?"

"루프 시차를 치료하지 않으면 큰일 날 수도 있어, 포트먼 군. 사람들이 죽은 적도 있거든. 이런, 비스킷이네!" 수납장에서 쿠키 상자를 꺼낸 그녀는 손바닥에 하나를 쏟아 입에 털어 넣었다. "대 변에서 달팽이가 나오진 않았고?" 쿠키를 씹으며 그녀가 물었다.

나는 킥킥 솟아나는 웃음을 억지로 참았다. "아뇨."

"자발성 임신은?"

엠마가 움찔했다. "농담이 지나치시네요!"

"우리가 알기로 딱 한 번 실제로 있었던 일이야." 페러그린 원 장이 말했다. 그녀가 쿠키 상자를 내려놓고 나를 빤히 응시했다. "주인공은 남성이었고."

"전 임신하지 않았어요!" 나는 조금 큰 소리로 말했다.

"그렇다면 정말 다행이다!" 누군가 거실에서 소리쳤다.

페러그린이 내 어깨를 토닥였다. "넌 멀쩡한 것 같구나. 그래도 미리 경고해줬어야 했는데 생각이 짧았다."

"미리 안 알려주신 게 다행인 것 같은데요." 지난달 내내 몰래 빠져나가 임신 테스트에다 대변에서 달팽이가 나오는지 확인하며 보냈더라면 부모님은 벌써 오래전에 나를 정신병원에 보내버렸을 건 물론이고 나 또한 피해망상에 사로잡혔을 것이다.

"좋아. 이제 우리 모두 긴장을 풀고 다 같이 기뻐하기 전에 처리할 일이 좀 있다." 페러그린은 2단 오븐과 개수대 사이에서 작은 원을 그리며 걷기 시작했다. "첫 번째 항목은 안전과 보안이야. 내가 이 집 주변 정찰은 마쳤다. 모두 조용해 보이던데, 겉모습만으론 판단할 수 없지. 너희 이웃에 대해서 내가 알아야 할 점이 뭐라도 있니?"

"예를 들면요?"

"범죄 이력이라든지? 폭력적인 성향? 무기 소지 여부?"

우리 집 주변에 이웃은 둘뿐이었다. 휠체어 신세라 상주 간병인의 도움이 있어야만 집 밖을 나설 수 있는 팔십 대 노인인 멜로루스 할머니와 케이프코드 스타일로 지은 거대한 저택을 비워두고서 1년 중 겨울을 제외한 대부분을 다른 데서 지내는 독일인 부부였다.

"멜로루스 할머니는 오지랖이 좀 넓으실 수도 있어요. 하지만 누가 할머니네 앞마당에서 심하게 괴상한 짓을 벌이지 않는 한 우릴 귀찮게 할 것 같진 않아요."

"알겠다." 페러그린 원장이 말했다. "두 번째 항목. 집에 돌아온 이후에 할로개스트의 존재를 느낀 적이 있었니?"

몇 주간 내 머릿속에도, 입술에도 스친 적 없던 그 낱말이 언급되자, 혈압이 치솟는 것이 느껴졌다. "아뇨." 나는 재빨리 대답했다. "왜요? 공격이 더 있었어요?"

"공격은 더 없었어. 놈들의 조짐도 전혀 없었다. 그래서 더 걱정이야. 이젠 너의 가족 문제를……"

"악마의 영토에서 우리가 놈들을 다 죽이거나 생포한 거 아니었어요?" 할로개스트 얘기에서 화제가 너무 빨리 전환되는 것이 못마땅해 내가 물었다.

"**전부**는 아니야. 우리가 승리를 거둔 뒤로 소수 일당이 몇몇 와이트들과 탈출했는데, 놈들이 미국으로 도주했다는 게 우리 생각이다. 아마 놈들도 교훈을 얻었을 테니 네 주변에 나타날 것 같지는 않다만, 놈들이 뭔가 계획을 세우고 있을 거라고 짐작만 할 뿐이다. 지나치게 조심해서 나쁠 건 없겠지."

"놈들은 너를 **무서워해**, 제이콥." 엠마가 자랑스레 말했다.

"그래?" 내가 말했다.

"네가 놈들을 박살 내줬는데, 무서워하질 않으면 멍청한 거지." 난데없이 주방 한구석에서 목소리를 울리며 밀라드가 말했다.

"예절 바른 사람은 사적인 대화를 엿듣는 게 아니다." 페러그린 원장이 발끈 화를 냈다.

"전 엿듣는 게 아니라 **배가 고프다**니까요. 그리고 원장님만 제이콥을 독차지하지 마시라고 대표로 부탁하러 온 거예요. 우리도 친구를 만나려고 엄청 먼 길을 왔다는 거 아시잖아요."

"다들 제이콥을 많이 그리워했어요. 거의 저만큼이나요." 엠마가 페러그린 원장에게 말했다.

"아무래도 네가 모두에게 인사를 할 때가 된 것 같구나." 페러그린 원장이 나에게 말했다. "환영 인사를 하렴. 기본 규칙도 좀 알려주고."

"기본 규칙요? 예를 들면 어떤?"

"포트먼 군, 저들은 내가 돌보는 아이들이지만, 여긴 네가 사는 도시고 너의 시대야. 모두들 문제없이 지내게 하려면 네 도움이 필요할 거다."

"잘 먹이는 것만 명심하면 돼." 엠마가 말했다.

나는 페러그린 원장을 돌아보았다. "좀 전에 제 가족에 대해선 무슨 말씀을 하시려던 거였어요?"

부모님을 영원히 차고에 가둬둘 순 없는 일이어서 두 분을 어떻게 대해야 할지 나도 고민이었다.

"넌 걱정할 필요 없어. 브로닌이 상황을 잘 해결하고 있으니 말이다."

페러그린의 말이 떨어지기가 무섭게 차고 쪽에서 벽이 흔들릴 정도로 꽝 소리가 들려왔다. 엄청난 충격에 근처 진열장 유리컵들이 바닥으로 떨어져 산산조각 났다.

"저 소린 분명 감당할 수 없는 상황 같은데요." 밀라드가 말했다.

우린 이미 달려가고 있었다.

"너흰 거기 그대로 있어!" 페러그린 원장이 거실을 향해 소리 쳤다.

아드레날린에 힘을 얻은 나는 주방에서 튀어 나가 현관으로 달려갔고, 엠마도 바로 뒤를 쫓아왔다. 차고로 뛰어들면서 나는 무엇을 예상해야 할지 자신이 없었다. 연기? 피? 분명 무언가 폭발하는 소리 같았는데, 부모님과 외삼촌들이 차 안에서 아기처럼 평화롭게 기절해 있는 광경을 맞닥뜨릴 줄은 전혀 예상하지 못했다. 자동차 뒷부분은 찌그러진 접이식 차고 문에 처박혔고, 콘크리트 벽 주변엔 깨진 후미등 조각이 떨어져 반짝거렸다. 엔진은 시동이 걸린 채 공회전 중이었다.

자동차 앞쪽에 선 브로닌의 양손엔 범퍼가 매달려 있었다. "어, 미안한데 나도 어떻게 된 일인지 모르겠어." 그녀가 범퍼를 바닥에 떨어뜨리자 **와장창** 소리가 났다.

모두 질식하기 전에 시동을 꺼야 한다는 사실을 깨달은 나는 사람들 틈에서 벗어나 운전석 쪽으로 달려갔다. 문고리는 잠겨 있었다. 당연했다. 가족들은 브로닌의 접근을 막으려 했을 것이다. 틀림없이 다들 겁에 질렸을 것이다.

"내가 열어줄게. 물러나!" 브로닌이 말했다.

그녀는 단단히 자리 잡고 서서 양손으로 문고리를 붙잡았다.

"뭘 어떻게 하려고……" 내가 말문을 여는 순간, 전력을 다해 힘을 준 브로닌이 문을 잡아당겨 경첩에서 아예 뽑아냈다. 무게에 가속도가 더해진 문짝은 그녀의 손을 벗어나 계속해서 날아갔고,

차고를 가로질러 반대편 벽에 처박혔다. 엄청난 소음에 놀란 나는 물리적 힘에 밀린 듯 뒤로 움찔했다.

"어휴, 성가시게 됐군." 굉음에 이어 귀를 윙윙 울리는 정적 속에서 브로닌이 말했다.

차고는 예전에 본, 전쟁 중 런던에서 폭격 맞은 집을 닮아가기 시작했다.

"브로닌! 그러다 누구 하나 목이 잘릴 뻔했잖아!" 감쌌던 머리에서 손을 떼며 엠마가 소리쳤다.

나는 운전석 문짝이 있었던 구멍으로 들어가 잠든 아빠의 몸 위로 손을 뻗어 꽂혀 있던 열쇠를 낚아챘다. 엄마는 코를 골며 자는 아빠에게 기댄 채 축 늘어져 있었다. 뒷좌석엔 외삼촌들이 서로 끌어안고 잠들어 있었다. 그렇게 요란한 소리가 났는데도 이분들은 꿈쩍도 하지 않았다. 사람들을 이토록 깊은 잠에 빠뜨릴 수 있는 유일한 물질이 뭔지 나는 알았다. '가루 어머니의 마법 가루'였다. 자동차에서 빠져나와 다시 밖에 선 나는 브로닌이 무슨 일이 있었는지 설명하려고 작은 주머니를 꺼내 든 모습을 보았다.

"뒤에 앉은 남자가⋯⋯" 브로닌은 바비 삼촌을 가리키며 말을 했다. "내가 보니까 작은 물건을 하나 꺼내서 쓰고 있더라고⋯⋯" 그녀는 바비 삼촌의 휴대전화를 주머니에서 꺼냈다.

"그건 휴대전화야." 내가 말했다.

브로닌이 계속 말을 이었다. "맞아, 그거. 그래서 내가 빼앗았더니 다들 흰담비 떼처럼 화를 내며 길길이 날뛰기에 원장님이 보여주신 대로 했지 뭐야⋯⋯"

"가루를 사용했구나?" 페러그린 원장이 말했다.

"저들을 향해 똑바로 가루를 불었는데도 곧바로 잠들지 않더라고요. 제이콥의 아빠는 자동차 시동을 걸더니 앞으로 차를 몰고 가는 대신에 저렇게……" 브로닌이 채 말을 잇지 못하고 찌그러진 차고 문을 가리켰다.

페러그린 원장은 그녀의 팔을 토닥였다. "그래, 애야, 척 보니 알겠다. 아주 제대로 처리했어."

"맞아. 벽을 뚫을 뻔했지." 에녹이 말했다.

돌아보니 다른 아이들이 복도에서 서로 다닥다닥 붙은 채 우리를 내다보고 있었다.

"내가 너희는 그대로 있으라고 했을 텐데." 페러그린 원장이 말했다.

"**그렇게** 큰 소음을 듣고도요?" 에녹이 말했다.

"미안해, 제이콥. 저분들이 너무 화를 내서 나도 어쩔 수 없었어. 다치게 한 건 아니겠지?" 브로닌이 말했다.

"다치진 않으셨을 거야." 나 역시 가루 어머니의 마법 가루 효력으로 벨벳처럼 포근한 잠을 경험한 적이 있었고, 자동차는 몇 시간 지내기에 나쁜 장소도 아니었다. "우리 삼촌 전화기 좀 볼 수 있을까?"

브로닌이 휴대전화를 내게 건넸다. 액정에 거미줄처럼 금이 있었지만 보는 건 가능했다. 휴대전화 화면을 켜자, 외숙모가 보낸 문자들이 줄줄이 보였다.

무슨 일 있어?

집에 언제 와?

별일 없지?

답장으로 바비 외삼촌은 **경찰에 신고해**라고 타이핑을 시작했다가 아마도 본인이 직접 전화하는 게 더 쉽다는 걸 깨달은 모양이었다. 하지만 삼촌이 전화를 걸기 전에 브로닌이 휴대전화를 빼앗았을 것이다. 브로닌이 몇 초만 더 늦었더라면 우린 특별 기동대의 방문을 감당해야 했을지도 모른다. 우리가 처한 상황이 얼마나 빠르게 위험하고 복잡해질 수 있는지 깨달으며 가슴이 답답해졌다. 망가진 차와 망가진 벽과 망가진 차고 문을 쳐다보며 나는 생각했다. **젠장. 벌써 그렇게 돼버렸네.**

"걱정 마라, 제이콥. 나는 훨씬 더 난감한 상황도 처리한 적이 있어." 페러그린 원장이 자동차 주변을 돌아보며 손상된 부분을 확인했다. "너희 가족은 아침까지 깊이 잠들어 있을 테니 우리도 그러는 게 좋겠구나."

"그런 다음엔요?" 걱정스러워 땀을 흘리기 시작하며 내가 말했다. 에어컨이 나오지 않는 차고 안은 찌는 듯이 더웠다.

"깨어나면 내가 저분들의 최근 기록을 지우고 삼촌들은 집에 보내면 돼."

"하지만 무슨 말로……"

"우린 너희 친가 쪽으로 먼 친척인데 에이브의 무덤에 조의를 표하러 유럽에서 온 거라고 내가 설명할 거다. 너의 정신병원 예약에 대해서는 이제 네 기분이 훨씬 좋아져서 더는 정신과 치료를 받지 않아도 되는 걸로 하자."

"혹시라도 부모님이……"

"믿으실 거야. 평범한 사람들은 기억을 지우고 난 뒤엔 다른 사람의 말을 철석같이 믿는단다. 아마 우리가 달 식민지에서 온 손님이라고 해도 저분들을 믿게 만들 수 있을걸."

"페러그린 원장님, 제발 그러지 좀 마세요."

그녀가 미소를 지었다. "사과하마. 원장 노릇을 백 년 동안이나 했더니 편리하다는 이유로 질문을 미리 예측하는 데 도가 텄단다. 얘들아, 이제 따라와라. 앞으로 며칠간 어떻게 지낼지 대략적인 계획을 의논해야 해. 현대에 관해선 배울 게 너무도 많고, 공부를 시작하기엔 지금보다 더 좋은 때는 없겠지."

페러그린이 아이들을 전부 차고에서 내몰기 시작하자 아이들은 질문과 불평을 늘어놓았다.

"우린 얼마나 오래 머물 수 있는데요?" 올리브가 말했다.

"아침에 탐험하러 나가도 돼요?" 클레어가 물었다.

"지구에서 소멸하기 전에 뭐라도 먹었으면 좋겠어요." 밀라드가 말했다.

그러자 차고엔 나 혼자만 남았고, 한편으로는 밤새 가족을 거기 내버려두어야 한다는 생각에 마음이 쓰일 뿐만 아니라 곧 그들의 기억을 지워야 한다는 사실이 걱정스러워 미적거렸다. 페러그린 원장은 자신만만해 보였지만, 런던에서 그랬던 것처럼 불과 10분쯤만 지우면 됐던 때보다는 더 광범위한 기억 삭제가 될 터였다. 충분히 삭제하지 못하거나 너무 많이 기억을 지워버리면 어쩌지? 아빠가 새에 관한 것을 모두 까먹거나, 엄마가 대학 때 공부했던 프랑스어를 전부 잊는다면?

잠든 부모님의 모습을 잠시 지켜보는 사이 새로운 무게감이 나를 휘감았다. 나약한 모습으로 평화롭게 침까지 흘리며 잠든 나의 가족은 거의 아기처럼 보이는 반면, 나는 갑자기 어른이 된 것 같은 어색한 기분이 들었다.

어쩌면 다른 방법이 있을 것이다.

엠마가 열린 문틈으로 몸을 내밀었다. "다 괜찮아? 저녁 식사가 곧 준비되지 않으면 남자애들은 폭동을 일으킬 것 같아."

"이대로 두고 가도 되는지 자신이 없어." 내가 가족들을 향해 고갯짓을 하며 말했다.

"그분들은 어디 가지도 않을 거고 지켜볼 필요도 없어. 그 정도 양을 뿌렸으면 내일 낮까지도 돌처럼 잠들어 계실 거야."

"알아. 그래도 그냥…… 기분이 좀 안 좋아."

"당연히 그렇겠지." 엠마가 내 옆으로 와 섰다. "네 잘못이 아니야. 전혀 아니야."

나는 고개를 끄덕였다. "좀 비극적인 것 같아서 그래, 그뿐이야."

"뭐가?"

"에이브 포트먼의 아들이 자기 아버지가 얼마나 특별한 분이었는지 절대 모를 거라는 사실이."

엠마가 내 팔을 잡아 자기 어깨에 둘렀다. "내 생각엔 너희 아빠가 당신 아들이 얼마나 특별한 사람인지 절대 모를 거라는 사실이 백배는 더 비극적인 것 같아."

그녀에게 키스를 하려고 고개를 막 숙이려는데 주머니에서 외삼촌의 휴대전화가 진동을 했다. 우린 둘 다 깜짝 놀랐고, 나는 휴대전화를 꺼내 외숙모가 보낸 새 문자를 읽었다.

미치광이 J는 아직 정신병원에 안 들어갔어?

"뭐야?" 엠마가 물었다.

"중요한 거 아니야." 나는 휴대전화를 다시 주머니에 넣고 문쪽으로 돌아섰다. 가족들을 밤새 차고에 내버려두는 것이 갑자기 별로 나쁜 생각은 아니라고 여겨졌다. "가자, 어서 저녁 식사를 해결해야지."

"자신 있어?" 엠마가 물었다.

"당연하지."

나는 차고를 나서며 전기 스위치를 껐다.

늦게까지 배달을 해주는 식당에 피자를 주문하자고 나는 제안했다. 피자가 뭔지 아는 아이들도 몇 되지 않았고, 배달이란 건 아예 낯선 개념이었다.

"먼 데서 먹을 걸 다 준비해서 너희 **집**으로 가져다준다고?" 거의 말도 안 되는 이야기라는 듯이 호루스가 말했다.

"피자라니, 그거 플로리다 요리야?" 브로닌이 물었다.

"그렇지는 않아. 하지만 날 믿어, 다들 마음에 들 거야."

나는 대량으로 배달 주문 전화를 했고, 우리는 거실 소파와 의자에 자리를 잡고 앉아 음식이 도착하기를 기다렸다. 페러그린 원장이 내 귀에 대고 속삭였다. "환영사를 하기에 적당한 시간인 것 같다." 그녀는 내 대답도 기다리지 않고 헛기침을 하더니, 제이콥이 할 말이 있다고 선언했다. 그래서 자리에서 일어난 나는 어색하게 두서없이 떠오르는 대로 입을 열었다.

"너희들이 모두 여기 와주어 정말 기뻐. 우리 가족이 오늘 밤에 나를 데려가려고 했던 곳이 어딘지 너희가 아는지는 잘 모르겠지만, 좋은 곳은 아니었어. 내 말은……" 나는 머뭇거렸다. "내 말은 그러니까, 진짜 정신적으로 문제가 있는 **어떤** 사람들에겐 좋은 곳일 수도 있겠지만…… 긴 이야기를 짧게 줄이자면, 골로 갈 뻔한 나를 너희가 구한 거야."

페러그린 원장이 얼굴을 찌푸렸다.

"우리가…… 골로 갈 뻔했을 때 네가 구해줬잖아." 브로닌이 원장을 흘끔 쳐다보며 말했다. "우린 은혜를 갚은 것뿐이야."

"어, 고마워. 너희가 다 같이 나타났을 때, 처음엔 꿈이라고 생각했어. 우리가 만난 이후로 줄곧 너희가 여기로 나를 만나러 오는 꿈을 꾸었거든. 그래서 진짜로 벌어진 일이라는 걸 믿기가 상당히 어려웠어. 어쨌든 요점은 너희는 **진짜로** 여기 와 있고, 내가 너희 루프에서 지낼 때 너희들이 잘해줬던 것처럼 나도 너희가 잘 왔다고 느끼도록 해줄게." 나는 고개를 끄덕이다 갑자기 겸연 쩍어져 바닥을 내려다보았다. "그러니까 무엇보다도 너희 모두가 여기 와주어서 신나고, 난 너희를 사랑해. 인사 끝."

"우리도 사랑해!" 클레어는 이렇게 말한 뒤 앉은 자리에서 달려 나와 나를 껴안았다. 이어 올리브와 브로닌이 합류했고, 곧 거의 모두가 다가와 숨이 컥 막힐 정도로 나를 끌어안았다.

"여기 오게 되어 우린 **너무** 기뻐." 클레어가 말했다.

"악마의 영토가 아닌 것도." 호러스가 덧붙였다.

"우린 진짜 재미있게 지낼 거야!" 올리브가 노래하듯 말했다.

"우리가 너희 집을 좀 망가뜨린 건 미안해." 브로닌이 말했다.

"무슨 소리야, **우리라니**?" 에녹이 따져 물었다.

"숨을 못 쉬겠어. 너희가 너무 세게 끌어안아서……" 나는 숨을 헐떡거렸다.

친구들은 내가 호흡을 할 수 있게 간격을 넓혔다. 그러자 휴가 그 틈으로 끼어들어 내 가슴을 찔렀다.

"우리가 **전부** 여기 온 게 아니란 건 너도 알잖아, 안 그래?" 벌 한 마리가 성난 듯 윙윙대며 그의 주변을 맴돌았다. 다른 친구들이 뒤로 물러나 휴와 성난 벌에게 공간을 내주었다. "우리 **모두**가 여기 와주어서 기쁘다고 넌 말했지. 모두는 아니야."

휴가 한 말의 의미를 깨닫기까지 잠시 시간이 걸렸고, 이내 나는 수치심을 느꼈다. "미안해, 휴. 피오나를 빼고 말하려던 건 아니었어."

그는 신고 있던 복슬복슬한 줄무늬 양말을 내려다보았다. "가끔 나 빼고 모두 걔를 잊은 것처럼 느껴져." 그의 아랫입술이 바르르 떨렸으나, 금세 그는 양손을 꽉 쥐고 떨림을 멈추었다. "피오나는 죽지 않았어, 너도 알잖아."

"네 말이 맞으면 좋겠다."

발끈한 시선으로 그가 나를 쳐다보았다. "**안** 죽었다니까."

"알았어. 안 죽었어."

"난 정말 피오나가 그리워, 제이콥."

"우리 모두 그리워. 피오나를 빼먹은 건 아니었고, 걔를 잊지도 않았어." 내가 말했다.

"사과 받아들일게." 휴는 얼굴을 쓱 훔친 뒤 돌아서서 거실에서 걸어 나갔다.

"믿어지지 않겠지만 저게 많이 나아진 거야." 잠시 후에 밀라드가 말했다.

"우리 중엔 누구와도 거의 말을 섞지 않아. 휴는 화가 나서 진실을 마주하지 않으려는 거야." 엠마가 말했다.

"피오나가 어딘가에 살아 있을 가능성은 없어?" 내가 물었다.

"그럴 가능성은 희박해." 밀라드가 대답했다.

페러그린 원장은 움찔하며 입술에 손가락을 얹더니 우리 등에 손을 대고 이끌어 거실을 가로질러 조용한 구석으로 데려갔다. "모든 루프에 다 소식을 전하고 우리와 연락이 닿는 이상한 사람들의 공동체는 전부 다 알아봤단다. 공동성명과 공고문, 사진, 자세한 설명까지 다 그들에게 전달했고, 숲으로 렌 원장의 비둘기 부대를 보내서 피오나의 흔적을 찾아보기도 했어. 그런데도 아직 아무런 소식이 없구나." 그녀가 나직이 말했다.

밀라드는 한숨을 쉬었다. "가엾은 피오나, 살아 있다면 지금쯤은 우리한테 연락을 하지 않았을까? 우린 그리 찾기 어려운 사람들이 아니잖아."

"내 짐작도 그래." 내가 말했다. "하지만 혹시 누가 찾아보긴 했어? 그 애의…… 음……"

"시신?" 밀라드가 물었다.

"밀라드, 부탁이다." 페러그린이 말했다.

"무례한 말이었나요? 좀 더 모호한 용어를 선택해야 했을까요?"

"그냥 **입 다물어라**." 페러그린 원장이 나무랐다.

밀라드는 감정이 없는 게 아니었다. 다만 다른 사람의 감정을 의식하는 데 서툴 뿐이었다.

"렌 원장님의 동물원 루프에서 떨어지면서 피오나가 죽었을 가능성이 높은데 그 루프가 붕괴됐잖아. 시신이 그곳에 있다면 더는 찾아낼 수 없어." 밀라드가 말했다.

"장례식을 치러야 할지 말지 계속 고민 중이다." 페러그린 원장이 말했다. "하지만 그 이야기만 꺼내도 휴가 깊은 우울감에 빠져버리니 걱정이구나. 우리가 휴를 너무 몰아붙이는 건 아닌지……"

"새로운 벌도 들이지 않겠대. 피오나를 만난 적 없는 벌들은 예전처럼 똑같이 사랑할 수 없을 거라면서 한 마리만 데리고 있는데, 그 녀석 지금쯤은 꽤 나이가 들었을 거야." 밀라드가 말했다.

"이번에 환경이 이렇게 바뀐 게 휴한테는 차라리 나을 것 같네요." 내가 말했다.

바로 그때 초인종이 울렸다. 방 안 분위기가 시시각각 점점 더 무거워지던 차에 더할 나위 없는 타이밍이었다.

클레어와 브로닌이 나를 따라 현관으로 나오려고 했지만, 페러그린 원장이 나무랐다. "그건 안 될 일이다! 아직 너희는 평범한 사람들을 만날 준비가 되어 있지 않아."

그들이 피자 배달원을 만나는 데 큰 위험이 있을 것 같지는 않다고 생각했지만, 막상 현관문을 열어 양손에 피자 상자를 탑처럼 높이 쌓아 든 배달원이 나와 같은 학교 학생이란 걸 깨닫고는 식겁했다.

"94달러 60센트입니다." 그가 중얼중얼 내뱉다가 나를 알아보고 고개를 번쩍 쳐들었다. "와, 놀래라. 포트먼?"

"저스틴, 안녕."

그의 이름은 저스틴 펨퍼튼이었지만 모두들 팸퍼스(기저귀의 상표명-옮긴이)라고 불렀다. 학교 주변 주차장에 몰려다니며 폭주족처럼 스케이트보드를 타는 일당 중 한 명이었다.

"좋아 보인다. 이제 좀 나았냐?" 그가 말했다.

"그게 무슨 말이야?" 사실 그의 말뜻 따위는 알고 싶지도 않아서 최대한 빨리 그에게 줄 지폐를 세며 내가 물었다. (부모님이 200달러쯤 넣어두는 양말 서랍을 좀 전에 털어왔다.)

"소문으로는 네가 아주 **정신 줄을 놨다**던데. 기분 나쁘게는 듣지 마라."

"어, 아니야. 난 괜찮아."

"그렇겠지."

끊임없이 머리를 까딱이는 인형처럼 *그가 고개를 끄덕이며* 말했다. "왜냐하면 내가 듣기로는……"

그가 중간에 말문을 닫았다. 집 안에서 누군가가 웃었다.

"어이 친구, 지금 안에서 파티라도 하는 거냐?"

나는 피자 상자를 받아 들고 그의 손에 지폐를 쥐여주었다. "그 비슷해. 잔돈은 됐어."

"**여자애들**이랑?" 그가 집 안을 들여다보려 했지만 내가 자리를 옮겨 시야를 막았다. "나 한 시간 뒤에 알바 끝나. 내가 맥주 좀 사 올 수도 있는데……"

우리 집 현관에서 누군가를 그토록 절실하게 보내버리고 싶은 적은 없었던 것 같다.

"미안, 좀 사적인 모임이라서."

그는 감동 먹은 표정이었다. "잘해봐라, 친구." 그가 하이파이브를 하려는 듯 손을 들었으나, 피자 때문에 내가 받아줄 수가 없다는 걸 깨닫고는 주먹을 쥐고 흔들었다. "일주일 뒤에 보자, 포트먼."

"일주일 뒤?"

"개학이잖아, 야! 넌 어느 별에서 살다 왔냐?" 그는 총총걸음으로 뒷문을 들어 올린 해치백 자동차로 다가가며 고개를 절레절레 흔들더니 혼자 낄낄 웃었다.

❧

피자가 배급되자 대화는 중단되었고, 꼬박 3분간은 입을 오물거리는 소리와 간간이 흡족한 신음 소리만 들려올 뿐이었다. 잠잠한 사이 나는 저스틴이 한 말을 계속해서 곱씹었다. 일주일 뒤면 개학인데 나는 어찌 된 일인지 그걸 까맣게 잊고 있었다. 부모님이 나를 정신병자로 낙인찍어 입원시키기로 결정하기 전까지 나는 학교로 돌아갈 작정이었다. 나의 계획은 학교를 무사히 마칠 정도까지만 집에 잘 붙어 있다가, 졸업 후에 런던으로 달아나 엠마와 친구들과 지낼 생각이었다. 그러나 내가 그토록 멀리 있다고 생각했던 친구들과, 도저히 접근할 수 없다고 여겼던 세상이 바로 우리 집 문 앞에 와 있었으므로 하룻밤 새 모든 것이 달라졌다. 친구들은 이제 원하는 곳이면 어디든 (그리고 어느 때든) 자유로이 돌아다닐 수 있었다. 매일같이 그런 신나는 상황이 나를 기다리는 마당에, 따분한 수업과 점심시간, 의무적인 조회를 견디며 꾸역꾸역 앉아 있는 게 정말로 가능할까?

아마도 그건 불가능하겠지만, 지금 당장은 아직도 이런 현실이 가능하다는 생각에 현기증이 날 지경인 데다 피자를 무릎에 올려둔 채로 결정을 내리기는 무리였다. 개학은 일주일 뒤였다. 시간은 충분하다. 지금 당장 나에게 필요한 것은 배불리 먹고 친구들의 존재를 즐기는 것뿐이었다.

"이건 세상 최고의 음식이야!" 클레어가 입 안 가득 쫄깃쫄깃한 치즈를 씹으며 소리쳤다. "이거라면 난 매일 저녁마다 먹을 수 있어."

"그러다간 일주일도 못 넘기고 죽을걸." 호러스가 꼼꼼하고 정확한 손길로 올리브 조각을 집어내며 말했다. "여기엔 사해 전체보다도 많은 소금이 들어 있어."

"뚱뚱해질까 봐 걱정되냐?" 에녹이 웃음을 터뜨렸다. "뚱보 호러스. 몹시 기대된다."

"좀 부어도 난 염려 없어. 네가 입은 밀가루 포대와 달리 이 옷은 내 몸에 잘 맞게 재단됐거든." 호러스가 말했다.

에녹이 자기 옷차림을 내려다보았다. 검정 조끼 안에 입은 깃 없는 회색 셔츠와 해진 검은색 바지, 윤기를 잃은 지 오래된 가죽 구두. "나도 이거 **팔-히**에서 유행 좀 아는 사람한테서 구한 거야. 그 사람한테는 더는 필요 없게 됐으니까." 에녹이 과장된 프랑스어 발음으로 말했다.

"**죽은** 사람한테서였지." 넌더리 난다는 듯 클레어가 입술을 일그러뜨리며 말했다.

"장례식장은 세상에서 제일 좋은 구제 양품점이야." 피자를 왕창 입에 물고 우적우적 씹으며 에녹이 말했다. "옷 주인 몸에서 체액이 새어나오기 전에만 옷을 벗기면 돼."

"으, 식욕 떨어진다." 호러스가 접시를 커피 탁자에 내려놓으며 말했다.

"다시 집어 들고 다 먹거라. 우린 음식을 낭비하지 않아." 페러그린 원장이 그를 꾸짖었다.

호러스는 한숨을 쉬더니 접시를 다시 집어 들었다. "가끔은 널링스가 부럽다니깐. 저 자식은 5킬로그램쯤 쪄도 아무도 알아보지 못하겠지."

"널 위해 알려주자면 난 꽤 날씬한 편이야." 밀라드가 배의 맨살을 툭툭 쳐야만 날 법한 소리를 내며 말했다. "못 믿겠으면 와서 만져봐."

"고맙지만 사양할게."

"새들을 위해서 제발 부탁인데 **옷** 좀 입거라, 밀라드. 불필요한 나체 습관에 대해서 내가 뭐라고 했지?" 페러그린 원장이 말했다.

"아무도 못 보는데 무슨 상관이죠?" 밀라드가 대꾸했다.

"그건 몹쓸 취향이야."

"하지만 여긴 너무 덥다고요!"

"**당장** 옷 입어라, 널링스 군."

밀라드는 소파에서 일어나 **내숭**이 어쩌고저쩌고 투덜거리더니 바람을 일으키며 우리 곁을 지나갔다가, 잠시 후 허리에 샤워타월을 느슨하게 묶고 돌아왔다. 페러그린 원장은 그것 역시 용납하지 않고 다시 돌려보냈다. 두 번째로 등장한 그는 내 옷장을 뒤져서 찾아낸 옷가지로 등산화에 모직 바지, 코트, 목도리, 모자와 장갑까지 과도하게 껴입은 차림이었다.

"밀라드, 너 그러다 열사병에 걸려 죽겠어!" 브로닌이 말했다.

"적어도 자연 상태의 내 모습을 누구도 상상하진 못하겠지!" 페러그린 원장을 화나게 만들려는 그의 심술은 효력을 발휘했다. 페러그린은 다시 한번 보안 문제를 확인해야겠다며 거실을 나갔다.

모두 꾹 참았던 웃음이 폭발하듯 터져 나왔다.

"원장님 얼굴 봤어? 원장님 손에 너 곧 죽게 생겼더라, 널링스!" 에녹이 말했다.

아이들과 페러그린 원장 사이의 힘겨루기 양상이 약간 달라져 있었다. 이제 그들은 좀 더 십 대에 가까운 듯했고, 진짜 십 대들처럼 원장의 권위에 도전하기 시작했다.

"너 너무 무례하게 굴었어! 당장 그만둬!" 클레어가 말했다.

음, **모두** 반항을 하는 건 아니었다.

"매번 사소한 것까지 잔소리 듣는 거 넌 지겹지도 않냐?" 밀라드가 말했다.

"사소하다니!" 에녹이 또다시 요란하게 웃음을 터뜨리며 말했다. "밀라드 거시기가 얼마나…… **아얏!**"

클레어가 뒤통수에 달린 입으로 그의 어깨를 깨물었고, 에녹은 물린 곳을 벅벅 문질렀다. 클레어가 말했다. "아니, 난 하나도 지겹지 않아. 그리고 별다른 이유 없이 여럿이 모인 데서 네가 벌거벗고 있는 건 **정말** 괴상해."

"어휴, 말도 안 돼. 또 누구 불편한 사람 있어?" 밀라드가 물었다.

여자아이들이 전부 손을 들었다.

밀라드는 한숨을 쉬었다. "그렇다면 좋아. 생명체의 기본적인 본질 때문에 누구 하나라도 기분 나빠지지 않게 늘 제대로 옷을 갖춰 입도록 노력할게."

⟨

우리는 이야기를 하고 또 했다. 따라잡을 이야기들이 너무 많았다. 헤어진 지 불과 며칠밖에 되지 않은 것처럼 우리는 너무도 빠르게 편안한 친근감을 되찾았지만, 실은 거의 6주나 지나 있었다. 엠마가 보낸 편지에서 이따금씩 소식을 듣기는 했지만, 어쨌든 친구들에게는 그동안 많은 일이 일어났다. 아이들은 팬루프티콘을 통해 이상한 장소들을 탐험하면서 겪었던 모험을 각자 돌아가면서 설명했다. 물론 모든 팬루프티콘의 문 뒤에 무엇이 기다리고 있는지 잘 알려지지 않았으므로, 임브린들이 미리 정찰하여 안전해 보이는 곳만 다녀왔다고 했다.

그들은 고대 몽고로 이어지는 루프를 방문해 양의 언어를 할 줄 아는 이상한 양치기를 지켜보았는데, 그는 장대나 개의 도움 없이 오로지 자신의 목소리만으로 양 떼를 관리했다. 올리브가 가장 마음에 들어 했던 장소는 자기처럼 모든 이상한 사람들이 공중에 떠다닐 수 있도록 된 특별한 소도시였는데, 북아프리카의 아틀라스산에 있는 루프였다. 그곳엔 도시 공중 전체에 그물을 쳐놓아서 낮 동안엔 사람들이 무게를 매달아 몸을 내리지 않고도 마치 중력이 없는 상태에서 공중 곡예를 하듯 이곳저곳으로 튕겨 다닐 수 있었다. 아마조니아에도 루프가 하나 있었는데, 인기 방문지가 되었다고 했다. 정글 속에 있는 환상적인 도시는 도로와 다리, 집까지 모든 것이 나무와 뿌리, 가지를 함께 엮어 만들어진 곳이었다. 그곳의 이상한 종족들은 피오나가 했던 것처럼 식물을 자유자재로 부릴 수 있었다. 바로 그 점이 너무 고통스럽고 견디기 힘들었던 휴는 거의 도착하자마자 그 루프에서 빠져나와 악마의 영토로 되돌아왔다고 한다.

"날씨도 덥고 벌레들이 끔찍이도 많았지만 그곳 사람들은 엄청 착해서, 식물에서 환상적인 치료 약을 만들어내는 법을 우리한테 보여주었어." 밀라드가 설명했다.

"그리고 물고기들을 기절만 시킬 뿐 죽이진 않는 특별한 독으로 물고기를 잡더라. 그래서 그냥 원하는 물고기를 물에서 건져내기만 하면 되는 거야. 엄청 기발하지." 엠마가 말했다.

"다른 곳으로도 여행을 많이 했어. 엠마, 제이콥한테 네가 찍어온 사진을 보여줘!" 브로닌이 말했다.

엠마가 내 옆 소파에서 벌떡 일어나 짐에 든 사진을 가지러 달려갔다. 잠시 후 그녀가 사진을 가지고 돌아오자, 우리는 사진을 구경하려고 스탠드 주변으로 모여들었다.

"사진을 찍는 건 최근에 시작한 일이라 아직은 제대로 하는 건지 잘 모르겠어……"

"겸손해할 필요 없어. 편지 보낼 때 네가 사진도 몇 장 보내줬잖아, 멋진 사진이었어." 내가 말했다.

"이크, 그걸 까먹었네."

엠마는 뽐내는 성격이 전혀 아니었지만, 자기가 잘한 일에 대해서는 성취를 자랑하는 걸 두려워하는 사람도 아니었다. 그러므로 엠마가 자기 사진을 부끄러워한다는 사실은 본인이 정한 기준이 높아 그것에 부응하려고 열망한다는 의미였다. 나는 거짓으로 열광하는 걸 힘겨워하는 사람이었는데, 우리 둘 다에게 다행스럽게도 엠마는 사진에 타고난 재능이 있었다. 구도와 노출을 비롯해 모든 것이 훌륭했지만(내가 전문가라는 의미는 아니다), 그 사진들을 정말로 흥미로우면서도 끔찍하게 느껴지도록 만든 건 바로 그 내용이었다.

첫 번째 사진은 열 명쯤 되는 빅토리아 시대 사람들이 소풍이라도 나선 듯 무심한 태도로, 성난 거인이 무너뜨린 것처럼 어처구니없이 기울어진 집들의 삐딱한 지붕에 서 있는 장면이었다.

"칠레에서 발생한 지진 장면이야. 안타깝게도 인화지가 기록 보관용이 아니어서 악마의 영토를 떠난 뒤로 심하게 바랬어." 엠마가 설명했다.

그녀가 다음 사진으로 넘겼다. 선로에서 벗어나 옆으로 드러누운 기차 사진이었다. 아마도 이상한 종족인 아이들이 넘어진 기차 위와 주변에 앉거나 서서 즐거운 시간을 보내는 듯 미소를 짓고 있었다.

"기차 사고였어. 기차로 휘발성 화학물질을 운반 중이었는데 이 사진을 찍고 나서 몇 분 뒤에 우리는 안전한 거리로 물러나서 기차에 불이 붙어 엄청 멋지게 폭발하는 광경을 구경했어." 밀라드가 말했다.

"이런 여행의 목적이 뭐였어?" 내가 물었다. "아마존에 있는 멋진 루프를 방문하는 것보다는 훨씬 덜 재미있었을 것 같아."

"우린 샤론을 돕고 있었어. 너도 기억하지? 악마의 영토에서 만났던, 망토를 두른 키 큰 뱃사공? 쥐를 친구로 거느렸던?" 밀라드가 말했다.

"어떻게 잊겠어?"

"샤론이 팬루프티콘의 루프를 이용해 새로이 업그레이드된 **굶주림과 불꽃** 패키지 여행을 개발 중이라서, 일단 우릴 데려가 테스트를 하고 싶다고 부탁했어. 칠레 지진 현장이랑 기차 탈선 이외에도 핏빛 비가 내리는 포르투갈의 도시 여행도 있었어."

"정말?" 내가 물었다.

"나는 그 여행엔 따라가지 않았어." 엠마가 말했다.

"거기도 멋졌어. 옷을 다 버려야 할 정도로 얼룩이 생겼었지." 호러스가 말했다.

"음, 너희는 다들 나보다 훨씬 더 신나는 시간을 보낸 것 같아. 나는 마지막으로 너희를 본 뒤로 집 밖으로 나간 게 여섯 번쯤 될걸."

"그건 앞으로 좀 달라지면 좋겠다." 브로닌이 말했다. "난 늘 미국을 구경하고 싶었어, 특히 현재의 미국 말이야. 뉴욕은 여기서 많이 멀어?"

"유감이지만 멀어." 내가 대꾸했다.

"아." 소파 쿠션에 푹 기대며 브로닌이 말했다.

"난 인디애나주 먼시에 가고 싶어. 안내 책자에 보니깐 먼시를 보기 전까진 제대로 산 게 아니라고 적혀 있더라." 올리브가 말했다.

"무슨 안내 책자?"

"『이상한 플래닛 : 북아메리카 편』" 올리브가 대답하며 표지가 낡은 초록색 책을 들어 올렸다. "이상한 사람들을 위한 여행 가이드북이야. 먼시는 6년 연속 가장 평범한 도시로 선정됐대. 모든 면에서 완전히 평균이라던데."

"그 책은 끔찍이도 오래된 거야. 하나같이 쓸모없는 내용이라고." 밀라드가 말했다.

올리브는 그를 무시했다. "거기선 유별나거나 평범하지 않은 일은 절대로 일어나지 않는데. 영원히!"

"우리 모두가 너처럼 평범한 사람들을 흥미롭게 생각하지는 않아. 어쨌든 그런 말은 이상한 관광객들한테 비위를 맞추려고 쓴 게 틀림없어." 호러스가 말했다.

무거운 구두를 신지 않은 올리브는 커피 탁자 위로 날아와 소파에 앉은 내 무릎 위에 책을 떨어뜨렸다. 펼쳐진 페이지엔 먼시 근방의 이상한 종족들을 위한 유일한 시설이 설명되어 있었는데, 도시 외곽의 루프에 존재하는 클라운마우스 하우스*Clownmouth House*라는 곳이었다. 광대 입이라는 이름에 걸맞게, 회반죽으로 만든 거대한 광대 얼굴 안쪽으로 실내 공간이 마련된 듯했다.

나는 약간 몸서리를 치며 책을 덮었다.

"평범한 곳을 찾으려고 인디애나주까지 갈 필요는 없어. 여기 잉글우드에도 그런 데는 많아, 나만 믿어." 내가 말했다.

"너희들은 다들 하고 싶은 대로 해. 앞으로 몇 주간 내 유일한 계획은 정오까지 자다가 따뜻한 모래사장에 발을 파묻는 것뿐이니까." 에녹이 말했다.

"그것도 정말 좋겠다. 근처에 바닷가가 있어?" 엠마가 말했다.

"길만 건너면 돼." 내가 대답했다.

엠마의 눈이 반짝거렸다.

"난 바닷가 **싫어**. 거기선 멍청한 금속 부츠를 절대 못 벗을 테니까 하나도 재미가 없을 거야." 올리브가 말했다.

"바닷가 근처 바위에 매달아줄게." 클레어가 말했다.

"행여나 근사하겠다." 올리브가 투덜거리더니 『이상한 플래닛』 책을 낚아채 구석으로 날아갔다. "난 먼시까지 기차를 타고 갈 테니까 나머지 너희들이나 신나게 놀아."

"그런 일은 용납하지 않겠다." 페러그린 원장이 방으로 들어왔다. 나는 그녀가 보안 문제를 추가로 확인하느라 순찰을 한 게 아니라 복도에서 우리 이야기를 엿듣고 있었던 게 아닌지 궁금했다. "너희들이 휴식을 취할 자격이 좀 있는 건 확실하지만, 우리 책임은 너무도 막중해서 앞으로 몇 주간이나 게으르게 마냥 시간을 허비할 순 없다."

"뭐라고요! 여기에 휴가를 보내러 온 거라고 원장님이 말씀하신 걸 전 똑똑히 기억하는데요." 에녹이 말했다.

"일도 하고 휴가도 즐기는 **워킹** 홀리데이란다. 여기 와서 우리가 누리게 된 교육의 기회를 낭비할 순 없잖니."

교육이라는 말에 사방에서 신음 소리가 터져 나왔다.

"배움은 지금도 충분하지 않아요? 머리가 터질지도 몰라요." 올리브가 투정을 부렸다.

페러그린 원장은 올리브에게 경고의 시선을 쏘아 보내고선,

재빨리 방 한가운데로 걸어 나왔다. "불평은 한 마디도 더 듣고 싶지 않다. 새로이 너희들에게 주어진 놀라운 이동의 자유 덕분에 너희는 앞으로 세상을 재건하는 데 귀중한 재원이 될 거다. 제대로 준비만 한다면 너희는 언젠가 다른 이상한 종족들을 찾아가는 특사 역할도 할 수 있겠지. 새로운 루프와 영토를 여행하는 탐험가도. 너희가 와이트들을 패배시켰듯이 우리 세계를 재건하는 과정에 필수적인 설계자, 지도 제작자, 지도자, 건설기술자도 필요하단다. 그렇게 되고 싶지 않니?"

"당연히 그래야죠. 하지만 그게 휴가를 즐기는 것과 무슨 상관이 있어요?" 엠마가 물었다.

"그런 다양한 역할 중에 뭐라도 하려면 그 전에 먼저 너희는 이 세상을 돌아다니는 법을 배워야 해. 현재를. **미국**을. 여기서 쓰는 말과 관습에 익숙해져서 궁극적으로는 너희도 평범한 사람처럼 보여야 한다는 말이다. 그러지 못하면 너희 스스로와 우리 모두를 위험에 빠뜨리게 돼."

"그러니까 원장님이 원하시는 건…… 뭐예요? 평범한 사람 되기 수업이라도 받으라고요?" 호러스가 말했다.

"맞아. 너희가 여기 있는 동안 그저 햇볕이나 쬐면서 쉬는 게 아니라 뭐든 배우면 좋겠다. 게다가 우리에겐 아주 능력 있는 선생님도 있잖니." 페러그린 원장이 나를 돌아보며 미소를 지었다. "포트먼 군, 그 일을 맡아주겠나?"

"제가요? 평범한 것엔 저도 딱히 전문가가 아니라서요. 여러분과 지내면서 정말 편안했던 이유도 바로 그 때문이잖아요." 내가 말했다.

"원장님 말씀이 맞아. 넌 그 역할에 완벽해. 넌 평생 여기서 살았어. 넌 우리와 같은 존재이면서도 평범하다고 생각하면서 자라왔잖아." 엠마가 말했다.

"앞으로 몇 달간은 정신병원에서 보낼 계획이었는데 이젠 그럴 일이 없게 됐으니까, 너희들에게 한두 가지는 가르쳐줄 수 있을 것도 같아." 내가 말했다.

"평범한 사람 되기 수업이라니! 재미있겠다!" 올리브가 말했다.

"다뤄야 할 게 너무 많은데. 어디서부터 시작하지?" 내가 말했다.

"수업은 아침에 시작하자꾸나. 너무 늦었으니 모두들 잠자리에 들도록 해." 페러그린 원장이 말했다.

페러그린의 말이 옳았다. 벌써 자정이 가까운 시간이었고, 친구들은 스물세 시간(하고도 백삼십 몇 년쯤) 전에 악마의 영토에서 하루를 시작했다. 우린 모두 지쳐 있었다. 나는 모두에게 잘 곳을 마련해주었다. 손님방이나 소파에 눕게 했고, 어둡고 둥지 같은 곳에서 자는 걸 선호하는 에녹을 위해서는 청소도구 보관실에 담요를 여러 장 깔아주었다. 차에서 자는 부모님 대신에 페러그린 원장에게 부모님의 침실을 권했지만, 그녀는 사양했다. "제안은 고맙지만 그 방은 브로닌과 블룸 양이 함께 쓰는 게 좋겠다. 오늘 밤엔 내가 불침번을 서야겠어." 그녀는 그렇게 말하며 나에게 **단순히 집만 지키겠다는 뜻이 아니란다**라고 이야기하듯이 다 안다는 눈빛을 보냈고, 나는 그녀의 시선을 피하지 않으려고 무던히 노력을 기울여야 했다. **걱정하지 않으셔도 돼요, 엠마와 저는 천천히 진도를 나갈**

거예요라고 나는 거의 대꾸를 할 뻔했다. 하지만 페러그린이 무슨 참견이람? 너무 짜증이 났던 나는 페러그린이 올리브와 클레어의 잠자리를 봐주러 떠나자마자 엠마를 찾아가 말했다. "내 방 구경할래?"

"당연하지." 엠마가 대답했고, 우리는 살며시 복도로 걸어 나와 계단을 올랐다.

ʕ

손님방 한 곳에서 슬픈 자장가를 낮게 부르는 페러그린 원장의 목소리가 들려왔다. 이상한 아이들의 모든 자장가가 그러하듯 그것 역시 길고 서글픈 내용이므로—친구라곤 유령들밖에 없는 소녀에 관한 길고 긴 모험담이었다—원장이 엠마를 찾으러 오려면 최소한 몇 분은 더 여유가 있다는 뜻이었다.

"방이 좀 엉망이야." 나는 미리 경고했다.

"나는 스무 명도 넘는 여자애들이랑 한 기숙사에서 잔 적도 있어. 어떤 경우에도 충격받지 않아." 엠마가 말했다.

우리는 재빨리 계단을 올라가 내 방으로 들어갔다. 나는 전기 스위치를 켰다. 엠마의 입이 떡 벌어졌다.

"이 물건들은 대체 다 뭐야?"

"아, 맞다." 나는 실수를 한 건 아닌지 의아해졌다. 내 방을 설명하느라 애정 행각을 벌일 시간을 다 잡아먹을 게 뻔했다.

내 방에 있는 건 그냥 **물건들**이 아니었다. 그건 **수집품**이었다. 수많은 수집품이 내 방 벽을 모두 차지한 책장에 차곡차곡 진열되어 있었다. 스스로 물건을 버리지 못하고 모아두기만 하는 사람이라거나 쓰레기 수집가라고 여기진 않았지만, 물건 수집은 어릴 때부터 내가 외로움을 달래는 방식이었다. 가장 친한 친구가 75세의 할아버지였던 아이는 할아버지가 하는 일을 따라 하며 많은 시간을 보냈고, 그것은 곧 매주 토요일 아침마다 우리가 이웃들이 차고에 내놓고 파는 중고 물품을 구경하러 다녔다는 의미였다. (에이브 할아버지는 이상한 세계의 전쟁 영웅이었고 거친 할로개스트 사냥꾼이었을지 몰라도, 사고파는 흥정만큼 할아버지를 흥분시키는 일은 없었다.)

중고 물품 거래를 할 때마다 나는 50센트 미만의 물건을 하나 고르도록 허락받았다. 10년도 넘게 주말마다 여러 곳으로 중고 물품을 보러 다닌 결과가 쌓이고 쌓여, 결국 내가 모아놓은 수집품 중엔 엄청난 양의 옛날 레코드, 우스꽝스러운 표지의 싸구려 탐정소설, 풍자 유머집, 객관적으로는 쓸모없어 보이는 다양한 물건들까지 포함되어 내 방 곳곳의 책장 선반에 보물처럼 진열되어 있었다. 부모님은 종종 물건을 정리해서 대부분 내다 버리라고 간청했고, 내키지 않으면서도 나 역시 몇 번 정리를 시도했지만 결과는 매번 신통치 않았다. 집 안의 나머지 공간이 너무도 크고 현대적이어서 **텅 빈** 느낌인데, 나는 아무것도 없이 빈 공간에 대한 일종의 공포감이 있어서 집 안에서 내 마음대로 할 수 있는 유일한 공간은 이왕이면 가득 채워놓는 편이 더 좋았다. 그래서 넘쳐날 듯 **빽빽한** 책장 이외에도 한쪽 벽에 바닥부터 천장까지 온갖 지도와 옛날 레코드 앨범 표지를 빈틈없이 붙여놓은 것도 그 때문이었다.

"우와. 너 정말 음악을 좋아하는구나!" 엠마가 내 옆에서 벗어나 벽 쪽으로 걸어갔다. 레코드 앨범 표지가 비늘처럼 뒤덮인 벽 앞이었다. 나는 정신 산란한 내 방 장식에 새삼 짜증이 나기 시작했다.

"다들 좋아하지 않나?" 내가 말했다.

"그렇다고 다들 음악으로 벽을 뒤덮진 않지."

"난 주로 옛날 음악을 좋아해."

"나도 그래. 시끄러운 기타 연주에 긴 머리 휘날리는 이런 새로운 그룹은 싫더라." 엠마는 〈비틀즈를 만나다!*Meet the Beatles!*〉 앨범 표지를 집어 들고 콧등을 찡그렸다.

"그 음반이 나온 게…… 50년 전일걸?"

"그러니까 내 말이 맞지. 하지만 네가 음악을 이렇게나 좋아한다는 말은 한 적 없어." 엠마는 벽을 따라 걸으며 내가 붙여놓은 음반을 하나하나 죄다 살피며 쓰다듬었다. "너에 대해서 내가 모르는 게 아주 많은 것 같지만, 이제 다 알고 싶어."

"네 말 무슨 뜻인지 알아. 어떤 면에서는 우리가 서로 아주 잘 아는 것 같은 기분이지만, 다른 면에서 보면 둘이 이제 막 만난 사이 같아." 내가 말했다.

"변명하자면 우린 죽지 않으려고, 임브린들을 전부 구해내는 일 따위를 하느라고 둘 다 꽤 바빴잖아. 하지만 이제 우리에겐 시간이 있어."

우리에겐 시간이 있다. 그 말을 들을 때마다 찌르르 전기가 오르듯 가능성에 대한 기대감이 내 가슴에서 피어올랐다.

"하나 틀어봐." 엠마가 벽을 향해 고갯짓을 하며 말했다. "뭐든 네가 제일 좋아하는 걸로."

"제일 좋아하는 게 뭔지 나도 모르겠어. 좋은 게 너무 많아."

"너랑 춤추고 싶어. 춤추기에 좋은 곡으로 골라봐."

엠마는 미소를 짓더니 다시 수집품들을 살펴보았다. 잠시 생각에 잠겼던 나는 닐 영의 〈하비스트 문〉 앨범을 골랐다. 앨범 재킷에서 레코드판을 꺼내 턴테이블에 올린 뒤, 조심스럽게 바늘을 세 번째 곡과 네 번째 곡 사이에 내려놓았다. 치직거리는 따뜻한 소리에 이어 애틋함과 달콤함이 깃든 곡이 연주되기 시작했다. 둘이 춤을 출 수 있도록 방 한가운데 좀 치워놓은 곳으로 엠마가 오기를 바랐지만, 그녀는 지도를 붙여놓은 벽 쪽에 붙어 있었다. 세계 지도, 도시별 지도, 지하철 노선도, 《내셔널 지오그래픽》 잡지에서 찢어낸 세 쪽으로 접힌 지도가 겹겹이 벽에 붙어 있었다.

"이거 정말 **놀라워**, 제이콥."

"어디든 다른 곳에 가 있는 상상을 많이 하며 시간을 보내곤 했거든."

"나도 그랬어."

엠마는 지도에 둘러싸인 벽에 바싹 붙여놓은 침대로 갔다. 그녀는 아예 이불 위로 올라가 지도를 살폈다.

"가끔씩 네가 겨우 열여섯 살이라는 사실이 떠올라. **실제로** 열여섯 살 말이야. 그러면 내 머리가 쪼개질 것만 같아." 엠마가 말했다.

그녀가 돌아서서 경이로운 눈빛으로 나를 내려다보았다.

"왜 그런 말을 해?" 내가 물었다.

"넌 모를 거야. 그냥 이상해서 그래. 넌 겨우 열여섯 살로 보이지 않거든."

"너도 아흔여덟 살로 보이진 않아."

"난 겨우 **여든**여덟 살이야."

"아, 그렇다면 정확히 여든여덟 살로 보여."

엠마는 소리 내어 웃으며 고개를 절레절레 젓다가 다시 벽을 쳐다보았다.

"이리로 와. 춤추자." 내가 말했다.

엠마는 내 말을 못 들은 것 같았다. 그녀는 지도가 붙은 벽에서도 가장 오래된 부분 쪽으로 다가갔다. 내가 여덟, 아홉 살 때, 할아버지와 함께 모눈종이에 그려 판지에 붙여 만든 지도들이었다. 긴 여름방학 동안 우리는 지도용 상징을 만들기도 하고 가장자리엔 이상한 생명체를 그려 넣었고, 가끔은 지도에 있는 진짜 지명 위에 우리가 직접 만들어낸 장소를 덧그려 넣으면서 많은 시간을 보냈다. 엠마가 바라보고 있는 것이 무엇인지 깨닫자 가슴이 조금 덜컹 내려앉았다.

"이거 에이브 글씨체니?" 엠마가 물었다.

"우린 온갖 종류의 과제물을 함께 만들곤 했어. 원래 할아버지가 나랑 제일 친한 친구였으니까."

엠마는 고개를 끄덕였다. "나도 그래." 그녀가 손가락으로 할아버지가 적어놓은 글자들—**오키초비 호수**—을 쓰다듬더니 돌아서서 침대에서 내려왔다. "하지만 그건 오래전 일이야."

엠마는 내가 서 있는 곳으로 다가와 내 손을 잡고 머리를 내 어깨에 기댔다. 우리는 음악에 맞춰 몸을 흔들기 시작했다.

"미안해. 좀 놀랐어." 엠마가 말했다.

"괜찮아. 너랑 할아버지는 오랜 시간을 함께했었잖아. 그런데 지금 네가 여기 와 있으니까……"

엠마가 고개를 젓는 게 느껴졌다. **분위기 망치지 말자.** 그녀는 내 손을 놓고 허리에 팔을 둘렀다. 나는 그녀의 이마에 뺨을 기댔다.

"아직도 어딘가 다른 곳에 가 있는 상상을 해?" 엠마가 내게 물었다.

"더는 안 그래. 오랜만에 처음으로 지금 내가 있는 곳에서 행복해."

"나도 그래." 엠마가 내 어깨에 기댔던 머리를 들어 올렸고, 나는 그녀에게 키스했다.

우리는 노래가 끝날 때까지 춤을 추며 입을 맞추었다. 결국 부드러운 공백음이 방 안을 채웠지만, 우리는 그 순간을 끝낼 마음의 준비가 되지 않았으므로 계속해서 춤을 이어갔다. 나는 상황이 이상하게 펼쳐져 엠마가 할아버지 이야기를 했을 때 느꼈던 기분을 잊으려고 노력했다. 엠마는 무언가를 겪어내고 있었고, 그것으로 충분했다. 내가 이해하지 못한다고 해도 괜찮았다.

현재로선 무엇보다도 우리가 함께 있고 안전하다는 것이 중요하다고 자신을 타일렀다. 현재로선 그것으로 족했다. 그것만으로도 이제껏 우리가 누려왔던 것보다 더 큰 보람이었다. 엠마가 시시각각 시들어 먼지로 변할까 봐 분초를 다투던 순간 따윈 없었다. 우리 주변 세상을 온통 불바다로 만들어버릴 폭탄도 없었다. 문밖에 숨은 할로개스트도 없었다. 우리의 미래가 어떻게 펼쳐질지는 알지 못했지만, 바로 그 순간 우리에게 미래가 있다고 믿는 것만으로 충분했다.

아래층에서 페레그린 원장의 말소리가 들려왔다. 우리에겐 그것이 신호였다.

"내일 만나. 잘 자, 제이콥." 엠마가 내 귀에 속삭였다.

우리는 한 번 더 입을 맞추었다. 전기 파장이 전해지듯 온몸이 짜릿해졌다. 그러고 나서 엠마는 문을 빠져나갔고, 친구들이 당도한 뒤 처음으로 나는 혼자가 되었다.

ᠺ

그날 밤 나는 좀처럼 잠을 이루지 못했다. 내 방 바닥에 담요를 여러 장 깔고 잠든 휴의 코 고는 소리가 너무 요란해서 머리를 울려댔기 때문이 아니었다. 이젠 머릿속이 불확실함과 짜릿한 새로운 전망으로 꽉 차올랐기 때문이었다. 내가 악마의 영토를 떠나 집으로 돌아온 이유는, 고등학교를 마치고 내 인생에 부모님을 포함하는 것이 몇 년 더 잉글우드에서의 삶을 참아낼 만한 가치가 있을 정도로 중대한 목표라고 결정을 내렸기 때문이었다. 그렇다고는 해도 특히 엠마와 친구들이 대서양 반대편의 루프에 발이 묶인 상황에서 현재부터 졸업까지의 시간을 견디는 것은 특별한 종류의 고문일 게 분명했다.

그런데 하룻밤 새 너무도 많은 것이 달라졌다. 어쩌면 이제는 기다릴 필요가 없을 것이다. 어쩌면 이제는 어느 것 한 가지만을 선택하지 않아도 될지 모른다. 이상한 인생이나 평범한 인생 가운데서, 이 인생과 저 인생 가운데서. 동등한 분량은 아닐지 몰라도 나는 두 가지를 모두 원하고 필요로 했다. 평범한 직업에는 관심이 없었다. 내가 누구인지 이해하지 못하는 사람과 가정을 이뤄 정착하거나, 우리 할아버지가 그랬던 것처럼 내 인생의 절반을 비밀에 부쳐야 하는 아이들을 낳는 일도 원치 않았다.

그렇긴 하지만 고등학교 중퇴자로 인생을 견디고 싶지도 않았다. 어차피 이력서에 **할로개스트 조련사**라고 사실대로 적을 수도 없을 테고, 엄마 아빠에게 올해의 학부모 상을 안겨드리는 일도 절대 없겠지만, 부모님을 내 인생에서 잘라내고 싶지도 않았다. 또한 어떻게 헤쳐 나가야 하는지 방법을 잊을 정도로 평범한 세상과 동떨어진 존재가 되고 싶지도 않았다. 이상한 세계는 멋진 곳이고, 그곳 없이는 절대 내가 온전한 존재가 될 수 없다는 걸 알지만, 엄청난 스트레스와 압박감을 주는 곳이기도 했다. 나의 장기적인 정신 건강을 위해서는 평범한 인생과도 관계를 유지할 필요가 있었다. 그런 균형감이 필요했다.

따라서 결론. 그 모든 것을 얻기까지 기다리려면 앞으로 1, 2년은 어쩌면 감옥에 갇힌 것처럼 느껴질 것이다. 어쩌면 나는 친구들과 엠마와 함께 지내면서도 집과 가족 **역시** 유지할 수 있을 것이다. 엠마는 나와 함께 학교도 다닐 수 있을지 모른다. 어쩌면 내친구들 모두! 우린 함께 수업을 듣고 함께 점심을 먹고, 우스꽝스러운 학교 댄스파티에도 함께 참석할 것이다. 물론이다. 평범한 십 대들의 삶과 습관을 배우기에 고등학교보다 더 완벽한 곳이 어디 있겠나? 그곳에서 한 학기만 보내면 친구들은 아무 문제 없이 평범한 아이들을 흉내 낼 수 있을 테고(나도 결국엔 다 배워서 이렇게 행동하게 된 거니까) 미국 땅에 존재하는 더 큰 이상한 세계 속으로 진입해 뒤섞이는 것도 가능해질 것이다. 시간이 허락할 때마다 우리도 악마의 영토로 되돌아가 대의를 돕고, 루프를 재건하고 가능하다면 미래의 위협으로부터 이상한 세계가 휘둘리지 않도록 만들면 될 일이다.

불행히도 이 모든 일의 열쇠는 부모님에게 달려 있었다. 두 분은 이번 일을 쉽게 만들 수도 있고 불가능하게 만들 수도 있었다. 엄마 아빠의 신뢰를 잃지 않고도 친구들을 이곳에서 지내게 할 수 있는 방법만 있다면, 우리는 두 분 몰래 숨어 다니지 않아도 될 텐데. 혹시 우연히 친구들이 이상한 모습을 보여도 부모님이 고래고래 비명을 지르며 거리로 뛰쳐나가 골치 아픈 일을 만들 걱정 없이 지낼 수 있을 텐데.

부모님이 믿을 만한 이야기를 내가 어떻게든 만들어낼 수는 있을 것이다. 나의 친구들을 잘 설명할 방법이 뭐든 있지 않을까. 친구들의 존재와 그들의 이상함과 어쩌면 그들의 놀라운 능력까지도. 나는 완벽한 이야기를 생각해내려고 머리를 쥐어짰다. 그들은 내가 런던에서 지내는 동안 만났던 교환학생이었다. 그들은 내 목숨을 구해줬고, 나를 기꺼이 받아들여줬으므로 나도 은혜를 갚고 싶었다. (진실과 동떨어지지 않은 이야기라는 점이 내 마음에 들었다.) 또한 그들은 하필 전문 마술사들이어서 늘 마술을 연습하며 지냈다. 환각의 달인들. 그들의 속임수는 너무도 섬세해서 어떻게 만들어내는지 아무도 알아낼 수 없었다.

어쩌면. 어쩌면 방법이 있을지도 모른다. 그렇게만 된다면 모든 것이 정말 **멋질 텐데.**

내 두뇌는 희망을 만들어내는 기계였다.

제 2 장
chapter two

다음 날 아침 나는 틀림없이 모든 것이 꿈이었을 거라는 생각에 속 쓰림을 느끼며 잠에서 깨어났다. 실망스러울 것 같아 미리 마음을 다잡으며 아래층으로 내려간 나는, 짐이 꾸려져 있고 외삼촌들이 또다시 나의 탈출에 대비해 문을 지키고 있을 거라고 절반쯤 예상했다. 그러나 그 대신에 이상한 세계의 더없이 행복한 가정적인 분위기가 나를 맞이했다.

계단부터 쾌활한 말소리와 음식을 요리하는 따뜻한 냄새로 가득했다. 호러스가 부엌에서 무언가를 탕탕 쳐냈고, 엠마와 밀라드는 식탁을 차렸다. 페러그린 원장은 나직이 휘파람을 불며 창문을 열어 아침 바람을 집 안에 들였다. 마당에선 올리브와 브로닌과 클레어가 서로를 쫓아다녔다. 브로닌이 올리브를 잡아 공중으로 7, 8미터쯤 던져 올리자, 올리브는 평소처럼 공중으로 떠오르지 않을 정도로만 적당히 중량을 더한 구두 덕분에 올라갈 때의 절반 속도로 파닥파닥 떨어져 내리며 미친 듯이 웃었다. 거실에선 휴와 에녹이 TV 앞에 딱 붙어 앉아 넋이 빠진 듯 감탄하며 세탁용 세제 광고를 보았다. 내 상상 속에서나 가능한 반가운 광경이어서, 잠시 나는 아무도 눈치채지 못하도록 계단 끄트머리에 서서 그 장면을 눈에 담았다. 겨우 하룻밤 만에 친구들은 우리 집을 내가 부모님과 함께 살던 그 오랜 세월보다도 더 아늑하고 행복한 공간으로 바꿔놓았다.

"어서 오너라!" 페러그린 원장의 경쾌한 외침에 나는 백일몽에서 깨어났다.

엠마가 재빨리 내게 다가왔다. "무슨 일 있어? 또 어지러워?" 그녀가 물었다.

"그냥 풍경을 감상하고 있었어." 이렇게 말하고 나서 나는 엠마를 끌어당겨 입을 맞추었다. 그녀는 내 목에 팔을 두르고 키스에 답했고, 나는 머릿속에서 흘러나오는 짜릿한 온기와 갑자기 몸에서 솟아나는 감각에 압도당했다. 마치 몸이 천장으로 둥실 떠올라 이 놀라운 소녀의 부드럽고 아름다운 얼굴과 친구들의 모습을, 전체적으로 달콤한 장면을 내려다보는 것 같아서, 이토록 행복한 순간이 어떻게 내 인생에 찾아들었는지 의아해졌다.

집 안에 있는 누구도 눈치채기 전에 입맞춤은 너무 빨리 끝났지만, 우리는 팔짱을 끼고 나란히 주방으로 걸어갔다.

"모두들 언제 깬 거야?" 내가 물었다.

"아, 몇 시간 됐어." 밀라드가 식당 방으로 비스킷 팬을 옮기며 말했다. "다들 끔찍한 루프 시차에 시달렸거든."

그는 완벽하게 옷을 갖춰 입고 있었다. 자두 빛깔의 바지에 얇은 스웨터를 입고 목엔 스카프를 둘렀다.

"오늘 아침엔 내가 옷을 입혀줬어." 호러스가 부엌에서 고개를 삐죽이 내밀며 말했다. "의상과 관련해서 저 녀석은 완전 백지상태라서 말이지." 호러스는 깃이 달린 하얀 셔츠와 넥타이, 잘 다린 바지 차림에 앞치마를 두르고 있었다. 그렇다면 그는 틀림없이 옷을 다려 입으려고 훨씬 더 일찍 일어났을 터였다.

나는 양해를 구한 뒤 차고에 있는 가족을 살펴보러 혼자 빠져나왔다. 부모님과 삼촌은 어제 우리가 내버려둔 그대로 여전히 잠들어 있었다. 밤새 자세를 바꾼 흔적조차 없었다. 그러다 갑자기 불안한 생각이 들어 자동차로 달려간 나는 부모님의 코에 각각 손을 대보았다. 아직 살아 있다는 걸 확인하고 마음을 놓은 뒤에야 나는 친구들에게 돌아왔다.

우리 가족은 좀처럼 사용하는 일이 드문 공식적인 식당 방에, 부모님이 '좋은 식탁'이라고 부르는 검은 유리 상판이 깔린 대형 식탁 주변에 모두들 둘러앉았다. 그곳은 명절 때 가족 모임이 있거나, 부모님이 나와 '무언가 중요한 문제'를 상의할 때, 다시 말해 대부분 내 성적이나 불량한 태도, 친구 문제 혹은 친구가 너무 없는 문제 등을 거론할 때만 사용했기 때문에 딱딱한 예절과 불편한 대화가 떠오르는 공간이었다. 그래서 그 방이 음식과 친구들과 웃음으로 가득 찬 걸 보니 정말 기분이 좋았다.

나는 엠마 옆자리에 끼어 앉았다. 호러스는 자기가 준비한 음식들의 뚜껑을 보란 듯이 열어젖혔다.

"오늘 아침은 **팽 페르뒤**(우유를 섞은 달걀물에 적신 빵을 버터에 구운 프렌치토스트의 일종-옮긴이)와 통감자 구이, 프랑스식 패스트리인 비에누아세리, 설탕에 졸인 과일을 곁들인 죽이야!"

"호루스, 너 너무 무리했다." 브로닌이 벌써 입 안 가득 고인 침을 삼키며 말했다.

접시가 채워지고 다시 한번 감사 인사가 오갔다. 나도 먹기 바빴던 나머지 몇 분 뒤에야 식재료가 어디에서 났는지 물어볼 생각이 들었다.

"저 아래 큰길 마켓 선반에서 둥둥 떠다녔을 수도 있고 아닐 수도 있겠지." 밀라드가 말했다.

나는 씹다 말고 동작을 멈췄다. "이걸 다 **훔쳐 왔다고?**"

"밀라드! 잡히면 어쩌려고 그랬어?" 페러그린 원장이 말했다.

"그건 불가능해요, 전 도둑질의 달인인걸요. 극강의 지성미와 거의 완벽한 기억력 다음으로 세 번째로 가장 감동적인 저의 기술이잖아요." 밀라드가 말했다.

"하지만 지금은 가게마다 다 감시 카메라가 있어. 도둑질하다가 동영상에 찍히면 문제가 커질 수도 있어." 내가 말했다.

"우와." 밀라드가 말했다. 그는 갑자기 포크 끝에 달린 설탕 조림 복숭아에 홀딱 반한 표정을 지었다.

"**아주** 인상적인 도둑질이었어. 근데 다시 말해봐, 첫 번째로 가장 감동적인 너의 기술이 뭐라고?" 에녹이 말했다.

페러그린 원장은 은제 포크를 내려놓고 손가락으로 딱 소리를 냈다. "알겠다, 얘들아. 두 번 다시 해서는 안 될 행동 목록에 평범한 사람들한테서 도둑질해 오는 걸 추가해야겠구나."

다들 못마땅한 신음 소리를 냈다.

"진지하게 하는 말이다! 경찰이 우릴 찾아오기라도 하면 이

만저만 불편한 게 아닐 거야." 페러그린 원장이 말했다.

에녹은 과장스럽게 의자에 축 늘어졌다. "현재 시간대는 너무 **성가시네요**. 루프에서는 이런 일들이 얼마나 쉽게 해결됐는지 생각해보세요." 그가 손가락으로 목을 가로질렀다. "꽥! 잘 가라, 성가시기 짝이 없는 평범한 사람아!"

"여긴 더 이상 케르놈이 아니고, 이건 마을을 습격하는 놀이도 아니다. 여기서 너희가 하는 행동은 진짜로 영구적인 결과를 낳는 일이야." 페러그린 원장이 말했다.

"그냥 농담이었어요." 에녹이 구시렁거렸다.

"너 농담한 거 아니잖아." 브로닌이 코웃음을 쳤다.

페러그린 원장이 한 손을 들어 침묵을 요구했다. "새로운 규칙이 뭐라고?"

"도둑질을 해서는 안 된다." 아이들이 열의 없이 합창을 했다.

"그리고 또?"

몇 초가 흘러갔다. 페러그린이 인상을 찌푸렸다.

"평범한 사람들을 죽이면 안 된다?" 올리브가 나섰다.

"맞아. 현재에서는 누구도 **죽이는** 일이 있어서는 안 돼."

"정말로 짜증 나게 굴면요?" 휴가 물었다.

"그래도 상관없다. 사람들을 죽이는 건 안 될 일이야."

"원장님의 허락 없이 그렇단 거죠?" 클레어가 물었다.

"아니다, 클레어. 살인은 **절대** 안 돼." 페러그린 원장이 날카롭게 대꾸했다.

"오, 알겠어요." 클레어가 말했다.

그들을 속속들이 잘 모르는 상황이었다면 이건 아마 소름 끼치는 대화였을 것이다. 하지만 여전히 방금 전에 오고 간 대화는 친구들이 현재의 삶에 관해서 얼마나 많이 배워야 하는지를 심각하게 상기시켜주었다. 생각이 거기에 미치자 퍼뜩 떠오르는 게 있었다.

"평범한 사람 되기 교육은 언제 시작할까?" 내가 물었다.

"오늘은 어때?" 엠마가 간절하게 말했다.

"지금 당장!" 브로닌이 말했다.

"무엇부터 시작해야 할까? 너희는 뭘 알고 싶어?" 내가 물었다.

"과거 75년간에 해당하는 지식을 우리에게 채워주지 그래?" 밀라드가 말했다. "역사, 정치, 음악, 대중문화, 최근 과학과 기술 측면에서 이루어진 진보라든지……"

"나는 1940년대 사람처럼 말하지 않는 법이라든지, 죽지 않고 길 건너는 법 같은 걸 생각하고 있었어."

"그것도 중요하긴 하겠다." 밀라드가 대꾸했다.

"난 그냥 **밖에 나가고** 싶어. 어제 여기 온 뒤로 지금껏 우리가 한 일이라고는 냄새 고약한 늪지를 헤치고 나와서 밤에 버스를 탄 것밖에 없어." 브로닌이 말했다.

"맞아!" 올리브가 맞장구를 쳤다. "난 미국 도시를 구경하고 싶어. 그리고 도시 공항도. 또 연필 공장도! 내가 연필 공장에 관한 재미난 책을 읽었는데……"

"자, 자." 페러그린 원장이 나섰다. "오늘 당장 우리가 위대한 원정을 떠나진 않을 거니까 그런 생각은 일단 접어 두거라. 달릴 수 있으려면 먼저 걷기부터 해야겠지. 이동 수단이 제한적이란 걸 감안하면 일단은 그냥 걷는 것이 좋겠다. 포트먼 군, 여기서 멀지 않은 곳에 우리가 거닐 만한 인적 드문 장소가 있을까? 다들 더 연습을 하기 전까지는 우리 아이들이 불필요하게 평범한 사람들과 엮이지 않으면 좋겠구나."

"근처에 해변이 있어요. 여름 동안에는 거의 사람이 없죠." 내가 말했다.

"완벽하구나." 페러그린 원장이 말했다. 그녀는 아이들이 옷을 갈아입도록 2층으로 올려 보냈다. "햇빛을 가릴 것들을 준비해야 한다!" 원장이 아이들 뒤통수에 대고 소리쳤다. "모자! 양산!" 뒤따라가서 나도 옷을 갈아입으려다가 문득 두려운 생각에 다시 휩싸였다.

"우리 가족은 어떻게 하죠?" 내가 페러그린에게 물었다.

"오후까지 계속 잘 만큼 저분들에게 가루를 충분히 뿌렸더구나. 하지만 만일의 경우를 대비해 누군가 저들을 지킬 사람을 두고 가면 돼." 그녀가 말했다.

"좋아요, 하지만 그런 다음엔요?"

"저분들이 깨어난 다음에 말이니?"

"네. 어떻게 설명을 해야 할까요……? **원장님**에 대해서요."

페러그린은 미소를 지었다. "포트먼 군, 그건 전적으로 네 결정에 달렸어. 하지만 네가 원한다면 걸으면서 전략을 짜보도록 하자."

해변에 적합한 옷차림을 위해서 친구들에게 옷장을 뒤져도 좋다는 허락을 내리긴 했지만, 몇 분 뒤에 그들이 현대인의 복장으로 다시 나타난 걸 보자 진짜 이상한 기분이 들었다. 올리브나 클레어한테 맞는 옷은 전혀 없었으므로 그들은 이미 입고 있던 옷에 챙 넓은 여름 모자와 선글라스를 꼈는데, 그러니까 마치 파파라치를 피하려고 애쓰는 유명인처럼 보였다. 밀라드는 얼굴과 어깨에 선크림을 듬뿍 바른 것 이외엔 아무것도 입지 않았고, 그래서 걸어 다니는 일종의 얼룩처럼 보였다. 브로닌은 꽃무늬 상의에 통이 넓은 리넨 바지를 입었고, 에녹은 반바지 수영복에 낡은 티셔츠를 걸쳤으며, 호러스는 파란색 폴로셔츠에 밑단을 깔끔하게 접어 올린 카키색 치노 팬츠를 입어 완벽한 상류층 청소년 같아 보였다. 옷을 갈아입지 않은 유일한 사람은 휴였다. 여전히 울적하고 맥이 빠져 있던 휴는 뒤에 남아 우리 부모님을 지켜보겠다고 자청했다. 나는 그에게 외삼촌의 휴대전화를 주고 화면에 내 휴대전화 번호를 띄워, 혹시 가족들이 깨어나기 시작하면 나에게 전화 거는 방법을 가르쳐주었다.

이어 페러그린 원장이 거실로 들어오자 모두들 **우와**, **이야** 환호를 보냈다. 그녀는 몸판에 수술이 달리고 어깨를 도려낸 상의에 열대 문양이 찍힌 7부 바지를 입고 항공용 선글라스와 분홍색 선캡을 써, 늘 탑처럼 높이 얹어 올린 머리가 모자 중간으로 삐죽이 드러났다. 우리 엄마 옷을 입은 걸 보니 약간 어리둥절했지만, 그래도 완벽하게 평범한 사람처럼 보였고 그게 중요하다고 나는 생각했다.

"완전 현대인 같아요!" 올리브가 감탄했다.

"그리고 **기묘**해요." 에녹이 코를 찡그리며 말했다.

"다른 세상에서 우리가 아무렇지도 않게 지나가려면 변장에 능숙해져야 해." 페러그린 원장이 말했다.

"조심하세요, 원장님. 미혼 남성들이 전부 원장님을 따라다닐 거예요!" 엠마가 걸어 들어오며 말했다.

"그런 말을 들을 사람은 바로 너야." 브로닌이 말했다. "우와, 잘 봐라, 녀석들아."

엠마를 돌아본 나는 목구멍에서 숨이 콱 막혔다. 그녀는 밑단에 달린 치마 길이가 허벅지 중간쯤에 닿는 원피스 수영복을 입고 있었다. 야한 느낌과는 거리가 멀었지만, 지금껏 내가 본 중에선 단연코 가장 몸이 많이 드러난 옷차림이었다. (그녀에겐 **다리**가 있었다!) 처음 만났을 때부터 알고는 있었지만 엠마 블룸은 기막힌 미인이었고, 빤히 쳐다보지 않으려고 의식적으로 노력을 해야 했다.

"어휴, 관둬." 엠마는 자기를 지켜보는 나를 발견하고 미소를 지었다. 맙소사, 그 미소에 나의 몸 안쪽엔 불이 켜졌다.

"포트먼 군."

얼빠진 미소를 질질 흘리던 나는 돌아서서 페러그린 원장을 마주했다.

"어, 네?"

"준비됐나? 아니면 혹시 완전히 꼼짝 못 할 상황인가?"

"아뇨, 전 괜찮아요."

"행여나 그렇겠다." 에녹이 씩 웃으며 말했다.

나는 그에게 어깨를 부딪고는 친구들 사이로 걸어 나가 현관문을 열고 나의 이상한 친구들을 세상으로 이끌었다.

⟡

내가 사는 곳은 '니들 키'라고 부르는 길고 좁은 사주沙柱섬이었다. 관광객들을 위한 술집과 해변 주택이 8킬로미터쯤 이어진 섬의 양쪽 끄트머리는 육지와 다리로 연결되었고, 무성하게 자란 벵골보리수가 드리워진 구불구불한 오솔길로 섬이 양분되었다. 그곳이 섬이라고 불리는 이유는 본토와 겨우 300미터쯤 떨어져 그 사이로 길고 좁은 수로가 형성된 덕분인데, 수심이 낮아서 셔츠를 적시지 않고도 걸어서 건널 수 있었다. 부유한 사람들의 저택은 곳을 향해 서 있고, 우리 집 같은 나머지 주택들은 레몬만을 바라보게 지어졌는데, 돛을 단 요트들이 지나다니고 해안을 따라 왜가리들이 아침 먹거리를 사냥하는 고요한 아침엔 풍경이 퍽이나 아름다웠다. 어린아이가 자라기엔 안전하고 다정한 곳이었고, 나도 그런 점을 더 감사하게 여겨야 마땅했겠지만 나는 줄곧 어딘가 다른 곳에 속했다는 느낌과 싸우며—처음엔 소름이 끼쳤고 나중엔 압도당해서—어린 시절을 보냈던 탓에 머리가 녹아내리기 시작하는 것만 같았고, 정말로 졸업 후에 하루라도 더 여기에 머물렀다간 뇌가 녹아 귀로 빠져나갈 것이라고 생각했었다.

우리는 우리 집 진입로 끝부터는 무성한 덤불 뒤쪽으로 숨어 이동하다가, 지나가는 자동차 소리가 완전히 사라지자 재빨리 도로를 건넌 다음 관광객들이 찾지 못하도록 일부러 관리를 소홀히 해 엄청 웃자란 맹그로브나무 사이 오솔길로 접어들었다. 1, 2분쯤 덤불을 헤치고 걷자, 이내 오솔길이 넓게 툭 트이면서 니들 키의 주요 명소가 나타났다. 흰모래가 뒤덮인 길쭉한 백사장과 함께 에메랄드빛으로 반짝거리는 바다가 끝없이 펼쳐졌다.

친구들 입에서 헉 하는 신음 소리가 두어 번 흘러나왔다. 친구들은 부자연스럽게 길었던 인생의 대부분을 섬에서 살아왔으므로 이전에도 해변을 본 적은 있었다. 하지만 바다가 호수처럼 잔잔하고 평온하면서 가루처럼 고운 하얀 모래사장 가장자리엔 야자수가 리본처럼 부드럽게 흔들리는 아름다운 해변은 그들에게도 드문 광경이었다. 이 깨끗한 자연 풍경은 2,000명쯤 되는 주민들이 달리 볼 것도 없는 동떨어진 소도시에서 살아가는 진짜 이유였고, 하늘에 태양이 높이 뜨고 산들바람이 열기를 쉽사리 몰아내는 이런 순간에는 그들의 선택을 누구도 탓할 수 없었다.

"맙소사, 제이콥. 넌 여기서 작은 천국을 누리며 살고 있었구나." 페러그린 원장이 가슴 가득 숨을 들이마시며 말했다.

"저게 태평양이야?" 클레어가 물었다.

에녹이 콧방귀를 뀌었다. "저건 멕시코만이야. 태평양은 대륙의 반대편에 있다고."

우리는 해변을 따라 산책을 했고, 어린 친구들이 주변을 뛰어다니며 조개껍데기를 줍는 동안 나머지 우리들은 그저 풍경과 햇살을 만끽했다. 나는 엠마의 걸음에 맞춰 속도를 늦추며 그녀의 손을 잡았다. 그녀가 나를 보며 미소를 지었고, 우리는 동시에 한숨을 쉬다 웃음을 터뜨렸다. 우리는 해변에 대해서, 모든 풍경이 얼마나 예쁜지에 대해서 한동안 이야기를 나눴지만, 화제는 금세 동이 났다. 그래서 나는 악마의 영토에서 지낸 삶이 어땠는지 친구들에게 물었다. 팬루프티콘을 통해 영토 바깥을 여행했던 이야기만 들었을 뿐이지만, 분명 그들도 여행 이외의 일들을 했을 것이다.

"여행은 인간의 발전에 중요한 일이다." 페러그린 원장의 말투는 기묘하게도 변명조였다. "여행을 하기 전까지는 가장 교육을 많이 받은 사람조차 무지한 상태란다. 우리 사회가 이상한 우주의 중심이 아니란 걸 아이들이 아는 게 중요해."

이따금씩 이렇게 견학 여행을 떠났던 것을 제외하면, 페러그린 원장과 다른 임브린들은 각자의 아이들을 위해 안정된 환경을 만들려고 무던히 애를 썼다고 그녀는 설명했다. 나의 친구들처럼 대부분 평생 살아온 루프에서 이탈된 상태였다. 어떤 경우엔 현재 루프가 붕괴되어 영원히 사라져버리기도 했다. 할로개스트의 습격으로 많은 이들이 친구를 잃고 부상을 입거나, 다른 트라우마를 겪어야 했다. 불결하고 혼란스러웠던 데다가 카울이 세웠던 악의 제국의 중심이었다는 역사를 가진 악마의 영토는 아무래도 트라우마를 극복하기에 이상적인 장소가 아니었지만, 임브린들은 그곳을 안식처로 만들려고 최선을 다했다. 난민이 된 아이들은 와이트의 공포스러운 공격을 피해 달아난 수많은 이상한 어른들과 함께 그곳에서 새로운 보금자리를 찾았다. 그들은 새로운 학교를 세워, 임브린들이 시간 날 때마다 수업과 토론회를 열었고, 임브린들이 여의치 않을 때는 특별한 분야에 전문 지식이 있는 이상한 어른들이 수업을 맡아 진행했다.

"가끔은 좀 지루할 때도 있어. 하지만 학자들 사이에서 지내는 건 좋은 일이야." 밀라드가 말했다.

"그야 네가 선생님들보다 더 많이 안다고 생각하니까 지루한 거지." 브로닌이 말했다.

"임브린이 가르치지 않을 때면 대부분 난 그런 생각이 들더라." 밀라드가 대꾸했다. "게다가 임브린들은 요즘 들어 거의 언제나 바쁘잖아."

그들이 바쁜 건 '수만 가지 불쾌한 임무'를 처리하기 때문이라고 페러그린 원장이 설명했고, 그 임무의 대부분은 와이트들의 흔적을 깨끗하게 처리하기 위함이었다.

"놈들이 남기고 간 사태가 무시무시하단다." 그녀가 말했다. 와이트와의 전투로 망가진 주거지와 완전히 파괴되진 않았지만 망가진 루프 같은 실질적인 피해도 있었다. 하지만 더 큰 문제는 악마의 영토에서 앰브로시아에 중독된 이상한 사람들같이 그들이 남기고 간 피해자들과 변절했던 사람들에 대한 처리였다. 중독을 치료해야 하는데 모두가 자진해서 치료를 받아들이는 건 아니었다. 그리고 난 뒤에도 그들 중에서 누구를 신뢰할지 껄끄러운 의문이 남았다. 많은 사람들이 협박 때문에 와이트들에게 협조했고, 어떤 이들은 기꺼이 확실하게 악의를 품었다고 여겨질 정도로 내통을 했으며, 심지어는 배신을 저질렀다. 재판이 필요했다. 기껏해야 연간 두세 차례 사건을 처리하도록 구성되었던 이상한 재판부가 맡아야 할 사건은 10여 건으로 빠르게 늘어났고, 재판 대부분은 아직 시작도 되지 않았다. 재판이 열리기까지 피의자들은 카울이 잔인한 실험의 희생자들을 위해 지어놓았던 감옥에서 마냥 오래 기다려야 했다.

"그런 불쾌한 일들을 처리하지 않을 때에도 우리는 임브린 위원회가 개최한 회의에 참석해야 한단다. 온종일 회의가 이어져 밤까지도 끝나질 않아." 페러그린 원장이 말했다.

"무엇에 대한 회의인데요?" 내가 물었다.

"미래에 대해서." 페러그린은 퉁명스럽게 대구했다.

"위원회는 권위에 도전을 받고 있어." 밀라드가 말했다. 페러그린 원장의 표정이 경직되었다. 알아차리지 못한 밀라드는 계속 말을 이었다. "어떤 사람들은 우리가 스스로를 통치해온 방식에 변화가 필요한 때라고 이야기하고 있어. 임브린 체제는 옛날에 더 어울리는 방식이라 시대에 뒤떨어졌다는 거지. 세상이 바뀌었으니 우리도 그에 발맞춰 바뀌어야 한다고 말이야."

"은혜를 모르는 것들. 그런 놈들은 반역자들과 함께 감방에 처넣어야 한다고 생각해." 에녹이 말했다.

"아니, 그건 절대 옳지 않아. 임브린들의 통치는 대중의 동의를 얻은 결과였다. 혹자들의 판단이 잘못되었다고 하더라도, 모든 사람들은 각자의 의견을 내놓을 수 있어야 해." 페러그린 원장이 말했다.

"어떤 점에서 그 사람들과 위원회의 의견이 다른데요?" 내가 물었다.

"우선은 루프에서 계속 살아가야 하는가의 여부야." 엠마가 대답했다.

"이상한 종족들은 대부분 **반드시** 그래야 하는 거 아니었어?" 내가 말했다.

"맞아, 우리 내부의 시계를 원점으로 되돌려놓은 것 같은 대규모 루프의 붕괴를 시도하지 않는 한은 다들 그렇지." 밀라드가 말했다.

"그것 때문에 많은 사람들이 **질투**에 사로잡혔어. 우리가 장기간 이곳으로 오게 됐다는 소식을 들은 사람들이 우리한테 얼마나 뭐라 그러던지! 시기심으로 **새파랗게** 질리더라니까."

"하지만 그 루프가 붕괴됐을 때 하마터면 우린 죽을 뻔했어. 얼마나 위험한데." 내가 말했다.

"맞는 말이야, 최소한 루프 붕괴 현상을 우리가 완벽하게 이해할 수 있을 때까지는 그렇겠지. 그 원리를 정확하게 과학적으로 분석할 수만 있다면 우리한테 일어난 일을 안전하게 재현하는 것도 가능할지 몰라." 밀라드가 말했다.

"하지만 그러려면 시간이 오래 걸릴 텐데, 일부 이상한 종족들은 기꺼이 기다릴 생각이 없다. 루프에 갇혀 사는 데 너무 지친 나머지 그들은 죽을 위험도 무릅쓰려 하고 있지." 페러그린 원장이 설명했다.

"완전히 미친 짓이야. 우리가 다 같이 악마의 영토에 휩쓸려 들어가 바로 코앞에서 보기 전까지는 그렇게 얼빠진 이상한 종족들이 많은지 상상도 못 했어." 호러스가 말했다.

"신세계에 사는 대중들에 비하면 그 사람들의 미친 생각은 절반에도 미치지 않아." 엠마가 말을 하자, 그들의 이름을 언급한 것만으로도 페러그린 원장은 한숨을 쉬었다. "그들은 평범한 인간들의 사회에 어울리고 싶어 해."

"그 미치광이들 이야기는 꺼내지도 마! 그자들은 세상이 완전히 개방적이고 관대해져서 숨어 살던 우리가 그냥 밖으로 나오기만 하면 될 거라고 생각하잖아. **안녕, 세상이여! 우린 이상한 종족이고 그게 자랑스럽도다!** 그렇게 해도 옛날처럼 모두 화형대에서 불타죽을 일은 없을 거라고 말이야." 에녹이 말했다.

"그들은 어려서 그러는 것뿐이다. 그 아이들은 마녀 사냥이나 이상한 종족을 혐오하는 공포감을 겪어본 적이 없잖니." 페러그린 원장이 말했다.

"그러니까 걔들이 더 위험한 거예요. 무모한 짓을 저지르면 어떡해요?" 호러스가 자기 손을 만지작거리며 말했다.

"그놈들도 감방에 보내야 해요. 제 생각은 그래요." 에녹이 말했다.

"네가 위원회에 속하지 않은 이유가 바로 그거란다." 페러그린 원장이 말했다. "이제 그만하면 됐다. 이렇게 좋은 날 정치를 논하고 싶지는 않구나."

"잠깐, 잠깐만. 빌어먹을 물에 들어갈 것도 아니라면 대체 내가 이 수영복은 왜 입은 거지?" 엠마가 말했다.

"제일 꼴찌로 들어가는 사람은 멍청이!" 브로닌이 소리치며 뛰어가자, 갑자기 물가를 향해 달리기 대회가 벌어졌다.

페러그린과 나는 제자리에 서서 지켜보았다. 나는 여러 가지 생각에 빠져 수영을 하고 싶은 마음이 들지 않았다. 하지만 페러그린 원장은 수많은 문제와 복잡한 상황에 대한 이야기를 방금 주고받았음에도 전혀 그 무게에 짓눌리지 않은 듯했다. 감당해야 할 일이 많기는 해도 페러그린 원장이 해결해야 할 문제들은—어쨌든 내가 아는 것들은—성장과 치유, 자유와 관련이 있었다. 그렇다면 그 정도는 감사해야 할 일이었다.

🐚

"제이콥, 너도 어서 들어와!"

엠마가 바다에서 건져낸 불가사리를 들어 올리며, 물가에서 나를 향해 소리쳤다. 친구들 몇몇은 얕은 물에서 첨벙거렸지만, 다른 아이들은 곧장 바다에 뛰어들어 수영을 했다. 여름의 만 주변 바다는 목욕물처럼 따뜻해서, 케르놈의 절벽 해안으로 폭풍처럼 휘몰아치던 대서양 바다와는 전혀 달랐다. "굉장해!" 밀라드가 바닷속에서 인간 형체의 진공 상태로 떠돌아다니며 외쳤다. 올리브 역시 걸을 때마다 모래 속으로 한 뼘씩이나 발이 파묻히면서도 신나게 즐기고 있었다.

"제이콥!" 파도 위로 솟구쳐 오른 엠마가 나에게 손을 흔들며 외쳤다.

"난 청바지를 입고 있잖아!" 나도 소리쳐 대꾸했다. 그 말은 사실이기도 했지만, 정말이지 나는 지켜보는 것만으로 행복했다. 친구들이 이곳에서 즐겁게 지내는 광경을 보는 것만으로도 어쩐지 너무 뿌듯한 심정이었다. 집을 떠올릴 때마다 어딘가 꽁꽁 얼어붙었던 얼음덩어리가 녹아내리는 느낌이 들었다. 나는 친구들이 이렇게 별로 복잡하지 않은 평화를 원할 때마다 언제든 누릴 수 있기를 바랐고, 그럴 방법이 존재하기를 염원했다.

그러자 부모님을 어떻게 대할지 방법이 떠올랐다. 너무도 단순한 방법인데 왜 이제껏 그런 생각을 못 했는지 모르겠다. 빈틈

없는 거짓말을 꾸며낼 필요는 없었다. 꾸며낸 이야기는 서로 모순될 수도 있고 거짓말은 들통 나게 마련이며, 혹시 들통 나지 않더라도 부모님이 뭔가 이상한 장면을 목격하는 바람에 깜짝 놀라 우리가 누렸던 단순한 행복을 산산조각 낼까 봐 끊임없이 두 분을 속이려고 조심조심 살아야 할 것이다. 더욱이 부모님에게 나의 진짜 정체를 무한정 숨겨야 한다는 건 생각만 해도 지치는 일이었고, 특히 지금은 나의 평범한 인생과 이상한 인생이 충돌하는 순간이었다. 하지만 핵심이 되는 생각은 바로 이거였다. 우리 부모님이 나쁜 사람들은 아니라는 것. 나는 학대를 당하거나 홀대받은 적이 없었다. 부모님은 단지 나를 이해하지 못했을 뿐이고, 두 분에게 기회를 드려야 한다고 생각했다.

그래서 나는 부모님에게 사실대로 이야기할 작정이었다. 조금씩 신중하게 사실을 드러낸다면, 어쩌면 부모님도 너무 큰 충격을 받지는 않을지도 모른다. 내 친구들을 한 사람씩 차분한 분위기에서 만난다면, 그리고 부모님이 친구들을 조금 더 잘 알게 되었을 때 비로소 그들의 이상함을 소개한다면, 어쩌면 잘 넘어갈 수도 있을 것이다. 왜 안 그렇겠나? 아빠는 이상한 종족의 아버지이자 아들인데. 그 사실을 이해할 수 있는 평범한 사람이 누구라도 존재한다면 그건 바로 우리 아빠일 것이다. 엄마가 마음을 여는 게 늦어지면, 아빠가 엄마를 이끌어줄 수도 있을 것이다.

그렇게만 된다면 마침내 두 분은 나를 믿어주면서 있는 그대로의 나를 받아들여줄지 모른다. 어쩌면 그땐 우리가 진짜 가족처럼 느껴질 것이다.

그런 제안을 한다고 생각하니 약간 초조해진 나는 다른 아이들이 듣지 않을 때 페러그린 원장에게 그 이야기를 꺼냈다. 친구들은 대부분 아직 수영을 하거나 얕은 물가에서 보물찾기를 하고 있었다. 작은 도요새 무리가 페러그린 원장을 따라다니며 길쭉한 부리로 그녀의 발목을 쪼아댔다.

"저리 가! 난 너희 어미가 아니야." 그녀는 걸으며 다리를 휘저어 새들을 쫓았다.

새들은 파도 위로 흩어졌지만 계속 따라왔다.

"새들은 원장님을 좋아하네요, 그렇죠?"

"영국에선 새들이 나를 존경하고 내 사적인 공간도 존중해주었어. 여기선 새들이 곧장 들이대는 것 같구나." 페러그린이 또다시 다리를 흔들었다. "어서, 저리 가!" 새들이 바다로 흩어졌다.

"우리 할 이야기가 있지 않니?"

"저도 그 생각 중이었어요. 부모님께 제가 그냥 모든 걸 다 설명하면 어떨까요?"

"에녹, 밀라드, 몸싸움은 그만둬라!" 페러그린이 손나팔에 대고 소리친 뒤, 나를 향해 돌아섰다. "그분들의 기억도 지우지 말고?"

"완전히 부모님을 포기하기 전에 제대로 한번 노력해보고 싶어요. 잘 안 통할 수도 있다는 건 알지만, 잘만 되면 모든 상황이 훨씬 더 쉬워지잖아요."

페러그린 원장이 당장 내 의견을 반박할까 봐 염려스러웠지만 곧장 그러지는 않았다.

"그건 오래 지켜온 규칙에 크나큰 예외를 인정하는 일이 될 거다. 우리 비밀을 아는 평범한 사람들은 지극히 드물다. 임브린 위원회에서 특별 승인을 내려야 할 거야. 밟아야 할 절차도 있단다. 맹세 의식이야. 긴 유예 기간을 거쳐서……"

"그러니까 그럴 가치가 없다는 말씀이시군요."

"그런 말이 아니야."

"진짜요?"

"난 다만 복잡하다는 이야기를 하는 거다. 하지만 너희 부모님의 경우 시도해볼 만한 일이야."

"무슨 시도요?"

어느 틈에 호러스가 우리 뒤에 와 있었다. 나와 페러그린 원장 둘만의 비밀로 하기엔 벅찬 일이었다.

"부모님께 우리에 관해서 사실대로 말하는 게 어떨까 생각 중이야. 부모님이 감당하실 수 있는지 보려고." 내가 말했다.

"뭐라고? **왜?**"

내가 예상했던 반응 이상이었다.

"우리 부모님도 알 자격이 있다고 생각해."

"그분들은 너를 정신병원에 집어넣으려고 했어!" 에녹이 말했다. 이제는 다른 아이들도 물에서 나와 주변에 모여들기 시작했다.

"부모님이 한 일은 나도 알지만 그런 행동을 하셨던 건 단지 나를 걱정했기 때문이었어. 사실을 알게 되면, 그러고도 그걸 **괜찮다**고 여기신다면, 그런 행동은 절대 하지 않았을 거야. 그렇게 되면 너희들이 나를 만나러 오고 싶을 때나 내가 너희를 만나러 가고 싶을 때 언제든 모든 게 훨씬 더 간단해질 거야."

"너도 우리랑 같이 돌아간다는 뜻이야?" 올리브가 물었다.

물을 뚝뚝 떨어뜨리며 이제 막 당도한 엠마는 그 말을 듣고 눈을 가늘게 뜬 채 나를 쳐다보았다. 아직 그 문제에 대해선 엠마와 단둘이 이야기를 나눈 적도 없는데 지금 여기서 다 같이 터놓고 의논을 하게 되었다.

"우선은 고등학교를 마칠 생각이야. 하지만 이 문제를 제대로 처리한다면, 앞으로 몇 년간 우린 계속 만날 수 있을 거야."

"그건 너무 막연한 **가정**인걸." 밀라드가 말했다.

"그냥 일단 상상해봐. 어쩌면 주말마다 나도 재건 사업을 도우러 갈 수도 있고, 너희도 내킬 때 언제든 여기 와서 평범한 세계에 대해 배울 수 있잖아. 원한다면 나랑 같이 학교도 다닐 수 있어." 내가 말했다.

나는 엠마를 흘끔 쳐다보았다. 그녀는 팔짱을 끼고 서서 알 수 없는 표정을 지었다.

"**평범한** 아이들과 학교를 다닌다고?" 올리브가 말했다.

"우린 피자 배달이 와도 문을 열러 나갈 수 없어." 클레어가 말했다.

"어떻게 상대하면 되는지 내가 가르쳐줄게. 머잖아 너희들도 전문가가 될 거야."

"들을수록 점점 더 믿을 수 없는 얘기로군." 호러스가 말했다.

"난 그냥 우리 부모님께 기회를 드리고 싶어. 혹시 그게 안 통하면……"

"혹시 그게 안 통하면 원장님이 그분들 기억을 지워버릴 수 있겠지." 엠마가 말했다. 그녀가 내게로 걸어와 팔짱을 꼈다. "에이브 포트먼의 친아들이 자기 아버지가 누구였는지 모른다는 건

비극적이지 않니?"

엠마가 토론에 합류했다. 나는 지원해줘서 고맙다는 의미로 그녀의 팔을 꾹 눌렀다.

"비극적이긴 하지만 필요한 일이야. 쟤네 부모님은 믿을 수가 없어. 평범한 사람들은 **아무도** 믿지 못하겠어. 난 그들이 무슨 짓을 할지 생각만 해도 초조해져. 우리 모두를 노출시킬 수도 있잖아!" 호러스가 말했다.

"그런 일은 없을 거야." 말은 그렇게 했지만 내 머릿속에서 작은 목소리가 덧붙였다. **진짜로 그럴까?**

"그분들이 주변에 있을 땐 그냥 우리가 평범한 아이들인 척 연기하면 왜 안 돼? 그러면 그분들도 속상할 일 없을 거야." 브로닌이 말했다.

"정말이지 그 방법은 통하지 않을 것 같아." 내가 말했다.

"우리들 중엔 평범한 사람들인 척 연기하는 특권이 없는 사람도 있어." 밀라드가 말했다.

"어쨌든 가짜로 연기하는 건 난 싫어. 그냥 우린 우리대로 지내고 매일 밤마다 페러그린 원장님이 두 분 기억을 지워버리는 건 어때?" 호러스가 말했다.

"기억을 너무 많이 지우면 사람들 머릿속이 흐물흐물해져. 신음 소리와 침을 흘리다가 완전 맛이 가는 거지." 밀라드가 말했다.

나는 페러그린 원장을 쳐다보았고, 그녀가 재빨리 고개를 끄덕여 그 말이 사실임을 확인해주었다.

"두 분이 어디 먼 곳으로 휴가를 떠나시면 어떨까?" 클레어가 제안했다. "원장님이 기억을 지운 후에 정신이 말랑말랑해져서 주변의 영향을 받기 쉬운 상태일 때 그런 생각을 심는 거야."

"돌아오시고 난 이후에는 또 어떡하고?" 내가 물었다.

"그런 다음엔 두 분을 지하실에 가둬야지." 에녹이 대꾸했다.

"지하실에 **너**를 가둬놓아야겠구나." 엠마가 말했다.

나는 모두에게 불필요한 스트레스와 염려를 떠안기고 있었다. 친구들은 걱정할 수밖에 없었다. **나도** 걱정이었다. 그런데 이 모든 걱정은 지난 6개월간 나에게 슬픔밖에 안겨주지 않은 부모님 때문에 생긴 것이었다.

나는 페러그린 원장을 향해 돌아섰다. "너무 복잡하네요. 그냥 원장님이 부모님 기억을 지워주세요."

"네가 부모님에게 사실대로 털어놓고 싶다면 나는 꼭 그렇게 해야 한다고 생각한다. 노력해볼 가치는 언제나 있는 법이거든." 페러그린이 대꾸했다.

"진짜요? 확실해요?" 내가 물었다.

"그 방법이 잘만 통하면, 위원회의 승인은 소급 적용되도록 내가 손써보마. 만일 그 방법이 안 통하게 된다면, 느낌상 우리가 더 빨리 알게 되지 않겠니."

"잘됐다!" 엠마가 말했다. "이제 그 문제는 다 해결되었으니까……" 그녀가 내 팔을 붙잡고 바다로 이끌었다. "이젠 수영할 시간이야!" 너무 갑자기 허를 찔린 나는 그녀를 막을 도리가 없었다.

"잠깐만, 안 돼, 내 휴대전화!"

나는 가슴팍까지 바닷물에 빠지기 직전에 휴대전화를 청바지 주머니에서 꺼내 백사장으로 되돌아가 있던 호러스에게 던져

위기를 모면했다.

엠마는 나에게 물을 확 끼얹고는 헤엄쳐 멀어져 갔고, 나는 소리 내어 웃으며 그녀의 뒤를 따라 팔다리를 저었다. 갑자기 주체할 수 없는 행복이 밀려들었다. 친구들과 함께 있는 것도, 햇빛 때문에 눈이 부신 것도, 나를 좋아하는 아름다운 소녀의 뒤를 따라 헤엄을 치는 것도 다 행복했다. 그녀는 언젠가 나를 **사랑한다**고 말한 적이 있었다.

더없는 행복.

앞서가던 엠마가 모래톱을 찾아냈다. 해안에서 꽤 멀어졌는데도 그녀가 선 곳은 바닷물이 허리춤밖에 오지 않았다. 언제나 내가 사랑해마지않던 부드러운 조류가 만들어낸 속임수였다.

"이봐, 안녕!" 나 역시 모래톱에 발을 대고 서며 약간 숨이 차서 말했다.

"넌 언제나 청바지를 입고 수영을 하니?" 엠마가 씩 웃으며 말했다.

"아 그럼. 다들 그래. 이게 최신 유행이야."

"설마 그럴 리가." 그녀가 말했다.

"진짜야. 나노데님이라고 부르는 천이라서 물에서 나가면 5초 만에 다 말라."

"정말이구나. 놀랍다."

"세탁 후에 개는 것도 저절로 돼."

엠마가 나를 째려보았다. "진지하게 하는 말이야?"

"그리고 아침 식사도 만들어주지."

엠마가 나에게 물을 끼얹었다. "과거 시대에서 온 여자애를 놀려먹는 건 좋지 못한 행동이야!"

"네가 워낙 잘 속으니까 그렇지!" 나는 물속으로 잠수했다가 그녀에게 물을 튕겨 반격하며 말했다.

"실은 날아다니는 자동차라든지 로봇 도우미 같은 좀 더 어마어마한 걸 기대했었어. 로봇 바지 정도는 **엄청** 약소하지 뭐."

"실망시켜 미안해. 그 대신에 우린 인터넷을 만들었어."

"아주 실망스러워."

"알아. 나도 차라리 날아다니는 자동차가 낫겠어."

"네가 그렇게 뻔뻔스러운 거짓말쟁이가 됐다는 게 실망스럽다는 뜻이야. 난 정말이지 우리 둘을 위해서 원대한 희망을 품었었어. 어휴, 참."

"이제부터 머릿속에서 아예 거짓말은 제거할게. 더는 속이지 않겠다고 약속해!"

"약속을 지키겠다고 **약속해**?"

"뭐든 다른 걸 물어봐. 진실만을 말하겠다는 약속을 지킬게."

"좋아." 엠마가 씩 웃으며 눈을 가린 젖은 머리칼을 옆으로 치우더니 홀로 팔짱을 꼈다. "너의 첫 키스에 대해서 말해봐."

얼굴이 달아오르는 것을 느낀 나는 그걸 감추려고 물속으로 잠수하려 했지만, 물론 숨을 쉬어야 하기 때문에 정말로 물속에 아예 들어가 있을 순 없었다.

"내가 제 발로 덫으로 걸어 들어갔구나, 그치?"

"넌 **나의** 로맨틱한 과거사에 대해서 완전 속속들이 다 알고 있잖아. 나는 너에 대해서 하나도 아는 게 없는데 어떻게 그걸 공평하다고 하겠어?"

"그건 너한테 알려줄 만한 게 없기 때문이야."

"어라, 허튼 소리하네. 키스도 한번 안 했다고?"

엠마의 질문을 방해할 만한 다른 건수를 찾아 나는 주변을 흘끔거렸다.

"음……" 나는 수면 바로 아래로 입을 내리고 중얼거려 거품이 솟아 올라오도록 했다.

엠마는 물 표면에 양 손바닥을 댔다. 잠시 후 쉭 소리가 나며 수증기가 솟아오르기 시작했다. "말하지 않으면 널 펄펄 끓여버릴 테다!"

나는 고개를 쏙 내밀었다. "좋아, 좋다고, 고백할게! 나는 슈퍼모델 로켓 과학자랑 데이트를 했어. 인도주의적 업적과 이국적인 사랑 나누기 기술 부문에서 우승을 한 쌍둥이 자매와도 사귄 적이 있었지. 하지만 네가 그 여자애들 전부보다 더 나아!"

수증기 때문에 잠시 엠마의 모습이 흐려졌는데, 수증기가 사라지자 그녀는 어디에도 보이질 않았다.

"엠마?" 공포에 사로잡힌 나는 물속을 뒤졌다. "엠마!"

이어 내 뒤쪽에서 첨벙 소리가 나 몸을 휙 돌리자 얼굴에 물벼락이 쏟아졌다. 엠마가 나를 보고 깔깔 웃으며 거기 있었다.

"속임수는 안 된댔지!"

"너 때문에 겁먹었잖아!" 눈을 문지르며 내가 말했다.

"너처럼 잘생긴 남자애가 나를 만나기 전에 키스를 **한 번도** 안

해봤다는 걸 믿으라는 게 말이 안 되잖아."

"좋아, 한 번 해봤지만," 나는 인정했다. "하지만 그건 언급할 가치도 없어. 그 여자애가 나한테 일종의 실험을 했던 것 같아."

"오 맙소사. 이제 **진짜로** 흥미진진해지는군."

"그 애 이름은 재닌 윌킨슨이었어. 스타더스트 스케이트장에서 말레니 샤의 생일 파티가 열리던 날 관람석 뒤에서 나한테 입을 맞췄어. '키스 무경험자'라는 게 자긴 지긋지긋하다면서 어떤 느낌인지 알고 싶댔어. 그러더니 나더러 비밀을 지키겠다는 맹세를 시키고는, 누구한테든 발설하면 내가 아직도 침대에 오줌을 싼다는 소문을 퍼뜨리겠다고 협박하더라."

"세상에나. 아주 나쁜 년이네."

"흥미진진한 나의 과거사는 그게 다야."

엠마는 눈을 동그랗게 뜨더니 이내 바다에 누워 둥둥 떠다녔다. 부드럽게 철썩이는 파도 소리 너머로 행복한 친구들의 말소리가 높아졌다 사그라들었다. "제이콥 포트먼, 넌 눈보라처럼 순수하구나."

"나는, 어…… 맞아. 그렇게 말하니깐 이상하다." 어색함을 느끼며 내가 말했다.

"부끄러워할 거 전혀 없어, 너도 알잖아."

"알아." 그땐 정말 아는지 자신이 없으면서도 그렇게 대답했다. 모든 영화와 TV 드라마는 십 대 청소년들이 운전면허증을 딸 시점까지 순결을 잃지 않으면 일종의 개인적인 실패처럼 보이도록 하는 것을 목표로 삼는 것 같았다. 바보 같은 생각이란 건 알지만, 그래도 워낙 자주 접하다보면 그런 생각을 내면화하지 않기란 어려운 일이다.

"네 마음을 소중하게 간직했다는 의미야. 난 그게 고마워." 엠마가 날 보며 한쪽 눈을 치떴다. "그리고 어쨌든 난 걱정하지 않을 거야. 내 생각엔 분명……" 그녀가 수면 위로 손가락 하나를 휘젓자 수증기가 꼬리처럼 따라다니며 생겨났다. "……그 상태가 영원히 지속되진 않을 거야."

"오 그래?" 미묘한 짜릿함이 전신을 스치는 걸 느끼며 내가 말했다.

"두고 보면 알겠지." 엠마는 다리를 내려뜨리고 몸을 똑바로 일으키며 말했다. 강렬한 눈빛으로 나를 뚫어져라 지켜보던 그녀는 우리 사이가 점점 더 가까워져 물속에서 팔과 다리가 얽히는 동안에도 줄곧 시선을 거두지 않았다. 다른 것도 더 얽힐 수 있었겠으나 그 전에 외침이 들려왔고, 돌아보니 페러그린 원장과 호러스가 해변에서 우릴 향해 손을 흔들고 있었다.

𝓎

"휴야." 내가 백사장으로 어기적어기적 걸어 나오자, 호러스가 내게 휴대전화를 건네며 말했다.

나는 물이 뚝뚝 떨어지는 머리에서 최대한 멀리 전화기를 들었다. "여보세요?"

"제이콥! 너희 삼촌들이 깨어나고 있어. 너희 부모님도 마찬가지인 것 같아."

"5분 안에 갈게. 지금 그대로 그냥 잘 지키고만 있어." 내가 말했다.

"노력은 하겠지만 서둘러. 잠 가루도 더는 없는데 너희 삼촌들 **성질 나쁘잖아.**" 휴가 말했다.

어느새 우리 중에 달릴 수 있는 사람은 전부 달려가고 있었다.

브로닌은 올리브를 안고 뛰었다. 걷거나 날 수는 있지만 달릴 수는 없는 페러그린 원장은 우리에게 먼저 가라고 말했고, 내가 어깨 너머로 돌아보니 바다로 뛰어들어 파도 속으로 사라졌다. 잠시 후 그녀의 옷가지만 수면으로 둥둥 떠올랐고 이내 새의 모습을 한 그녀가 물에서 튀어나와 집 쪽을 향해 우리 머리 위로 날아갔다. 페러그린의 변신을 목격하면 언제나 박수를 치며 환호를 보내고 싶어지지만, 혹시라도 평범한 사람들이 볼 경우를 대비해 그런 마음을 억누른 채 계속 달려갔다.

우리는 땀에 젖어 다들 모래투성이로 헐떡이며 현관에 도착했지만 깨끗이 몸을 닦을 시간은 없었다. 차고 문을 통해 외삼촌들의 성난 목소리가 들려왔다. 이웃에 사는 멜로루스 할머니가 수상한 소리를 듣고 경찰에 신고하기 전에 삼촌들을 먼저 해결해야 했다.

집 안으로 들어가자마자 나는 차고로 가 외삼촌들에게 사과를 시작했다. 화도 나고 혼란스러운 삼촌들은 공격적으로 변하는 중이었고, 잠시 후 나를 밀치더니 집 안으로 들어갔다. 페러그린 원장은 꿰뚫어 볼 듯한 눈빛으로 깃털을 들고 복도에서 대기 중이었고, 금세 삼촌들은 둘 다 점토 인형처럼 차분하고, 조용하며, 나긋나긋해졌다. 삼촌들의 정신은 지우기가 너무 쉬워서 거의 실망스러울 정도였다. 몽롱한 가운데 남의 말에 완전 혹하는 상태가 이어지자, 페러그린 원장은 나에게 뒷일을 맡겼다. 주방의 높은 의자에 앉은 나는 지난 24시간 동안 완전히 아무 일도 없었으며, 나의 정신 건강은 나무랄 데 없이 정상이고, 최근 우리 가족에게 벌어졌던 드라마 같은 상황은 순전히 새로운 상담 주치의의 오진 탓이라고 설명했다. 신중을 기하기 위하여 혹시라도 앞으로 몇 주 동안 외삼촌들이 마주치거나, 우리 집으로 전화를 걸었을 때 통화를 할 수도 있는 이상한 영국인들은 아버지 쪽으로 먼 친척이어서, 돌아가신 할아버지를 기리기 위하여 방문한 것이라고도 말해두었다. 바비 삼촌은 최면 상태에서 끄덕임으로 대답했다. 레스 삼촌은 아침 식사로 먹고 남은 스크램블드에그를 주머니에 쑤셔 넣으면서 "음음"이라고 중얼거렸다. 나는 삼촌들에게 집에 가서 좀 주무시라고 말한 뒤, 택시를 불러 댁으로 보냈다.

그런 다음엔 부모님을 해결할 차례였다. 잠 가루의 효력이 다 사라지기 전에 나는 브로닌에게 두 분을 2층 침실로 옮겨달라고 부탁했다. 그래야 전날 밤의 충격적인 트라우마를 상기시킬 물건들로 둘러싸인 망가진 자동차에서 깨어나지 않을 터였다. 브로닌이 부모님을 침대에 남겨두고서 문을 닫고 나오자, 나는 카펫에 모래 발자국을 남기며 무슨 말을 해야 할지 초조하게 생각을 정리하느라 잠시 복도를 서성거렸다.

엠마가 계단을 올라왔다. "안녕." 그녀가 속삭였다. "들어가기 전에, 네가 알았으면 하는 게 있어."

내가 그녀에게 다가가자, 엠마가 내 손을 잡았다. "그래?"

"걘 너한테 반했던 거야."

"누구?"

"재닌 윌킨스. 여자는 첫 키스의 경험을 그냥 아무한테나 허락하지 않아."

"나는 어……" 나의 두뇌는 완전히 다른 두 상황을 동시에 감당하려고 애쓰다 실패했다. "너 나 놀리는 거 맞지?"

엠마는 웃음을 터뜨리며 고개를 숙였다. "그 여자애 얘긴 **정말**이야, 하지만 맞아. 난 그냥 너한테 행운을 빌어주려고 왔어. 행운이 꼭 필요하단 의미는 아니고. 너한텐 원래 행운이 있잖아."

"고마워."

"혹시 필요할지 모르니까 우린 바로 아래층에 있을게."

나는 고개를 끄덕였다. 그러고 나서 그녀에게 키스했다. 엠마는 미소를 짓다가 살며시 다시 계단을 내려갔다.

부모님은 블라인드 틈새로 눈부신 햇빛이 스며드는 본인들의 침대에서 조용히 깨어났다. 나는 구석에 놓인 의자에 앉아 손톱을 깨물며 진정하려고 애를 썼다.

엄마가 먼저 눈을 떴다. 엄마는 눈을 깜박이다 손으로 비볐다. 일어나 앉아서는 신음 소리를 내며 목을 어루만졌다. 열여덟 시간 동안 차 안에서 잤다는 사실을 엄마가 알 리 없었다. 그런 상황이라면 누구라도 몸이 쑤실 것이다.

그제야 나를 본 엄마가 이맛살을 찌푸렸다.

"아들? 네가 여기서 뭐 하는 거니?"

"어, 그게…… 설명하고 싶은 게 좀 있어서요."

그러자 엄마는 자신을 내려다보았고, 어젯밤에 입은 옷을 그대로 입고 있다는 사실을 알아차렸다. 혼란스러운 표정이 엄마 얼굴에 번져갔다.

"지금 몇 시니?"

"3시쯤 됐어요. 다 괜찮아요." 내가 말했다.

"아니야." 혼란스러움이 낭패감으로 변하는 듯 엄마가 방 안을 돌아보며 말했다.

나는 자리에서 일어났다. 엄마는 내게 손가락질을 했다. "거기 그대로 있어라."

"엄마, 겁내지 마세요. 제가 설명할게요."

엄마는 마치 내가 그곳에 진짜로 있는 사람이 아니라는 듯이 고개를 돌리고 나를 무시했다. "프랭크." 엄마가 아빠를 흔들어 깨웠다. "프랭크!"

"으음." 아빠는 돌아누웠다.

엄마는 더 세게 남편을 흔들었다. "프랭클린!"

바로 지금이다. 나의 마지막 기회. 내가 스스로 마음의 준비를 해왔던 순간. 마음속으로 몇 가지 다른 접근 방법을 시연해보았지만, 이젠 전부 다 어리석게만 느껴졌다. 너무 직설적이고 멍청해 보였다. 아빠가 일어나 앉아 눈을 비비며 잠을 떨쳐내려 하자, 나는 갑자기 기가 죽으면서 제대로 말로 설명할 수 없을 거라는 확신이 들었다.

상관없었다. 준비가 되었든 말든 시작해야 했다.

"엄마, 아빠, 두 분에게 꼭 해야 할 이야기가 있어요."

나는 부모님 침대 발치로 걸어가 이야기를 시작했다. 정확히 내가 무슨 말을 했는지는 좀처럼 기억나지 않지만, 집집마다 찾아다니며 물건을 팔아야 하는데 말솜씨가 꽝인 영업사원 같다는 느낌만은 확연했다. 나는 할아버지가 마지막으로 했던 말과 이상한 스냅사진, 그리고 페러그린 원장이 보낸 엽서 덕분에 이상한 아이들의 집을 찾게 되었고, 그곳에서 지내던 에이브 할아버지의 오랜 친구들은 아직도 살아 있을 뿐만 아니라 나이도 들지 않는다는 사실을 설명하려 애썼다. 하지만 어느새 나는 너무 빨리, 너무 한꺼번에 **시간의 루프**, **힘** 같은 단어들을 마구 남발하는 스스로를 발견했다. 서툴게 편집한 진실은 초조함과 뒤섞여 내가 제정신이 아니라는 사실을 부모님에게 확인시켜주는 것만 같았고, 이야기를 하면 할수록 두 사람은 나에게서 멀리 떨어져 엄마는 이불을 어깨까지 감싸 올렸고 아빠는 스트레스가 극심할 때 늘 그러듯 이마에 불끈 핏줄이 튀어나온 채로 침대 상판에 기대어 앉았다. 마치 내 안에 있을지 모를 광기가 전염이라도 된다는 듯이.

"당장 그만해!" 마침내 엄마가 내 말을 끊으며 소리쳤다. "더는 그런 얘기를 들어줄 수가 없구나."

"하지만 **사실**이에요, 제 얘기를 끝까지 들어보시면……"

엄마는 이불을 걷어버리고 침대에서 뛰쳐나왔다. "들을 만큼 들었어! 무슨 일인지는 우리도 이미 알아. 할아버지 때문에 네가 미쳐 날뛰었던 거잖아. 몰래 약 먹는 것도 중단했고." 엄마는 화가 나서 방 안을 서성거렸다. "돌팔이 의사 말만 믿고 최악의 타이밍에 지구를 반 바퀴나 돌아야 하는 곳에 너를 보냈더니 증세는 더 나빠졌어! 너로선 부끄러워할 일이 전혀 아니겠지만, 우리는 이 문제를 솔직하게 해결해야 해. 알겠니? 계속해서 너의 그…… **이 야기** 뒤로 숨는 건 곤란하다."

나는 따귀를 얻어맞은 것 같은 기분이었다. "엄마는 저한테 기회조차 주질 않네요."

"기회라면 **백번도** 더 줬잖니." 아빠가 말했다.

"아뇨. 두 분은 저를 믿은 적이 없어요."

"글쎄다, 그건 당연하지." 엄마가 말했다. "넌 중요한 사람을 잃은 외로운 아이야. 그러다가 넌 할아버지처럼 '특별한' 그 아이들을 만났고, 그 아이들은 **너만** 볼 수 있다지? 네 상태를 진단하는 데는 의학박사 학위가 필요 없어. 넌 두 살 때부터 상상의 친구들을 만들어냈던 아이니까."

"그 친구들을 볼 수 있는 사람이 저뿐이란 말은 한 적 없어요. 어젯밤에 진입로에서 두 분도 만나보셨잖아요."

부모님은 둘 다 잠깐 동안 마치 귀신을 본 것 같은 표정을 지었다. 아마도 머릿속에서 어젯밤에 있었던 일을 차단했던 모양이다. 별도로 고립된 사건이 인간의 현실 개념과 철저히 동떨어지는 경우엔 가끔 그런 일이 일어나기도 한다.

"무슨 얘기를 하는 거냐?" 엄마가 떨리는 목소리로 말했다.

부모님에게 친구들을 소개하는 것밖엔 다른 방법이 없는 듯했다.

"만나보실래요? 다시 한번?" 내가 물었다.

"**제이콥**." 경고의 말투로 아빠가 말했다.

"여기 와 있어요. 위험하지 않은 아이들이라고 제가 장담해요. 그냥…… 차분히 계시기만 하세요, 알겠죠?"

나는 문을 열고 엠마를 방으로 데리고 들어갔다. 그녀가 "안녕하세요, 포트먼 씨, 포트먼 부인"까지만 말했을 때 엄마가 비명을 질렀다.

페러그린 원장과 브로닌이 뛰어 들어왔다.

"무슨 일이냐?" 페러그린 원장이 물었다.

엄마는 그녀를 떠밀었다. 실제로 페러그린 원장을 **확 떠밀었다.** "나가. **나가라고!**" 브로닌이 엄마를 붙잡아 벽으로 던져버리고 싶은 마음을 꾹 누르고 있다는 걸 나는 알아차렸다.

"매리앤, 진정해!" 아빠가 소리쳤다.

"두 분을 해치진 않을 거예요!" 내가 말했다.

나는 엄마의 어깨를 잡으려고 했지만, 엄마는 내 손아귀를 뿌리치더니 방에서 뛰쳐나갔다.

"매리앤!" 아빠가 또다시 외쳤지만, 엄마를 따라 달려 나가려고 하자 브로닌이 아빠의 양팔을 붙들었다. 아빠는 잠 가루의 영향으로 너무 비몽사몽이라 브로닌과 싸울 상대가 되지 못했다.

나는 엄마를 뒤쫓아 계단을 내려갔다. 엄마는 부엌으로 뛰어 들어가더니 식칼을 집어 들었다. 숨어 있던 곳에서 모습을 드러낸 다른 이상한 아이들은 엄마가 냉장고를 등지고 서서 식칼을 휘두르자 찔리지 않을 만큼만 물러난 거리에서 엄마를 둘러쌌다.

"진정하세요, 포트먼 부인! 저희는 부인을 해칠 의도가 없어요!" 엠마가 말했다.

"나한테서 떨어져!" 엄마가 고함을 질렀다. "오 맙소사. 오 **맙소사!**"

엄마에게 떨어뜨릴 작정으로 차고에서 가져온 낚시용 그물을 쥐고서 천장을 따라 살금살금 다가가던 올리브 때문이었는지, 혹은 둥둥 떠다니는 목욕 가운처럼 보이는 곳에서 울리던 밀라드의 목소리 때문이었는지는 확실하지 않지만, 마침내 엄마가 정신을 잃었다. 쿵 소리를 내며 식칼이 바닥으로 떨어졌고, 엄마도 그 옆에 스르르 무너져 내렸다. 너무도 딱한 광경이어서 나는 시선을 피해야 했다.

2층에서 아빠가 고함지르는 소리가 들려왔다. 아빠는 엄마 이름을 부르고 있었다. 우리가 엄마를 죽이기라도 한 것처럼 들렸던 모양이다.

"어머니는 우리가 지킬게. 넌 아버지께 가봐." 엠마가 말했다.

나는 떨어진 식칼 쪽으로 걸어가서 혹시 엄마가 정신이 드는 경우를 대비해 칼을 싱크대 밑으로 밀어 넣었다. 엠마와 호러스, 휴, 밀라드가 엄마를 안아 올려 소파로 옮겼다. 더는 할 수 있는 일이 없었으므로, 나는 2층으로 달려갔다.

아빠는 베개를 껴안은 채 침실 구석에 웅크리고 앉아 있었다. 브로닌은 혹시라도 아빠가 달아나려고 할 경우 붙잡을 태세로 양팔을 벌린 채 문을 지키고 서 있었다.

나를 본 아빠의 표정이 얼음장처럼 굳어졌다.

"엄마는 어디 있니? 놈들이 엄마한테 무슨 짓을 한 거냐?"

"엄마는 괜찮아요. 지금 주무시고 계세요."

아빠는 고개를 저었다. "네 엄마는 절대 이걸 극복하지 못할 거다."

"괜찮아지실 거예요. 페러그린 원장님은 특정한 기억을 지워버리는 능력이 있어요. 엄만 기억 못 해요."

"삼촌들은?"

내가 고개를 끄덕였다. "삼촌들도 마찬가지예요."

페러그린 원장이 들어왔다. "포트먼 씨. 안녕하십니까."

아빠는 그녀를 무시했다. 계속 시선을 나에게만 고정시켰다. "어떻게 네가 그럴 수 있니?" 아빠가 말을 내뱉었다. "어떻게 **이런 사람들**을 우리 집에 들일 수가 있어?"

"친구들은 나를 도와주러 온 거예요. 내가 미친 게 아니란 걸 부모님께 납득시키려고요."

"당신이 뭔데 사람들한테 이런 짓을 하는지 모르겠군요." 아빠는 이제 페러그린에게 이야기하고 있었다. "사람들 인생에 뛰어들어 엉망으로 만들고. 모두를 겁먹게 하고. 본인이 원하는 건 뭐든 지워버리고. 이건 **옳지** 않아요."

"어쨌거나 당분간 부인께선 진실을 감당할 수 없을 것 같군요. 하지만 제이콥은 아버님의 경우 훨씬 마음가짐이 다르기를 간절히 바라고 있습니다." 페러그린 원장이 말했다.

아빠가 천천히 일어섰다. 양손을 옆구리에 늘어뜨린 채로. 아빠는 체념하고 분노한 얼굴이었다.

"음, 그렇다면. 이젠 저한테 맡겨주시는 게 좋겠어요."

내가 페러그린 원장을 돌아보았다.

"괜찮겠니?"

나는 고개를 끄덕였다.

"우린 바로 문밖에 있을게." 페러그린은 이렇게 말한 뒤 브로닌을 데리고 밖에 나가 문을 닫았다.

나는 장시간 이야기를 했다. 나는 침대에 걸터앉고 아빠는 방구석에 놓인 의자에 앉았는데, 지루한 강의를 참는 아이처럼 시선은 처지고 어깨는 웅크린 모습이었다. 아빠의 태도엔 신경 쓰지 않기로 했다. 처음부터 내 이야기를 털어놓았고, 이번엔 나도 침착했다.

나는 섬에서 무엇을 찾아냈는지 이야기했다. 친구들을 어떻게 만나게 되었으며 알고 보니 그들이 어떤 존재였는지. 내가 그들과 같은 존재임을 어떻게 발견하게 되었는지. 할로개스트에 대해서도 설명했지만, 그 뒤에 이어진 복잡한 사건들과 우리가 싸워야 했던 전투나 영혼의 도서관, 페러그린 원장의 사악한 오빠들 이야기는 건드리지 않았다. 지금으로선 아빠의 아버지가 어떤 분이었는지, 내가 어떤 사람인지 아는 것으로도 충분했다.

내가 설명을 마치자 아빠는 몇 분간 말이 없었다. 더는 겁을 내는 표정도 아니었다. 단지 슬퍼 보였다.

"어때요?" 내가 물었다.

"내가 알아차렸어야 했어." 아빠가 말했다. "너와 네 할아버지가 어울리던 모습. 둘만의 비밀 언어를 아는 것 같았지." 아빠는 혼잣말을 하듯 고개를 끄덕였다. "내가 알아차렸어야 했어. 아빠도 한구석으론 **이미** 알았던 것 같구나."

"그게 무슨 말이에요? 할아버지에 대해선 알면서도 저에 대해선 모르셨다고요?"

"그래. 아니. 젠장, 모르겠다." 아빠는 안개 속을 꿰뚫어 보려고 애를 쓰는 사람처럼 나를 지나 먼 곳을 강렬한 시선으로 응시했다. "마음 깊은 곳에선 알면서도 절대 믿고 싶지 않았던 것 같다."

나는 침대 끝으로 조금 더 다가갔다. "할아버지가 말씀하셨어요?"

"언젠가 한번은 말씀을 하시려고 했던 것 같아. 하지만 내가 차단했겠지, 혹은 누군가 내 기억을 훔쳐 가버렸거나. 하지만 어젯밤에……" 아빠가 이마를 두들겼다. "그 사람들을 보니까 머릿속에 무언가가 막연히 떠올랐어."

이제는 아빠가 이야기를 하고 내가 들을 차례였다.

"그 일이 있었던 건 내가 열 살 때쯤이었던 것 같다. 네 할아버지는 장기간 출장이 잦은 분이었다. 한 번에 몇 주일씩이나 집을 떠나 계셨지. 언제나 난 아버지를 따라가고 싶었고 나도 데려가 달라고 간청하고 부탁했지만 언제나, 항상 대답은 안 된다는 거였어. 그러던 어느 날이 오기 전까지는 말이다. 하루는 아버지가 좋다고 하셨다."

아빠는 그때의 기억을 떠올리는 것으로 태워버려야 할 초조한 에너지가 생겨나기라도 한 듯 자리에서 일어나 서성거리기 시작했다.

"플로리다 북부였던가, 조지아였던가, 정확한 장소는 기억나지 않는데 우린 차를 운전해 이동했었다. 중간에 아버지의 지인도 한 분 차에 태웠지. 나도 아는 분이었다. 우리 집에 한두 번 들른 적이 있는 사람이었지. 흑인이었어. 입엔 늘 시가를 물고 있는 분이었다. 네 할아버지는 그를 H라고 불렀다. 그냥 H. 어쨌든 다른 날 만났을 땐 정말 다정하게 굴던 분이었는데, 이번엔 이상한 기운을 뿜어대면서 나를 계속 **주시**하더구나. 두어 번인가 그분이 아버지에게 **이러는 거 자네 정말 자신 있나?**라고 묻는 걸 듣기도 했어.

어쨌든 날은 어두워졌고 우리는 잘 곳을 찾아 차를 세웠다. 낡은 싸구려 모텔이었지. 그런데 한밤중에 아버지가 나를 깨웠는데 겁에 질려 계셨어. 아버지는 내게 물건을 챙기라고 말하고는 다급하게 나를 차로 데려갔다. 난 아직 잠옷 차림이었고, 그제야 **나도** 겁이 나더구나. 우리 아버지를 겁먹게 하는 건 세상에 아무것도 없기 때문이었어. **아무것도.** 암튼 우린 좀비한테 쫓기는 사람들처럼 그곳 주차장을 빠져나갔는데, 미처 한두 블록도 가기 전에 차가 쿵 소리를 내며 휘청거렸다. 마치 무언가 우리 차를 옆에서 들이받은 것 같았는데, 주변에 자동차라고는 한 대도 보이지 않았어. 그러자 아버지가 브레이크를 밟아 차를 세운 뒤 밖으로 뛰쳐나가셨지. 아버지는 **프랭크, 밖에서 보이지 않게 몸을 숙여라**라고 말했지만 나는 시선을 돌릴 수가 없었다. 나도 모르는 새에 눈에 보이지 않는 무언가가 아버지를 끌어올린 듯 허공으로 치솟았거든. 그러자 아버지는 목구멍에서 아주 끔찍한 소리를 내기 시작했고 이내 땅으로 곤두박질했지만, 여전히 짐승처럼 세상 끔찍한 소리를 내고 계셨던 데다가 눈은…… 마침 나는 자동차 전조등 불빛으로 아버지를 똑똑히 볼 수 있었는데, 눈동자가 안쪽으로 돌아가 새하얀 흰자위만 드러나 보였고, 옷은 끈적끈적한 검정 오물로 온통 더러워졌어. 나는 차에서 빠져나와 곧장 옥수수밭을 향해 달리기 시작했지. 나는 뒤돌아보지 않았다. 그러다가 어느 시점엔가 정신을 잃은 것 같다. 왜냐하면 그다음으로 기억나는 장면이 모텔

방 침대로 되돌아와 있고, 아버지와 H, 그리고 두세 명 정도 사람들이 더 와 있었거든. 다들 너무 **이상한** 모습이었어. 온통 흙과 피로 뒤덮인 데다가, 냄새는 또 어떻고…… 어휴, 그 **냄새**. 그런데 그들 중 한 사람은 얼굴이 아예 없었어. 절대 잊을 수 없는 모습이었지. 가면 같은 살갗뿐이었어. 나는 너무 무서웠다. 너무 무서워서 비명조차 지를 수가 없었지. 그러자 아버지가 말씀하셨어. **괜찮다, 프랭키, 겁내지 마라. 이 숙녀분께서 너랑 이제 이야기를 하실 거야, 겁내지 마.** 그러자 그 여인은, 저분처럼 생긴 여성이었는데……" 언제인지 모르지만 페러그린 원장이 문을 열고 방 안을 들여다보고 있었고, 아빠는 그녀를 가리켰다. "그 사람이 나에게 무슨 짓을 했는지, 다음 날이 되니까 더는 기억이 그때처럼 생생하지 않더구나. 그냥 악몽을 꾼 것만 같았지. 아버지는 그 이후로 그날 일에 대해서 절대로 이야기를 하신 적이 없다."

"그분이 댁의 기억을 지우려고 했을 겁니다. 그런데 그 일을 제대로 끝마치지 못했던 것 같군요." 페러그린 원장이 말했다.

"제대로 지웠더라면 좋았을걸. 난 수년간 악몽에 시달렸어. 한동안은 정말로 그 기억을 다 잊었다고 생각한 적도 있었지. 아버지는 그 여자에게 내 기억을 완전히 없애지 말라고 얘기했어. 아이가 감당하기엔 퍽 잔인한 짓이었다고 생각하지 않니? 하지만 네 할아버지는 한편으로 내가 알기를 **바라셨던** 거야. 그건 마치…… 칠판을 지웠는데도 눈을 찌푸리고 보면 약간은 읽을 수 있을 정도로 흔적이 진하게 남은 거랄까. 하지만 난 보고 싶지 않았다. 알고 싶지 않았어. 왜냐하면 난 우리 아버지에 대해서 그게 사실이 아니기를 정말로, 정말로 간절히 바랐으니까. 아버지가……

그런 사람이라는 것 말이다."

"그냥 평범한 아버지를 바라셨군요." 내가 말했다.

"맞아." 아빠는 마침내 내가 이해를 했다는 듯이 말했다.

"음, 할아버진 평범하지 않으셨어요. 저도 그렇고요."

"그런 것 같더구나." 서성거리기를 멈춘 아빠는 나와 거리를 두고 외면한 채, 침대 끄트머리에 걸터앉았다.

"댁의 아드님은 용감하고 재능 있는 청년입니다. 아드님을 자랑스러워하셔야 해요." 페러그린 원장이 냉담하게 말했다.

아빠가 뭐라고 중얼거렸다. 무슨 말이냐고 나는 아빠에게 물었다.

고개를 든 아빠의 눈빛엔 조금 전까지 없었던 표정이 담겨 있었다. 혐오에 가까운 표정이었다.

"넌 선택을 내린 거야."

"그건 선택이 아니었어요. 그건 있는 그대로의 저예요."

"아니. 넌 저들을 선택했어. 우리 대신…… 저런…… **사람들**을 선택한 거야."

"그런 식으로 생각할 필요는 없어요. 양자택일은 아니죠. 우린 공존할 수 있어요."

"미친 사람처럼 비명을 지르던 네 엄마한테 그렇게 한번 말해봐라! 네 삼촌들한테도 어디 한번 얘기해봐, 그나저나 삼촌들은 어딨니? 삼촌들한테 무슨 짓을 한 거야?"

"삼촌들은 괜찮아요, 아빠."

"**괜찮은** 건 아무것도 없어!" 아빠가 버럭 소리치며 다시 벌떡 일어났다. "넌 모든 것을 망가뜨렸어!"

문가에서 주저하던 페러그린 원장이 이번엔 방 안으로 뛰어 들었고, 브로닌이 뒤에서 문을 닫았다. "앉으세요, 포트먼 씨……"

"싫습니다! 난 정신병원에서 살기 싫어요! 우리 가족을 이런 광기로 몰아넣진 않겠어요!"

"이렇게도 **잘 지낼 수 있을** 거예요." 내가 말했다. "제 말 믿어주세요……"

아빠가 와락 내게 달려들었으므로, 순간적으로 나는 아빠가 나를 때릴지도 모른다고 생각했다. 그러나 아빠는 가까이서 멈추었다. "나는 나대로 선택을 내렸다, 제이콥. **오래** 전에 결정했어. 그런데 이젠 너도 나름 선택을 내린 것 같구나." 우린 가슴을 맞대고 섰고, 아빠는 뺨이 상기된 채 숨을 씩씩 몰아쉬었다.

"여전히 전 아빠 아들이에요." 내가 속삭였다.

아빠는 이를 꽉 깨물었지만 할 말이 있는 사람처럼 입술이 떨리는 게 보였다. 이윽고 아빠가 돌아서서 의자로 되돌아가 앉더니 양손으로 머리를 감쌌다. 잠시 방 안엔 정적이 흘렀고, 간간이 들리는 소리라곤 고르지 못한 아빠의 숨소리뿐이었다.

마침내 내가 입을 열었다. "아빠가 원하는 걸 말씀해보세요."

아빠는 나를 쳐다보지도 않은 채 머리를 들어 올렸다. 손가락 하나로 관자놀이를 문질렀다.

"어서 해버려요." 쉰 목소리로 아빠가 말했다. "지우라고요. 어차피 당신들이 하려는 짓이 그거잖아."

나는 돌연 좌절감을 느꼈다.

"아빠가 원치 않으시면 안 할 거예요. 아빠 생각이……"

"그게 내가 원하는 겁니다." 아빠가 페러그린 원장을 보며 말했다. "다만 이번엔 일을 제대로 마치시오."

아빠는 축 늘어지듯 의자에 기대어 앉았고, 아빠의 눈에선 빛이 빠져나간 듯했다.

페러그린 원장이 나를 쳐다보았다.

머리부터 발끝까지 온몸이 무감각해지는 것이 느껴졌다.

나는 그녀에게 고개를 끄덕였다. 그러고는 방을 나왔다.

ᎧᏉ

내가 계단을 달려 내려가자 엠마가 나를 붙잡았다.

"너 괜찮아? 무슨 일이 있었는지 듣지는 못했지만……"

"난 괜찮아." 괜찮지 않았지만 아직은 그걸 어떻게 말해야 좋을지 알 수가 없었다.

"제이콥, 나한테 얘기해봐."

"지금은 안 할래."

정말이지 절실하게 홀로 있고 싶었다. 좀 더 정확히 말하자면 숨을 제대로 쉴 수 있을 때까지 빠르게 달리는 자동차에서 창밖으로 고래고래 고함을 지르고 싶었다.

엠마는 나를 놓아주었다. 나는 뒤돌아보지 않았다. 그녀의 얼굴에 떠올랐을 표정을 보고 싶지 않았다. 소파에 구겨져 누워 있는 엄마와 초조한 얼굴로 속삭이며 모여 서 있는 친구들 곁을 빠르게 지나쳤다. 부엌 조리대 위 나무 그릇에 담긴 자동차 열쇠를 낚아채듯 집어 든 나는 차고로 들어가 차고 문 열림 버튼을 눌렀다. 차고 문이 고통스러운 금속성을 울리며 열어보려고 애를 썼지만 자동차 뒷범퍼가 너무 심하게 문을 우그러뜨린 나머지 제대로 작동이 되지 않았고, 잠시 후 개폐장치는 포기한 듯 숨을 죽였다. 나는 욕설을 내뱉으며 가장 가까운 물건을 있는 힘껏 걷어찼다. 걷어차인 물건은 차고 작업대 아래 넣어두었던 낡은 박스형 TV였다. 신발도 없이 맨발로 걷어찼는데도 TV 뒤쪽이 박살 나면서 플라스틱 덮개가 조각나 사방으로 날아갔고, 아마도 어딘가 찢어졌는지 이젠 발에 감각이 없어졌다. TV 덮개에서 거칠게 발을 뺀 나는 절룩거리며 옆문을 통해 마당으로 나가, 숲을 향해 고함을 질러댔다.

가슴속에서 부글부글 끓고 있던 분노의 응어리가 약간 줄어들었다.

뒷마당으로 방향을 꺾은 나는 잔디밭을 지났고, 햇빛을 오래받아 널빤지가 죄다 뒤틀린 채로 바다를 향해 뻗은 우리 집 전용선창을 따라 걸었다. 부모님은 배를 소유한 적이 없었다. 카누 한 척도 없었다. 내가 그 선창을 이용하는 목적은 단 한 가지뿐이었다. 끄트머리에 걸터앉아 누런 바닷물을 향해 다리를 대롱대롱 늘어뜨린 채 불쾌한 일을 생각하는 것. 지금도 바로 그랬다.

1, 2분쯤 지났을까, 널빤지를 밟는 발소리가 들려왔다. 정체가 누구든 확 돌아보며 제발 지옥에나 가라고 소리칠 작정이었지만, 약간 불편한 발걸음의 주인공이 누군지 알아차린 나는 차마 페러그린 원장에게 무례하게 굴 자신이 없었다.

"못 조심하세요." 돌아보지도 않은 채 내가 말했다.

"고맙다. 앉아도 되겠니?"

나는 바다에 시선을 고정시켰다. 어깨를 으쓱했다. 저 멀리에서 배 한 척이 엔진 소리를 내며 지나갔다.

"일은 다 끝냈다. 네 부모님은 이제 말랑말랑한 정신으로 새로운 기억을 입력할 준비가 된 상태다. 두 분에게 네가 어떤 이야기를 주입하고 싶은지 내가 알아야겠지."

"전 아무 상관없어요."

몇 초가 흘러갔다. 페러그린이 내 옆 선창에 나란히 앉았다.

"내가 네 또래였을 때, 나도 우리 부모님에게 너와 비슷한 일을 한 적이 있어."

"페러그린 원장님, 지금은 정말 아무 얘기도 하고 싶지 않아요."

"그럼 듣기만 해라."

가끔 페러그린 원장에겐 반박이 불가능할 때가 있다.

"집을 떠나 애보셋 원장님의 임브린 학교에 들어가서 몇 년 지냈을 때, 문득 내겐 아직도 어머니 아버지가 계시다는 사실이 떠오르면서 두 분을 다시 만나면 기쁘겠다는 생각이 들더구나. 날개가 생기면서 아무 준비도 없이 졸지에 집을 떠나왔기 때문에, 이제는 다른 시각으로 나를 바라볼 수 있을지도 모른다고 생각했어. 혐오스러운 돌연변이가 아니라 한 인간으로서, 딸로서 말이다. 나는 예전에 살던 마을 외곽의 허름한 오두막에 살고 계신 부모님을 찾아냈어. 나 때문에 마을 사람들의 배척을 받았거든. 심지어는 친척들조차 부모님과 만나려 하지 않았어. 모두들 우리 부모님이 악마와 어울렸다고 생각했지. 나는 부모님을 설득하려고 노력했어. 부모님은 여전히 나를 사랑하셨지만, 나를 더 많이 두려워하셨지. 어머니는 내가 태어났던 날을 저주하시고, 아버지는 벽난로에 있던 불쏘시개를 들고 나를 집 밖으로 쫓아내는 것으로 나의 노력은 끝이 났단다. 세월이 흐른 뒤 부모님이 돌아가셨다는 소식을 들었어. 주머니에 돌을 넣고 꿰맨 뒤에 두 분이 바다로 걸어 들어가셨다더구나."

페러그린은 한숨을 쉬었다. 산들바람이 불어 끈끈한 여름 열기를 잠시나마 몰아냈다. 그녀가 설명했던 세상이 지금의 현실과 함께 공존한다는 건 도저히 불가능할 것 같았다.

"원장님께 일어났던 일은 유감이에요."

"우리 혈육은 종종 진실을 감당하지 못한단다."

잠시 그 말을 곱씹어보던 나는 이내 화가 치밀었다. "한 시간 전엔 그렇게 말씀하시지 않았잖아요. 진실은 어려워도 털어놓을 만한 가치가 있다면서요."

페러그린은 거북한 듯 몸을 움직이며 바짓부리에 붙은 모래를 털어냈다. "난 네가 한번 시도해보도록 내버려둬야 한다고 생각했다."

"왜요?" 내 목소리가 높아지기 시작했다.

"부모님한테 네가 어떤 아들이 될지 내가 이래라저래라 할 입장은 아니니까."

"저에겐 이제 부모님이 안 계세요."

"그렇게 말하지 마라. 부모님이 너에게 끔찍한 말씀을 하셨다는 건 알지만 그래도……"

나는 갑자기 벌떡 일어나 물로 뛰어들었다. 숨을 참고 가라앉으며 암흑과 갑작스러운 냉기가 내 생각을 몽땅 앗아가기를 바랐다.

아빠는 널 알고 싶어 하지 않아.

아빠는 널 알기보다 잊는 걸 선택했어.

그러고는 들숨 날숨이 다 바다날 때까지 진흙 바닥에 대고 고함을 질러댔다. 선창에서 5, 6미터쯤 떨어진 곳에서 다시 수면 위로 올라가자, 페러그린 원장은 나를 따라 곧 바다에 뛰어들 태세로 선창에 서 있었다.

"제이콥! 너……"

"괜찮아요, 전 괜찮아요." 물이 워낙 얕아서 발이 쉽사리 바닥에 닿을 정도였다. "제가 얘기하고 싶은 기분이 아니라고 했잖아요."

"그랬었지." 그녀가 말했다.

페러그린은 선창에 서 있고, 나는 진흙 바닥으로 발이 자꾸 빠지고 작은 물고기가 다리를 간질이는 가운데 바닷물에 허리까지 잠긴 채로 버텼다.

"내가 할 말이 좀 있다만, 내 얘길 듣고 짜증스러운 반응을 보이는 건 용납하지 않겠다."

"좋아요."

"지금 당장은 별로 마음에 들지 않겠지만, 내가 장담하는데 이런 평범한 인생을 내던져버린 걸 넌 후회하게 될 거다."

"무슨 인생요? 여긴 친구도 없어요. 부모님은 나를 두려워하고 수치스럽게 여기신다고요."

"부모님이 살아 계시잖아. 무엇보다도 그게 중요한 거다. 그리고 5분 전을 기점으로 너희 부모님은 무슨 일이 있었는지조차 전혀 기억하지 못하신다."

"전 기억하잖아요. 남은 평생 진짜 내가 아닌 척 다른 사람 연기를 하는 건 관심 없어요. 그게 두 분의 아들로 살아야 할 몫이라면, 그럴 가치도 없고요."

페러그린은 나에게 뭔가 버럭 외치고 싶은 표정이었지만 도로 꾹 삼켰다. 잠시 후에 그녀가 다시 입을 열었다. "이상한 종족으로 산다는 것이 쉽다는 말은 절대 하지 않겠다. 우리 같은 존재로 살려면 수없이 불쾌하고 어려운 일을 겪어야 하지. 너를 이해할 수도 없고 이해를 거부하는 사람들로 가득한 세상과 타협하는 법을 배운다는 건, 그건 아마도 더 어려운 일이 될 거다. 많은 이들이 불가능을 깨닫고 루프로 되돌아온단다. 하지만 넌 절대 그렇지 않을 거라는 걸 나는 알아. 너는 아주 특별한 재능을 가졌고, 할로개스트를 다루는 능력만을 의미하는 것도 아니다. 제이콥, 너는 일종의 변신이 가능한 사람이고, 쉽사리 세계를 건너뛰어 다닐 수 있어. 너는 결코 단 하나뿐인 가정이나 가족에 묶여 살 수 있는 사람이 아니다. 네 할아버지가 그랬던 것처럼 넌 수많은 세계를 누비고 다닐 거야."

고개를 들어 올린 나는 매번 날갯짓을 할 때마다 약간은 한숨처럼 느껴지는 펠리칸 한 마리가 머리 위로 날아가는 것을 바라보며 할아버지의 인생을 상상했다. 할아버지는 늪 가장자리에 자리 잡은 형편없는 오두막에서 인생 대부분을 살았다. 아내와 아이들은 할아버지를 도무지 알지 못했다. 그는 수십 년간 이상한 명분을 위해 싸우며 목숨을 걸었고, 결국 그가 받은 보상은 치매에 걸린 늙은 괴짜 취급을 받는 것이었다.

"전 할아버지 같은 존재가 되고 싶지 않아요. 할아버지 인생을 원치 않아요."

"넌 다를 거야, 넌 너만의 인생을 갖게 되겠지. 학교는 어떠니?"

"원장님은 제 얘길 귀담아듣질 않으시네요. 전 싫다고요." 나는 몸을 돌려 양팔을 넓게 벌리고 바다를 향해 소리 질렀다. "이! 거지 같은! 상황이! 전부 다!"

나는 붉게 상기된 얼굴로 페러그린을 다시 돌아보았다.

"이제 다 끝났니?"

"네." 침착하게 내가 대꾸했다.

"좋아. 이제 네가 싫어하는 것들에 대해서 속속들이 이야기를 들어봤으니…… 네가 정말 원하는 건 뭐니?"

"이 세상에서 저를 진심으로 걱정해준 유일한 사람들을 돕기 위해서 뭐든 하고 싶어요. 이상한 존재들요. 그리고 뭔가 중요한 일을 하고 싶어요. 뭔가 거창한 일."

"그렇다면 좋다. 지금 당장 시작할 수 있어." 페러그린이 몸을 수그려 나에게 손을 내밀었다.

내가 힘겹게 진흙 바닥을 헤치며 걸어가자, 그녀가 나를 잡아 선창으로 올려주었다.

"절대적으로 중요하면서도 이상한 종족들 가운데선 너밖에 할 수 없는 일이 있어." 둘이 나란히 걸으며 페러그린 원장이 말했다.

"좋아요, 그게 뭔데요?"

"아이들에겐 현대인의 옷이 필요하다. 네가 애들을 데리고 쇼핑을 다녀오렴."

"**쇼핑요**?" 나는 걸음을 멈추었다. "농담이시겠죠."

페러그린이 돌아서서 나를 마주했다. 그녀의 표정은 진지했다.

"아니야."

"전 뭔가 중요한 일을 하고 싶다고 했잖아요. **이상한** 세계에서요!"

페러그린이 가까이 다가와 낮고 긴박한 목소리로 말했다. "전에도 이야기했다만 다시 반복해야겠구나. **바로 그** 세계의 미래를 위해선 우리 아이들이 **이** 세계를 살아가는 법을 이해하는 것이 반드시 필요하다. 그런데 아이들에게 그걸 가르칠 사람은 너밖에 없어, 제이콥. 또 누가 있겠니? 루프에서 수십 년간 살아온 사람들은 아무것도 몰라. 그런 자들은 현대에서 도로를 건너는 것조차 해낼 수가 없다고! 루프에서 살아본 적 없는 사람들은 너무 늙었거나 너무 어려서 이상한 세계의 모든 것이 새로운 초보자들이지." 페러그린은 양손으로 내 어깨를 잡고 꼭 눌렀다. "**나도 안다**. 네가 얼마나 화가 나 있고 여길 떠나고 싶어 하는지 알아. 하지만 꼭 부탁한다. 조금만 더 견디며 남아주렴. 나는 네가 여기에서 존재할 수 있는 방법을 알 것 같구나. 루프에서 우리를 위해 중요한 일도 하면서, 가끔씩 네가 원할 때마다 여기서 지내는 거야."

"그래요? 그 방법이 뭔데요?" 내가 의심스러워하며 물었다.

"일단은 시간을 좀 주렴." 페러그린이 바지 주머니에서 회중시계를 꺼내 들여다보았다. "밤이 올 때까지만 말이다. 그러면 너도 알게 될 거야. 흡족하니?"

처음 떠오른 생각은 무언가 악마의 영토에 있는 팬루프티콘과 관련된 일일 것이라고 생각했지만, 어젯밤에 친구들이 이곳으로 찾아오기 위해 이용했던 가장 가까운 루프는 늘 한가운데에 있고 몇 시간이나 떨어져 있다고 했다. 게다가 나는 출퇴근하는 직장인처럼 왔다 갔다 하고 싶지도 않았다. 나는 이 세계를 완전히 버리고 떠나 **영영** 사라지고 싶었다. 그러나 페러그린 원장은 함부로 거절할 수 있는 인물이 아니었고, 나는 친구들이 현재에 관해서 뭐든 배우도록 돕기로 약속했었다. 곧바로 그 약속을 어기는 건 나도 마음이 찜찜했다.

"좋아요. 오늘 밤." 내가 말했다.

"잘됐다." 페러그린은 걸어가려다 다시 입을 열었다. "아, 맞다, 까먹기 전에 줘야겠구나." 그러더니 다른 주머니에서 봉투 하나를 꺼내 내게 내밀었다. "쇼핑할 때 쓰거라."

나는 안을 들여다보았다. 50달러짜리 지폐가 두둑이 들어 있었다.

"그거면 충분하겠니?"

"어. 그럴 것 같아요."

페러그린은 재빨리 고개를 끄덕이더니, 멍한 얼굴로 봉투를 쥔 나를 남겨둔 채 집으로 걷기 시작했다. "할 일이 많아, 할 일이 아주 많아." 그녀는 중얼거리다가 돌연 손가락 하나를 공중에 들고서 어깨 너머로 소리쳤다. "오늘 밤에!"

제 3 장

chapter three

이젠 문짝이 세 개밖에 달리지 않은 부모님의 승용차엔 친구들을 절반밖에 태울 수 없었으므로, 우리는 두 번에 나누어 쇼핑을 가는 수밖에 없었다. 첫 번째 조에는 일단 엠마가 포함되었는데, 그건 내가 늘 엠마에게 특별한 대우를 해주고 싶고 그 사실을 비밀로 할 생각도 없기 때문이었다. 올리브는 함께 있으면 기분이 좋아지는 친구고 지금 난 기분이 좋아질 필요가 있기 때문에, 밀라드는 성가시게 조르는 걸 멈추지 않기 때문에, 그리고 브로닌은 중간에 멈춰버린 차고 문을 힘으로 열 유일한 방법인 완력을 쓸 수 있는 사람이기 때문에 일행에 포함되었다. 휴와 호러스, 에녹, 클레어에게는 두어 시간 뒤에 돌아와 다시 데려가겠다고 약속했다. 호러스는 어차피 새 옷을 사는 데 관심이 없다고 했다.

"청바지가 평상복으로 받아들여진 날을 기점으로 현대 패션은 모든 신뢰를 잃었어. 현대 패션쇼는 떠돌이 일꾼들의 야영지 같아." 그가 나를 곁눈질하며 말했다.

"너도 **반드시** 새 옷을 사야 해. 페러그린 원장님이 그러라고 하시잖아." 클레어가 말했다.

에녹은 인상을 찌푸렸다. "페러그린 원장님이 그러라고 하시**잖아, 페러그린 원장님이 저러라고 하셔!** 너 말하는 게 꼭 잔소리꾼 태엽 인형 같아."

둘이 옥신각신 다투도록 내버려둔 채 우리는 차고로 향했다. 은박 테이프와 포장용 철사에 엠마의 용접 솜씨를 더하여 우리는 그럭저럭 운전석 문을 다시 붙이는 데 성공했다. 문을 열거나 닫을 수는 없었지만, 문짝이 셋만 있는 것보다는 넷 달린 편이 그나마 호기심 많은 경찰관의 지시로 차를 세워야 할 가능성이 훨씬 적어졌다. 작업을 끝낸 우리는 모두 차에 올라탔다. 1분 뒤 나는 니들 키섬의 척추랄 수 있는 구불구불한 도로의 벵골보리수 그늘을 따라 차를 몰았다.

길 양쪽으로 대저택이 줄지어 서 있고, 그 사이사이로 해변이 보였다. 친구들이 대낮에 이 세상의 진면목을 제대로 보는 건 처음이었으므로, 그들은 풍경을 고스란히 받아들이느라 조용해졌다. 여자아이들은 뒷좌석 창문에 바짝 붙었고, 밀라드의 입김이 조수석 유리를 하얗게 만들었다. 나에겐 오래전에 이미 거의 보이지 않을 정도로 빛을 잃어버린 그 풍경이 친구들에겐 과연 어떻게 보일지 상상해보려고 애를 썼다.

섬은 남쪽으로 내려갈수록 폭이 좁아져, 대저택들은 더 작은 주택으로 바뀌었고 뒤이어 70년대에 콜로니얼 건축양식으로 낮게 지은 숙박시설들이 폴리네시아섬, 파라다이스 해변, 판타지 아일랜드 같은 요란한 간판을 달고 등장했다. 상업 지역으로 접어들자, 색깔은 더욱 현란해졌다. 자외선 차단제와 맥주병 받침을 파는 분홍색 지붕의 기념품 가게, 선명한 노란색 낚시용품점, 줄무늬 차양을 매단 부동산 중개소. 물론 술집들은 열대 느낌이 나는 조각상 횃불을 기둥에 매달고서 바닷바람이 실내로 들어오도록 문을 활짝 열어놓은 채, 옛날 가수 지미 버핏의 노래를 노래방 기계로 조악하게 따라 부른 음악을 크게 틀어놓아 해변까지 메아리가 울렸다. 제한속도는 너무 낮고, 햇살을 만끽하며 해변으로 향하는 사람들로 도로가 가득 차, 다들 걸어가면서 노래를 따라 부르고 있었다. 그것은 내 평생 하나도 달라진 적 없는 풍경이었다. 장기 공연하는 연극처럼, 배우들의 움직임과 소품의 등장 시간에 따라 시계를 맞출 수도 있을 정도로 매일매일 똑같았다. 유럽에서 온 관광객들은 바닷가재처럼 새빨갛게 살갗이 익어 야자수의 좁은 그늘 아래서 시들어갔고, 가죽처럼 새까맣게 탄 피부의 낚시꾼들은 모자를 쓰고 뚱뚱한 배를 축 늘어뜨린 채로 다리 난간에 보초처럼 죽 늘어서서, 다들 옆에 이글루 아이스박스를 놓아두고 얕은 바다에 낚싯줄을 드리웠다.

섬을 떠나 자동차가 만 위를 달리자, 다리의 금속 표면에 닿은 타이어에서 윙윙 소리가 들려왔다. 이어 우리는 본토 쪽으로 넘어갔고, 다도해처럼 펼쳐진 작은 상점과 대형 쇼핑몰 주변을 둘러싸듯 드넓은 주차장이 바닷가 쪽으로 마련되어 있었다.

브로닌이 정적을 깨고 입을 열었다. "정말 이상한 풍경이야. 에이브는 미국의 수많은 지역 중에서도 하필 왜 이곳으로 옮겨

왔을까?"

"플로리다는 이상한 존재들이 숨기에 최적의 장소 중 하나였어." 밀라드가 말했다. "물론 할로우 전쟁 이전까지 말이야. 겨울엔 모든 서커스단이 이곳으로 집결했고, 플로리다주의 한복판에는 발자취가 남지 않는 거대한 늪지대가 있잖아. 얼마나 이상한 종족이든 상관없이 여기선 누구라도 몸을 바짝 숙이고 숨거나 사라져버릴 장소를 찾을 수 있을 거라는 말이 나올 정도였지."

우리는 베이지색으로 통일된 중심가를 지나 외곽으로 향했다. 셔터를 내린 아웃렛 상가와 덤불에 서서히 잠식당하고 있는 절반쯤 지은 주택단지를 지나쳐, 저 멀리 가장 큰 대형 할인 매장이 보였다. 그곳이 바로 우리의 목적지였다. 나는 1.6킬로미터쯤 되는 길고 좁은 도로에 시내의 모든 요양원이 모여 있고, 55대 이상 주차가 가능한 이동식 주택 주차장과 은퇴자들 공동체가 형성된 파이니우즈(Piney Woods, '소나무 숲'이라는 뜻─옮긴이)가로 접어들었다. 도로 양옆엔 종합병원과 응급의료시설, 장례식장 광고판이 조악하게 늘어서 있었다. 시내 주민들은 누구나 파이니우즈가를 천국으로 가는 고속도로라고 불렀다.

이름에 어울리게 소나무를 동그랗게 그린 대형 표지판이 가까워지자 브레이크를 밟기 시작했던 나는 실제로 그 길로 꺾어져 들어간 다음에야 정신을 차렸다. 대형 할인 매장으로 가는 길이 여럿이 있는데도 하필 그 길로 접어들다니, 습관적으로 그 길을 선택한 건 내가 정신을 딴 데 팔다가 무의식적으로 그쪽으로 차를 몰았기 때문이었다. 그 길은 할아버지가 살던 동네인 서클 빌리지의 입구였다.

"이크, 길을 잘못 들었다." 나는 차를 세우고 후진 기어를 넣었다.

그러나 내가 자동차를 돌려 다시 도로로 진입하기 전에 엠마가 말했다. "잠깐 기다려봐. 제이콥, 기다려."

후진 기어에 손을 올린 사이 미묘한 두려움이 나를 꿰뚫고 지나갔다.

"응?"

엠마는 주변을 돌아보더니 뒷좌석 창문 밖으로 목을 쭉 내밀었다.

"여기 에이브가 살던 곳 아니야?" 엠마가 물었다.

"응, 맞아."

"진짜?" 올리브가 뒷좌석과 운전석 사이로 튀어 오르며 말했다. "정말 **거기**야?"

"내가 실수로 들어와버렸어. 워낙 여러 번 이쪽으로 차를 몰았더니 몸이 기억하고 있었나 봐."

"난 가보고 싶어. 같이 둘러보면 안 될까?" 올리브가 말했다.

"미안, 오늘은 시간이 없어." 후방 거울로 엠마를 흘끔 훔쳐보며 내가 말했다. 뒤통수밖에 보이질 않았다. 엠마는 아예 뒤로 돌아 앉아 뒤쪽 창문으로 그 동네의 초입을 알리는 경비실을 내다보고 있었다.

"하지만 **지금** 여기 우리가 왔잖아. 우리가 얼마나 자주 여길 오는 얘길 했었는지 기억해봐. 에이브가 사는 집이 어떻게 생겼는지 늘 궁금해하지 않았어?" 올리브가 말했다.

"올리브, 안 돼. 좋은 생각이 아니야." 밀라드가 말했다.

"그래." 브로닌이 올리브를 쿡 찌르며 말하더니 고갯짓으로 엠마 쪽을 가리켰다. "다른 날에 오는 게 좋겠어."

올리브는 마침내 낌새를 알아차렸다. 내가 다시 차를 도로에 진입시키려는 찰나, 엠마가 자리에서 몸을 돌려 앞을 향했다.

"난 가보고 싶어. 에이브의 집을 보고 싶어."

"보고 싶어?" 내가 말했다.

"진심이야?" 밀라드가 물었다.

"응." 엠마는 눈살을 찌푸렸다. "그런 눈빛으로 나를 **보지** 마."

"눈빛이 어떤데?" 내가 물었다.

"내가 감당하지 못할 것 같다는 듯이."

"아무도 그런 말한 적 없어." 밀라드가 말했다.

"생각은 그렇게 하고 있잖아."

"옷 쇼핑은 어쩌고?" 이 난국을 빠져나갈 수 있기를 바라며 내가 말했다.

"난 우리가 조의를 표해야 한다고 생각해. 그게 옷보다 더 중요해." 엠마가 말했다.

빈집이나 다름없는 에이브 할아버지의 집을 그들에게 구경시켜준다는 생각만 해도 소름이 끼쳤지만, 이렇게 된 마당에 거부하는 것도 그들에겐 잔인한 짓 같았다.

"알겠어. 아주 잠깐 동안만이야." 마지못해 내가 말했다.

다른 아이들에겐 에이브가 루프를 떠난 뒤에 어떤 사람이 되었는지 알아보는 것이 단순한 호기심이었을지도 모른다. 하지만 엠마에겐 그 이상이었다. 플로리다에 온 이후로 엠마가 쭉 할아버지 생각을 한다는 걸 나는 알았다. 그녀는 이따금씩 날아오는 편지에 드러난 그의 단편적인 미국 생활 모습을 조각조각 끼워 맞추며, 그가 어디에서 어떻게 살고 있을지 상상하며 긴 세월을 보냈다. 오랜 세월 엠마는 그를 만나러 오는 꿈을 꾸었고, 이제 실제로 이곳에 와 있으려니 그 생각을 마음에서 지울 수가 없었다. 나는 엠마가 잊으려 애를 쓰지만 실패했다는 걸 느꼈다. 엠마는 너무 오래 에이브에 대해서, 이곳에 대해서 꿈을 꾸며 보냈다. 어떤 면에서는 완전히 새롭고 불안한 기분이어서, 둘만 있는 순간엔 할아버지의 유령이 우리 둘 사이에 얼씬거리는 듯한 느낌을 받기 시작했다. 어쩌면 할아버지가 살던 곳, 그리고 세상을 떠난 곳을 보면 그런 느낌을 잠재우는 데 도움이 될지도 몰랐다.

아빠와 내가 함께 웨일스로 떠난 이후로 몇 달간 나는 할아버지 댁에 온 적이 없었고, 그땐 내가 아무것도 모르던 상태였다. 친구들이 우리 집에 와서 지낸 이후로 경험했던 모든 초현실적인 순간들도 할아버지가 나를 해외로 보내 찾게 했던 바로 그 장본인들을 데리고서 나른하고 술에 취한 듯한 할아버지 동네로 차를 몰고 들어오는 장면만큼 아련한 꿈결처럼 느껴지진 않았던 것 같다.

그곳은 거의 변한 게 없었다. 경비실에선 늘 보던 경비가 대문을 통과하는 우릴 향해 손을 흔들었고, 선크림을 바른 그의 얼굴은 유령처럼 창백했다. 마당에 세워둔 땅의 요정 석상들과 플라스틱 홍학 장식, 녹슨 물고기 모양 우편함까지, 그곳의 집들은 빛바랜 색분필이 든 화구 상자처럼 정면 장식이 다들 비슷비슷했다. 정형외과 환자용 삼발이 지팡이를 짚고서 셔플보드 경기장과 주민 센터 사이를 천천히 오가는 유령 같은 사람들의 우락부락한 표정도 다 똑같았다. 마치 이곳 역시 시간의 루프에 갇힌 것만 같았다. 어쩌면 할아버지는 바로 그 점이 좋았던 건지도 모른다.

"확실히 소박한 곳이네. 유명한 할로우 사냥꾼이 여기 살 거라고는 아무도 생각하지 못했겠어, 그건 확실해." 밀라드가 말했다.

"의도적으로 여길 골랐을 거라고 나도 확신해. 에이브는 눈에 띄지 않게 지내야 했을 거야." 엠마가 말했다.

"그렇긴 해도 난 뭔가 **약간** 더 웅장한 곳을 기대했어."

"난 보기 좋은데. 작은 집들이 옹기종기 줄지어 서 있잖아. 다만 우리가 오랜 세월 그토록 에이브를 만나러 오고 싶어 했는데, 에이브가 여기서 우릴 맞이해줄 수 없다는 게 안타까울 뿐이야." 올리브가 말했다.

"올리브!" 브로닌이 쉿소리를 냈다.

올리브는 엠마를 흘끔 쳐다보며 움찔했다.

"괜찮아." 엠마가 기운차게 말했다. 그러나 후방 거울로 나와 시선이 마주친 그녀는 재빨리 눈길을 피했다.

엠마가 이곳에 오고 싶어 한 진짜 이유가 혹시 나에게 무언가를 증명해 보이고 싶은 건 아닌지, 할아버지를 잊었고 오래된 상처도 더는 아프지 않다는 것을 보여주기 위함인지 궁금해졌다.

이윽고 모퉁이에서 방향을 틀자, 마침내 잡초 무성한 막다른 골목 끝에 구두 상자처럼 소박한 집이 보였다. 모닝버드 길을 따라 줄지어 선 집들은 하나같이 약간 버려진 것 같았지만―이웃 주민들 대부분은 여름이라 아직 북쪽에서 지내고 있었다―마당에 깐 잔디도 군데군데 벗겨지고 지붕 가장자리에 장식된 노란색 널빤지가 뒤틀려 벗겨지기 시작한 에이브 할아버지 집은 더 심각해 보였다. 할아버지의 이웃들은 가을이면 되돌아와 집을 돌보겠지만 할아버진 영원히 떠난 사람이었다.

"음, 여기야." 내가 진입로에 차를 세우며 말했다. "그냥 흔한 집이야."

"에이브가 여기 얼마나 오래 살았어?" 브로닌이 물었다.

내가 막 대답을 하려는 찰나, 그때까지도 내 주의를 끌지 않았던 낯선 물건이 내 신경을 거슬렀다. 무성한 풀숲에 집 팝니다고 적힌 표지판이 서 있었다. 차에서 내린 나는 마당을 가로질러 바닥에서 표지판을 뽑아 수로에 내던졌다.

아무도 내게 이야기한 적 없었다. 당연히 그랬겠지. 나는 아마 발작을 일으켰을 테고, 부모님은 그걸 감당하고 싶지 않았을 것이다. 내 감정엔 문제가 너무 많았다.

엠마가 내 뒤로 다가왔다. "너 괜찮아?"

"그건 내가 너한테 물어야 할 것 같은데." 내가 말했다.

"난 괜찮아. 그냥 집이잖아. 안 그래?" 엠마가 말했다.

"맞아. 그런데 부모님이 이 집을 팔려고 한다는 사실에 난 왜 이렇게 기분이 상할까?"

엠마는 등 뒤에서 어깨를 으쓱했다. "설명할 필요 없어. 난 이해해."

"고마워. 근데 언제든 네가 그만 돌아가자고 하면 난 전적으로 따를게. 그저 말만 해."

"난 괜찮을 거야." 엠마가 말했다. 이어 더 작은 목소리로 덧붙였다. "어쨌든 고마워."

우리 뒤쪽에서 갑자기 소란이 일어 돌아보니, 브로닌과 올리브가 자동차 트렁크 옆에 서 있었다.

"트렁크에 누군가 있어!" 브로닌이 소리쳤다.

우린 달려갔다. 안에서 웅얼웅얼 외치는 소리가 들려왔다. 나는 트렁크 개폐 버튼을 눌렀고 트렁크 문이 위로 올라갔다. 에녹이 튀어나왔다.

"에녹!" 엠마가 소리쳤다.

"대체 넌 여기서 뭐하는 거야?" 내가 물었다.

"너희가 나를 두고 가는 걸 내가 정말 그냥 보고 있을 줄 알았냐?" 그는 갑작스러운 햇빛에 눈을 깜박거렸다. "나를 뭘로 보고!"

"너의 두뇌는 참." 밀라드가 고개를 절레절레 흔들며 말했다. "가끔은 보고도 못 믿을 짓을 벌이는구나."

"맞아. 나의 영민함은 많은 사람들의 허를 찌르지." 에녹이 트렁크에서 기어 내려와 진입로에 서서 어리둥절한 표정으로 주변을 둘러보았다. "잠깐만, 여긴 옷 가게가 아니잖아."

"맙소사, **정말** 영리하군." 밀라드가 말했다.

"여긴 에이브의 집이야." 브로닌이 말했다.

에녹의 입이 떡 벌어졌다. "뭐라고!" 그가 엠마를 향해 한쪽 눈썹을 들어 올렸다. "이거 누구 생각이야?"

"내 생각." 어색한 대화가 시작되기 전에 막아버릴 수 있기를 바라며 내가 나섰다.

"우린 여기 조의를 표하러 온 거야." 브로닌이 말했다.

"그렇다면 그런 줄 알아야지." 에녹이 말했다.

집 열쇠를 가져오지 않았지만, 그건 상관없었다. 텃밭 소라고 등 아래 여분의 열쇠를 숨겨두는 건 할아버지 포트먼과 나만 아는 비밀이었다. 원래 있어야 할 곳에서 그걸 찾아내는 기분이 뭔가 뿌듯했다. 잠시 후 나는 현관문을 열었고, 우린 집 안으로 들어섰다.

아마도 여름 내내 에어컨이 꺼져 있어서, 집 안은 무덥고 퀴퀴한 냄새를 풍겼다. 숨 막히는 실내 온도보다 더 괴로운 건 집 안 상태였다. 옷더미와 종이들이 바닥에 지저분하게 쌓였고, 가재도구들도 조리대 위에 어지럽게 널린 데다, 구석에 놓인 쓰레기 봉지엔 피라미드처럼 쓰레기가 수북했다. 아빠와 고모는 할아버지의 유품 정리를 결국 끝내지 못했다. 아빠는 그 임무(와 함께 집)도 포기했고, 웨일스로 떠나며 누군가 자기 대신 그 일을 마무리해주기를 바라며 앞마당에 집을 판다는 표지판을 세워놓은 듯했다. 그곳은 존경받는 노인의 집이 아니라 아무렇게나 들쑤셔놓은 구세군 구제 상점 같았고, 나는 물밀 듯 밀려드는 수치심에 압도당했다. 친구들이 이미 본 것을 숨길 수 있다는 듯이 나는 사과와 변명과 청소를 동시에 했다.

"어휴, 말년엔 아주 비참하게 살았던 모양이네." 에녹이 주변을 둘러보며 혀를 끌끌 찼다.

"아니야, 원래는…… 원래는 이렇지 않았어, 절대로." 할아버지의 안락의자에서 오래된 잡지를 집어 들며 내가 말을 더듬었다.

"적어도 할아버지가 살아 계신 동안에는……"

"제이콥, 기다려." 엠마가 말했다.

"내가 치울 동안 너희들은 잠깐 밖에 나가 있을래?"

"제이콥!" 엠마가 내 양어깨를 붙잡았다. "**그만해.**"

"내가 빨리 치울게. 할아버진 이렇게 살지 않으셨어. 맹세해."

"알아. 에이브는 깨끗한 셔츠로 갈아입지 않고선 아침 식사도 들지 않았을 거야." 엠마가 말했다.

"맞아." 내가 말했다. "그러니까……"

"우리도 돕고 싶어."

에녹이 얼굴을 찡그렸다. "우리가?"

"그래! 우리 모두 일손을 도울게." 올리브가 말했다.

"나도 동감이야. 이런 꼴로 내버려둘 순 없어." 브로닌이 말했다.

"왜 안 돼? 에이브는 죽었어. 집이 깨끗하든 말든 무슨 상관이라고?" 에녹이 말했다.

"**우리**한텐 상관있어." 밀라드가 말했다. 밀라드가 떠밀기라도 한 듯 에녹이 비틀거렸다. "너도 일손을 도울 게 아니면 다시 혼자 가서 트렁크에 갇혀 있든지!"

"맞아!" 올리브가 소리쳤다.

"폭력을 쓸 필요는 없어, 친구들." 에녹이 구석에서 빗자루를 집어 들고 돌아섰다. "봐, 나도 일하잖아. 쓱싹쓱싹 쓸어봅시다!"

엠마가 손뼉을 쳤다. "그럼 이곳을 깔끔하게 정리해보자."

우리는 당장 달려들어 일을 시작했다. 엠마가 총지휘를 맡아 훈련 교관처럼 지시를 내렸는데, 내 생각엔 그게 고통스러운 영역을 돌아다닌다는 사실을 머릿속에서 밀어내는 데 도움이 되는 것 같았다. "책들은 책장에. 옷은 옷장에. 쓰레기는 쓰레기통에!"

브로닌은 한 손으로 할아버지의 안락의자를 머리 위로 번쩍 들어 올렸다. "이건 어디에 둘까?"

우리는 먼지를 떨고 바닥을 쓸었다. 창문을 활짝 열어 신선한 공기를 집 안에 들였다. 브로닌은 방바닥 크기의 카펫을 죄다 마당으로 가져가 두들겨 혼자서 먼지를 다 털었다. 일단 일의 리듬에 젖어들자 에녹마저도 수고를 마다하지 않는 것 같았다. 모든 살림에 먼지와 때가 더께로 쌓여 있어서, 금세 우리의 손과 옷, 머리가 더러워졌다. 하지만 아무도 거리끼지 않았다.

일을 하는 사이 나는 유령 같은 할아버지의 형상을 사방에서 보았다. 체크무늬 의자에 앉아 스파이 소설을 읽는 모습. 오후의 밝은 햇살을 배경으로 거실 창가에 서서 밖을 내다보며 실루엣으로 서 계신 모습. 할아버지는 **우편배달부**가 오는지 그냥 보는 것뿐이라며 껄껄 웃으셨을 거다. 부엌에서 냄비에 폴란드식 스튜를 끓이느라 구부정하게 서서 나에게 이야기를 들려주시는 모습. 어느 여름 오후 차고에 놓아둔 커다란 제도용 책상에 색색깔의 압핀과 실 따위를 사방에 늘어놓고 나와 함께 지도를 만들던 모습. "강은 어디에 둘까?" 할아버지는 나에게 파란색 매직펜을 건네며 물었을 것이다. "도시는 어느 쪽으로 할까?" 연기가 피어오르듯 두피에서 솟아오른 새하얀 머리칼. "여기가 더 낫지 않겠니?" 할아버지는 내 손을 이쪽저쪽으로 조금씩 밀어내며 말씀하셨을 터였다.

청소를 마친 친구들과 나는 베란다로 나가서 약간이나마 부는 바람을 쏘이며 땀에 젖은 이마를 훔쳤다. 물론 에녹의 말이 옳았다. 청소를 하든 말든 아무도 상관하지 않았을 것이다. 아마도 그것은 쓸데없는 짓이었겠지만, 의미 있는 제스처였다. 에이브의 친구들은 그의 장례식에 참석할 수가 없었다. 어떤 면에서 그의 집을 청소해준 것은 그들 나름대로의 작별 인사였다.

"너희까지 이런 수고를 할 필요는 없었는데." 내가 말했다.

"우리도 알아. 하지만 기분은 좋았어." 브로닌이 말했다.

냉장고에서 발견한 탄산음료 캔을 브로닌이 따서 벌컥벌컥 마시고는 트림을 한 뒤 엠마에게 건넸다.

"다른 아이들도 같이 올 수 없었던 게 유감일 뿐이야. 나중에 걔네들도 보게 데리고 오자." 엠마가 작게 한 모금 마시며 말했다.

"할 일 다 끝난 거 아니잖아, 그치?" 에녹이 말했다. 사실 그는 퍽 실망한 목소리였다.

"집 안 청소는 끝이야. 마당도 청소하고 싶다면 몰라도." 내가 대답했다.

"기밀실은 어쩌고?" 밀라드가 물었다.

"뭐?"

"알잖아, 에이브가 할로개스트를 공격할 계획을 세우고, 다른 할로우 사냥꾼들한테 비밀 통신문을 받는다든지 기타 등등……틀림없이 그런 밀실이 있었을 거야."

"그런 곳은, 어…… 아니, 없었어."

"어쩌면 너한테는 말을 안 했을지도 몰라. 아마 특급 비밀로 해야 할 물건들이 가득한데 너는 그런 걸 이해하기엔 너무 어리고 멍청해서 말이야." 에녹이 말했다.

"에이브한테 그런 기밀실이 있었다면 제이콥도 알았을 거야." 엠마가 말했다.

"맞아." 내가 말했다. 하지만 나로서도 그렇게 자신은 없었다. 할아버지가 이상한 종족들에 대해서 진실을 들려주신 뒤에도, 학교에서 힘센 아이들이 그런 건 다 동화에 불과하다며 코웃음 치면 나는 그 말을 곧이곧대로 믿는 꼬마에 불과했다. 기본적으로 나는 할아버지 얼굴에 대고 거짓말쟁이라고 소리쳐 마음을 상하게 했을 것이다. 따라서 어쩌면 할아버지는 내가 당신을 믿지 못하기 때문에 그런 엄청난 비밀을 털어놓을 정도로 나를 신뢰하지 않았을 것이다. 게다가 어차피 이렇게 작은 집에서 기밀실 같은 공간을 어떻게 숨길 수 있지?

"지하실은 어때?" 브로닌이 물었다. "에이브는 할로개스트의 공격에 맞서 스스로를 보호할 막강한 지하 요새를 만들어놓았을 거야."

"할아버지한테 그런 곳이 있었다면 할로개스트에게 살해되는 일은 없었을 거야, 안 그래?" 절망감을 느낀 내가 말했다.

브로닌은 상처받은 표정을 지었다. 잠시 어색한 정적이 흘렀다.

"제이콥? 이거 내가 생각한 그거 맞아?" 올리브가 조심스레 입을 열었다.

그녀는 뒷마당으로 이어지는 방충문 옆에 서서 길게 찢어져 너덜거리는 방충망을 만지고 있었다.

나는 아빠를 향해 새로운 분노가 치솟는 걸 느꼈다. 아빠는 왜 그걸 고치거나 아예 다 뜯어버리지 않았을까? 어째서 범죄 현장의 증거처럼 아직도 그게 너덜거리며 매달려 있는 걸까?

"맞아. 할로우가 그곳으로 침입했어. 하지만 일이 벌어진 건 여기가 아니야. 내가 할아버지를 발견한 곳은……" 나는 숲을 가리켰다. "여기서 좀 멀어."

올리브와 브로닌이 서로 의미심장한 눈빛을 교환했다. 바닥으로 시선을 떨어뜨린 엠마의 얼굴에선 핏기가 가셨다. 마침내 이건 아마도 그녀가 감당하기에 너무 벅찬 현실인 듯했다.

"사실 별로 볼 것도 없어, 거긴 그냥 덤불 같은 것뿐이야. 어차피 정확한 위치를 찾을 수나 있을지 자신도 없어." 내가 말했다.

거짓말. 눈을 가리고도 찾아갈 수 있을 것이다.

"네가 찾아가볼 생각이 있다면." 엠마가 고개를 들고 나를 보며 말했다. 단단히 결심한 듯 이를 꽉 문 채 이맛살을 찌푸렸다. "난 사건 현장을 봐야겠어."

ॐ

나는 친구들을 이끌고 무릎 높이까지 자란 풀숲을 헤치고 걸어갔다가 이내 음침한 소나무 숲으로 접어들었다. 잎이 톱니처럼 날카로운 팔메토 야자나무에 살을 베거나 덩굴가지에 발이 얽히지 않도록 가시덤불 숲을 뚫고 지나가는 법을 친구들에게 시범을 보인 다음, 뱀이 숨어 있을 만한 둥지가 어떤 건지 피해가는 방법도 알려주었다. 걸어가면서 나는 운명의 밤에, 내 인생을 '이전'과 '이후'로 갈라놓은 문제의 밤에 벌어진 일을 친구들에게 다시 한 번 들려주었다. 아르바이트를 하던 중에 공포에 질린 할아버지한테서 걸려온 전화. 친구의 차를 얻어 타야 해서 기다리느라 이곳으로 오는 것이 지체되었던 상황. 내가 늦은 바람에 그 대가로 할 아버지가 목숨을 잃었거나 혹은 내가 목숨을 구했을 수도 있었으리라는 점. 난장판이 된 집을 발견한 뒤에, 아직 불이 켜진 채 잔디밭에 떨어져 숲을 가리키던 손전등을 내가 어떻게 발견하게 되었는지. 지금 우리가 찾아가는 것처럼 어두운 숲속을 헤치고 들어가다가 그만…….

덤불 속에서 바스락거리는 소리가 들려와 모두 깜짝 놀라 펄쩍 뛰었다.

"그냥 너구리야! 걱정하지 마, 혹시라도 지금 주변에 할로우가 있다면 내가 당장 느꼈을 거야." 내가 말했다.

빽빽한 덤불숲을 한 바퀴 빙 돌자니 낯이 익은 듯도 했지만, 할아버지가 돌아가신 정확한 장소를 내가 찾을 수 있을지 자신이 없었다. 플로리다의 숲은 빨리 자라는 데다가, 마지막으로 다녀간 이후로 덤불이 더욱 빽빽하고 무성해져서 낯선 군락지를 새롭게 이루고 있었다. 결국 눈을 가렸더라면 찾아오지 못했을 거라는 짐작이 들었다. 너무 여러 달이 흐른 뒤였다.

덩굴가지들이 낮아지고 덤불을 약간 억지로 짓눌러놓은 듯 햇볕이 내리쬐는 공터로 걸어 들어갔다. "이 근처인 것 같아."

우리는 대충 둥글게 모여 서서 동시에 잠시 침묵을 지켰다. 그러고는 친구들이 한 사람씩 그에게 작별 인사를 했다.

"넌 위대한 사람이었어, 에이브러햄 포트먼. 이상한 종족들에게 너 같은 존재는 더 많이 유용했을 거야. 우린 네가 많이 그리워." 밀라드가 말했다.

"너에게 일어난 일은 불공평해. 네가 우리를 보호해주었듯이 우리도 너를 보호해줬으면 좋았을 텐데." 브로닌이 말했다.

"제이콥을 보내줘서 고마워. 저 아이가 없었으면 우린 모두 다 죽었을 거야." 올리브가 말했다.

"다들 너무 오버하진 말자." 에녹이 말했다. 그러자 이왕 그가 입을 열었으니 그의 차례가 되었다. 그는 잠시 뜸을 들이듯 신발로 흙을 짓이기다가 말을 이었다. "왜 바보같이 죽어버리고 그랬냐?" 그가 메마른 웃음소리를 냈다. "너한테 못되게 군 적 있었다면 미안하다. 뭐든 바꿀 수만 있다면 난 네가 죽지 않는 쪽을 택하겠어." 그러더니 고개를 돌리고 살며시 덧붙였다. "잘 가라, 오랜 친구."

올리브가 가슴에 손을 올렸다. "에녹, 정말 멋졌어."

"알았어, 진정해." 에녹은 당혹스러운 듯이 고개를 절레절레 흔들더니 되돌아가는 방향으로 걷기 시작했다. "나는 집에 가 있을게."

브로닌과 올리브는 아직 아무 말도 하지 않은 엠마를 쳐다보았다.

"부탁인데 잠시 나 혼자만 있게 해줘." 엠마가 말했다.

여자아이들은 약간 실망한 표정을 지었으나 결국 나만 남겨두고 모두 에녹을 따라갔다.

엠마가 나를 흘끔 쳐다보았다. 나는 눈썹을 들어 올렸다.

나도?

엠마는 약간 멋쩍은 표정을 지었다.

"너만 괜찮다면."

"물론이지. 난 그냥 저쪽에 있을게. 혹시 뭐든 필요한 경우에 대비해서."

엠마는 고개를 끄덕였다. 나는 서른 걸음쯤 걸어가 나무에 기대어 기다렸다. 엠마는 그 자리에 몇 분간 서 있었다. 엠마가 있는 쪽을 쳐다보지 않으려고 했지만 시간이 흐를수록 나도 모르게 혹시 그녀의 머리가 흔들리지는 않은지, 어깨가 떨리는 건 아닌지 지켜보는 스스로를 발견했다.

애써 시선을 공중에서 맴도는 대머리독수리를 향해 들어 올렸다. 잠시 후 시선을 내렸을 때 덤불숲에서 소리가 들려왔다.

브로닌이 나를 향해 달려오고 있었다. 나는 너무 심하게 놀라 넘어질 뻔했다.

"제이콥! 엠마! 너희도 빨리 와서 봐야 해!"

엠마도 브로닌을 발견하고 우리에게 달려왔다.

"무슨 일 있어?" 내가 물었다.

"우리가 무언가 발견했어. 집 안에서." 브로닌이 말했다.

브로닌의 표정을 본 나는 무언가 끔찍한 일을 상상했다. 시체라든지. 그러나 친구의 목소리는 흥분으로 가득 차 있었다.

🜨

친구들은 에이브 할아버지가 사무실로 쓰던 방에 서 있었다. 벽에서 벽까지 거의 바닥을 완전히 덮었던 낡은 페르시아산 카펫이 돌돌 말려 한쪽으로 밀려 있고, 그 밑으로 희끗하게 바랜 나무 바닥이 드러났다.

엠마와 나는 달려오느라 숨을 헐떡였다.

"브로닌 말로는…… 너희가 무언가 발견했다며." 엠마가 말했다.

"나는 이론을 테스트해보고 싶었어. 그래서 너희 둘이 숲에서 꾸물거리는 동안 올리브한테 집 안을 좀 걸어 다녀보라고 했지." 밀라드가 말했다.

올리브가 무거운 구두를 신은 발로 몇 걸음 걸어 다니자 움직일 때마다 묵직한 발소리가 울렸다.

"올리브한테 이 방을 걸어 다니라고 부탁했을 때 내가 얼마나 놀랐을지 상상해봐. 올리브, 행동으로 보여줄래?"

올리브가 벽에서 시작해 쿵쿵거리며 방을 가로질렀다. 바닥 정중앙에 당도하자, 무거운 구두 소리가 육중한 **쿵** 소리에서 어쩐지 좀 더 가벼우면서도 약간 금속성으로 바뀌었다.

"그 아래 뭔가 있나 봐." 내가 말했다.

"비었어. 공간이 있는 거지." 밀라드가 말했다.

밀라드가 바닥에 무릎을 대고 쭈그려 앉는 소리가 들리고, 이어 편지 칼이 아래를 향해 둥둥 떠내려가는 게 보였다. 칼은 두 널빤지 사이로 파고들었고, 밀라드가 끙 소리를 내며 바닥에서 1제곱미터 좀 안 되는 크기의 나무판자를 들어 올렸다. 경첩에 연결된 나무판자를 들어 올리자 그 아래 성인 남성이 드나들기에 딱 맞을 만한 크기의 금속 문이 드러났다.

"**제기랄!**"

올리브가 경악한 표정을 지었다. 친구들 앞에서 내가 욕을 하는 건 드문 일이었지만 이건 그냥…… 음, **제기랄**이었다.

"문이네." 내가 말했다.

"엄밀히 말하면 뚜껑 문에 가깝지." 브로닌이 말했다.

"이런 말하기 미안하지만 내가 뭐랬냐. 내가 뭐랬냐고." 밀라드가 말했다.

금속 문의 재질은 희뿌연 잿빛 쇠였다. 표면을 움푹 파 손잡이와 함께 숫자판이 달려 있었다. 나는 바닥에 쭈그려 앉아 손가락 관절로 금속을 두들겨보았다. 두껍고 강한 소리가 났다. 이어 나는 손잡이를 잡고 들어보았지만 꿈쩍도 하지 않았다.

"잠겨 있어. 이미 우리가 열려고 시도해봤어." 올리브가 말했다.

"비밀번호가 뭐야?" 브로닌이 내게 물었다.

"내가 그걸 어떻게 알아?"

"모를 거라고 했잖아." 에녹이 말했다. "넌 별로 아는 게 없지?"

나는 한숨을 쉬었다. "잠깐 생각 좀 해볼게."

"누군가의 생일을 비밀번호로 하지 않았을까?" 올리브가 물었다.

나는 몇 개 시도해보았다. 내 생일, 할아버지, 아빠, 할머니, 엠마의 생일까지. 그러나 어느 것도 맞지 않았다.

"생일은 아니야. 에이브는 절대로 그렇게 뻔한 걸 비밀번호로 했을 리가 없어." 밀라드가 말했다.

"비밀번호 숫자가 몇 개인지도 모르잖아." 엠마가 말했다.

브로닌이 내 어깨를 잡았다. "어서, 제이콥. **생각해봐.**"

나는 정신을 집중하려 했지만 상처받은 마음이 자꾸만 내 정신을 흩뜨렸다. 나는 언제나 스스로 그 누구보다도 에이브 할아버지와 가까운 사람이라고 생각했다. 그런데 어떻게 할아버지는 서재 바닥에 비밀 문이 있다는 걸 한 번도 내게 말하지 않을 수가 있지? 할아버지는 반평생 이상을 그림자 속에서 살아왔고, 그걸 나와 공유하려는 진정한 시도는 한 번도 한 적이 없었다. 물론 할아버지는 동화 같은 이야기를 나에게 들려주었고, 오래된 사진 몇 장도 나와 공유했지만, 그 무엇도 나에게 **보여준** 적은 전혀 없었다. 비밀의 방으로 들어가는 비밀의 문을 나에게 보여준다든지, 해서 그것을 나에게 증명해 보이려는 노력을 조금만 더 했더라면 나는 할아버지의 이야기를 절대 의심하지 않았을 것이다.

아빠와 달리 내가 **원했던** 건 믿음이었다.

할아버지는 회의적인 나의 태도에 정말로 상처를 깊이 입은 나머지 나에게 모든 것을 털어놓겠다는 계획을 포기했던 걸까? 더는 그렇게 믿을 수가 없었다. 할아버지가 솔직하게 진실을 이야기했더라면 나는 목숨을 걸고서라도 비밀을 지켰을 것이다. 결국 할아버지는 나를 믿지 못했기 때문에 나에게 알려주고 싶어 하지 않았을 것이라고 생각한다. 그런데 지금 나는 할아버지가 절대로 이야기해준 적도 없고, 그 안엔 절대로 나에게 들킬 의도가 없었던 비밀이 숨겨진 문의 비밀번호를 짐작해내려고 애쓰고 있다.

그렇다면 내가 왜 수고를 해야 하지?

"생각나는 게 없어." 일어서며 내가 말했다.

"포기하는 거야?" 엠마가 물었다.

"누가 알겠어. 어쩌면 이건 그냥 지하 저장고일지도 몰라."

"아니란 건 너도 알잖아."

나는 어깨를 으쓱했다. "우리 할머니는 과일로 만든 저장 식품을 아주 귀하게 여기셨어."

에녹이 실망스러운 한숨을 내쉬었다. "어쩌면 네가 우릴 따돌리려는 걸지도 모르지."

"뭐라고?" 내가 그를 돌아보며 물었다.

"넌 비밀번호를 알면서도 에이브의 비밀을 혼자만 간직하려고 하는 것 같아. 문을 발견한 건 우리인데도 말이지."

화가 난 나는 그를 향해 한 걸음 다가갔다. 브로닌이 우리 둘 사이를 가로막았다.

"제이콥, 진정해! 에녹, 입 닥쳐. 넌 하나도 도움이 안 돼."

나는 그에게 손가락 욕을 해 보였다.

"으, 먼지로 뒤덮여 있을 에이브의 지하실에 뭐가 들었는지 무슨 상관이람." 에녹이 말하고는 웃음을 터뜨렸다. "아마 엠마한테 받은 오래된 연애편지나 수천 통 들었겠지."

이번엔 엠마가 그에게 손가락 욕을 해 보였다.

"아니면 커다란 쟤 사진을 갖다 놓고 주변에 온통 촛불을 켜 둔 제단이라도 만들었으려나······" 의기양양하게 에녹이 박수를 쳤다. "와, 그런 게 나타나면 너희 둘한텐 **진짜** 어색하겠다."

"네 눈썹을 싹 다 태워버리게 너 이리 와라." 엠마가 말했다.

"무시해." 내가 말했다.

엠마와 나는 각자 주머니에 손을 넣고 방문 쪽으로 물러났다. 에녹은 우리 둘 다를 괴롭히는 데 성공을 거두었다.

"난 아무것도 숨기는 거 없어. 비밀번호가 뭔지는 정말 몰라." 내가 나직이 말했다.

"알아. 내가 생각해봤는데. 어쩌면 숫자가 아닐 수도 있어."

엠마가 내 팔을 잡으며 말했다.

"하지만 저건 **숫자판**이잖아."

"글자일 수도 있어. 잘 봐, 자판에 글자랑 숫자가 같이 적혀 있어."

나는 철문으로 다가가 살펴보았다. 엠마 말이 맞았다. 전화기 버튼처럼 모든 숫자판 아래쪽엔 글자가 세 개씩 적혀 있었다.

"너희 두 사람 모두에게 뭔가 뜻깊은 낱말이 있었어?" 엠마가 말했다.

"E-m-m-a?" 에녹이 말했다.

나는 그를 돌아보았다. "하늘에 대고 맹세하는데, 에녹, 너 내가……"

브로닌이 그를 들어 올려 어깨에 둘러맸다.

"야! 내려놔!"

"넌 휴식 시간을 좀 보내야겠다." 브로닌이 말했다. 그녀는 에녹이 꿈틀거리며 투덜거리거나 말거나 그를 방에서 데리고 나갔다.

"아까도 말했듯이, 뭔가 너희 둘만의 비밀일 거야. 두 사람만 알 수 있는 걸로." 엠마가 말했다.

나는 잠시 고민하다 뚜껑 문 옆에 무릎을 꿇었다. 우선 이름을 입력해보았다. 내 이름과 할아버지의 이름, 엠마의 이름을 눌러보았지만 소용없었다. 그러다 순전히 장난으로 '이상한'을 뜻하는 영어 단어 p-e-c-u-l-i-a-r을 눌러보았다.

될 리가 없었다. 너무 뻔했다.

"있잖아, 아예 영어가 아닐 수도 있어. 에이브는 폴란드어도 했었잖아." 밀라드가 말했다.

"어쩌면 밤새 오래 생각해보는 것도 좋을 거야." 엠마가 말했다.

그러나 이젠 내 머릿속이 빙글빙글 돌아가고 있었다. 폴란드어. 맞다, 할아버지는 이따금씩 주로 혼잣말로 폴란드어를 사용했었다. 할아버지는 폴란드어를 나에게 가르쳐준 적이 결코 없었지만 딱 한 단어는 예외였다. 할아버지가 나에게 지어준 애칭, **티그리스쿠**_Tygrysku_. '작은 호랑이'라는 뜻이었다.

나는 그 단어를 입력했다.

자물쇠 안쪽 스위치가 **철컥** 열렸다.

제기랄.

ɤ

문이 열리자 어둠 속으로 내려가는 사다리가 드러났다. 나는 첫 번째 발판에 발을 올렸다.

"행운을 빌어줘." 내가 말했다.

"내가 먼저 내려갈게." 엠마가 말했다. 그녀는 손바닥을 펴고 불꽃을 일으켰다.

"내가 먼저 가야 해. 저 아래에 뭐든 위험한 게 있다면 내가 먼저 잡아먹히고 싶어." 내가 말했다.

"의협심이 넘치시는군." 밀라드가 말했다.

열 걸음쯤 내려가자 콘크리트 바닥에 발이 닿았다. 집 안보다 온도가 4, 5도쯤 낮아 서늘했다. 앞쪽은 완전한 암흑이었다. 휴

휴대전화를 꺼내 화면의 불빛으로 주변을 비춰 보았지만 울퉁불퉁한 회색 콘크리트 벽이 보일 정도밖엔 밝지 않았다. 그곳은 터널이었다. 폐소공포증이 느껴질 만큼 좁고 낮아서 몸을 수그려야 했다. 휴대전화 불빛으론 너무 약해서 앞쪽에 뭐가 있는지, 터널이 얼마나 멀리까지 이어졌는지 확인하기에 무리였다.

"어때?" 엠마가 소리쳤다.

"괴물은 없어! 하지만 빛이 더 필요해." 내가 소리쳐 대꾸했다.

의협심이 넘치는 거 좋아하네.

"금방 내려갈게!" 엠마가 말했다.

"우리도!" 올리브가 말하는 소리가 들렸다.

친구들이 사다리를 내려오길 기다리던 바로 그때 그 생각이 나의 뇌리를 스쳤다. 할아버지는 **의도적으로** 내가 이곳을 발견하기를 바랐던 거였다.

티그리스쿠. 그건 숲속에 떨어진 빵조각이었다. 페러그린이 보낸 엽서를 할아버지가 에머슨 시집 사이에 끼워놓았던 것처럼.

엠마가 바닥에 내려와 손에 불꽃을 일으켰다. "음." 그녀가 앞쪽으로 뻗은 터널을 보며 말했다. "확실히 지하 저장고는 아니네."

그녀는 내게 윙크했고 나도 대답 대신 씩 웃어주었다. 엠마는 담담하고 침착해 보였지만, 그건 연기일 거라고 확신했다. 나의 신경은 온통 곤두서 있었다.

"나도 내려가도 돼?" 에녹이 위쪽 방에서 소리쳤다. "아니면 내 유머 감각 때문에 계속 벌받아야 해?"

바로 그때 브로닌이 막 사다리 맨 아래 칸에서 내려왔다. "넌 거기 그대로 있어. 혹시 누가 올지 모르는데, 여기서 알지도 못하고 있다가 당하고 싶진 않아."

"누가 온다고 그래?" 에녹이 물었다.

"누구든." 브로닌이 말했다.

엠마가 불꽃을 피워 조명 역할을 하며 앞장을 서고 우린 하나로 뭉쳐 뒤를 따랐다.

"천천히 움직이면서 뭔가 이상한 소리가 들리는지 귀를 기울이고 정신도 똑바로 차려. 이 아래에 뭐가 있는지도 우린 모르는 상태고, 에이브가 부비트랩을 설치해뒀을 가능성도 있어." 엠마가 말했다.

우리는 몸을 수그려 발을 끌며 앞으로 움직이기 시작했다. 나는 터널이 뚫린 방향을 근거로 우리 위쪽의 집 안 위치는 어디쯤일지 상상해보려 했다. 10미터쯤 걸어간 뒤엔 거실 아래쪽에 있을 가능성이 높았다. 12미터쯤 지난 뒤엔 집을 완전히 벗어났고, 15미터를 지난 뒤엔 앞마당 아래 와 있을 것이 분명했다.

마침내 터널이 끝나고 문이 나타났다. 우리가 내려온 뚜껑문처럼 그 문 역시 육중해 보였지만, 약간 열려 있었다.

"누구 있어요?" 내가 소리쳤다. 내 목소리에 브로닌이 심하게 놀랐다.

"미안해." 내가 브로닌에게 말했다.

"누가 있을 것 같아?" 밀라드가 물었다.

"아니. 하지만 혹시 모르는 거잖아."

티를 내지 않으려고 했지만 나는 너무도 초조한 나머지 덜덜 떨었다.

엠마가 문틈으로 들어가더니 불꽃을 밝히며 잠시 주변을 둘러보았다. "충분히 안전한 것 같아." 그녀가 말했다. "하지만 이게 더 쓸모 있을지도……"

엠마는 벽으로 손을 뻗어 전기 스위치를 올렸고, 방 안에 달린 형광등이 일제히 켜졌다.

"우와! 쓸모 있는 정도가 아닌걸." 올리브가 말했다.

엠마는 손바닥을 접어 불꽃을 껐고 우리는 그녀의 뒤를 따라 방 안으로 밀려들어갔다. 이내 나는 천천히 방 안을 둘러보며 모든 것을 마음에 새겼다. 방은 가로세로가 4, 5미터로 좁았지만, 이젠 드디어 허리를 쭉 펴고 설 수 있을 만큼 천장이 높았다. 할아버지의 습관대로 그곳은 꼼꼼하게 정리되어 있었다. 한쪽 벽엔 철제 침대 네 개가 군용 침상처럼 2층으로 붙어 있고, 납작하게 말아 갠 침대 시트와 담요는 비닐에 쌓여 각 침대 발치에 놓여 있다. 큼지막한 물품 보관함도 그쪽 벽에 붙어 있었는데, 엠마가 열었더니 온갖 종류의 보급품이 보였다. 손전등, 배터리, 기본 공구, 몇 주간은 버틸 만큼의 통조림 식품과 건조식품. 그 옆엔 마실 물이 담긴 파란색 큰 드럼통이 놓였고, 다시 또 그 옆에 이상하게 생긴 플라스틱 상자가 자리를 잡고 있었다. 그것은 가끔 할아버지 집 차고에서 보던 자연 생존자들을 위한 잡지에 나온 화학처리식 변기라는 사실이 떠올랐다.

"우와, 이것 좀 봐!" 브로닌이 말했다. 구석으로 간 그녀는 천장부터 연결되어 아래로 내려온 금속 원통에 눈을 대고 있었다. "밖이 보여!"

원통 *끄트머리*엔 핸들과 함께 감시용 렌즈가 달려 있었다.

브로닌이 옆으로 물러나 나에게 자리를 양보했으므로, 나는 눈을 대고 바깥 막다른 골목의 약간 희미한 이미지를 보았다. 핸들을 잡고 돌려 높이 자란 풀밭 때문에 부분적으로 가려진 집이 보일 때까지 렌즈의 방향을 틀었다.

"이건 잠망경이야. 반사경이 마당 가장자리에 감추어져 있을 거야." 내가 말했다.

"그럼 놈들이 오는 걸 볼 수 있었겠네." 엠마가 말했다.

"여긴 **진짜로** 뭐 하는 곳일까?" 올리브가 물었다.

"은신처가 틀림없어. 할로개스트의 공격에 대비한. 침대가 네 개인 거 보이지? 그래야 가족들도 숨을 수 있었겠지." 브로닌이 말했다.

"그냥 공격을 기다리기 위한 공간 이상이었을 거야. 정보 수신국이었을걸." 밀라드가 말했다.

그의 목소리는 반대편 벽 커다란 나무 책상 옆에서 들려왔다. 책상 상판은 크롬과 초록색을 도금한 금속으로 만들어진 이상한 생김새의 기계가 거의 차지하고 있었다. 구식 프린터와 팩스 기계의 중간쯤 되는 모양 앞쪽에 키보드가 기이하게 붙어 있었다.

"분명 이걸로 소통을 했을 거야."

"누구랑?" 브로닌이 물었다.

"다른 할로우 사냥꾼들이랑. 봐, 이건 유압식 전신 타자기야."

"우와." 엠마가 감탄하며 그 물건을 보려고 좁은 방을 가로질렀다. "이거 나도 기억나. 페러그린 원장님한테도 이런 물건이 있었어. 이건 어떻게 된 걸까?"

"임브린들이 안전한 루프를 떠나지 않고도 서로 연락하기 위한 전략의 일부로 만들어진 기계였어. 결국엔 소용이 없게 되었지. 너무 복잡하고, 중간에 소식을 가로채는 데도 너무 취약했거든." 밀라드가 설명했다.

그러나 나는 듣는 둥 마는 둥 멍한 상태였다. 이 모든 것들이 나와 그토록 가까이, 바로 내 발밑에, **수년간이나** 존재했는데도 나는 전혀 몰랐다는 사실을 있는 그대로 받아들이려고 애를 쓰는 중이었다. 지금 내가 서 있는 곳에서 위로 불과 5, 6미터 떨어진 잔디밭에서 놀며 오후를 보냈다니. 거기에 생각이 미치자 머릿속이 혼란스러워지면서 궁금해졌다. 미처 깨닫지 못한 상태에서 나는 이상한 세계에 얼마나 더 많이 노출되었을까? 할아버지의 친구들이 생각났다. 이따금씩 찾아와선 뒷 베란다나 서재에 앉아 에이브 할아버지와 몇 시간씩 담소를 나누던 노인들.

폴란드에 살 때 알고 지낸 친구란다. 어느 손님에 대해서 할아버지가 하신 말씀이었다.

전쟁에서 만난 친구야. 다른 손님에 대해서 설명한 적도 있었다.

하지만 정말로 그들은 누구였을까?

"이 기계가 다른 할로우 사냥꾼들과 소통하는 용도라고 했잖아. 그럼 그들에 대해서도 뭘 좀 알아?" 내가 말했다.

"사냥꾼들에 대해서? 우린 별로 아는 게 없지만, 그건 계획적인 거였어. 그들은 극도로 비밀리에 활동했거든." 엠마가 말했다.

"수가 얼마나 되는지 알아?"

"열두 명 미만일걸. 하지만 그건 그냥 경험에서 우러난 추측이야." 밀라드가 말했다.

"그들 모두 할로우를 조종할 수 있어?" 내가 물었다.

어쩌면 나 같은 다른 이상한 종족이 더 있을지도 모른다. 어쩌면 내가 그들을 찾아낼 수도 있을 것이다.

"어, 그렇진 않을걸. 에이브가 그토록 특별했던 이유도 바로 그 때문이거든." 엠마가 말했다.

"그리고 너도, 제이콥 군." 브로닌이 말했다.

"이해가 안 되는 게 한 가지 있어. 할로개스트가 찾아왔던 날 밤에 에이브는 왜 이곳 은신처로 내려오지 않았을까?" 밀라드가 말했다.

"시간이 없었겠지." 올리브가 말했다.

"아니야. 할아버지는 놈이 온다는 걸 알고 계셨어. 몇 시간 전에 공포에 질린 목소리로 나한테 전화를 하셨어."

"비밀번호를 까먹었을지도 몰라." 올리브가 말했다.

"에이브는 치매가 아니야." 엠마가 말했다.

이유는 하나밖에 없었지만 나는 좀처럼 그것을 입 밖으로 낼 수가 없었다. 생각만으로도 목구멍에서 숨이 꽉 막혔다.

"할아버지가 여기로 내려오시지 않은 건 내가 할아버지를 찾아 집으로 올 거란 걸 아셨기 때문이야. 비록 나한테는 절대 오지 말라고 간청하셨지만." 내가 말했다.

브로닌이 경악한 표정으로 손을 들어 입을 가렸다. "만약에 에이브가 여기 내려와 있는 동안 네가 저 위에 있었다면……"

"에이브는 너를 보호하려던 거였어. 할로우를 멀리 유인해서 숲으로 데려가려 했던 거야." 엠마가 말했다.

두 다리로 지탱하기에 몸이 너무 무거워진 느낌이어서 나는 침대에 주저앉았다.

"넌 몰랐잖아." 엠마가 내 옆에 살포시 앉으며 말했다.

"아니야." 나는 길게 한숨을 내쉬었다. "할아버지는 괴물이 오고 있다고 말씀하셨는데 내가 믿지 않았어. 오늘까지도 할아버지는 여전히 살아 계셨을지도 모르는데, 내가 믿어드리질 않았어. 또다시."

"아니야. 자책하지 마." 엠마는 화난 목소리였다. "에이브가 너한테 충분히 이야기를 해주지 않았잖아, 제대로 충분히. 말만 제대로 했더라면 너도 할아버지를 믿었을 거야. 그렇지?"

"응……"

"하지만 에이브는 비밀을 좋아했어."

"진짜 좋아했었지." 밀라드가 말했다.

"가끔은 사람들보다 비밀을 더 좋아하는 것 같더라니까. 그러다 결국엔 그 때문에 목숨을 잃었네. 너 때문이 아니라 자기 비밀 때문에." 엠마가 말했다.

"그럴지도 모르지." 내가 말했다.

"확실해."

엠마의 말이 맞는다는 건 나도 알았다. 할아버지가 더 많은 비밀을 나와 공유하지 않았다는 사실에 화가 났지만, 할아버지가 모든 이야기를 다 털어놓았다고 하더라도 내가 할아버지를 밀어냈을 수도 있을 거라는 생각을 떨치기가 어려웠다. 너무 화가 나고 동시에 죄책감이 들었지만, 그런 이야기는 차마 엠마한테 털어놓을 수가 없었다. 그래서 그냥 고개를 끄덕이며 말했다. "음…… 적어도 이곳을 발견하긴 했네. 에이브 할아버지가 무덤에 가져갈 비밀이 하나 줄어들었어."

"어쩌면 하나 이상일지도 몰라." 밀라드가 말하며 책상 서랍을 열었다. "여기 네가 관심 있을 만한 게 든 것 같아, 제이콥."

나는 침대에서 일어나 순식간에 방을 가로질러 갔다. 서랍엔 큰 금속 고리가 달린 바인더에 서류 뭉치가 들어 있었다. 표지엔 업무 일지라고 적혀 있었다.

"어휴. 이건 설마……?" 내가 말했다.

"써 있는 그대로야." 밀라드가 말했다.

내가 바인더 밑에 손가락을 넣어 서랍에서 꺼내자 다른 아이들도 주변으로 몰려들었다. 두께는 반 뼘이 넘고 무게도 최소 2.5킬로그램은 될 듯했다.

"어서 펼쳐봐." 브로닌이 말했다.

"재촉하지 마." 내가 말했다.

중간에 아무 페이지나 펼쳐보니, 사진 두 장이 스테이플러로 붙은 임무 보고서가 타자기 글씨로 기록되어 있었다. 한 장은 특이한 옷을 입은 아이가 소파에 앉은 사진이고, 다른 한 장엔 광대 옷을 입은 남녀가 찍혀 있었다.

나는 소리 내어 보고서를 읽었다. 법정 기록처럼 간결하고 감정을 배제한 언어로 적혀 있었다. 쫓기던 이상한 아이를 두 와이트와 할로개스트로부터 구해낸 뒤 안전한 루프로 아이를 인계한 임무를 요약한 내용이었다.

서류철을 몇 페이지 더 넘기자 비슷한 내용의 보고서가 1950년대까지도 계속 이어졌고, 이윽고 나는 파일을 덮었다.

"이게 무슨 의미인지 너희도 알겠지?" 밀라드가 말했다.

"에이브는 단지 할로우를 찾아서 죽이는 일만 했던 게 아니

1967년 10월 31일 - 텍사스주, 휴스턴

사전 미접촉 상태의 이상한 소년 구출 보고서. 약 13세, 중간 정도의
능력을 보임. 입양을 위해 탈출 포기. 두 명의 와이트가 입양기관
직원으로 변장해 임브린을 잡으려고 아이를 미끼로 이용한 것을
비밀요원 A와 B가 색출. 할로개스트 한 마리 동반. 접촉은 지역
할로윈 퍼레이드를 이용해 이루어짐. 적들을 군중과 분리한 뒤 교전.
할로개스트는 소형 활과 화살을 이용해 소리 없이 사살. 와이트들은
탈주. 남성은 다리에 부상, 여성은 부상 없음. 와이트들은 조와 제인
존슨이라는 가명으로 여행 중. 가면을 벗긴 모습은 보지 못함.

결과 : 1967년 11월 10일, 텍사스주 마르파 근처의 A-57 루프를 통해
압펠 원장의 보호를 받도록 작전 대상을 무사히 인계.

었어." 브로닌이 말했다.

"맞아. 이상한 아이들을 구출하는 일도 하고 있었어." 밀라드가 말했다.

나는 엠마를 쳐다보았다. "넌 알고 있었어?"

엠마는 눈을 내리깔았다. "자기 일에 대해선 한 번도 의논한적이 없어."

"하지만 이상한 아이들을 구출하는 건 임브린의 일이야." 올리브가 말했다.

"맞아, 하지만 좀 전에 읽은 보고서처럼 와이트들이 아이를 미끼로 이용해서 접근하면 아마 임브린도 어쩔 수 없었을 거야." 엠마가 말했다.

나는 또 다른 임무 보고서를 읽다 중단한 터였지만, 지금은 나만 알고 있기로 했다.

"이봐!" 문가에서 소리치는 목소리에 우리는 모두 깜짝 놀라 돌아보았고, 에녹이 서 있는 걸 발견했다.

"넌 여기 내려오지 말랬잖아!" 브로닌이 꾸짖었다.

"뭘 바라냐? 나 혼자 너무 오래 내버려뒀잖아." 에녹은 방 안으로 들어서서 주변을 둘러보았다. "그래 여기가 모두들 그렇게 난리법석을 치는 이유냐? 감옥 같네."

엠마가 자기 손목시계를 보았다. "거의 6시야. 돌아가는 게 좋겠어."

"다른 애들이 우릴 죽이려 들 거야. 오후 내내 사라졌는데 아직도 새 옷을 장만하지 못했잖아!" 올리브가 말했다.

그제야 나는 페러그린 원장의 약속이 떠올랐다. 밤이 되면 나에게 무언가를 보여주겠다고 했었는데, 해가 지려면 한두 시간 밖에 남지 않았다. 솔직히 말하면, 그녀가 나에게 보여주려 하는 것이 무엇이든 더는 별 관심이 없었다. 내 생각은 온통 집에 가서 내 방문을 닫고 할아버지의 업무 일지를 처음부터 끝까지 꼼꼼히 읽어보는 것뿐이었다.

ｼ

집에 돌아오자 해가 막 숲 너머로 지기 시작했다. 뒤에 남겨졌던 친구들은 우리가 그토록 장시간 나가 있었던 것에 대해서 큰 소리로 불평을 해댔다. 그날 오후 발견한 비밀 때문에 아직도 정신이 혼미했던 나는 모든 친구들과 그 이야기를 논할 마음의 준비가 되지 않았으므로, 자동차 타이어에 바람이 빠져서 엠마가 도로 아스팔트 조각을 녹여 구멍을 메우느라 시간이 오래 지체되었다는 이야기를 꾸며댔고, 나머지 친구들도 금세 우리를 용서했다.

부모님은 사라지고 없었다. 부모님은 짐을 싸 아시아로 여행을 떠났다. 나는 부엌 조리대에서 엄마 글씨체로 적힌 쪽지를 발견했다. 쪽지에는 나를 많이 그리워하겠지만, 언제든 전화로나 이메일로 연락하면 된다면서 나더러 정원사에게 월급 주는 걸 잊지 말라고 당부하고 있었다. **사랑한다, 제이키!**라고 적을 정도로 경쾌하고 태평한 쪽지 분위기로 판단컨대 페러그린 원장이 훌륭한 솜씨를 발휘하여 부모님의 머릿속에서 지난 몇 달간 나에 대한 걱정까지 지우는 데 성공한 것 같았다. 부모님은 여행을 떠나 있는 동안 내가 정신이 이상해지거나 다시 달아날지 모른다는 걱정을 하지 않는 듯했다. 사실 부모님은 전혀 신경도 쓰지 않는 것 같았다. 그건 좋은 일이었다. **가버려서 후련하다**고 나는 생각했다. 적어도 집은 우리 차지였다.

페러그린 원장도 보이지 않았다. 우리가 떠난 직후 집을 나선 뒤 종일 돌아오지 않고 있다고 호러스가 알려주었다.

"어디 간다고 말씀하셨어?" 내가 물었다.

"정확하게 7시 15분에 너희 집 뒷마당 화분 창고에서 우리랑 만나게 될 거란 말씀만 하셨어."

"화분 창고?"

"정확하게 7시 15분에."

그렇다면 나에겐 한 시간이 넘는 자유 시간이 주어졌다.

나는 몰래 방으로 올라갔다. 전축에 레드 제플린 음반을 올려놓았는데, 그건 내가 심각하게 집중이 필요할 때마다 듣는 음악이었다. 나는 할아버지의 일지를 들고 침대에 올라가 눈앞에 펼쳐 놓은 뒤 읽기 시작했다.

한 페이지도 다 읽기 전에 엠마가 내 방으로 얼굴을 들이밀었다. 나는 그녀에게 들어오라고 청했다.

"고맙지만 됐어. 하루에 에이브 포트먼을 그만큼 접했으면 충분해." 그러고는 그녀는 방을 나갔다.

업무 일지는 수십 년에 걸쳐 수백 페이지가 기록되어 있었다. 대부분의 기록은 지하 요새에서 읽었던 것과 같은 형식을 따랐다. 자세한 설명은 생략하고, 감정은 배제된 채, 종종 사진이나 다른 시각적 증거가 첨부되어 있었다. 글자 하나하나까지 전부 다

읽으려면 일주일은 걸릴 것 같았으나, 주어진 시간이 한 시간밖에 없었으므로 듬성듬성 건너뛸 수밖에 없었다. 그런데도 미국에서 벌인 에이브 할아버지의 활약을 대략적으로 그려보는 데는 충분했다.

할아버지는 보통 홀로 일했지만 언제나 그런 건 아니었다. 어떤 기록에는 다른 '요원'들에 대한 내용이 들어 있었고 F, P, V 같은 한 글자로만 이름이 적혀 있었다. 하지만 H가 가장 자주 등장했다.

부분적으로 지워졌던 아빠의 기억을 신뢰할 수 있다면, H는 아빠가 만났던 바로 그 사람이었다. 에이브 할아버지가 아들에게 소개해줄 만큼 H를 믿었다면 그는 틀림없이 중요한 인물일 것이다. 그렇다면 그는 누굴까? 그들의 조직 구조는 어떻게 되어 있었을까? 누가 그들에게 임무를 맡겼을까? 새로운 정보의 조각은 열두 배쯤 더 많은 의문을 낳았다.

초창기에 그들의 임무는 거의 할로우 사냥과 제거에만 집중되어 있었다. 그러나 세월이 흐르면서 이상한 아이들을 찾고 구출하는 일과 관련된 임무가 점점 더 많아졌다. 의심할 바 없이 존경스러운 일이었지만 브로닌의 질문이 뇌리를 떠나지 않았다. 그건 임브린의 일이 아니었나? 미국의 임브린들이 그 일을 하지 못하게 된 어떤 사정이 있었을까?

그들에게 무언가 **문제**가 생겼던 걸까?

기록은 1953년에 시작되어 1985년에 갑자기 중단되었다. 왜 중단됐을까? 아직 내가 찾지 못한 다른 일지가 있을까? 할아버지는 1985년에 은퇴했을까? 아니면 무언가 바뀌었던 것일까?

한 시간 동안 읽어본 뒤, 나는 해답을 몇 개 더 찾았지만 훨씬 더 많은 질문이 생겨났다. 그 가운데 첫 번째 질문은 이거였다. 이와 비슷한 일이 더 남았을까? 아직도 세상 어딘가에 괴물과 싸우고 이상한 종족들을 구하는 할로우 사냥꾼 집단이 존재할까? 그렇다면 나는 꼭 그들을 찾고 싶었다. 나도 그 일부가 되어, 나의 재능을 활용해 이곳 미국에서 할아버지의 임무를 계속 이어가고 싶었다. 어쩌면 결국 할아버지가 원하셨던 것도 그것일지 모른다! 맞아, 할아버지는 비밀을 멀찌감치 감추었지만, 그 열쇠로 할아버지가 나에게 주셨던 이름을 사용하고 있었다. 하지만 너무 일찍 돌아가시면서 나에게 이야기해줄 기회가 없었던 거다.

가장 중요한 일을 가장 먼저 해야 한다. 내 질문에 답을 얻으려면, 이 세상에서 에이브 할아버지의 비밀을 알 만한 유일한 사람을 찾아야 했다.

H를 찾아내야 했다.

제4장

chapter four

우리는 뒷마당으로 몰려 나가 페러그린 원장을 기다렸다. 7시 12분이 되자 하늘에서 빛이 거의 사라졌다. 나는 협죽도 생울타리에 바짝 기대어, 좁고 얇은 목재를 격자무늬로 듬성듬성 엮어 벽을 만든 허름한 헛간 같은 화분 창고를 흘끔거렸다. 몇 년 전 엄마가 정원 가꾸기에 심취했던 때가 있었지만, 요즘 그 창고는 잡초와 거미들의 보금자리에 불과했다.

이윽고 7시 15분 정각이 되자, 우리 모두가 느낄 정도로 공중에서 찌릿하는 정전기가 발생해 호러스는 "으어!" 하고 소리를 질렀고 클레어의 긴 머리칼이 하늘로 치솟더니 이내 창고 안쪽에 번쩍 불이 켜졌다. 잠깐이지만 그것은 밝은 섬광이었고, 헛간 격자무늬 벽에 난 수백 개의 네모난 구멍이 새하얗게 빛나다가 서서히 어두워졌다. 그러고는 창고 안쪽에서 페러그린 원장의 목소리가 들려왔다.

"도착했군!" 그녀가 잔디밭으로 걸어 나왔다. "아아." 페러그린은 가슴 가득 숨을 들이마시며 말했다. "그래, 난 여기 날씨가 훨씬 좋아." 그녀는 우리를 하나하나 살펴보았다. "늦어서 미안하다."

"30초밖에 안 늦었어요." 호러스가 말했다.

"포트먼 군, 약간 어리둥절한 표정이구나."

"방금 무슨 일이 있었던 건지 잘 모르겠어요. 원장님은 어디에 계셨던 건지. 대체…… 뭐죠?"

페러그린이 창고를 가리키며 말했다. "저건 루프야."

그녀를 쳐다보던 나의 시선이 창고로 향했다. "우리 집 뒷마당에 루프가 있었다고요?"

"이제 생긴 거지. 오늘 오후에 내가 만들었단다."

"저건 소형 루프야." 밀라드가 말했다. "원장님, 정말 멋져요! 아직은 위원회에서 그런 걸 승인해주지 않을 줄 알았어요."

"역사상 이게 유일하고 오늘 막 허락된 거란다." 페러그린이 뿌듯한 웃음을 지으며 말했다.

"오늘 오후에 루프가 왜 필요하셨을까요?" 내가 물었다.

"소형 루프의 경우엔 루프를 사용하는 시간은 중요하지 않아. 크기가 워낙 작은 것이 장점이고, 유지하는 방법도 아주 쉽지. 매일 재조정해줘야 하는 일반 루프와 달리, 이건 한 달에 한두 번만 손보면 된단다."

다른 아이들은 씩 웃으며 흥분한 표정을 주고받았지만 나는 아직 어리둥절했다.

"하지만 화분 창고만 한 크기의 루프가 무슨 쓸모가 있죠?"

"피난처로 사용될 순 없지만 출입구로는 대단히 유용하지."
페러그린은 드레스 주머니에서 안에 구멍을 뚫어 놓은 특대형 총알처럼 생긴 길쭉한 황동 재질의 물건을 꺼냈다. "벤담 오라버니의 기발한 발명품 가운데 하나인 이 북(베틀에서 날실의 틈으로 왔다 갔다 하면서 씨실을 푸는 기구로, 배 모양으로 생긴 것-옮긴이)만 있으면 이 루프를 다시 팬루프티콘으로 연결할 수가 있단다. 그러면 **짜잔**! 우리한테 악마의 영토로 가는 문이 생긴 거야."

"바로 여기에. 우리 집 뒷마당에 말이죠." 내가 말했다.

"내 말을 곧이곧대로 믿으려고 애쓸 필요 없어. 네가 직접 가서 보렴." 페러그린은 팔을 뻗어 화분 창고를 가리키며 말했다.

내가 한 걸음 앞으로 나섰다. "정말로요?"

"용감한 신세계가 펼쳐질 거다, 포트먼 군. 우린 바로 네 뒤에 있을 거야."

☙

40초. 내가 뒷마당에서 19세기 런던 시간의 루프로 이동하는 데 걸린 시간은 겨우 그뿐이었다. 화분 창고 뒷벽에서 출발해 악마의 영토 빗자루 보관함에서 걸어 나오기까지 40초. 루프 여행의 갑작스러운 요동에 더는 익숙하지 않은 머리와 배 속이 울렁거리면서 현기증이 느껴졌다.

빗자루 보관함에서 나온 나는 푹신한 카펫이 깔려 있고 저마다 작은 문패를 매단 똑같은 문들이 줄지어 선 길고 익숙한 복도를 마주했다. 복도 건너편 문엔 이렇게 적혀 있었다.

네덜란드, 덴하흐, 1937년 4월 8일

돌아서서 내 뒤에 있던 문을 쳐다보았다. 벽에 종이가 붙어 있었다.

플로리다주 제이콥 포트먼의 집, 현재
A. 페러그린과 아이들 전용

나는 현실을 왜곡하는 벤담의 팬루프티콘 기계의 심장부에 들어와 있고, 이제 그 기계는 우리 집까지 연결되어 있었다. 여전히 그 사실을 이해하려고 애쓰는 사이 문이 열리고 엠마가 걸어 나왔다. "안녕, 이방인!" 그녀가 말하고는 내 얼굴에 입을 맞추었다. 그 뒤를 이어 페러그린 원장과 나머지 이상한 친구들이 따라왔다. 그들은 바다와 세기를 건너온 즉석 여행에 조금도 동요한 기색 없이 신나게 수다를 떨었다.

"우리가 원치 않으면 다시는 악마의 영토에서 잠을 잘 필요가 없다는 뜻이네." 호러스가 말하고 있었다.

"제이콥의 집에 가려고 그 늪지까지 오래 차를 타고 갈 필요도 없고. 나 멀미하잖아." 클레어가 말했다.

"가장 좋은 부분은 음식이야." 올리브가 친구들을 헤치고 나서며 말했다. "생각해봐, 제대로 된 영국식 아침 식사를 한 다음에 점심으론 제이콥의 집에 가서 피자를 먹고, 저녁으론 스미스필드 마켓에서 사 온 신선한 양갈빗살을 먹을 수도 있잖아!"

"체구가 저렇게 작은 사람이 그렇게 많이 먹는 줄 누가 알았겠어." 호러스가 말했다.

"배불리 실컷 먹으면 아마 그 무거운 구두를 신을 필요도 없겠다!" 에녹이 말했다.

"멋지지 않니?" 페러그린 원장이 나를 한쪽 옆으로 데려가며 말했다. "내가 해결책이 있다고 했던 말의 의미를 이제 너도 알겠지? 이 소형 루프만 있으면, 다른 세계와 스스로 단절하지 않고도 넌 하나의 세계에서 살 수 있어. 너의 도움만 있으면 우리는 이곳 악마의 영토에서 맡은 임무를 게을리 하지 않으면서 현재 미국에 대한 지식도 계속해서 넓혀갈 수 있겠지. 재건해야 할 루프도 있고, 트라우마 때문에 재활치료가 필요한 이상한 종족들도 있고, 생포한 와이트들도 처리해야 하지만…… 난 너와의 약속을 잊지 않았단다. 네가 이곳에서 꼭 해주어야 할 일이 있을 거다. 어떤 것 같니?"

"어떤 종류의 일을 염두에 두신 건데요?" 내 앞에 이제 막 펼쳐진 수많은 가능성 때문에 머리가 빙글빙글 돌았다.

"임무 배정은 임브린 위원회에서 하기 때문에 나도 아직은 모른단다. 하지만 너에게 무언가 아주 흥미로운 일을 줄 거라고 하더구나."

"나머지 우리들은 어쩌고요?" 에녹이 물었다.

"우리도 중요한 임무를 맡고 싶어요. 그냥 바쁜 일 말고." 밀라드가 말했다.

"청소 임무도 말고요." 브로닌이 덧붙였다.

"너희도 중요한 일을 하게 될 거다, 약속하마." 페러그린 원장이 말했다.

"현재에서 평범한 사람들로 보이는 법을 배우는 것도 **분명** 중요한 일이었다고 생각해요. 그런데 왜 우리가 이 쓰레기장 같은 곳에서 시간을 낭비하고 있는 거죠?" 에녹이 말했다.

페러그린은 입을 꾹 다물었다. "현재에 대한 지식과 기술을 익히는 것과 동시에 이곳 악마의 영토를 재건하는 노력에도 일손을 거들 수 있을 거다. 현대인들처럼 우리도 왔다 갔다 출퇴근을 하는 셈이지. 재미있지 않겠니?"

에녹은 고개를 절레절레 흔들며 시선을 피했다. "결국 정치네요. 원장님은 그걸 인정하지 않으시겠지만."

페러그린의 눈빛에서 불이 뿜어지는 듯했다.

"너 무례하게 굴고 있어." 클레어가 말했다.

"아니다, 계속해라, 에녹. 어디 들어보고 싶구나." 페러그린 원장이 말했다.

"다른 사람들은 전부 다 여기 갇혀서 피난민처럼 지내며 와이트들이 망쳐놓은 것들을 치우는데 우린 현재 시간대의 제이콥 집에서 놀며 지내는 게 먹이사슬 꼭대기에 있는 누군가가 보기엔 별로 좋지 않다는 결정을 내렸겠죠. 하지만 전 다른 사람이 어떻게 생각하든 관심 없어요. 우린 휴가를 즐길 **자격이 있다고요**, 젠장."

"이곳 사람들 모두 휴가를 즐길 자격은 있어!" 페러그린 원장이 쏘아붙였다. 갑자기 두통을 달래려는 듯 그녀는 눈을 감고 콧날을 어루만졌다. "이런 식으로 생각해봐라. 악마의 영토 전투의 영웅들이 공공의 이익을 위해서 자신들과 함께 일을 한다는 걸 눈으로 보면 다른 아이들에게 의욕이 생길 거다."

"흥." 에녹은 코웃음을 치고는 손톱을 정리하기 시작했다.

"음, **나는** 신나는걸. 나는 늘 진짜 책임감을 갖고 진짜 일을 해보고 싶었어, 비록 평범한 사람 되기 수업이 좀 줄어드는 한이 있어도 말이야." 브로닌이 말했다.

"줄어들다니? 우린 아직 한 가지도 제대로 해본 적이 없어!" 호러스가 말했다.

"한 가지도 안 해봤다고? 쇼핑하기는 어떻게 됐니?" 페러그린 원장이 나를 쳐다보았다.

"우린, 어…… 약간 옆길로 샜어요." 내가 말했다.

"아." 페러그린은 인상을 찌푸렸다. "상관없다, 시간은 많으니까. 오늘만 있는 건 아니잖니!" 그러고는 저벅저벅 복도를 걸어가며 우리에게 따라오라고 손짓했다.

⟅

페러그린 원장의 뒤를 따라 길다란 복도를 걸어가는 사이, 팬루프티콘의 수많은 문에서 사람들이 들어오고 나갔다. 그들은 하나같이 엄청 심각한 얼굴로 분주히 움직였고, 아주 다른 목적에 맞게 완전히 다른 옷을 입고 있었다. 치마가 종처럼 넓게 퍼진 파란색 버슬 드레스를 입은 숙녀 한 사람이 지나갈 땐, 우리 모두 한 줄로 서서 벽에 바싹 붙어 공간을 내주어야 했다. 두툼한 새하얀 방한복을 입고 모피 모자를 쓴 남자도 있고, 또 다른 남자는 허벅지 중간까지 올라오는 축지법용 부츠에 금빛 버클이 번쩍이는 해군 코트를 입고 있었다. 너무도 다양한 의상에 정신이 팔렸던 나는 모퉁이를 돌자마자 벽에 거의 부딪칠 뻔했다. 그러나 벽이 내게 말을 걸기 시작한 다음에야 비로소 내가 벽이라고 여겼던 건 착각임을 깨달았다.

"청년 포트먼!" 왕왕 울리는 목소리에 나는 목을 뒤로 완전히 꺾어 장신의 남자를 올려다보았다. 2미터 10센티미터의 키에 묵직한 검정 망토를 걸친 그는 죽음의 화신처럼 보이기도 했지만, 동시에 내가 이따금씩 내심 그리워했던 옛 친구의 모습을 하고 있었다.

"샤론!"

그는 고개를 숙여 페러그린 원장에게 인사를 한 뒤, 손을 뻗어 나와 악수를 나누었다. 얼음처럼 차갑고 길쭉한 그의 손가락은 어찌나 긴지 내 손을 감싸고도 남아 엄지와 네 손가락 끝이 만날 정도였다.

"마침내 열성 팬한테 인사를 하려고 온 건가?"

"하, 하. 맞아요." 내가 말했다.

"농담 아니야. 너 이제 유명 인사야. 밖에 나가면 조심해." 밀라드가 말했다.

"뭐? 정말이야?"

"어 맞아. 사인 요청을 받더라도 놀라지 마." 엠마가 말했다.

"너무 뽐낼 필요는 없어. 우리가 영혼의 도서관에서 한 일 때문에 우리 전부 이제 약간 유명해졌어." 에녹이 말했다.

"어휴 설마! **네가** 유명하다고?" 엠마가 말했다.

"약간. 나 팬레터도 받았어." 에녹이 말했다.

"한 통 받았겠지. 딱 한 번."

에녹이 발로 바닥을 문질렀다. "네가 다 몰라서 그래."

페러그린 원장이 헛기침을 했다. "어쨌든 상관없다! 아이들은 오늘 위원회에서 재건 관련 임무를 받게 될 겁니다. 샤론, 관리국 건물까지 우리를 좀 인도해주겠어요?"

"당연하죠." 샤론이 그녀에게 목례를 하자, 그의 망토에서 곰팡이 냄새와 젖은 흙냄새가 풍겼다. "여러분 같은 귀빈들을 위해선 바쁜 스케줄을 조정해서라도 기꺼이 시간을 내드려야지요."

우리를 이끌고 복도를 걸어가며 그가 나를 향해 말했다. "보다시피 난 이 저택의 집사이자 팬루프티콘과 수많은 관문을 총괄하는 감독관이란다."

"위원회에서 **저 사람**한테 책임자 역할을 맡겼다는 게 난 아직도 믿어지지가 않아." 에녹이 중얼거렸다.

샤론은 몸을 돌려 그를 똑바로 노려보다가 검은 후드를 쓴 채로 미치광이 같은 미소를 쏘아 보냈다.

에녹이 엠마 뒤로 몸을 움츠리며 안 보이려고 애를 썼다.

샤론이 말했다. "이곳에서 유행하는 속담이 하나 있지. '교황은 바쁘고 마더 테레사는 죽었다.' 나보다 이곳을 더 잘 아는 사람은 아무도 없어. 아마도 벤담 씨가 예외였겠지만 포트먼 군 덕분에 그는 영원히 사라졌으니까." 그의 말투는 신중하게 중립을 지키고 있어서 예전 고용주의 죽음을 애석하게 여기는지 아닌지 확인하기는 불가능했다. "그러니 안타깝지만 너희도 나를 참아주는 수밖에 없어."

우리는 또 다른 모퉁이를 돌아 넓은 복도로 접어들었다. 그곳은 휴가철 공항 터미널처럼 번잡했다. 양쪽 벽에 줄지어 뚫린 문으로 묵직한 가방을 든 여행객들이 끊임없이 드나들었다. 유니폼을 입은 직원이 서류를 확인하는 연단 앞에는 긴 줄이 형성되었다. 무뚝뚝한 표정의 국경 경비원이 모든 사람들을 주시했다.

샤론이 근처 직원에게 소리쳤다. "저 문 좀 닫아! 1911년 크리스마스를 보내는 헬싱키 주민 절반이 넘어오게 할 셈인가!"

직원이 의자에서 벌떡 일어나, 삐죽이 열려 눈송이가 휘날려 들어오는 문을 쾅 닫았다.

"방문 승인이 난 사람들만 루프를 통해서 여행을 하도록 확인을 하는 중이지요." 샤론이 설명했다. "이쪽 복도에만 백 개가 넘는 루프 관문이 있는데 시간 관리국에선 그중의 절반도 안 되는 경우만 안전하다고 발표했습니다. 충분히 탐험하지 못한 곳이 많아요. 일부는 오랜 세월 열려본 적도 없으니까요. 그래서 추후 공지가 있을 때까지 모든 팬루프티콘 여행은 집행부의 승인이…… 정확하게는 임브린의 허락이 있어야 합니다."

샤론이 갈색 트렌치코트를 입은 소심해 보이는 남자의 손에서 표를 낚아챘다. "당신은 누구이고 어디로 가는 거요?" 샤론은 권력을 휘두르게 된 상황을 몹시 기뻐하며 그것을 뽐내려고 안달이 난 듯했다.

"내 이름은 웰링턴 위버스입니다. 목적지는 1929년 6월 8일 뉴욕시 펜실베이니아 역이죠."

"거긴 무슨 일로 가는 거죠?"

"미국 지역으로 발령받아 가는 언어 지원 사무관입니다. 통역관이에요."

"뉴욕에 왜 통역관이 필요하지? 거기 사람들도 영국식 영어를 쓰지 않소?"

"꼭 그렇지는 않습니다. 사실 그곳 사람들 말하는 방식이 좀 이상해요."

"우산은 왜?"

"거긴 비가 내리고 있으니까요."

"입고 있는 의복은 시대에 어울리는지 의상 담당의 심사를 받은 거요?"

"그렇습니다."

"당시 모든 뉴욕 시민들은 모자를 썼던 걸로 아는데."

남자가 트렌치코트에서 작은 모자를 끄집어냈다. "여기 있습니다."

아까부터 발로 바닥을 톡톡 건드리던 페러그린 원장은 이제 인내심이 바닥난 모양이었다. "샤론, 여기서 볼일이 많으면 그냥 우리끼리 관리국 건물로 가는 길을 찾을 수 있어요."

"그건 안 될 말입니다!" 샤론은 이렇게 말한 뒤 남자에게 표를 돌려주었다. "조심하시오, 위버스, 내가 주시하고 있겠소."

남자는 부리나케 꽁무니를 뺐다.

"이쪽이다, 얘들아. 멀지 않아."

그는 붐비는 복도를 지나며 우릴 위해 길을 터주었고, 이어 우리를 이끌고 길게 이어진 계단을 내려갔다. 1층에서 우리는 벤담의 대형 서재를 지나쳤는데, 그곳에 있던 가구들은 모두 사라지고 이제는 백여 개의 침대가 놓여 있었다.

"너와 함께 살기 전까지 우리도 저기에서 잠을 잤어. 여자들은 저 방에서, 남자들은 이 방에서." 엠마가 내게 말했다.

예전에 식당이었으나 이젠 앞서 본 방보다 더 많은 침대가 놓인 공간을 지나는 중이었다. 벤담의 저택 아래층 전체는 갈 곳 없는 이상한 아이들을 위한 보금자리로 바뀌어 있었다.

"저기서 지내기 편했어?" 내가 물었다.

멍청한 질문이었다.

엠마는 어깨를 으쓱했다. 그녀는 불평하는 걸 좋아하지 않았다. "와이트들이 만들어놓은 감옥에서 자는 것보다는 확실히 더 나아." 그녀가 말했다.

"**훨씬** 낫진 않아." 호러스가 말했다. 그는 불평하기를 즐겼고 기회를 포착한 순간 내 옆으로 다가왔다. "너한테 솔직히 말하자면 끔찍했어, 제이콥. 개인위생에 관하여 모두들 우리만큼 깔끔을 떠는 건 아니더라고. 어떤 날 밤엔 장뇌 막대기로 코를 막아야 했을 정도라니까! 사생활도 전혀 없고, 옷장도 없고, 탈의실도, 제대로 된 욕실도 없는 데다 심지어 주방에서 내오는 음식엔 창의성이 **한 줌**도 없었어." 마침 그때 우리는 주방을 지나는 중이었는데 열린 문으로 요리사 부대가 무언가를 자르거나 냄비를 젓는 모습이 보였다. "게다가 다른 루프에서 온 수많은 가엾은 아이들이 악몽을 꾸는 통에 다들 신음과 비명을 질러대서 밤에 좀처럼 잠을 잘 수도 없었어!"

"**네가** 그렇게 말하다니. 일주일에 두 번씩 비명을 지르면서 깨어난 건 너야." 엠마가 말했다.

"맞아, 하지만 적어도 내 꿈은 뭔가 의미라도 있지." 호러스가 말했다.

"있잖아, 미국에 사는 어떤 여자애는 악몽을 없앨 수가 있대. 어쩌면 그 애의 도움을 받을 수 있을지도 모르겠다." 밀라드의 목소리가 들려왔다.

"내 꿈을 조종할 자격이 있는 사람은 이 세상에 아무도 없어." 호러스가 발끈해서 말했다.

내가 받았던 엠마의 편지들은 너무도 다정하고 쾌활한 분위기였고 늘 그들이 경험했던 행복한 시간과 소소한 모험에만 초점이 맞춰져 있었다. 이곳의 주거 환경이라든지 매일매일 겪어야 하는 고난에 대해서는 언급한 적이 없었으므로 새삼 나는 엠마의 적응력에 존경심이 샘솟았다.

샤론이 복도 끝에 있는 커다란 참나무 문을 활짝 열어젖혔다. 거리의 소음과 햇빛이 홍수처럼 밀려들었다.

"흩어지지 마라!" 페러그린 원장이 소리쳤고, 이내 우리는 밖으로 나와 보도를 걷는 사람들의 물결에 휩싸였다.

ℑ

엠마가 내 손을 잡고 이끌어주지 않았더라면 나는 제자리에 서서 얼어붙었을지도 모르겠다. 나는 도저히 그곳을 알아볼 수가 없었다. 내가 마지막으로 악마의 영토를 보았을 때 카울의 탑은 아직도 연기를 뿜어 올리는 벽돌 더미에 불과했고, 와이트들이 성난 군중들에 쫓겨 거리 곳곳으로 달아나고 있었다. 중독자들은 무방비 상태에 놓인 앰브로시아를 훔쳐내려고 약탈을 일삼았고, 와이트들에게 협조했던 변절자들은 자신의 범죄 증거로 가득 찬 건물에 불을 지르면서 폭동이 일어났다. 하지만 그건 오래전 일이었고, 그 이후로 그곳은 엄청난 변화를 이루어낸 듯했다. 중심부는 아직 폐허 그대로였다. 건물엔 그을음이 앉았고 하늘은 언제나 그랬듯 유독 가스처럼 보이는 똑같은 노란색이었으나, 화재는 진압되었고 잔해는 깨끗이 치워져, 제복을 입은 이상한 사람들이 복잡한 도로에서 말이 끄는 마차들의 흐름을 지시하고 있었다.

하지만 그 공간보다도 정말 달라진 건 그곳 사람들이었다. 공허한 눈빛으로 배회하던 중독자들, 상점 쇼윈도에 물건을 진열해놓고 이상한 육신을 거래하던 장사꾼들, 앰브로시아의 힘에 기대어 눈에서 빛을 뿜으며 싸우던 검투사들은 사라지고 없었다. 다양하고도 광범위한 시대가 뒤섞인 의상으로 판단컨대, 여기 와 있는 이상한 종족들은 유럽과 아시아, 아프리카, 중동에 걸친 루프에서, 그리고 수없이 다양한 시간대에서 소환된 듯했다.

와이트들은 이상한 종족을 사냥하며 차별을 두진 않았고, 그들의 손길은 내가 생각한 것보다 훨씬 더 광범위하게 뻗어 있었다.

나를 더욱 놀라게 한 것은 사람들의 의상보다도 주어진 상황에서도 위엄을 잃지 않는 그들의 태도였다. 그들은 망가지고 파괴된 루프에서 피난을 온 존재들이었다. 그들은 집을 잃고 친구들과 사랑하는 사람들이 눈앞에서 죽어가는 모습을 목격해 상상도 할 수 없는 트라우마에 시달리고 있었다. 그러나 충격에 빠져 멍한 눈빛으로 돌아다니는 사람은 한 명도 없었다. 누더기를 입은 사람은 아무도 없었다. 그들의 인생엔 각기 커다란 구멍이 뚫렸지만 거리엔 단호한 에너지가 고동치고 있었다.

어쩌면 그들은 단순히 슬퍼할 시간이 없었을 것이다. 그러나 나는 거의 백년 만에 처음으로 이상한 사람들이 그저 루프에 숨어 희망을 바라는 것 이상의 일을 할 수 있게 되었다고 믿고 싶었다. 최악의 순간은 찾아왔다가 지나갔다. 그것을 견디고 살아남았으니 할 일이 많았다. 그들은 세상을 다시 만들어야 했다. 그리고 그들은 **더 나은** 세상을 만들 수 있었다.

한두 블록 거리를 지나는 동안, 나는 사람들을 하나하나 빤히 쳐다보는 데 너무도 몰두해 그들 중에서도 얼마나 많은 이들이 나를 마주 보는지 알아차리지 못했다. 그러나 어느새 누군가는 나를 한 번 더 쳐다봤고, 또 어떤 사람들은 나를 손가락질했으며, 내 이름을 입에 올리는 그들의 입술 모양을 봤다고 맹세할 수도 있다.

그들은 내가 누군지 알았다.

신문 파는 어린 남자아이 곁을 지나치자, 그 아이가 소리쳤다. "제이콥 포트먼이 오늘 악마의 영토를 방문했습니다! 와이트를 무찌른 승리 이후에 처음으로 영웅이 악마의 영토로 돌아왔어요!"

나는 얼굴이 뜨거워지는 것을 느꼈다.

"제이콥이 왜 모든 공을 다 차지하지? 우리도 거기 있었다고!" 에녹의 말이 내 귀에도 들려왔다.

"제이콥! 제이콥 포트먼!" 십 대 여자애 둘이 종이를 휘두르며 나를 따라왔다. "여기다 사인 좀 해줄래요?"

"앤 중요한 회의에 늦었어." 엠마가 사람들을 뚫고 나를 끌어당기며 말했다.

열 발자국도 채 걸어가기 전에 튼실한 손이 나를 붙잡아 세웠다. 손의 주인공은 이마 한가운데 외눈을 지니고 취재라고 적힌 모자를 쓴 빠른 말투의 남자였다.

"《이브닝 머크레이커(Muckraker, '추문 폭로자'라는 의미-옮긴이)》지 패리시 옵웰로 기자입니다. 잠깐 사진 한 장 찍으시죠?"

내가 대답도 하기 전에 그는 내 얼굴을 카메라로 향하게 했다. 무게가 1톤은 나갈 것 같은 거대한 구식 카메라였다. 그 뒤에서 있던 사진기자가 몸을 수그리며 플래시를 들어 올렸다. 패리시가 입을 열었다. "제이콥, 할로개스트의 군대를 지휘하는 기분은 어땠던가요? 그렇게 많은 와이트들을 물리치고 승리를 거둔 느낌은 어땠죠? 카울에게 타격을 가해 죽게 만들기 직전에 그가 마지막으로 한 말은 무엇이었습니까?"

"어, 엄밀하게 말하면 그게 아니라……"

카메라 플래시가 번쩍했고 순간적으로 앞이 보이지 않았다. 그러나 다른 손이 나를 붙들었다. 이번엔 페러그린 원장의 손이 나를 멀리 끌고 갔다. "기자들한텐 그 어떤 것도 말하지 마라, **특히 영혼의 도서관에서 일었던 일에 대해선 절대 안 돼!**"

"왜요? 사람들이 어떻게 생각하는데요?" 내가 물었다.

페러그린은 대답하지 않았다. 대답할 수가 없었다. 왜냐하면 브로닌이 접시를 들 듯 나를 머리 위로 번쩍 들어 올려 군중의 손아귀에서 구해냈기 때문이다. 우리는 그런 식으로 걸어갔고, 샤론은 팔꿈치를 접어 인간의 바다를 헤치며 앞쪽에 보이는 높은 철제 펜스에 달린 대문을 가리켰다. "**예, 저깁니다, 이제 거의 다 왔습니다.**" 펜스 뒤로 거대한 검은 석조 건물이 높이 솟아 있었다.

경비 한 사람이 손짓을 해가며 재빨리 우리를 대문으로 통과시켜 마당으로 들어서게 했고 드디어 우리는 군중을 벗어났다. 브로닌이 나를 내려놓아주어 내가 옷매무새를 바로잡는 사이 친구들이 전부 나를 둘러쌌다.

"누군가 너를 물어뜯기라도 할 것 같더라!" 엠마가 말했다.

"내가 쟤 유명하다고 말했잖아!" 밀라드의 말투는 짓궂게 놀리면서도 약간 부러운 것 같았다.

"응, 말이 그렇지, 난 정말로 그런 줄은……"

"**엄청** 유명한 줄은 몰랐구나?"

"요즘 유행이라서 그래. 두고 봐, 크리스마스 무렵엔 다들 제이콥을 까맣게 잊어버릴 테니까." 에녹이 한 손을 휘저으며 말했다.

"어휴, 제발 그러면 좋겠다." 내가 말했다.

"왜? 넌 유명해지고 싶지 않아?" 브로닌이 물었다.

"싫어! 그건……" 나는 **무섭**다고 말하고 싶었다. "좀 과한 것 같아."

페러그린 원장이 말했다. "네 스스로 아주 잘 대처했다. 앞으로는 더 수월해질 거야. 사람들이 너를 보는 데 일단 익숙해지면 그런 난리법석은 떨지 않겠지. 제이콥, 네가 떠난 지 시간이 좀 지나기도 했고, 네가 없는 동안 너의 전설이 꽤나 불어났단다."

"불어난 게 확실하네요. 그나저나 제가 카울을 죽였다는 건 또 뭐죠?"

페러그린이 내 쪽으로 몸을 기울이며 목소리를 낮췄다. "필요에 의해 지어낸 이야기다. 임브린들은 모든 사람들이 그가 죽었다고 믿는 게 최선이라고 결론을 내렸어."

"음, 죽은 거 아니에요?"

"그럴 가능성이 매우 높지." 곧이곧대로 믿기에는 그녀의 말투가 너무 태평했다. "하지만 사실은 그날 붕괴된 루프 안에서 무슨 일이 있었는지 우리도 모른다. 이제껏 탈출한 사람은 기록상 아무도 없었어. 카울과 벤담은 죽었을지도 모르지만, 혹은 어쩌면 그냥…… **어딘가 다른 곳**에 있을 수도 있겠지."

"시공간을 초월해 접근 불가능한 곳에." 밀라드가 말했다.

"물론 영구적으로." 페러그린 원장이 서둘러 덧붙였다. "하지만 우린 대중들이나 우릴 피해 달아나는 데 성공한 소수의 와이트들이 혹시라도 의구심을 품는 걸 원치 않는다. 그를 구출하겠다는 이상한 생각을 품게 놔둘 수도 없고."

"그래서 네가 카울도 죽인 거 축하한다." 에녹이 빈정거림 가득한 말투로 말했다.

"**우리들** 중에서 누가 카울을 죽인 걸로 할 수는 없었어요?" 호러스가 투덜거렸다.

"누구, 너? 그걸 누가 믿겠냐?" 에녹이 비웃었다.

"목소리들 낮춰!" 페러그린 원장이 쏘아붙였다.

단지 카울이 죽었을 **가능성이 매우 높을** 뿐이며, 마지막에 그가 초대형 괴물이 되기는 했지만 그토록 끔찍한 루프 붕괴 속에서도 살아남았을 수 있다는 생각에 적응하려 나는 애썼다. 그런데 그때 샤론이 내 등을 툭 치는 바람에 하마터면 넘어질 뻔했다.

"친구, 나는 그만 가봐야겠다. 또다시 에스코트가 필요하면 주저하지 말고 나를 찾아주길 바란다."

페러그린 원장이 그에게 감사 인사를 했다. 샤론은 깊숙이 허릴 굽혀 인사를 한 뒤 망토 자락을 극적으로 펄럭이며 뒤로 돌아 떠나갔다.

우리는 눈앞에 버티고 선 음침한 건물을 쳐다보았다.

"여긴 뭐 하는 곳이에요?" 내가 물었다.

"당분간은 여기가 이상한 정부의 핵심이다. 임브린 위원회가 회의를 열고 다양한 부처에서 업무를 지시하는 곳이지." 페러그린 원장이 설명했다.

"우리가 해야 할 임무를 전달받는 곳이기도 해. 아침에 여기로 찾아오면 우리가 해야 할 일이 뭔지 알려줘." 브로닌이 말했다.

"성 바나버스 정신병자 수용소." 건물의 철제 문 위 돌에 새겨진 글자를 내가 읽었다.

"비어 있는 건물 가운데서 선택할 만한 공간이 많질 않았단다." 페러그린 원장이 말했다.

"다시 한번 위험한 모험에 뛰어들어볼까, 친애하는 친구들." 밀라드가 말하고는 웃음을 터뜨리며 나를 앞으로 쿡 밀쳤다.

❧

그 시설의 정식 명칭은 '정신병자들과 사기꾼, 범죄자 수용소'였고, 수감자들 대부분은 어차피 자발적으로 들어왔지만 와이트들이 패배한 뒤 대혼란이 벌어지자 모두들 달아났다. 수용소 건물은 임브린 위원회가 접수할 때까지 그저 텅 비어 있었는데, 할로개스트의 습격 동안 건물 건체가 얼음으로 뒤덮여 거주에는 부적합하다고 생각되었기 때문에 임시 본부로 징발되었다. 이제 그곳엔 유럽의 이상한 세계 정부 부처 대부분이 터를 잡았고, 비참했던 지하 감방과 벽에 자해 방지를 위한 패드를 댔던 병실, 눅눅한 복도에는 책상과 회의 탁자, 파일 캐비닛이 들어차 있었다.

우리는 대부분 격식을 갖춰 조끼를 차려입은 관료들과 사무원들이 서류와 책을 한 아름씩 안고 바쁘게 오가는 음침한 건물 현관 로비를 지나갔다. 벽에 줄지어 뚫린 유리창마다 부처 이름이 새겨져 있고 안쪽엔 접수 담당자가 앉아 있었다. 시간 관리국, 연대 오류 관리부, 일반인 연계부, 음향 및 사진 기록부, 세부 사항 관리 및 세부 규칙부, 재건부. 페러그린 원장은 우리를 이끌고 마지막 창구로 성큼성큼 걸어가 자신의 도착을 알렸다.

"이게 누군가, 바틀비. 알마 페러그린이 이사벨 쿠쿠를 만나러 왔다네." 그녀가 책상을 두들기며 말했다.

남자가 고개를 들고 페러그린을 보며 눈을 깜박였다. 양쪽 관자놀이 사이엔 다섯 개의 눈이 촘촘히 들어차 있고 가운데 눈에만 외알 안경을 쓰고 있었다. "기다리고 계십니다." 그가 말했다.

페러그린 원장이 그에게 감사 인사를 한 뒤 몸을 돌렸다.

"넌 무얼 빤히 쳐다보는 거냐?" 눈 네 개를 깜박이며 그가 내게 물었다.

나는 다급히 다른 아이들을 따라갔다.

현관 로비에서 연결되는 복도는 여러 개였고, 우리는 작은 방으로 이어진 복도를 지나갔다. 안으로 들어가자 의자가 여러 줄 놓여 있고 대여섯 명쯤 되는 이상한 사람들이 의자에 앉아 서류 양식을 채워 넣고 있었다.

"적성 검사야. 어떤 종류의 일에 가장 적합한지 알아보는 거지." 엠마가 나에게 말했다.

한 여인이 양팔을 벌리고 페러그린 원장을 향해 뚜벅뚜벅 걸어왔다.

"알마, 돌아왔구나!"

두 사람은 뺨에 키스를 주고받았다.

"얘들아, 이분은 이사벨 쿠쿠 원장님이시란다. 나와는 오래된 친구인데 마침 재건 임무를 책임진 임브린이시다."

그 여인은 윤기 나는 검은 피부를 지녔고 프랑스어 억양이 부드러웠다. 눈부신 파란색 벨벳 정장은 날개처럼 넓은 어깨가 아래로 내려올수록 점점 좁아져 허리를 드러냈고 샛노란 금단추로 장식되어 있었다. 가르마를 타 넘긴 짧은 머리칼은 금속성이 느껴지는 은색이었다. 그녀는 과거에서 온 빅토리아 시대 여인이 아니라 미래에서 온 록스타처럼 보였다.

"너희를 결국 만나게 되는 날을 엄청 고대하고 있었단다." 쿠쿠 원장이 다정하게 말했다. "알마한테 하도 오랜 세월 너희 이야기를 들어서 이미 다들 잘 아는 기분이야. 네가 불꽃 소녀 엠마로구나. 그리고 넌, 자가 양봉 소년 휴겠지?"

"만나서 반갑습니다." 휴가 말했다.

그녀는 모든 아이들을 대부분 알고 있었고 돌아가며 아이들과 악수를 나누었다. 이윽고 그녀가 내게 다가왔다.

"그리고 너는 제이콥 포트먼이겠지. 너의 명성은 익히 들었어!"

"그렇다더군요." 내가 말했다.

"이 친구 신나하는 목소리가 아닌데?" 쿠쿠 원장이 페러그린 원장을 돌아보며 말했다.

"오후 내내 의외의 대접을 받아서 그래. 현재에선 퍽이나 조용한 나날을 보내다 막 돌아왔거든." 페러그린 원장이 대꾸했다.

쿠쿠 원장이 웃음을 터뜨렸다. "음, 자네의 조용한 시절도 이제 다 갔어! 좋은 명분을 위해 자네가 일을 좀 해보겠다는 의향만 있다면 말이지."

"제가 할 수 있는 일이라면 뭐든 돕고 싶습니다. 저에겐 무슨 일을 주실 건가요?" 내가 말했다.

"아하! 때가 되면 모두들 좋은 일을 하게 될 거야." 그녀가 손가락을 흔들었다.

"단순한 날품팔이 일 같은 거 말고 뭔가 좀 더 거창한 일을 주시면 좋겠어요. 저의 다재다능한 능력은 다른 데 더 잘 어울리거든요." 밀라드가 말했다.

"너희는 모두 운이 좋아. 이곳에서 중요하지 않은 임무란 없고, 정도가 얼마나 유별나든 명분에 맞게 유용하게 쓰이지 않을 이상한 재능도 없단다. 바로 지난주만 해도 접착력이 뛰어난 침을 흘리는 소년에게 파손 불가능한 족쇄 만드는 일을 맡겼지. 너희의 재능이 무엇이든 난 너희에게 맞는 임무를 줄 거다. 알겠니?"

에녹이 손을 들었다. "저의 재능은 멋진 외모로 숙녀들에게 최면을 거는 것입니다. 저에겐 어떤 일을 주실 건가요?"

쿠쿠 원장이 예리한 미소를 그에게 날렸다. "에녹 오코너, 장의사 집안에서 태어나 죽은 자를 살려내는 아이. 게다가 건방진 유머 감각을 갖고 있구나. 기억해두마."

에녹은 뺨을 붉히며 바닥을 보고 씩 웃었다. "**진짜로 나를 알**

고 계시네." 그가 말하는 소리가 내 귀에도 들렸다.

페러그린 원장은 에녹을 죽일 듯이 쳐다보았다. "정말 미안해, 이사벨……"

쿠쿠 원장은 손을 내저었다. "철이 없긴 하지만 용감한 아이네. 그 점 또한 쓸데가 있을 거야." 그녀가 나머지 우리를 둘러보았다. "다른 사람도 나에게 들려줄 농담이 있니?"

아무도 입을 열지 않았다.

쿠쿠 원장은 페러그린 원장과 팔짱을 끼더니, 다른 세기에서 온 자매들처럼 출구를 향해 나란히 걸어갔다. 우리는 두 사람을 따라 가파른 계단을 올라갔다.

"에녹, 너 무슨 생각으로 그런 거냐? 저분은 너보다 백 살이 더 많으시고 **임브린**이셔!" 밀라드의 말소리가 들렸다.

"나더러 용감하다고 하셨어." 에녹이 몽롱한 표정으로 말했다.

갑자기 그는 악마의 영토에서 임무를 맡는 것이 싫지 않은 듯했다.

"난 절대로 남자애들을 이해하지 못할 거라고 생각했어." 브로닌이 머리를 절레절레 흔들며 말했다. "그런데 이젠 알 것 같아. 남자애들은 다 멍청이야!"

🜊

우리는 두 임브린을 따라 가스등이 깜박거리는 음침한 복도를 걸어갔다. "여긴 소시지를 만드는 곳이란다." 쿠쿠 원장이 우릴 향해 돌아서서 뒤로 걸어가며 말했다. "관공서 사무실이지."

몇 미터 간격으로 문이 있고 각각의 문에는 두 가지 이름표가 보였다. 수용소로 쓰일 때의 원래 이름표는 굵은 글자체로 나무에 새겨져 있고 그 위에는 종이에 인쇄한 현재의 부처 이름이 붙어져 있었다. 열려 있는 어느 문에 범법자와 시간 관리국 표시가 둘 다 걸린 식이었다. 안을 들여다보니 한 남자가 한 손으로는 타자기를 두들기며 한 손으로는 우산을 들고 있었다. 천장에서 물이 너무 심하게 새기 때문이었는데 순간적으로 나는 그 방 안에만 비가 오는 줄 알 정도였다. 다음번 문(성도착자/비인간 관리국) 안쪽을 들여다보니 한 여인이 빗자루로 쥐 떼를 막으며 점심 식사를 하고 있었다. 그 어떤 것도 대부분 무서워하지 않지만 설치류를 혐오하는 엠마가 내 팔을 잡았다.

"하필 이 건물을 관공서로 쓰기로 하시다니 놀랐어요. 여기서 일하기 편하세요?" 엠마가 쿠쿠 원장에게 물었다.

쿠쿠 원장은 웃음을 터뜨렸다. "난민이 된 우리 아이들 누구도 악마의 영토에서 편안하지 않은데, 우리도 불편해야 마땅하지. 이렇게 해야 모두들 효율적으로 재건 사업에 지속적인 노력을 기울일 동기부여가 돼서 가능한 한 빨리 이곳을 벗어나 원래 우리 루프로 돌아갈 수 있을 거야."

일하는 시간의 절반을 쥐와 싸우고 물이 새는 천장과 씨름해야 한다면 일터가 얼마나 효율적일지 알 수 없었지만, 그래도 그건 고결한 정신이었다. 임브린과 관료들이 스스로 황금빛 궁궐 같은 곳에 거처를 정했다면 보기에 안 좋았을 것이다. 쥐들과의 싸움에는 분명 영예로운 태도가 깃들어 있었다.

"너희들도 상상 가능하겠지만, 이곳 런던에는 지금 당장 재건 사업을 벌여야 할 분야가 대단히 많은데 우리처럼 이상한 인력 시장이 제한적인 곳에서는 너희 모두 꼭 필요한 재원이야. 요리사도 필요하고, 경비원도, 무거운 걸 들 수 있는 사람도 필요하거든." 쿠쿠 원장이 말하며 브로닌을 가리켰다. "브런틀리 양의 도움을 열렬히 요청하는 부서가 한두 군데가 아니란다. 구조 및 폭파, 교도소 관리, 감시 인력……"

내가 재빨리 브로닌을 쳐다보니 그녀의 미소가 점점 사라지고 있었다.

"이런, 이런, 브로닌. 건물 잔해를 치우는 것보다는 분명 더 좋은 일이잖니!" 페러그린 원장이 말했다.

"저는 미국 탐험대로 파견되기를 바라고 있었어요." 브로닌이 말했다.

"미국 탐험대는 존재하지 않아."

"아직은 없겠죠. 하지만 제가 만드는 걸 도와드릴 수 있어요."

"그런 야망이라면 앞으로 네가 꼭 해낼 거라고 믿어 의심치 않는다. 하지만 최전선으로 보내기 전에 일단 너를 다른 임무에 좀 써야겠구나." 쿠쿠 원장이 말했다.

브로닌은 하고 싶은 말이 더 있는 표정이었고, 페러그린 원장만 있었다면 속마음을 털어놓았을지도 모른다. 그러나 쿠쿠 원장 앞이라 그녀는 입을 다물었다.

쿠쿠 원장이 밀라드의 외투와 바지가 허공에 둥둥 떠다니는 내 옆의 공간을 가리켰다. "널링스 군, 자네에겐 이상한 정보국에서 근사한 임무 제안이 들어왔어. 투명인간은 언제나 최고의 정보

요원 재목이니까."

"지도 관리국이 더 어울리지 않을까요? 투명인간은 누구든
몰래 숨어들거나 비밀리에 도청을 할 수 있지만, 지도 제작에 관
한 저의 전문 지식은 그 누구도 따를 자가 없다고 자신하거든요."
밀라드가 대꾸했다.

"그럴지도 모르지만 현재 정보국엔 일손이 모자라고 지도 제
작국엔 인원이 넘치거든. 미안하구나. 그러니 넌 이제 그만 가서
정보국의 킴블 씨에게 보고를 해주렴, 301호다."

"네, 알겠어요." 밀라드가 풀 죽은 목소리로 말했다. 그는 돌
아서서 복도의 반대 방향으로 걸어갔다.

쿠쿠 원장이 우리가 지나는, 천장이 높고 큰 사무실을 가리
켰다. 대여섯 명의 남녀가 우편물 더미를 뒤적이고 있었다. "오코
너 군, 망자 우체국에서 자네의 도움을 바랄 것 같군."

에녹은 실망한 표정을 지었다. "배달 불가능한 우편물을 분
류하라고요? 저의 재능하고 무슨 상관이죠?"

"우리의 망자 우체국은 배달 불가능한 우편물을 취급하지 않
아. 망자들 간에 오고 가는 서신을 다루는 곳이란다."

노동자 한 사람이 무덤의 진흙에 얼룩진 봉투 하나를 들어
올렸다. "글씨체가 아주 쓰레기로군." 남자가 말했다. "문법은 더
엉망이고. 이 편지들의 수신인을 알려면 주기적으로 과학자들을
동원해야 한다니까." 그가 봉투를 기울이자 안에서 작은 애벌레와
곤충들이 쏟아져 나왔다. "가끔은 편지의 주인을 찾아가서 물어보
고 싶지만, 우리 중엔 아무도 죽은 자를 살려낼 수가 없으니 원."

"죽은 사람들이 서로 편지를 주고받는다고요?" 엠마가 물었

다.

"그들도 언제나 사람들의 안부를 묻고 옛 친구에겐 소식을 전하고 싶어 하니까." 에녹이 말했다. "그들이 귀띔해주는 소문은 절반이 다 맞는 이야기야. 나도 시간만 있으면 가끔 그들이 땅으로 돌아가기 전에 엽서라도 보내고 싶더라고."

"생각해봐!" 남자가 말했다. "그러니 우린 언제나 일손이 부족해."

"나는 아니야!" 뒤쪽에 있던 노동자 한 사람이 소름 끼치게 긴 팔을 들어 올려 손가락으로 천장을 어루만지며 말하고는, 우리가 멀어지는 사이 킬킬대며 웃었다.

쿠쿠 원장이 우리에게 서두르라고 손짓을 했다.

"블룸 양은 교도소 관리국에 배정하면 좋을 것 같구나. 이곳에서 가장 위험한 와이트들을 지키는 훌륭한 교도관이 될 거야. 하지만 페러그린 원장 말로는 네가 최근에 새로운 취미를 개발했다고?"

"네, 원장님. 사진 촬영이에요. 수동 플래시는 이미 지니고 있으니까요……"

엠마가 손바닥을 들고 불꽃을 피워냈다. 쿠쿠 원장은 웃음을 터뜨렸다.

"아주 편리하겠구나. 미국 자치구와 접촉을 복구하면서 앞으로 서류 작업에 첨부할 사진을 찍어줄 자격 있는 사진작가가 분명 필요해질 거다. 하지만 당장은 불꽃을 일으키는 너의 재능이 아직은 무기로서 가장 유용하니, 보안 비상사태를 대비해서 너는 계속 대기해주면 좋겠다."

"아." 엠마는 확실히 실망한 것 같았지만 숨기려고 애를 썼다.

더 큰 기대를 했던 게 어리석었다는 듯이 엠마가 나에게 체념한 눈빛을 보냈다. 불을 다루는 엠마의 능력은 너무도 강력해서 이상한 세계의 언어로 말하자면 그 재주가 오히려 엠마를 상자에 가둔 것이나 마찬가지였고, 그 한계가 엠마를 좀먹는 게 보였다.

몇 분 뒤 하나같이 최고로 멋지거나 근사한 명분에 어울리는 임무가 주어졌다고는 할 수 없지만, 적어도 각자의 이상한 재주와 관련된 일이 배분되었다. 나만 예외였다. 친구들은 각자 배정된 부서의 관리자와 의논을 하느라 한 사람씩 한 사람씩 떨어져 나갔고, 나만 쿠쿠 원장과 페러그린 원장 곁에 남아 있었다. 우리는 대형 온실로 들어갔고, 그곳엔 곳곳에 난 창문마저도 밖에서 자라 뻗은 덩굴가지로 빽빽하게 가려져 있었다. 실내 한가운데는 임브린들의 공식 직인이 새겨진 검은색 커다란 회의 탁자가 놓여 있고, 새 한 마리가 부리에 손목시계를 대롱대롱 물고서 한쪽 발 갈퀴로는 뱀 한 마리를 움켜잡고 있었다. 그곳은 임브린들이 모여 회의를 개최하고 우리의 미래를 결정하는 임브린 위원회의 회의실이었고, 비록 임시로 사용하는 공간이라고 해도 이곳에 와 있다는 사실에 기묘한 경외감이 느껴졌다. 그 방의 유일한 장식품은 낮은 창문에 매달아둔 여러 개의 지도뿐이었다.

쿠쿠 원장이 커다란 회의 탁자 주변에 놓인 의자들을 가리키며 말했어. "어서 앉아."

나는 의자를 당겨 앉았다. 회색 천으로 만든 등받이가 높은 소박한 의자였다. 실내 어느 곳에도 금장식이나 왕관, 왕홀, 화려한 가운 같은 과시 용도의 장식품은 보이지 않았다. 임브린들은 자신을 나머지 존재들보다 우월하다고 생각하지 않으며, 그들에게 주어진 지도자로서의 역할도 권력이 아니라 책임이라 여긴다는 사실을 드러내려는 듯, 임브린은 실내장식 취향마저도 소박했다.

"잠깐 우리끼리 할 이야기가 있다, 제이콥." 페러그린 원장이 이렇게 말한 뒤 쿠쿠 원장과 함께 온실 반대편으로 걸어갔다. 걸음을 옮길 때마다 쿠쿠 원장의 구두 굽이 돌바닥에 부딪쳐 망치로 두들기는 소리가 들렸다. 두 사람은 낮은 목소리로 이야기를 나누며 이따금씩 나를 돌아보았다. 페러그린 원장이 무언가를 설명하는 듯했고 쿠쿠 원장은 이맛살을 찌푸린 채 귀를 기울이고 있었다.

원장님이 나를 위해 정말로 무언가 큰 건을 고민하고 있는 게 틀림없어라고 나는 생각했다. 너무 중요하고 너무 위험한 일이어서 우선 나에게 그 일을 맡겨도 좋을지 쿠쿠 원장을 설득해야 했을 것이다. '그렇게 어리고 경험도 없는 사람에게 그런 일을 맡기는 건 전례가 없는 일이야'라고 쿠쿠 원장이 말하는 장면이 상상되었다. 그러나 페러그린 원장은 나를 잘 알고 나의 능력을 알고 있으므로, 내가 그 일을 해낼 수 있다고 의심하지 않을 것이다.

나는 너무 흥분하지 않으려고 애를 썼다. 나 혼자 앞서나가고 싶진 않았다. 하지만 자꾸만 나의 시선은 방 안을 떠돌았고 그러다가 다시 지도에 눈길이 닿은 순간, 페러그린 원장이 나를 위해 어떤 일을 염두에 뒀을지 짐작이 갔다.

그것은 전부 미국 지도였다.

현대 지도도 있고, 알래스카와 하와이가 주로 편입된 무렵의 좀 더 오래된 지도도 있고, 심지어는 하도 오래되어 국경선이 미시시피강을 따라 그어진 지도도 있었다. 지도 하나는 큼직큼직하게 몇 가지 색깔로 경계가 나뉜 것도 있었다. 남동부는 보라색, 북동부는 초록색, 서부 대부분은 주황색, 텍사스는 회색이었다. 페러그린 원장의 《시간의 지도》에서 보았던 것과 비슷한 매혹적인 상징과 전설이 이곳저곳에 그려져 있었으므로, 나는 자리에 앉은 채로 좀 더 잘 보려고 몸을 기울이기 시작했다.

"골치 아픈 문제란다!" 쿠쿠 원장이 말했다.

"뭐가요?" 홱 몸을 돌려 그녀를 바라보며 내가 물었다.

"미국." 쿠쿠 원장이 나를 향해 방을 가로지르며 대답했다. "지금도 수년째 미지의 땅으로 남아 있거든. 황량한 서부는 시간적 지형을 더는 제대로 파악할 수가 없는 상황이야. 많은 루프를 잃어버렸고, 더 많은 루프는 전혀 알 수가 없어."

"그래요? 이유가 뭐죠?" 내가 물었다.

이제 나는 점점 흥분하는 중이었다. 물론 미국이니까. 미국에서 위험한 임무를 해치우기에 완벽한 이상한 아이가 있다면 그건 바로 나였다. 그건 **나의 몫**이었다.

"가장 큰 문제는 미국에 거주하는 이상한 종족들에겐 중앙 집권 세력도 통치 기구도 없다는 점이야. 뿔뿔이 흩어져 여러 개의 파벌로 쪼개져서 그 가운데 가장 큰 규모의 파벌만 유일하게 우리와 외교 관계를 유지하고 있지. 하지만 그들은 자원과 영토 문제로 긴 세월에 걸쳐 부글부글 끓는 갈등에 시달리고 있어. 할로개스트의 위협적인 존재가 오랜 세월 냄비 뚜껑 역할을 했었는데 이제 그 뚜껑이 열렸으니 오래 묵은 원한이 끓어 넘쳐서 무기를 동원한 물리적 충돌로 이어질까 봐 걱정이란다."

나는 등을 똑바로 펴고 쿠쿠 원장의 눈을 마주 보았다. "그래서 제가 그 갈등을 중단하는 데 도움을 주길 바라시는군요."

내가 고개를 들자 쿠쿠 원장은 마치 웃음이 터져 나오는 걸 참는 듯 우스꽝스러운 표정을 지었고, 페러그린 원장은 고통스러운 표정이었다.

쿠쿠 원장이 내 어깨에 한 손을 얹었다. "우리는 네가 본인 이야기를 널리 공유해주었으면 한다."

나는 머리를 갸우뚱했다. "무슨 말씀이신지 전 이해가 안 되는데요."

"악마의 영토에서 사는 삶은 힘겨울 가능성이 높아. 소모적이고 사기도 저하되지. 이곳에 사는 이상한 사람들은 의욕이 필요하고, 네가 어떻게 카울을 물리쳤는지 이야기를 듣고 싶어서 다들 안달이란다." 쿠쿠 원장이 말했다.

"악마의 영토에서 벌어진 전투는 모든 꼬마 아이들이 잠자리에서 듣고 싶어 하는 이야기야. 그래클 원장님의 극단에선 연극 작품으로 각색하기도 했고, 음악으로도 만들어졌어." 페러그린 원장이 설명했다.

"맙소사." 수치심에 휩싸여 내가 말했다.

"이곳 악마의 영토를 시작으로 점점 외부 루프로도 영역을 넓혀가는 거야." 페러그린이 말했다. "와이트들의 공격을 심하게 받았지만 아직 우리가 보유한……"

"하지만…… 미국은 어쩌고요? 골치 아픈 문제라면서요?" 내가 말했다.

"지금으로선 우리 사회를 재건하는 데 우선 초점을 맞추기로 했다." 쿠쿠 원장이 말했다.

"그럼 아까 그런 얘기는 저한테 뭐하러 하셨어요?" 내가 그녀에게 물었다.

쿠쿠 원장은 어깨를 으쓱했다. "네가 그토록 간절한 눈빛으로 지도를 쳐다보았으니까."

나는 머리를 흔들었다. "미국은 미지의 루프로 가득하다고 말씀하셨잖아요. 싸움과 갈등이 존재한다고요."

"맞아, 하지만……"

"전 미국인이에요. 제가 도울 수 있어요. 제 친구들도 마찬가지고요."

"제이콥……"

"일단 평범한 사람들처럼 보이는 법을 친구들에게 가르치기만 하면 우리 모두 도울 수 있을 거예요. 젠장, 엠마는 이미 준비되었고, 친구들 대부분 며칠만, 어쩌면 일주일만 배움에 집중하면……"

"포트먼 군, 너 혼자 너무 앞서가고 있어." 페러그린 원장이 말했다.

"그 애들한테 현재에 관해서 배우라고 하신 이유가 그거 아니었어요? 친구들을 데려와서 저랑 함께 살게 한 이유 말이에요."

페러그린 원장은 날카롭게 한숨을 쉬었다. "제이콥, 나도 너의 야심은 무척 높이 평가한다. 하지만 위원회는 네가 아직 준비되지 않았다고 생각해."

"너는 본인이 이상한 존재라는 걸 알게 된 것도 불과 몇 달밖에 안 됐어." 쿠쿠 원장이 말했다.

"그리고 대의명분에 도움이 되겠다고 결심한 건 불과 오늘 아침이었잖아!" 페러그린 원장이 덧붙였다.

그 말은 거의 나를 조롱하는 것처럼 들렸다.

"전 준비됐어요. 다른 친구들도 마찬가지고요. 저는 할아버지가 그러셨던 것처럼 미국에서 여러분을 돕는 일을 하고 싶어요." 내가 고집을 부렸다.

"에이브의 무리는 우리한테 명령을 받지 않았어. 그들은 전적으로 자발적인 활동을 했단다." 페러그린 원장이 말했다.

"그랬어요?"

"에이브는 자신의 방식대로 일을 했었다. 그때 이후로 우리 세계는 많이 변했고, 더는 그런 식으로 기능할 수가 없단다. 어떤 경우에도 에이브가 과거 일을 처리했던 방식이 지금 우리의 대화에 영향을 미치진 않는다. 중요한 건 미국의 상황이 아직 진행 중이라는 사실이야. 지금으로선 너에게 이야기해줄 수 있는 게 그것뿐이다. 그곳에서 너의 도움이 필요하게 되면, 그리고 위원회에서 너와 친구들이 준비되었다고 생각하는 때가 오면 도움을 요청할 거다." 페러그린 원장이 말했다.

"그래." 쿠쿠 원장이 거들었다. "하지만 그때까지는……"

"저더러 동기를 부여하는 연설가가 되라는 거잖아요."

페러그린 원장이 한숨을 쉬었다. 그녀는 나에게 부아가 치밀기 시작하는 중이었고 나 또한 화가 나기 시작했다. "고단한 하루를 보낸 모양이구나, 포트먼 군."

"원장님은 진실의 절반도 모르세요. 저는 그냥 무언가 **중대한**

일을 하고 싶을 뿐이에요."

"이 녀석, 어쩌면 임브린이 되고 싶은 건지도 모르겠는데?"
쿠쿠 원장이 말하며 씩 웃었다.

나는 의자를 밀치며 벌떡 일어섰다.

"어딜 가려고?" 페러그린 원장이 물었다.

"친구들 찾으러요." 나는 문을 향해 걸어가기 시작했다.

"한 번에 한 걸음씩 가야지, 제이콥! 넌 남은 평생 영웅으로
살아야 할 사람이야." 페러그린 원장이 내 뒤통수에 대고 소리쳤
다.

ɔ

친구들은 아직도 건물 어딘가에서 주어진 임무의 세부사항
을 의논하고 있었으므로, 나는 분주한 로비 벤치에 앉아 기다리면
서 무언가 결정을 내렸다. 할아버지는 일을 하면서 한 번도 임브
린의 허락을 받아본 적이 없었으므로, 나 또한 그 일을 계승하는
데 그들의 허락을 받을 필요는 없었다. 에이브 할아버지가 내가
찾아볼 수 있도록 업무 일지를 남긴 것만으로도 충분한 허락이었
다. 나에겐 임무가 필요했다. 그러므로 임무를 얻으려면······

"세상에나."

"으악. 제이콥 포트먼이죠?"

두 소녀가 내 옆에 앉아 있었던 모양이다. 꼬리에 꼬리를 물
던 생각에서 벗어나 그들을 쳐다본 나는 한 명뿐인 소녀를 발견
하고 깜짝 놀랐다. 그녀는 동양인이었고 나보다 약간 어린 데다,

70년대에 유행했던 플란넬 셔츠에 나팔바지를 입었는데 분명 혼자였다.

"맞아요." 내가 말했다.

"내 팔에 사인 좀 해줄래요?" 소녀가 한쪽 팔을 내밀며 말했다. 곧이어 소녀는 다른 팔도 내밀면서 더 낮은 목소리로 말했다. "그리고 내 팔에도요."

소녀는 내가 혼란스러워하는 것을 알아차렸다. "우리는 이중인간이에요. 가끔은 다중인격 인간들과 혼동하는 경우도 있지만 우리는 실제로 심장도, 영혼도, 두뇌도 둘이고……"

"후두도 두 개죠!" 소녀의 다른 목소리가 덧붙였다.

"우와, 멋지네요." 나는 진심으로 감동받아 대꾸했다. "만나서 반가워요. 하지만…… 몸에 사인을 하는 건 내키지 않네요."

"아." 둘이 동시에 말했다.

"그쪽도 그래클 원장님의 연극 공연이 기대되나요?" 더 낮은 목소리가 물었다. "나는 몹시 기다려져요. 지난 시즌엔 렌 원장님과 그분의 동물들에 관한 작품을 공연했어요. **풀잎 동물원.**"

"심오한 작품이었죠. 아주 근사했어요."

"당신 역할은 어느 배우가 맡을 거라고 생각해요?"

"어, 우와, 나는 정말 몰라요. 이만 실례해도 될까요?"

나는 자리에서 일어나 다시 한번 사과한 뒤 재빨리 로비를 가로지르기 시작했다. 소녀들로부터 벗어나고 싶기도 했지만, 사실 그건 그렇게 문제가 아니었고, 어디선가 본 듯한 어떤 사람을 발견했는데 도무지 떠오르질 않아 직접 만나 누군지 확인해봐야겠다는 생각이 들었기 때문이다.

그는 로비 창구 가운데 하나를 차지해 안쪽에 앉은 직원이었다. 짧게 자른 머리에 짙은 갈색 피부, 차분한 용모의 젊은 남자였다. 분명 어디선가 본 얼굴이란 건 알겠는데, 어디인지 통 감이 잡히질 않았다. 그에게 말을 걸어보면 안개처럼 뿌연 기억이 되살아날지도 모른다고 생각했다. 내가 자신에게 다가오는 것을 본 그는 잉크병에서 깃털 펜을 낚아챘고, 내가 창구에 당도했을 쯤엔 뭔가를 쓰는 척했다.

"어디서 봤는지 모르지만 제가 아는 분인가요?" 내가 그에게 물었다.

그는 고개를 들지 않았다. "아뇨." 남자가 말했다.

"저는 제이콥 포트먼이에요."

그가 고개를 들어 나를 보았다. 관심 없는 표정. "그렇군요."

"전에 우리 만난 적 있어요?"

"아뇨."

수확이 전혀 없었다. 창구에는 **정보**라고 적혀 있었다.

"나도 정보가 좀 필요해요."

"어떤?"

"할아버지의 지인에 관해서요. 그분과 연락을 하려고 애쓰는 중이에요. 아직 살아 계시다면 말이죠."

"우리는 안내 서비스는 하지 않습니다."

"그럼 어떤 종류의 정보를 제공한다는 거죠?"

"우리는 정보를 제공하지 않아요. 정보를 수집하죠."

그는 책상 끝으로 손을 뻗어 긴 양식 한 장을 집더니 내게 내밀었다. "자, 이걸 채워 와요."

"농담이시겠죠." 나는 서류를 다시 그의 책상에 내려놓았다.

남자가 나를 보며 인상을 찌푸렸다.

"제이콥!"

페러그린 원장이 로비에서 나를 향해 걸어왔고, 친구들도 뒤따라왔다. 순식간에 그들에게 둘러싸일 형편이었다.

나는 창구 너머로 몸을 수그리고 말했다. "어디서 봤는지는 몰라도 난 **분명** 당신을 알아요."

"정 그렇다면야." 남자가 말했다.

"갈 준비됐어?" 호러스가 말했다.

"나 배고파 죽겠어. 다시 미국 음식을 먹을 수 있을까?" 올리브가 말했다.

"그래서 너의 임무는 뭐야?" 엠마가 내게 물었다.

친구들 덕분에 들뜬 기분으로 출구를 향해 가며, 나는 남자를 돌아보았다. 그는 꼼짝 않고 자리에 앉아 걱정으로 이마를 찌푸린 채 내가 떠나가는 모습을 지켜보았다.

페러그린 원장이 나를 한쪽 옆으로 끌고 갔다.

"곧 너와 나 단둘이서만 이야기를 나눠야겠다. 상담 중에 네가 감정이 상했다면 정말 유감이야. 네가 흡족한 기분을 느끼는 것은 나에게도, 그리고 모든 임브린에게도 아주 중요한 일이다. 하지만 미국 상황은 아까도 언급했다시피 아주 난처하단다."

"전 그저 여러분이 저를 믿어주길 바랄 뿐이에요. 군대를 이끄는 대장 같은 인물이 되겠다고 부탁하는 게 아니라고요." **더는 아무것도 부탁하지 않을 거예요**라고 생각했지만 말은 하지 않았다.

"나도 알아. 하지만 제발 인내심을 가져다오. 그리고 우리가 지나치게 신중한 것처럼 보이더라도 부디 너의 안전을 위한 거라고 믿어주기 바란다. 너에게, 혹은 너희들 누구에게라도 무슨 일이 생긴다면 그건 재앙이야." 페러그린이 말했다.

나는 야속하다는 생각이 들었다. 그녀가 한 말의 진정한 의미는 우리가 악마의 영토에 있는 모든 사람들 눈에 띌 만큼 공공연하게 재건 노력을 위해 돕지 않는다면 남들 보기에 좋지 않듯이, 나에게 무슨 일이 생긴다면 **보기에** 좋지 않을 거란 뜻이라고 말이다. 나는 그것이 원장이 생각하는 이유의 전부가 아니란 걸 알았다. 물론 페러그린은 우리를 염려했다. 하지만 그녀는 우리가 알지도 못하는 낯선 사람들의 의견도 염려했고, 내 인생을 살아가는 방법에 대한 그들의 생각에도 신경을 썼다. 하지만 난 아무래도 상관없었다.

그러나 그런 생각을 내뱉는 대신에 나는 이렇게 말했다. "좋아요, 문제없어요, 이해해요." 그 부분에 대해선 그녀의 마음을 되돌릴 수 없다는 걸 알기 때문이었다.

페러그린은 미소를 지으며 내게 고맙다고 말했고, 나는 그녀에게 거짓말을 한 것이 약간 찜찜했지만 크게 거슬릴 정도는 아니었다. 이어 그녀가 우리에게 작별 인사를 했다.

악마의 영토 시계가 막 정오를 지난 시각이었다. 페러그린 원장은 이곳에서 처리해야 할 일이 좀 더 있었지만, 우리 일과는 모두 끝났으므로 나중에 우리 집에서 만나기로 했다.

"곧장 가거라. 어슬렁거리지도, 머뭇거리지도, 꾸물거리지도, 미적거리지도 마." 그녀가 우리에게 경고했다.

"네, 원장님." 우리는 합창을 했다.

제 5 장

chapter five

우리는 곧장 돌아가지 않았다. 나는 다른 아이들에게 빽빽한 군중을 피할 만한 다른 길을 찾을 수 있을지 물었고, 그들은 탐험 정신과 약간의 불복종 기질을 발휘해 내 의견에 따랐다. 에녹은 거의 인적이 없는 가장 빠른 길을 안다고 주장했고, 1분 뒤 우리는 열병의 시궁창 강둑을 따라 걷고 있었다.

악마의 영토에서도 그 지역은 중심부처럼 깨끗하게 치워지지 않은 상태였다. 청소가 불가능했을 것이다. 악마의 영토는 루프였으므로 그곳의 기본적인 환경 요소는 스스로 매일 재정비되었다. 시궁창은 언제나 쓰레기로 오염된 누런색 리본처럼 흐를 것이다. 공장에서 뿜어낸 검은 연기를 뚫고 내려와 우리 머리를 비추는 태양은 언제나 우리다 만 홍차 색깔일 것이다. 이곳에 갇힌 평범한 사람들은 끊임없이 반복되는 장면의 일부가 되어 언제나 똑같이 비참하고 굶주림에 허덕이는 폐인들로 살아갈 테고, 지금 우리가 지나치고 있는 골목과 공동주택 창문에서도 마침 그런 사람들이 수상쩍은 눈초리로 우릴 내다보았다. 밀라드는 악마의 영토가 루프로 변하던 날 발생했던 모든 살인과 폭행, 강도를 기록한 지도가 틀림없이 어딘가에 존재하므로 그 지도만 있으면 위험한 곳들을 피해갈 수 있을 거라고 말했다. 하지만 우리는 누구도 그런 지도를 본 적이 없었다. 평범한 사람들이 사는 지역을 지날 때 주의해야 한다는 걸 모두 잘 알았다. 악취를 견딜 수 있는 한도까지 참으며 우리는 컴컴한 건물에 너무 가까이 가지 않도록 최대한 시궁창 가장자리를 고수했다.

초조하게 끊임없이 주변을 둘러보던 친구들은 약간 여유를 되찾게 되자, 각자 새로 받은 임무를 얘기했다. 대부분 실망한 목소리였다. 두어 명은 특히 더 씁쓸한 말투였다.

"나는 미국 지도 제작을 맡았어야 해!" 밀라드가 투덜거렸다. "퍼플렉서스 어나멀러스가 지금 빌어먹을 지도 제작국 총 책임자란 말이야. 임브린들은 우리가 이룩한 모든 일에 대한 공을 빚이라고 여기지 않는다 해도, 그 사람은 분명 알아줄 거야."

"그럼 그분한테 직접 가서 호소해봐." 휴가 말했다.

"그래야겠어." 밀라드가 말했다.

처음 기대했던 흥분이 일단 식어버리자, 에녹은 망자 우체국에서 자기가 하는 일이 죽은 사람을 살려내는 일 5퍼센트에 서신 분류가 95퍼센트임을 깨달았다. "우리가 영혼의 도서관에서 그렇게 엄청난 업적을 세웠는데도, 어떻게 우리한테 그렇게 하찮은 일을 맡길 수가 있냐? 우린 임브린들의 목숨을 구해줬어. 멋지고 긴 휴가를 주든지, 아니면 우리 밑으로 부하들이 여럿 딸린 근사한 임무를 주든지 해야 하잖아." 에녹이 말했다.

호러스가 대꾸했다. "꼭 그런 식이어야 한다고 생각하지는 않아. 하지만 나도 동감이야. 의상부에서 시대 오류 관리자의 조수를 하라고? 난 아무리 봐줘도 최소한 임브린 위원회가 전략을 세울 때 조언을 해주는 역할을 맡아야 해. 진짜로 난 미래를 볼 수 있잖아!"

"난 페러그린 원장님이 우리를 믿는다고 생각했어." 올리브가 말했다.

"원장님은 우릴 믿으셔. 문제는 다른 임브린들이야. 그들은 우리에 대해서 잘 모르잖아." 브로닌이 말했다.

"저들이 우리한테 위협을 느낀 거야. 이번 임무? 저들이 우리한테 메시지를 전달할 의도였겠지. 너희들은 아직 이상한 아이들에 불과하다는." 에녹이 말했다.

엠마가 내 옆으로 왔고 우리는 나란히 터덜터덜 걸어갔다. 나는 그녀에게 임무 관련 회의가 어떻게 진행되었는지 물었다.

"이것 좀 봐." 엠마가 가방에서 납작한 직사각형 상자 하나를 꺼내며 말했다. "접이식 카메라야." 그녀가 스위치를 젖히자 몸체에서 렌즈가 튀어나왔다.

"결국 너한테는 원하는 일을 줬네? 서류 작업이야?"

"아니야. 장비실에서 슬쩍 해왔어. 저들이 나한테 배정한 일은 와이트를 심문하는 동안 일주일에 3교대로 임브린을 지키는 일이야."

"그래도 그건 재미있을 수도 있겠다. 뭔가 굉장한 이야기를 들을 수도 있잖아."

"난 그런 얘기 하나도 듣고 싶지 않아. 오랜 세월 놈들이 우리에게 저질렀던 모든 범죄와 만행을 조사할 텐데…… 난 옛날 역사를 반복하는 건 지긋지긋해. 난 새로운 곳을 보고 새로운 사람들을 만나고 싶어. 넌 어때?"

"나도 마찬가지야." 내가 말했다.

"내 말은 네 임무가 어떻냐는 거였어. 임브린들이 너에게 어떤 일을 줬을지 궁금해 죽겠어. 분명 뭔가 놀라운 일일 거야."

"사람들을 선동해 동기를 부여하는 연설가가 되래."

"대체 그게 뭔데?"

"각기 다른 루프를 돌아다니면서 사람들에게 나에 대해서 이야기하라는 거지."

엠마가 얼굴을 찡그렸다. "무얼 위해서?"

"사람들에게…… 감동을 주려고?"

엠마가 너무 심하게 웃어대서 사실 나는 마음에 약간 상처를 입었다.

"야. **그렇게** 엉망이진 않잖아." 내가 말했다.

"내가 이러는 거 오해하지는 말아줘. 네 존재는 **아주** 감동적이라고 생각해. 하지만 난 도저히…… 그런 모습이 그려지질 않아."

"나도 그래. 그래서 난 그 일 안 할 작정이야."

"정말? 그럼 무슨 일을 하려고?" 엠마가 감명을 받은 듯 말했다.

"뭔가 다른 일."

"아. 알겠다. 아주 신비로운 일."

"맞아."

"나에게도 알려줄 거야?"

나는 미소를 지었다. "너한테 제일 먼저 얘기해줄게."

나의 계획에 대해서 엠마에게도 비밀로 하고 싶진 않았다. 단지 아직은 무언가 일이 벌어질 거라는 확실한 예감뿐, 정확한 계획을 **갖고** 있진 않았다.

그러자 정말로 무언가 일이 벌어졌다. 강 쪽에서 소리가 들려왔다. 첨벙 하는 소리에 이어 크게 숨을 내쉬는 소리였다.

클레어가 소리쳤다. "**물고기 괴물이야!**"

우리 모두 돌아보았지만, 처음 봤을 때 바다 생물처럼 보였던 주인공은 희미한 물고기 비늘을 지닌 덩치 큰 남자로 드러났다. 그는 우리를 따라 빠르게 헤엄쳤는데, 머리와 어깨만 수면 위로 내놓은 채 우리 눈에 보이지 않는 물속에서 추진력을 발휘했다.

"어이 거기! 젊은이들, 멈춰!" 그 남자가 소리쳤다.

우리는 걸음을 더 빨리 했는데도 어쩐 일인지 남자는 우리와 속도를 맞출 수 있었다.

"그저 너희에게 물어볼 게 하나 있을 뿐이다."

"모두들 멈춰." 밀라드가 말했다. "이 남자는 우릴 해치지 않을 거야. 당신도 이상한 종족이죠?"

남자가 일어서자 목에 달린 한 쌍의 아가미가 열리며 검은 물을 뱉어냈다.

"내 이름은 잇치*Itch*라고 한다." 남자가 대답하자, 그가 이상한 종족인지 아닌지는 더 이상 문제가 되지 않았다. "나는 한 가

지만 알고 싶을 뿐이야. 너희가 바로 알마 페러그린의 아이들 맞지?"

"맞아요." 올리브는 자신이 겁먹지 않았다는 것을 보여주려고 시궁창 가장자리 맨 끝에 서서 말했다.

"너희는 가고 싶은 곳으로 가도 나이를 더 빨리 먹지 않는다는 게 사실이니? 너희 내면의 시계가 재조정되었다지?"

"그건 두 가지 질문인데요." 에녹이 말했다.

"네, 사실이에요." 엠마가 말했다.

"알겠다. 그렇다면 우리들 시계는 언제 재조정될 수 있을까?" 잇치가 말했다.

"우리가 누군데요?" 호러스가 물었다.

그의 주변 물속에서 네 개의 머리가 더 수면 위로 떠올랐다. 어린 사내아이 둘은 등에 지느러미가 달렸고, 나이 든 여인은 비늘 피부였으며, 아주 나이 들어 보이는 남자는 큼지막한 물고기 눈이 머리 양쪽에 하나씩 달려 있었다. 잇치가 설명했다. "입양으로 맺어진 나의 가족이다. 우린 이 저주받은 시궁창에 살며 오염된 물속에서 너무 오래 호흡하고 견뎌왔다."

"환경을 바꿀 때가 됐어." 물고기 눈을 한 노인이 갈라진 목소리로 말했다.

"우린 어디든 깨끗한 곳으로 가고 싶어." 비늘 피부 여인이 말했다.

"그게 그렇게 쉽지가 않아요. 우리한테 벌어진 일은 사고였고, 하마터면 목숨을 잃을 뻔했어요." 엠마가 말했다.

"우린 상관 없다." 잇치가 말했다.

"저 애들은 그냥 우리한테 비밀을 알려주기 싫은 거예요!" 지느러미 달린 남자아이 하나가 소리쳤다.

"그건 사실이 아니에요. 시계 재설정이 다시 재현할 수 있는 건지 확실하지도 않다고요. 임브린들이 아직 연구 중이에요."

"임브린들!" 여인이 아가미로 검은 물을 내뱉었다. "그들은 알아낸다 해도 절대 말해주지 않을 거다. 그럼 우리가 전부 그들의 루프를 떠날 테고, 그러면 그들이 군림해서 다스릴 사람들이 아무도 남지 않게 될 테니까."

"이봐요! 그런 끔찍한 말을 하다니!" 클레어가 소리쳤다.

"완전히 반역적인 말이에요." 브로닌이 말했다.

"반역이라고!" 잇치가 소리치더니 물가로 헤엄쳐 와 인도 위로 몸을 끌어올렸다. 그의 몸에서 물이 뚝뚝 떨어지고 가슴부터 발끝까지 기다란 초록색 해조류가 뒤덮인 몸이 드러나자 우리는 뒤로 주춤 물러났다. "그 말은 함부로 입 밖에 내기엔 위험한 용어 같은데."

사내아이 둘도 시궁창에서 올라왔고 비슷하게 해조류 옷을 입은 여인도 뭍으로 올라와, 물속에 유일하게 남은 노인만 초조한 듯 둥글게 원을 그리며 헤엄을 쳤다.

"이것 보세요." 내가 나섰다. 나는 아직 입을 열지 않았으므로 어쩌면 그들을 진정시킬 수 있을지도 몰랐다. "여기서 우린 모두 이상한 종족이에요. 싸울 이유가 없다고요."

"신참 주제에 네가 뭘 안다고 그래?" 여인이 말했다.

"저 녀석은 자기가 우리의 구원자라고 생각하는 거야! 넌 어쩌다 운이 좋았던 사기꾼에 불과할 뿐 아무것도 아니다." 잇치가 말했다.

"가짜 예언자!" 사내아이 하나가 그렇게 소리치자 다른 아이도 같이 외쳤고, 이내 그들 모두가 "가짜 예언자! 가짜 예언자!"라고 소리치며 세 방향에서 우리에게 다가왔다.

"난 예언자라고 주장한 적 없어요. 내가 **뭐라도** 된다는 듯 주장한 적 없다고요!" 나는 애써 설명하려 했다.

우리 뒤쪽의 공동주택에 사는 평범한 인간들 수십 명이 창밖으로 고개를 내밀더니 이제 그들도 고함을 지르며 우리 머리로 쓰레기를 비처럼 뿌려댔다.

"당신들은 시궁창에서 너무 오래 살았어! 그래서 두뇌가 오염된 거야!" 에녹이 마주 소리쳤다.

엠마는 불꽃을 피우기 시작했고 브로닌은 잇치에게 한방 갈길 태세였지만, 다른 아이들이 둘을 끌어당겼다. 악마의 영토에서 우리를 면밀히 주시하는 사람들이 많은데, 아무리 정당방위라고 해도 다른 이상한 종족들을 해치는 건 아주 나쁘게 보일 게 뻔했다.

물을 뚝뚝 떨어뜨리던 시궁창 거주자들은 우리를 골목까지 몰고 갔고, "가짜 예언자"라고 고함치던 그들의 외침은 어서 우리 비밀을 털어놓으라는 요구로 바뀌었다. 마침내 우리는 뒤로 돌아 달아나는 수밖에 없었고, 그들의 외침은 모퉁이를 돌 때까지 우리 뒤를 따라왔다.

어떻게든 위험한 지역을 빠져나와 도심으로 다시 돌아가기는 했지만, 그 이후의 모든 일들에 대한 기억은 약간 흐릿했다. 우리는 충격을 받았고, 벤담의 저택 근처에서 군중과 헤어질 때 우리에게 쏟아졌던 다정한 인사와 악수는 비현실적으로 느껴졌다.

그 모든 미소 뒤엔 무엇이 감추어져 있을까?

그들 가운데 얼마나 많은 이들이 비밀리에 우리에게 반감을 갖고 있었을까?

그러다가 우리는 팬루프티콘에 들어갔고 이상한 세관을 통과해, 조용히 계단을 올라가 긴 복도를 걸어가는 동안 모두들 각자의 생각에 잠겨 침묵을 지켰다.

ᕦ

우리는 빗자루 보관함에 **빽빽**하게 들어갔다가 잠시 휘청했고, 약간의 요동을 느낀 뒤 더운 플로리다의 밤공기 속으로 걸어 나왔다. 뾰족한 창고 지붕에서 희미한 수증기가 솟으면서 뜨거운 엔진이 식어가는 것처럼 쉭쉭거리는 빛의 소리가 들려왔다.

"신선한 공기로군." 밀라드가 말했다.

"22분 40초." 페러그린 원장이 팔짱을 낀 채 마당에 서 있었다. "너희가 늦은 시간이다."

"하지만 원장님." 클레어가 말했다. "저희도 그럴 의도는 아니었는데……"

"**아무 얘기도 하지 마.**" 엠마가 거칠게 속삭였다. 그러더니 좀 더 큰 목소리로 말했다. "지름길로 가려다가 길을 잃었어요."

우리는 아직 시궁창에서 맞닥뜨렸던 장면 탓에 겁에 질린 상태였는데, 지친 몸으로 마당에 서서 시간 약속과 책임감에 관한 일장 연설을 견뎌야 했다. 친구들이 이를 가는 소리가 들려왔다.

우리에게 실망했다는 점을 지나칠 정도로 강조한 연설을 일단 마친 페러그린 원장은 새로 변하여 우리 집 지붕 꼭대기로 날아가 그곳에 앉았다.

"방금 무슨 일이 일어난 거지?" 내가 낮은 목소리로 물었다.

"혼자 있고 싶으실 때 하는 행동이야. 원장님, 정말로 화가 나셨나 봐." 엠마가 말했다.

"우리가 22분 늦었기 때문에?"

"여러 가지로 압박감이 많으셔." 브로닌이 말했다.

"그런데 그 스트레스를 우리한테 풀고 있잖아. 그건 공평하지 못해." 휴가 말했다.

"요즘엔 임브린들의 말을 들으려 하지 않는 이상한 종족들이 많은 것 같아. 하지만 원장님은 늘 **우리**가 말을 잘 들을 거라고 믿고 계셨거든. 그러다가 우리가 무언가 조금이라도 일을 망치기라도 하면……" 올리브가 말했다.

"그럼 본인 감정쯤은 뒷날개에 감출 수도 있는 거잖아!" 에녹이 약간 큰 소리로 말했다.

브로닌이 그의 입을 손으로 막았고, 두 사람은 몸싸움을 벌이며 바닥에 뒹굴었다.

"그만, 그만해!" 올리브가 말했다. 올리브와 엠마와 내가 두 사람을 떼어놓으려고 애를 쓰다가 그 과정에서 우리도 바닥에 나동그라졌으므로, 결국 우리는 숨을 헐떡이며 잔디밭에 누워 습한 밤공기 속에서 땀을 흘리기 시작했다.

"이건 너무 바보 같은 짓이야. 더 이상은 우리끼리 싸우지 말자." 엠마가 말했다.

"휴전?" 브로닌이 말했다.

에녹은 고개를 끄덕였고 둘은 악수를 했다.

모두들 휴식과 함께 오늘 하루 있었던 사건들을 벗어나 새로운 시작을 원했으므로 우리는 집 안으로 들어갔다. 호러스는 훔쳐온 식재료 가운데 남은 것들로 나름 놀라운 요리를 만들어냈다. 그러자 나는 친구들에게 TV 앞에서 식사를 하는 유서 깊은 미국 전통을 소개해주었다. 내가 채널을 고르는 사이 친구들은 화면을 응시했고, 몇몇은 무릎에 올려둔 접시에서 음식이 식어가는 것도 까맣게 잊은 채 TV에 빠져들었다. 홈쇼핑 채널, 개 사료와 여성용 헤어 제품 광고, 종교 채널에서 설교하는 목사, 재능 경쟁 예능 프로그램, 외국 영토에서 벌어진 갈등을 다룬 토막 뉴스. 그 모든 것이 친구들에겐 똑같이 생소했다. 총천연색 그림이 나오고 서라운드 음향에다 수백 가지 다른 채널을 선택할 수 있는 화면이 **바로 집 안**에 설치되어 있다는 충격에서 일단 벗어난 친구들은 질문을 던지기 시작했다. 몇몇 질문은 나를 깜짝 놀라게 만들었다.

〈스타트렉〉의 오래된 에피소드를 시청하던 도중에 휴가 물었다. "요즘엔 많은 사람들이 우주선을 소유하고 있어?"

브로닌은 리얼리티 예능 프로그램인 〈오렌지카운티의 진짜 가정주부들〉을 보다가 물었다. "미국엔 가난한 사람들이 이제 더는 없어?"

그리고 올리브의 질문. "저 사람들은 왜 저렇게 서로에게 무례하게 대해?"

자동차 광고가 나오는 동안 호러스가 물었다. "저 시끄러운 소음이 혹시 음악이라고 틀어놓은 건가?"

뉴스 프로그램을 건너뛰려 하는 사이 클레어가 움찔하며 말했다. "저 사람들 왜 저렇게 소리를 질러?"

TV 때문에 친구들이 괴로워지기 시작했다는 걸 느낄 수 있었다. 엠마는 긴장했고 휴는 서성거리는 데다, 호러스는 목숨이라도 걸린 듯 소파 팔걸이를 움켜잡고 있었다.

"너무 **많아**." 엠마가 손바닥의 불룩한 부분으로 눈을 지그시 누르며 말했다. "너무 시끄럽고, 너무 빨라!"

"그 어떤 장면도 한 순간 이상 고정된 적이 없어. 그런 효과 탓에 어지러워." 호러스가 말했다.

"평범한 사람들이 세상에서 더는 이상한 사람들을 알아채지 못하는 게 당연해. 저들은 두뇌가 녹아버렸어!" 에녹이 말했다.

"현대인들이 저걸 본다면 우리도 봐야 해." 밀라드가 말했다.

"하지만 난 녹아버린 두뇌를 **갖기** 싫어." 브로닌이 말했다.

"아무것도 녹지 않아. 일종의 백신이라고 생각해. 약간만 접종해도 이 세상의 더 큰 충격에 맞서기에 충분할 거야." 밀라드가 브로닌을 안심시켰다.

우리는 한동안 채널을 더 뒤적거렸지만, 무감각 효과가 사라지기 시작하면서 나의 마음은 자꾸만 불편한 것들을 향했다. 남녀 짝짓기 프로그램인 〈독신남 *The Bachelor*〉 에피소드를 보는 동안, 내가 속해 자라온 이 세상을 내가 얼마나 이해하지 못하는가 하는 생각이 들었다. 평생 살아오는 동안 평범한 사람들은 주로 나를 당황하게 만들었다. 서로에게 인상을 남기려고 고군분투하는 그들의 우스꽝스러운 방식, 보잘것없어 보이는데도 그들이 매달리는 삶의 목표, 따분한 그들의 꿈. 마치 자신들과 다르게 생각하거나 행동하거나 다르게 옷을 입거나 다른 꿈을 꾸는 사람들은 그들의 존재 자체에 위협이 되기라도 한다는 듯이, 수용 가능성이라는 좁은 패러다임에 맞지 않는 것이면 무엇이든 배척하는 태도. 다른 어떤 것보다도 바로 그런 사고방식은 내가 자라면서 사무치도록 외로움을 느낀 이유였다. 평범한 사람들이 중요하다고 생각하는 것들이 내 생각엔 멍청해 보였다. 게다가 그런 부분에 대해서 내가 터놓고 말할 사람이 하나도 없었으므로, 나는 그런 생각을 혼자만 품고 있었다. 평범한 세계로 돌아올 때는 그래도 이제 이상한 세계에 나를 기다리는 집이 있다는 확신이 있었다. 하지만 오늘 악마의 영토에서 겪은 일로 나는 거기서도 이방인이라는 느낌이 들었다. 어떤 이들에겐 영웅이고, 어떤 이들에겐 사기꾼이었다. 집에서와 똑같이 모든 사람들에게 오해를 받고 있었다.

만화 시리즈 〈심슨〉을 설명하려고 애를 쓰다가 깊은 잠의 유혹에 굴복했던(정말 긴 하루를 보내긴 했다) 나의 머릿속에서 무언가 실마리가 풀렸고, 그 접수 직원의 얼굴을 전에 어디서 보았는지 기억해냈다. 나는 리모컨을 에녹에게 넘기고 화장실에 간다는 핑계를 대고 2층으로 달려갔다.

방문을 꼭 닫고 침대 밑에서 에이브 할아버지의 업무 일지를 꺼낸 뒤, 페이지를 넘기며 그 직원의 얼굴을 찾기 시작했다. 서류도 너무 많고 확인할 얼굴도 너무 많아 그를 찾기까지 몇 분이 걸리기는 했지만, 마침내 1983년 기록에서 사진을 찾아냈다. 사진은 1930년대나 1940년대에 찍은 듯 낡았지만 오늘 보았던 그 직원의 얼굴은 사진 속 모습과 똑같았다. 그렇다면 그가 루프에서 오랜 세월을 살았다는 의미였다. 그의 이름은 레스터 노블 주니어

라고 적혀 있었다. 사진 속에서 그는 크고 둥근 모자를 쓰고 차분하게 카메라를 응시했고, 아까 낮에 그의 얼굴에서 내가 보았던 두려운 표정은 흔적도 없었다. 나는 임무에 대한 할아버지의 기록을 읽은 다음 서류에 고정시킨 스테이플러 침을 뜯어내 사진을 주머니에 넣었다.

복도를 달려가던 나는 엠마와 마주쳤다.

"너를 찾으려고 막 가는 중이었어." 그녀가 말했다.

"나는 너를 찾으러 가는 중이었어. 네 도움이 필요해."

엠마가 가까이 다가섰다. "좋아, 뭐든 말해."

"나 좀 커버해줘. 딱 한두 시간만. 난 악마의 영토로 돌아가야겠어."

"왜? 뭐 하러?"

"설명할 시간이 없어. 돌아와서 얘기할게."

"나도 갈래."

"이건 나 혼자 해야 할 일이야."

엠마가 가슴 앞으로 팔짱을 꼈다. "별일 아니기만 해봐라."

"별일일 거야. 내 생각엔 그래."

나는 그녀에게 키스한 뒤 살그머니 계단을 내려가 차고를 통해 밖으로 나간 뒤 화분 창고로 들어갔다.

♈

내가 관리국 건물 로비로 돌아갔을 때 그 남자는 사라지고 없었다. 그의 창구는 닫혔고 안엔 아무도 없었다. 나는 옆 창구로 건너가 그곳에서 일하는 여인에게 그 직원이 어디 갔는지 아느냐고 물었다.

여인은 두툼한 안경으로 나를 보며 눈을 찡그렸다. "누구?"

"바로 저기서 일하는 남자요. 레스터 노블."

"레스터 노블이라는 사람은 나도 몰라." 여인은 만년필로 책상을 두들기며 말했다. "하지만 내 옆 창구에 일하던 녀석은 막 일을 끝내고 갔어. 빨리 가면 잡을 수도 있을걸, 어, **저기** 있네."

여인이 로비 건너편을 가리켰다. 돌아보니 그 직원이 서둘러 출구로 향하고 있었다. 나는 재빨리 감사 인사를 전한 뒤 로비를 가로질러 달려가 남자가 문을 빠져나가기 직전에 붙잡았다.

"레스터 노블." 내가 말했다.

그의 얼굴이 약간 창백해졌다. "내 이름은 스티븐슨이야. 그리고 넌 내 앞길을 막고 있어."

그가 나를 밀어내고 지나가려 했지만 나는 꼼짝도 하지 않았고, 그는 분명 시선을 끌고 싶어 하지 않는 듯했다. "당신 이름은 레스터 노블 주니어예요, 그리고 그 영국식 억양도 가짜고요."

내가 주머니에서 사진을 꺼내 그의 눈앞에 내밀었다. 남자는 얼어붙었다가 이내 내 손에서 사진을 낚아챘다. 다시 고개를 들어 올리고 나와 눈을 마주친 그는 두려워하는 듯했다.

"**원하는 게 뭐야?**" 그가 속삭였다.

"누군가와 연락을 취하고 싶어요."

그의 시선이 잠시 로비 건너편으로 향했다가 나에게 되돌아왔다. "저 복도를 따라 가라. 2분 뒤에 137호실에서 만나. 우리가 함께 걷는 걸 누가 보기라도 하면 곤란해."

나는 사진을 도로 낚아챘다. "이건 내가 간직하죠. 일단은."

2분 뒤 나는 137이라고만 적힌 평범한 나무 문밖에서 그와 만났다. 그는 열쇠 여러 개와 씨름하며 손을 덜덜 떨고 있었다. 안으로 들어가자마자 그는 문을 닫고 잠갔다. 방은 작았고 사방의 벽은 바닥부터 천장까지 온통 노란 서류 파일로 빽빽했다.

"이봐, 꼬마야." 그가 양손을 기도하듯 붙이고서 나를 향해 돌아섰다. "나는 범죄자가 아니야, 알겠니?" 남자의 영국식 억양은 사라지고 약간 미국 남부 사투리가 되살아났다. "미국에는 나쁜 사람들이 더러 있기 때문에 그들이 나를 찾도록 내버려둘 수는 없어. 나는 여기 와서 이름을 바꿨다. 그 옛날 이름을 다시 듣는 날이 올 줄은 생각도 해본 적 없어."

"거기 살던 할로우들은 정말로 여기보다 훨씬 더 심했어요?" 내가 그에게 물었다.

"심하긴 했지만 내가 그곳을 떠난 이유는 할로우가 아니야. 이상한 사람들 때문이었다. 그들은 미쳤어."

"네? 어떻게요?"

레스터는 머리를 흔들었다. "너를 이곳으로 데려온 것만으로도 나는 백 가지 규칙을 어긴 셈이야. 파일을 원한다면 좋다, 하지만 이야기를 들려줄 시간은 없어."

"좋아요. 할로우 사냥꾼들에 대해선 어떤 정보가 있죠?"

레스터는 망설였다. "누구라고?"

"내가 누구 얘기를 하는 건지 당신도 알잖아요." 나는 에이브 포트먼의 임무 보고서에서 알게 된 내용을 그에게 이야기했다.

보고서엔 레스터가 앨라배마주 애니스턴에서 1935년 1월 5

일의 루프에 살았는데 습격을 받아 그곳의 임브린이 살해되었다고 적혀 있었다. 에이브와 H는 당시 1983년이었던 현재에서 모텔에 숨은 레스터를 찾아냈고, 그는 빠르게 나이를 먹는 곤경에 빠져 있었다. 두 사람은 가까스로 그를 안전한 다른 루프로 이동시켰다. 그 이후 어느 시점엔가 그가 스스로 영국으로 건너가는 길을 찾은 모양인데, 보나마나 그것만으로도 참혹한 사연이 짐작되었다. 하지만 나도 그 이야기는 들을 시간이 없었고, 내가 그에 관해 알고 있는 이야기를 들려준 뒤로는 레스터도 어차피 그 이야기를 공유할 분위기가 아닌 듯했다.

"네가 그걸 어떻게 다 알지?" 레스터가 물었다. 마치 나쁜 소식을 듣기 전에 스스로 마음을 다잡은 듯 그의 온몸이 경직되었다.

"에이브 포트먼은 우리 할아버지였어요."

"할아버지가 너한테 내 이야기를 했다고?" 그의 목소리가 꾸준히 커졌다. 나한테 정말로 겁을 먹은 것 같았다.

"그런 건 아니에요. 있죠, 걱정할 것 전혀 없고 너무 자세한 이야기를 할 필요도 없어요. 난 당신의 과거에서 시체를 파내려고 여기 온 게 아니니까요. 난 단지 H라고 불리던 사람과 연락을 하고 싶을 뿐이에요. 당신도 그 사람과 시간을 보냈잖아요. 마침 당신이 여기 정보 부서에서 일을 하고 있으니까……" 나는 연결 고리를 의미하는 제스처로 양손을 위아래로 흔들어댔다. "당신이 내겐 가장 확실한 연줄이에요."

한숨을 쉬며 그가 약간 긴장을 푸는 것이 내 눈에도 보였다. 그는 팔짱을 낀 채 선반에 몸을 기댔다. "그들은 나에게 명함 같은 건 전혀 남기지 않았어. 혹시 그런 걸 줬더라도 워낙 오래전 일이고." 그가 말했다.

"당신이 다루는 파일에는 무언가 남았을 수도 있겠죠. 임브린들은 그들과 연락하는 방법이 분명 있잖아요."

"그런데 넌 왜 임브린들에게 묻지 않니?"

이제는 그가 **너무** 안심을 하는 듯했다. "신중하게 진행하려고요. 하지만 그래야만 한다면 당연히 임브린들에게 가서 레스터 노블 주니어가 직접 의논하라고 했다고 말씀드려야겠죠."

레스터는 얼굴을 찡그렸다. "그렇다면 좋다." 그가 퉁명스레 말했다. "남은 정보가 뭔지 찾아보마." 그가 돌아서서 벽 쪽으로 걸어가며 검지로 파일 폴더를 일일이 어루만졌다. 어느 선반에서 그가 파일을 하나 꺼냈다. 그는 혼잣말을 중얼거리며 내용물을 뒤적였다. 그러다 다른 벽 쪽 선반을 향해 방을 가로지르더니 파일을 두 개 더 꺼냈다. 머리를 절레절레 흔들며 그가 파일을 옆구리에 끼고 이동했다. 몇 분 뒤 그는 내게로 다가와 손을 뻗었다. 손바닥엔 오래된 종이 성냥이 놓여 있었다.

"이게 뭐예요?"

"갖고 있는 건 이것뿐이야."

나는 종이 성냥을 집어 들었다. 누군가의 주머니에 장시간 들었던 듯 귀퉁이가 구겨져 있었다. 바깥 뚜껑은 백지였다. 안쪽엔 중국 음식점 광고와 주소, 무작위로 적은 듯한 숫자와 글자, 그리고 연필로 **읽은 뒤 태울 것**이라는 글씨가 적혀 있었다. 누군가 그 지시를 무시한 게 분명했다.

"이제 그럼." 레스터가 나한테서 사진을 낚아챘다. "네가 그 물건을 갖고 이 방을 나가도록 내버려둔 것은 물론이고 널 이 방에 들인 것만으로도 난 해고당할 신세란 건 잘 알 테니, 이 정도면 공평한 거래라고 해야겠지."

"이건 그냥 오래된 종이 성냥이잖아요. 이걸로 나더러 뭘 어쩌라는 거죠?"

"그건 네가 알아봐야겠지." 그가 입구로 가 문을 열더니 내가 나가기를 기다렸다. "이제 부탁 하나만 하자, 친구." 어느새 그의 영국식 억양이 되살아났다. "우리가 만났다는 건 영원히 잊어줘."

꒾

내가 전속력으로 앞쪽에만 집중해 악마의 영토를 가로지르자, 나를 알아본 사람들조차 감히 내 앞길을 막지 못했다. 나는 벤담의 저택으로 들어가 계단을 뛰어오른 뒤 팬루프티콘의 긴 복도를 지나 A. 페러그린과 아이들 전용이라고 적힌 문으로 뛰어들었고, 잠시 후 우리 집 뒷마당 잔디밭에 당도했다. 나는 따뜻한 밤기운 속에 잠시 멍하니 서서, TV 불빛이 거실 창문으로 명멸하는 가운데 귀뚜라미와 개구리가 합창하는 소리에 귀를 기울였다.

페러그린 원장은 더 이상 지붕에 앉아 있지 않았다. 내가 돌아오는 걸 본 사람은 아무도 없었다. 아직은 나 혼자만의 시간이 필요했다. 마당을 가로질러 선창으로 걸어가 끄트머리에 자리를 잡고 앉았다. 확실하게 혼자만의 공간을 누리면서, 누군가 나의 안부를 확인하러 오면 접근하는 소리도 들을 수 있는 유일한 장소였다.

나는 휴대전화와 종이 성냥을 꺼내, H에게 연락할 방법을 어떻게 찾을 수 있을지 고민했다. 몇 분간 엄지손가락으로 휴대전화 자판을 두들겨 검색한 결과는 이랬다. 주소 밑에 적힌 이상한 조합의 글자와 숫자는 비록 전화를 걸 수는 없을지 몰라도 엄연히 전화번호였고, 1960년대에 사용하다가 사라진 문자와 숫자 혼용 연락처였다.

나는 종이 성냥에 광고를 실은 음식점 이름을 검색해보았다. 운이 좋았다. 아직 영업을 하고 있었다. 나는 그곳의 현대식 전화번호를 찾아내 전화를 걸었다.

전화가 외국 교환을 통해 연결되기라도 하는 듯 몇 번이나 딸깍거리는 소리가 이어졌다. 그러다가 신호가 가기 시작했고, 아마도 열 번이나 열두 번쯤 신호가 울린 뒤 마침내 걸걸한 목소리의 남자가 전화를 받았다.

"네."

"H를 찾고 있는데요. 저는……"

전화가 끊겼다. 남자가 내 전화를 끊어버렸다!

나는 다시 전화를 걸었다. 이번에는 신호 두 번 만에 남자가 수화기를 들었다.

"전화 잘못 걸었소."

"저는 제이콥 포트먼이라고 해요."

침묵이 흘렀다. 그는 전화를 끊지 않았다.

"저 에이브 포트먼의 손자예요."

"그건 그쪽 얘기고."

심장이 빨리 뛰었다. 번호가 아직도 살아 있었다. 나는 우리

**17 MOTT ST
NEW YORK CITY
RES: LT1-6730**

- *Chinese Food At Its Best*
- *Party Facilities*

BURN AFTER READING

홍스

뉴욕시 모트가 17
연락처: LT1-6730

- 최고 수준의 중국 음식
  - 연회석 완비

일은 뒤 태울 것

할아버지를 아는 누군가와 이야기를 하고 있었다. 어쩌면 H 본인일지도 몰랐다.

"증명할 수도 있어요."

"네 말을 믿는다고 치자. 그건 사실일 수도 있고 아닐 수도 있겠지. 제이콥 포트먼이 원하는 게 뭐지?" 남자가 말했다.

"일요."

"일자리 찾는 광고를 내."

"당신이 하고 있는 일요."

"십자말풀이 퍼즐이냐?"

"뭐라고요?"

"난 은퇴했다."

"그럼 당신이 예전에 하던 일요. 당신과 에이브 할아버지와 다른 사람들이 하던 일."

"네가 그것에 관해서 뭘 알아?" 그의 목소리가 갑자기 방어적이 되었다.

"전 많은 걸 알아요. 할아버지의 업무 일지를 읽었거든요."

H가 막 의자에서 일어나기라도 한 듯, 끽 하는 금속성에 이어 쿵 소리가 들려왔다.

"그래서?"

"그래서 저도 돕고 싶어요. 아직 바깥에 돌아다니는 할로개스트가 있다는 거 알아요. 어쩌면 많지 않을지 몰라도 한 마리만으로도 심각한 문제를 일으킬 수 있잖아요. 그밖에도 할 일은 수두룩해요."

"참으로 너그러운 아이로구나. 하지만 우린 더 이상 일을 하지 않는다."

"왜요? 에이브 할아버지가 돌아가셨기 때문인가요?"

"우리가 늙었기 때문이지."

"그렇다면 음." 나는 자신감이 차오르는 걸 느끼며 말했다. "제가 다시 그 일을 시작할게요. 도와줄 친구들도 있어요. 새로운 세대죠."

찬장 문을 탁 닫는 소리와 컵 안에서 숟가락이 딸랑거리는 소리가 들려왔다. "네 눈으로 할로우를 본 적은 있니?" 그가 물었다.

"있어요. 여럿을 죽이기도 했고요."

"그게 정말이냐?"

"영혼의 도서관에 관한 소식 못 들으셨어요? 악마의 영토에서 벌어진 전투 얘기?"

"나는 최신 사건에 대해서는 잘 모른다."

"에이브 할아버지가 하셨던 일을 제가 할 수 있어요. 전 놈들을 볼 수 있어요. 조종도 하고요."

"그렇구나……" 그가 요란하게 소리를 내며 음료를 마셨다. "어쩌면 너에 관한 이야기를 좀 들은 것도 같다."

"그러세요?"

"그래. 넌 거칠고 검증되지 않았어. 충동적이고. 우리 업계에선 그러다가 아주 빨리 저세상으로 가기에 딱 맞아."

나는 이를 갈았지만 흔들림 없이 차분한 목소리를 내는 데 성공을 거두었다. "배울 게 많다는 건 알아요. 하지만 제가 내놓을 수 있는 것도 많다고 생각해요."

"너 진지하구나." 그는 재미있으면서도 좋은 인상을 받은 듯했다.

"맞아요."

"좋다. 네 말을 믿고 일자리 면접을 주선해보마."

"이게 면접 아니었어요?"

그가 껄껄 소리 내어 웃었다. "어림 반 푼어치도 없는 소리."

"알겠어요, 음, 그럼 제가 무슨……"

"다시는 전화하지 마라. 내가 전화할 거다."

전화가 끊겼다.

집 안으로 뛰어 들어가 친구들이 좀비 영화를 보는 거실을 빠르게 지나치며 내가 손을 흔들자 엠마가 벌떡 일어나 나를 따라 빈 방으로 들어왔다.

엠마는 나를 꼭 껴안고는 내 가슴을 손가락으로 찔렀다. "이야기를 시작해봐, 포트먼."

"에이브 할아버지의 옛날 파트너와 연락이 닿았어. 방금 그와 전화 통화도 했어."

엠마가 나를 놓아주더니 눈을 크게 뜬 채 뒤로 한 걸음 물러났다.

"말도 안 되는 소리 하지 마."

"진지하게 하는 말이야. H라는 이 남자는 우리 할아버지랑 수십 년을 함께 일했어. 엄청난 임무를 함께 해치웠었지. 그런데 이제 그분은 나이가 들었고 우리 도움이 필요해."

어쩌면 그 부분은 내가 너무 앞서가는 것일 수도 있었다. 하지만 약간일 뿐이었다. H는 **정말로** 우리 도움이 필요할 테고 일단은 그 사실만 인정하면 되는 것이었다.

"어떤 일에?"

"임무지. 이곳 미국에서."

"도움이 필요했다면 그분은 임브린에게 연락했을 거야."

"우리 임브린들은 미국 땅에선 권위가 없어. 그리고 미국엔 자체적인 임브린이 없는 것 같아."

"왜 없어?"

"나도 몰라, 엠마. 내가 모르는 게 수만 가지는 될 거야. 하지만 에이브 할아버지가 방바닥 비밀의 문을 오로지 **나만** 알 수 있는 비밀번호로 잠가놓았다는 건 알아. 그리고 그 업무 일지도 내가 찾아보기를 바라며 남기신 거야. 만약에 **네가** 이곳에 올 기회가 있다는 걸 할아버지가 아셨다면 너도 그걸 찾아보길 바라셨을 거야."

엠마는 무언가 마음에 걸리는 게 있는지 시선을 피했다.

"우리끼리 무작정 임무를 맡아 떠날 순 없어. 페러그린 원장님이 절대 허락하지 않으실 거야."

"그건 나도 알아."

엠마가 나를 빤히 노려보았다. "무슨 일을 하는 임무인데?"

"아직은 나도 몰라. H가 연락하겠다고 했어."

"임브린이 너한테 준 임무가 정말 싫었구나?"

"응. 아주 많이."

"난 네가 그 일도 잘할 거라고 생각해. 방금 전에도 상당히 동기부여가 잘되는 연설이었거든."

"그럼 너도 할 거지?"

엠마의 얼굴에 짓궂은 웃음이 번져갔다.

"그야 당연하지."

제 6 장
chapter six

그 날 밤 나는 끔찍한 악몽을 꾸었다. 내가 있는 곳은 수평선이 온통 시커먼 그을음과 화염에 휩싸이고 검은 액체가 땅 위에 웅덩이를 이룬 불타는 황무지였다. 나는 깊숙한 구덩이 위 허공에 얼어붙었다. 깊은 구덩이 속에선 두 개의 파란 불빛이 반짝거렸다. 그 주인공은 카울이었다. 30미터 길이의 괴물로 변한 카울이 나무 둥치 같은 팔을 뻗어 긴 뿌리 같은 손가락으로 나를 붙잡으려 했다.

그가 조롱하는 노래를 부르듯 목청을 높여 내 이름을 불러 댔다. '**제이콥, 제이콥. 거기 있는 네가 보인다. 네에에에가 보오오오오여**……'

살이 타는 듯한 냄새와 악취가 내 주변으로 물밀듯이 치솟아 올라왔다. 토하고 싶고 달아나고 싶었지만 나는 마비 상태였다. 말을 하려고, 그에게 마주 고함을 치려고 애를 썼다. 그러나 한 마디도 나오지 않았다.

쥐들이 구덩이 벽을 타고 기어오르는 듯 빠르게 달리는 작은 발소리도 들려왔다.

"너는 진짜가 아니야. 내가 당신을 죽였어." 마침내 가까스로 내가 내뱉었다.

그렇다고 그가 말했다. 그래서 이제 나는 어디에든 존재한다.

달각달각 달려오던 발소리가 점점 커지더니 카울의 손가락이 구덩이 입구를 넘어 구불구불 기어 나왔고, 길고 울퉁불퉁한 옹이가 박힌 열 개의 뿌리가 내 목을 휘감으려고 다가왔다.

나는 너를 위해 큰 계획을 세웠다, 제이콥…… 크고 원대한 계획……

폐가 터질 것 같았는데 갑자기 배 속에 예리한 통증이 느껴졌다.

나는 숨을 헐떡이며 배를 움켜잡고 벌떡 몸을 일으켰다. 깨어보니 우리 집 내 방 바닥이었고 침낭이 주변에 어지러이 흐트러져 있었다.

달빛 한 자락이 방으로 스며들어 공간을 나누었다. 에녹과 휴는 내 침대에 코를 골며 누워 있었다. 배 속의 통증은 오래되고 낯익은 느낌이었다. 그것은 통증이면서 동시에 나침반 바늘이기도 했다.

바늘이 아래층 바깥을 가리켰다.

침낭에서 빠져나온 나는 방을 벗어나 계단을 내려갔다. 발끝으로 달려 소리 없이 움직였다. 만일 이것이 내가 생각하는 그것이라면, 친구들이 나를 도울 수 있는 일은 별로 없었다. 그들은 방해만 될 뿐이고, 상황을 파악하기도 전에 친구들을 깨워 겁에 질리게 만들고 싶진 않았다.

공포는 놈들을 허기지게 했다.

부엌을 지나는 길에 나는 칼꽂이에서 식칼을 하나 집어 들었다. 할로우를 상대하기엔 별 소용이 없는 무기였지만 아무것도 없는 것보다는 나았다. 그러고 나서 차고를 통해 밖으로 나간 나는 뒷마당으로 들어가다 둥글게 말아놓은 정원 호스에 발이 걸려 비틀거렸다. 화분 창고 지붕에서 희미한 수증기 한 줄기가 솟아올랐다. 소형 루프를 아주 최근에 이용했다는 의미였다.

그러자 그 느낌이 갑자기 찾아왔던 것처럼 순식간에 사라졌다. 나침반 바늘은 만을 향했다가 완벽하게 한 바퀴 돌아 바다를 향하더니 이어 축 늘어졌다. 이전에는 전혀 경험하지 못했던 일이어서 이해가 되지 않았다. 모든 것이 거짓 경고였을까? 악몽도 나의 이상한 반사 신경을 촉발할 수 있는 걸까?

발가락 사이로 젖은 잔디를 느끼며 내 옷차림을 내려다보았다. 찢어진 트레이닝복 바지에 낡은 티셔츠, 맨발 차림을 보며 나는 생각했다. **할아버지도 이렇게 돌아가셨어. 거의 정확하게 이런 모습으로.** 손에 잡히는 대로 아무 무기나 집어 들고서 잠옷 차림으로 어둠 속에서 유인을 당했다.

나는 칼을 내렸다. 서서히 손 떨림이 멈추었다. 나는 집 주변을 한 바퀴 돌며 앞뒤로 살피고서 기다렸다. 느낌은 오지 않았다. 마침내 나는 방으로 돌아가 바닥에 놓인 침낭으로 들어갔지만 잠은 오지 않았다.

다음 날 아침 나는 H에게 전화가 오기를 바라며 1분마다 휴대전화를 확인했다. 그가 언제 연락하겠다는 말을 하지 않았기 때문이었다. 엠마와 나는 다른 아이들에게도 이야기를 할지 논쟁을 벌였지만, 일단 임무를 받을 때까지 기다리기로 결정했다. 어쩌면 그런 다음에도 아무 말을 하지 않을 수도 있었다. 어쩌면 임무는 우리 둘만 포함된 것일지도 모른다. 어쩌면 친구들 중에서 몇몇은 가기를 원치 않을 수도 있고, 혹은 그런 생각 전체를 반대할지도 모를 일이다. 친구들 중에 하나라도 무심코 비밀을 누설해, 우리가 떠날 기회도 얻기 전에 페러그린 원장에게 계획을 이야기하면 어쩔 것인가?

아침 식사 후 나는 이상한 아이들을 데리고 옷 쇼핑에 나설 수밖에 없었다. 기다리는 동안 시간을 죽이기에도 좋은 방법 같았으므로 나는 기꺼이 의무를 받아들이고 H의 전화를 잊으려 애썼다.

처음 출발 조는 휴와 클레어, 올리브, 호러스였다. 나는 그들을 차에 태워 쇼핑몰로 갔다. 혹시라도 학교 동급생들을 만날까 봐 집 근처 쇼핑몰은 피했다. 고속도로를 타고 주를 벗어나 세이커파인스 몰을 선택했다. 가는 길에 나는 현대적인 도시 교외 풍경을 구성하는 기본적인 요소들을 가리켰다. **저건 은행, 저건 병원, 저것들은 아파트야.** 친구들이 전부 다 뭐냐고 계속 물었기 때문이다. 내겐 지극히 평범해 보이는 것들도 친구들에겐 경이로웠다.

루프에서 지내면서 페러그린 원장은 물리적인 피해로부터

자신의 아이들을 기적적으로 보호하는 쾌거를 이루었지만, 아이들을 안전하게 지키겠다는 열의가 지나쳐 방문객들은 누구든 현대 세계에 관해 이야기하는 것이 금지되었고 그 결과 아이들은 불리한 입장에 놓였다. 과도한 보호를 받고 살아온 친구들은 이제 긴 잠에서 깨어나 이해할 수 없는 세상을 접한 립 밴 윙클 같았다. 어느 정도까지는 그들도 현대 세계에 대해 알았다. 전기, 전화, 자동차, 비행기, 옛날 영화, 옛날 음악, 1940년 9월 3일 이전까지 일반적으로 알려지고 유행했던 여러 가지 문화 정도는 접한 적이 있었다. 하지만 그 이후에 대한 친구들의 지식은 띄엄띄엄했고 서로 모순되었다. 아주 가끔 그들도 현대 세계를 접했지만 한 번에 몇 시간 이상을 보낸 적도 없었고, 그마저도 대부분 날짜는 변해도 시간은 사실상 그대로 고정되었던 케르놈에 있을 때였다. 그들이 살던 섬과 비교하면, 내가 사는 이 작은 도시도 시속 수백만 킬로미터로 움직이는 것 같았으므로 때로는 친구들을 걱정으로 마비시킬 정도였다.

쇼핑몰의 어마어마한 주차장에 압도당한 호러스는 차에서 내리기를 거부했다. 우리가 한참 달랜 후에 그가 설명했다. "과거가 미래보다 훨씬 덜 무서워. 과거의 가장 끔찍했던 시대조차 최소한 우리가 알 수는 있잖아. 연구할 수 있다고. 세상이 그걸 견디고 살아남았으니까. 하지만 현재에선 온 세상이 끔찍한 충돌로 끝나버린다고 해도 우린 절대 알지 못해."

나는 그를 논리적으로 설득하려고 애썼다. "세상은 오늘 끝나지 않아. 설사 그런다고 해도, 네가 우리랑 같이 쇼핑몰에 들어가든 말든 어차피 그 일은 일어나겠지."

"그건 나도 알아. 하지만 세상이 끝날 거라는 게 **느껴져**. 근데 내가 여기 그냥 앉아서 움직이지 않으면, 어쩌면 모든 게 나와 함께 움직임을 멈추어서 나쁜 일은 아무것도 일어나지 않을 거야."

바로 그때 꽝꽝 귀를 찢을 듯 요란한 음악을 튼 차가 창문을 모두 내리고 옆으로 지나갔다. 호러스는 긴장해서 눈을 꼭 감았다.

"봤지? 네가 여기 그냥 앉아 있어도 세상은 계속해서 쿵쾅거릴 거야. 그러니까 우리랑 같이 안에 들어가." 클레어가 말했다.

"어휴, 미치겠군." 호러스는 이렇게 말한 뒤 차 문을 열었다.

다른 아이들이 그의 용기에 박수를 보내는 사이, 나는 앞으로 무엇이 될지 모를 우리의 첫 번째 임무 수행에 데려갈 동료로 호러스는 최적의 인물이 아니라는 점을 마음속에 새겨두었다.

셰이커파인스는 전형적인 쇼핑몰이었다. 시끄럽고 살균 효과가 있을 것처럼 조명이 밝고, 이해할 수 없는 문화적 단면을 층층이 보여주었다(지난 세기의 전반기에서 온 누군가에게 버바검프 슈림프 해산물 식당 체인이나 'TV에서 본 물건'을 파는 가게를 설명한다고 생각해보라). 또한 그곳엔 십 대들이 우글거렸고, 그것이 중요했다. 우리는 단지 친구들에게 현대적인 옷을 사 입히기 위해서만 이곳에 온 게 아니었다. 나는 친구들이 앞으로 흉내내어야 할 평범한 십 대들에게 그들을 노출시키고 싶었다. 그것은 쇼핑 이상이었다. 인류학적인 탐험이었다.

걸어 다니면서 쇼핑센터를 둘러보는 동안, 이상한 아이들은 호랑이의 공격으로 유명한 정글에 들어간 탐험가처럼 내 주변에 뭉쳐서 몰려다녔다. 우리는 푸트 코트에서 기름진 음식을 먹으며 다른 십 대들을 지켜보았다. 친구들은 그들의 행동을 묵묵히 연구했다. 그들의 속삭임과 농담, 깜짝 놀랄 만큼 갑작스레 터져 나오는 웃음소리. 좀처럼 뒤섞이지 않고 자기들끼리만 똘똘 뭉쳐 노는 방식, 손에서 절대로 휴대전화를 놓지 않고 심지어 식사를 할 때도 모든 것을 휴대전화와 함께하는 태도.

"쟤네들 다 아주 부잣집 아이들이야?" 클레어가 우리 일행을 플라스틱 쟁반 위로 모이게 하더니 목소리를 낮춰 물었다.

"그냥 평범한 십 대들일걸." 내가 말했다.

"쟤네들은 일 안 해?"

"여름방학에 아르바이트는 할 수도 있겠지. 나도 몰라."

"내가 자랄 때는 뭐든 무거운 걸 들 정도로 나이를 먹으면 일하기에 충분한 나이라고 했어. 하루 종일 노닥거리며 앉아서 먹고 수다 떠는 일은 없었어." 휴가 말했다.

"우리는 무거운 걸 들 수 있기도 전에 이미 일하기에 충분한 나이였어. 우리 아버지는 내가 다섯 살 때 부츠를 검은색으로 염색하는 공장에 나를 보내서 일을 시켰어. 끔찍했지." 올리브가 말했다.

"우리 아버지는 나를 구빈원으로 보냈어. 온종일 밧줄을 만들면서 보냈지." 휴가 말했다.

"하느님 맙소사." 내가 중얼거렸다.

그들은 십 대라는 개념이 존재하기도 전 시대에서 온 친구들이었다. 십 대 개념은 전쟁 이후에 생겨났고, 그 이전 인류는 아동이거나 성인이었다. 십 대라는 개념조차 친구들에겐 낯선데, 과연 그들이 어떻게 현대를 살아가는 십 대를 흉내 낼 수 있을지 의아했다.

이런 친구들을 데리고 뭔가를 해보겠다는 생각 자체가 허튼 꿈이라면 어떡하지?

초조하게 나는 휴대전화를 살폈다.

H로부터는 아무 소식이 없었다. 전혀.

우리는 옷을 사러 갔지만, 옷가게로 걸어가는 사이 호러스를 잃어버렸다. 그는 쇼핑몰의 일부를 차지한 식료품 매장 쪽으로 방향을 틀었던 모양이었다. 냉장 식품 코너 한쪽 벽면을 채운 치즈 앞에서 얼이 빠진 호러스를 발견했다.

"페타, 모차렐라, 까망베르, 고다, 체다! 여긴 미식가를 위한 꿈의 나라야." 황홀한 듯 그가 말했다.

나에겐 그냥 치즈에 불과했지만 호러스에게 그것은 기적이었다. 3미터 높이의 진열장에 얇게 자른 슬라이스 형태, 부드러운 크림 형태, 네모난 모양, 치즈 덩어리가 각각 따로 포장되어 있고, 무지방, 전지방, 2% 지방으로 고를 수도 있었다. 그는 무아지경에 빠진 듯 중얼중얼 상표를 읽었고, 나는 그의 태도 탓에 사람들 시선을 끌까 봐 계속 그의 입을 막으려 했다.

"모든 게 다 있어. **모든 종류가**." 호러스가 감탄했다.

"이것 좀 보세요!" 마침 카트를 밀고 근처를 지나던 노인을 돌아보며 그가 말했다. "**이것 좀 보시라고요!**"

노인은 서둘러 자리를 피했다.

"호러스, 너 때문에 사람들이 겁먹잖아. 저건 그냥 치즈일 뿐이야." 그를 바짝 끌어당기며 내가 말했다.

"**치즈**일 뿐이라니!" 그가 말했다.

"알았어, 치즈가 **많긴 하다.**"

"이건 인류가 이룩한 성취의 최첨단이야. 나는 영국이 제국이라고 생각했어. 하지만 이건, **이건** 세계 제패야!" 호러스가 진지하게 선언했다.

"나는 보기만 해도 배가 아파." 클레어가 말했다.

"감히 그런 말을 하다니." 호러스가 대꾸했다.

마침내 겨우겨우 그를 식료품 매장에서 끌어내 옷을 파는 가게로 들어갔을 때, 호러스는 별로 관심을 보이지 않았다. 나는 의도적으로 가장 단조로운 옷을 파는 매장을 선택해 가장 단조로운 디자인의 옷을 향해 친구들을 몰아넣었다. 단순한 색깔과 기본적인 조합, 마네킹이 입은 건 뭐든 좋았다.

우리가 바구니를 채워갈수록 호러스의 기분은 어두워졌다.

"난 차라리 벌거벗고 다니겠어." 내가 그에게 건넨 청바지를 마치 독사라도 된다는 듯이 집어 들며 그가 말했다. "나더러 이걸 입으란 말이야? 농부들처럼 청바지를 입으라고?"

"요새는 모두들 청바지를 입어. 농부들만 입는 게 아니라고." 내가 말했다.

사실 멋진 청바지는 그날 옷가게에서 돌아다니는 대부분의 사람들이 입은 옷에 비하면 꽤나 고급이었다. 근처에서 다른 손님이 어루만지는 운동복 반바지와 주머니가 여러 개 달린 작업복 형태의 바지, 트레이닝복, 잠옷 더미를 본 호러스의 얼굴이 창백해졌다.

그는 청바지를 바닥에 떨어뜨렸다.

"**오 안 돼. 안 돼, 안 돼, 안 돼.**" 그가 속삭였다.

"무슨 문제 있어? 사람들 패션이 너의 높은 수준에 미치지 못하니?" 휴가 물었다.

"수준은 바라지도 않아. 품위는 어디로 간 거야? 자존감은 어쩌고?"

우리 옆을 지나가던 남자는 군복 같은 바지에 주황색 슬리퍼를 신고, 스펀지 밥이 그려진 스웨터를 입고 있었는데 소매를 가위로 듬성듬성 자른 디자인이었다.

나는 호러스가 울지도 모른다고 생각했다.

그가 문명의 종말을 애통해하는 동안, 우리는 나머지 아이들을 위한 옷을 골랐다. 올리브가 평소에 신는 무거운 구두는 프랑켄슈타인 괴물에게나 어울리는 모양이었으므로 우리는 새 신발을 골라주었다. 나중에 남는 공간에 무게를 채워 넣을 수 있도록 사이즈는 한두 치수 큰 것으로 장만했다.

내가 신신당부한 대로 아이들은 계산원이 물건을 계산대로 통과시키는 동안 침묵을 지켰다. 그들은 내가 이끄는 대로 쇼핑몰을 나와 주차장을 가로질러 다시 자동차로 가는 동안에도 양팔에 쇼핑백을 들고 계속 침묵을 지켰다. 넘쳐나는 자극으로 그들의 두뇌에 과부하가 걸린 듯했다.

♈

집에 돌아오자 다른 아이들은 오후에 악마의 영토로 떠나고 없었다. 페러그린 원장이 남긴 쪽지에 따르면 영토 재건을 위한 임무용 오리엔테이션 때문이라고 했다. 엠마는 뒤에 남았다고 쪽지에 적혀 있었지만, 한참 동안이나 그녀를 찾을 수가 없었다. 마침내 2층 손님방 화장실에서 휘파람을 부는 엠마의 인기척이 들렸다.

나는 노크를 했다. "제이콥이야. 안에 별일 없어?"

문 밑으로 희미한 붉은 빛이 새어나왔다.

"잠깐만!" 엠마가 외쳤다.

그녀가 여기저기 부딪치며 돌아다니는 소리를 들을 수 있었다. 잠시 후 전등이 켜지고 문이 벌컥 열렸다.

"전화 왔어?" 간절한 목소리로 그녀가 물었다.

"아니 아직. 무슨 일을 하는 거야?"

나는 엠마의 등 뒤로 작은 욕실을 들여다보았다. 사방에 사진 인화 장비가 널려 있었다. 변기 물통 위엔 철제 필름 보관 통이, 세면대 주변엔 플라스틱 쟁반이, 바닥엔 부피 큰 확대기가 놓여 있었다. 나는 인화액의 매캐한 냄새에 코를 찡그렸다.

"화장실을 암실로 개조했는데 괜찮지? 왜냐하면 이미 저질러 버렸거든." 엠마가 민망한 웃음을 지으며 말했다.

우리 집엔 화장실이 두 개 더 있었다. 나는 괜찮다고 말해주었다. 엠마는 나를 안으로 데려가 자기 작품을 구경시켜주었다. 공간이 넓지 않아서 나는 구석에 바싹 붙어 서 있어야 했다. 그녀는 효율적이면서도 서둘지 않는 태도로 설명을 이어갔다. 이런 일이 처음이라고 주장하면서도 엠마의 행동은 몸에 밴 듯했다.

"너무나도 상투적이란 건 나도 알아. 이상한 종족들의 사진 선호." 그녀는 내게 등을 지고 쭈그려 앉아 확대기 다이얼을 돌렸다.

"상투적이라니?"

"하하, 정말 웃기다. 임브린들마다 각자 스냅사진을 모아둔 커다란 앨범을 갖고 있고, 정부의 모든 부처에서도 사진으로 우리를 분류하는 데 심혈을 기울이고, 이상한 사람들 가운데 셋 중 하나는 스스로 카메라를 다루는 데 천재적이라고 여긴다는 걸 너도 눈치챘을 거라고 생각했어…… 비록 그들 대부분은 카메라로 자기 발도 못 찍으면서 말이야. 자, 이거 옮기는 것 좀 도와줘." 엠마가 확대기의 한쪽 밑에 손을 넣었으므로 나도 다른 쪽을 들어 올렸다. 놀라울 정도로 무거운 그 물건을 우리는 엠마가 욕조에 가로대처럼 올려둔 널빤지 위로 옮겼다.

"왜 그런지 이론이라도 있어?" 이제껏 별로 그 부분에 대해선 생각해본 적도 없었지만, 되풀이해서 같은 날만 살아가는 사람들이 사진으로 스스로를 기록해야 할 필요가 있다는 게 기묘하게 여겨졌다.

"평범한 사람들은 수백 년간 우릴 지워버리려고 애써왔잖아. 내 생각에 사진은 우리 스스로를 제자리에 고정시키는 방식인 것 같아. 우리가 여기 있었고, 저들이 아무리 꾸며대려고 해도 우린 괴물이 아니란 걸 증명하려고."

"그렇구나. 이해가 된다." 나는 고개를 끄덕였다.

달걀 타이머가 땡 소리를 냈다. 엠마는 변기통 위에서 철제 필름 통을 하나 집어 뚜껑을 열고 안에 든 화학물질을 세면대에 쏟았다. 그러고는 안에 든 플라스틱 실패처럼 생긴 롤을 꺼내 팔을 뻗을 수 있는 한도까지 필름을 쭉 펼쳐 손가락 두 개로 물기를 닦아낸 다음 샤워기 위로 매달아둔 철사에 걸었다.

"하지만 이제 우린 현재를 사니 상황이 달라졌어. 나는 점점 나이를 먹고 있고, 기억도 할 수 없을 만큼 오랜만에 처음으로, 내가 사는 매일매일은 내가 두 번 다시 살 수 없는 나날이야. 그래서 매일 그날을 기억할 수 있는 사진을 적어도 한 장은 찍어두려고 해. 아주 좋은 사진이 아니어도 말이지."

"난 네 사진 멋지다고 생각해. 지난여름에 네가 보내준 바닷가를 향해 계단을 내려가는 사람들 사진 기억나? 그거 진짜 아름다웠어."

"정말? 고마워."

엠마는 좀처럼 그 어떤 것에도 수줍어하지 않는 사람이었다. 그래서 그런지 그녀의 겸손이 엄청나게 매력적으로 여겨졌다.

"좋아, 그럼, 네가 관심이 있다면…… 지난 몇 주간 찍은 필름 몇 개를 방금 인화했어." 그녀가 팔을 뻗어 철사에 매달았던 사진 한 장을 꺼냈다. "이 사람들은 이상한 세계의 시민 의용군이야." 그녀가 내게 사진을 건넸다. 인화지가 아직 살짝 젖어 있었다. "카울의 탑이 있던 곳에 생긴 구멍을 메우는 중이야. 이 사람들 엄청 오랫동안 열두 시간 교대로 일을 했어. 대단히 엉망진창이었거든."

깊은 분화구 꼭대기에 제복을 입고 줄지어 서서 삽으로 돌무더기를 아래로 퍼 내리는 사람들을 찍은 사진이었다.

"그리고 이건 내가 찍은 원장님 사진." 엠마가 다른 사진을 내게 내밀었다. "본인 사진 찍는 걸 싫어하셔서 뒤에서 찍어야 했어."

사진 속에서 페러그린 원장은 검은 드레스에 검은 모자 차림

으로 검은 대문을 향해 걸어가고 있었다. "장례식에 가시는 것 같아." 내가 말했다.

"맞아, 우리 모두 갔었어. 네가 떠나고 나서 몇 주일간은 할로개스트의 습격으로 살해당한 모든 이상한 영혼들을 위해서 거의 매일 장례식이 있었어."

"매일 장례식에 가는 걸 난 상상할 수가 없다. 틀림없이 끔찍했을 것 같아."

"응. 그랬어."

엠마는 인화할 사진이 몇 장 더 있다고 말했다.

"내가 봐도 괜찮아?"

"화학약품 냄새가 싫지 않다면. 어떤 사람들은 두통을 호소하기도 하거든."

그녀는 다시 확대기를 갖고 씨름을 했다.

"나는 네가 왜 디지털 카메라를 쓰지 않는지 궁금해. 그게 훨씬 더 쉬울 텐데."

"너의 그 컴퓨터 전화기 같은 거지?"

"비슷해"라고 말하고 보니 휴대전화 생각이 떠올라 다시 한번 전화를 확인했지만 부재중 전화는 없었다.

"그렇다면 그건 대부분의 루프 안에서는 작동하지 않을 거야. 너의 컴퓨터 전화기가 작동되지 않은 것과 똑같겠지. 하지만 이 녀석은……" 그녀가 접이식 카메라를 들어 올렸다. "어디든 갈 수 있어. 좋아, 문을 닫아."

내가 문을 닫았다. 엠마는 붉은 전등을 켜고 천장에 달린 백열등을 껐다. 주변은 거의 암흑에 가까웠고, 두 사람을 수용하기엔 공간이 너무 좁아서 엠마가 일을 하는 동안 부딪치지 않기가 어려웠다.

사진 인화에는 신중하게 시간을 지켜 기다려야 하는 수많은 과정이 필요하다. 엠마는 45초마다 필름 통을 흔들거나 안에 든 화학물질을 쏟아버리고 다른 액체를 붓거나, 필름 원판을 걸어 말렸다. 그러는 사이사이는 기다리는 것밖에 할 일이 없었다. 붉은 등이 켜진 화장실 구석에 틀어박혀 기다리며 키스하기. 첫 번째 45초간의 입맞춤은 워밍업처럼 조심스럽고 부드러웠다. 두 번째는 덜 그랬다. 세 번째 키스를 하는 동안 우리는 화학물질이 담긴 쟁반 하나를 걷어찼고, 그 이후엔 아예 달걀 타이머를 무시하기 시작했다. 엠마의 필름 한 통은 망쳤을 거라고 거의 확신한다.

그러다가 내 휴대전화가 울리기 시작했다.

나는 안고 있던 엠마를 놓고 낚아채듯 주머니에서 전화기를 꺼냈다. 화면엔 연락처에 없는 발신자라고 떴다. 나는 전화를 받았다.

"여보세요?"

"주의 깊게 들어라." 전화를 걸어온 상대는 걸걸한 목소리의 주인공이었다. H. "에이브가 가던 곳, 9시 정각. 그가 앉던 자리에 앉아라. 평소 그가 시키던 메뉴를 주문해."

"저랑…… 만나고 싶으신 거예요?"

"그리고 혼자 와라."

그가 전화를 끊었다.

나는 휴대전화를 내렸다.

"빨리도 끊었네. 그래서?" 엠마가 말했다.

"우리 데이트를 해야겠다."

ൿ

할로개스트 사냥꾼과 일자리 면접을 할 땐 어떤 옷을 입고 가야 할까? 자신이 없었으므로 나는 안전하게 가기로 했다. 청바지에 제일 좋은 운동화를 신고, 내가 가진 셔츠 중에 가장 전문가처럼 보이는 옷을 골랐다. 스마트에이드에서 일할 때 입던, 주머니에 내 이름이 새겨진 하늘색 폴로셔츠였다. 엠마는 1930년대 전쟁 통에 입던 옷을 고수하기로 했다. 허리에 회색 리본을 묶는 단순한 파란색 원피스에 검은색 단화 차림이었다. 나는 H가 혼자 오라고 했다는 말을 언급하지 않았다. 엠마 없이는 그 어떤 임무도 맡고 싶지 않았으므로, 함께 가는 것이 당연했다. 엠마에게 초대받지 못했다고 말하면 괜히 기분만 나쁘게 만들 게 뻔했다.

먼저 쇼핑몰에 데려갔던 친구들은 각자 옷을 입어보는 중이었고, 나머지 이상한 아이들은 아직 악마의 영토에 있었다. 눈치채지 못하게 빠져나가는 건 쉬운 일이었다. 8시 30분, 우리는 시내로 차를 몰고 들어갔다.

나는 H의 퉁명스러운 지시 사항을 잘 이해했기를 바랐다. '에이브가 가던 곳'은 어디든 될 수 있겠지만, '그의 자리'와 '그가 평소 주문하던 메뉴'에서 나는 한 군데를 특정했다. '멜-오-디 *Mel-O-Dee* 레스토랑'이라고 US 41가에 있는 옛날 식당이었는데, 하느님이 어린아이였을 때부터(혹은 그 비슷한 1936년부터) 기름진 햄버거와 별미 정식을 파는 곳이었다. 나의 어린 시절 기억

속에 행복한 공간으로 남은 그곳은 나와 할아버지가 자주 찾던 식당이었다. 나는 그곳을 무척 좋아했지만, 부모님은 절대로 그곳에 가려 하질 않아서(분위기가 '우울하고', '늙은이들 음식'을 판다는 것이 이유였다) 그곳은 나와 할아버지만의 장소였다. 어린 시절 우린 거의 매주 토요일 오후 똑같은 자리에 앉아, 나는 부드러운 샌드위치와 딸기 밀크셰이크를, 할아버지는 간과 양파 요리를 시켰다. 하지만 내가 열두 살인가 열세 살 이후로는 그곳에 간 적이 없었다. 최근에는 그 근처로 차를 몰고 지나간 기억도 없었으므로, 아직 가게가 그대로 있기를 빌었다. 도시는 빠르게 변했고 옛날 분위기를 그대로 재현한 곳들은 대부분 철거되어, 단조롭고 현대적인 쇼핑센터에 자리를 내주는 형편이었다. 나는 라디오를 켜고 속도를 높이며, 곤두선 신경을 진정시키려고 리듬에 맞춰 운전대를 두들겼다.

굽은 길을 돌자 여러 그루의 참나무 뒤로 그 음식점이 모습을 드러냈다. 그곳은 간신히 생명력을 유지하는 듯, 주차장은 거의 비었고 낡은 네온사인은 군데군데 불이 꺼져 있었다.

"그 사람이 여기서 우릴 만나자고 했어?" 내가 주차장에 차를 대는 사이 엠마는 창밖을 내다보며 물었다.

"98퍼센트 확실해."

의심스러운 눈초리로 엠마가 나를 보았다. "대단하셔."

우리는 안으로 걸어 들어갔다. 그곳은 전혀 변하지 않았다. 가짜 식물로 구분된 노란색 플라스틱 좌석과 긴 포마이카 카운터, 탄산음료 기계. 나는 H로 보이는 사람을 찾아 실내에 있는 사람들을 살펴보았지만 구석 자리에 앉은 나이 든 노인 커플과 카운터에 홀로 커피 한 잔을 놓고 앉은 허름한 생김새의 중년 남자가 있을 뿐이었다.

여자 종업원이 식당 반대편에서 우릴 향해 소리쳤다.

"아무 데나 좋을 대로 앉아요!"

나는 엠마를 이끌고 에이브 할아버지와 내가 늘 앉던 창가 좌석으로 향했다. 우리는 메뉴판을 집어 들었다.

"왜 여긴 이름이 멜-오-디야?" 엠마가 물었다.

"아주 오래전에 웨이터들이 노래를 부르던 음식점이었다는 것 같아."

종업원이 다리를 끌며 다가왔다. 그녀는 허리가 굽은 노인이었고 주름살과 전혀 어울리지 않는 금발 가발을 쓴 데다, 화장도 제대로 하지 않은 얼굴이었다. 이름표엔 노마라고 적혀 있었다. 나는 그녀를 알아보았다. 이곳에서 일한 지 오래된 사람이었다. 그녀는 쓰고 있던 돋보기안경을 벗고 나를 보더니 미소를 지었다.

"너로구나, 꼬마야. 맙소사, 인물이 훤해졌네." 그녀는 엠마에게 윙크를 했다. "인물 얘기가 나왔으니 말인데 할아버지는 안녕하시니?"

"돌아가셨어요. 올해 초에."

"어머나, 정말 유감스러운 소식이구나, 애야."

노마가 탁자 위로 손을 뻗어 검버섯이 생긴 손을 내 손에 올려놓았다.

"그런 일도 있죠 뭐." 내가 말했다.

"굳이 설명할 필요 없다. 있잖니, 난 내년이면 **아흔 살**이야."

"와, 대단하시네요."

"분명 굉장한 일이지. 사실은 내가 알던 사람들은 전부 다 죽었어. 남편, 친구들, 형제자매들. 가끔은 이런 건강한 유전자가 신이 보내신 저주라는 생각도 한단다." 그녀가 큼지막한 틀니를 우리에게 보여주었다. "너희는 무얼 먹을래?"

"커피요." 엠마가 말했다.

"어, 저는 양파를 곁들인 간 요리요." 내가 말했다.

나의 주문으로 기억 속에서 무언가가 번뜩인 듯 노마가 나를 쳐다보았다. "참치 샌드위치가 아니고?"

"새로운 걸 시도해보려고요."

"으흠." 노마는 손가락 하나를 들어 올리더니 우리 자리를 벗어나 카운터 뒤로 몸을 수그렸다가 손에 무언가를 들고 돌아왔다. 그녀가 고개를 수그리고 속삭였다. "**그 사람이 널 기다리고 있어**." 노마는 손바닥을 벌려 내 앞에 파란색 작은 열쇠를 놓고는 이어 돌아서서 음식점 뒤쪽을 가리켰다. "복도를 따라 쭉 가서 화장실을 지나 마지막 문이야."

⛢

화장실을 지나 마지막 문은 절연 처리가 된 육중한 철제문이었고 출입 엄금이라는 안내문이 달려 있었다. 자물쇠에 열쇠를 넣고 돌려 문을 열자, 장막 같은 냉동 공기가 우릴 휘감았다. 냉기에 몸을 움츠리며 우리는 안으로 걸어 들어갔다.

벽에 붙은 선반마다 냉동식품이 쌓여 있었다. 고문 도구에 달린 못 같은 고드름이 천장에서 우릴 향해 늘어져 있었다.

"여긴 아무도 없는데. 노마가 치매에 걸렸나 봐." 내가 말했다.

"바닥을 봐." 엠마가 말했다. 절연 테이프로 만든 화살표들이 뒷방으로 이어졌고, 그곳엔 두툼한 비닐 장막이 커튼처럼 천장부터 바닥까지 드리워졌다. 장막 중간쯤에는 '고기실*MEATING ROOM*'이라는 글자가 인쇄되어 있었다.

"저거 회의실*MEETING ROOM* 철자가 잘못된 거 아냐? 아니면 기묘한 농담인가?" 엠마가 말했다.

"알아보자."

얼어붙은 육즙이 더덕더덕 묻은 비닐 커튼을 어깨로 젖히고 들어가자, 길다란 형광등이 깜박깜박하는 조명 아래 작고 더 추운 방이 이어졌다. 찢어진 상자에서 쏟아진 고깃덩어리가 하얀 성에로 뒤덮인 채 바닥에 나뒹굴었다.

"대체 무슨 일이 있었던 거지?" 내가 말했다.

나는 양갈비 덩어리 하나를 발로 밀었다. 꽁꽁 언 쇠고기에는 절반을 깨끗하게 깨물어 뜯은 흔적이 남아 있었다. 갑자기 가슴이 쿵 내려앉는 느낌이 들었다.

"우리 여기서 나가야 할 것 같아. 어쩌면 이건……"

덫이라는 낱말을 입 밖으로 내려는 순간 세 가지가 순차적으로 빠르게 일어났다.

— 바닥에 테이프로 붙여 놓은 커다란 X 표시에 내가 발을 올려놓았다.

— 머리 위에서 명멸하던 형광등이 산산조각 나면서 실내가 암흑으로 변했다.

— 배 속에서 롤러코스터를 타는 듯한 요동이 느껴지면서 갑자기 머릿속 압력이 달라졌다.

그러다 다시 전깃불이 들어왔으나 이번엔 쇠창살 안에 든 노란 백열등이었다. 고기 상자들은 사라지고 얼린 채소 자루가 놓여 있었다. 그리고 나는 내장에서 일어나는 예리하고 틀림없는 통증을 느꼈다.

나는 엠마의 손을 건드린 뒤 내 입술에 손가락 하나를 올렸다. 입 모양으로 **할로우**라는 낱말을 전했다.

엠마는 잠깐 동안 겁에 질린 표정이었지만 이내 침을 꿀꺽 삼킨 뒤 자제력을 발휘했다. 그녀가 내 귀에 입술을 댔다.

"놈을 조종할 수 있겠어?" 엠마가 속삭였다.

할로개스트의 언어를 쓴 지가, 아니 직접 할로우를 대면한 것도 몇 년은 지난 느낌이었다. 나는 연습도 하지 않았고, 실력이 최고조일 때조차도 할로우를 조종하는 능력은 즉각적으로 발휘된 적이 한 번도 없었다.

"놈을 떠보려면 시간이 필요해. 1, 2분 정도." 나도 속삭여 대답했다.

엠마가 고개를 끄덕였다. "그럼 기다려야지."

놈은 우리와 함께 추운 창고 안에 있었다. 몸은 얼어붙고 있었지만 내면의 나침반 바늘은 서서히 준비운동을 했고, 바늘은 괴물이 바로 비닐 커튼 너머에 있다고 가리켰다. 놈이 무언가를 씹어 먹으며 끙끙대고 침을 흘리는 소리도 들렸다. 우리는 나무 상자 옆에 쭈그려 앉아 몇 초가 지나는 사이 몸을 숨기려고 애썼다.

뭔지 몰라도 할로우가 먹던 것을 집어던지고 천둥처럼 요란하게 트림을 했다.

엠마가 **아무런 느낌 없어?**라고 질문하듯 나를 쳐다보았고 나는 고개를 저었다. 아직은 아무 반응도 없었다. 놈을 조종할 능력을 얻기 시작하려면 먼저 놈이 말하는 소리를 들어야 했다.

놈이 우리를 향해 한 걸음 다가와, 녀석의 그림자가 비닐 커튼 위로 구불구불하게 드리워졌다. 무엇이든 놈의 두뇌에 들어갈 발판을 마련하는 데 사용할 수 있는 것을 찾아 귀를 기울였지만 허사였다. 미세한 중얼거림도 도움이 될 텐데 들리는 소리라곤 고르지 못한 숨소리뿐이었다. 놈은 킁킁 공기를 들이마셔 우리 체취를 모았다. 새로운 식욕을 불러일으키는 중이었다.

나는 엠마를 건드린 뒤 위쪽을 가리켰다. 우리는 서서히 일어났다. 우린 싸움을 하게 될 것이다.

엠마가 손바닥을 위로 해 양손을 벌렸고, 나는 이를 갈았지만 추위 때문인지 두려움 때문인지 이가 딱딱 부딪쳤다. 아무래도 후자 쪽일 가능성이 높았다. 내가 스스로 얼마나 겁에 질렸는지 그게 놀라웠다.

할로우의 그림자가 꿈틀했다. 근육질의 혀 하나가 마치 우리 낌새를 감시하는 잠망경처럼 커튼 사이로 들어와 테스트를 하듯 허공에서 굽어졌다.

엠마가 반보 앞으로 나서며 소리 없이 손에 불꽃을 일으켰다. 불꽃을 작게 유지했지만, 긴장된 그녀의 팔뚝으로 보아 폭발용 화염으로 점점 키우고 있다는 것이 느껴졌다. 이제는 할로우의 두 번째 혀가 커튼 사이로 파고들었다. 엠마의 불꽃이 약간 더 커졌고 이어 점점 더 높이 솟았다. 얼음처럼 차가운 물방울이 내 뒷덜미에 떨어졌다. 천장에 매달린 고드름이 녹기 시작했다.

폭력이 그렇듯, 그것은 갑자기 일어났다. 할로개스트는 비명을 지르며 마지막 혀를 커튼 사이로 들이밀었고, 이내 모두 세 개의 혀가 우리에게 다가왔다. 엠마가 고함을 지르며 이제껏 키웠던 불길을 확 뿜었다. 우리에게 닿기 직전 불길에 덴 혀들이 갑자기 다시 물러났다. 하지만 그 전에 먼저 혀 하나가 내 발목을 휘감아 끌어가기 시작했다.

나는 바닥에 등을 댄 채로 질질 끌려 커튼을 지나쳤고 바깥쪽의 더 큰 냉동 창고까지 끌려갔다. 할로우는 불길을 피해 출입문까지 뒤로 밀려난 상태에서 벌어진 입으로 나를 끌어당겼다. 나는 끌려가면서도 양팔을 벌리고 버티며 선반을 잡아보려 애를 썼고, 가까스로 무언가에 손가락을 걸었다. 그러나 손에 잡힌 것은 나무 상자에 불과했으므로 나를 버텨주지 못하고 선반에서 떨어져 나왔다.

엠마가 내 이름을 외치는 소리가 들렸다. 순전히 반사적인 행동으로 나는 다른 손으로 그 상자를 붙잡아 내 앞쪽으로 껴안았다. 할로우 가까이로 간 나는 상자를 벌어진 괴물의 입 안에 정면으로 쑤셔 넣었다.

놈이 잠깐 내 발목을 놓았고 그 틈에 나는 구석으로 재빨리 피신할 시간을 벌었다. 이제 놈이 몇 마디 내는 소리를 들었으므로 나는 어딘지 모를 내 안에서 잠자는 기묘한 후두음 방식의 할로우 언어를 목구멍으로 끌어올리려 애를 썼다.

내가 무릎을 꿇은 곳으로 엠마가 달려왔다. "괜찮아?"

"응. 하지만 이 방에서 나가야겠어. 밀폐된 공간에선 절대 할로우와 싸우면 안 돼."

엠마의 시선이 문 앞 허공에 떠 있는 나무 상자를 향했다. "놈이 출구를 막고 있어."

할로우는 혀로 상자를 입 안에서 꺼내려던 노력을 포기하고 그 대신에 턱을 콱 다물었고 한입 가득 감자튀김을 씹은 듯 나무가 조각조각 쪼개졌다.

움직여라. 내가 할로우의 언어를 실험 삼아 내뱉었다.

놈은 한 걸음 우릴 향해 움직였지만, 아직 우리의 탈출로를 막고 있었다. 나는 약간 바꿔서 다시 시도했다. **옆으로 움직여라.**

놈은 앞으로 한 걸음 더 다가왔다. 공격을 준비하는 방울뱀처럼 놈의 혀들이 허공에서 춤을 추었다.

"명령이 통하질 않아." 엠마가 말했다. 그녀의 불꽃 때문에 우리 주변의 모든 것이 녹아내리기 시작했고, 천장에서 떨어진 물방울이 바닥에 모여 질퍽하게 고였다.

"더 뜨겁게 만들어. 나한테 좋은 수가 있어." 내가 말했다.

엠마는 심호흡을 한 뒤 긴장했고 불꽃이 약간 더 높이 치솟았다.

"**내가 신호를 보내면 넌 저쪽으로 뛰어, 난 이쪽으로 달릴 테니까.**" 내가 속삭였다.

할로우가 날카로운 비명을 지르며 우리에게 달려왔다. 내가 "**지금이야!**"라고 소리치자 엠마는 오른쪽으로, 나는 왼쪽으로 뛰었다. 할로우의 혀들이 우리 머리 위로 지나가자 나는 계속해서 구석으로 달려갔다. 할로우는 방향을 틀어 나를 따라오려고 했지만 고인 물 때문에 미끄러져 넘어졌고, 이내 비명을 내지르며 세 갈래 혀로 내 뒤를 쫓았다. 하지만 하나가 벽에 기대어 선 철제 선반 사이로 들어가 얽혔다. 혀를 빼내려고 애를 쓰던 할로우는 무거운 선반을 끌어당겼고 냉동식품이 든 상자가 모두 놈에게 떨어져 내렸다.

나는 "가자!"라고 소리쳤고 문에서 엠마와 만나 벌컥 문을 열었다. 순식간에 우린 복도로 나와 재빨리 문을 당겨 닫았다.

"문을 잠가! 열쇠는 어쨌어?" 엠마가 말했다.

그러나 이번 문은 손잡이가 달랐고 아예 자물쇠가 없었으므로, 우리는 돌아서서 복도를 따라 식당 홀로 달려갔다. 그곳은 아침 햇살이 환히 비추는 가운데 잘 다린 빈티지 의상을 입은 손님들로 붐볐다. 이제 그들은 모두 고개를 돌리고 식당 한복판으로 뛰어들어 흠뻑 젖은 채로 숨을 몰아쉬는 낯선 사람들을 빤히 쳐다보았다. 자신의 손에서 일렁이는 불꽃을 너무 늦게 기억해낸 엠마가 얼른 등 뒤로 손을 감추는 사이, 실내에서 우리를 아직 발견하지 못한 유일한 사람들인 세 웨이터들만 계속해서 합창을 이어갔다.

"안녕 나의 연인, 안녕 나의 자기, 안녕 나의 까탈스러운 아가……"

복도 끝에서 와장창 깨지는 소리가 들려와 웨이터들의 노래는 '아가씨'의 중간에서 중단되었다. 우릴 빤히 쳐다보던 사람들이 자리에서 벌떡 일어났다.

"나가세요! 모두들 당장 여기서 나가세요!" 내가 소리쳤다.

엠마가 다시 불꽃을 앞으로 가져왔다. "맞아요! 나가세요, 나가요!"

다음번 쾅 소리가 들리자 비로소 사람들이 움직였다. 그것은 철제문이 경첩에서 떨어져 나가는 소리였고, 이젠 거의 모든 사람들이 일어나 공포에 질려 출입문 쪽으로 몰려갔다.

우리는 뒤로 홱 몸을 돌렸다. 할로개스트가 쿵쿵 소리를 내며 복도를 걸어와 우릴 향해 방향을 틀더니, 묵직한 생선을 낚아채기 직전의 팽팽해진 낚싯줄처럼 끔찍한 세 갈래 혀를 길게 풀어 전율하며 비명을 질러냈다.

탄산음료 담당 직원이 나를 밀치고 가장 가까운 문으로 달려갔다. 놈의 소리만으로도 모든 사람들을 겁에 질리게 하기에 충분했다. 악몽 같은 장면을 견뎌야 하는 사람은 나뿐이었다.

"준비 다 됐다고 말해줘." 엠마가 말했다.

"거의 놈을 잡았어."

할로우가 넓은 홀로 나와 우릴 향해 다가오기 시작했다. 나는 놈을 향해 소리쳤다.

멈춰라! 바닥에 누워! 입 다물어!

내 말이 놈의 두개골은 관통했지만 아직은 두뇌 안으로 파고들지 않은 듯, 놈은 약간 느려졌다가 이내 두 배로 더 빨라진 움직임으로 우리에게 다가왔다. 우리도 밖으로 달려 나가 주차장에서 놈과 맞서고 싶었지만, 출입구는 달아나는 손님들로 막혀 있었다. 우리는 긴 카운터 뒤로 기어가 금전출납기가 있는 반대편 끝까지 달려갔다. 나는 같은 내용을 다른 표현으로 반복하며 계속해서 놈에게 소리를 질렀다. **가만히 있어! 꼼짝 마! 앉아! 움직이지 마!** 그러나 할로우가 점점 더 우리에게 가까워지면서 식당 집기가 부서지는 소리가 들려왔다. 테이블과 의자들이 날아가자 사람들의 비명 소리가 귀를 찢을 듯했다. 위험을 무릅쓰고 카운터 위로 살짝 눈을 내밀어 살피니, 할로우가 웨이터의 허리를 휘감아 판유리 창문으로 던지는 모습이 보였다.

엠마가 재빨리 일어나 초록색 액체가 든 묵직한 병을 집어 들었다. 그녀는 뚜껑을 돌려 따고는 원피스 밑자락을 찢기 시작했다.

"너 뭐하는 거야?" 내가 엠마에게 물었다.

"화염병을 만드는 거야." 엠마는 찢은 천 조각을 유리병 안으로 쑤셔 넣었다.

유리병엔 '버블업'이라고 적혀 있었다. "소용없어, 그거 탄산음료야!"

엠마는 욕을 내뱉더니 어쨌든 천 조각에 불을 붙여 카운터 너머로 집어던졌다.

내 몸속의 나침반 바늘이 움직였다. 할로우가 가까이 다가오고 있었다.

"이쪽이다." 내가 쇳소리를 내듯 내뱉었다. 우리는 네발로 기어 카운터 반대편으로 옮겨 갔다. 잠시 후 할로우의 혀들이 우리가 웅크린 곳의 위쪽 벽을 휩쓸었고 50개쯤 되는 유리병들이 한꺼번에 떨어져 깨졌다.

어느 여자의 비명 소리가 들렸다. 사람들이 다쳤고 어쩌면 누구 하나 죽었을지도 모른다. 루프에 사는 사람들은 자신에게 무슨 일이 있었는지 절대 알지도 못하고 나중에 그리워할 내일도 없겠지만 그래도 어쨌든 상황은 같았다. 피할 방법도, 더 나은 방법도 없었다. 내가 괴물과 맞서는 수밖에 없고 지금이 아니면 영영 기회가 없었다.

나는 카운터 뒤에서 일어나 놈에게 소리를 질렀다. 놈은 머리에 분홍색 롤러를 감은 여인의 목을 혀로 휘감았고, 여인은 워낙 심하게 비명을 질러대 롤러들이 느슨하게 풀려 덜렁거렸다. 나를 본 놈이 여인을 놓아주었다. 그녀는 옆구리로 바닥에 떨어졌지만 이내 칸막이 테이블 밑으로 재빨리 몸을 숨겼다. 그러자 놈이 중얼중얼 횡설수설하며 나에게 다가왔다. 나는 바닥을 단단히 짚고 서서 그 소리를 흉내 내기 시작했다. 놈의 말이 무슨 뜻인지는 모르지만, 놈이 내뱉은 그대로를 되풀이하며 소리 대 소리로 응했다.

놈은 길을 막는 탁자를 부수느라 잠시 동작을 멈췄다. 이번 할로우가 쓰는 언어의 조성을 습득하기 시작한 나의 혀는 내 의지와 상관없이 제멋대로 움직이는 듯했다……

멈춰라! 납작 엎드려!

놈은 머뭇거렸지만 이내 바닥에 쓰러졌다.

입을 다물어라.

놈이 세 갈래 혀를 입 안으로 감아 넣었다. 나는 바닥에 수북이 쌓인 은제 식기류 더미에서 스테이크 나이프 하나를 집어 들었다. 엠마는 불꽃을 높고 뜨겁게 키워 들고 접근했다.

움직이지 마라.

나의 명령에서 벗어나려고 애를 쓰는 듯 놈이 꿈틀거리는 것이 보였지만, 이제 놈은 꼼짝도 하지 못했고 우리가 해야 할 일은 그저……

"그 정도면 꽤나 충분하다!"

우렁차고 낯익은 목소리였다. 누구의 목소리인지 보려고 나는 홱 몸을 돌렸다. 회갈색 양복을 입은 노인이 구석에 있는 칸막이 자리에, 에이브 할아버지 전용 좌석에서 나를 향해 앉아, 한쪽 팔꿈치를 느긋하게 테이블에 걸치고 있었다. 그는 레스토랑에 남아 있는 유일한 사람이었는데 조금도 두려워하는 기색이 없었다.

"세상에나. 너 정말로 네 할아버지의 재능을 그대로 가졌구나." 남자가 말했다.

그가 칸막이 좌석에서 미끄러져 나와 일어섰다. "이제 허레이쇼를 놓아주어도 괜찮다면……" 그가 낮은 목소리로 할로우 언어를 중얼거리자, 괴물에 대한 나의 통제력이 사라지는 것이 느껴졌다. "오늘 시키는 대로 잘하면 따뜻한 식사를 선물로 주겠다고 약속했거든. 그랬지, 친구?"

할로우가 혀를 감아 넣고는 기어가 커다란 강아지처럼 그의 발 옆에 자리를 잡고 앉았다.

⟁

남자는 테이블에 있던 스테이크를 집어 할로우에게 던져주었고, 놈은 입을 벌려 받은 고깃덩어리를 단번에 꿀꺽 삼켰다. 남자가 다시 칸막이 좌석에서 빠져나와 일어서려 하자 엠마가 불꽃을 높이 키워 한 걸음 앞으로 다가서며 소리쳤다. "거기 그대로 있어요!"

남자는 그대로 앉았다. "나는 와이트가 아니라 친구란다."

"그럼 왜 할로개스트를 데리고 다니죠?"

"난 이제 허레이쇼 없이는 더 이상 어디도 가지 않는다. 할 수만 있다면 저 아이의 할아버지처럼 생을 끝내기 싫거든."

내가 말했다. "당신이 H로군요?"

"그렇단다." 그가 건너편 빈자리를 가리켰다. "너희도 와서 앉겠니?"

"완전히 정신이 나갔군요! 당신의 할로개스트가 우릴 죽일 뻔했어요!" 엠마가 말했다.

"내가 장담하는데 너희는 진짜 위험에 처한 적이 없다." 그가 다시 한번 손짓을 했다. "부탁이다. 경찰이 도착할 때까지 5분 남았는데 그 전에 변명거리를 많이 마련해놓아야 해."

나는 엠마를 흘깃 쳐다보았다. 그녀는 화난 표정이었지만 손바닥을 접어 불을 끈 뒤 팔을 내렸다. 우리는 깨진 접시와 나동그라진 가구들을 이리저리 피해가며 음식점 홀을 가로질러 H가 앉은 자리로 향했다. 스테이크를 다 먹어 치운 할로우는 H의 옆 바닥에 웅크리고 앉아 낮잠을 자는 듯했다. 배 속의 나침반 바늘이 일으킨 통증은 무뎌졌지만 사라지지는 않았고, 나는 통증의 강렬함이 할로개스트의 기분에 따라 좌우된다는 사실을 깨달았다. 공격적이고 굶주린 할로우는 차분하고 안정된 녀석보다 더 고통스러웠다.

우리는 칸막이 좌석으로 들어가 앉으며 내가 할로우에 더 가까이 있도록 엠마를 먼저 안으로 들여보냈다. H는 팔꿈치를 짚고 앞으로 몸을 수그려 길쭉한 잔에 담긴 음료를 빨대로 마셨다. 그는 침착하고 아주 차분했다.

"면접 준비가 되었습니다." 내가 말했다.

H는 여전히 음료를 마시며 손가락 한 개를 들어 올렸다. 기다리는 동안 나는 그를 관찰했다. 그의 얼굴은 우락부락하면서도 잘생긴 외모였고 주름이 많았고 쏘아보는 듯한 눈매는 깊었으며 수염이 듬성듬성 났고, 입고 있는 스웨터 조끼는 약간이나마 전문가다운 분위기를 풍겼다. 에이브 할아버지의 업무 일지에서 그의 사진을 본 적이 있었는데 사진 속에서도 그는 지금과 거의 똑같은 옷을 입고 있었다.

음료 잔을 다 비운 그는 빈 컵을 옆으로 치우고 다시 등받이에 기대앉았다. "루트비어 플로트(여러 가지 식물 뿌리로 만든 갈색 탄산음료인 루트비어에 바닐라 아이스크림을 띄우거나 섞어 만든 음료수-옮긴이)란다"라고 말한 그가 흡족한 한숨을 내쉬었다. "요샌 음식이 맛이 없어. 그래서 루프에 들어올 때마다 음식을 제대로 즐길 기회를 놓치지 않으려고 하지." H가 테이블에 놓인 여러 종류의 접시를 고갯짓으로 가리켰다. "널 위해 옛날 방식으로 튀긴 스테이크와 키 라임 파이(연유와 라임 즙으로 만든 플로리다 전통 디저트-옮긴이)를 주문해놓았단다. 블룸 양을 위해서도 주문을 해놓았더라면 좋았을걸……" 그가 짜증스러운 눈초리로 나를 노려보았다. "하지만 제이콥에게 내가 혼자 오라고 했었거든."

"내가 누군지 아시네요?" 엠마가 물었다.

"물론이지. 에이브가 네 이야기를 자주 했어."

엠마는 시선을 깔았지만 미소를 숨기진 못했다.

"엠마와 저는 한 팀이에요. 우린 함께 일해요."

"그런 것 같구나. 어쨌거나 넌 통과했다." H가 말했다.

"뭘 통과해요?" 내가 물었다.

"일자리 면접."

웃기다기보다는 무언가 좀 더 놀라울 때 터져 나오는 웃음이 흘러나왔다. "그게 면접이었어요? 공격받는 게?"

"어쨌든 그게 1차였다. 네가 진짜 실력이 있는지 봐야 했으니까."

"그리고요?"

"언어로 내리는 명령은 좀 더 다듬어야겠더구나. 더 빨리 통제력을 발휘해야 해. 그랬더라면 이런 피해는 일부라도 피할 수 있었겠지." 그가 깨진 창문과 바깥에 주차된 쉐보레 자동차 보닛 위에 쓰러져 신음하는 웨이터를 가리켰다. "하지만 넌 진짜 능력자였어. 확실히."

나는 자부심으로 얼굴이 붉어지는 것을 느꼈다.

"아직은 너무 행복해하지 마라. 네가 알아야 할 게 좀 있다."

나는 미소를 억눌렀다. "전 모두 다 알고 싶어요."

"네 할아버지가 본인의 일에 대해서 너에게 무슨 말을 하셨니?"

"아무 말씀도요."

H는 놀란 표정을 지었다. "전혀 안 했다고?"

"할아버지는 출장 영업사원이었다고 말씀하셨어요. 저희 아빠 이야기로는 몇 주일씩 걸리는 출장을 많이 다니셨는데, 한두 번인가는 다리가 부러지거나 얼굴에 반창고를 붙이고 돌아오셨대요. 가족들은 할아버지가 질 나쁜 사람들과 잘못 얽혔거나 도박 습관이 있다고 생각했대요."

H는 한 손으로 턱수염을 쓰다듬었다. "그렇다면 기본적인 이

야기를 나눌 시간밖에 없겠구나. 에이브는 전쟁 이후에 미국으로 건너왔다. 자신의 보잘것없는 능력은 이상한 동료들, 특히 블룸 양과 루프 친구들에게 도움이 되기보다는 위험을 더 안겨줄 뿐이라고 느꼈기 때문에 가능한 한 평범한 인생을 살고 싶어 했어. 당시에 미국은 상대적으로 평화로운 곳이었지. 평범한 인간들은 오랜 세월 우릴 박해하고 각기 다른 이상한 종족들의 집단 사이에 불신의 씨앗을 심어놓았지만, 유럽처럼 할로우와 와이트 때문에 겪는 문제는 전혀 없었다. 50년대 후반까지는 그랬었지. 놈들은 엄청나게 들이닥쳤고 임브린을 추적해 막대한 해악을 저질렀다. 일찌감치 은퇴했던 에이브가 다시 일을 시작하기로 결심한 건 그때였고, 그 친구는 조직을 꾸리기 시작했어."

나는 숨을 참고 있었다는 것을 깨달았다. 누군가 할아버지가 미국에서 보낸 초창기 시절에 대해서 이야기해주기를 너무 오래 기다렸던 터라 막상 그런 일이 일어나자 믿을 수가 없었다.

H는 짧은 턱수염 끄트머리를 손가락으로 꼬며 계속해서 이야기를 이어갔다. "우린 모두 열두 명이었다. 모두들 겉으로는 평범한 삶을 지속했지. 우리 중엔 아무도 루프에서 살아가는 사람이 없었어, 그게 규칙이었다. 몇몇은 가족도 있고 정기적인 직업도 갖고 있었다. 우리는 비밀리에 만나 암호로 소통을 했어. 처음엔 그저 할로우만 뒤쫓았었는데 와이트들이 너무 많은 임브린들을 찾아내 해치웠기 때문에 임브린들이 지하로 숨어들 수밖에 없게 되면서, 그들이 더는 할 수 없는 일들을 우리가 맡아 하기 시작했다."

"연락이 닿지 않는 이상한 아이들을 찾아내고 안전하게 인도

하는 일이었죠." 엠마가 말했다.

"업무 일지를 읽은 모양이구나."

나는 고개를 끄덕였다.

"쉽진 않았다. 그리고 우리가 언제나 성공하는 것도 아니었어. 이따금씩 일이 잘못되기도 했다. 빈틈이 생겨 놓치기도 했어." 그는 오래된 고통을 상기하는 듯 창밖을 내다보았다. "그때의 실패를 나는 아직도 간직하고 있다."

"다른 분들은 어디에 있어요? 나머지 열 분 말이에요." 내가 물었다.

"몇몇은 임무 과정에서 목숨을 잃었다. 몇몇은 그냥 떠나갔어. 더 이상 그런 삶을 살 수 없었으니까. 80년대는 우리 모두에게 힘겨운 시절이었다."

"그런데도 에이브 할아버지는 인원을 대체하지 않았어요?"

"우리가 신뢰할 수 있는 사람들을 찾아내기가 어려웠다. 적들은 언제든 우리 사이로 잠입해 비밀을 캐내려고 했다. 우리가 놈들에겐 진짜로 골칫거리였다는 건 자랑스럽게 이야기할 수 있지. 그러다 와이트들이 초점을 다시 유럽으로 돌리면서 위협이 줄어들기 시작했다. 우리 덕분에 놈들이 예상했던 것보다 혹독한 대가를 치르긴 했지만 놈들은 여기서 원하는 바를 상당히 이루어냈어." 그가 잠시 시선을 깔았다. "하지만 어쩌면 이제 새로운 시대가 도래하고 있는지도 모르겠다. 나는 언젠가 꼭 내 전화가 울리기를 항상 바랐고, 그게 너이기를 고대했다."

"**당신**이 **저**한테 전화를 할 수도 있었잖아요." 내가 말했다.

"나는 에이브한테 내가 먼저 연락하진 않겠다고 약속했다.

네 할아버지는 너에게 이 모든 일을 강요하고 싶어 하지 않았어. 너의 선택이 되기를 바라셨다. 하지만 나는 결국 네가 돌아올 거라는 느낌을 품고 있었지."

나는 그를 쳐다보았다. "전에 우리가 만난 적이 있는 것처럼 말씀하시네요."

그가 내게 윙크를 했다. "앤더슨 씨를 기억하니?"

"오 맙소사. 네! 저한테 큼지막한 바다맛 젤리 사탕을 한 봉지를 주셨잖아요."

"그때 넌 여덟, 아홉 살쯤 되었을 거야." H는 씩 웃으며 머리를 흔들었다. "아, 기억에 남는 날이었지. 에이브는 항상 워낙 조심스러워서 우리가 집에 찾아가는 걸 절대 금했지만, 나는 그 친구가 그토록 자랑스러워하는 손자를 만나보고 싶었다. 그래서 어느 날 오후에 그냥 찾아갔는데 마침 네가 거기 있더구나. 그 친구어찌나 화를 내던지 이마에다 달걀프라이를 해먹을 수도 있을 정도였어! 그래도 그럴 만한 가치가 있었다. 난 너를 보자마자 너도 재능이 있다는 걸 알았지."

"전 할아버지랑 저만 그런 능력을 지녔다고 생각했어요."

"우리 모임 중에선 네 사람이 할로우를 볼 수 있었다. 어느 정도로든 놈들을 조종할 수 있는 건 에이브와 나뿐이었어. 그런데한 번에 한 마리 이상을 한꺼번에 통제할 수 있는 사람은 네가 유일하다고 들었다."

멀리서 사이렌 소리가 들려왔다.

"그래서 저희한테 일을 주실 건가요?" 내가 말했다.

"사실대로 말하면 그렇단다." 그가 옆자리로 손을 뻗었다가 테이블 위에 작은 꾸러미 두 개를 올려놓았다. 무늬 없는 누런 종이로 포장된 꾸러미는 크기가 문고판 책 정도였다. "너희가 이걸 배달해줘야겠다. 열어 보지 말고."

나는 거의 웃음을 터뜨릴 뻔했다. "그게 다예요?"

"2차 면접의 일부라고 생각해라. 네가 이걸 감당할 수 있다는 걸 나에게 증명하면, 진짜 임무를 주마."

"우린 감당할 수 있어요. 우리가 해낸 일이 어떤 건지 모르세요?" 엠마가 말했다.

"그건 유럽이었지, 어린 아가씨. 미국은 전혀 다른 바닥이다."

"내가 당신보다 한참 나이가 많아요. 그런데 말 참 이상하게 하네요."

"이렇게 하는 게 순리니까."

"좋아요. 그런데 그걸 어디로 가져가야 하죠?" 내가 말했다.

"꾸러미에 다 적혀 있다."

꾸러미 하나에는 손 글씨로 **플레이밍 맨**(Flaming Man, '불타는 남자'라는 뜻-옮긴이)이라고 적혀 있었다.

다른 꾸러미에 적힌 건 **포털**(Portal, '관문'이라는 뜻-옮긴이)이었다.

"무슨 말인지 모르겠어요." 내가 말했다.

"너희가 일을 시작하는 데 이게 약간의 단서가 될 거다." 그가 유리잔을 들어 올리고 그 밑에 깔린 종이로 된 식탁 매트를 우리에게 내밀었다. 내가 그곳에 다니기 시작한 이후로 오랜 세월, 멜-오-디 레스토랑의 종이 매트에는 관광객들이 가볼 만한 장소를 표시한 플로리다 지도가 만화처럼 그려져 있었을 뿐 별 게 없었다. 길과 고속도로 표시도 없고 소도시나 중형 도시는 아예 그려 넣지도 않았다. 주의 수도 위치도 칵테일을 마시는 악어 그림에 완전히 가려져 있었다. 그러나 식탁 매트를 내미는 H의 표정이 진지한 걸로 보아 방금 우리에게 보물이 숨겨진 지도를 준 것 같은 느낌이 들었다. 그는 지도 한가운데, '인어의 판타지랜드'라고 부르는 곳 주변에 유리컵이 남긴 동그란 자국을 톡톡 두들겼다.

"꾸러미 배달이 완료되면 내가 연락할 거다. 72시간 주겠다."

엠마는 믿어지지 않는 듯이 식탁 매트를 흘끔 쳐다보았다. "이건 애매해요. 진짜 지도를 주세요."

"안 된다. 적의 손에 넘어가면 모든 게 끝장이야. 그리고 찾기 쉽지 않은 것을 찾아내는 게 임무의 일부다." H가 말했다. 그가 다시 만화처럼 그린 지도의 젖은 동그라미 부분을 두들겼다. 이제 사이렌 소리가 더 가까워졌고, 구경꾼들이 주차장 주변으로 몰려들기 시작했다. "너희는 음식에 손도 대지 않았구나."

"배고프지 않아요. 할로우가 이렇게 가까이 있을 땐 배 속이 뭉치거든요." 내가 말했다.

"낭비를 하지 않아야 부족해지는 일도 없지." 그는 포크로 손대지 않은 나의 파이 한 조각을 잘라 입 안에 쑤셔 넣고 일어섰다. "따라와라, 가는 길을 알려주마."

옛날식 경찰차 두 대가 사이렌을 울리며 주차장으로 들어서는 중이었다. 나는 꾸러미 두 개를 품에 안고 그 사이에 지도를 접어 끼운 다음 자리에서 빠져나왔다. H는 손가락 두 개를 입에 넣어 휘파람 소리를 냈다. 그의 할로개스트가 바닥에서 몸을 일으키더니 늙은 사냥개처럼 복도를 향해 우리 뒤를 폴짝폴짝 따라왔다.

H가 걸어가며 말했다. "몇 가지 기억할 게 있다. 미국에 있는 이상한 장소와 사람들은 너희가 익히 알던 것과는 다를 거다. 이야기를 들려줄 임브린도 없다. 어떤 곳에 가면 모두가 자기 앞가림밖에 할 줄 모르는 이상한 종족들이 있어서 누구도 신뢰할 수 없을 거야."

"몇몇 루프 사이에서 싸움도 벌어지나요?" 내가 물었다.

그가 어깨 너머로 흘끔 나를 돌아보았다. "그런 일은 없기를 바라자꾸나. 내 마음대로 넘겨짚고 싶진 않다만 이건 얘기해야겠다. 유럽에선 너희들이 와이트들을 다 몰아냈을지 모르지만 내 느낌으론 여기선 놈들이 우리와 볼일을 아직 끝내지 않았다. 놈들은 이상한 종족들 사이에 전쟁이 벌어지길 바라는 것 같다. 그래야 놈들에게 이로울 테니까 말이다."

그가 냉동 창고 문을 열었고 우린 함께 그 안으로 들어갔다. "또 한 가지. 사람들에게 너희가 누구와 일하는지 이야기하지 마라. 조직은 절대 스스로를 노출하면 안 된다."

"페러그린 원장님은 어떡해요?" 엠마가 물었다.

"그분한테도 안 돼."

우리는 비닐 커튼이 쳐진 공간으로 들어가 바닥에 X 표시가 있던 구석에 모여 섰다. 그 표시를 지나는 순간 나에게 무언가 변화가 일어났다. 기묘한 느낌이 빠르게 사라지면서 우리 모두 현재로 돌아온 뒤 내가 물었다. "더는 임브린이 존재하지 않는다면 이 루프는 어떻게 계속 열려 있죠?"

H가 비닐 커튼을 젖히자 할로개스트가 달려 나갔다. "존재하지 않는다는 말은 하지 않았다. 하지만 우리에게 남은 임브린들은

너희에게 익숙한 잣대로는 제대로 판단이 안 된다고 설명해야겠지."H가 말했다.

복도로 나가자 다정한 할머니 종업원이 벽에 기대어 서서 담배를 피우며 연기를 출구 쪽으로 내뿜고 있었다.

"우린 방금 당신 이야기를 하고 있었어요. 미스 애버내시, 잘 지내셨소?"H가 환하게 미소 지으며 말했다.

그녀는 담배를 문밖으로 집어던지고 H를 덥석 껴안았다. "자넨 통 얼굴을 볼 수가 없군, 이 나쁜 사람아."

"정말 바빴어요, 노마."

"당연히 그렇겠지."

"저분이 **임브린**이셨어요?" 엠마가 물었다.

"어떤 사람들은 우리를 데미-임브린(demi에는 '절반, 부분'이라는 뜻이 있음-옮긴이)이라고 부르지만 나는 **루프 지킴이**가 더 어울리는 말이라고 생각해. 나는 새로 변하거나 새로운 루프를 만든다거나 하는 멋진 능력은 없지만 아주 오랜 시간 루프를 열고 지킬 수는 있거든. 돈벌이도 쏠쏠하고." 노마가 말했다.

"**돈벌이요?**"

"이런 일을 내가 그저 마음이 착해서 하는 줄 알았니?" 노마가 고개를 뒤로 젖히고 껄껄 웃었다.

"노마는 이곳에서 남부 플로리다 주변의 소규모 루프 목록을 관리하지. 조직에서 계속해서 노마에게 비용을 지불한다." H가 말했다. 그가 주머니에 손을 넣어 고무줄로 묶은 지폐 뭉치를 꺼냈다. "오늘 도와줘서 고마워요."

"이건 순전히 현금 거래란다." 노마가 지폐 뭉치를 앞치마에 넣으며 윙크를 했다. "세무서 직원을 피해야 하니까!" 그녀는 다시 웃음을 터뜨린 뒤 창고로 걸어 들어갔다. "돌아갈 때 문 손잡이에 엉덩이 찧지 않게 조심들 해라."

우리는 다 같이 주차장으로 나왔다. 달이 높이 떴고 밤공기는 서늘했다. 할로개스트는 길고양이 한 마리를 뒤쫓느라 달려갔고 우리는 주차장에 서 있는 차 두 대 가운데 내 차 쪽으로 걸어갔다.

"그러니까 이 꾸러미를 배달하고 나면 진짜 임무를 받게 된다는 거죠?" 내가 물었다.

"상황에 따라서."

"어떤 상황요?"

그가 한쪽 입꼬리만 올리며 씩 웃었다. "너희의 성공 여부에 따라서."

"우린 성공할 거예요. 하지만 더 이상 할로개스트 공격으로 놀라게 하진 마세요, 알겠죠?" 엠마가 말했다.

"너희가 또다시 할로우를 본다면 그건 허레이쇼가 아닐 터이니 반드시 죽이는 게 좋을 거다."

우리는 내 차에 당도했다. H는 떨어져 나간 범퍼와 철사로 묶어놓은 문을 보더니 움찔했다. "설마 너 운전은 **할 줄** 아는 거니?"

"제가 이렇게 한 거 아니에요. 전 운전 솜씨 좋아요." 내가 대꾸했다.

"그러길 바란다, 이번 일을 하려면 운전을 잘해야 하거든. 운전 솜씨가 좋든 말든, **저런** 물건을 몰고 다닐 순 없어. 15킬로미터마다 한 번씩 경찰한테 걸려서 차를 세워야 할걸. 대신에 에이브의 차를 한 대 가져가라."

"할아버지는 운전 안 하셨어요. 차도 없으시고요."

"운전했고말고. 멋진 차도 있고." 그가 나를 보며 한쪽 눈썹을 올렸다. "그 친구 지하 요새까지 다 같이 내려갔었다면서 그걸 못 찾았다니⋯⋯" H가 껄껄 웃으며 머리를 절레절레 흔들었다.

"그게 뭔데요?" 엠마와 내가 동시에 물었다.

"그 아래 다른 문이 더 있어."

H가 돌아서서 걸어갔다.

"임무에 대해서 뭐든 더 말씀해주실 순 없나요?" 내가 물었다.

"알 필요가 있을 때가 되면 알게 되겠지만 그 전엔 곤란하다. 하지만 이건 이야기해줄 수 있겠구나. 그 일은 곤경에 처한 미접촉 상태의 이상한 아이와 관련된 임무다. 장소는 뉴욕이고."

"그럼 왜 직접 가서 돕지 않으세요?" 엠마가 물었다.

"너희는 눈치 못 챈 모양이다만 나는 점점 늙어가고 있어. 좌골신경통에다 무릎도 안 좋고 당뇨병도 있어⋯⋯ 어쨌든 그 일은 내가 적임자가 아니다."

"우리가 적임자예요. 그건 약속드릴게요." 내가 말했다.

"그건 나도 바라는 바다. 너희 둘 다 행운을 빈다."

그가 주차장에 서 있는 다른 차를 향해 걸어가며 휘파람으로 할로개스트를 불렀다. 문 열리는 방향이 반대로 달린 미끈한 구형 캐딜락이었다. 할로우는 달려와서 열린 창문으로 뒷좌석에 뛰어들었다. 요란한 엔진음을 내며 차가 출발했다. H는 우리에게 살짝 거수경례를 보낸 뒤 타이어 자국을 내며 주차장을 빠져나갔다.

"이건 완전 미친 짓이야, 그렇지?" 나는 운전을 하면서도 주로 조수석에 앉은 엠마를 쳐다보았고, 몇 초마다 한 번씩 앞뒤 도로를 살폈다. "온갖 이유를 다 떠올려보아도 이건 정말 확실히 끔찍한 생각이란 말이야, 안 그래?"

엠마가 고개를 끄덕였다. "우린 그 남자를 거의 알지도 못해. 방금 만났잖아."

"맞아."

"우린 그 남자의 본명도 몰라. 그런데 그 사람은 우릴 이상한 장거리 심부름을 보내려고 해……"

"맞아, 맞는데……"

"심지어 우리는 안에 뭐가 있는지 **보는** 것도 허용 안 되는 꾸러미를 운반해야 하고……."

"맞아! 그런데 이번 임무는 정말로 위험할 수도 있어. 그게 뭐든 말이야! 우린 알지도 못한다고."

"페러그린 원장님이 우리한테 엄청 화를 내실 거야."

나는 자동차 한 대를 추월하려고 반대편 차선으로 넘어갔다. 걱정이 많으면 나는 차를 빨리 몰았다.

"길길이 날뛰실 거야. 다시는 우리랑 얘기도 안 하실지 몰라." 내가 말했다.

"그리고 우리 친구들도 전부 다 이 일에 동의하진 않을 거야."

"나도 알아, 안다고."

"그 일 때문에 우리가 분열될 수도 있어." 엠마가 말했다.

"그럼 너무 끔찍할 거야."

"그렇겠지." 그녀가 말했다.

"정말로 그렇게 될 거야."

나는 엠마를 흘끔 쳐다보았다. "아직은 아니야."

빨간불. 나는 차를 멈추려고 속도를 늦췄다. 잠시 정적이 흐르자 이제야 완전히 끄지 않은 라디오 클래식 록 채널에서 조용히 흘러나오는 노래가 귀에 들렸다. 나는 핸들에서 손을 떼고 몸을 틀어 엠마를 향했다.

그녀도 나를 쳐다보았다. "우리 이번 일 할 거지, 그렇지?"

"응. 할 거 같아."

약하게 비가 내리기 시작했다. 우릴 둘러싼 도시 외곽의 불빛들이 흐릿해졌다. 나는 앞 유리 와이퍼를 작동시켰다.

집으로 차를 몰며 우리는 세부적인 사항을 논의했다. 친구들에게는 이야기하겠지만, 우리가 너무 멀리 떠나 막을 수 없을 때까지는 무슨 일을 하려는지 페러그린 원장이 모르기를 희망하며 그녀에겐 비밀에 부치기로 했다. 친구들은 누가 됐든 가장 능력 있고 열의를 보이는 사람으로 정해, 둘만 데려갈 작정이었다. 그리고 이 시점부터는 다시 고민하는 일은 없을 예정이었다. 나의 직감은 이번 임무가 분명 나에게 꼭 필요한 일이란 걸 아주 큰 소리로 주장하고 있었다. 이것이야말로 내가 스스로 원하는 인생이지 않느냐고. 완벽하게 평범한 세계의 삶도 아니고 완벽하게 이상한 세계의 삶도 아니면서, 변덕과 임브린의 지시에 좌우되는 삶도 아니었다.

마음 한구석에선 곧장 할아버지 댁으로 가서 지하실에 정말로 뭔가 다른 것이 있는지(자동차가? 정말로?) 내 호기심을 충족시키고 싶은 욕심이 들었지만, 그런 일을 하기 전에 먼저 다른 친구들과 이야기를 해봐야 했다.

우리 집 현관문으로 걸어 들어가자마자 제일 먼저 내 머리 위로 날아온 건 "대체 어디 갔었어?"라고 묻는 올리브의 목소리였고, 나는 심장마비로 거의 쓰러질 뻔했다. 올리브는 천장에 거꾸로 앉아 팔짱을 끼고 우리를 노려보았다.

"거기서 얼마나 오래 우릴 기다렸던 거야?" 엠마가 물었다.

"충분히 오래." 올리브는 천장을 발로 차 바닥으로 향했고 몸을 바로 세우며 유연한 동작으로 한 번에 바닥에 놓아두었던 무거운 구두에 발을 넣었다.

우리 목소리를 들은 다른 아이들도 우리를 심문할 생각에 속속 집 안 곳곳에서 현관으로 모여들었다.

"페러그린 원장님은 어디 계셔?" 그들 뒤쪽으로 거실을 흘끔거리며 내가 물었다.

"아직 악마의 영토에 계셔. 모든 임브린이 엄청 긴 회의를 하고 있는 걸 행운으로 알아라."

"뭔가 엄청난 일이 벌어지고 있나 봐." 밀라드가 말했다.

"너희 둘은 어디 갔었어?" 휴가 물었다.

"해변에서 엉덩이 뽀뽀라도 한 거야?" 에녹이 물었다.

"에이브의 비밀 지하 창고에 갔었어?" 브로닌이 말했다.

"비밀 지하 창고라니 어떤 걸 말하는 거야?" 휴가 물었다.

그는 우리가 지하실을 발견했을 때 함께 없었다. 당연히 그는 알지 못했다.

"네가 우리 모두에게 이야기를 하고 싶은 건지 몰라서 가만 있었어." 브로닌이 말했다.

내가 설명을 시작했지만 이내 쏟아지듯 터져 나온 질문들로 혼돈에 휩싸였고 모두들 한꺼번에 떠들어댔으므로, 결국 엠마가 양팔을 흔들며 조용히 하라고 소리를 질렀다. "모두들 거실로 들 어가자. 제이콥과 내가 할 얘기가 있어."

우리는 자리를 잡고 앉아 모든 사연을 차근차근 털어놓았다. 전날 에이브 할아버지의 집에서 발견한 것들과 H와의 만남, 앞으로 더 중요하고 많은 임무를 약속하며 그가 우리에게 시험 삼아 맡긴 사소한 모험까지.

"실제로 그 일을 하려는 건 아니겠지?" 호러스가 물었다.

"빌어먹을, 우린 할 거야. 그리고 너희들 중에 두세 명은 우리 와 함께 가주면 좋겠어." 내가 말했다.

"우린 팀이야. 우리 모두." 엠마가 말했다.

그들의 반응은 제각각이었다. 클레어는 화가 났고 호러스는 말없이 초조해했다. 휴와 브로닌은 조심스러워했지만, 내 생각에 둘은 흔들릴 수도 있을 듯했다. 반면에 에녹과 밀라드, 올리브는 지금 당장이라도 자동차에 타고 떠날 준비가 된 듯했다.

"원장님은 우리한테 정말 잘해주셨어. 원장님의 은혜를 이런 식으로 갚을 순 없어." 클레어가 토라져서 말했다.

"나도 동감이야. 난 원장님께 거짓말 안 할 거야. 난 거짓말 싫 어." 브로닌이 말했다.

"내 생각엔 우리가 페러그린 원장님의 생각을 너무 염려하는 것 같아." 엠마가 말했다.

"나는 할아버지와 동료들이 해왔던 것 같은 임무야말로 우리가 해야 할 일이라고 생각해. 이상한 세계 재건을 위한 일이라고 미화시킨 따분한 사무실 근무 말고."

"나는 내가 맡은 일이 **마음에 들어**." 휴가 말했다.

"하지만 악마의 영토에선 우리 능력을 허비하고 있잖아. 우린 용감무쌍하게 현재를 살 수 있어. 우리 수준의 경험을 갖고 그런 일을 할 수 있는 사람이 또 누가 있겠나?" 밀라드가 말했다.

"원장님은 우리더러 **지금** 바로 현재를 살란 의미가 아니었어. 우린 겨우 평범한 인간 수업을 하루밖에 안 받았다고!" 휴가 말했다.

"너흰 준비가 되었어." 내가 말했다.

"우리 중 절반은 아직 현대인의 옷도 못 갖췄어!" 호러스가 말했다.

"그건 차차 해결하면 돼!" 내가 말했다. "잘 들어, 미국엔 우리 도움을 필요로 하는 이상한 아이들이 있고, 나는 그게 루프 몇 개를 재건하는 것보다 더 중요하다고 생각해."

"옳아, 맞는 말이야." 엠마가 말했다.

"도움이 필요한 아이가 **하나**는 있겠지. 아마도. **만약에** 그 H란 작자가 거짓말을 한 게 아니라면 말이야." 휴가 말했다.

"에이브 할아버지의 업무 일지엔 수백 건의 임무가 기록되어 있어." 나는 점점 커지는 절망감을 드러내지 않으려고 애쓰며 설명했다. "그중 절반은 위험에 처한 이상한 어린아이들을 돕는 일과 관련이 있었어. 그런 아이들은 아직도 존재하고, 아직도 도움이 필요해."

"그 아이들에겐 걔들만 돌봐주는 진짜 임브린이 없대." 엠마가 말했다.

"**이것**이야말로 우리가 여기 있는 이유야. **이것**이 바로 우리가 해야 할 일이라고. 할로우 사냥꾼들은 늙었고 임브린들은 회의를 하느라 너무 바쁘고, 우리보다 남들을 도와줄 능력을 갖춘 사람은 없어. 이건 우릴 위한 기회야!" 내가 말했다.

"우리가 알지도 못하는 어떤 작자에게 우리 능력을 증명해 보인다면 말이지!" 에녹이 빈정거리며 말했다.

"이건 테스트야. 그리고 난 이걸 꼭 통과할 거야. 나랑 똑같이 생각하는 사람은 누구든 오전 9시 정각에 배낭을 챙겨 들고 아래층으로 내려와." 내가 말했다.

제 7 장

chapter seven

그 날 밤 늦게 방에서 짐을 싸던 나의 시선이 무언가에 꽂혔다. 침대 위 벽에 붙여놓은 지도들이었다. 수많은 지도를 테이프로 붙이고 그 위에 또 압핀으로 고정하고 덧붙이기를 반복해 시간이 지나면서 거대한 모자이크처럼 변했고 나에겐 벽지에 지나지 않게 되었다. 그러나 이제 무언가 관심을 끄는 것들을 발견한 나는 하던 일을 멈추고 침대로 올라갔다. 베개를 여러 개 깔고 올라서자, 세 장이나 겹쳐진 《내셔널 지오그래픽》 지도 아래에 빼꼼히 모습을 드러낸 작은 그림이 눈에 띄었다. 만화로 그린 칵테일을 마시는 악어였다.

나는 그 위에 덮인 지도들의 압핀을 뽑아내고, 플로리다 지도가 든 오래된 멜-오-디 레스토랑의 종이 식탁 매트를 확인했다. 멜-오-디에서는 아이들에게 크레용을 줘서 식사를 하는 동안 그림을 그리게 했었고, 할아버지와 나도 그 식탁 매트를 꾸미곤

했다. 나는 그날에 대해서도, 그 지도가 여기 있다는 사실에 대해서도 까맣게 잊고 있었다. 그러나 이제 보니 할아버지가 표시해놓은 것들이 눈에 들어왔다. 그 지도는 주로 할아버지가 능숙한 손놀림으로 그렸다. 정중앙에 H의 젖은 유리컵 자국이 남은 것처럼 할아버지도 인어의 판타지랜드에 동그라미를 쳐놓았다. 또한 할아버지는 그 옆에 작은 해골과 뼈 그림도 그려놓았다. 에버글레이즈 습지 깊은 곳엔 다리가 달린 물고기 떼도 대충 그려져 있었다. (혹은 물고기 머리가 달린 사람이었을까?) 플로리다주 영토 몇 군데에 그려놓은 소용돌이 문양도 보였는데, 이제는 잃어버린 페러그린 원장님의 전설적인 《시간의 지도》를 내가 제대로 기억한 게 맞다면, 그 모양은 루프 위치를 의미했다. 그 외에도 내가 해석할 수 없는 다른 상징들도 몇 개 보였다.

우리는 지도를 만들지 않는다라고 H는 말했다. 그러나 그것이 할로우 사냥꾼의 법도였다면 할아버지는 나를 위해 이 지도를 그림으로써 그 법을 어겼다. 그러느라 할아버지는 모험을 감수했다.

문제는 이거였다. **왜?**

나는 그 지도를 조심스럽게 걷어낸 뒤 나머지 지도에도 할아버지의 덧그림이 있는지 살폈다. 평범해 보이는 풍경 속에 감추어진, 할아버지가 나를 위해 남긴 또 다른 빵조각은 무엇일까? 나는 미친 듯한 손길로 주석이 달렸거나 덧그림이 있는 지도는 무엇이든 집어냈다. 아무것도 없는 골판지에 처음부터 일일이 손으로 그린 지도도 몇 개 발견했지만, 거기엔 내가 알아볼 만한 경계선도 지명도 전혀 없었다. 메릴랜드와 델라웨어 지역의 판매용 공식 지도에도 덧그림이 있었으므로 그것도 잘 접어 멜-오-디 지도와 함

께 챙겨두었다. 에이브 할아버지가 여행을 다녔던 곳에서 보낸 엽
서도 몇 장 있었는데, 내가 들어본 적 없는 모텔과 도로변 관광지,
도시 이름이 쓰여 있었다. 할아버지는 내가 열한 살쯤에야 겨우
여행을 관뒀다. 부모님의 반대에도 불구하고 할아버지는 '플로리
다주 밖에 사는 친구를 방문하러' 혼자 여행을 떠나기 일쑤였고,
아빠에겐 절대 안부 전화를 하는 법이 없어도 나에겐 언제나 당
신이 가는 곳의 엽서를 보내주었다. 그때 보낸 엽서들이 혹시라도
일과 관련된지는 모르겠지만, 혹시 모를 일이므로 지도와 함께 엽
서를 챙겨서 전부 양장본 책 사이에 끼워 넣었다. 그러고는 이미
더플백에 꾸렸던 갈아입을 옷가지 맨 위에 그 책을 올려놓았다.
그날 일찍 나는 집 안을 뒤져 찾아낼 수 있는 현금을 몽땅 모아두
었으나, 부모님이 서랍장 양말 속에 보관해둔 지폐를 제외하면 액
수가 그리 많지 않았다. 나는 지폐 뭉치를 고무줄로 묶어서, 할로
개스트 근처에서 상당히 오랜 시간을 보내야 하는 경우에 대비하
여 제산제 한 통과 소화제 한 병을 포함한 기본적인 세면도구와
함께 오래된 플라스틱 포켓몬 도시락 가방에 넣었다.

　　모든 준비물을 다 넣고 가방의 지퍼를 닫으려던 순간 무언가
가 떠올랐다. 나는 무릎을 구부려 침대 아래에서 할아버지의 업무
일지를 끌어냈다. 파일을 집어 든 나는 손으로 무게를 가늠하며
가져갈 것인지 말 것인지 고민했다. 두툼하고 무거운 그 파일엔
혹시라도 내가 잃어버리거나 도둑맞는 걸 H가 분명코 원치 않을
민감한 정보가 가득 들어 있었다. 안전을 위한다면 할아버지의 지
하 창고에 잘 넣고 잠가 두어야 한다는 건 나도 알았다. 하지만 혹
시라도 필요하다면? 일지엔 할아버지와 H가 어떻게 임무를 완수

MELODEE

FAMILY RESTAURANT

*Why not try one of our delicious
Homemade Desserts!*

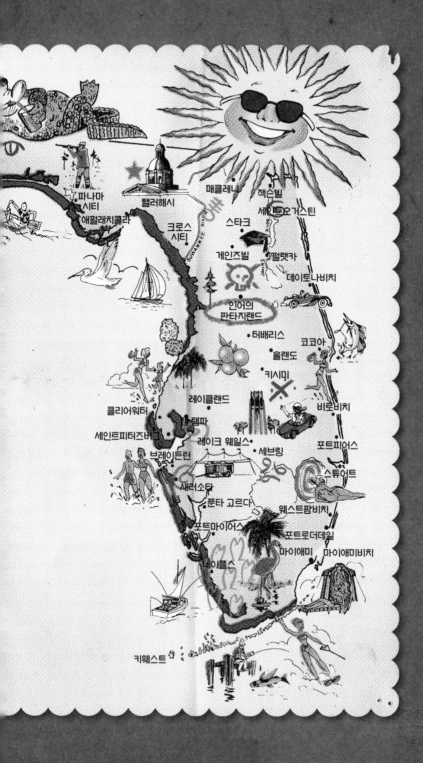

했는지에 관한 단서와 사진들이 빼곡히 들어 있었다. 그것은 금광이나 마찬가지였다.

나는 옷가지와 세면도구를 더플백에서 다시 꺼내고, 양장본 책에서 지도와 엽서들을 꺼내 업무 일지 뒷날개에 집어넣었다. 업무 일지를 더플백 바닥에 깐 뒤에 옷가지와 세면도구를 위에 넣고 지퍼를 닫아 한 손으로 들어보았다. 15킬로그램짜리 덤벨을 드는 느낌이었다. 나는 가방을 침대에 던졌다. 가방은 곧바로 튕겨 올라 바닥으로 굴러 떨어지며 방을 뒤흔들듯 꽝 소리를 냈다.

❧

그날 밤 나는 거의 한숨도 자지 못했다. 날이 밝자마자 일어나 엠마와 함께 몰래 빠져나왔다. 우리는 할아버지 댁으로 차를 몰고 가, 서재 바닥의 비밀 문을 들어 올리고 그곳에서 우릴 기다리는, 발견되지 않은 것이 무엇인지 확인하려고 지하 창고로 내려갔다. H가 암시했던 대로 문 네 짝이 다 멀쩡한 자동차가 있기를 바랐지만, 너무 좁아서 내가 서 있기도 힘든 공간에 어떻게 자동차가 들어갔을지, 혹은 설사 차가 있다 해도 어떻게 다시 끌어낼 것인지 상상도 되지 않았다.

할아버지의 지하 요새를 둘러보기 시작한 지 몇 분 되지 않아서 우리는 벽에 달린 손잡이를 발견했다. 그것은 두 철제 선반 사이 어두운 틈에 일부가 가려져 있었다. 내가 손을 뻗어 손잡이를 돌리자, 문은 바깥쪽으로 열렸다. 선반을 옮겨 문을 완전히 다 열어보니 새로운 터널이 드러났다. 우리는 터널 안으로 들어갔다.

이번 터널은 처음 것보다 천장이 더 낮고 폐소공포증도 더 심하게 느껴졌으므로, 우리는 다시 몸을 한껏 수그려야 했다. 엠마가 불꽃을 일으켜 공간을 밝혔고, 나는 할아버지의 선반에 놓여 있던 냉동 건조된 '간이 아침 식사'가 든 철제 상자로 문을 받쳐놓았다.

30미터쯤 걸어가자 좁은 콘크리트 계단이 나타났다. 계단은 두툼한 철제문으로 이어졌고, 그 문은 안팎으로 여닫는 식이 아니라 밀어서 여는 미닫이문이었다. 문 너머는 옷장이었다. 카펫이 깔린 가정집 붙박이 옷장. 나무로 조각한 옷장 문을 열고 들어가니 교외 주택의 침실이었다. 시트 없이 매트리스가 드러난 침대, 스탠드 전등, 서랍장이 놓여 있었다. 창문엔 덧문이 닫혀서, 방으로 스며드는 유일한 빛은 못으로 박아놓은 널빤지 틈으로 새어드는 햇빛뿐이었다.

우리는 에이브 할아버지가 산 막다른 골목의 또 다른 집 안에 들어와 있었다.

"이곳은 뭘까?" 엠마가 먼지 덮인 서랍장에 손가락 자국을 내며 물었다.

"안전 가옥일 수도 있어." 세면대 옆에 분홍색 작은 타월 하나가 걸렸을 뿐 아무것도 없는 화장실을 들여다보며 내가 말했다.

"여기 누가 있을 거라고 생각해?" 엠마가 속삭였다.

"아마 아닐걸. 하지만 어쨌든 경계를 늦추진 말자."

우리는 짧은 복도를 살금살금 걸어가며 다른 방들을 살폈다. 집은 모델하우스나 체인 모텔처럼 가구가 드물었다. 특색은 없지만 누군가 실제로 그곳에 살고 있다는 환상을 심어주기엔 충분했다. 복도 끝까지 간 나는 모퉁이를 돌면 거실이 나올 걸 알았다.

배치가 할아버지 댁과 똑같았으므로, 한 번도 발을 들이지 않았던 곳인데도 속속들이 아는 기묘한 기시감마저 느껴졌다. 거실 창문도 널빤지로 가려져 있었으므로 나는 현관문으로 가서 방범창에 눈을 댔다.

길 건너 몇십 미터 거리에 할아버지의 집이 서 있었다.

그러고 나서 차고를 찾아 발을 들인 순간 그 집의 유일한 진짜 목적이 차고란 사실이 명확해졌다. 벽마다 못과 선반이 들어차 있고 온갖 종류의 공구와 스페어 부품이 마련되어 있었다. 차고 한가운데는 환한 조명을 사방에서 받으며 자동차 두 대가 나란히 주차되어 있었다.

"기가 막히다. **정말로** 할아버지한테 차가 있었어."

한 대는 새하얀 카프리스 클래식 차종이었다. 네모난 비누에 바퀴가 달린 것같이 생긴 그 자동차는 플로리다 노인 운전자들에게 어김없이 인기 높은 차종이었다. 부모님이 할아버지의 운전을 막기 전까지 실제로 사용하던 할아버지의 차였다. (나는 할아버지가 차를 없앤 줄 알았는데, 다 여기에 보관되어 있었다.) 다른 한 대는 60년대 머스탱처럼 생긴 탄탄해 보이는 검은색 쿠페형 자동차였는데 후방 차체가 더 넓고 외곽선도 더 매력적이었다. 자동차에 차종을 알 수 있는 상호나 표시가 전혀 없어서 정확하게 무슨 차인지는 알 수가 없었다.

카프리스는 할아버지가 신분을 숨기고 여행할 때 사용했을 거라고 짐작되었다. 다른 차는 빠른 운전용이고 스타일도 더 멋졌다.

"에이브가 이런 차를 갖고 있다는 걸 넌 정말 몰랐어?" 엠마가 말했다.

"전혀. 예전에 운전하신 건 알았지만 운전면허 적성검사 때 시력검사에서 떨어지시면서 아빠가 운전을 포기하게 만들었거든. 예전엔 이 차로 혼자 여행을 다니셨어. 며칠 걸릴 때도 있고 가끔은 몇 주일씩 걸렸어. 우리 아빠가 어렸을 때랑 똑같았지만, 횟수만 덜 했지. 저런 차를 손수 운전하고 다니던 분을 나랑 부모님이 줄곧 식료품 가게랑 병원에만 모시고 다녔으니 참 힘들었을 것 같아."

그런 이야기를 입 밖에 내면서도 어쩌면 할아버지는 결코 운전을 그만두지 않았다는 생각이 퍼뜩 들었다. 단지 비밀리에 운전을 시작했을 뿐일 것이다.

"그런데도 자동차는 계속 갖고 있었네." 엠마가 말했다.

"정비도 해두셨어." 내가 말했다. 먼지가 약간 뒤덮인 집 안의 다른 모든 살림과 달리 자동차는 얼룩 하나 없이 깨끗했다. "할아버지가 자주 여기로 몰래 와서 자동차를 관리하셨던 게 틀림없어. 광택도 내고 오일도 갈고. 그래야 우리 가족한텐 감추었어도 쉽게 접근할 수 있었겠지."

"에이브가 왜 굳이 그런 성가신 일을 했는지 너도 궁금하겠다." 엠마가 말했다.

"할로우와 싸우는 거?" 내가 물었다.

"가족을 갖는 거." 엠마가 대꾸했다.

그 부분에 대해선 무슨 말을 해야 할지 몰라 아무 말도 하지 않았다. 나는 카프리스 차 문을 열고 안에 들어가 글러브 박스의 자동차 등록증을 찾아보았다. 할아버지가 돌아가시기 불과 몇 주

전에 갱신해 아직 유효했다. 그러나 서류에 적힌 건 할아버지의 이름이 아니었다.

"앤드루 갠디라고 들어본 적 있어?" 열린 창문으로 등록증을 엠마에게 건네며 내가 물었다.

"에이브가 사용한 가명이었겠지, 맙소사." 그녀가 등록증을 다시 돌려주었다.

나는 글러브 박스를 닫고 차에서 내렸다. 엠마는 재미있는 표정을 지었다. "왜?"

"에이브가 그의 진짜 이름인지 궁금해서." 엠마가 말했다.

이상한 질문은 아니었지만, 어떤 이유에선지 나도 뜨끔했다. **진짜** 이름이었어."

엠마가 나를 쳐다보았다. "자신 있어?"

그녀의 눈빛엔 묻지 않은 질문이 담겨 있었다. 할아버지가 그런 속임수를 쓸 능력이 있었다면 나는?

"확실해"라고 말하며 나는 고개를 돌렸다. "9시 다 됐다. 자동차 골라서 가자."

"네가 운전할 거잖아. 네가 선택해."

선택은 쉬웠다. 카프리스는 좀 더 실용적이었다. 문도 둘이 아니라 넷이고 트렁크 공간도 더 넓고 길에 나가면 사람들 관심도 덜 끌 것이다. 그러나 다른 차가 훨씬, 엄청 더 멋지고 빠를 것 같았으므로 총 3초간의 고민 끝에 나는 그 차를 가리키며 말했다. "이걸로 할래." 이제껏 자동차 여행을 떠나본 적이 없던 나는 (플로리다주를 횡단해서 마이애미에 사는 사촌을 방문한 적은 있었지만 그건 자동차 여행으로 쳐줄 수 없었다) 이런 차로 여행을 떠난다는 생각 자체가 너무 유혹적이라 거부할 수가 없었다.

우리는 차에 올랐다. 차고 문을 열고 시동을 걸자, 엠마가 깜짝 놀랄 정도로 엔진이 낮고도 장엄한 비명을 지르며 살아났다. 후진으로 집 앞 진입로를 빠져나가 도로에 들어서자 엠마가 눈알을 굴리는 모습이 보였다.

"딱 에이브다운 짓이야!" 엔진 소리 너머로 엠마가 소리쳐 말했다.

"뭐가?"

"**비밀** 임무를 위해서 이런 자동차를 장만한 거."

나는 도로에 그 차를 세워둔 채, 할아버지의 비밀 주택 차고에 부모님 차를 대신 주차하고 차고 문을 닫았다. 그리고는 신비로운 쿠페 자동차에 다시 올라 엠마를 향해 씩 웃은 뒤 가속 페달을 밟았다. 엔진이 짐승처럼 포효했고 차가 출발한 순간 우리는 등받이에 나동그라졌다.

인간은 가끔 약간의 재미를 누려야 한다. 비밀 임무에서도 그건 마찬가지다.

☙

엠마와 내가 외출한 사이 페러그린 원장은 악마의 영토에서 있었던 밤샘 회의에서 돌아와 2층의 침대에 쓰러져 누웠다. 실제로 그녀가 잠을 잔다는 걸 알게 된 드문 경우에 속하는 일이었다. 우리는 아래층 침실에 모든 아이들을 모아놓고, 우리 목소리에 페러그린이 깨어나지 않게 문을 꼭 닫았다.

나는 손을 들어보라고 요구했다.

"같이 할 사람은 누구야?"

에녹, 올리브, 밀라드가 손을 들었다. 클레어, 휴, 브로닌, 호러스는 가만있었다.

"임무라니까 난 초조해져." 호러스가 말했다.

"클레어, 넌 왜 손 안 들었어?" 엠마가 물었다.

"우린에겐 이미 임무가 **있어**. 난 벨기에에서 일하는 루프 재건 팀 전원에게 점심 식사와 디저트 나눠 주는 임무의 책임자야." 클레어가 말했다.

"그건 임무가 아니야, 클레어, 일이지."

"너희도 꾸러미를 배달한다며! **그딴 게** 어떻게 임무야?" 클레어가 빈정거렸다.

"임무는 위험에 처한 이상한 아이를 돕는 거야. 꾸러미를 배달한 **이후**에 하는 거라고."

"브로닌, 넌 어때? 찬성이야, 반대야?" 내가 물었다.

"원장님한테 거짓말을 한다는 게 난 불편해. 이번 일에 대해서 원장님에게 이야기하면 안 될까?"

"**안 돼.**" 클레어만 빼고 모두가 동시에 말했다.

"왜 안 돼?" 브로닌이 물었다.

"거짓말하는 거 나도 불편하지만 원장님은 우리가 가기도 전에 막으실 거야, 그러니까 안 돼." 내가 말했다.

"우리가 정말로 이상한 세계를 돕길 원한다면 이게 방법이야. 악마의 영토에서 사진 찍을 기회가 있을 때마다 포즈를 취해 주는 게 아니라 다음 세대 전사戰士가 되어야 해." 엠마가 말했다.

"안 그러면 무슨 일이든 하고 싶을 때마다 매번 허락을 받아야 해." 에녹이 말했다.

"내 말이!" 밀라드가 맞장구를 쳤다. "원장님은 여전히 우리를 아이 취급해. 새들도 알다시피 우린 전부 다 거의 백 살은 먹었고, 이젠 우리 나이에 맞게 행동할 때가 됐어. 혹은 우리 나이의 절반만큼이라도. 우리도 스스로 결정을 내리기 시작해야 해."

"그게 바로 내가 오랜 세월 주장해온 이야기잖아." 에녹이 말했다.

나의 이상한 친구들은 변했는데, 페러그린 원장의 양육 방식은 변하지 않았음을 나는 새삼 깨달았다. 그들은 케르놈에서 쫓겨난 이후로 나만큼이나 엄청난 자유를 누렸고, 악마의 영토에서 지내며 한 사람의 감독을 받는 것도 아니고 열둘 이상의 임브린의 간섭을 받으면서 숨막힘을 느꼈다. 그들은 지난 반세기를 지난 것보다도 지난 몇 달 사이에 훨씬 더 많이 성장했다.

"넌 어때, 앱스턴?" 엠마가 휴에게 물었다.

"나도 가고 싶지만 나만의 임무를 수행해야 해." 그가 말했다.

말하지 않아도 그의 말이 무슨 뜻인지 우리는 알았다. 그는 피오나를 찾아 팬루프티콘을 돌아다닐 것이다.

"우리도 이해해. 우리도 여행을 떠나서 피오나의 흔적이 있는지 계속 찾아볼게." 내가 말했다.

그가 무겁게 고개를 끄덕였다. "고마워, 제이콥."

호러스와 클레어, 브로닌을 빼곤 모두들 찬성이었는데, 그러다가 브로닌이 마음을 바꿨다.

"좋아, 나도 갈게. 거짓말은 싫지만, 목숨이 위태로운 이상한 아이들을 도우러 우리가 정말로 가야 하는데, 그러기 위해선 거짓말이 유일한 방법이라면 거짓말을 하지 **않는** 것이 부도덕한 일일 거야, 안 그래?"

"기발한 걸 넘어서 다시 멍청해진 생각이야." 클레어가 말했다.

"합류한 걸 환영한다." 엠마가 말했다.

이제 남은 것은 대원을 선발하는 것뿐이었다. 내가 둘만 더 데려갈 수 있다고 말하자 실망스러운 신음 소리가 터져 나왔다. 전날 밤에 자신 있게 이야기하기는 했지만, 반나절밖에 안 되는 그들의 평범한 사람 되기 연습과, 현대 세계를 마주하기에 잠재적으로 준비가 부족한 그들의 상태에 대해서 약간 걱정스러웠다. 그들의 도움을 원하고 필요로 하는 한편으로, 횡단보도는 어떻게 건너고 엘리베이터 문은 어떻게 작동하고 현대의 일반인들과의 단순한 소통은 어떻게 해야 하는지 설명하는 데 정신을 팔 게 아니라 임무에 집중할 필요가 있었다. 그러나 친구들의 감정을 다치게 할 수도 있을 그런 이야기를 시시콜콜 늘어놓는 대신 나는 자동차에 과도한 무게로 무리를 주고 싶지 않다고 말했다.

"그럼 날 데려가! 나는 몸도 작고 무게도 거의 안 나가니까." 올리브가 말했다.

나는 올리브가 신발 신는 걸 까먹는 바람에 잃어버린 풍선처럼 친구를 쫓아다녀야 하는 상황을 상상했다. "이번엔 더 나이 들어 보이는 사람이 필요해." 나는 이유를 대지 않았고 올리브도 묻지 않았다.

엠마와 나는 구석에서 잠깐 이야기를 나눈 뒤, 친구들에게 우리가 내린 결정을 알렸다. 밀라드와 브로닌이었다. 브로닌은 초인적인 힘과 믿음직함 때문에, 밀라드는 정신력과 지도 찾기 실력, 그리고 위기에 몰렸을 때 단순히 옷만 벗으면 빠져나갈 수 있는 능력 때문이었다.

다른 친구들은 실망했지만, 앞으로 다른 임무 때는 그들도 데려가겠다고 약속했다.

"앞으로 다른 임무가 있다는 **가정**하에 그렇겠지. 이번 일을 너희가 망치지 않는다면." 에녹이 말했다.

"너희가 떠난 동안 나머지 우리들은 뭐 하고 있어?" 호러스가 물었다.

"악마의 영토에서 그냥 주어진 임무를 수행하고 아무 일도 없는 것처럼 행동해. 우리에 대해서나 우리가 하려는 일에 대해서 너희는 아무것도 모르는 거야."

"우리도 다 알잖아. 페러그린 원장님이 물으시면 내가 이야기할 거야." 클레어가 말했다.

브로닌이 클레어의 옆구리를 잡고 들어 올려 자신의 눈과 높이를 맞추었다. "자, **그건** 멍청한 생각이야." 브로닌의 목소리에 담긴 위협은 명확하고도 놀라운 것이었다. 평소에 브로닌은 가장 체구가 작은 두 친구를 언제나 부드럽게 대했다.

클레어의 뒤쪽 입이 브로닌에게 으르렁거렸다. "내려놔!" 정상 입으로 그녀가 소리쳤다.

브로닌은 시키는 대로 했지만 어쨌든 클레어는 잘못을 깨달은 듯했다. 메시지는 전달되었다.

"페러그린 원장님이 깨어나시면 우리가 어디에 갔는지 물으실 거야. 근데 정말로…… 그냥 자러 가신 걸까?" 엠마가 말했다.

밤샘 회의를 한 이후라고 해도 그것은 임브린의 성향과는 도무지 맞지 않는 태도였다.

"어쩌면 내가 방에 가루를 한 **자밤** 뿌려놓았을 수도 있어." 밀라드가 말했다.

"밀라드! 이 악당 놈아!" 호러스가 소리쳤다.

"음, 그렇다면 확실히 우리한테 시간을 벌어주었네. 운이 좋으면 오늘 밤까지는 우리가 가버린 걸 원장님이 알아차리지 못할 수도 있어."

☌

모두들 진입로에 세워둔 자동차 주변에 둘러서자 밀라드가 검정 쿠페의 보닛을 두들기며 말했다. "그래, 이런 게 자동차 여행에 적합한 차종이지."

"그렇지 않아. 이건 너무 번쩍거리고 영국 차잖아." 브로닌이 말했다.

확실히 생김새가 멋진 자동차이긴 하지만 나로선 이토록 엄청나게 관심이 집중될 거라는 생각은 하지 못했다. 선명한 빨간색도 아니었고, 많은 스포츠카에서 보듯 번쩍거리는 장식이나 커다란 뒷날개 같은 것도 달리지 않았기 때문이다.

"영국 차인게 뭐가 어때서?" 엠마가 물었다.

"고장이 많이 날 거야. 어쨌든 영국 차에 대해선 사람들이 그러더라고."

"에이브가 기계적으로 결함이 있는 자동차를 구출 임무에 타고 다녔을 거라고 생각해?" 밀라드가 말했다.

"에이브는 수리하는 법을 포함해서 자동차에 대한 지식이 많았어." 에녹이 말했다.

그는 가방을 어깨에 메고 트렁크에 기대어 흡족한 미소를 지었다.

"넌 우리랑 못 가. 자리가 없어." 내가 말했다.

"내가 언제 가고 싶다고 그랬나?" 에녹이 말했다.

"가고 싶어 하는 것처럼 **보여**. 이제 비켜." 엠마가 말했다.

나는 트렁크를 열어야 해서 그를 팔꿈치로 밀어내고(미안, '트렁크'를 열어야 해서) 가방을 실으려 했지만, 20초쯤 끙끙거린 뒤에도 트렁크 여는 법을 모른다는 사실을 깨달았다.

"내가 해볼게." 에녹이 말하더니 후미등 사이에 있는 작은 손잡이를 돌려 트렁크를 열어주었다. "이건 애스턴 마틴 차종이야." 그는 자동차 옆면을 손으로 쓰다듬으며 차체 끝까지 걸어갔다. "에이브는 항상 스타일을 추구했지."

"머스탱의 일종인 줄 알았는데." 내가 말했다.

"감히 어디다 그런 말을. 이건 1979년형 애스턴 마틴 V8 밴티지야. 390마력에 시속 95킬로미터까지 가속 시간은 6초, 최고 속도는 시속 275킬로미터야. 진짜 물건이지. 영국에서 만든 최초의 고성능 자동차야." 에녹이 설명했다.

"넌 언제부터 그렇게 자동차에 대해서 많이 알았냐? 더군다나 1940년대 이후 모델이잖아." 내가 말했다.

"우편 주문으로 잡지랑 사용 설명서를 받아 보더라고. 현재의 케르놈 사서함으로 배달시켰어." 밀라드가 말했다.

"어휴, 에녹은 자동차 애호가야." 엠마가 눈알을 돌리며 말했다. "실제로 운전해본 적은 한 번도 없으면서, 보닛 안에 뭐가 들었는지 일단 아는 척을 시작했다 하면……"

"나는 생체의학만큼이나 기계공학에도 매력을 느끼거든. 장기. 엔진. 혈액을 기름으로 바꿨을 뿐이지 둘은 서로 다르지 않아. 그리고 고장 난 엔진은 유리병에 담긴 심장 없이도 다시 살려낼 수 있어. 그러니 얼마나 다행이냐, 왜냐하면 이 차는 영국산이고 거의 40년이나 됐고 세심하게 유지 보수를 해주지 않는 한 고장 잘 나기로 악명이 높거든. 그런데 에이브는 영영 세상을 떠났으니, 이 차를 손볼 자격이 있는 사람은 이 근방 수천 킬로미터 안에서 내가 유일할 거라고 확신해. 그러니까 내가 **원하지** 않아도 결국……" 그가 자기 가방을 트렁크의 내 가방 옆에 실었다. "너희는 나를 데려갈 **필요**가 있어."

"어휴, 알았으니 빨리 **출발**하게 얼른 타기나 해." 엠마가 말했다.

"앞자리!" 에녹이 소리치며 조수석으로 뛰어들었다.

"아주 긴 여행이 될 것 같다." 밀라드가 말했다.

나는 한숨을 쉬었다. 선택의 여지가 없어 보였다.

친구들은 진입로에 모여 서서 우리를 배웅했다. 우리는 포옹을 나누었고 남은 친구들은 우리에게 행운을 빌어주었지만, 시무룩한 표정으로 현관 앞에 선 클레어만 예외였다.

"언제 돌아올 거야?" 휴가 물었다.

"일주일까지는 걱정하지 마." 내가 말했다.

"벌써 시작됐어. 난 벌써 걱정이야." 호러스가 말했다.

제 8 장
chapter eight

우리는 만을 따라 차를 몰아 다리를 건넜고 그런 다음엔 황무지와 도시 경계선을 향해 달려갔다. 그곳에서 주와 주를 잇는 75번 고속도로를 타고 북쪽으로 가야 했다. 첫 번째 목적지는 무슨 뜻인지 몰라도 플레이밍 맨이었고, H는 멜-오-디 지도에 그가 젖은 컵으로 만든 동그라미 안에서 찾을 수 있을 것이라고 암시했었다. 그렇다면 우리의 목적지는 플로리다주 한복판에 있는 늪지대 50제곱킬로미터 정도 범위였고, 북쪽으로 수백 킬로미터를 달려야 했다.

운전대를 잡은 나는 강력하지만 까다로운 할아버지의 오래된 자동차에 익숙해져야 한다는 과제에 몰두했다. 핸들 작동이 묵직하고 코너를 돌 때는 심장이 덜컥 내려앉을 정도로 요동을 쳤으며, 계기판과 작동 레버들이 완전 엉뚱한 곳에 자리를 잡고 있었다. 엠마는 내 옆 조수석에 앉아 무릎에 이상한 세계의 길 표시가 없는 일반 플로리다 지도를 펼쳐놓았다. (밀라드 역시 『이상한 플래닛』을 가져왔지만 그 안에 든 지도는 너무 옛날 거였다.) 나는 엠마가 우리의 길잡이 역할을 해야 한다고 주장했다. 그래야 에녹을 뒷자리로 보낼 수 있고 앞으로 며칠간 녀석의 얼굴 대신 엠마의 얼굴을 흘끔거릴 수 있기 때문이었다. 심술이 난 에녹은 창밖으로 고개를 내밀거나 이따금씩 발로 내 등받이를 걷어찼다. 밀라드는 에녹과, 긴 다리 때문에 대각선으로 방향을 틀어 앉아야 했던 브로닌 사이에 끼어 앉았다.

"여기서부터 지도에 그려진 동그라미 부분까지는 대략 500킬로미터 거리야. 중간에 멈추지 않으면 다섯 시간 뒤에 도착할 수 있어." 엠마가 만화 그림 지도와 도로 지도를 번갈아 보며 말했다.

"중간에 가끔 세워야 해. 우리는 아직 현대인들의 옷을 못 샀잖아." 브로닌이 말했다.

그 말이 맞았다. 내가 쇼핑을 하러 데려갔던 친구들은 모두 뒤에 남았고, 같이 온 친구들은 아직도 처음 왔을 때의 옷을 입고 있었다. 그들의 옷차림은 곧 골칫거리가 될 것이다.

"곧 세울 거야. 일단은 페러그린 원장님과 우리의 거리를 좀 떼어놓고 싶을 뿐이야." 내가 말했다.

"포털은 어디일 것 같아? 아주 멀까?" 에녹이 물었다.

"그럴 수도 있겠지." 내가 대답했다.

"그렇게 장거리 운전을 네가 견딜 수 있겠어?" 밀라드가 물었다.

"어쩔 수 없지." 내가 말했다. 친구들은 운전면허증이 없었으므로 교대로 운전하는 건 불가능했다. 게다가 밀라드는 몸이 보이질 않으니 운전석에 앉자마자 즉각 경찰에 걸릴 게 뻔했고, 브로닌은 운전을 하기엔 너무 겁이 많았고 에녹은 경험이 없었다. 믿고 운전대를 맡길 사람은 엠마뿐이었지만, 다시 말하지만 면허증이 없었다. 그러니 운전은 오로지 내 몫이었다.

"카페인만 계속 공급해주면 돼." 내가 말했다.

"내가 도울게. 내가 운전하면 너보다 훨씬 더 빨리 거기 도착할 수 있어." 에녹이 말했다.

"잊어버려. 집에 돌아가면 너도 운전 연수를 받게 해줄 순 있겠지만 지금은 배울 때가 아니야." 내가 말했다.

"난 연수 필요 없어. 자동차 작동 원리는 이미 전부 다 알아." 에녹이 말했다.

"이론과 실전은 달라."

그가 또 한 번 세게 내 의자를 걷어찼다.

"방금 그건 이유가 뭔데?"

"할머니처럼 운전한 벌이야."

바로 그 무렵 마침 고속도로 나들목이 나타났다. 나는 나들목의 굽은 길을 따라 차를 몰며 가속 페달을 꾹 밟았다. 엔진이 굉음을 내자 나는 신이 나서 웃음을 터뜨렸다. 고속도로에 본격적으로 접어들었을 때쯤엔 에녹이 속도를 늦추라고 비명을 질렀다. 후방 주시 거울로 경찰차가 있는지 살핀 나는 가속 페달에서 살짝 발을 떼며 창문 버튼을 모두 눌렀다.

"우와. 멋지다!" 창문이 자동으로 내려가자 브로닌이 소리쳤다.

"음악 틀까?" 내가 물었다.

"응, 부탁해." 엠마가 말했다.

에이브 할아버지 차엔 라디오와 구형 카세트테이프 플레이어가 달려 있었다. 안에 이미 테이프가 들어 있었으므로 나는 재생 버튼을 눌렀다. 잠시 후 스피커에서 웅장한 기타 연주와 함께 성량 풍부한 목소리가 터져 나왔다. 조 카커가 부르는 〈내 친구들의 사소한 도움으로〉였다. 3분 뒤 나는 이렇게 좋은 음악은 처음 들어본다는 생각을 했고, 싱글싱글 웃으며 바람에 머리칼을 휘날린 채 앉은 자리에서 고개를 까딱거리는 친구들도 동감인 듯했다. 이렇게 특별한 차를 운전하면서 특별한 사람들과 함께 목청 높여 특별한 노래를 따라 부르는 행동에는 어쩐지 내가 이제껏 한 번도 경험해본 적 없는, 척추를 간질이는 듯한 광기 어린 쾌감을 주었다. 온 세상이 우리 차지이고 우리 인생도 우리 마음대로 하겠다고 주장하는 것 같은 기분이었다.

이게 내 인생이야. 그래. 내 인생은 내 마음대로 할 거야.

ᒐ

페러그린 원장을 우리의 보호자이자 대변자가 아닌 다른 존재로 생각한다는 것은 너무도 기묘하고 부자연스러운 느낌이었지만, 오늘은 그녀가 적처럼 느껴졌다. 우리가 떠난 것을 알게 되면 페러그린은 우릴 찾아 나설 것이 분명했고, 그녀가 가장 잘 아는 방법을 동원해 하늘에서부터 나타날 것이다. 그녀의 속도와 높은 고도까지 날 수 있는 능력, 멀리까지 볼 수 있는 정확한 시력,

그리고 이상한 아이들을 찾는 데 타고난 천부적인 레이더가 더해지면, 150킬로미터 이내의 노출된 공간에 있는 우리를 찾아내는 건 어렵지 않을 것이다. 화장실에 가고 싶다는 브로닌의 말도 무시한 채 내가 처음 세 시간 동안 차를 멈추지 않은 이유는 바로 그 때문이었다. 300킬로미터를 달린 이후엔 마침내 나도 뒷좌석에서 합창하듯 이어지는 불평을 받아들였다. 그렇지만 고속도로에서 벗어나 쇼핑센터 주차장으로 들어가면서도 조심스럽게 구름 낀 하늘을 올려다보았다. 엠마도 똑같이 행동하는 게 눈에 들어왔다.

다른 아이들이 주유소에 딸린 편의점 화장실을 이용하는 동안 나는 애스턴의 기름 탱크를 채웠다. 화장실이 한 칸밖에 없어서 차례를 기다리느라 줄을 선 친구들을 편의점 점원과 몇 안 되는 손님들이 유심히 살피는 장면이 큰 유리창을 통해 들여다보였다. 사람들은 목을 쭉 빼고 서로서로 수군거리며 나의 친구들을 빤히 쳐다보았다. 한 남자는 심지어 휴대전화를 꺼내 친구들의 사진을 찍었다.

"너희도 요즘 사람들이 입는 옷을 사 입어야겠다. 당장." 그들이 다시 밖으로 나오자 내가 말했다.

아무도 반대하지 않았다. 그리고 어차피 고속도로에서 이번 나들목으로 빠진 이유도 그 점 때문이었다. 주유소 건너편엔 초대형 할인 매장이 자리 잡고 있었다. 24시간 슈퍼 올마트. 그곳은 소매업계의 항공모함이었다. 그 자체로 소도시 하나 규모였다.

"맙소사, **여긴** 뭐하는 데야?" 우리가 끝없이 펼쳐진 주차장으로 들어가자 밀라드가 말했다.

"그냥 가게야. 큰 가게." 내가 말했다.

우리는 주차장을 가로질러 입구로 향했고, 우리 앞쪽에서 자동문이 스르르 열렸다. 에녹이 반사적으로 싸울 태세를 갖추며 펄쩍 뛰었다.

"뭐야, 뭐야, **뭐냐고!**" 그가 주먹을 휘두르며 소리쳤다.

사람들이 다 쳐다보았다. 우린 아직 건물 안에 들어가지도 않은 상황이었다.

나는 친구들을 옆으로 데려가 동작 센서와 자동문에 대해서 설명해주었다.

"문 열 때 그냥 손잡이를 사용하는 데 무슨 문제라도 있어?" 에녹이 짜증스럽고도 당황한 태도로 물었다.

"물건이 많으면 그러기 어렵잖아. 저 아저씨처럼." 나는 한가득 물건을 실은 카트를 밀고 자동문을 통과하던 남자를 가리켰다.

"누군지 몰라도 왜 저렇게 많은 물건이 필요해?" 엠마가 물었다.

"아마 공습에 대비해 쌓아두려는 걸 거야." 에녹이 말했다.

"내 생각엔 너희도 일단 안에 들어가보면 이해할 거야." 내가 말했다.

나는 올마트 같은 대형 매장에서 쇼핑을 하며 자랐기 때문에 그들 같은 근본적인 낯섦은 온전히 겪어본 적이 없었다. 하지만 나를 따라 안으로 들어온 친구들은 계산대 앞에서 충격과 경이로움에 휩싸인 표정을 지으며 얼어붙은 듯 서버렸고, 나도 그제야 이해하기 시작했다.

매장 통로는 끝이 보이지 않을 정도로 아득하게 이어졌다.

각종 상품들이 총천연색 자태를 뽐내며 선반마다 빼곡하게 쌓여 관심을 끌었다. 큼지막한 노란색 스마일리 그림이 새겨진 유니폼을 입은 재고 관리 담당자들은 시무룩한 표정으로 소규모 군대처럼 매장을 순찰했다. 밀라드가 식료품을 훔쳐 왔던 우리 동네 모퉁이 상점보다 수천 배는 더 큰 곳이었다. 나의 친구들은 당연히 압도당했다.

"그냥 가게라며. 이건 내가 봐왔던 가게랑은 전혀 다르잖아." 엠마가 모든 광경을 받아들이느라 목을 길게 빼며 말했다.

에녹은 휘파람을 불었다. "차라리 비행기 격납고에 더 가깝군."

나는 카트를 붙잡고 어렵사리 꼬드겨 다시 친구들을 움직이게 만들었지만 원하던 방향은 아니었다. 공간의 어마어마한 크기로 받은 충격에서 일단 벗어난 친구들은 거기서 파는 물건이 엄청나고 신기할 정도로 다양함에 경악했다. 나는 옷을 파는 매장으로 가려고 시도했지만, 친구들은 계속해서 선반에서 이것저것 물건을 꺼내보느라 대열에서 이탈했다.

"이건 뭐야?" 에녹이 밑바닥에 극세사 걸레가 달린 슬리퍼를 흔들며 말했다.

나는 그의 손에서 물건을 빼앗아 선반에 도로 올려놓았다. "바닥 먼지를 발로 닦을 수 있게 만든 거야. 아마 그럴걸?"

"그럼 이건?" 엠마가 말하는 새 모이통—이제 블루투스 기능까지라고 적힌 상자를 가리켰다.

"그건 나도 잘 모르겠다." 마치 걸음마 하는 아이들을 몰고 가며 어쩔 줄 몰라 하는 엄마 같은 기분으로 내가 말했다. "하지만 이번 임무를 완수할 시간이 72시간 밖에 없어, 그러니까 우리가 이럴 때가 아니……"

"이제 62시간 남았어. 어쩌면 더 적을지도 몰라." 엠마가 말했다.

통로 끝에 진열된 책들이 무너져 내렸으므로, 나는 다시 책을 정리해놓으려는 밀라드를 막으러 달려갔다. 밀라드는 옷을 벗고 있어서 눈에 보이지 않았다. 정말이지 올마트에서 투명인간 아이를 잃어버리고 싶진 않았으므로 나는 특별히 밀라드(혹은 그가 서 있을 것이라고 생각되는 지점)에게 감시의 시선을 게을리하지 않았다.

우리의 움직임은 결코 오래가지 못했다. 블루투스 새 모이통을 막 지나자마자 에녹이 스포츠용품 매장에 정신이 팔렸다. "우와, 이 작고 날렵한 아가들만 있으면 병아리 갈비뼈도 쉽게 가르겠는걸!" 자물쇠가 달린 상자에 들어 있는 접이식 칼들을 보며 그가 감탄했다.

엠마는 계속 **왜냐고** 물었다. 왜 이렇게 다양한 물건들이 다 필요해? 결국 목적이 뭐야? 특히 그녀는 여성용 화장품 매장에서 짜증을 냈다. "이렇게 다양한 종류의 피부에 맞는 크림을 누가 필요하다는 거지?" 선반에서 엑스트라 퍼밍 안티에이징 오버나이트 리뉴얼 세럼이라고 적힌 상자를 꺼내며 그녀가 물었다. "모든 사람들이 피부병에 걸렸나? 피부 관련해서 죽음을 부르는 역병이라도 돌았어?"

"내가 알기론 그런 거 없어." 내가 말했다.

"너무 이상해."

"넌 그렇게 말하기 쉽겠다, 아가." 머리칼을 크게 부풀리고 고리형 귀고리를 단 여인이 근처에 서 있다가 말했다. "넌 피부가 아기 같잖아!"

엠마는 재빨리 화장품 상자를 선반에 돌려놓았고, 우리는 슬그머니 물러났다.

밀라드는 말을 많이 하지 않았지만(내가 그에게 입을 다물라고 부탁했기 때문이다) 작은 한숨 소리와 '흠' 하는 신음으로 그가 열심히 모든 걸 머리에 새기는 중이라는 걸 알 수 있었다. 나는 문득 궁금해졌다. 24시간 동안 이곳에서 일어났던 모든 일의 역사를 밀라드가 기록하려면 루프 시간대의 생애가 과연 몇 번이나 필요할까?

드디어 옷 매장에 당도했을 때 나는 시간의 압박을 느꼈다. 째깍째깍 흘러가는 시간도, 우리가 매장에 걸어 들어온 이후로 줄곧 빤히 쳐다보고 있는 평범한 사람들도 걱정스럽고, 비록 우리가 집에서 수백 킬로미터 떨어진 곳에 있고 페러그린 원장은 다행히 아직 가루 어머니의 가루 효과 때문에 잠들어 있겠지만 너무 오래 꾸물거리면 원장이 우리를 찾아낼지도 모른다는 생각에 불안했다. 친구들이 카트에 담는 옷들에 대해선 거의 신경을 쓰지 않았다. 계산대 앞에 섰을 때쯤에야 비로소 나는 배고픔을 깨달았다. 모두들 마찬가지였지만, 먹을거리를 사러 매장으로 다시 카트를 밀고 들어가는 대신 우리는 계산대 주변에 있는 것들을 최대한 집어 담았다. 초콜릿 바, 양파 맛 과자, 사탕.

"불멸의 음식이네. 엄청 신기하다." '야생체리 짐잼' 봉지 뒤에 적힌 유통기한을 확인하며 엠마가 말했다.

우리는 계산을 끝내고 나와 곧장 화장실로 향했고 모두들 각자 산 옷으로 갈아입었다. 한 사람씩 친구들이 모습을 드러내자, 앞으로 내가 해야 할 일이 더 많다는 사실이 확실해졌다. 그들은 가장 평범한 가게에서 고른 가장 평범한 옷들을 입었지만, 아직 확실하게 평범한 사람처럼 보이지 않았다. 어쩌면 그들이 불편해서 그럴 수도 있고, 혹은 내가 하도 옛날 옷을 입은 친구들의 모습에 익숙해져서 갑작스러운 외모 변화에 적응이 안 됐을 수도 있겠지만, 이유는 몰라도 그들은 꼭 무대 의상을 입은 것 같았다.

엠마만 빼고 전부 다. 그녀는 몸에 꼭 끼는 검정 진에 하얀색 리복 운동화, 루트비어 색깔의 넉넉한 티셔츠를 입고 있었다. 엠마는 거울을 보며 인상을 찌푸렸지만 나는 예쁘다고 생각했다.

"남자 같아 보여."

"멋있어 보여. 그리고 현대적이고."

엠마는 한숨을 쉬며 입던 원피스를 대충 구겨 넣은 비닐 쇼핑백을 들어 올렸다. "벌써 이게 그립다."

"이 옷은 천이 굉장히…… **간질간질해**. 익숙해질 수 없을 것 같아." 우리가 골라준 깃 달린 셔츠를 잡아당기며 브로닌이 말했다.

에녹은 울퉁불퉁한 밑창이 요란한 어글리슈즈 운동화를 신고 양쪽 무릎엔 불타는 해골이 그려진 잠옷 바지에 '평범한 사람들은 나를 무서워해'라고 적힌 티셔츠를 입고 화장실에서 나왔다.

엠마가 절레절레 머리를 흔들었다. "네가 직접 옷을 골라 입는 건 이번이 마지막인 줄 알아."

뭐든 환불이나 교환을 할 시간은 없었으므로 우리는 걸어 나갔다. 어쩐 일인지 들어올 때보다 더 많은 시선이 우리에게 쏟아졌다. 카트를 밀고 자동문을 통과하는데 요란한 알람이 울렸다.

"저건 뭐야?"엠마가 소리쳤다.

"어쩌면 어, 그게, 우리가 물건 값을 다 내지 않았을 수도 있어."밀라드가 말했다.

"뭐! 왜?"내가 말했다.

파란색 조끼를 입은 두 남자가 빠르게 우릴 향해 걸어오고 있었다.

"오래된 습관은 쉽게 못 버리니까. 신경 끊고 달아나기나 해!"밀라드가 말했다. 그는 내 손에서 카트를 낚아채더니 자동차를 향해 전속력으로 뛰어갔다. 그러자 아스팔트 위로 저절로 달려가는 듯한 카트 뒤로 이상하게 생긴 아이들과 함께 뒤이어 보안요원 둘이 따라가는 모습을 이젠 백 명에 가까운 사람들이 구경하게 됐다.

우리는 쇼핑백과 함께 차에 뛰어올랐다. 얼른 열쇠를 꽂아 돌리자 자동차는 내가 움찔할 정도로 굉음을 내며 시동이 걸렸다. 나는 가속 페달을 밟아 주차된 차들 사이로 빠져나갔고, 달려오던 파란 조끼를 입은 보안요원 두 사람은 차에 치이지 않으려고 각기 다른 방향으로 몸을 달렸다.

"밀라드, 법을 어기려면 최소한 당당하게라도 하든지. 다시는 시도조차 하지 마!"엠마가 말했다.

"나도 감시 카메라는 알고 있었어. 근데 알람에 대해서는 아무도 얘기 안 해줬잖아!"밀라드가 말했다.

고속도로를 몇 킬로미터 미친 듯이 달리며 뒷거울로 끊임없이 경찰차 불빛을 확인한 뒤에야 나는 아무도 따라오는 이가 없다는 사실을 깨달았다. 결국 우리는 지방 국도로 빠져나와 해안에서 점점 멀어져 플로리다의 중심부를 향했다. 멜-오-디의 지도에서 플로리다주의 한복판 지역에 H가 표시한 동그라미와 연결되는 주요 도로는 하나뿐이었고, 그 도로가 바로 지금 우리가 달리는 길이었다. 인어의 판타지랜드는 그 지역 안에 들어 있었다. 그곳에서 플레이밍 맨을 찾을 수 있을지 확신은 없었지만 지도의 그 부분에 표시된 장소는 그곳 하나뿐이므로 거기서 시작하는 것이 여러모로 앞뒤가 맞았다.

"잠깐만." 뒷좌석에서 브로닌이 말했다. "우리 이제 바다에서 점점 **멀어지고** 있어. 인어가 왜 늪지에서 살겠어?"

"거기서 말하는 인어는 진짜가 아니야. 그냥 여행객을 끌어들이려고 만든 관광지일 뿐이야." 내가 말했다.

"그럴지도 모르지만 그곳은 『이상한 플래닛』에도 나와." 밀라드가 말했다. 그는 안내 책자를 들어 나에게 보여주더니 글귀를 읽었다. "새로 개장한 이상한 사람들을 위한 관광지에서 즐거운 수중 공연을 선보인다. 근방에 시간의 루프도 마련되어 있다. 아이들을 데리고 가보라!"

"인어들이 이상한 종족이란 뜻은 아니네. 그냥 시내에 루프가 있다는 의미야." 엠마가 말했다.

"혹은 과거에 그랬다는 얘기겠지. 이 안내 책자는 거의 70년이나 묵었다는 걸 기억해. 여기 있는 내용은 최대한 의심하면서 이해해야 돼." 밀라드가 말했다.

계속해서 차를 모는 사이 하늘에 뜬 태양은 점점 더 내려왔고 양방향 편도 2차선이던 도로는 좁아져 1차로로 변했다. 여전히 플로리다주였지만 완전히 다른 주에 접어든 것 같은 풍경이었다. 돈을 들여 개발한 해변에서 멀어지자 체인스토어도 없고 번쩍이는 새로운 개발지도 없었다. 길 양쪽은 빽빽한 숲이었고 이따금씩 나타나는 공터에 세워진 광고판에는 직접 따는 체험 딸기 농장, 무료 토지 제공, 보석금 법률 안내 같은 글귀가 써 있었다.

천편일률적인 도시 구획이 수 킬로미터씩 펼쳐지는 것이 아니라 이곳엔 소도시가 교차로 주변에 형성되어 있었다. 좀 더 큰 도시엔 외곽에 패스트푸드 음식점이 있고, 고색창연한 은행과 문을 닫은 극장, 상가에 입주한 교회 등이 보였지만 서너 블록이 전부인 중심가는 죽어가는 느낌이었다. 작은 도시에도 신호등은 계속 있어서 빨간불에 걸려 신호를 기다리면, 벤치에 앉은 노인들과 거리를 걷던 사람들은 마치 우리가 오랜만에 처음 보는 가장 흥미로운 대상이라도 된다는 듯이 신기하게 구경했다. 우리는 신호등에 걸리는 것이 무서워졌다. 세 번째인가 네 번째 신호에 걸렸을 때는 머리를 짧게 자른 젊은 남자가 맥주를 손에 든 채 우리에게 "핼러윈은 다음 달이야!"라고 소리치더니 낄낄거리며 걸어갔다.

몇 킬로미터 더 달려 빛바랜 인어의 판타지랜드 광고판을 지나쳤고, 그로부터 다시 몇 킬로미터 뒤 그곳이 나타났다. 멀리서 보니 흙바닥에 처량하게 생긴 텐트 몇 동이 서 있고, 사무실이나

직원 숙소로 쓰인 것 같은 콘크리트 블록으로 지은 주택 몇 채가 자리 잡고 있었다. 가로대를 내려 입구를 막아놓았으므로 나는 갓길에 차를 댔고, 우리는 걸어서 유원지로 들어갔다. 마당을 가로질러 텐트로 향했다. 주변에 아무도 없는 것 같았지만 곧이어 가장 가까운 텐트의 뒤쪽에서 누군가 끙끙거리며 욕을 하는 소리가 들려왔다.

"계세요?" 친구들을 이끌고 소리 나는 곳으로 가며 내가 말했다.

텐트를 돌아간 우리는 광대 분장을 한 두 사람과 마주쳤다. 한 사람은 인어 의상을 입고 곱슬곱슬한 금빛 가발을 썼고, 다른 사람은 인어 의상에 다리와 발이 갇혀 걷지 못하는 그 사람의 허리에 팔을 둘러 어렵사리 뒷걸음질을 치며 어색하게 인어를 옮기는 중이었다.

"너희는 글도 못 읽니? 우린 문 닫았어!" 인어가 우릴 노려보며 말했다.

다른 광대는 한 마디도 하지 않았고 심지어 우리 쪽을 쳐다보지도 않았다.

"그런 표지판 못 봤는데요." 내가 말했다.

"문을 닫았다면서 의상은 왜 입고 계세요?" 에녹이 물었다.

"의상? 무슨 의상?" 인어 여인은 확실한 가짜 꼬리를 흔들며 기묘하게 웃어댔다. 그러더니 그녀의 미소가 돌연 사라졌다. "돌아가거라, 알겠니? 우린 리노베이션 중이야." 그녀가 자신을 운반 중이던 광대를 옆구리로 쿡 찔렀다. "조지, 계속 가."

다른 광대가 텐트로 인어 여인을 옮겨 갔다.

"잠깐만요. 안내 책자에서 여기에 관한 내용을 읽었어요." 엠마가 그들을 따라가며 말했다.

"우린 어떤 안내 책자에도 실려 있지 않아."

"실려 있어요.『이상한 플래닛』에요."

인어가 엠마를 향해 홱 고개를 돌렸다. "조지, 멈춰." 그가 걸음을 멈췄다. 인어 여인은 의심쩍은 듯 잠시 우리를 살폈다. "너희는 그렇게 오래된 걸 어디에서 구했니?"

"그냥…… 찾아냈어요. 여기에 오면 좀 볼 게 있다고 적혔더라고요." 엠마가 말했다.

"그럴 리가 있나. 올바른 종류의 사람들에겐 **확실히** 좀 볼게 있긴 하지. 너희는 어떤 종류의 아이들이니?"

"상황에 따라 다르겠죠. 당신은 어떤 종류인데요?"

"조지, 나 내려 놔." 남자가 시키는 대로 하자 인어는 꼬리를 접어 균형을 잡으며 한 팔을 조지에게 기댔다. 꼬리가 특수 의상처럼 주름이 잡히는 게 아니라 근육처럼 팽팽해졌다. "우리는 공연 종사자들이야. 하지만 공연을 보여줄 만한 관객을 만나본 지가 꽤 됐지." 인어가 텐트 출입구를 가리켰다. "들어가서 구경 한번 할래?"

인어는 우리가 이상한 아이들이라고 결론을 내린 듯했고, 그렇다면 그녀도 마찬가지라는 생각이 들었다. 뾰족하고 퉁명스럽던 그녀의 말투가 거북할 정도로 상냥해졌다.

"우린 불 쇼에만 관심 있어요." 브로닌이 말했다.

인어가 고개를 갸웃했다. "우리 공연엔 불 쇼가 없어. 내가 불 쇼를 할 것 같아 보이니?"

"그럼 플레이밍 맨이 누구죠?" 브로닌이 물었다.

"우린 그 사람에게 전할 게 있어요. 여기 온 이유도 그 때문이고요." 내가 말했다.

인어의 얼굴에 놀란 표정이 번지더니 이내 재빨리 억누르는 눈치였다. "너희를 보낸 게 누구냐? 누구 밑에서 일하지?" 거짓 상냥함을 내던지고 그녀가 물었다.

나는 자기 이름을 언급하지 말라던 H의 경고를 떠올렸다. "아무도 없어요. 우린 사적인 용무로 온 거예요." 내가 말했다.

조지가 손을 인어의 귓가에 대고 무언가 속삭였다.

"보아하니 너희는 이 주변 아이들이 아니로구나. 우리 공연에 화염 같은 건 없지만, 그래도 좀 머물다 가면서 즐기지 그러니?" 상냥함이 다시 돌아왔다.

"정말로 그럴 수가 없어요. 플레이밍 맨에 대해선 정말로 전혀 모르는 게 확실해요?" 엠마가 말했다.

"미안하구나, 꼬마야. 하지만 우리 공연단엔 인어 셋과 춤추는 곰 하나, 곡괭이로 저글링을 하는 여기 조지랑……"

바로 그때 다른 두 사람이 텐트 모퉁이를 돌아 나타났다. 한 사람은 광대 분장을 했고 나머지는 곰 의상을 입고 있었다.

"우리 공연엔 저녁 식사가 제공되지." 인어는 우리가 뒤로 물러나는데도 아랑곳하지 않고 말했다. "저녁 식사와 서커스 공연, 곰은 무얼 할 수 있지?"

"노래!" 광대가 대답하더니 허리에 차고 있던 휴대용 오르간 손잡이를 돌리기 시작했고, 가장 형편없는 솜씨로 대충 만든 해골 같은 곰 마스크를 얼굴에 뒤집어쓴 곰이 신호라도 받은 듯이 노래를 시작했다. 그러나 노래 가사는 아주 이상한 언어였고, 노랫가락이 너무 느리고 목소리가 깊어서 노래를 듣자마자 졸리기 시작했다. 친구들도 고개를 꾸벅꾸벅 떨어뜨리는 걸 보니 그들에게도 비슷한 효과가 있는 모양이었다.

"소푸르 두 스비드 디트, 스바르투르 이 외이굼*Sofur thu svid thitt, Svartur i augum.*" 곰이 노래를 불렀다.

우리는 뒷걸음질치기 시작했다. 느리고 어눌한 발음으로 내가 말했다. "안 되겠어요. 우리는 이만……"

"시내 최고의 공연이야!" 인어가 우릴 향해 꼬리를 흔들며 말했다.

"파르 이 풀란 피트, 풀란 아프 드뢰이굼*Far i fulan pytt, Fullan af draugum.*" 곰 인간은 계속 노래했다.

"나한테 무슨 일이 일어난 거지? 머리가 솜사탕이 된 느낌이야." 브로닌이 꿈을 꾸듯 말했다.

"나도 그래." 밀라드가 말했다. 그의 목소리가 갑자기 허공에서 흘러나오자 인어와 곰과 광대 둘이 모두 펄쩍 뛰듯 놀라더니, 새로이 굶주린 듯한 표정으로 우릴 쳐다보았다. 이제껏 우리가 이상한 종족인지 의구심을 품고 있었다면 밀라드가 그것을 지워준 셈이었다.

어떻게든 우리는 몸을 놀려 달아나기 시작했고 서로 밀어주고 잡아당기며 비틀비틀 마당을 지나갔다. 그들은 비록 손과 몸을 이용해 물리적으로 우릴 막으려 하지 않았지만, 마치 수백 개의 거대한 거미줄을 뚫고 달아나는 것처럼 그곳에서 빠져나가는 게 거의 불가능한 일로 느껴졌다. 일단 정문까지 벗어나자 거미줄이

끊어지는 것 같더니 우리의 말과 생각도 제대로 돌아왔다.

우리는 서툰 손길로 자동차 문을 열었다. 나는 얼른 시동을 걸었다. 총알같이 차를 출발시켰고 타이어에서 폭발하듯 흙먼지가 피어올랐다.

♈

"그 끔찍하게 이상한 인간들은 누구지? 우리한테 무슨 짓을 한 거야?" 브로닌이 물었다.

"그들이 내 두뇌 속으로 기어 들어오려고 하는 느낌이었어. 윽, 그 느낌을 떨쳐낼 수가 없어." 에녹이 말했다.

"에이브가 지도에 해골 표시를 해놓은 이유가 바로 그들 때문이었을 거야. 보이지?" 엠마는 에이브가 덧그림을 그려 넣은 지도를 들어 올려 다른 친구들에게 보여주었다.

"이곳이 위험한 곳이었다면 H는 우리를 왜 이리로 보냈을까?" 브로닌이 물었다.

"어쩌면 테스트였을지도 몰라." 밀라드가 말했다.

"분명 그랬을 거야. 문제는 우리가 통과를 했을지 여부겠지. 또는 아까 그게 그냥 시작이었으려나?" 내가 말했다.

마치 신호라도 받은 듯이, 후방 거울을 흘끔 살피자 경찰차 한 대가 빠르게 우리에게 다가왔다.

"경찰이야! 모두들 평범하게 행동해." 내가 말했다.

"밀라드가 그 가게에서 도둑질한 걸 경찰이 알 거 같아?" 브로닌이 물었다.

"그럴 리 없어. 거긴 너무 먼 곳이야." 내가 말했다.

그런데도 경찰차가 우릴 따라오는 건 확실했다. 경찰차가 우리 차의 범퍼에 닿을 듯 너무 가까이 따라붙어서 부딪칠지도 모른다고 생각할 정도였다. 그러다 길이 넓어져 앞지르기 차선이 생기자 그들은 속도를 높여 우리와 나란히 차를 몰았다. 하지만 사이렌을 울리거나 번쩍번쩍하는 경광등을 켜지 않았다. 시끄럽게 마이크를 켜고 나에게 차를 세우라는 명령도 내리지 않았다. 그들은 단지 팔꿈치를 운전석 창문에 올린 채 나란히 차를 몰며 느긋하게 우리를 쳐다볼 뿐이었다.

"우리한테 원하는 게 뭘까?" 브로닌이 물었다.

"좋은 일은 아닐 거야." 엠마가 말했다.

그 경찰들의 이상한 점 또 하나는 차였다. 경찰차가 구식이었다. 30년, 어쩌면 40년은 되어 보였다. 그런 자동차는 더 이상 생산되지 않는다고 내가 지적했다. 오래전에 단종된 모델이었다.

"새 차를 장만할 여력이 없었나 보지." 브로닌이 말했다.

"어쩌면." 내가 대꾸했다.

경찰들은 브레이크를 밟아 뒤로 처졌다. 운전석에 앉아 거울 속에서 점점 멀어지던 경관이 무전기에 대고 말하는 모습이 보였다. 그러더니 그들은 방향을 확 꺾어 비포장도로로 접어들었고 시야에서 아예 사라졌다.

"너무 이상해." 내가 말했다.

"경찰들이 다시 오기 전에 여길 빠져나가자. 포트먼, 할머니처럼 운전하는 것 좀 관두고 제대로 밟아봐." 에녹이 말했다.

"좋은 생각이야"라고 말한 뒤 나는 속도를 높였다. 그러나 2,

3킬로미터 정도 달리자 엔진에서 이상한 소리가 들리며 계기판에 빨간 등이 들어왔다.

"오, 이건 또 뭐야." 내가 중얼거렸다.

"간단하게 고칠 수도 있을 거야. 하지만 들여다보기 전엔 나도 몰라." 에녹이 말했다.

우리는 방금 스타크, 인구 502명의 고장에 오신 것을 환영합니다라고 적힌, 햇빛에 뿌옇게 바란 광고판을 지난 터였다.

그 뒤쪽엔 손으로 쓴 작은 글씨체로 뱀 팝니다 - 애완용 및 식용이라고 적힌 표지판이 있었다.

덜컥거리는 자동차 소음은 꾸준히 더 커졌다. '스타크, 인구 502명의 고장'에서 멈추고 싶은 생각은 정말이지 없었지만 선택의 여지가 없는 듯했다. 그래서 나는 거의 인적이 없는 트럭 세차장으로 들어갔고, 모두 차에서 내려 보닛을 들어 올리고 엔진을 살피는 에녹을 지켜보았다.

"이상한 일도 다 있지." 잠깐 훑어보고 난 뒤에 몸을 일으키며 에녹이 말했다. "어느 부품이 망가졌는지는 알겠는데, 무슨 일이 있었던 건지 이해가 안 돼. 저건 수만 킬로미터를 달려도 멀쩡한 부품이거든."

"누가 차에 손을 댔다고 생각해?" 내가 물었다.

에녹은 턱을 긁었고, 그러느라 엔진오일이 얼굴에 묻었다. "어떻게 그게 가능한지는 모르겠지만 달리 설명할 방법이 없네."

"우린 **어떻게** 그게 망가졌는지는 관심 없어. 네가 그걸 고칠 수 있는지 없는지만 말해." 엠마가 말했다.

"얼마나 빨리 고칠지도." 어두워지는 하늘을 올려다보며 브로닌이 말했다.

저녁이 돼가고 있었고 멀리서 뇌운雷雲이 몰려드는 중이었다. 꽤나 골치 아픈 밤이 될 것 같았다.

"물론 내가 할 수 있긴 한데." 에녹이 가슴을 내밀며 말했다. "여기 있는 인간 횃불의 도움을 약간 받아야 할지도 몰라." 그가 엠마 쪽으로 머리를 갸웃했다. "얼마나 오래 걸릴지는 몇 가지 상황에 달렸고."

"안녕." 새로운 목소리가 들려와 모두 일제히 몸을 돌렸다. 주차장과 무성한 풀밭이 만나는 약간 높은 곳에 사내아이가 서 있는 것이 눈에 들어왔다.

아이는 열세 살쯤 되어 보였다. 갈색 피부에 구식 셔츠와 옛날 사람들이나 쓰던 납작한 모자를 쓴 아이였다. 아이의 목소리는 작았고 걸음걸이는 더 힘이 없어서 우린 아무도 그가 다가오는 소리를 듣지 못했다.

"넌 어디서 왔니? 너 때문에 겁먹었잖아!" 브로닌이 말했다.

"저쪽에서." 소년이 말했다. 아이는 뒤쪽 들판을 가리켰다. "내 이름은 폴이야. 도움이 필요해?"

"1979년식 애스턴 마틴 밴티지용 이중 흡입장치가 달린 하강 기화식 카뷰레터를 가진 게 아니라면 됐어." 에녹이 말했다.

"그런 건 없어. 하지만 대충 손보는 동안에 그 물건을 숨길 만한 장소는 우리한테 있어." 폴이 말했다.

그 말이 우리의 관심을 끌었다. 에녹이 보닛 아래에서 고개를 내밀었다.

"누구를 피해서 숨어야 하는데?"

폴은 잠시 우리를 관찰했다. 어둠이 아이를 삼켜버려, 하늘에 남은 마지막 빛을 배경으로 그림자로만 보였기 때문에 아이의 표정은 읽을 수가 없었다. 그는 어린 사내아이치고는 이상스레 위풍당당했다.

"너희는 이곳 출신이 아니지?"

"우린 영국에서 왔어." 엠마가 말했다.

"그렇구나. 이 근처에선 우리 같은 사람들은 어두워진 다음엔 특별한 이유 없이 밖에 나오면 안 돼."

"**우리 같은**이라니 무슨 뜻이야?" 엠마가 물었다.

"외지에서 곧바로 들어왔다가 이 길에서 자동차가 고장 나는 사고를 겪는 이상한 사람들이 너희가 처음은 아니거든."

"쟤가 뭐라는……" 처음으로 과감하게 목소리를 내며 밀라드가 말했다. "너 방금 **이상한 사람들**이라고 했냐?"

사내아이는 허공에서 들려오는 말소리를 듣고도 전혀 놀라는 얼굴이 아니었다. "난 너희들의 정체를 알아. 나도 마찬가지거든." 아이가 돌아서서 들판으로 걷기 시작했다. "따라와. 그런 덫을 설치해놓은 사람들이 뭐가 잡혔나 확인하려고 왔을 때 여기 남아 있고 싶진 않겠지? 그리고 그 차도 가져와." 아이가 어깨 너머로 소리쳤다. "힘센 사람이 차를 밀면 될 거야."

놀라우면서도 어떻게 할지 자신이 없어서 우리는 아이가 가는 모습을 지켜보고만 있었다. 이 지역에서 만난 이상한 사람들과의 만남 덕분에 우리는 조심스러워졌다. 그러자 엠마가 나에게 몸을 기대며 말했다. "저 아이한테 그걸 물어보면 어떨까……"

엠마가 그 문제의 단어를 입에 올리려던 바로 그 순간 저 멀리 들판 건너편에서 네온사인으로 적힌 단어에 불이 켜졌다.

플레이밍 맨

그것은 간판이었다. 네온등으로 만든 실제로 존재하는 글씨. 원래는 플라밍고 장원莊園이라는 뜻의 'FLAMINGO MANOR'라고 적혀 있었으나 글자 몇 개에 불이 꺼져 있었다. 그게 뭔지는 정확히 모르지만 건물은 키 큰 소나무 숲에 대부분 가려져 보이지 않았다.

엠마와 나는 벼락을 맞은 듯한 표정으로 미소를 지으며 서로를 쳐다보았다.

"흠, 아이가 하는 말을 너도 들었잖아." 엠마가 말했다.

"이상한 사람들은 서로 모여 있어야 해." 내가 말했다.

우리는 모두 그를 따라가기 시작했다.

우리는 아이를 따라 들판을 가로질러, 수풀이 우거져 도로에선 보이지 않는 흙길을 걸어갔다. 브로닌은 맨 뒤에서 끙끙거리며 울퉁불퉁한 흙바닥 위로 애스턴을 밀었다. 이따금씩 도로를 달려가는 자동차 소리나 우리 뒤쪽 트럭 세차장에서 들리는 공기 압축기 소리를 제외하면 조용한 저녁이었다.

오래된 모텔 간판과 숲을 지나자 모텔이, 아니 그 남은 잔해가 그곳에 서 있었다. 뾰족하게 높은 세모 지붕과 콩팥 모양의 수영장, 띄엄띄엄 서 있는 단층 오두막 형태의 객실을 갖춘 모텔은 아마도 1955년경엔 최고 전성기를 누렸겠지만, 지금은 버려진 건물이라는 인상만 줄 뿐이었다. 지붕엔 군데군데 방수포가 덮여 있었다. 앞마당은 웃자란 나무들로 거의 정글 같았다. 여기저기 움 푹 팬 주차장엔 버려진 차들이 녹슬어 가고 있었다. 수영장엔 한 두 뼘쯤 되는 초록색 물만 고였을 뿐이고, 길쭉한 빵 덩어리처럼 생긴 것은 거의 암흑에 가까워 제대로 판단하기 어려웠지만 아마 도 악어인 것 같았다.

"여기 겉모습엔 마음 쓰지 마. 안에 들어가면 더 괜찮으니까." 폴이 말했다.

"내가 저 안에 들어가는 일은 없을 거야." 브로닌이 말했다.

"여기에 루프가 있을 거야, 친구. 어떤 경우든, 안에 들어가면 더 괜찮을 거라고 나는 **확신해**." 밀라드가 말했다.

평범한 사람들을 따돌리는 데 도움이 되기 때문에 루프는 입 구 쪽에서 보면 끔찍이도 무서운 경우가 흔했고,『이상한 플래닛』 책자에도 인어의 판타지랜드 근방에 '루프가 마련되어 있다'고 언 급되었었다. 그것이 아이를 따라가기에 충분한 이유가 아니라 해 도, 어차피 에녹이 자동차를 고칠 때까지는 떠날 수도 없는 처지 였다.

"**저길 봐!**" 브로닌의 낮은 외침에 우리는 트럭 세차장 쪽을 돌 아보았다. 낡은 순찰차가 다시 나타나 느리게 세차장 옆을 지나며 서치라이트로 길 양쪽을 샅샅이 살피고 있었다.

"난 들어갈 거야." 폴의 목소리엔 새롭게 다급함이 묻어났다. "너희도 따라오는 게 좋을 거야."

확신은 없지만 우리도 따라갔다.

제 9 장

chapter nine

폴은 우리보다 앞장서서 주차장에서 이어진 지붕 덮인 긴 출입구를 지나 모텔 안마당으로 들어섰다. 우리도 용기를 내어 마당으로 들어갔고, 브로닌은 우리 뒤에서 차를 밀며 따라왔다. 통로의 중간 지점에서 공기의 기운이 치솟는 듯한 느낌이 들더니 눈 깜짝할 사이에 눈앞에 펼쳐졌던 어둠이 환한 대낮으로 바뀌었다. 우리가 당도한 곳은 서늘하고 눈부신 아침이었고, 깔끔하게 포장된 안뜰에는 거의 새것인 듯 형광 분홍색 페인트를 칠한 모텔방들이 둥글게 배치되어 있었다. 이젠 지붕에 덮어놓은 방수포도 없고, 수영장은 파란색 물빛으로 반짝거렸으며 주차장에 있던 고물 차들은 사라지고 그 대신 최상의 외형을 자랑하는 50, 60년대에 만들어진 자동차들이 서 있었다. 우리가 와 있는 곳은 60년대 후반이나 70년대 초반이 틀림없었다.

"자동차가 드나들 수 있게 만들어진 루프 입구라니. 이렇게 현대적일 수가!" 밀라드가 말했다.

나는 앞으로 달려가 폴을 따라잡았다. "좋아, 우리도 들어왔어. 이젠 우리 질문에 대답 좀 해줄래?"

"미스 빌리한테 물어보는 게 나을 거야. 이곳을 운영하는 분이거든." 폴이 말했다.

그는 우리를 이끌고 마당을 가로질러, 다른 객실과 멀리 떨어져 사무실이라는 간판이 달린 오두막을 향해 걸어갔다.

"그건 거기 둬. 아무도 건드리지 않을 거야." 폴이 브로닌에게 말했다.

브로닌은 애스턴 밀기를 중단하고 뛰어와서 우리와 합류했다. 루프의 이쪽 편에는 다른 사람들도 있었다. 수영장 가장자리에 앉아서 십자말풀이를 하던 노인들 두세 명이 신문을 내리고 지나가는 우리를 빤히 쳐다보았다. 다른 집에서도 커튼이 움직이더니 창문으로 우릴 내다보는 여인의 얼굴이 나타났다.

"미스 빌리?" 사무실 문을 노크하며 폴이 말했다. 그가 문을 열더니 우리에게 안으로 들어가라는 손짓을 했다. "이 사람들 차가 고장 났어요."

우리는 접수 데스크와 의자 두세 개가 놓인 방으로 몰려 들어갔다. 폴이 언급했던 여인은 의자에 앉아 있었다. 고급 원피스를 입고 립스틱을 바른 백인 할머니 한 분이 무릎에 앉혀둔 작은 푸들 강아지 세 마리를 보호하듯 팔로 껴안고 있었다.

"오 하느님." 할머니가 걸쭉한 남부 사투리로 말했다. 푸들 강아지들이 바들바들 몸을 떨었다. 그녀는 일어날 생각도 하지 않았다. "얘들 들어오는 거 누가 봤니?"

"그런 것 같진 않아요." 폴이 말했다.

"노상강도들은 어쩌고?"

"안 나타났어요."

노상강도들이 만일 경찰차에 타고 있던 남자들을 가리키는 거라면 폴은 방금 우릴 위해 거짓말을 한 셈이었다. 이유는 몰라도 어쨌거나 고마운 마음이 들었다.

"난 마음에 안 든다." 미스 빌리는 단호하게 고개를 저으며 말했다. "위험해. 이런 일은 매번 위험해. 하지만 이미 너희가 여기와 있는 한⋯⋯" 그녀가 뿔테 안경을 약간 내리고 우리를 쳐다보았다. "늑대들에게 너희를 그냥 내던져 줄 순 없을 것 같구나, 안 그러니?"

"전 이만 실례할게요, 다른 볼일이 좀 있어서요." 폴이 말했다.

폴은 밖으로 나갔다. 미스 빌리는 우리에게 계속 시선을 고정했다. "설마 너희도 내 밑에서 늙어가려는 건 아니겠지? 지금 그대로도 여긴 나이 든 사람들이 충분히 많다. 혹시라도 죽을 작정이라면 계속 가던 길로 가서 다른 데를 찾아보거라."

"우린 죽을 생각 없어요. 몇 가지 질문이 있을 뿐이죠." 내가 말했다.

"예를 들면, 당신이 이곳 원장님인가요?" 브로닌이 말했다.

미스 빌리가 얼굴을 찌푸렸다. "원장이라니?"

"임브린이시냐고요." 브로닌이 말했다.

"오 하느님." 미스 빌리가 의자 등받이에 등을 탁 기대며 말했다. "내가 정말로 **그렇게** 늙어 보이니?"

"저분은 데미-임브린이셔." 엠마가 말했다.

"임브린과 비슷한 분이시지." 내가 친구들에게 설명했다.

"난 관리인이고 그걸로 충분해. 돈을 받고 이곳이 무너지지 않도록 계속 애쓸 뿐이다. 렉스가 몇 주일에 한 번씩 들러서 시계 태엽을 감아주거든." 미스 빌리는 반대편 벽에 기대어 서 있는 대형 괘종시계를 가리켰다. 오래되고 거대하며 장식이 복잡한 괘종시계는 요란한 모텔 인테리어 속에서 혼자만 따로 동떨어져 보였다.

"렉스라뇨?" 내가 물었다

"렉스 포슬웨이트, 보기 드문 루프 지킴이란다. 배관 공사랑 전기 공사도 하지만, 자격증은 없어."

"잠깐만요, 정리 좀 할게요. 여긴 임브린이 없고 가짜 임브린도 **몇 주일에 한 번씩** 들르는 게 다란 말이에요?"

"태엽만 감을 줄 알면 돼. 다른 루프 지킴이가 와도 상관없어. 하지만 렉스가 플로리다 북부 전체를 맡은 걸 보면 벌이가 엄청 적은 모양이야."

"그분이 병들면 어떡해요?" 밀라드가 물었다.

"혹은 죽거나요?" 에녹이 말했다.

"그런 건 허용되지 않아."

"그나저나 이 물건은 뭐죠?" 에녹이 시계를 향해 다가서며 말했다. "이런 건 한 번도 본 적이⋯⋯"

강아지 세 마리가 요란하게 짖기 시작했다.

"그 근처엔 가지 마라!" 미스 빌리가 꾸짖었다.

에녹이 시계에서 휙 몸을 돌렸다. "그냥 보려는 것뿐이에요!"

"쳐다보지도 마라. 내 루프 시계를 엉망으로 만들게 내버려 둘 순 없어. 자칫하면 모든 게 무너져버릴 수도 있어."

에녹이 팔짱을 끼고는 씩씩댔다. 볼일을 의논하기에 적당한 때라고 짐작한 나는 일단 강아지들이 짖기를 멈추자 입을 열었다. "드릴 게 있어요."

나는 H가 보낸 꾸러미 중에서 플레이밍 맨이라고 적힌 것을 내밀었다.

미스 빌리는 안경테 너머로 그걸 살펴보았다. "그게 뭐냐?"

"저도 몰라요. 하지만 당신이 이곳 관리자니까 당신 물건이라고 생각해요."

그녀가 이맛살을 찡그렸다. "네가 열어봐라."

나는 종이를 찢었다. H가 그 물건을 내게 준 이후로 안에 무엇이 들었는지 궁금해 죽을 지경이었다.

그것은 강아지 간식 한 봉지였다. 상표엔 큰 맛, 큰 재미!라고 적혀 있었다.

"설마 농담이겠지." 엠마가 중얼거렸다.

미스 빌리의 얼굴이 환해졌다. "이렇게 기쁠 때가! 우리 애들이 제일 좋아하는 간식인데!" 봉지를 본 강아지들이 보채며 몸을 꿈틀거리기 시작했다. 미스 빌리는 봉지를 내 손에서 낚아채더니 강아지들 머리 위로 높이 치켜들었다. "에! 에! 욕심내지 마라!"

"**개 사료**를 배달하려고 우리가 그 모든 곤경을 겪었던 거야?" 에녹이 말했다.

"그냥 아무 개 사료가 아니란다." 미스 빌리는 강아지들이 킁킁거리며 따라오는 간식 봉지를 가방에 넣으려고 돌아서며 말했

다.

"누가 보낸 건지 궁금하지 않으세요?" 엠마가 물었다.

"누가 보냈는지는 알고 있어. 그 사람을 만나거들랑 나 대신 심히 고맙다고 인사하고, 내 크리스마스 손님 목록에도 다시 올려 주겠다고 전해라. 자 그럼……" 그녀는 강아지들을 가슴에 꼭 안은 채로 자리에서 일어났다. "난 요 아가씨들 오줌 뉘러 데리고 나가야겠으니, 이곳 규칙이나 잘 들어둬. 첫째, 내 시계는 건드리지 마라. 둘째, 우리는 이곳에서 소란이나 소동이 벌어지는 걸 싫어하니까 조심하도록 해. 셋째, 이웃집에 정비소가 딸린 주유소가 있으니 그곳에 가면 고장 난 너희 차를 고칠 수 있을 거다. 수리가 끝나는 대로 반드시 떠나야 한다. 빈방은 없어."

그녀가 가려고 돌아섰다.

"우리한테 줄 건 아무것도 없어요?" 내가 물었다.

그녀는 인상을 썼다. "예를 들면 어떤 거?"

"단서요. 우리가 찾는 건…… 포털이거든요?" 꾸러미를 받았으니 답례로 최소한 무언가 유용한 정보 정도는 줄 거라고 바라는 마음이었다. 지도 한 조각이라든지 주소가 적힌 엽서라든지, 우리의 다음번 목적지를 찾는 데 도움이 될 만한 것으로.

"오, 얘야. 너희한테 단서가 없다 해도 안타깝지만 난 도와줄 수 없어!" 그녀는 큰 소리로 웃어댔다. "이제 그만 가봐라, 난 아가씨들 산책시키러 나가야 해."

마당으로 나간 우리가 인적이 사라진 수영장 옆으로 걸어가자, 플라밍고 장원의 주민들이 블라인드 틈으로 우릴 관찰했다.

"개 사료라니. 믿어지질 않아." 브로닌이 말했다.

"꾸러미의 내용물은 그닥 중요하지 않아. 오로지 우리가 배달을 해냈다는 게 의미 있는 거야." 에녹이 말했다.

"우리가 믿을 만한지 알고 싶었나 봐." 내가 말했다.

폴이 우리가 서 있는 곳으로 다가왔다.

"이웃에 있는 정비소에 이야기해뒀어." 그가 플라밍고의 오두막 객실 너머에 서 있는 건물을 가리키며 말했다. "카뷰레터가 뭔지는 몰라도 거기 가면 부품이 좀 있을 거야."

"작은 스패너 하나라도 없는 것보다야 낫겠지. 고마워." 에녹이 말했다.

폴은 고개를 끄덕인 뒤 다시 서둘러 사라졌고, 우리는 다음 행동을 계획하느라 모여들었다.

"다음 장소는 뭘까? 포털(관문)이라고? 그걸 어떻게 찾지?" 브로닌이 물었다.

"주변에 물어봐야겠지. 누군가는 알고 있을 거야." 엠마가 말했다.

"H가 우리의 인내심을 테스트하는 것 말고는 다른 이유도 없이 우릴 이곳으로 보내진 않았겠지." 에녹이 말했다.

"그런 사람은 아닐 거야." 엠마가 말했다.

에녹이 발밑에 돌아다니는 비치볼을 걷어찼다. 공은 날아가서 수영장에 빠졌다. "아무래도 넌 속임수에 놀아나본 적이 별로 없나 본데, 이건 딱 에이브가 나한테 하던 짓이랑 너무 비슷해. 그 작자도 에이브 밑에서 일했다면서."

"에이브와 **함께** 일했대." 누구든 우리 할아버지를 비판하면 그 순간 아직도 까칠해지는 엠마가 말했다.

"그게 그거지!"

"넌 가서 차나 고쳐! 그게 네가 여기 온 유일한 이유잖아, 안 그래?" 엠마가 소리쳤다.

에녹은 허를 찔린 표정이었다. "가자, 브로닌, 여왕님께서 또 다시 명령을 내리기 시작하셨네." 그가 중얼거렸다.

에녹과 브로닌이 자동차로 향했다. 에녹은 운전석에 올라 정비소를 가리키며 소리쳤다. "가자!"

브로닌은 머리를 흔들며 한숨을 쉬었다. "이번 일이 다 끝나면 난 저녁을 2인분은 먹어야 할 것 같아." 그러고는 범퍼에 양손을 대고 차를 밀기 시작했다.

"이런, 안녕하신가, 젊은이. 안녕하시오, 아가씨!"

돌아보니 한 남자가 미소를 지으며 나를 향해 성큼성큼 다가오고 있었다. 그는 굳은살이 박힌 큰 손으로 내 손을 감쌌고, 우린 악수를 했다. "난 아델레이드 폴러드라고 한다, 만나서 정말 반갑구나." 그는 멋진 파란색 양복에 같은 색 모자를 쓴 키 큰 흑인이었다. 일흔 살쯤 되어 보였지만, 여기가 루프란 걸 감안하면 나이가 더 들었을지도 몰랐다.

엠마는 내가 볼 때 낯선 사람에게 한 번도 보여준 적 없는 미소를 지으며 대꾸했다. "아델레이드. 평범한 이름은 아니네요!"

"글쎄다, 내가 평범한 사람은 아니니까! 이런 보잘것없는 늪지의 길목에 너희는 무슨 일로 왔니?"

"인어의 판타지랜드라는 곳에 들렀었어요." 밀라드가 말하자, 아델레이드의 얼굴이 어두워지는 것이 내 눈에 들어왔다. "거기 사람들이 우리한테 주문 같은 걸 걸려고 했어요."

"빠져나오기는 했는데 그러다가 어떤 경찰관들이 우릴 따라 왔고, 그런 다음에 곧 자동차가 고장 났어요." 엠마가 설명했다.

"그런 일을 겪다니 정말 유감이다. 사람들이 우리 같은 동족들에게 그런 짓을 벌인다는 게 참 슬프구나. 그저 슬플 따름이야." 그가 말했다.

"그 사람들이 누군데요?" 엠마가 물었다.

"뻔뻔하게 타락한 사람들에 지나지 않아. 놈들은 덫이란 걸 잘 모르고 걸려드는 외지의 이상한 사람들을 꼬드겨서 붙잡았다가 노상강도들에게 팔아넘긴단다." 아델레이드가 말했다.

"그 경찰관들 말인가요?" 내가 물었다.

"경찰인 척하는 놈들이지. 갱단이나 다름없어. 고속도로를 누비고 다니며 사람들을 괴롭히고, 도둑질하고, 동네 전체가 자기들 소유인 것처럼 행동하지. 폭력배에다 강도 전문 사기꾼들에 지나지 않아."

"예전엔 우리도 걱정할 게 그림자 괴물밖엔 없었는데 말이야." 아델레이드의 뒤쪽에서 휠체어를 탄 백인 노인이 나타났다. 왼쪽 다리 바짓부리를 접어서 핀으로 고정해놓은 채로, 그는 불붙인 시가를 무릎에 올려둔 재떨이에 톡톡 털었다. "맹세컨대 가끔은 놈들이 그리워. 그 괴물들이 사라지고 난 뒤부터 저 노상강도 놈들이 기세등등해졌잖아. 놈들은 자기네가 하고 싶은 대로 뭐든 다 해도 된다고 생각하는 거야." 노인은 앞니 네 개가 빠져버린 틈새로 시가 연기를 뿜어댔다. "그나저나 나는 알 포츠란다." 그가 우리에게 가볍게 거수경례를 했다. "너희는 포츠 씨라고 부르면 돼."

"젊은 친구들이 이런 일을 겪게 돼서 정말 유감이야. 다들 아주 착해 보이는데." 아델레이드가 말했다.

"저희 착해요. 하지만 다 잘될 거예요." 밀라드가 말했다.

"본인 입으로 **저희 착해요**라고 하네!" 아델레이드가 웃음을 터뜨렸다. "마음에 든다."

포츠 씨가 상체를 수그려 치아 사이로 바닥에 침을 뱉었다. "자네는 빌어먹게 너무 많이 웃어, 아델레이드."

아델레이드는 그를 무시했다. "안타까운 일이야. 여기도 한때는 괜찮은 곳이었어. 너희처럼 착하고 이상한 사람들이 이곳으로 와서 즐거운 시간을 보내곤 했었지. 이젠 부랑자 같은 사람들만 어쩌다 찾아와서 갇히는 곳이 되고 말았어."

"난 갇히지 않았어. 은퇴한 거야." 포츠 씨가 말했다.

"그렇겠지, 알. 자넨 그렇게 생각하게."

"이 루프를 만든 임브린한테는 무슨 일이 있었어요? 왜 여기 남아서 루프를 보호하는 걸 돕지 않았죠?" 밀라드가 물었다.

아델레이드는 나를 보며 휘파람을 불었다. "**임브린**. 이 단어를 마지막으로 들은 게 언제였더라, 알?"

"오래전이지." 포츠 씨가 대꾸했다.

"직접 내 눈으로 본 건…… 어휴, 40년 전인가 봐. 진짜 임브린 말이야. 변신조차 못 하는 반쪽짜리 존재들 말고." 향수에 젖은 아델레이드의 목소리가 부드러워졌다.

"다들 어디 간 거죠?" 엠마가 물었다.

"애당초부터 수가 그렇게 많지 않았어." 포츠 씨가 말했다. "50년대에 내가 살던 인디애나주 루프에서는 가장 가까운 루프랑 임브린 한 사람을 공유했었던 게 기억나. 피존 호크 원장이었지. 그러다 어느 날인가 와이트와 그림자 괴물들이 갑자기 제 세상인 듯 나타나더니 독약보다도 치 떨리게 임브린들을 미워했어. 놈들은 그들을 없애버리려고 온갖 수단을 다 동원했지. 결과적으로 꽤 성공을 거두었어."

"어떻게요? 유럽에도 1908년 이후로 할로우와 와이트들이 나타났고 놈들도 똑같이 임브린을 미워했지만, 우리 세계에선 임브린들이 대부분 살아남았어요." 엠마가 말했다.

"와이트들의 작전에 대해선 내가 전문가가 아니라 뭐라 말할 수가 없구나. 하지만 이건 확실해. 우리 임브린들이 더 월등하진 않았을지 몰라도 다른 어느 곳의 임브린들만큼이나 강하고 똑똑했어. 지금도 찾을 수만 있다면 나는 목숨을 걸고서라도 미국 임브린들을 신뢰할 거다. 그러니까 그들이 패기가 부족해서 밀려난 건 아니란다."

"그래서 소위 루프 지킴이라고 하는 존재들을 대신 갖게 됐군요." 밀라드가 의구심 가득한 목소리로 말했다.

"늙은이 렉스 말이구나. 그런대로 괜찮은 지킴이야. 끔찍한 술고래지만." 포츠 씨가 말했다.

"술을 마셔요?" 밀라드가 물었다.

"떠돌이 전도사처럼 마시지." 아델레이드가 말했다. "렉스는 2, 3주일마다 한 번씩 와서 루프 시계와 씨름도 하고, 낮을 밤으로 바꾸기도 하고, 기타 등등……"

"그러고 나면 미스 빌리가 직접 담근 호밀 위스키를 병째 바닥을 내지. 내가 알기론 술을 팔아서 미스 빌리가 루프 유지비를 마련할걸." 포츠 씨가 말했다.

엠마가 밀라드를 돌아보며 말했다. "너 그런 얘기 들어본 적 있어?"

"출처 불명의 소문으로만." 그가 대꾸했다.

아델레이드가 손뼉을 쳤다. "너희들 뭘 좀 먹기는 했니? 내 방엔 커피가 한 주전자 있고 알은 늘 꽈배기 도넛을 몇 개씩 꿍쳐 두고 살거든."

"내 도넛은 자네가 상관하지 마." 포츠가 말했다.

"이 젊은이들은 힘겨운 하루를 보냈어, 알. 가서 도넛 좀 가져와." 못마땅한 듯 포츠 씨는 작은 소리로 뭐라고 꿍얼거렸다.

아델레이드는 우리를 데리고 마당을 가로질러 자기 방으로 향했다. 우리는 어느 여인이 문을 닫아놓고 방 안에서 큰 소리로 오페라를 부르는 집 앞을 지나갔다.

"오늘 아침엔 목소리가 좋네요, 남작 부인!" 아델레이드가 소리쳤다.

"**고마워요오오오오오.**" 여인이 노래로 화답했다.

엠마가 속삭였다. "내가 좀 이상한 건가, 아니면 여기 사람들 전부가 다 약간……"

"제정신이 아니라고?" 포츠가 말을 낚아채더니 킬킬거리고 웃어댔다. "네 말이 맞아, 아가. 우린 제정신이 아니란다."

"우와, 청력이 좋으시네요." 내가 말했다.

"눈은 멀었어. 그래도 아직 귀는 말짱해." 포츠가 휠체어를 밀고 우리 곁을 지나가며 말했다.

우리는 아델레이드의 숙소 거실에 놓인 작은 탁자에 둘러 앉아 커피와 도넛을 먹었다. 꽃무늬 소파와 의자, 벽에 붙은 로터리식 TV, 꽃이 꽂힌 꽃병이 세간의 전부인 좁은 공간이었다. 출입문 옆에 여행 가방을 꾸려놓은 것을 발견하고 내가 알은체를 했다.

"아, 난 떠날 거란다." 아델레이드가 말했다.

포츠가 웃음을 터뜨렸다. "말만 계속 그렇게 하지."

"이제 언제라도 갈 거야."

나는 포츠 씨를 흘끔 처다보았다. 포츠 씨는 머리를 흔들었다.

"캔자스시티로 갈 거야. 옛 여자 친구를 만나러." 아델레이드가 말했다.

"자넨 어디로도 못 가. 나머지 우리들처럼 자네도 여기 갇혔어." 포츠가 말했다.

그 말을 들으니 알츠하이머를 앓는 외할머니를 만나러 찾아갔던 요양원이 떠올랐다. 할머니도 늘 떠나는 이야기만 하셨지만 물론 절대 떠날 순 없었다.

"저희는 포털을 찾아야 해요. 이 근방에서 그런 곳 들어보셨어요?" 내가 말했다.

아델레이드는 포츠를 처다보았고, 포츠는 신음 소리를 내며 고개를 저었다. "난 전혀 들어본 적 없다." 아델레이드가 말했다.

"포털 같은 건 없어. 우리가 아무리 물어봐도 계속 똑같은 대답만 듣게 될 거야. 여긴 막다른 골목이라고." 밀라드가 말했다.

"남작 부인과 이야기를 해보는 게 좋겠다. 혹은 아흔 살짜리 보디빌더인 바이스한테 물어봐. 두 사람은 안 가본 데가 없어." 아델레이드가 말했다.

"그럴게요. 고맙습니다." 내가 말했다.

우리는 1, 2분간 침묵 속에서 도넛을 먹었다. 그러다가 브로닌이 커피 잔을 소리 나게 내려놓으며 말했다. "제가 너무 주제넘은 건 아니길 바라는데, 두 분 할아버지의 이상한 재능은 뭐예요?"

아델레이드는 기침을 하며 시선을 내리깔았고 포츠는 질문을 듣지 못한 척했다. "우리 밖에 나가서 햇볕이나 쪼일까?"

친구들과 나는 서로 눈빛을 주고받았다. 어색한 순간이었다.

우리는 밖으로 나갔다. 폴이 지나가고 있었다.

"젊은이!" 아델레이드가 손을 흔들며 말했다.

폴이 다가왔다. 그는 한쪽 옆구리에 길고 옹이가 진 나뭇가지를 끼고 손엔 칼을 쥐고 있었다. "네, 어르신?"

"이 사람들이 뭔가를 찾고 있다는데, 다시 그게 뭐라고?"

"포털요." 엠마가 말했다.

"아." 폴이 고개를 끄덕이며 말했다. "물론이죠."

그는 전혀 혼란스러운 표정이 아니었다. 그곳을 찾아다니는 게 완벽하게 정상이라는 듯이.

"정말?" 내가 말했다.

"음, 우리는 그만 들어가보는 게 좋겠다." 아델레이드가 이렇

게 말하고는 포츠의 휠체어 손잡이를 잡고 밀기 시작했다. "너희들 모두 행운을 빈다."

"음식 감사했어요. 저 때문에 불편하셨다면 죄송해요." 브로닌이 말했다.

나는 움찔했다. 두 사람은 그 말도 역시 듣지 못한 척했고, 아델레이드의 숙소 안으로 사라졌다. 우리는 잠시 어색했던 분위기를 떨쳐버리려고 폴을 향해 돌아섰다.

"너 포털이 어딘지 안다고 그랬지." 엠마가 말했다.

"당연히 알아. 내가 거기 출신이거든." 폴이 대답했다.

"네가 포털 출신이라고?" 밀라드가 말했다. "그런 건 없다니까……"

"내 **고향**이 포털이라고. 도시 이름이야. 조지아주, 포털."

"포털이라는 이름의 도시도 있어?" 내가 물었다.

"유명하진 않은 곳이야. 그렇지만 있어."

"그게 어딘데? 지도에서 우리한테 가르쳐줄 수 있어?"

"당연히. 하지만 그 도시가 너희 목적지야? 아니면 그 근처에 있는 루프야? 도시엔 별로 볼 게 없어."

나도 모르게 씩 웃음이 났다. "루프지. 당연히."

"그럼 얘기가 달라져. 내 도움 없이는 그 루프를 못 찾을 거야."

"난 보증된 지도 전문가야. 아무리 복잡한 방향이라도 나는 잘 찾을 수 있어." 밀라드가 말했다.

"방향은 문제가 안 돼. 입구 위치가 바뀌거든."

밀라드는 코웃음을 쳤다. "바뀐다고?"

"이상한 종족 중에서도 나처럼 설득의 재주를 가진 사람들만 찾을 수 있어. 점술가들."

"그럼 네가 우릴 거기로 데려다줄 수 있어?" 내가 물었다.

"음. 모르겠어."

"가자. 우린 좋은 친구들이야." 엠마가 말했다.

"나는 돌아다니는 거 별로 안 좋아해. 게다가 즐거운 여행도 아니잖아."

"여행이 뭐가 그렇게 나쁘다고?" 내가 물었다.

폴은 어깨를 으쓱했다. "그냥…… 별로 즐겁지가 않아."

"성냥불. 네가 필요해!"

팔꿈치까지 팔에 기름 범벅이 된 에녹이었다. 그는 마치 엠마의 새 옷에 더러운 얼룩을 닦으려는 듯 그녀를 향해 덤벼들었고, 엠마는 꽥 소리를 지르며 그를 피해 달아났다. 에녹은 껄껄 웃더니 정비소로 되돌아가기 시작했다.

엠마의 티셔츠 일부가 허리춤에서 삐져나왔다. 그녀는 옷매무새를 고치며 에녹의 뒤를 노려보았다. "멍청이."

우리는 에녹을 따라 정비소로 향했다. 우리 부탁을 거절한 뒤라 어색함을 느끼던 폴도 우리가 이제 하려는 일이 무엇인지 궁금해졌는지 함께 따라왔다.

주차장을 가로질러 가던 도중 브로닌이 말했다. "아까 그 할아버지들한테 어떤 이상한 재능을 가졌는지 물어봤던 거 주제넘은 짓이었을까?"

"이상한 능력은 근육 같은 거야. 오랫동안 사용하지 않으면 위축될 수 있어. 어쩌면 그분들한텐 아무것도 남지 않았는데 네가 아픈 곳을 건드렸을 수도 있어." 밀라드가 대답했다.

"그런 거 아니야. 능력을 쓰는 게 허용이 안 됐어." 폴이 말했다.

"그게 무슨 뜻이야?" 엠마가 물었다.

"이 지역 담당 패거리들이 자기네들 말고는 아무도 이상한 능력을 사용할 수 없게 법을 만들었어. 확실하게 누구도 능력을 사용하지 않는지 확인하려고 밀고자도 고용했을 정도야."

"맙소사. 무슨 이런 나라가 다 있냐?" 밀라드가 말했다.

"잔인한 나라네." 엠마가 말했다.

폴은 한숨을 쉬었다. "다른 나라도 있어?"

ʕ

간판에는 에드 정비소라고 적혀 있었지만 내가 보기엔 그냥 오래된 헛간 같은 곳이었다. 루프가 일요일이나 휴일에 만들어진 듯 사람들은 아무도 보이지 않았다. 벽에 공구들이 매달린 텅 빈 작업대에 브로닌이 아까 애스턴을 밀어놓았고, 에녹은 이제 자동차를 거의 달릴 수 있게 고쳐놓은 상태였다. 금속 부분을 용접해야 하는데, 그 일을 끝내려면 엠마의 불길이 필요하다고 에녹이 설명했다.

금속을 용접할 정도로 엠마가 손을 뜨겁게 만들려면 양손을 비비고 리듬을 조절해가며 몇 분간 꾸준히 노력을 기울여야 했다. 거의 하얀색으로 피어오른 불꽃은 너무 위험해서 입고 있는 옷에 불이 붙지 않도록 손을 몸에서 최대한 멀리 떼어놓아야 했다. 엠마가 보닛 아래로 몸을 수그려 사방으로 스파크를 튕기는 동안 우리는 멀찍이 물러서서 기다렸다. 어찌나 시끄럽고 흥미로운 광경이었던지, 작업을 마친 엠마가 얼굴에서 땀을 뚝뚝 흘리며 숨을 몰아쉬는 걸 보고서야 비로소 우리는 모텔 쪽에서 들려오는 성난 외침을 알아차렸다.

우리는 다급히 정비소에서 달려 나갔다. 일찍이 우리를 괴롭혔던 바로 그 오래된 경찰차가 플라밍고 모텔 앞마당에 문을 다 활짝 열어둔 채 주차되어 있었다.

"노상강도들이 너희를 쫓아온 것 같아. 너희 모두 달아나는 게 좋겠어. 뒷길로 빠져나가." 폴이 정비소 뒤쪽으로 이어져 마을을 벗어나는 길을 가리키며 말했다.

"저런 불한당 손에 모든 사람들을 두고 떠날 순 없어." 밀라드가 말했다.

"뭐라고? 당연히 도망가야지." 에녹이 말했다.

바로 그때 가짜 경찰관 일당 중 하나가 미스 빌리의 팔을 끌고 앞마당으로 나왔고, 강아지 세 마리는 미친 듯이 짖어대며 그의 발꿈치를 깨물려고 했다.

"나한테 잠깐만 시간을 좀 주면 좋겠다. 내가 가서 저 인간의 턱을 부서뜨려줄게." 브로닌이 말했다.

"저들과 싸우는 건 쓸모없는 짓이야. 그냥 더 화만 나게 만들 거야. 더 많은 사람들이 더 많은 무기를 갖고 돌아올 테고 그럼 상황은 더 나빠질 거라고." 폴이 말했다.

"싸움은 항상 쓸모가 있단다. 특히 끔찍한 사람들을 울릴 때는 말이지." 엠마가 양손을 깍지 끼고서 관절을 꺾어 우드득 소리를 내자 아직도 이글거리는 손에서 불똥이 튕겼다. "에녹, 자동차는 잘 굴러가겠어?"

"새것처럼 멀쩡해졌어." 에녹이 말했다.

"좋았어. 우리 올 때까지 시동 걸어놔." 엠마가 나를 향해 말했다. "눈 깜짝할 사이에 다녀올게." 그러고는 브로닌을 돌아보았다. "갈까?"

브로닌은 어깨를 돌려 근육을 잠시 풀고는 팔을 높이 들고 흔들더니 고개를 끄덕였다.

나는 엠마가 이런 모습일 때, 내심 너무 좋았다. 몹시 화가 나면 엠마는 이상스러울 정도로 침착해지고, 자신이 행사할 수 있는 능력에 분노를 온통 집중해 파괴력을 최대로 높였다. 엠마와 브로닌이 모텔을 향해 걸어가기 시작했다. 물론 나머지 우리들도 뒤에 남을 생각은 없었지만, 우리 중에선 엠마와 브로닌이 상대에게 피해를 안겨줄 능력이 가장 세기 때문에 우리는 그들 뒤에서 몇 걸음 떨어져 걸어갔다.

앞마당에선 노상강도 하나가 미스 빌리의 손목을 움켜잡고 그녀에게 고함을 치며 질문을 던지는 사이 다른 일당이 모텔방을 하나씩 수색했다. "놈들은 여기 왔었어, 확실해!" 수색을 맡은 남자가 아델레이드의 숙소에서 뛰쳐나오며 소리쳤다. "거짓말하는 놈들은 모두 뼈저리게 후회하게 만들어줄 테다! 명령을 어긴 데 대한 처벌이 뭔지는 너희도 알지!"

가까이에서 살피니 그들은 별로 경찰관처럼 보이지 않았다. 그들은 초록색 군복 바지에 군용 부츠를 신었고, 군인처럼 짧은 머리에 멍청하면서도 지나치게 자신만만한 허풍쟁이 같은 태도를 뽐내고 있었는데 그런 작자들은 플로리다에서 자란 나도 익히 잘 알았다. 둘 중에 키 작은 쪽이 허리에 권총집을 차고 있었다.

"명령 불복종은 너희를 보호해주는 대가를 지불하지 않는 것보다 더 나빠! 다음번에 너희 시계태엽을 감아줘야 할 때 어쩌면 늙은 렉스가 나타나지 않을 수도 있다고!" 키 큰 쪽이 고함을 질렀다.

"그 사람은 내버려둬!" 미스 빌리가 외쳤다.

그는 미스 빌리의 뺨을 때리려는 듯 팔을 뒤로 쳐들었지만 땅딸보가 "놈들 저기 있어, 대릴!"이라고 소리치자 멈칫했다. 땅딸보가 우리를 가리키며 입을 동그랗게 오므렸다.

"이런, 이런, 이런." 대릴이 말했다.

그는 미스 빌리를 놓아주었다. 그녀는 '수영장 규칙'을 적어놓은 표지판 뒤로 재빨리 몸을 숨겼다. 앞마당에 당도한 우리는 수영장과 마당이 만나는 지점에 멈춰 섰다. 그들과의 거리는 6미터 정도였다. 엠마와 브로닌이 우리 무리의 맨 앞에 서고, 에녹과 내가 뒤를 지켰다. 밀라드는 침묵을 지켰으므로 나로선 내심 그가 노상강도들의 측면으로 몰래 접근해주기를 바랐다.

"너희들 전부 이 동네에 처음 왔나 보구나." 대릴이 말했다. 그는 요란하게 헛기침을 했다. "너희가 지나간 길은 통행료를 내야 하는 유료 도로였어. 오늘 통행료는 뭐였지, 잭슨?"

"통행료를 안 내고 도망가면 비용이 더 높아진다는 걸 알아야지." 잭슨은 경찰차 앞에 서 있던 동료 옆으로 합류해 차문에 기대고 서서 양손 엄지를 권총 벨트에 걸었다. 그는 우리를 위아래로 훑어보더니 상대에 대해서 전혀 걱정하지 않는 눈치였다. 그가 입술을 벌여 느끼한 미소를 머금었다. "저 녀석들이 가진 현금과 자동차는 어떨까." 그가 정비소를 향해 고갯짓을 했다. "저렇게 멋진 녀석은 나도 잡지에서나 본 것 같아."

옛날 서부영화 장면처럼 플라밍고 장원 주민들이 블라인드 틈새로 내다보는 걸 나는 알아차렸다.

"당신들은 지옥에나 가시지." 엠마가 말했다.

이제는 대릴도 미소를 지었다. "저 배짱 좀 보라지, 여자애가 입이 거칠군."

"누구든 나한테 무례하게 구는 건 용납 못 한다. 특히 여자들은." 잭슨이 말했다.

"**특히** 더 그렇지." 대릴이 거들고 나섰다. 그는 다시 코웃음을 치더니 주머니에서 손수건을 꺼내 코를 감쌌다. "실례." 그는 약간 고개를 돌리고 한쪽 콧구멍을 손가락으로 누른 뒤 빠르게 킁 하고 숨을 내뿜어 작고 검은 콧물 방울을 로켓처럼 바닥으로 쏘아 보냈고, 바닥에 떨어진 콧물은 수증기를 뿜으며 시멘트에 작은 구멍을 냈다.

엠마가 구역질을 하는 소리가 들렸다.

"우와." 에녹이 내 옆에서 속삭였다. 시샘하는 말투였다.

"그것 참 고약한 습관이야, 대릴." 잭슨이 말했다.

"이건 습관이 아니야. 인체의 고통이지."

엠마가 남자들을 향해 한 걸음 다가섰다. 브로닌도 친구의 행동을 따랐다.

"저 인간은 원자력 가래를 뱉는군." 엠마가 땅딸보에게 말했다. "당신의 이상한 능력은 과연 뭘까, 지구상 최고의 나쁜 놈이라는 거?"

대릴이 웃음을 터뜨렸다. 잭슨의 미소는 사라졌다. 그는 경찰차에 기댔던 몸을 떼고 총집 여밈을 풀었다.

엠마와 브로닌은 그들을 향해 한 걸음 더 다가갔다.

"쟤들이 춤을 추고 싶은가 봐. 자넨 어느 쪽을 맡을래?" 대릴이 말했다.

"작은 애. 저 애 입담이 **마음에 들어**." 그가 엠마를 빤히 쳐다보며 말했다.

여자애들은 두 남자를 향해 달리기 시작했다. 잭슨이 총에 손을 뻗었지만 줄곧 뜨겁게 이글거리는 양손을 등 뒤로 감추고 있던 엠마는 팔을 앞으로 돌리고 그가 총을 들어 올린 순간 그 총을 붙잡았다.

총은 순식간에 녹아내렸다. 잭슨의 오른손도 마찬가지 신세였다. 그는 온몸을 비틀고 울부짖으며 바닥에 쓰러졌다.

대릴은 경찰차 뒤로 몸을 숨겼다. 그가 사격을 시작하기도 전에 브로닌이 어깨로 운전석 문을 들이받았다. 자동차가 밀리며 타이어 긁히는 소리가 나더니 옆으로 쓰러졌다가 완전히 뒤집히면서 남자가 지붕에 깔렸다.

전체적인 대결에 걸린 시간은 약 15초밖에 되지 않았다.

"성모님 맙소사!" 아델레이드의 외침이 들려와 돌아보니 그가 오두막 현관에서 지켜보고 있었다.

포츠 씨는 휠체어에 앉아 응원을 보내며 깔깔 웃었다. 몇 집 건너에서도 여인이 방에서 밖을 내다보았다. 화려한 드레스에 긴 하얀색 장갑을 낀 차림으로 보아 남작 부인이 틀림없는 그 여인이 떨리는 비브라토로 "고맙기도 **하여라아아아아아!**"라고 노래를 불렀다.

"이런. 죽었나?" 브로닌이 자동차 아래를 슬쩍 살피며 말했다.

"죽은 거나 다름없을걸." 엠마가 발로 차를 살짝 밀어보며 말했다.

미스 빌리는 쓰레기통 뒤에서 강아지 세 마리를 이끌고 나타났다. "한 명 더 있어. 약간 마른 작자." 그녀가 말했다.

"조심**해애애애애애!**" 남작 부인이 노래를 불렀다.

장갑 긴 손으로 그녀가 루프 출구 쪽을 가리켰다. 쿵쾅거리며 포장도로를 달려오는 발소리가 들렸다. 어디에 숨었는지 몰라도 세 번째 남자는 루프 출구를 향해 질주하고 있었다.

"멈춰!" 엠마가 소리치고는 그를 뒤쫓기 시작했다.

남자는 겁에 질려 한 번 뒤를 돌아보았다. 그러더니 결심한 듯 허리띠에서 총을 뽑아 우리를 향해 돌아섰다.

"바닥에 꿇어! 근육 하나 움직이지 마라!" 그가 우릴 향해 소리쳤다.

우리는 양손을 들고 그가 시키는 대로 했다. 곁눈질로 보니 미스 빌리는 가방에서 무언가를 꺼내고 있었다. "여기 있다, 얘들아!" 강아지들한테만 사용하는 톤이 높은 목소리로 그녀가 말했다.

남자는 홱 몸을 돌려 미스 빌리에게 총을 겨누었지만 그녀의 푸들 강아지들을 보고는 웃음을 터뜨렸다. "그 작은 강아지들로 나를 공격할 셈인가? 정신이 아주 나갔군. 자, 당신도 어서 나머지 애들처럼 바닥에 꿇어앉아."

미스 빌리는 양손을 든 채로 우릴 향해 걸어왔다. 푸들 강아지들은 깽깽 울면서 간식을 게걸스레 먹었다.

남자가 조심스럽게 우릴 향해 다가왔다. 뻣뻣한 그의 팔은 아드레날린으로 떨리고 있었다. 우리가 자기 친구들에게 한 짓을 본 그는 우리에게 더 심한 짓을 해줄 준비가 된 표정이었다.

"저쪽에 있는 자동차 열쇠를 가져야겠다. 누가 가졌는지 몰라도 나에게 던져라." 그가 말했다.

에녹이 열쇠를 주머니에서 꺼내 던졌다. 열쇠는 그의 발 근처 포장도로에 떨어졌다.

"좋아. 이젠 너희가 가진 돈을 다 내놔라."

어떻게 이 상황을 벗어날지 고민하느라 내 머릿속이 복잡해졌다. 어떻게든 놈을 속여 좀 더 가까이 오게 할 수 있다면, 어쩌면 그를 덮칠 수도 있을 것이다. 그러나 안 될 일이었다. 그는 여자애들이 접근했을 때 자기 친구들에게 무슨 일이 일어났는지 목격했으므로, 같은 실수를 저지르진 않을 것이다.

"당장!" 그가 소리를 지르며 허공에 대고 총을 쏘았다. 움찔하면서 나의 전신이 긴장되었다. 몇 달 동안 총소리를 들어본 적도 없었고, 내겐 익숙한 소리도 아니었다.

나는 자동차에 몇백 달러가 있다고 그에게 말했다.

"가서 가져와."

천천히 손을 들어 올린 채로 내가 일어났다. "열쇠가 필요해요. 돈은 글러브 박스에 넣고 잠가뒀어요."

"빌어먹을 거짓말쟁이. 당장 여기서 **쏴버려야겠군.**" 그가 점점 내게 다가왔고 우리 둘 사이의 거리가 줄어들었다. "사실은 진짜로 쏠 생각이야."

미스 빌리가 입 안에 손가락 두 개를 넣고 휘파람을 불었다. 남자가 홱 몸을 돌려 그녀에게 총구를 들이댔다. "이봐, 아줌마, 대체 무슨 생각으로 그런……"

문득 낮으면서도 요란한 헐떡임이 들려왔고, 그 소리의 주인공은 오두막 뒤쪽에서 나타난 미스 빌리의 푸들 강아지 중 한 마리였는데, 놀랍게도 3분 전보다 크기가 스무 배는 더 커져 몸집이 다 자란 하마 정도였다.

남자는 비명을 지르며 몸을 돌려 거대한 강아지에게 총을 겨누었다. "저리 가! 당장 꺼져! 저리 가라고!"

그러자 다른 오두막 두 채 사이에서 다른 두 마리도 튀어나오며 한 쌍의 트럭 엔진처럼 으르렁거렸다. 남자가 그들을 향해 돌아서느라 등이 노출된 순간, 첫 번째 강아지가 턱을 크게 벌리고 날카로운 이빨을 번득이며 뛰어오르더니 그의 머리를 물어뜯어버렸다. 남은 그의 몸통은 축 늘어져 바닥에 쓰러졌다.

"잘했다! 잘했어!" 미스 빌리는 박수를 치며 소리쳤다.

플라밍고 주민 전원이 환호하기 시작했다. 나의 친구들도 바닥에서 일어났다.

"새들 맙소사, 저 강아지들은 무슨 종이에요?" 브로닌이 말했다.

"거대 푸들이란다." 미스 빌리가 대답했다.

그들 중 한 마리가 입을 벌리고 나를 향해 다가와 나는 양팔을 쭉 뻗은 채로 몇 걸음 뒤로 물러났다. "으아, 으아, 으아, 아직 배가 고픈가 봐요!"

"도망치지 마라, 그럼 놀이라고 생각할 거야! 그냥 친하게 지내려는 거야." 미스 빌리가 말했다.

거대한 분홍색 서핑보드 같은 강아지 혀가 내 목덜미부터 정수리까지 단번에 핥았다. 나는 침을 뚝뚝 흘리며 아연실색했지만 살아 있음에 감사했다.

미스 빌리는 웃음을 터뜨렸다. "봤지? 녀석이 너를 좋아하는구나!"

"강아지들이 우리를 구했어요. 감사합니다." 엠마가 말했다.

"저 녀석들에게 기회를 준 건 너희 두 아가씨들이었어. 둘 다 용감하게 싸워주어 고맙다. 그리고 H를 만나면 감사하다고도 전해줘."

아델레이드가 포츠 씨의 휠체어를 밀며 앞마당으로 걸어왔다. "젊은이들이 오늘 훌륭한 일을 했어!"

"맞아, 하지만 엉망진창 쓰레기는 누가 치우지?" 포츠 씨가 투덜거렸다.

"놈들이 다시는 여러분을 괴롭히지 않을 것 같네요." 엠마가 쓰러진 노상강도들을 고갯짓으로 가리켰다.

"그야 모르는 일이지." 미스 빌리가 말했다.

엠마와 나는 폴을 한쪽 옆으로 데려갔다.

"마지막 기회야. 우리랑 가는 거 어떻게 생각해?" 엠마가 물었다.

폴은 엠마와 브로닌과 나를 번갈아 쳐다보더니 잠시 생각하다가 이윽고 고개를 끄덕였다. "어차피 나도 집에 간 지 너무 오래

됐어."

"그렇지! 포털, 우리가 간다." 엠마가 소리쳤다.

"하지만 쟤는 어디에 앉아? 차엔 다섯 명밖에 못 타잖아." 에녹이 말했다.

"앞에 앉으면 돼. 그리고 넌 트렁크에 타면 되고." 엠마가 말했다.

제 10 장

chapter ten

불과 몇 시간 전 망가진 자동차를 밀고 통과해야 했던 지붕 덮인 통로로 나는 천천히 차를 몰았다. 에녹의 노하우와 엠마의 용접 기술 덕분에 애스턴은 이제 행복하게 부릉거렸다. 짧은 터널의 중간을 지나자 갑작스러운 중력의 변화가 느껴졌다. 자동차가 벼랑 끝에서 떨어지는 것 같은 느낌에 나는 핸들을 조금 더 꽉 쥐었고, 이내 우리는 현재의 캄캄한 새벽 시간으로 진입했다.

헤드라이트를 켜려고 내가 손을 뻗었다.

"**기다려.**" 폴의 속삭임에 내 손이 멈칫했다.

폴이 앞 유리창 너머 들판을 가리켰다. "저기 좀 봐."

트럭 세차장에, 두 쌍의 헤드라이트가 겹쳐져 있고 그 불빛 속에 여러 명의 그림자가 드러났다. 그들은 출구를 지키며 기다리고 있었다. 한 사람이 얼굴 가까이 든 건 무전기 같았다. 그들이 우리를 봤는지는 확실하지 않았다.

"세게 밟아. 따돌리면 되잖아." 에녹이 말했다.

"그러지 마." 폴이 말했다. "놈들에겐 장총이 있고 명중률도 높아. 놈들의 손아귀에서 벗어나려면 가야 할 길이 너무 멀어."

"그럼 뒤로 가. 위험을 무릅쓸 가치는 없어." 엠마가 말했다.

나는 엠마의 말이 옳다고 결정했다. 모든 루프처럼 우리가 루프를 통해 지나가는 날짜는 앞쪽으로 가는 길이 있고 뒤로 가는 길이 있었다. 뒤로 빠져나가는 길의 문제는 과거를 통과해야 한다는 점이었고, 과거로 돌아가는 것의 문제는 (최소한 지난 100년쯤 동안) 그 시대에 할로우가 넘쳐난다는 점이었다. 그러나 그것은 나의 독특한 재능으로 처리할 수 있는 문제였다. 그래서 나는 애스턴을 후진시켜 루프 입구로 다시 차를 몰고 들어갔다. 잠시 후 우리는 미스 빌리의 모텔이 있는 낮의 세계로 돌아갔다.

"이렇게 빨리 돌아왔니?" 그녀가 강아지들을 산책시키며 우릴 향해 말했다. 강아지들은 이미 줄어들기 시작한 뒤였다. 짐작컨대 몇 시간 뒤면 강아지들은 다시 주인의 발꿈치를 핥고 있을 것이다.

"밖에 나가니까 노상강도들이 더 있었어요. 병력을 더 요청했나 봐요." 폴이 열린 창문으로 몸을 내밀며 말했다.

"여러분 모두 우리와 함께 가면 좋겠어요." 내가 미스 빌리에게 말했다.

미스 빌리는 어깨를 으쓱했다. "내 강아지들의 간식이 있는 한 우린 괜찮을 거야."

"H에게 가능한 한 빨리 더 보내드리라고 부탁할게요." 엠마가 말했다.

"그럼 고맙겠구나."

"여기서 빠져나가는 뒷길을 알려주시겠어요?" 내가 물었다.

"물론이지. 하지만 그 길로 간다는 건 너희들의 목숨을 거는 일이야. 65년도에는 이곳 플로리다에도 그림자 괴물들이 사방에 돌아다녔어." 미스 빌리가 말했다.

"우린 괜찮을 거예요. 제가 할로우를 감지하거든요." 내가 말했다.

미스 빌리가 선 자세를 좀 더 꼿꼿하게 폈다. "너도 H 같은 사람이니?"

"얘는 **에이브** 같은 사람이에요." 엠마가 자랑스럽게 말했다.

"그 사람은 모른다. 하지만 H가 너희를 고용할 정도로 신뢰했다면 너희도 앞가림은 할 줄 알겠지. 물론 밖에 있는 놈들은 감히 할로우의 영역으로 너희를 따라가지 못할 거다. 놈들은 그런 괴물을 맞닥뜨리느니 차라리 빌어먹을 속옷을 적시는 쪽을 선택할 위인들이야."

그녀는 빠르게 길을 가르쳐주었다. 정비소를 지나 중앙로를 따라가다가 법원 앞에서 우회전. "그러다가 귀가 뻥 뚫리는 느낌이 들면 보호막을 통과했다고 생각하면 돼."

우리는 다시 한번 그녀에게 감사 인사를 했지만, 길게 작별 인사를 할 시간은 없었다. 그리고 어차피 그날 아침의 끔찍한 사건 이후 대부분의 플라밍고 주민들은 숨어 있었다. 그래도 우리가 노상강도들의 경찰차 주변을 돌아 앞마당을 빠져나가자 몇 사람은 행운을 빈다고 소리쳐주었다. 행운이 정말 많이 필요한 사람들은 우리가 아니라 불한당들의 자비에 삶을 맡기고 이곳에 갇혀 사는 그들이라는 생각을 나는 떨칠 수가 없었다.

우리는 중앙로를 따라 차를 몰았다. 운전을 하며 또 다른 오래된 경찰차가 나타날 것을 절반쯤 예상하며 나는 계속 한쪽 눈으로 후방 거울을 주시했다. 법원 앞에서 우회전을 하자, 뱃속이 뚝 떨어지는 느낌이 들면서 열의 파장처럼 공기에 파문이 일었다. 하지만 아무것도 변하지는 않았다. 적어도 우리 눈에 보이는 변화는 아무것도 없었다.

"밖으로 나왔어." 폴이 말했다. 그의 말투엔 이상하게도 안도와 두려움이 뒤섞여 있었다.

우리는 보호막을 통과해 루프의 경계를 벗어났다. 이제 시간은 하루하루 앞으로 옮겨 갈 테고 만일 할로우가 하나라도 있다면 우릴 향해 다가올 것이다. 놈들이 역사적으로도 악명 높을 만큼 전혀 만만치 않다는 사실을 상기하던 나는 자신도 모르게 혹시 이상한 경련이 있는지 손으로 배를 어루만졌다. 현재로선 아무 느낌이 없었다.

우리는 작은 도시들을 들고 나며, 지난 하루 동안 벌어졌던 광란의 사건을 돌아보느라 주로 침묵 속에 차를 몰았다. 피곤하기도 했다. 모텔에서 겪은 일들은 감정적으로도 육체적으로도 진 빠지는 일이었을 뿐만 아니라, 시간도 많이 늦었다. 여긴 한낮이지만, 현재의 시간으론 거의 자정이었다. 할아버지의 안전 가옥을 발견했던 것도 계속 같은 날이라고 생각하니 믿어지지가 않았다.

"집에 전화 걸어야 해. 우리가 무사하다고 모두에게 알려야지. 아마 걱정하고 있을 거야." 브로닌이 말했다.

"전화 못 해. 지금 1965년도에 와 있는데 그럼 1965년에 제이콥의 집으로 전화를 거는 셈이야." 밀라드가 설명했다.

"아. 맞다." 브로닌이 대꾸했다.

나는 후방 거울로 흘깃 엠마의 모습을 살폈다. 엠마는 무언가 불편한 생각과 씨름하는 사람처럼 경직되면서도 이해할 수 없는 표정이었다. 그러다 나를 본 엠마의 얼굴이 무표정하게 바뀌었다.

잠시 정적이 흘렀지만 나와 엠마를 제외한 모든 친구들에겐 아무렇지도 않게 느껴졌을 게 확실했다. 이윽고 엠마가 입을 열었다. "폴, 너희 루프는 얼마나 멀어?"

"해 지기 전에 도착할 거야." 그가 말했다.

"우리 지도에서 그 도시 위치를 알려줄 수 있어?"

안간힘을 쓰며 엠마가 상용 지도를 꺼내 조지아주 페이지를 찾아냈다. (3인용 좌석에 네 사람이 비좁게 끼어 앉았으므로 뒷자리엔 몸을 움직일 여유가 거의 없었다.) 엠마가 지도를 폴에게 건넸다.

"바로…… 여기야." 폴이 애틀란타와 서배너 사이의 중간쯤, 주로 텅 빈 공간을 손가락으로 짚으며 말했다.

에녹이 다리를 움직여 앞으로 몸을 수그리고 살펴보더니 웃음을 터뜨렸다. "농담이겠지. 누군가 **포털**이라는 도시에 시간의 루프를 숨겨놓았다고?"

"사실은 도시가 루프의 이름을 따서 지어진 거래. 전해져 내려오는 이야기는 암튼 그래." 폴이 말했다.

"조지아주 포털에도 그런 이상한 불량배와 노상강도들이 있어?"

"거긴 확실히 없어. 임브린이 우리 루프의 위치를 매일 달라지게 만들기 시작한 것도 그 때문이거든. 그래서 나쁜 의도를 가진 사람들은 루프를 찾을 수 없어."

"어떤 임브린이 그걸 만들었어?" 밀라드가 물었다.

"그분 이름은 허니드러시였는데 나는 만나본 적이 없어. 이제는 다른 사람들처럼 우리도 그냥 루프 지킴이를 이용해."

"그분한테 무슨 일이 일어났는지 알아?"

폴은 고개를 저었다. "몰라, 하지만 미스 애니는 알지도 몰라. 그분한테 물어볼 수 있을 거야. 너희도 같이 머물면서 휴식을 취하면 좋겠다."

"우린 오래 머물 수 없을 거야. 중요한 임무가 있거든." 엠마가 말했다.

휴식. 그 낱말만으로 너무도 달콤해서 나는 침대와 베개, 부드러운 침대 시트에 대해 백일몽을 꾸기 시작했다. 조지아주 포털까지 계속 달려가면서 차로 나무를 들이받지 않으려면 나는 커피를 마셔야 하고, 그것도 지금 당장 마셔야 한다는 사실을 깨달았다. 하지만 먼저 우리와 스타크 사이의 거리를 벌려놓고 싶었으므로, 나는 조지아주 경계선이 가까워질 때까지 기다렸다가 비로소 커피숍을 눈으로 찾기 시작했다. 상업적인 커피 체인 매장이 거리 곳곳을 점령하기 이전 시대란 걸 감안하면 커피숍은 꽤 많았다. 그것은 곧 1965년에는 이 근방 도시에 사는 인구도 더 많고 번창했다는 걸 의미하는 듯했다. 소도시마다 은행과 철물점, 개인 병원, 서너 개 쯤 되는 음식점, 극장을 비롯해 많은 시설들이 갖춰져 있었다. 몇 안 되는 상점들은 문을 닫고 교외에 있는 대형 할인 매장만 살아 있는 요즘과는 달랐다. 굳이 천재가 아니어도 그 둘의 상관관계를 알 수는 있었다.

나는 운전대를 잡은 채로 꾸벅꾸벅 졸다가 더는 참을 수 없어서, 괜찮아 보이는 곳이 나타나자마자 무조건 그 앞에 차를 댔다. 조니스 브라이트 스팟이라는 곳이었다.

"커피 마실 사람? 난 죽을 것 같아." 내가 말했다.

폴만 빼고 모두가 손을 들었다.

"나는 커피 안 마셔." 폴이 말했다.

"그럼 샌드위치를 먹어. 점심시간이잖아." 내가 말했다.

"고맙지만 됐어. 난 그냥 여기서 기다릴게."

"우린 전부 제이콥 옆에 가까이 붙어 있을 거야. 혹시 할로우가 주변에 있을 걸 대비해서." 엠마가 말했다.

폴은 양손을 꼭 잡고 무릎에 올려놓은 채 자기 손을 내려다보았다. "나는 저기 못 들어가." 마침내 그가 말했다.

"쟤 왜 저렇게 까다롭게 구냐?" 에녹이 말했다.

그러자 그제야 나는 이유를 깨달았고 역겨움의 전율이 전신을 휩쓸고 지나갔다.

"가게에서 폴을 들여보내주지 않을 거야." 내가 말했다.

"그게 무슨 말이야?" 짜증을 내며 에녹이 물었다.

폴은 화도 나고 당황한 표정이었다. "내가 흑인이기 때문이야." 그가 차분하게 말했다.

"그게 대체 먹는 거랑 무슨 상관인데?" 에녹이 말했다.

밀라드는 한숨을 쉬었다. "에녹은 역사 공부를 열심히 하는 학생이 아니란다."

"지금은 1965년이야. 우린 남부 깊숙이 와 있어." 나는 이런 생각을 좀 더 일찍 하지 못했다는 사실이 민망했다.

"끔찍하다!" 브로닌이 말했다.

"토할 것 같아. 어떻게 너희는 사람들을 그렇게 대해?" 엠마가 말했다.

"가게에서 널 안 들여보내주는 게 확실해? 안내문 같은 건 안 보이는데."

에녹이 식당 창문을 살피며 말했다.

"그런 건 내걸 필요가 없어. 여긴 백인 도시거든." 폴이 말했다.

"네가 그걸 어떻게 알아?" 에녹이 물었다.

폴이 고개를 홱 쳐들었다. "동네가 **좋으니까.**"

"아." 에녹이 잘못을 깨닫고 대답했다.

"내가 과거를 통해서 여행하는 걸 좋아하지 않는 이유는 할로개스트뿐만이 아니야. 놈들은 가장 큰 이유가 되지도 못해." 폴이 말했다. 그는 깊이 숨을 들이마시고는 고개를 숙였고, 잠시 후 다시 얼굴을 들었을 땐 감정을 어딘가 깊숙한 곳으로 감춘 뒤였다. 폴이 손을 흔들었다. "너희는 어서 들어가. 난 여기서 기다릴게."

"됐어. 굶어 죽는 한이 있어도 여기선 안 먹을래." 엠마가 말했다.

"나도 싫어." 내가 말했다. 너무 화가 나고 가슴 깊이 동요가 일어서 더는 피곤하지도 않았다. 나는 미국 남부에서 자랐다. 기묘한 열대 기후 속에, 국내 다른 지역에서 온 이주민들로 가득한 곳이었어도, 여전히 남부였다. 하지만 추악한 과거를 제대로 직면해본 적은 없었다. 억지로 접할 기회도 전혀 없었다. 나는 주로 백인들로 가득한 도시에 사는 부유한 백인 아이였다. 그 점을 제대로 생각해본 적도 없고, 나와 피부색이 다른 사람이 단순히 우리 주를 통과해 자동차 여행을 하는 게 어떤 기분일지 상상해본 적도 없다는 사실이 수치스러웠다. 과거에만 문제가 있는 게 아니었다. 짐 크로(19세기부터 가난과 어리석음을 특징으로 하는 미국 흑인의 대명사로 쓰인 표현으로, 남북전쟁 후 남부 백인들은 노예 해방을 무효화하기 위해 인종차별법을 제정했고, 이 법률을 '짐 크로법'이라 부름-옮긴이)가 죽었다고 해서 인종차별주의도 사라졌다는 의미는 아니었다. 젠장, 미국의 일부 지역에선 아직도 그런 차별법이 공식적으로 남아 있었다.

"이곳을 확 불태워버리는 건 어때? 1분밖에 안 걸릴 텐데." 에녹이 제안했다.

"그런다고 얻어지는 건 아무것도 없어." 밀라드가 말했다. "과거는……"

"알아, 안다고, 과거는 자체적으로 치유를 하지."

"과거라고? 그건 그냥 계속 벌어진 상처일 뿐이야." 폴이 머리를 흔들었다.

"에녹 얘기는 과거를 **바꿀** 수 없다는 뜻이야." 브로닌이 설명했다.

"무슨 뜻인 줄은 나도 알아." 폴이 대꾸하더니 다시 조용해졌다.

갑자기 운전석 창문을 두들기는 요란한 소리가 들렸다. 고개를 돌려보니 앞치마를 두르고 종이 모자를 쓴 남자가 한 손을 자동차 지붕에 올리고 우릴 노려보고 있었다.

나는 창문을 반 뼘쯤 내렸다.

"도와줄까?" 그가 말했다. 미소의 기미는 없었다.

"그냥 가려던 참이에요." 내가 말했다.

"으흠." 그의 시선이 뒷자리로 향했다가 다시 조수석으로 옮아갔다. "너희들 운전해도 되는 나이냐?"

"네." 내가 말했다.

"이건 네 차니?"

"당연하죠."

"아저씨가 경찰이라도 돼요?" 엠마가 물었다.

남자는 엠마의 말을 무시했다. "이 자동차 차종은 뭐니?"

"1979년 애스턴 마틴 밴티지요." 에녹이 재빨리 말했다. 그러고는 자신의 실수를 깨달은 그의 눈이 동그래졌다.

남자는 무표정한 얼굴로 잠시 우리를 빤히 쳐다보았다. "너희 코미디언이라도 되니?" 그가 허리를 펴고 멀리 있는 누군가에게 손짓을 했다. "칼!"

경찰 한 명이 앞쪽 블록 끝에서 막 모퉁이를 돌아 나타났다. 그가 확 방향을 틀어 우릴 향해 걸어오기 시작했다.

"자동차 출발시켜." 엠마가 낮게 말했다.

나는 열쇠를 돌렸다. 죽은 사람도 깨울 만큼 요란한 소리를 내며 시동이 걸렸고 남자는 움찔하며 뒤로 비틀거렸다.

균형을 되찾은 남자는 열린 창틈으로 손을 넣어 차체를 붙잡으려 했지만, 틈이 너무 좁아 그의 팔까지 통과하진 못했다. 나는 자동차를 후진으로 출발시켰고 남자는 욕설을 내뱉으며 팔이 뜯겨나가기 전에 손을 뺐다.

크고 요란한 애스턴 엔진의 불리한 특징은 기름을 많이 먹는다는 것이었고, 포털까지 걸린 일곱 시간 동안 우리는 연료 탱크를 채우느라 두 번이나 차를 세워야 했다. 당시엔 셀프 주유를 하는 방식이 아니라서 주유소 두 군데 모두 직원이 기름을 넣어주는 동안 꼬치꼬치 따지는 질문을 견뎌야 했다. 남부 지방이라 그들의 일손 또한 **느렸다**. 그들은 주유도 천천히 했고 말도 천천히 했고 거스름돈도 천천히 내주었고, 엔진오일과 타이어 확인을 권하거나 유리창을 닦고 가겠냐는 등 불필요한 것들을 스무 가지쯤 물어보았는데, 모두가 자동차 주위로 돌아다니면서 온갖 각도에서 차와 우리를 살펴보려는 핑계에 불과했다. 차에서 내려 다리도 좀 펴고 화장실도 다녀올 좋은 기회였지만 우리는 1965년도에 맞는 옷차림이 아니었고 게다가, 폴이 사용할 수 없는 화장실을 나만 사용하는 건 별로였는데 다른 아이들도 같은 심정인 듯했다. 대신에 우리는 조지아주 경계선을 따라 줄지어 나타나는 오렌지 과수원 한 군데에서 차를 세우고 각자 나무 사이로 사라져 볼일을 본 뒤 잘 익은 오렌지를 한 줌씩 따 가지고 돌아와, 차가 움직이는 동안 턱에 과즙을 질질 흘리며 오렌지를 까먹고는 껍질을 창밖으로 던져버렸다. 자동차에서 내린 적이 있는 사람은 엠마와 에녹뿐이었다. 둘은 두 번째 주유소로 들어가 몇 분 뒤 우리가 나눠 마실 수 있도록 스티로폼 컵에 담긴 커피 세 잔을 들고 돌아왔다. 차를 다시 출발시킨 뒤에도 차 안엔 어색하고 시무룩한 분위기가 이어졌는데, 그 기운은 주로 엠마가 풍기는 것이었다. 뒷좌석에 나란히 앉은 브로닌이 엠마에게 괜찮은지 물었고, 대답은 그렇다고 말했어도 말투는 아니라고 하고 있었지만 자세한 설명은 하지 않았다.

오렌지와 커피는 나머지 운전을 하는 동안 버티기에 충분했다. 그러나 운전은 몹시 따분했다. 주와 주를 연결하는 고속도로 시스템은 1965년엔 아직 완성되지 못했으므로, 그것은 곧 형편없는 시골 도로를 따라 이동하다 신호등이 다닥다닥 붙은 시내를 통과해야 한다는 의미였다. 게다가 우리 자동차는 애당초 사람들의 이목을 많이 끌었기 때문에(1979년에도 이국적인 느낌의 스포츠카인 애스턴은 1965년엔 확실히 미래 자동차로 비쳤다) 속도를 갈망하는 V형 8기통 엔진 소음을 듣고 싶어서 가속 페달을 꾹 밟고 싶은 지속적인 유혹에도 불구하고, 나는 속도 제한에 맞춰 조심스럽게 운전을 해야 했다. 우릴 다시 현재로 이어주는 루프─그곳이 바로 폴의 루프라면 다행일 것이다─를 찾을 때까진 1965년에 갇혀 지내야 했으므로, 괜히 포털에 조금 더 빨리 가겠다고 애쓰다가 영화 〈해저드 마을의 듀크 가족〉에 나오는 것 같은 경주용 튜닝 자동차의 경쟁심을 도발할 이유는 없었다.

저녁이 다가올 무렵 마침내 우리는 포털에 도착했다. 그곳은 오지 중의 오지였다. 낮은 언덕 곳곳의 옥수수밭은 온통 울창한 숲으로 둘러싸였고, 이상한 이름이 붙은 소도시들이 더욱 이상한 이름을 지닌 마을 사이사이에 숨은 듯 자리 잡고 있었다. 니드 모어, 스리프트, 호프유라이크잇(마을 이름과 뜻은 각각 Needmore, Thrift, Hopeulikit으로 '더 필요해, 절약, 좋아하길 바라'라는 뜻-옮긴이), 산타클로스(농담이 아니다) 같은 이상한 이름들은 일종의 위장술로 작용하는 것 같았다. 도시 경계선은 '포털에 오신 것을 환영합니다'라고 적힌 총알 자국 난 표지판으로 알 수 있었으나, 아무리 보아도 계속 옥수수밭이 펼쳐질 뿐 도시의 흔적은 전혀 보이지 않았다.

밀라드가 헛기침을 하고 나서 폴을 향해 말했다. "입구 위치가…… **바뀐다**고 그랬던가?"

"맞아. 이제, 여기서 좀 세워줄래? 내가 가서 막대기를 가져와야 해." 폴이 말했다.

나는 브레이크를 밟아 갓길에 차를 댔다. 폴은 차에서 내려 **포털**시 표지판으로 걸어갔다. 외투 주머니에서 작은 열쇠를 꺼낸 그는 바닥에 쭈그려 앉아 표지판의 나무 기둥 아래쪽에 꽂더니 감추어진 문을 열었다. 좁은 공간에서 그는 나무로 깎은 공처럼 생긴 물건과 이상한 모양의 막대기를 한 아름 꺼냈다.

"대체 뭘 하려는 걸까?" 엠마가 중얼거렸다.

폴은 더 긴 막대기를 공 모양에 끼우더니 작은 막대기 두 개를 연결한 다음 나무 공의 꼭대기에 둘 다 돌려 박았다. 기묘하게 생긴 뿌리 식물에서 한 쌍의 더듬이가 튀어나온 것 같은 생김새였다. 폴은 그 물건을 높이 들고 자동차를 향해 걸어오기 시작했다. 하지만 그가 우리에게 당도하기 전에 막대기가 오른쪽으로 홱 움직였다. 폴이 걸음을 멈추고 양손으로 막대기를 잡았다. 막대기는 부르르 떨기 시작하더니 폴의 손을 떠나 허공으로 붕 날아오를 듯한 기세였다. 그가 그 자리에 서서 발로 단단히 땅을 디디며 상체를 뒤로 빼자 막대기가 더듬이로 우리 뒤쪽 어딘가를 가리켰다. 잠시 후 막대기는 떨림을 멈추었고, 폴은 허공에서 막대기를 붙잡아 들고 자동차로 걸어왔다.

"오늘따라 이 녀석이 더 신이 났어!" 폴이 소리 내어 웃으며 말했다. 차에 오른 그는 막대기와 상체를 함께 창밖으로 내밀었고 막대기가 가리키는 방향을 따라 나는 차를 운전했다. 막대기가 갑자기 오른쪽으로 홱 방향을 틀자 폴이 소리쳤다. "저쪽이야!" 나는 재빨리 우회전을 해 비포장도로로 접어들었다. 7, 8킬로미터쯤 갔을까, 막대기는 왼쪽으로 방향을 확 틀면서 옥수수밭을 가리켰다.

"왼쪽!" 폴이 소리쳤다.

나는 미심쩍은 눈초리로 그를 쳐다보았다. "밭을 통과하라고?"

수확을 끝낸 옥수수는 대를 묶어 중간 중간 뾰족하게 세워놓아 바닥엔 그루터기만 남아 있고, 작은 피라미드 같은 옥수숫대 묶음이 언덕 너머 멀리 보이지 않는 곳까지 펼쳐져 있었다.

"루프 입구는 저쪽 어딘가에 있어." 폴이 말했다. 막대기가 그의 팔을 너무 세게 잡아당겨서 폴의 어깨가 탈골될까 봐 걱정스러웠다.

나는 울퉁불퉁하고 여기저기 파인 땅을 지그시 바라보았다. "차를 망가뜨리기는 싫은데."

"맞아, 가지 마. 바퀴 지지대가 평형을 잃게 될 거야. 더 심하게 망가질 수도 있고." 에녹이 말했다.

"그냥 루프로 걸어 들어갈 순 없어?" 밀라드가 물었다.

"이런 차를 루프 밖에 두고 갈 순 없어. 누구든 찾아내면 입구가 어딘지 곧장 알게 될 테니까." 폴이 말했다.

"이 주변엔 노상강도가 없다고 그랬잖아." 내가 말했다.

"보통 땐 없어. 하지만 누구든 우릴 따라올 수도 있잖아."

"그렇다면 할 수 없지." 나는 자동차 기어를 조작했다. "부드럽게 몰도록 노력할게."

"사실은 그러면 안 돼. 우리 루프는 크고 무거운 물건일수록 들어가려면 가속도가 많이 필요한 곳이야. 가능한 한 빨리 차를 모는 게 나아." 폴이 설명했다.

나는 얼굴에 미소가 번져가는 것을 느꼈다.

"음. 그래야 한다면."

"자동차를 망가뜨리면 이번에 네가 고쳐라." 에녹이 투덜거렸다.

"와, **재밌겠다**." 브로닌이 양손을 비비며 말했다.

"모두들 꽉 잡아. 준비됐어?" 내가 말했다.

폴은 점치는 막대기를 양손으로 꽉 쥔 채로 등을 문손잡이에 기대고 발은 글러브 박스 위로 뻗어 단단히 몸을 지탱했다. 그가 나를 보며 고개를 끄덕였다.

"준비됐어."

나는 엔진을 두 번 공회전시킨 뒤 브레이크에서 발을 떼고 가속 페달을 힘껏 밟았다. 우리는 밭으로 뛰어들었다. 갑자기 모든 것이 전율하기 시작했다. 자동차, 운전대, 나의 치아까지.

"오른쪽으로!" 폴이 소리친 대로 나는 계단식 옥수수밭을 돌

아 우회전을 했다.

"왼쪽!" 폴은 창문 밖으로 몸을 내밀며 외쳤다.

타이어가 우리 뒤로 제트기처럼 먼지 폭풍을 일으켰다. 미처 수확하지 않은 옥수숫대가 차체 밑으로 깔리며 드럼 치는 듯한 소리를 냈고, 폴의 몸을 사정없이 때렸다.

"이제 계속 직진이야!" 폴이 외쳤다.

우리는 곧장 쌓아놓은 옥수숫대 더미로 향했고 빠르게 거리가 가까워졌다.

"방향을 틀어야 해!" 내가 소리쳤다.

"직진이라고 했잖아! 직진!"

나는 핸들을 꺾고 싶은 압도적인 본능과 싸웠다. 피라미드처럼 쌓인 옥수수 더미가 우릴 향해 달려들었고 폴을 제외한 모두가 비명을 질렀다. 영화를 보다가 중간에 필름이 끊긴 것처럼 순간적으로 암흑이 몰려오더니 잠깐 무중력 상태를 거쳐 압력이 달라졌다. 그러고 나서 옥수수 더미는 순식간에 사라지고, 우리는 흙밖에 없는 황무지 들판으로 돌진했다.

폴이 자동차 안으로 상체를 다시 들여놓으며 소리쳤다. "좋아, 좋아, 브레이크, 브레이크 밟아, **브레이크 밟으라고!**" 나는 언덕을 오르다 말고 브레이크를 밟았다. 자동차의 네 바퀴가 모두 잠깐 공중으로 떠올랐다가 다시 땅으로 떨어지면서 차체 바닥이 쿵 부딪치는 것이 느껴졌고, 뒤이어 끽 소리를 내며 차가 멈추었다.

"으으으윽." 밀라드가 뒷좌석에서 신음 소리를 냈다.

먼지가 소용돌이를 치며 공중으로 피어올랐다. 엔진에선 틱 틱 거리는 소리가 났다. 우리가 와 있는 곳은 작은 도시 외곽의 오래된 붉은색 창고 옆이었다.

폴이 문을 열고 밖으로 나갔다. "포털에 온 것을 환영해!"

"오, 하데스에게 감사할 일이야." 밀라드가 말했다. 그가 친구들을 밀치고 차에서 내리더니 잠시 후 토하는 소리가 들려왔다.

모두들 차에서 내려 단단한 땅을 밟는 것에 감사했다. 창문을 다 열어놓은 채로 들판을 질주했던 터라 다들 뽀얀 먼지와 땀으로 뒤덮여 있었다. 나는 한 손으로 얼굴과 목덜미를 쓸어내렸고, 손가락에 모래가 만져졌다.

"너 이젠 줄무늬가 생겼어"라고 엠마가 말하더니 자기 소매로 내 뺨을 닦아주었다.

"우리 집에 가서 씻으면 돼." 폴이 따라오라고 우리에게 손짓을 하며 말했다.

ᘓ

우리는 그를 따라 시내로 들어갔다. 크기가 끝에서 끝까지 세 블록에 불과했지만 집들부터 단단하게 다진 흙길, 나무 데크가 깔린 보도까지 모든 것이 사람 손으로, 아주 훌륭하게 가꾸어놓은 것 같았다. 이곳은 1935년이고, 포털의 루프는 대공황이 극에 달했을 때 만들어졌다고 폴은 설명했다. 그 모든 배경에도 불구하고 그곳은 무척 깔끔했고, 손길 닿는 곳마다 최대한 누군가가 열심히 꽃을 심거나 행복한 색깔을 칠해놓은 듯한 느낌이 들었다. 걸어가다 길에서 본 열 명 남짓한 사람들도 모두 격식을 제대로 갖춘 옷차림이었다. 쾌적하고도 편안한 느낌을 주는 곳이어서 나는 벌써

부터 이곳을 서둘러 떠나야 한다는 사실이 아쉬웠다.

"폴 헴슬리!" 누군가 소리쳤다.

"아이고." 폴이 중얼거리는 소리가 들렸다.

십 대 소녀가 그를 향해 달려왔다. 빳빳하게 풀을 먹인 하얀색 원피스에 유행의 첨단을 걷는 듯한 넓은 챙 모자를 쓴 소녀는 화난 눈빛을 쏘아 보냈다.

"넌 전화도 안 하고, 편지도 안 쓰고……"

"늦게 와서 미안해, 알린."

"늦게라고!" 소녀는 모자를 벗어 그걸로 폴을 마구 때렸다. "2년이나 떠나 있었잖아!"

"거기 얽매여서 꼼짝도 못 했어."

"난 네 녀석 목을 매달아줄 생각이었어." 그녀가 또다시 때리기 시작하자 폴이 펄쩍 몸을 날려 보도에서 달아났다. 소녀는 씩씩거리다가 우릴 향해 돌아서며 목례를 했다. "알린 노크로스야. 만나서 반가워."

우리들 중 누가 대꾸를 하기 전에 알린과 비슷한 또래의 소녀 둘이 뛰어왔다. 폴은 그들을 자기 누나인 준과 펀이라고 소개했다. 두 사람은 폴을 덥석 껴안고 그토록 오래 떠나 있었던 동생을 나무라더니 이어 우릴 돌아보았다.

"이 녀석을 데려와줘서 고마워. 동생이 폐를 많이 끼치진 않았길 빌어." 펀이 말했다.

"그런 일은 전혀 없어. 폴이 우리한테 큰 호의를 베풀었지." 내가 대답했다.

"맞아!" 브로닌이 말했다. "우린 이곳을 꼭 찾아야 하는 상황

이었는데, 도시 이름이 포털이란 건 생각도 못 하고 실제 포털을 찾아야 한다고 생각했어. 왜냐하면 우리가 꼭 전할…… 아야!"

브로닌의 팔을 꼬집은 엠마는 이제 발꿈치를 들고 브로닌의 귀에 무언가 속삭였다. 폴조차 H나 우리가 이곳에 배달해야 하는 꾸러미에 대해서는 몰랐다. 우리는 H의 조언을 따라서 물건을 배달할 곳을 알게 되기 전까지는 그런 정보를 우리끼리만 알고 있기로 의논했던 터였다. 브로닌은 엠마에게 인상을 찌푸렸고, 엠마도 브로닌에게 얼굴을 찡그렸다.

"우린 여기에서 중요한 만남이 있어." 내가 말했다.

펀이 귀를 쫑긋 세웠다. "어 그래? 누구가?"

"누구와, 라고 해야지." 준이 말했다.

"누구와아아아아아." 올빼미처럼 소리를 내며 펀이 말했다.

"**누구든** 여기 책임자랑. 임브린은 없겠지만 그 비슷한 사람이 누구라도 있겠지?" 엠마가 말했다.

"미스 애니." 준이 말했다.

펀과 알린이 맞다고 고개를 끄덕였다. "미스 애니는 그 누구보다도 이곳에서 지낸 지 오래됐어. 질문이 있거나 조언이 필요하면 그분한테 가면 돼."

"지금 만날 수 있을까?" 엠마가 물었다.

소녀들은 서로서로 쳐다보며 침묵 속에서 무언가를 주고받았다. "주무시고 계실 거야." 알린이 말했다.

"그러니까 저녁 식사 때까지 있어 봐. 엘머가 72시간 동안 요리한 유명한 양고기를 선보일 텐데 미스 애니도 그건 놓치기 싫어하거든." 펀이 말했다.

"꼬치에 꽂아 돌리는 통구이야. 살코기가 뼈에서 술술 떨어져." 준이 말했다.

나는 엠마를 쳐다보았다. 그녀는 어깨를 으쓱했다. 우리도 저녁 식사 때까지 머물게 될 듯했다.

우리는 폴을 따라 시내를 통과했다. 청년 하나가 심하게 귀여운 강아지 한 마리 옆에 쪼그려 앉은 곳으로 폴이 다가가며 걸음을 늦추었다.

"레지 형! 아직도 녀석한테 뒤집기를 가르치는 거야?" 폴이 소리쳤다.

"어이, 이게 누구야!" 청년이 고개를 들더니 폴에게 거수경례를 했다. "아직 못 가르쳤어. 분명 좋은 강아지인데 뇌가 너무 작은 것 같아."

"어우, 그건 너무 잔인하다." 브로닌이 말했다.

"일부러 잔인하게 굴려는 건 아니야. 그냥 녀석이 좀 더 자랄 수 있게 한동안 이 루프 밖으로 내보내야 할 것 같아. 여기선 통 자라질 않으니까." 레지가 말했다.

"그런 생각은 못 했네요." 브로닌이 말했다.

"루프 안에서 우리가 갓난아기들을 거의 못 보는 이유도 그때문이야. 부자연스럽게 긴 세월 동안 아기들을 그렇게 어린 상태로 지속시키는 건 부도덕한 짓이라고 생각하거든." 엠마가 설명했다.

1분 뒤 우리는 쪽나무로 만든 판잣집의 열린 창문 앞에 서 있는 어린 백인 사내아이를 지나쳤다. 아이는 구식 헤드폰을 끼고 깊이 집중한 얼굴이었다. 폴이 한 손을 들자 그 아이도 창밖으로

몸을 내밀며 손을 흔들었다.

"오늘은 그 사람들이 뭐라고 그래, 하울리?" 폴이 소리쳐 물었다.

아이는 헤드폰을 벗었다. "재미있는 얘기는 없어. 또다시 돈 얘기를 하고 있어." 아이가 무뚝뚝하게 대꾸했다.

"그럼 내일은 더 운이 좋겠지. 저녁 먹으러 올 거지?"

아이는 격렬하게 고개를 끄덕였다. "응!"

그와 멀어지면서 폴이 설명했다. "쟤는 내 동생 하울리야. 저 아이의 이상한 능력은 무전기로 죽은 사람들의 대화를 엿듣는 거야."

"헷갈린다. 저 아이가 네 동생이라고?" 엠마가 하울리를 다시 돌아보며 물었다.

"아, 우리 중에서 **혈육**으로 맺어진 가족은 아무도 없어. 하지만 우리들 대부분은 막대기 점술가여서 그것만으로도 충분히 가깝게 지내."

"점술가들은 모두 같은 능력이 있어?"

"음, 차이가 있어. 서로 **정확하게** 똑같은 방식으로 재능을 갖춘 점술가들은 없어. 알린은 사막에서 수맥을 찾을 수 있어. 핀과 준은 잃어버린 사람들을 찾는 데 전문이지. 하울리는 영혼의 주파수를 찾아서 들어. 심지어는 마음을 읽을 수도 있어서 누군가가 너를 사랑하는지 아닌지도 알려줄 수 있어."

폴은 나란히 가까이 지은 집 두 채 사이 골목길에 흔들의자에 앉아 있는 할머니 한 분에게 목례를 했다. 할머니는 한쪽 눈에 안대를 하고 그 위에 안경을 썼지만, 한 쪽 눈으로도 잘 보이는지

한 손을 들어 올려 소리 없이 인사를 보냈다. 무언가 나의 시선을 끄는 구석이 있는 할머니라 나는 지나가면서도 고개를 돌려 계속해서 그녀에게 눈길을 고정했다.

"넌 어떤데?" 밀라드가 폴에게 물었다.

"나는 문을 감지해. 내가 항상 집에 오는 길을 찾을 수 있는 이유도 그 덕분이지. 아, 집 얘기 하자마자 다 왔네!" 우리는 좁은 마당에 꽃이 피어 있고, 창문에 커튼이 드리워진 집 앞에 당도했다.

"널 위해 우리가 깨끗하게 유지했어. 커튼이 마음에 드니?" 준이 말했다.

"멋있어."

"결국엔 네가 돌아올 줄 알았어." 편이 말했다.

"난 그렇게 확신 못 했어." 알린이 중얼거렸다.

폴이 현관에 올라가더니 우릴 향해 돌아섰다. 그는 기쁜 표정이었다. "음, 그냥 거기 서 있지 말고 들어와서 저녁 먹기 전에 다들 좀 씻어!"

제 11 장

chapter eleven

그토록 오랜 시간을 길에서 보낸 뒤에 드디어 아늑한 집 안에 들어왔다는 사실에 감사하며 우리는 각자 먼지와 흙을 씻어냈다. 그러고 나서 폴은 우리를 이끌고 여러 집이 공동으로 쓰는 드넓은 마당에 긴 식탁이 놓인 곳으로 향했다. 야외에서 식사하기 딱 좋은 날씨였고, 식탁에서 풍기는 냄새는 기가 막혔다. 1,100킬로미터도 넘는 거리를 달리는 동안 우리는 알 포츠의 오래된 도넛과 유통기한이 무한대인 과자류를 먹은 게 전부였다. 김이 모락모락 나는 양고기와 감자가 담긴 접시가 우리 앞에 놓이기 전까지는 우리들 중 누구도 얼마나 배가 고팠는지 미처 깨닫지 못한 듯했다. 우리는 집에서 구운 빵을 큼지막하게 뜯어 얼음을 띄운 민트 티와 함께 우적우적 삼켰다. 그날의 식사는 어쩌면 내가 평생 맛본 음식 중 최고였다. 도시 주민의 절반은 전부 다 그곳으로 저녁 식사를 하러 온 것 같았고, 우리는 그곳에 도착한 이후로 만난 모든 사람들에게 둘러싸였다. 준과 편과 알린, 레지와 식탁 밑에서 돌아다니는 그의 강아지, 식사하는 내내 헤드폰을 한쪽 귀에 대고 있던 하울리, 그리고 새로운 얼굴도 몇 명 더 보였다. 나의 정면에 마주 앉은 사람은 검은색 양복과 넥타이에 어울리지 않게 쭉 내민 입술 그림과 '요리사에게 키스를!'이라는 글귀가 들어간 앞치마를 입은 엘머였다. 그 옆에 앉은 좀 더 젊은 남자는 조지프라고 자기소개를 했다.

"진짜로 굉장히 맛있네요." 밀라드가 냅킨으로 입을 닦으며 말했다. 그를 이상하게 생각하는 사람은 아무도 없었고 심지어 허공에 떠 있는 그의 냅킨을 빤히 쳐다보는 사람조차 없었다. 그들이 예의 바른 사람들이거나, 밀라드가 그들과 함께 식사를 즐긴 최초의 투명인간은 아니었거나 둘 중 하나인 듯했다. "그런데 한 가지 질문이 있어요. 24시간짜리 루프에서 어떻게 72시간이 걸리는 양고기 요리를 하죠?"

"양고기를 이미 이틀간 굽고 있던 시점에 루프를 만들었으니까 그렇지. 그런 방식으로 우린 매일같이 사흘간 통구이를 한 양고기를 먹을 수 있단다." 엘머가 설명했다.

"루프의 시간을 기발하게도 활용했네요." 밀라드가 말했다.

"내가 도착하기 전에도 이미 그런 식이었어. 내가 그 공을 다 차지할 수 있다면 좋겠지만, 내가 한 일이라고는 꼬치를 빼고 고기를 잘라낸 게 전부야!" 엘머가 말했다.

"이젠 너희들 이야기를 좀 해봐. 너희는 어떤 사람들이니?" 알린이 말했다.

"무례하게 굴지 마. 폴의 손님들이잖아." 준이 말했다.

"뭐라고? 우린 알 권리가 있어."

"괜찮아. 나였더라도 알고 싶어 했을 거야." 엠마가 말했다.

"우린 페러그린 원장님의 아이들이에요. 웨일스에서 왔고요. 우리에 대해서 들어봤어요?" 에녹이 입 한가득 감자를 물고 말했다.

그의 말투는 마치 그들이 소문을 들은 게 당연하다는 식이었다.

"들은 것 같진 않아." 조지프가 말했다.

"정말로요?" 에녹은 식탁을 좌우로 돌아보았다. "아무도 없어요?"

모두들 고개를 저었다.

"흠. 있죠, 우린 나름 꽤 유명 인사예요."

"우쭐대지 마, 에녹." 밀라드가 말했다. "저 친구 얘기는 악마의 영토에서 벌어진 전투에서 와이트와 싸워 승리를 거두었을 때 우리가 맡았던 역할 덕분에 우리가 속했던 이상한 공동체에서는 약간 유명하다는 뜻이에요. 특히 우리가 거둔 성공의 열쇠는 여기 있는 제이콥이……"

"그만해!" 내가 그의 입을 막았다.

"……하지만 여러분 같은 미국인들은 아무래도 이 친구의 할아버지이신 에이브러햄 포트먼 씨와 더 친숙하시겠죠?"

또 한 번 사람들이 고개를 저었다.

"미안. 그분도 모르겠어." 레지가 식탁 밑으로 강아지에게 먹을 것을 주며 말했다.

"이상하네요. 분명 아실 거라고 생각했는데……" 밀라드가 말했다.

"어쩌면 가명으로 여행했을지도 몰라요. 할로개스트를 볼 수도 있고…… 영향력을 미칠 수도 있는 사람이거든요?" 엠마가 말했다.

"아! 갠디 씨를 말하는 걸까?"

나도 어디선가 들어본 이름이었지만 어디였는지 즉각 떠오르진 않았다.

"너희 할아버지께서 혹시 남다른 억양을 갖고 계셨니?" 엘머 옆에 앉은 젊은 남자가 물었다.

"폴란드인이셨어요." 내가 말했다.

"음." 그가 고개를 끄덕였다. "그리고 가끔 다른 남자분이나 여자애랑 함께 여행을 다녔고?"

"여자애요?" 에녹이 엠마를 향해 눈썹을 들어 올리며 물었다.

"그럼 그분은 아닐 거예요." 엠마가 갑자기 긴장하며 말했다.

준이 재빨리 식탁을 벗어나 어디론가 갔다가 잠시 후 앨범을 들고 돌아왔다. "여기 분명 그분 사진이 있을 거야." 그녀는 앨범을 열심히 뒤적거렸다. "우리가 이 앨범을 간직하는 이유는 이곳에 왔다 가는 사람들을 기억하기 위해서야. 그래야 오랜 시간이 지난 이후에 누군가 찾아왔을 때 누굴 믿어야 할지 알 수 있으니까. 친구인 척하면서 찾아오는 적들이 있거든."

"너희도 알다시피 와이트들은 변장의 달인이잖아." 엘머가 말했다.

"어휴, 알아요." 내가 말했다.

"그렇다면 폴의 사진도 다시 확인해봐야겠다. 저 녀석도 진짜로 본인이 맞는지 말이야." 알린이 말했다.

폴은 상처받은 표정이었다. "나 예전이랑 똑같이 생기지 않았어?"

"더 잘생겨진 것 같아." 편이 말했다.

"여기 있다." 준이 앨범을 들고 와 엠마 사이로 파고들며 식탁으로 상체를 수그렸다. "이 사람이 갠디야." 그녀는 나무 아래 느긋하게 앉아 있는 남자가 찍힌 작은 흑백사진을 가리켰다. 그는 사진에 찍히지 않은 누군가에게 말을 하고 있었는데 나는 그 사람이 누굴지, 무슨 말을 했을지 궁금했다. 남자는 주름살 없는 얼굴에 머리칼은 검었고, 얌전하게 생긴 개를 데리고 있었다. 개는 모자를 쓰고 있었다. 사진 속 주인공은 내가 거의 본 적 없는 젊은 시절의 할아버지였다. 당시의 할아버지를 나도 알았더라면 좋았겠다는 생각이 들었다.

친구들이 각자의 자리에서 일어나 사진을 보려고 몰려들었다. 엠마의 얼굴이 유령을 본 듯 백지장처럼 창백해졌다. "맞아요." 엠마가 말했다. 그녀의 목소리는 속삭임보다 약간 더 큰 정도였다. "에이브 맞아요."

"네가 갠디의 손자라고? 왜 더 일찍 이야기하지 않았어?" 놀란 폴이 말했다.

부분적으로는 에이브 할아버지가 자동차 등록증뿐만 아니라 (이제야 나는 갠디라는 이름을 전에 어디서 봤는지 깨달았다) 일을 할 때도 가짜 신분을 사용했다는 걸 몰랐기 때문이었다. 하지만 가장 큰 이유는 H의 규칙 때문이었다. "내가 신뢰하는 어떤 분이 할로우 사냥꾼에 대해서는 얘기하지 말라고 했거든."

"다른 이상한 사람들한테도 하지 말라고?" 준이 말했다.

"아무한테도."

"이유를 통 모르겠네. 그들은 우리 모두에게 영웅인데 말이야." 엘머가 말했다.

할아버지 이름을 들은 사람들의 반응을 본 나는 어쩌면 이제 그 규칙을 약간은 어겨도 될 것 같다는 생각을 했다.

"얘네도 자기들에 대해서 진실을 이야기하는지 우리가 어떻게 알겠어? 기분 나쁘게 할 생각은 없지만 우린 이 사람들도 전혀 모르는 사이야." 알린이 말했다.

"쟤네들은 내가 보증할 수 있어." 폴이 말했다.

"넌 쟤들이랑 얼마나 알았다고 그래, 얼마나, 하루?"

"쟤네들은 노상강도 둘을 죽였고 다른 하나는 겁을 먹고 도망치게 만들었어! 스타크에 있는 플라밍고 장원에 사는 이상한 사람들을 도와줬다고." 폴이 말했다.

엘머는 다시 우리 할아버지 사진을 가리켰다. "닮은 거 모르겠니? 이 아이는 갠디를 꼭 닮았어."

알린의 시선이 나를 떠나 사진으로 향했다가 다시 내게 돌아왔다. 그녀의 얼굴에 떠오른 표정으로 보아 알린도 동감한다는 걸 알 수 있었다. "갠디의 진짜 이름이 에이브러햄이라고 했던가?"

나는 고개를 끄덕였다.

"그분은 어떻게 지내시니? 세월이 흘렀으니 많이 늙으셨겠다. 우리도 못 만난 지 꽤 오래됐어." 엘머가 말했다.

"아. 불행하게도 몇 달 전에 세상을 떠났어요." 밀라드가 말했다.

모두들 애도의 위로를 중얼거렸다.

"삼가 조의를 표한다." 조지프가 말했다.

"어쩌다 그렇게 됐는데?" 레지가 물었다.

펀이 그에게 인상을 찌푸렸다. "무슨 그런 말을 물어!"

"괜찮아. 할로개스트였어요." 내가 말했다.

"마지막까지 싸우다 가셨구나." 엘머가 말한 뒤 차가 담긴 유리컵을 들어 올렸다. "에이브러햄을 위하여."

식탁에 앉은 모든 사람들이 컵을 들고 합창했다. "에이브러햄을 위하여!"

엠마는 행동을 함께하지 않았다. "에이브와 함께 여행했던 사람들은 어땠어요?" 그녀가 물었다.

준은 다시 앨범을 뒤지기 시작했다. "양복을 입고 시가를 물고 다니는 사람이 그의 동료였어. 갠디가 올 때면 거의 언제나 함께 와서 우리를 도와줬지." 앨범을 한 장 한 장 넘기며 사진을 확인하던 준의 손가락이 마침내 아주 오래전에 찍은 젊은 H의 사진에서 멈추었다. "오래된 사진이야. 하지만 그 사람이 맞아."

준이 옳았다. 사진은 꽤 오래됐지만 틀림없는 H였다. 순식간에 상대를 파악할 것 같은 똑같은 눈매와 똑같은 얼굴을 하고 있었다. 입엔 불을 붙이지 않은 시가를 물고 있었다. 그는 사진을 찍으려고 동작을 멈추는 것보다 중요한 일이 더 많은 사람이었고, 빨리 그 일을 하러 돌아가려고 조바심을 내는 표정이었다.

"그분이 갠디의 파트너였어." 조지프가 말했다. "진짜 웃기는 아저씨야. 언젠가 한번은 나한테 뭐라고 한 줄 알아? 내가 베트남에서 막 돌아왔을 때였는데 그 크고 낡은 차를 몰고 와서는 지나

다 들렸다며……"

"그 여자애는요?" 엠마가 단호하게 물었다.

조지프는 말을 하다 말고 중간에 멈추고는 웃음이 터져 나오는 것을 참았다.

"어라. 누군가 싸움이라도 걸 태세네." 에녹이 짓궂게 씩 웃으며 말했다.

"그 여자애. 두 사람이 V라고 불렀던 게 기억나. 굉장히 이상한 사람이었어." 알린이 말했다.

"진짜 말이 없었지. 언제나 지켜보기만 했어. 처음엔 에이브의 제자인 것처럼 보였어, 언젠가 모든 일을 물려줄 것처럼 말이야. 하지만 가끔은 어쩌면 그 여자애가 실제로 우두머리일지도 모른다는 느낌을 받았어." 엘머가 말했다.

"내가 듣기로는 그 앤 서커스에 있었다는 것 같아." 조지프가 말했다.

"내가 듣기로는 러시아 국립 발레단에 있었다던데." 펀이 말했다.

"내가 듣기로는 카우걸이 되려고 서부에 갔었다고 하던데." 레지가 말했다.

"내가 듣기로는 텍사스 루프에 있는 술집에서 싸움이 붙어 일곱 사람을 죽이고 남미로 도망을 쳐야 했었다던데." 준이 말했다.

"거짓말쟁이 같네요." 엠마가 말했다.

조지프가 엠마를 유심히 쳐다보며 말했다. "생각해보니까 그 애랑 너랑 좀 닮은 것도 같아. 사실 오늘 너를 처음 봤을 때 혹시

나 그 애인가 생각했었어."

나는 엠마의 귀에서 불길이 뿜어져 나올 것이라고 생각했다. 엠마에게 몸을 기울이고 내가 속삭였다. **"네가 생각하는 그런 건 확실히 아니야."**

엠마는 나를 무시했다. "그 애 사진도 있어?"

"여기 있다." 준이 앨범을 넘겨 손가락으로 한 곳을 가리키며 말했다.

사진 속에서 V는 아침 식사로 못이라도 삼킨 듯 못마땅한 표정이었다. 혹은 생계를 위해 그리즐리 흑곰을 타야 하는 형편인데 사진을 찍기 전에 방금 그 공연을 마친 것 같은 표정. 그녀는 팔짱을 끼고 반항하듯 턱을 들어 올린 채 서 있었다. 나 역시 조지프의 의견에 동감할 수밖에 없었다. 그녀는 엠마와 좀 닮은 얼굴이었다. 그러나 그 사실을 절대로 소리 내어 인정할 마음은 없었다.

엠마는 소녀의 얼굴을 기억에 새기려는 듯이 사진을 뚫어져라 응시했다. 잠시 아무 말도 하지 않던 그녀가 이윽고 입을 열었다. "알겠어." 엠마가 어떤 감정을 느끼는지는 몰라도 그것을 삼키려고 의식적으로 애쓴다는 게 눈에 보였다. 쓰디쓴 담즙 같은 것이 그녀의 목구멍을 따라 배 속까지 내려가는 과정을 거의 눈으로 그릴 수 있을 정도였다. 그러고 나서야 얼굴이 밝아지면서 준에게 약간은 너무 과도하게 상냥한 미소를 지으며 엠마가 말했다. "정말 고마워."

준이 앨범을 탁하고 접었다. "다 됐다. 내 음식은 다 식었겠네." 자기 자리로 돌아가며 준이 말했다.

레지가 식탁 너머에서 내 쪽으로 몸을 기울였다. "그래서 말이야, 제이콥. 갠디가 본인이 알던 지식을 너한테 몽땅 다 가르쳐줬어? 할로우 사냥 같은 것에 대해서? 재미있는 이야기가 많겠다!"

"꼭 그렇진 않아요. 나는 평범한 아이라고 생각하며 자랐어요."

"올해 초까지만 해도 제이콥은 이상한 종족이란 걸 깨닫지 못했대요." 밀라드가 설명했다.

"맙소사. 그럼 정말 힘든 집중 훈련을 받고 있겠구나." 엘머가 말했다.

"확실히 그렇죠."

"집중 훈련이라기보다는 무작정 부딪치기에 가깝죠." 에녹이 말했다.

"너희 할아버지가 내가 처음 만난 이상한 종족 두 사람 중 한 분이었다는 거 알아?" 조지프가 말했다. 그는 말끔히 접시를 비우고 뒤로 기대 앉아 의자 뒷다리로만 균형을 잡고 살짝 앞뒤로 흔들었다. "1930년 미시시피주 클락스빌에 살 때 당시 나는 미접촉 상태였어. 열세 살이었는데 부모님은 스페인 독감으로 돌아가신 뒤였지. 나는 이상함에 대해선 아무것도 모르는 상태였어. 하지만 무언가 내 안에서 변하고 있다는 건 알았어. 점을 치는 능력이 생겨나고 있었거든. 그러다 곧 무언가가 나를 **사냥 중**이라는 느낌을 감지할 수 있었어. 하지만 놈이 나를 잡기 전에 너희 할아버지와 H가 나를 찾아냈지. 그러고는 그들이 이곳으로 나를 데려다줬어."

"갠디와 H가 오랜 세월 이곳으로 데려온 아이들은 한둘이 아니야." 엘머가 말했다.

"하지만 왜 이렇게 멀리 왔을까요? 원래 살던 곳 근처에는 루프가 없었어요?" 밀라드가 물었다.

"점술가들에겐 없었어." 조지프가 말했다.

친구들의 얼굴을 살펴보니 모두들 나와 같은 질문을 품은 듯했다.

"그럼 점술가들만 여기 살 수 있어요?" 내가 물었다.

"아니, 아니, 아니야, 우린 그런 사람들 아니야." 펀이 대답했다. "우린 어떤 종류의 이상한 종족도 우리 루프에서 함께 살게 해." 그녀는 마당 건너에 있는 한 집을 가리켰다. "저기 사는 스미스는 바람을 부르는 사람이야. 그 옆집에 사는 모스 파커는 염력을 지녔지만 움직일 수 있는 건 음식 종류뿐이야. 식탁을 차릴 때 아주 도움이 되지."

"몇 년 동안은 황금을 알루미늄으로 바꾸는 사내아이도 있었는데 그런 기술은 별로 쓸모가 없었어." 준이 말했다.

"하지만 **정말로** 외부인들을 받아들이지 않는 루프도 더러 있어. 그들 같으면 너희도 당장 쫓아냈을 거야." 엘머가 말했다.

"그들은 자기네랑 똑같은 이상한 종족 외엔 아무도 믿지 않아." 알린이 말했다.

"하지만 우린 전부 이상한 종족이잖아요. 그것만으로도 충분히 비슷하지 않나요?" 브로닌이 말했다.

"그렇지 않은가 봐." 레지가 대꾸했다. 그가 양고기의 연골 하나를 잔디밭으로 던지자 그의 강아지가 폴짝폴짝 그리로 뛰어갔다.

"한 종류의 이상한 종족만 모여 사는 건 임브린 규칙에 위배되지 않아요?" 브로닌이 물었다.

"물론 그렇지 않아. 몽고 루프에서 양의 언어를 쓰며 사는 사람들과 북아프리카에서 도시를 이루고 살던, 공중에 떠다니는 사람들 기억나?" 에녹이 말했다.

"한 가지 능력을 가진 이상한 종족들이 함께 무리를 짓고 살아가는 데는 많은 이유가 있어." 밀라드가 말했다. "예를 들어, 내가 아는 투명인간들의 공동체만 해도 여럿 있어."

"아. 나는 그게 불법인 줄 알았어." 브로닌이 말했다.

"능력에 따른 구분이 임브린 세계의 규칙상 **권장되지 않는** 이유는 그러다가 배타적인 사고와 불필요한 갈등을 조장할 수 있기 때문이야. 확실하게 금지된 건 한 종류의 이상한 종족들만 사는 것이 허락되고 다른 모든 사람들의 출입을 금지하는 폐쇄적인 루프야." 밀라드가 설명했다.

"시비 거는 건 아니지만 어차피 더는 힘쓸 임브린도 별로 없어. 그들의 규칙 같은 건 그다지 힘을 쓰지 못해." 엘머가 말했다.

"그런데 임브린들은 왜 없어진 거예요? 임브린들에게 무슨 일이 있었던 건지 아무도 설명을 제대로 안 해주고, 그래서 정말로 답답해서 미칠 것 같아요." 브로닌이 말했다.

"우리들이 기억하는 한은 그냥 늘 그런 식이었어." 레지가 말했다.

"우리들 중에서도 기억하는 사람은 있다." 우리 뒤쪽에서 목소리가 들려왔다.

돌아보니 눈에 안대를 했던 할머니가 식탁을 향해 절룩거리며 걸어오고 있었다. "나 없이 다들 식사를 시작했구나."

"죄송해요, 미스 애니." 핀이 말했다.

"늙은이에 대한 공경심이 없구나." 미스 애니가 중얼거렸지만 말소리는 또렷했고, 점술가 친구들이 모두 식탁에서 일어나 노인을 맞이하는 것으로 보아 그 할머니는 엄청나게 존경받는 인물인 듯했다. 우리도 그들을 따라 자리에서 일어났다. 펀이 재빨리 일어나 미스 애니를 부축해 이제껏 비워두었던 식탁의 상석으로 데려왔고, 자기 자리에 당도한 할머니는 모서리를 붙잡고 혼자 힘으로 천천히 의자에 앉았다. 그제야 나머지 사람들도 다시 자리에 앉았다.

"어쩌다가 이런 상황이 되었는지 알고 싶은 게로구나." 대단한 기개와 진지함이 묻어나는 미스 애니의 목소리는 마치 흙탕물이 흐르는 깊은 강바닥에서 솟아오르는 것 같았다. "우리 임브린들에게 무슨 일이 있었는지." 미스 애니는 식탁 위에서 양손을 마주 잡았다. 좌중이 순식간에 조용해졌다. "너희 임브린들과 똑같이 과거에는 그들도 우리 사회의 중심이었다. 그들에게 닥친 몰락의 씨앗은 오래전에 뿌리를 내렸어. 영국 사람들과 프랑스 사람들과 스페인 사람들과 이 땅의 원주민들이 아직 이 나라의 소유권을 두고 싸우던 과거의 일이다. 그 이전엔 사람이 다른 사람을 소유해도 되는지 아닌지를 놓고 모든 인간들 사이에 다툼이 벌어졌었지."

"미스 애니는 나이가 엄청 많으셔. 아마 그 자리에 있었을지도 몰라." 펀이 속삭였다.

"나는 얼추 백예순세 살이다만 아직 귀는 멀쩡하다, 펀 마요." 미스 애니가 말했다.

펀이 자기 접시에 놓인 감자를 응시했다. "네, 미스 애니."

"너희들 중 몇몇은 이곳 출신이 아니라서 아마 모를 수도 있을 거다." 미스 애니가 내 친구들을 쳐다보았다. "하지만 이 나라는 흑인들로부터 훔쳐 온 노동력과 원주민들로부터 빼앗은 땅을 토대로 세워졌다. 150년 전만 해도 이 나라의 남부 지방은 그 자체만으로 전 세계에서 가장 부유한 지역이었고, 그 부의 상당량은 목화나 황금이나 석유의 형태가 아니라 노예로 전락한 인류의 형태로 유지되었지."

그녀는 자신의 말의 무게가 전달되도록 잠시 뜸을 들였다. 엠마는 안색이 좋지 않았다. 브로닌과 에녹은 눈을 내리깔고 침묵을 지켰다. 나는 그 이야기를 마음으로 이해하려 애썼다. 한 세대에서 다음 세대로 이어지며 도저히 가늠할 수도 없는 규모로 이 나라를 삼켰던 그 거대하고 제도화된 불의. 할아버지와 부모와 자식과 그 자식의 자식까지. 그것은 상상할 수도 없을 만큼 압도적이었다.

잠시 후 미스 애니가 말을 이었다. "당시 모든 돈과 모든 부는 한 가지에 달려 있었다. 한 종류의 인간이 다른 종류의 인간을 억누르고 지배하는 능력이지. 그런 사회 체계 속에서 이상한 종족들이 나타났을 때 무슨 일이 있었을지 생각해봐라."

"엄청난 소란이 일었겠죠." 엘머가 답했다.

미스 애니가 말했다. "그리고 통제받으며 살던 사람들은 혼비백산하게 되지. 상상해봐라. 온종일 목화솜을 따며 노예로 사는 사람이 있다. 그게 그들의 삶이고, 종신형처럼 그렇게 살아야 해. 그러다가 어느 날 오후에 불현듯 어디에서 온 줄도 모르는 사람이, 어린 소녀가 나타나서 자기가 **이상한 종족**이라고 고백하는 거야. 그 소녀는 이제 날아다닐 수가 있어." 설명하는 미스 애니의 시선이 허공을 향하고 양팔도 넓게 펼치자, 내 머릿속에서도 그 이미지가 갑자기 너무도 선명하게 떠올라 혹시 그녀가 자신의 경험을 표현하고 있는 것은 아닌지 궁금해졌다. 미스 애니의 시선이 브로닌에게로 내려왔다. "네가 그 소녀라면 넌 어떻게 하겠니?"

"전 훨훨 날아서 떠나요." 브로닌이 말했다. "아니, 밤이 될 때까지 기다렸다가 제 힘을 이용해서 다른 모든 사람들이 도망치도록 도운 **다음에** 훨훨 날아서 떠나요."

"그런데 거기다 낮을 밤으로 바꿀 수 있는 사람도 있다면? 혹은 인간을 당나귀로 만들거나?"

"저라면 정오를 한밤중으로 만들겠어요. 그러고는 감독관을 당나귀로 만들어버릴 거예요." 준이 대꾸했다.

"사람들이 우릴 왜 두려워했는지 이제 너희도 알겠구나." 미스 애니는 다시 식탁에 팔을 올려놓았고 목소리도 낮아졌다. "우리의 수는 언제나 적었다. 이상한 재주는 언제나 드물었어. 하지만 사람들은 얼마 안 되는 수에도 심하게 겁을 먹은 나머지 점술가와 돌팔이 의사들과 퇴마사들을 매수해서 험악한 말로 우리를 평범한 사람들과 갈라놓았어. 그들은 이상한 종족들이 어떻게 사탄의 자손이 되었는지 거짓말과 민간 전설을 꾸며냈지. 우리들 스스로도 서로 등을 돌려 고자질하도록 만들었어. 저들은 이상한 사람들과 **알고 지내기만** 해도 그 사람을 죽였어. 심지어 이상한 사람과 말 한 마디만 **주고받아도**! 그런 저들이 가장 두려워한 존재가 누구였을까?"

"임브린이었겠죠." 폴이 말했다.

"맞아. 우리 임브린들. 그들은 우리가 피신해 살 곳을 만들어 준 분들이다. 평범한 인간들은 찾을 수도, 혹은 들어올 수도 없는 곳으로. 그 덕분에 우리는 살아남는 것이 가능해졌지. 저들은 임브린을 그 무엇보다도 극심하게 증오했어."

"그럼 그 평범한 인간들은 임브린에 대해서 알았어요? 임브린의 정체가 무엇인지 인간들이 알았다고요?" 엠마가 물었다.

미스 애니가 대답했다. "저들은 악착같이 알아내는 걸 일삼아 달려들었다. 왜냐하면 **정말로** 저들에겐 그게 일이었거든. 이상한 종족들은 저들의 경제와 삶의 방식과 사악한 기득권층을 떠받치는 중요한 버팀목에 위협이 되었고, 노예 소유주들은 세계 다른 지역의 평범한 인간들과는 다른 방식으로 우리를 모함하는 계략을 짰던 거야. 저들은 우리 같은 존재를 색출하고, 루프를 파괴하는 데 전념하는 조직을 만들었지만 특히 그들의 목표는 우리 임브린들을 죽이는 것이었어. 그들은 지칠 줄도 모르고 무자비하게 살육에 집착했다. 저들의 세력은 어찌나 강했던지 남부 연합이 사라진 뒤에도, 심지어는 남북전쟁 이후의 재건 시대가 끝난 뒤에도 계속해서 존재할 정도였어. 그리고 그것은 곧장 우리에게 시련이었지. 내가 자라던 1860년대에도 우리에겐 임브린의 수가 충분한 적이 없었다. 그들은 늘 수가 적었지. 언제나 위험에 처해 있었고. 한 사람의 임브린이 네다섯 개의 루프를 유지하고 있었기 때문에 우린 좀처럼 임브린을 만나보지도 못했어. 그러다가 어느 날엔가는 완전히 존재하지 않는 것처럼 여겨지는 때가 오고 말았지. 그들 대신에 우리에겐 리더가 아니라 관리자와 용병 역할을 하는 데미-임브린과 루프 지킴이가 생겨났고, 임브린의 영향력이 없는 상태에서 지내게 된 이 나라의 이상한 종족들은 점점 분열하고 서로를 불신하게 되었지."

나의 뇌리에 무언가 퍼뜩 떠오르는 것이 있었다. 오는 길에 들렀던 1965년도의 음식점에 대한 기억이 섬광처럼 지나갔다. "당시에는 루프도 분리되어 있었나요? 인종별로?" 내가 물었다.

"당연히 분리되었지. 단지 이상한 종족이라고 해서 사람들이 인종차별주의자가 아니라는 뜻은 아니니까. 우리들이 살던 루프는 일종의 유토피아가 아니었다. 여러 가지 면에서 루프는 그저 바깥 사회가 반영된 곳에 지나지 않았어." 미스 애니가 말했다.

"하지만 바깥세상도 이제 더는 인종차별이 심하지 않아요." 브로닌이 말했다. 그녀의 시선은 식탁 반대편 끝 쪽에 앉아 헤드폰을 낀 백인 소년 하울리와 그 건너편에 앉은 좀 더 나이가 많은 백인 소녀를 향했다.

"서로 통합하기까지 아주 오랜 시간이 걸렸다. 하지만 천천히 우린 해냈어." 미스 애니가 말했다.

"할로개스트는 우리 피부가 무슨 색이든 상관하지 않아. 단지 우리의 영혼을 원할 뿐이지. 그 점이 우리가 서로 뭉치는 데 도움을 주었어." 엘머가 말했다.

"이 나라 다른 지역의 루프는 어때요? 그곳엔 임브린이 있나요?" 에녹이 물었다.

"남부의 임브린들이 가장 먼저, 그리고 가장 극심한 피해를 입었어. 하지만 차츰 이 나라 전역의 임브린들이 사라졌어." 엘머가 대답했다.

"한 명도 안 남고 전부요? 전혀 남아 있는 분이 안 계세요?"

브로닌이 물었다.

"아직 두세 분은 남아 있다고 들었다. 몇 분은 가까스로 숨어 계신 모양이야. 하지만 그분들도 예전처럼 권력이나 영향력 같은 걸 행사하진 못해." 미스 애니가 말했다.

"미국 원주민들은 어떨까요? 그 사람들도 루프가 있겠죠?" 밀라드가 물었다.

"있지. 하지만 수가 많지 않아. 그들은 대체로 이상한 능력을 두려워하지 않았고 이상한 종족들을 박해하지도 않았기 때문이야. 어쨌든 원주민 동족들에게는 배척당하지 않았으니까."

"그러다가 우리도 20세기를 맞이했고, 그 부분에 대해선 내가 설명해줄게." 엘머가 나섰다. "놈들의 조직은 힘을 잃기 시작했는데, 주로 놈들이 죽이려는 임브린이 많이 남지 않았기 때문이었어. 평범한 인간들은 우리의 존재를 잊기 시작했지. 그러자 이젠 루프들끼리 서로 싸움이 시작되었어. 영역, 영향력, 자원을 서로 가지려고."

"임브린이 있었다면 절대로 그런 일이 일어나는 걸 허락하지 않았을 거야." 알린이 말했다.

"유럽에서 너희들이 할로개스트와 겪어야 했던 고난에 대해서는 우리도 약간 소문을 들었지만 괴물들은 주로 너희 쪽에서만 계속 활동했었어. 그러다가 1950년대 후반에 복수심에 불탄 와이트와 할로우가 나타나면서 모든 것이 달라졌지. 그 때문에 우리 내부에서 벌어진 싸움은 대부분 중단되었지만, 빌어먹을 그림자 괴물들에게 잡아먹힐까 봐 겁이 나서 우리는 이제 좀처럼 루프 밖으로 나갈 수가 없어."

"제 할아버지와 H가 놈들과 싸움을 시작한 게 그 무렵이겠네요." 내가 말했다.

"맞아." 엘머가 말했다.

"그럼 미국에 사는 평범한 인간들은 **여전히** 우리에 대해서 알아요?" 브로닌이 물었다.

"아니. 미국인들은 오랜 기간 모르고 살았어. 1800년대로 거슬러 올라가더라도 우리에 대해서 아는 사람들은 별로 많지 않았대." 준이 말했다.

"아니, 아니다, 주니, 그건 틀린 말이야." 미스 애니가 단호하게 고개를 저으며 반박했다. "그건 단지 저들이 우리가 그렇게 생각하기를 **원해서** 만든 이야기다. 내 말 명심해라, 세상엔 여전히 아는 사람들이 있다. 우리의 힘을 잘 알고 우리를 두려워하고, 우리를 통제할 방법을 찾으려 하는 평범한 인간들이 여전히 존재한단다."

"도대체 그들은 무엇을 두려워하는 걸까요?" 준이 물었다.

"**생각**이다." 미스 애니가 대답했다. "우리 이상한 종족들이 분열한 채 서로가 서로를 두려워하는 존재 이상의 그 무엇이 될 수도 있다는 생각 말이다. 통일된 이상한 세계의 힘은 어마어마해질 수 있으니까. **과거**에도 그랬듯이 그것은 오늘날을 살아가는 그들에게도 똑같이 무서운 일이다." 그녀는 단호하게 결론을 내리듯 고개를 끄덕하고는 긴 숨을 내쉬며 포크를 들었다. "이젠 그만 실례해야겠구나. 너희는 모두 식사를 끝냈는데 나는 아직 한 입도 못 먹었다."

모두들 미스 애니가 식사를 마칠 때까지 자리에 앉아 기다렸다가 뒤이어 식탁을 치우기 시작했다. 내가 꾸러미를 전달해야 할 사람이 미스 애니라는 것이 명확해졌으므로, 나는 그녀가 자리에서 일어나자 어디로 가는지 모르지만 거기까지 부축해드리겠다고 나섰다.

미스 애니는 집으로 돌아갈 거라고 말했다. 나는 그녀에게 팔을 내밀었다. 그녀의 집까지 짧은 거리를 걸어간 후 나는 주머니 속에 쏙 들어갈 정도로 크지 않았던 꾸러미를 그녀에게 전달했다. 그녀는 기대하고 있었던 눈치였다.

"뭔지 열어보시지 않을 거예요?" 내가 물었다.

"뭔지도 알고 누가 보낸 것인지도 안다. 계단까지 부축해다오."

미스 애니의 등은 거의 90도에 가깝게 굽었으므로 우리는 현관문까지 계단 세 개를 함께 올라갔다. 꼭대기에 당도하자 그녀가 말했다. "잠깐 기다려라." 그리고는 집 안으로 사라졌다.

잠시 후 미스 애니가 다시 나와 내 손에 무언가를 쥐여주었다.

"그 사람이 너에게 이걸 주라고 부탁하더구나."

내 손바닥에 놓인 건 낡고 닳은 종이 성냥이었다.

"이게 뭐예요?"

"잘 읽고 살펴봐."

한쪽에는 노스캐롤라이나주 어느 도시의 주소가 적혔고, 그것만으로도 부족한지 반대편엔 '여기에 들르는 것이 **영리한** 선택…… 당신이 낸 돈보다 **더 많은** 것을 얻게 될 것이니!'라고 적혀 있었다.

나는 종이 성냥을 주머니에 넣었다.

"그 사람을 만나거든 고맙다고 전해라. 그리고 다음번엔 빌어먹을 본인이 직접 이리로 찾아오라고 해. 그 잘생긴 얼굴 좀 다시 보게. 보고 싶다고 말이야." 미스 애니가 말했다.

"고맙습니다." 내가 말했다.

"부디 그 사람을 단념하지 말거라. 좌절감을 주기도 하고 고집쟁이에다 엄청 성가시게 굴 수도 있는 사람이야. 하지만 도움이 필요 없다는 그 사람 말에 넘어가진 마라. 그 사람은 오랜 세월 엄청난 짐을 지고 살아왔고 이젠 네 도움이 필요해. 너희 모두의 도움이 필요할 거다."

나는 엄숙하게 고개를 끄덕인 뒤 그녀에게 손을 들어 인사했고, 미스 애니는 집 안으로 들어가 문을 닫았다.

나는 친구들을 데리러 되돌아갔다. 엠마와 준이 딱 붙어서 이야기를 나누는 게 보여서 나는 그들을 향해 잔디밭을 가로질렀다. 그들이 내가 접근하는 걸 알아차리기 전, 준은 뭔가를 설명하고 있었는데 엠마는 팔짱을 끼고 서서 들으며 그 내용이 마음에 들지 않는 듯했다. 엠마의 표정이 핼쑥하고 심각했다. 나를 발견한 엠마의 얼굴이 무표정으로 바뀌더니 준에게 짧게 작별 인사를 하고 나에게 달려왔다.

"무슨 이야기를 했어?" 내가 물었다.

"그냥 암실 관련 비법을 주고받았어. 그 앨범에 든 사진들 대

여기에 들르는 것이 영리한 선택⋯⋯
당신이 낸 돈보다 더 많은 것을 얻게 될 것이니!

본인의 안전을 위하여 잠자리에선 금연하시오

부분을 준이 직접 인화했다는 거 알아?"

그것은 명백한 거짓말이었고, 그런 변명을 엠마가 그토록 빨리 생각해냈다는 사실에 나는 깜짝 놀랐다.

"그런데 넌 왜 화난 표정이었어?" 내가 물었다.

"화 안 났어."

"그 여자애에 대한 걸 준에게 물었잖아. 에이브 할아버지와 가끔 함께 여행을 했다는 여자애."

"아니야. 난 그런 건 신경 안 써." 엠마가 말했다.

"누굴 바보로 아는군."

엠마는 내 시선을 피했다. "엉뚱한 질문으로 괴롭히지 마. 저기 브로닌이랑 에녹 온다."

밀라드도 그들과 함께 있었다. 그는 옷을 입고 있어서 이젠 쉽게 눈에 띄었는데, 모두 빠르게 친한 친구가 된 준과 핀과 폴도 같이 다가오는 중이었다.

"이 문제는 나중에 얘기하자." 내가 말했다.

엠마는 어깨를 으쓱했다. "얘기할 것도 없어."

나는 버럭 화를 낼 뻔했지만 가까스로 침착함을 유지했다. 엠마가 어떤 감정을 느끼는지 나로선 절대로 이해할 수 없을 테고, 내가 그녀와 함께하고 싶다면 뭔지 모를 고통을 겪는 엠마를 존중하고 그것을 감내할 여유와 공간을 주어야 한다고 속으로 나를 달랬다.

그게 이치에 맞았다. 하지만 그렇다고 해서 내가 덜 상처받는다는 의미는 아니었다.

우리는 떠날 계획을 세웠다. 폴이 금속 보온병을 가지고 왔다.

"여행하는 동안 마실 커피야. 그럼 중간에 차를 세우지 않아도 되잖아."

엘머가 다가와 우리와 악수를 나누었다. "막대기 점술가가 혹시라도 필요하면 어디로 우릴 찾으러 와야 하는지 알지?"

그가 멀어지자 밀라드가 말했다. "정말 흥미로운 사람이야. 엘머는 70년도 넘는 세월 동안 세 종류의 전쟁에 참전했었다는 거 알아? 제1차 세계대전 동안에는 나이를 빨리 먹지 않으려고 프랑스 베르됭 도랑에 있는 루프에서 잠을 잤대."

브로닌과 펀은 포옹을 했다.

"편지 쓸 거지?" 펀이 말했다.

"그보다 더 좋은 쪽으로, 우리가 또 놀러 올게." 브로닌이 말했다.

"그럼 좋겠다."

그들은 작별 인사를 나누었고, 폴은 도시 가장자리에 둔 우리 차가 있는 곳까지 바래다주었다. 오는 길에 나는 미스 애니가 준 종이 성냥을 모두에게 보여주었다.

"주소다! H가 요번에는 우리한테 쉽게 임무를 줬네." 밀라드가 말했다.

"테스트는 끝난 것 같아. 이제 진짜 임무를 수행할 시간이야." 내가 말했다.

"그건 두고봐야지. H는 절대로 지치지 않고 계속 우릴 테스트할 것 같던데." 엠마가 말했다.

"밖에 나가면 모두들 조심해. 북쪽에선 특히 몸조심해야 해.

어딜 가든 다 위험하다고 들었어." 폴이 말했다.

그는 현대로 되돌아가는 법을 설명해주었다. 우리도 바라지 않았지만 1965년으로 되돌아갈 순 없었다. 이 루프를 거꾸로 통과해 나가면 포털 루프가 만들어졌던 1930년 봄날로 나가게 되기 때문이었다. 앞쪽 출구로 나가는 방법은 간단했다. 우리가 들어온 길로 똑같이, 들판을 가로질러 빠르게 나가면 되는 거였다.

우리는 폴에게 작별 인사를 했다. 나는 모두 좌석에 앉아 안전벨트를 한 걸 확인한 뒤 시동을 걸고 가속 페달을 밟았다. 타이어 자국을 따라 황량한 들판을 가로질러 운전하자 차가 흔들렸고 속도가 점점 빨라질수록 지형은 더욱 울퉁불퉁해졌다. 들판을 절반쯤 달려가 우리가 루프에 들어왔던 지점이 가까워지자 타이어 자국이 사라지면서 배 속 창자가 철렁하는 느낌이 들었다. 낮이 밤으로 바뀌었다. 눈앞에 펼쳐졌던 평평한 흙길은 초록색 옥수숫대의 장벽으로 바뀌었다. 우리는 옥수수밭 한가운데를 달리며 연이어 옥수숫대를 쓰러뜨렸고 초록색 기둥이 망치질하듯 차를 두들겼다. 내가 브레이크를 막 밟으려던 순간 밀라드의 외침이 들려왔다. "계속 가, 안 그러면 우린 여기 처박혀 꼼짝 못 해!" 그래서 나는 가속 페달을 더 세게 밟았고, 엔진이 요란한 굉음을 내며 다행히도 타이어가 마찰력을 되찾는 바람에 잠시 후 옥수수밭을 벗어나 도로로 나왔다.

나는 차를 세웠다. 우리는 숨을 돌렸다. 헤드라이트를 켰다. 비포장도로는 이제 아스팔트로 바뀌었지만, 그 외엔 포털의 외곽 풍경은 1965년과 똑같아 보였다.

나는 차에서 내려 망가진 데가 없는지 살폈고, 밀라드는 차에서 내려 토했다. 앞 유리창 위쪽 구석에 한 군데 금이 갔고, 차체 정면 그릴과 바퀴 커버에 옥수숫대가 꽂혔지만 그건 뽑아내면 될 일이었다. 그 외엔 부서진 데 없이 무사했다.

"다들 괜찮아?" 나는 열린 창문으로 머리를 집어넣으며 물었다.

"밀라드가 안 좋아." 엠마가 말했다. 곧이어 구역질하는 소리가 들려 고개를 든 나는 허공에서 뿜어져 나와 포장도로에 떨어지는 토사물을 제때에 목격했다. 투명인간이 토하는 모습을 한 번도 본 적이 없었던 나로서는 금세 잊히지 않을 광경이었다.

밀라드가 내장을 비워내는 동안 나는 휴대전화의 진동을 느꼈다. 현재로 돌아와 다시 살아난 휴대전화가 주머니 안에서 미친 듯이 떨어댔다. 화면에 **부재중 전화 24개**라고 떠 있었다. **음성사서함 메시지 23개.**

굳이 보지 않아도 누가 걸었는지 알았다.

나는 자동차 뒤쪽으로 돌아가 무언가를 확인하는 척하면서 슬그머니 음성 사서함을 들어보았다. 처음 메시지 몇 개는 가볍게 걱정하는 말투였다. 그러나 뒤로 갈수록 점점 더 불안해하면서 화가 난 목소리였다. 열세 번째 메시지는 이런 식이었다. "포트먼 군, 또 나다. 난 자네의 임브린이야. 내 말을 신중하게 귀담아듣길 바란다. 나에게 알리지도 않고 여행을 떠난 자네에게 나는 실망을 금치 못하겠다. 극도로 실망스러워. 하지만 자네는 나의 허락 없이 아이들을 데려갈 **권리가 없어**. 당장 이 집으로 돌아와라. 고맙다. 끊는다."

그 이후로는 듣기를 중단했다. 다른 아이들에게도 이야기할까 하다가 그러지 않기로 결정했다. 친구들은 페러그린 원장이 허락하지 않을 것을 다 알고 있었다. 음성 사서함 내용을 괜히 전해서 친구들을 불안하게 만들고, 혹시나 그들이 돌아가겠다는 결정을 내릴 위험을 무릅쓸 이유는 없었다.

"좋아. 다 끝냈어." 밀라드가 터덜터덜 자동차로 돌아오며 말했다.

나는 얼른 전화기를 주머니에 넣었다. "속이 안 좋다니 안됐다."

"우리가 타고 갈 기차는 없겠지? 자동차는 이제 좀 싫증 나기 시작했어." 그가 힘없이 말했다.

"나머지 길은 편안한 여정이 될 거야. 내가 약속할게."

밀라드는 한숨을 쉬었다. "네가 지킬 수 없는 약속은 하지 않았으면 좋겠어."

제 12 장

chapter twelve

다시 현재로 돌아왔으므로, 어차피 한밤중이라고 해도 현대적인 고속도로 체계는 운전하기가 수월하고 빨랐다. 폴이 보온병에 담아 준 커피와 글러브 박스 뒤쪽에서 찾아낸 핑크 플로이드의 여덟 곡짜리 앨범 〈달의 어두운 이면*Dark Side of The Moon*〉을 연료 삼아서, 거리는 빠르게 줄어들었다. 알아차리지 못한 사이에 우리는 나머지 조지아주와 사우스캐롤라이나주 전체를 통과하여, 성냥에 적힌 노스캐롤라이나주 북쪽 도시까지도 거리가 얼마 남지 않은 놀라운 진척을 보였다. 포털에서 엠마와 나 사이에 잠시 격앙되었던 말다툼 이후, 상황은 영하권으로 식어 버린 느낌이었다. 엠마는 비좁은데도 불구하고 굳이 뒤에 앉겠다고 했고 이제는 에녹이 내 옆 조수석에 앉았다.

나는 고개를 들고 이따금씩 후방 거울로 엠마를 살펴보았다. 자거나 우울한 표정으로 창밖을 내다보지 않을 땐 에이브 할아버지의 일지를 뒤적이며 새끼손가락에 피워 올린 깜박이는 작은 불꽃에 의지해 내용을 읽었다. 다시 한번 나는 엠마가 무언가 꼭 거쳐야 할 과정을 겪고 있는 거라고 자신을 달랬다. 늘 시간과 바다를 사이에 두고 에이브 할아버지와 멀리 떨어져 있었기 때문에 엠마로서는 이토록 정면으로 마주할 기회가 절대로 없었던 무언가를 겪어내는 과정이었다. 하지만 그러느라 엠마가 나를 차갑게 따돌리고, 그녀에게 질문을 던진 나를 벌주는 듯한 느낌이 들었다. 그런 태도를 내가 얼마나 더 오래 견딜 수 있을지는 나도 알 수가 없었다.

새벽 3시 반이 되어 엉덩이에 거의 감각이 없어질 때쯤 드디어 우리는 고속도로 출구에 당도했다. 나는 휴대전화 지도에서 알려준 방향을 따라 H의 종이 성냥에 적힌 주소로 향했다. 그곳에서 무엇을 만나게 될지 우리는 알지 못했다. 주유소? 카페? 또 다른 모텔?

위 세 가지 중 어느 것도 아니었다. 그곳은 24시간 오케이 버거라는 이름의 패스트푸드 음식점이었다. 인적 없는 쇼핑센터의 깜깜하고 텅 빈 주차장 한가운데에서 그곳에만 희미한 조명이 켜져 있었는데, 이름에 어울리게 그 시간에도 영업 중이었고 나름 괜찮아*Okay* 보였다. 의자는 몽땅 탁자 위에 거꾸로 올라가 있고 출입문에 붙은 안내문에는 '드라이브스루 영업 중'이라고 적혀 있었다.

나는 음식점 바로 앞에 차를 세웠다. 우리가 주차장에 선 유일한 차였다. H는 보이지 않았다. 무덤 같은 곳에 갇혀서 야간 근무를 해야 하는 운 나쁜 직원 한 사람을 빼고는 **아무도 없는** 곳이었다. 안쪽 카운터 뒤에서 자기 휴대전화를 들여다보는 남자가 보였다.

"종이 성냥에 H랑 몇 시에 만나자고 적혀 있었어?" 브로닌이 물었다.

"아니. 하지만 그분이 새벽 3시 30분에 우릴 만나러 올 거라고는 예상되지 않는데." 내가 말했다.

"그럼 아침이 될 때까지 그냥 여기서 기다려야 하는 거야? 그건 멍청한 짓이야." 에녹이 말했다.

"좀 인내심을 가져봐. 지금 당장이라도 나타날지 모르잖아. 비밀리에 행동할 생각이라면 한밤중이야말로 누군가를 만나기에 최적의 시간인 것 같은데." 밀라드가 말했다.

그래서 우리는 기다렸다. 째깍째깍 몇 분이 흘러갔다. 가게 안에 있던 청년은 휴대전화를 내려놓고 바닥을 쓸기 시작했다.

조수석에서 엄청 크게 꼬르륵 소리가 들려왔으므로 모두들 에녹을 쳐다보았다.

"방금 그거 트럭 엔진 소리였냐?" 밀라드가 말했다.

"난 배고파." 에녹이 자기 배를 내려다보며 말했다.

"좀 기다릴 수 없겠어? H가 만나러 왔는데 우리가 드라이브 스루에 들어가 있느라고 우릴 못 봐서 놓치면 어쩌려고 그래?" 브로닌이 말했다.

"아니야, 에녹 생각이 옳아. 그 성냥 좀 다시 볼 수 있을까?" 밀라드가 말했다.

나는 성냥을 그에게 건넸다. 밀라드가 성냥을 이리저리 뒤집어 보았다. "그냥 주소만 있는 게 아니야. 이게 단서야. 뭐라고 적했는지 읽어봐." 밀라드가 말했다.

그는 성냥을 브로닌에게 주었고, 브로닌이 큰 소리로 글귀를 읽었다. "여기에 들르는 것이 **영리한 선택**…… 당신이 낸 돈보다 **더 많은** 것을 얻게 될 것이니." 브로닌이 고개를 들었다. "그래서?"

"그래서 나는 우리가 뭔가를 사야 하는 거였다고 생각해." 밀라드가 말했다.

나는 자동차에 시동을 걸고 차를 돌려 드라이브스루 통로로 들어갔다. 주문용 스피커와 환하게 조명을 받고 있는 메뉴판 앞으로 차를 접근시켰다. 엄청 큰 금속성 목소리가 귀를 찢을 듯 들려왔다. "**24시간 오케이 버거에 오신 것을 환영합니다 무엇을 도와**……"

브로닌은 비명을 지르더니 번개처럼 빠른 반사 신경을 발휘하여 열린 창문을 통해 긴 팔을 휘둘러 스피커에 냅다 주먹질을 했고, 워낙 강한 타격에 기둥째 뽑힌 스피커는 움푹 패여 바닥에 나뒹굴며 조용해졌다.

"브로닌, 대체 무슨 짓이야! 우리한테 주문을 받으려는 거였다고!" 내가 소리쳤다.

"미안해. 무서웠어." 브로닌은 앉은 자리에서 움츠러들었다.

"이래서야 널 어디로든 데리고 다닐 수가 있겠냐?" 에녹이 말했다.

다른 평범한 상황이었다면 차를 빼 냅다 달아났겠지만, 이건 평범한 상황이 아니었으므로 브레이크 페달에서 발을 떼 천천히 차를 몰아 픽업 창구로 가자, 주황색 앞치마를 한 어린 직원은 아직도 헤드셋에 대고 말을 하는 중이었다.

"여보세요? 제 말 들리세요?"

그의 말투는 아주 느렸고, 빨갛게 충혈된 눈은 퉁퉁 부어 있었다. 약에 취한 사람 같았다.

"안녕하세요. 스피커가, 음, 작동이 안 되더라고요." 내가 말했다.

그는 부르르 입술을 펄럭이며 입으로 바람을 내뿜었다. 그가 창문을 열며 말했다. "오오오케이입니다. 무얼로 드릴까요?"

밀라드가 나섰다. "여긴 뭐가 맛있어요?"

"너 무슨 **짓**이야?" 엠마가 낮게 밀라드에게 쏘아붙였다.

직원은 눈살을 찌푸리며 뒷좌석을 들여다보았다. "누가 한 말이에요?"

"내가요. 난 투명인간이에요. 미안해요, 미리 말 못해서." 밀라드가 말했다.

"밀라드! 너 정신 나갔구나!" 브로닌이 외쳤다.

그러나 어린 직원은 겁나지 않는 눈치였다. "아, 그렇군요." 크게 고개를 끄덕이며 그가 말했다. "나라면 뭘 시킬까요? 당연히 2번 세트죠."

"그럼 우리도 **2번 세트**로 준비해주세요." 밀라드가 말했다.

"햄버거 다섯 개도 주세요! 다 넣어서요. 감자칩도." 뒷좌석에서 에녹이 소리쳤다.

"우린 감자칩이 없습니다." 직원이 말했다.

"감자튀김 얘기하는 거예요." 내가 말했다.

직원이 금액을 말해서 나는 돈을 냈고, 곧이어 직원이 음식을 준비하러 주방으로 들어갔다. 몇 분 뒤 다시 나타난 그는 벌써 기름기 얼룩이 선명하게 생긴 묵직한 종이봉투를 내밀었다. 나는

Uncontacted subject being hunted,
  highly threatened.
Mission: protect and extract.
Suggest delivery to loop 10044.
Extreme caution advised.

접힌 종이봉투 입구를 펼쳐 안을 들여다보았다. 햄버거 여러 개와 엄청난 양의 감자튀김, 냅킨 한 뭉치가 보였다. 친구들에게 음식을 나눠 주던 나는 봉지 맨 아래쪽에서 작고 하얀 봉투 하나를 발견했다. 예사롭지 않은 고급 봉투는 빨간색 밀랍으로 봉인까지 되어 있었다.

"이게 뭐지?" 봉투를 들어 올려 다른 친구들에게 보여주며 내가 말했다.

엠마는 어깨를 으쓱했다. "세트 메뉴에 따라오는 건가?"

나는 주차장으로 차를 몰고 들어가 주차를 한 뒤 봉투를 열었다. 내용을 읽어보려고 천장에 달린 등을 켜자 다들 구경하려고 모여들었다. 봉투 안에는 또 다른 냅킨이 들어 있었는데, 이번 냅킨엔 타이핑으로 글귀가 적혀 있었다. 기름 묻은 냅킨에 적힌 내용은 이랬다.

미접촉 대상이 쫓기고 있으며 극심한 위협을 받음.

임무 : 보호 및 구출.

권장 인계 장소는 루프 10044.

극단적인 주의 요구됨.

그걸로 끝이었다. 미접촉 대상이라는 이상한 사람은 이름도 나와 있지 않았다. 루프 10044가 어디인지도 설명되어 있지 않았다. 하지만 냅킨 뒷면에는 알파벳과 숫자로 된 좌표가 찍혀 있었다.

밀라드가 흥분한 목소리로 말했다. "내가 좌표를 읽을 줄 알

아. 경도를 나타내는 숫자가 음수라는 건 본초자오선의 서쪽이라
는 뜻이고⋯⋯"

"뉴욕 브루클린에 있는 고등학교야. 지도 앱으로 검색해봤
어." 내가 휴대전화를 들어 올리며 말했다.

밀라드는 헛기침을 했다. "단편적인 기술로는 진짜 지도 전
문가를 대체할 수 없어."

"우리는 임무를 받았고 위치도 알게 됐어. 우리가 유일하게
모르는 건 우리가 찾는 이상한 사람의 이름이야." 엠마가 말했다.

"어쩌면 H도 이름을 모를지 몰라, 그러니까 그걸 찾아내는
게 임무의 일부겠지." 브로닌이 말했다.

"혹은 보안상의 이유일 수도 있어. 미접촉 상태의 이상한 아
이 이름을 냅킨에 적어서 함부로 내돌리면 곤란하잖아, 그러다 햄
버거 요리사의 손에 들어갈 수도 있고." 에녹이 말했다.

"내 생각엔 아까 그 사람, 단순히 요리사는 아닌 것 같아. 제
이콥, 주문하는 창구까지 한 바퀴 더 돌아줄래?" 밀라드가 말했다.

나는 시동을 걸고 작은 건물을 한 바퀴 돌아 다시 드라이브
스루 통로로 들어갔다. 이번에 창문을 연 그의 표정은 짜증이 난
것 같았다. "어어. 안녕하세요."

밀라드가 창밖으로 몸을 내밀었다. "귀찮게 해서 죄송합니다.
3번 세트로 하나만 주문하고 싶은데요."

직원은 기름이 번들번들한 키보드로 주문 내용을 타이핑했
고 10달러 50센트를 요구했다. 내가 돈을 내는 사이 브로닌이 열
린 창문으로 몸을 기울이며 말했다. "H라는 분을 알아요? 댁도 할
로우 사냥꾼인가요? 여긴 뭐 하는 곳이죠?"

직원은 브로닌의 말을 듣지 못한 듯 행동하며, 나에게 거스름돈을 주었다.

"이봐요!" 브로닌이 말했다.

그는 몸을 돌려 주방으로 들어갔다.

"내 생각엔 그런 질문에 대답하는 건 저 사람 권한 밖일 것 같아." 내가 말했다.

1분 뒤에 돌아온 그가 기름 얼룩이 생긴 종이봉투를 넓은 창틀 선반에 올려놓았다. 봉투가 선반에 닿는 순간 육중한 **쿵** 소리가 났다.

"이제 그만 안녕히 가십시오." 그가 말하고는 창문을 닫았다.

나는 이상스레 무거운 종이봉투를 집어 입구를 열어보았다. 감자튀김과 어니언링밖에 들어 있지 않았다. 세트 메뉴랄 것도 없다고 생각하며 나는 밀라드에게 봉투를 건넨 뒤 주차장에서 나와 고속도로를 향해 다시 도로로 접어들었다. 브루클린까지는 먼 길이었고, 이왕이면 주요 도로가 전부 주차장으로 변하는 아침 출근 시간 이전에 도착하고 싶었다.

10분 뒤 I-95번 고속도로를 날아가듯 달릴 때 밀라드는 튀김이 들었던 봉투를 바닥냈다. 밀라드가 껄껄 웃는 소리를 들은 내가 고개를 돌려 살펴보았다. 그가 무언가 묵직한 달걀 모양의 물건을 꺼냈다.

"그게 뭐야?" 내가 물었다.

"3번 세트 메뉴겠지. 감자튀김과 수류탄." 브로닌이 깩 비명을 지르며 운전석 뒤로 몸을 수그렸다.

오케이 버거는 단순히 메시지를 전달하는 거점이 아닌 듯했다. 그곳은 이상한 종족들을 위한 무기 공급처였다. 할아버지가 은밀하게 임무를 떠나던 길엔 이곳처럼 평범해 보이는 겉모습 뒤에 비밀을 감춘 거점이 얼마나 더 많았을지 궁금해졌다. (더불어 1번 세트 메뉴엔 어떤 상품이 들었을지도 궁금해졌다.)

밀라드는 기름이 잔뜩 묻은 수류탄을 이 손에 들었다 저 손에 들었다 하며 킬킬 웃어댔다. "맙소사, 진짜로 거긴 우리가 낸 돈보다 **더 많은** 것을 주는 곳이었어!"

༓

친구들은 게걸스럽게 배를 채웠고, 나는 한 손으로 햄버거를 들고 야금야금 먹으며 운전을 했다. 긴 세월을 지나는 동안 처음으로 순순히 제대로 나이를 먹고 있는 십 대들의 몸은 수시로 아무리 먹어도 배가 고팠다. 식사를 마친 친구들은 내 옆 조수석에 앉은 엠마를 빼고는 모두 깊은 잠에 빠져들었다. 엠마는 내가 잘 수 없다면 자기도 자고 싶지 않다고 말했다.

한 시간 동안이나 우리는 좀처럼 입을 열지 않았다. 엠마가 창밖으로 스쳐 지나가는 어두운 세상을 바라보는 동안 나는 볼륨을 낮춘 채 라디오 채널을 열심히 찾았다. 버지니아주를 절반쯤 관통했을 때 희미한 회색 여명이 하늘에 번져나가기 시작했다. 둘 사이의 침묵 탓에 바위가 내 가슴을 짓누르는 것 같았다. 80킬로미터를 달려오는 동안 계속해서 머릿속으로 엠마에게 말을 걸고 있었던 나는 도저히 더는 참을 수가 없었다.

"우리 아무래도……"

"제이콥, 나……"

장시간 서로 대화를 하지 않았던 우리 둘이 하필 동시에 입을 열었다. 우리는 홱 고개를 돌려 서로를 마주 보며 공교로운 우연의 일치에 놀라워했다.

"너 먼저 말해." 내가 말했다.

엠마는 고개를 저었다. "네가 먼저 해."

나는 후방 거울을 흘끔 올려다보았다. 브로닌과 에녹은 깊이 잠들어 있었다. 에녹은 살짝 코를 골았다.

"넌 에이브 못 잊었어." 그렇게 직설적으로 이야기하려던 건 아니었는데 너무 오래 하고 싶은 말을 꾹 참았더니 입 안에 갇혀 있던 말이 그대로 툭 튀어나오고야 말았다. "넌 에이브 못 잊었어. 그리고 그건 나한테 공평하지 않아."

충격을 받은 표정으로 엠마가 입술을 꾹 다문 채 나를 빤히 쳐다보았다. 무언가 말하기 두려운 것이 있기라도 하다는 듯이.

"누가 '에이브'라는 이름을 입에 올리기만 해도 너는 움찔해. 에이브 할아버지의 할로우 사냥꾼 동료 가운데 한 사람이 여자애였다는 사실을 알고 난 이후로 너의 생각은 영 딴 데 가 있었어. 마치 할아버지가 널 두고 바람이라도 피운 것처럼 행동하고 있잖아. 엄청나게 옛날 일이라는 것도 인정하지 않으면서."

"넌 이해 못 해. 도무지 이해할 수가 없을 거야." 나직이 엠마가 말했다.

얼굴이 뜨거워졌다. 내가 정말로 바랐던 건 엠마가 이상하게 행동하고 있다는 걸 인정하고 사과를 하는 것뿐이었는데, 이젠 대화가 전혀 엉뚱한 곳으로 향하고 있었다. 더 엉망진창인 방향으로.

"난 노력했어. 무시하자고, 너무 민감하게 굴지 말자고, 너한 테 여유를 좀 주자고, 너도 이 어렵고 이상한 상황을 헤쳐 나가는 중이라고 자신을 달래려고 애썼어. 하지만 우린 그 문제에 대해서 터놓고 얘기를 해야 해."

"내가 어떤 생각을 하는지 네가 정말로 알고 싶은 건 그게 아 닌 것 같은데." 엠마가 말했다.

"터놓고 이야기를 할 수 없다면 우린 결국 그 문제를 극복하 지 못할 거야."

엠마는 잠시 시선을 떨구었다. 우린 공장 지대를 지나는 중이 어서 쌍둥이처럼 똑같이 생긴 높은 굴뚝 두 군데서 공중으로 연기를 뿜어댔다. 이윽고 엠마가 말했다. "넌 누군가를 아플 만큼 너무 많이 사랑해본 적 있어?"

"난 널 사랑해. 하지만 그렇다고 해서 내가 **아프진** 않아."

엠마는 고개를 끄덕였다. "다행이다. 난 네가 절대 그런 느낌 받지 않길 바라, 정말 끔찍하거든."

"넌 그렇게 느낀 적이 있었어?" 내가 물었다.

엠마가 고개를 끄덕였다. "에이브에 대해서. 특히 그 애가 떠 난 뒤에."

"흠." 나는 중립적인 표현을 하려고 애를 썼지만, 상처를 받았 다.

"심했어. 2, 3년 동안은 정말 괴로웠어. 처음엔 에이브도 그랬 던 것 같아. 하지만 에이브의 경우엔 감정이 식어갔어. 그런데 난 더 심해질 뿐이었어."

"그 이유가 뭐였다고 생각해?"

"나는 루프에 갇혔고 에이브는 그렇지 않았으니까. 그렇게 좁은 시공간에 갇혀 살면 세상이 아주 작게 줄어든 느낌이 들어. 그건 정신에도 영혼에도 좋지 못해. 작은 문제도 아주 크게 보이도록 만들거든. 누군가를 향한 그리움도 아마 다른 곳이었더라면 몇 달 뒤에 진정되었을지도 모르지만 거기선…… 온 마음을 사로잡을 듯 강렬해졌어. 한동안은 실제로 그곳을 달아나 미국에 가서 에이브와 함께 살아야겠다고 생각할 정도였어. 나한테는 지극히 위험한 짓이란 걸 알면서도 말이야."

나는 당시의 엠마를 상상하려고 애를 썼다. 외로움에 수척해져서 점점 더 소식이 뜸해지는 에이브 할아버지의 편지에만 기대어 살 뿐, 바깥세상은 막연한 꿈이었을 것이다.

공장지대를 지나자 드넓은 들판이 펼쳐졌다. 새벽 안개 속에서 말들이 풀을 뜯었다.

"왜 시도하지 않았어?" 내가 물었다. 엠마는 도전을 앞두고 몸을 사리는 유형의 사람이 아니었다. 특히 사랑하는 사람을 위해서라면.

"왜냐하면 내가 에이브를 만났을 때만큼 에이브도 나를 만나서 행복해하진 않을 것 같아서 두려웠어. 만약 그렇게 된다면 난 죽을 테니까. 하지만 이쪽 루프에서 다른 루프로 옮겨 가는 건 이쪽 감옥에서 저쪽 감옥으로 옮기는 것과 똑같다는 것도 이유가 됐어. 에이브는 루프에 매인 사람이 아니잖아. 새장에 갇힌 새처럼 나는 근처 루프를 찾아가서 그 안에서 살아야 하고, 에이브가 시간 날 때마다 나를 찾아오기를 기다려야 했겠지. 나는 그런 사람이 못 돼. 매일매일 바다를 바라보며 걱정에 휩싸여 기다리는 선장의 아내론 살 수 없어. 난 내가 바깥세상에 나가 직접 여행을 해야 하는 사람이야."

"하지만 지금 넌 그러고 있잖아. 그리고 이제 네 곁엔 내가 있어. 그런데도 왜 그렇게 아직도 에이브 할아버지한테 매달리는 거야?"

엠마는 머리를 흔들었다. "넌 상황을 너무 단순하게만 보고 있어. 하지만 내가 50년간 느껴왔던 무언가를 하루아침에 꺼버리고 없던 일로 하는 건 쉬운 일이 아니야. 이건 50년간 쌓인 그리움과 상처와 분노라고."

"네 말이 맞아, 나는 상상도 할 수 없어. 하지만 이 문제가 우리를 가로막고 있다고 생각해. 난 우리가 그 얘기를 충분히 나누었고 다 해결했다고 생각했어."

"그랬었지. 나도 다 끝났다고 생각했어. 그렇게 생각하지 않았더라면 너한테 전에 그런 말을 하지도 않았을 거야. 다만…… 여기 왔다는 사실 자체가 얼마나 나한테 영향을 미칠지 그걸 미처 몰랐어. 너와 내가 해왔던 모든 행동, 우리가 갔던 모든 장소…… 구석구석 에이브의 유령이 얼씬거리는 것 같아. 다 나았다고 생각했던 오래된 상처가 다시 계속해서 벌어지고 또 벌어지는 것 같아."

"제발 부탁인데, 나 잠 좀 자게 너희 둘이 헤어지는 것 좀 빨리 끝낼 수 없겠냐?" 뒷자리에서 에녹이 말했다.

"넌 자고 있었잖아!" 엠마가 말했다.

"그렇게 가슴 쓰라린 아우성을 들으면서 어떻게 잘 수가 있냐?"

"-우린 **헤어지는 거** 아니야." 내가 말했다.

"그래? 내가 그 말에 속을 것 같냐?"

엠마가 꽁꽁 뭉친 감자튀김 봉지를 에녹에게 집어던졌다. "쥐구멍으로 꺼져!"

에녹은 낄낄 웃으며 다시 눈을 감았다. 다시 잠이 들었을 수도 있고 아닐 수도 있었다. 어느 쪽이든 우리는 더 이상 마음 놓고 이야기를 할 수가 없었다. 그래서 그냥 계속 차를 몰며 말 대신 나는 손을 뻗었고, 엠마는 내 손을 잡았다. 기어 레버 밑으로 어색하게 손을 맞잡고 마치 우리 둘 다 서로를 놓치기 두려워하는 것처럼 깍지를 꽉 낀 손에 힘을 주었다.

엠마가 한 말이 머릿속에서 맴돌았다. 나의 일부분은 엠마가 털어놓은 말에 고마움을 느꼈지만, 더 큰 부분은 엠마가 아예 그런 말을 하지 않았더라면 좋았겠다고 바라고 있었다. 나의 내면 한구석에 불안하고 어두운 순간마다 언제나 작고 낮은 목소리가 **걘 할아버지를 더 사랑했어**라고 속삭였다. 하지만 나는 그 목소리를 밀어내고 흘려보낼 수도 있었다. 그런데 이제 엠마는 그 말을 메가폰에 대고 공표했다. 엠마에겐 차마 그렇다는 사실을 결코 인정할 수 없을 것이다. 그랬다간 내가 이미 이 작은 두려움을 마음속으로 키워오고 있었고, 불안해하고 있었다는 사실을 들킬 테고, 그러면 그 작은 목소리는 더 커질 뿐일 테니까. 그래서 난 그저 엠마의 손을 꼭 잡은 채 운전을 계속했다.

그 작은 목소리는 나를 계속 괴롭혔다. **네 할아버지가 소유했던 멋진 자동차를 운전하고. 할아버지한테 물려받은 임무를 계속해서 수행하고.**

무얼…… 증명하기 위해선가?

내가 할아버지만큼 능력 있고 꼭 필요한 인물이면서 과거 할아버지가 받았던 존경을 누릴 자격이 있다는 것을.

나는 할아버지의 삶을 원하지 않는다고 말했었고, 그것은 확실히 진심이었다. 나는 나만의 삶을 원했다. 하지만 사람들이 할아버지에게 품었던 마음처럼 나에게도 같은 감정을 **느끼기**를 원했다. 그 마음의 실체를 인정하고 나자 그게 얼마나 처량한 생각인지 알 수 있었다. 하지만 이제 와서 포기하고 돌아가는 건 여전히 더 처량한 짓이었다. 돌이켜 보니 내게 남은 유일한 선택은 이번 임무를 반드시 성공해서 그 틀을 깨버리고, 모든 사람들의 존경을 얻고, 이번에 완전히 할아버지의 그림자에서 탈피해 엠마의 마음을 얻는 것뿐이었다. 엠마가 에이브 할아버지에게 느꼈던 애정의 메아리가 아니라, 마지막 한 오라기까지 온통 그녀의 마음을.

그것은 아주 힘든 요구였다. 하지만 적어도 이번엔 모든 이상한 세계의 운명이 위기에 처한 상황은 아니었다. 단지 나의 인간관계와 나의 자존감이 걸린 문제일 뿐이다.

하.

그러자 이제껏 자는 척했을 뿐이었던 에녹이 다시 입을 열었다. "너랑 엠마랑 헤어지고 나면 내가 앞에 타고 가도 될까? 브로닌의 육중한 다리에 깔려 죽을 지경이야."

"저 녀석을 내가 죽여버릴 거야. 실제로 살인극이 벌어질 거야." 엠마가 말했다.

에녹이 앞으로 당겨 앉았다. 한 손을 심장에 대고 충격받은 연기를 했다. "오 맙소사. 너 진짜로 그런 짓을 할 거 아니지, 제이콥?"

"넌 빌어먹을 네 일에나 신경 써." 내가 말했다.

"용기를 가져야 해, 친구. 쟤는 아직 네 할아버지를 사랑해."

"네가 뭘 안다고 그런 소리를 해!" 브로닌과 밀라드를 깨울 만큼 큰 목소리로 엠마가 말했다.

"그럼 그게 에이브가 아니었다면, 어저께 전화에 대고 네가 **사랑해**라고 말한 사람은 누구였어?"

"뭐라고? 무슨 전화?" 나는 앉은 채로 몸을 틀어 엠마를 쳐다보았다.

그녀는 무릎에 구멍이라도 뚫을 기세로 빤히 쳐다보았다.

"1965년도에 갔던 주유소 뒤쪽 모퉁이에 있던 전화. 이런 이런! 너 제이콥한텐 말 안 했구나?" 에녹이 말했다.

"그건 사적인 대화였어." 엠마가 중얼거렸다.

막 고속도로 출구를 지나칠 뻔한 찰나에 나는 차를 돌려 고속도로를 벗어났다.

"으악! 제발 우릴 죽이진 마!" 브로닌이 말했다.

나는 도로 갓길에 차를 세운 뒤, 차에서 내려 뒤도 돌아보지 않고 최대한 멀리 걸어갔다. 고속도로로 진입하는 고가도로가 근처에 있었으므로 나는 지나가는 차에서 내던진 쓰레기 더미를 파도처럼 가르며 그 그림자 속으로 걸어 들어갔다. 그 아래 있으니 바다가 철썩대는 것 같았다.

"너한테 말했어야 한다는 거 알아." 내 뒤에서 따라오던 엠마가 말했다.

나는 계속해서 걸어갔다. 엠마도 따라왔다.

"미안해, 제이콥. 미안해. 마지막으로 난 한 번만 더 에이브의 목소리를 들어야 했어."

엠마는 아주 오래전 루프에 박제된 상태로 에이브 할아버지가 불과 중년이었을 당시 그의 과거 자아와 대화를 나누었을 것이다.

"나도 할아버지랑 이야기를 나누고 싶은 마음이 없을 것 같아? 매일매일?"

"너도 알잖아, 그거랑은 달라."

"네 말이 맞아, 다르지. 그분은 너의 남자 친구였으니까. 넌 그분을 사랑했지. 하지만 그분은 나를 **키우셨어**. 할아버지는 우리 아빠보다도 더 나에게 중요한 존재야. 네가 우리 할아버지를 사랑한 것보다 내가 더 할아버지를 사랑했어." 메아리치는 자동차 소음보다 더 크게 말하느라 나는 버럭버럭 소리를 질렀다. "그러니까 넌 그러면 안 되는 거였어. 나도 다시 할아버지랑 대화를 나누고 싶어서 **죽을** 지경인데 너만 몰래 비밀 전화를 해선 안 되는 거였어. 누군가를 그리워하는 게 어떤 심정인지, 혹은 비밀을 간직한 채로 떠난 사람 때문에 뒤에 남겨져서 화난다는 게 어떤 건지 나는 전혀 이해하지 못한다고 말해선 안 되는 거였어. 왜냐하면 난 그게 뭔지 잘 알기 때문이야."

"제이콥, 나는……"

"그리고 또 넌 나를 사랑한다고 말해선 안 되는 거였어. 우린 계속 함께할 거라고 말하면서 나랑 시시덕거리고, 귀엽고 상냥하게 굴고, 강인하고 놀랍고 네가 보여줄 수 있는 그 모든 멋진 면들을 다 보여주고 난 다음에 에이브 할아버지 때문에 비탄에 잠겨

서는 내 등 뒤에서 몰래 할아버지한테 사랑한다고 말하면 안 되는 거였다고!"

"난 작별 인사를 한 거였어. 그뿐이야."

"하지만 넌 그걸 비밀로 했잖아. 그 점이 가장 최악이야."

"너한테 말하려고 했었어, 그런데 항상 우리 주변에 다른 사람들이 있었잖아."

"내가 널 어떻게 믿을 수 있겠어?"

"말하고 싶었어. 정말이야. 나도 계속 마음에 걸려서 너무 괴로웠어. 하지만 어떻게 말해야 좋을지 방법을 모르겠더라."

"그냥 솔직히 이렇게 말하면 되잖아. 난 아직 에이브를 사랑해. 마음에서 그이를 몰아낼 수가 없어! 넌 그냥 에이브의 희미한 복제품일 뿐이지만 만일의 경우를 대비해서 옆에 두는 것뿐이야!"

엠마의 눈이 엄청나게 커졌다. "아니야, 아니, 아니야. 그런 말, 하지 마. 넌 전혀 그런 사람 아니야. **절대로** 아니야."

"난 그렇게 느껴져. 네가 이번 임무에 나를 따라온 이유도 그거 아니야?"

"너 대체 무슨 얘기를 하는 거야?" 엠마의 목소리가 커져서 외침으로 변했다.

"넌 그저 옛날 환상에 젖어 사는 거 아니었어? 그 오랜 세월을 지내면서 남은 감정에 보상을 받으려고 애쓰면서? 이건 드디어 너에게 찾아온 기회잖아, 에이브와 함께 임무를 완수할 기회, 아니 에이브를 대신할 차선책과 함께."

"공평하지 못한 건 지금 바로 **너야**!"

"어 그래?"

"**그래!**" 버럭 소리를 지른 엠마는 홱 몸을 돌렸고 그러다 꽉 쥔 그녀의 주먹에서 작은 불덩어리가 빠져나와 바닥에 떨어져 팍 튕기면서 나뒹굴던 패스트푸드 음식 포장지와 더러운 스웨터에 불이 옮겨붙었다.

엠마는 천천히 몸을 돌려 다시 나를 바라보았다. "그런 이유 아니었어." 그녀가 일부러 천천히 또박또박 말을 했다. "나는 이번 일이 **너**에게 큰 의미가 있기 때문에 따라온 거야. **너**를 돕고 싶었기 때문이야. 에이브와는 아무런 상관없는 일이었어."

"풀밭에 불이 붙었어."

우리는 달려가서 발로 불을 껐다. 불길을 잡고 나자 우리 두 사람의 발목과 신발엔 흙먼지가 뒤덮였다. 엠마가 말했다. "역시 내 본능에 귀를 기울였어야 했어. 본능은 절대 플로리다에 오면 안 된다고 충고했어. 에이브가 살던 곳에 절대로 가지 말라고. 에이브의 유령을 뒤쫓는 것 같은 기분일 거라고."

"그래서 네가 지금 하는 일이 바로 그거야?"

엠마는 잠시 뜸을 들였고 정말로 깊이 생각해보는 눈치였다. "아니." 마침내 그녀가 말했다.

"가끔은 **진짜로** 그런 느낌이 들긴 해."

엠마의 표정이 바뀌었다. 그녀는 새로이 열린 마음으로 나를 쳐다보았고, 대화를 시작한 이후 처음으로 상처받기 쉬운 마음을 살짝이나마 내비쳤다. "넌 에이브의 유령을 쫓고 있지 않아. 넌 그의 어깨 위에 서 있어."

니는 미소를 짓기 시작하다가 얼른 멈추었다. 내심 엠마의 손을 잡고 싶었지만 주머니에 넣은 손을 빼진 않았다. 아직도 무언가 잘못되었다는 느낌이 들었는데 아무렇지도 않은 척하고 싶지 않았다. 순간적으로 서로 이해했다고 해서 그 문제를 해결할 순 없었다.

"내가 떠나길 바란다면 솔직히 말해. 그럼 난 악마의 영토로 돌아갈게. 거기서도 내가 할 일은 많아." 엠마가 말했다.

나는 고개를 저었다. "아니야. 난 그저 우리가 서로에게 거짓말을 하지 않으면 좋겠어. 우리가 어떤 사이인지, 혹은 우리가 지금 하는 일이 뭔지에 대해서."

"좋아." 엠마가 가슴 앞으로 팔을 모아 단단히 팔짱을 꼈다. "그래서 우리가 어떤 사이인데?"

"우린 친구야."

그렇게 말을 하는 내 몸이 차갑게 굳어졌다. 그러나 그게 진실이고 옳은 판단이라 느껴졌다. 우리는 서로에게 느끼는 감정이 동등하지 않았으므로 내가 할 수 있는 유일한 선택은 뒤로 물러나는 것뿐이었다. 우리는 한동안 멍하니 거기에 서 있었다. 이다음엔 어떻게 해야 하는지 제대로 알지 못한 채, 파도처럼 밀려드는 자동차들의 굉음에 몸을 맡길 뿐이었다. 이윽고 엠마가 다가와 나에게 팔을 두르고 포옹하며 미안하다고 말했다.

나는 그녀의 포옹에 반응을 보이지 않았다.

팔을 푼 엠마는 나만 남겨둔 채 자동차로 다시 걸어가기 시작했다.

다른 친구들이 배고파했으므로 우리는 드라이브스루 음식점에서 아침으로 먹을 커피와 샌드위치를 산 뒤 계속해서 길을 떠났다. 엠마는 계속 앞자리에 나와 나란히 앉았지만 장시간 동안 우린 서로 말을 하지 않았다. 우리 사이에 무슨 일이 있었는지 다른 친구들은 알지 못했지만 **무언가** 심상치 않은 일이 있었다는 건 눈치를 챘으므로, 에녹조차도 고맙게 다시는 그 이야기를 입에 올리지 않았다.

엠마와 나는 서로 의논할 필요도 없이 다른 친구들 앞에서 개인적인 문제를 털어놓지 않기로 합의한 듯했다. 우리는 말다툼을 하지 않을 것이다. 우리는 프로처럼 굴 것이다. 우리는 임무를 완수할 것이다. 그리고 이 일이 끝나면 어쩌면 우리는 한동안 서로 만나지 않을 것이다.

나는 그 생각을 하지 않으려고 노력했다. 도로의 리듬에만 몰두하려고 애를 썼다. 그러나 아무리 무시하려고 애를 써도 상처는 감정의 문턱 바로 위에서 욱씬거렸고, 언제라도 나의 정신을 흐트러뜨릴 만큼 고통스러웠다.

서서히 동부 해안의 여러 대도시와 가까워지기 시작하면서, 워싱턴 DC는 그중 첫 번째 대도시였다. 어릴 때 에이브 할아버지와 내가 만들었던 옛날 지도엔 북동부 인기 밀집 지역 중에서도 특히 이 근방을 그린 지도가 있었다. 그 지도엔 할아버지가 만든 애매모호한 표시들이 곳곳에 그려져 있었다. 지도에 나타난 어떤 길엔 그물 무늬가 그려져 있고, 어떤 길엔 평행선으로 진하게 덧그림이 그려져 있었다. 각 도시마다 주변에 그려진 상징이 달랐다. 피라미드 안에 점선이 그려져 있기도 하고 삼각형 안에 나선 무늬가 들어 있기도 했다. 각각의 상징은 에이브 할아버지와 H, 다른 사냥꾼들에겐 중요한 의미를 지닌 거점의 위치를 가리키는 것이 확실했지만, 우리로선 도움이 되는 곳인지 위험한 곳인지 알 수가 없었다.

DC 순환도로를 따라 차를 몰면서 우리는 그렇게 이상한 그림이 그려진 장소와 매우 가까워졌고, 그곳에 들러 확인을 해볼지 말지를 두고 논쟁을 벌였다.

"안전 가옥일 수도 있겠지. 혹은 살인자들의 소굴이거나. 어느 쪽인지는 모르는 일이야." 밀라드가 말했다.

"여기 있는 표시들은 전부 각기 다른 루프일 수도 있어." 브로닌이 말했다.

"혹은 각기 다른 애인들이거나." 에녹이 말했다.

엠마가 피에 굶주린 듯한 시선으로 에녹을 노려보았다.

바로 그때 내 휴대전화가 울렸다. 운전석 바로 옆 수납함에서 여러 장의 냅킨과 눅눅해진 감자튀김을 치우고 휴대전화를 꺼내느라 꽤 시간이 걸렸다.

화면에 **나**라고 떴으므로 누군가 우리 집 유선 전화로 전화를 걸었다는 의미였다.

"어서 받아!" 브로닌이 말했다.

"아니, 아니, 아니야, 그건 좋은 생각이 아니야." 이번에도 페러그린 원장님이 틀림없을 거라고 생각하며 내가 말했다. 음소거 버튼을 누르려고 하던 나는 그만 실수로 전화를 받고 말았다.

"젠장!"

"여보세요? 제이콥?"

페레그린 원장이 아니라 호러스였다. 나는 전화를 스피커 통화로 바꾸었다.

"호러스?"

"우리 전부 여기 있어." 밀라드가 말했다.

"오 하느님 감사합니다. 너희들 다 죽은 줄 알고 걱정했잖아!" 호러스가 말했다.

"뭐라고? 왜?" 엠마가 물었다.

"내가, 어…… 아무것도 아니야."

꿈을 꾼 게 분명했지만 자세한 이야기를 전해서 우릴 겁먹게 하고 싶진 않은 듯했다.

"걔네들이야? 언제 돌아온대?" 올리브 목소리가 들려왔다.

"절대 안 가!" 에녹이 전화기에 대고 소리를 질렀다.

"저 자식 말 듣지 마. 우린 지금 차를 타고 이동 중이야. 최대한 빨리 돌아갈게. 길어야 2, 3일 정도 더 있을 거야." 밀라드가 말했다.

짐작이었지만 내 생각도 비슷했다. 고등학교에서 이상한 아이를 찾아, 다른 곳으로 데려다준 다음에 집으로 차를 몰고 돌아가는 데는 시간이 얼마나 걸릴까? 2, 3일 정도면 합리적인 시간이었다.

"잘 들어. 원장님이 완전 길길이 날뛰고 계셔. 우린 최대한 너희들을 보호하려고 노력했는데 클레어가 산통을 깨고 사실대로 다 불어버려서 지금 원장님이 너희를 찾으러 가셨어. 머리끝까지

화가 나셔가지고."

"전화한 용건이 그거야? 원장님이 화내실 거라는 건 우리도 알아." 내가 말했다.

"부탁 하나만 하자. 원장님이 물으시면 우린 전부 다 너희를 **말리려고** 설득했는데 너희가 말을 안 들은 걸로 해줘." 호러스가 말했다.

"모두 당장 집으로 돌아오는 게 좋겠어." 올리브가 말했다.

"그럴 순 없어. 우린 임무 수행 중이야." 브로닌이 말했다.

"우리가 하려는 일이 뭔지 원장님이 알게 되면 이해해주실 거라고 장담해." 밀라드가 말했다.

"난 잘 모르겠어. 너희 이름만 언급돼도 원장님 얼굴이 이상한 색으로 변한단 말이야." 올리브가 말했다.

"지금 어디 계셔?" 내가 물었다.

"너희 찾으러 나가셨어." 다른 목소리가 말했다. "혹시 모를까 봐 말해주는데 나는 휴란다."

부모님 방에서 전화기 주변에 모두 모여 수화기에 다 함께 귀를 기울이는 친구들의 모습이 상상되었다.

"안녕, 휴. 원장님이 우리를 어디 가서 찾고 계셔?" 엠마가 물었다.

"그건 말씀 안 하셨어. 그냥 우리더러 집 밖으로 나가지 말라고, 안 그러면 영원히 외출 금지라고만 말씀하시고는 휙 날아 가 버렸어."

"외출 금지라니, 말도 안 돼! 원장님이 너희를 그렇게 아기 취급하게 내버려두면 안 돼." 에녹이 말했다.

"너도 말이니까 그렇게 쉽게 하는 거지. 너희가 바깥세상에서 모험을 하는 동안 우린 머리끝까지 성난 원장님을 상대하고 있단 말이야. 어젯밤엔 책임감과 명예와 신뢰에 관해서 네 시간이나 일장 연설을 듣느라 내 머리가 떨어져 나갈 지경이었어, 그건 **너희들**이 들었어야 할 얘기잖아!" 휴가 말했다.

"게임하듯이 계속 다 즐겁기만 한 건 아니야. 모험은 진짜 고통이더라. 우린 집 떠난 이후로 잠도 못 자고 샤워도 못 하고 제대로 먹지도 못한 데다가 플로리다에서는 거의 총에 맞을 뻔했고, 에녹은 비에 젖은 들개 같은 냄새를 풍기기 시작했어." 브로닌이 말했다.

에녹이 짓궂게 씩 웃었다. "그래도 내 **몰골**이 최소한 그 정도는 아니잖아."

"그래도 여전히 여기 갇혀 있는 것보다는 나은 것 같아." 호러스가 말했다. "어쨌든 제발 안전하게 지내다가 살아서 돌아와. 그리고 이런 소리 하면 이상하게 들릴 거라는 건 알지만, 모험을 해나가는 과정에서 부디 이것만 기억해줘. 중국 음식점은 **괜찮고**, 유럽식 요리는 **나빠.**"

"그게 무슨 의미인데?" 엠마가 물었다.

"나는 심지어 '유럽식 요리'가 뭔지도 모르겠어." 내가 말했다.

"그냥 내가 꾼 꿈의 일부야. 내가 아는 건 그게 중요하다는 사실 뿐이야." 호러스가 말했다.

우리는 꼭 기억하겠다고 말했고, 이어 호러스와 올리브가 작별 인사를 했다. 전화를 끊기 직전 휴는 여행을 하는 동안 피오나에 대한 소식을 뭐라도 들은 게 없느냐고 우리에게 물었다.

나는 엠마를 쳐다보았고, 그녀 또한 갑작스럽게 내가 느끼는 만큼 부끄러운 표정이었다.

"아니 아직. 하지만 계속 물어볼게, 휴. 가는 곳마다 전부." 엠마가 대답했다.

"알겠어. 고마워"라고 나직이 말한 다음 휴는 전화를 끊었다.

나는 휴대전화를 내려놓았다. 엠마가 몸을 돌려 뒷좌석을 향해 인상을 썼다.

"그런 식으로 나 쳐다보지 마. 피오나는 멋지고 상냥한 애였지. 하지만 죽었어. 휴가 그 사실을 받아들이지 못한다고 해도 그게 우리 잘못은 아니잖아." 에녹이 말했다.

"그래도 우리가 물어봤어야지." 브로닌이 말했다. "플라밍고 호텔에서도 물어볼 수 있었을 테고 포털에서도……"

"이제부턴 꼭 물어보자. 혹시 정말로 피오나가 죽은 걸로 밝혀진다고 해도, 최소한 휴한테 우리가 정말로 알아보고 다녔다고 당당히 말할 수 있잖아." 내가 말했다.

"동감이야." 엠마가 말했다.

"동감이야." 브로닌이 말했다.

"어." 에녹이 말했다.

"우리 계획을 의논해볼까?" 상황이 너무 감정적으로 치달을 때 화제를 돌리는 데 탁월한 밀라드가 말했다.

"열라 좋은 생각이다. 근데 우리한테 계획이란 게 있었는지 몰랐네." 에녹이 말했다.

"우린 그 학교에 찾아갈 거야. 위험에 처한 이상한 아이를 찾아내서 도와주는 거지." 브로닌이 말했다.

"그런 거였구나. 이미 훌륭하고 자세한 계획이 있다는 걸 내가 까먹었구나. 난 대체 무슨 생각을 한 거지?"

"이젠 네가 빈정거리는 때가 언제인지 나도 알겠어. 지금 너 빈정거리는 거 맞지?" 브로닌이 말했다.

"천만의 말씀!" 에녹이 조롱하듯 말했다. "아주 더럽게 간단할 거야. 한 번도 가본 적 없는 학교에 우리가 걸어 들어가서 만나는 사람들마다 물어보면 돼. '있잖아, 얘들아, 혹시 이상한 사람들에 대해서 아니? 최근에 이 근처에서 이상한 능력을 드러낸 사람들 누구 없었어?' 그럼 조만간 그런 애들을 찾게 되겠지."

브로닌이 머리를 절레절레 흔들었다. "에녹, 그건 **나쁜** 계획인 것 같아."

"저 자식 빈정거리는 거야." 밀라드가 말했다.

"그런 거 아니라며!" 브로닌이 상처받은 표정으로 말했다.

아침 출근길로 고속도로가 정체되기 시작했다. 거대한 트레일러를 단 트럭이 내 앞으로 끼어드는 통에 갑자기 속도를 늦춰야 했는데 설상가상으로 트럭은 검은 매연을 우리에게 구름처럼 뿜어냈다. 밀라드와 나는 기침을 하기 시작했다. 나는 창문을 올렸다.

"그런데 그 이상한 아이를 정확하게 어디로 데려가라는 거야?" 에녹이 물었다.

엠마가 임무 지시서를 펼쳐 읽어주었다. "루프 10044."

"그래서 그게 어딘데?" 브로닌이 물었다.

"아직 몰라." 엠마가 대꾸했다.

브로닌은 얼굴을 양손에 묻었다. "어휴, 이번 일 제대로 못 해낼 거야, 그렇지? 페러그린 원장님은 절대 우릴 용서하지 않으실 테고, 그럼 모든 수고가 수포로 돌아가는 거야!"

방금 전까지만 해도 브로닌은 쉬운 작전이 될 거라고 자신했는데 지금은 모든 희망을 잃어버렸다.

"너 지금 압박감에 불안해서 그러는 거야. 큰 임무는 언제나 불가능하게 느껴지지만 미리 조금씩 파악하고 노력하면 돼. 우리도 하나하나 풀어나가야 해."

"그렇게 말하니까 옛날 속담 같다. 그림 곰*grimbear* 잡아먹기라든지?" 밀라드 말했다.

"**역겨워.**" 브로닌이 얼굴을 묻은 채로 말했다.

"그냥 비유가 그렇다는 거야. 실제로 그림 곰들을 잡아먹는 사람들은 없어."

"누구든 그런 사람들이 있다는 데 난 한 표. 그 사람들은 구워서 먹을까 그냥 날로 먹을까?" 에녹이 말했다.

"입 닥쳐. 암튼 한 번에 한 입씩 물어뜯으면 되는 거야. 그러니까 바로 다음 단계에만 집중하자, 다음 일은 그 이후에 걱정하기로 하고. 우린 이상한 아이를 찾을 거야. 루프 찾는 문제는 **그런 다음에** 걱정할 테고. 알겠지?" 엠마가 말했다.

브로닌은 고개를 들고 손가락 사이로 엠마를 쳐다보았다. "다른 비유를 사용하면 안 될까?"

엠마가 웃음을 터뜨렸다. "당연하지."

얼마가 지나자 출근길 정체도 서서히 풀리기 시작했다. 이내 교통체증에서 자유로워진 우리는 빠르게 필라델피아를 향해 달려갔고, 뉴욕을 지난 다음에는 드디어 모든 미지의 순간들이 우리를 기다리고 있었다. 우리는 다음 단계를 고심하며 침묵에 빠져들었다.

제 13 장

chapter thirteen

그　해 여름 수많은 미친 짓을 저지르고 잘 헤쳐 나갔지만, 난생 처음 뉴욕 시내로 차를 몰고 들어간 것은 그 미친 짓들 가운데서도 가장 극심한 쪽에 속했다. 빵빵 경적을 울려대는 자동차의 홍수와 가변 차선과 숨 막히는 터널과 아찔한 다리들이 뒤섞여, 그것은 스트레스로 가득했던 희미한 기억이었다. 친구들이 이쪽을 조심하라거나 저쪽이 위험하다고 나에게 고래고래 소리를 지르는 동안, 나는 손가락 관절이 새하얗게 드러날 정도로 운전대를 움켜쥐었고 등에선 땀이 폭포처럼 흘러내렸다. 다른 차들과 수없이 충돌할 뻔한 상황을 가까스로 모면하고 셀 수 없이 길을 잘못 들어선 끝에, 조금도 동요하지 않는 단조로운 로봇 목소리가 휴대전화 안에서 알려준 방향대로 따라가자 어떻게든 우리 목적지인 J. 에드거 후버 고등학교에서 한 블록 거리까지 접근하게 되었다. 나는 뉴욕 지리를 전혀 몰랐다. 뉴욕에 왔던 건 딱 한 번, 그나마도 어린 시절에 부모님과 함께 여행을 왔던 게 전부였다. 게다가 후버 고등학교 근처엔 내가 TV나 영화에서 본 뉴욕의 주요 지형지물이 하나도 없었다. 그곳은 맨해튼이 아니라 브루클린이었고, 내가 들어본 적 있는 브루클린의 '힙스터' 지역도 아니었다. 그곳은 대도시 외곽 같으면서도 더 우중충하고, 사람들은 우글우글 더 많으면서 더 작고 낡은 집들이 다닥다닥 붙어 있고, 도로 양옆에도 차들이 줄지어 서 있었다.

우리는 꽤 쉽게 학교를 찾아냈다. 한 블록을 다 차지할 만큼 위풍당당하고 거대한 벽돌 건물엔 창문이 드문드문 뚫려서 개방형 교도소나 폐수 처리장, 보호시설 같은 분위기를 풍겼지만, 현재 그곳은 분명 감수성 예민한 청소년들을 수천 명이나 수용하고 있었다. 다시 말해 내가 플로리다에서 다니던 고등학교와 닮은 구석이 많아서 그곳으로 들어간다는 생각만으로도 겨드랑이에 땀이 찼다.

때는 오후 중반쯤이었다. 우리는 길 건너편에 주차를 하고 차 안에서 건물을 관찰하며 첫 번째로 개시할 행동에 대해 토론했다.

"그래서 자세한 행동 계획은 어떻게 결론이 났다고?" 에녹이 물었다.

"그냥 안에 들어가서 한번 둘러보는 것도 괜찮을 거야. 혹시 우리 시선을 끄는 누군가가 있는지 보자고." 밀라드가 말했다.

"이 학교에 다니는 학생은 수천 명이야. 그냥 둘러보는 걸로 이상한 아이를 찾을 수는 없을 것 같아." 내가 말했다.

"피곤해보기*tired* 전까지는 모르는 거지." 밀라드가 말하더니 하품을 했다. "내 말은 '시도해보기*tried* 전까지'였어."

"나도 피곤해. 머리가 곤죽이 된 것 같아." 브로닌이 말했다.

"나도 그래." 내가 말했다.

브로닌은 폴이 보온병에 담아 준, 아직 절반이나 남았지만 오래전에 차갑게 식은 커피를 내게 권했지만 그걸 배 속에 더 넣을 순 없었다. 바짝 긴장한 동시에 피곤한 상태에서 커피는 나를 더 초조하게 만들 뿐이었다. 우린 24시간 넘게 쉬지 않고 달려왔고 나는 무너져 내리기 직전이었다.

학교에서 종 치는 소리가 들려왔다. 30초 뒤 건물 정면의 문이 열리고 학생들이 홍수처럼 밀려나오기 시작했다. 순식간에 앞마당엔 십 대들이 가득했다.

"우리한테 기회가 왔어. 이상한 종족처럼 보이는 아이 어디 없어?" 브로닌이 말했다.

보라색 머리칼을 가운데만 남겨 닭 벼슬처럼 세운 모히칸 헤어스타일을 한 남자애가 우리 옆 인도를 지나갔고, 뒤이어 가랑이가 축 늘어진 배기 바지에 페이즐리 무늬가 들어간 군화를 신은 여자애와 함께 각자의 기묘한 스타일과 옷으로 치장한 아이들이 백 명쯤 지나갔다.

"응. 전부 다 이상해 보여." 엠마가 말했다.

에녹이 말을 받았다. "어차피 소용없어. 우리가 찾는 사람이 위험에 처했다면 겁에 질려 있을 거야. 겁에 질린 사람들은 눈에 띄는 게 아니라 사람들 속에 섞여 있으려 들 거라고."

"아, 그렇다면 우리는 **수상쩍게** 평범해 보이는 사람을 찾아야겠네. **너무** 평범한 사람." 브로닌이 말했다.

"아니야, 멍청아. 내 말은 그냥 눈으로 봐서는 **아예** 찾아낼 수 없다는 뜻이야. 다른 아이디어는 없어?"

　우리는 몇 분쯤 더 물밀듯이 지나가는 학생들 무리를 살펴보았지만, 에녹 말이 맞다는 건 분명했다. 건초더미에서 바늘 찾기 같았다.

　"잘은 몰라도 어쩌면 사람들에게 **물어봐야** 할 것 같아." 엠마가 말했다.

　에녹은 웃음을 터뜨렸다. "그래 맞아. 실례 좀 할게, 우리가 지금 이상한 힘이나 능력을 지닌 누군가를 찾고 있거든? 혹은 어쩌면 뒤통수에 입이 하나 더 달린 사람이라든지?"

　"방법을 아는 사람이 누군지 알아?" 내가 말했다. "에이브 할아버지야."

　에녹은 희번덕 눈알을 굴렸다. "에이브는 죽었어, 기억나냐?"

　"하지만 우리에게 가이드북을 남겼잖아. 가장 비슷한 사례를 찾아보면 방법이 나올지도 몰라." 나는 엠마의 다리 아래쪽 발치에서 에이브 할아버지의 업무 일지를 꺼냈다.

　"어쩌면 무언가 알게 될 수도 있어. 35년간 에이브와 H가 수행한 모든 임무가 담겨 있잖아. 이번 경우 같은 상황에 처한 적도 분명 있을 거야. **그들은** 어떻게 했는지 우리도 한번 찾아보자." 밀라드가 말했다.

　"그리고 휴식을 취한 다음에 내일 다시 오자." 내가 말했다. 볏짚도 찾을 수 없는 이런 순간에 바늘 따위는 잊는 게 옳았다.

　"훌륭한 계획이야. 빨리 좀 잠을 자두지 않으면 난 환상이 보일 것 같아." 엠마가 말했다.

　"누군가 오고 있어!" 브로닌이 낮게 외쳤다.

창문으로 내다보니 건장한 백인 남자가 차를 향해 걸어오고 있었다. 그는 검은색 폴로셔츠를 카키색 긴 바지 안에 넣어 입고, 거울 효과를 내는 플라스틱 선글라스를 쓴 채 한 손엔 무전기를 들고 있었다. 전형적인 교감 선생님 유형이었다.

"이름을 대라!" 남자가 소리쳤다.

"안녕하세요." 나는 침착하고 상냥하게 말했다.

"너희들 이름이 뭐냐? 자동차 면허증 좀 보자." 그는 웃음기 없이 반복해 물었다.

"우린 여기 학생이 아니니까 이름을 알려줄 이유가 없어요." 브로닌이 말했다.

에녹이 얼굴을 푹 수그리고 양손으로 가렸다. "이 **멍청아**."

남자는 허리를 수그려 자동차 안을 들여다본 뒤 무전기를 들어 올렸다. "본부, 여기는 주변 순찰조, 여기서 익명의 청소년들을 몇 명 발견했다." 그러더니 그가 자동차 뒤로 돌아가 번호판을 읽어 알려주기 시작했다.

나는 시동을 걸고 동시에 가속 페달을 밟았고, 느닷없이 요란한 엔진 굉음은 남자가 깜짝 놀라 펄쩍 뛰며 뒤로 비틀거리기에 충분했다. (그것은 내가 점점 더 의지하게 된 수법이었다.) 그가 다시 몸의 균형을 잡기 전에 나는 인도 옆을 벗어났다.

"그 남자 느낌이 안 좋아." 엠마가 말했다.

"교감들은 대부분 다 그래." 내가 말했다.

그러나 바로 그때 나는 별안간 배 속에 예리한 통증을 느꼈다. 모퉁이를 돌아 학교 건물의 긴 측면을 따라 차를 몰며 나는 어금니를 꽉 깨물고 다른 아이들이 눈치채지 못하도록 앞으로 몸을 수그렸다.

할로개스트가 있었던 것일까 궁금했다. 미접촉 상태의 이 이상한 아이가 처했다는 위험이 바로 그것이었을까?

그러자 통증은 처음 시작되었던 것처럼 빠르게 잦아들다 사라졌고, 나는 당분간 그런 생각은 혼자만 간직하기로 결심했다.

ᡤ

내가 집에서 가져왔던 엽서 더미를 뒤진 끝에 우리는 머리를 대고 쉴 곳을 찾아냈다. 그건 에이브 할아버지가 말년에 여행하면서 나에게 보낸 엽서들이었다. 뉴욕 지역에서 받았던 엽서를 본 기억이 떠오른 나는 학교와의 거리가 몇 킬로미터쯤 멀어지자 차를 세우고 엽서 뭉치를 뒤져 그 엽서를 찾아냈다. 사진이 인쇄된 쪽엔 아주 오래되고 지극히 단조로운 호텔방 사진이 보이고, 뒤쪽엔 호텔 이름과 주소, 에이브 할아버지가 나에게 쓴 짧은 글귀와 9년 전 우체국 소인이 찍혀 있었다.

Looks like I'll be staying here a few days, just
Outside of NYC. Nice, quiet place, great amenities. I'm seeing
Old friends. If you ever come to New York, I recommend this
Particular hotel. Ask for room 203. Much Love, Grandpa

뉴욕시 바로 외곽에 있는 이곳에서 며칠 묵어갈 참이다.
편하고 조용한 곳이고 편의시설도 훌륭하단다. 옛 친구를 만날 예

정이야. 너도 혹시 뉴욕에 오게 되면 바로 이 호텔에 묵기를 권한다. 203호를 달라고 해라. 많이 사랑한다, 할아버지가.

"엽서 내용이 뭔가 예사롭지 않다는 거 눈치챘어?" 밀라드가 말했다.

"약간 막연하네. 어떤 방에서 묵었는지 왜 굳이 이야기를 했을까?"

"여긴 가장 간단한 암호가 적혀 있어. 첫 글자 퍼즐이지."

"뭐라고?" 내가 물었다.

"각 줄의 첫 글자를 읽어봐. 철자가 어떻게 되지?"

나는 뚫어져라 엽서를 살폈다. "L-O-O-P."

"우와, 이럴 수가." 브로닌이 잘 보려고 앞으로 고개를 수그리며 말했다.

"에이브는 너한테 암호 메시지를 남긴 거였어. 선량한 에이브, 무덤 저편에서도 너를 보살펴주네." 밀라드가 말했다.

놀란 나는 고개를 절레절레 흔들며 엽서를 앞뒤로 뒤집어보았다. "**고마워요, 할아버지.**" 나는 나직이 말했다.

"하지만 우린 루프에서 머물 필요 없어. 할로개스트한테 쫓기는 것도 아니고, 갑자기 확 나이를 먹을 위험도 없는데 공연히 필요 이상으로 문제를 더 겪을 수도 있잖아." 엠마가 말했다.

"맞아, 루프에서는 좀 이상한 사람들을 만나게 되잖아. 반사회적으로 굴 생각은 없지만 난 그냥 자고 싶을 뿐이야." 브로닌이 말했다.

"난 시도해봐야 한다고 생각해. 우린 10044번 루프를 찾아야 하는데 어쩌면 그곳 사람들 중에서 누군가 알 수도 있잖아." 밀라드가 말했다.

에녹은 한숨을 쉬었다. "침대만 있다면 난 어디든 상관없어. 이 차에서 자느라고 내 목이 절반은 부러졌어."

나는 가보고 싶었으므로 그곳에 가는 쪽으로 투표를 던져 논란을 끝냈다. 주로 호기심 때문이었지만, 할아버지의 발자취를 따라간다는 느낌이 좋았다. 그래서 우리는 브루클린을 가로질러 스태튼섬으로 이어지는 거대한 2층짜리 현수교를 건넜다. 20분 만에 우리는 문제의 장소인 '폭포*The Falls*'라는 이름의 모텔에 당도했다. 그곳은 객실이 시끄러운 도로에 면해 있고 모든 방에 TV 설치라고 자랑하는 간판이 붙은 허름한 2층 건물이었다.

우리는 안으로 들어가 203호를 청했다. 키가 크고 말쑥한 직원은 책상에 다리를 올리고 앉아 있었다. 밖이 더운데도 그는 두툼한 모직 스웨터를 입고 있었다. 읽던 잡지를 내려놓고 그가 우리를 관찰했다.

"그 방을 왜 달라는 거지?"

"엄청 좋다고 추천을 받았어요." 내가 말했다.

그가 책상에서 다리를 내렸다. "너흰 어떤 파벌 소속이니?"

"페러그린 원장님요." 브로닌이 대답했다.

"그런 이름은 들어본 적 없는데."

"그럼 아무 소속도 아니에요."

"이 주변 애들이 아닌 모양이로구나."

"호텔의 목적이 바로 그거 아니에요? 근처에 살지 않는 사람들에게 숙박을 제공하는 것." 엠마가 말했다.

"있잖니, 보통은 파벌에 소속되지 않은 사람들에겐 방을 빌려주지 않는데 거의 다 비어 있어서 이번만 예외로 할게. 일단 신원 확인을 위한 증거를 먼저 좀 봐야겠다."

"물론이죠." 내가 지갑을 꺼내려고 하며 말했다.

"그런 거 말고. **증거**라니까." 그가 말했다.

"우리가 이상한 종족이라는 증거를 의미하는 것 같아." 밀라드가 말했다. 그가 프런트데스크 위에 있던 명함꽂이를 들어 올려 허공에서 빙글빙글 돌리다 다시 내려놓았다. "여기 투명인간 있어요, 안녕하세요!"

"그거면 됐다. 어떤 종류의 방으로 줄까?"

"상관없어요. 우린 그냥 자고 싶을 뿐이에요." 에녹이 말했다. 하지만 직원은 이미 책상 밑에서 코팅된 바인더를 꺼내고 있었다. 그가 바인더를 내려놓고 펼쳐 보이며 객실 선택 옵션을 나열하기 시작했다.

"자, 물론 표준형 방도 있어. 좋긴 하지만 고급스럽진 않지. 하지만 우리는 이상한 손님들을 위해 특별한 편의시설을 제공하는 곳으로 유명하거든. 중력 면에서 특별 체험이 가능한 방도 있어." 그가 페이지를 넘겨 천장에 가구들이 고정된 방에서 미소를 짓는 가족사진을 보여주었다. "공중에 떠다니는 사람들이 좋아하는 방이지. 여기선 무거운 옷이나 벨트의 도움 없이도 아주 편안하게 휴식을 취하고 식사하고 잠을 잘 수 있거든."

그는 늑대 한 마리와 함께 나란히 잠옷을 입고 침대에 누운 소녀의 사진을 펼쳐 보여주었다. "반려동물 친화적인 방도 있어서, 배변 훈련이 되어 있고 몸무게가 45킬로그램 미만이면서 살

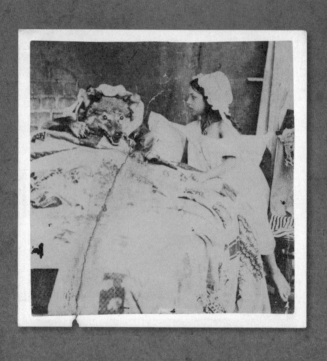

상을 하지 않는다는 증명서만 있으면, 어떤 신조를 가졌든 대부분의 이상한 동물들도 숙박이 가능하단다."

그가 또 다른 페이지를 넘겨 다양한 가구로 잘 꾸며진 지하 요새처럼 보이는 사진을 보여주었다. "게다가 우리의, 어, 가연성 손님들을 위한 특별 객실도 준비되어 있지." 그의 시선이 흘끔 엠마를 향했다. "그래야 손님이 자는 동안 나머지 건물을 태워버리지 않거든."

엠마는 기분이 언짢은 표정이었다. "나는 자연발생적으로 불을 피우지 않아요. 그리고 우린 반려동물도 없고 떠다니지도 않는다고요."

직원은 아직 끝낸 게 아니었다. "부드러운 양질의 토양으로 가득 차 있는 방도 갖춰서 혹시 손님 몸에 뿌리가 있다거나 부분적으로 죽은……"

"우린 이상한 방은 전혀 필요 없어요. 그냥 평범한 방이 좋다고요!" 에녹이 쏘아붙였다.

"좋을 대로 해라." 직원이 안내 책자를 덮었다. "평범한 방으로. 몇 가지만 더 물어볼게."

직원이 양식을 적어 넣기 시작하자 에녹이 신음을 흘렸다.

"연기실, 아니면 금연실?"

"우린 아무도 담배를 피우지 않아요." 브로닌이 말했다.

"담배를 말한 게 아니야. 신체의 일부분에서 연기를 내뿜는 사람은 없니?"

"없어요."

"금연실로 할게." 그가 양식의 항목에 표시를 했다. "싱글? 더

불?"

"우리는 모두 같은 방에 들어가고 싶어요." 밀라드가 말했다.

"그걸 물은 게 아니다. 너희 중에 이중*doubles* 자아는 없니? 도플갱어, 복제인간, 거울 형제 같은 거 말이다. 그런 경우엔 추가로 예치금과 각각의 사진 신분증이 필요하거든."

"없어요." 내가 말했다.

그가 양식에 표시했다. "너희는 몇 년이나 묵을 예정이니?"

"몇 **년**이나?"

"……묵을 예정이냐니까?"

"딱 하룻밤요." 엠마가 말했다.

"그건 추가 요금이 있어." 그가 양식에 표시를 하며 중얼거리더니 고개를 들었다. "바로 이쪽이다."

그가 구부정한 걸음으로 사무실을 빠져나왔다. 우리는 그를 따라서 교통 소음으로 시끄럽고 우중충한 외부 복도를 지나 어두컴컴한 다용도실로 들어갔다. 그곳이 바로 루프 입구였다. 이번엔 루프로 들어가고 있다는 사실을 깨달았으므로, 덜컥 내장이 떨어지는 듯한 느낌에 미리 대비를 했다. 밖으로 나오자 그곳은 밤이었고 춥고 아주 조용했다. 직원이 우리를 이끌고 다시 복도로 돌아가자, 좀 전 형태 그대로 고스란히 과거의 모습인 복도는 훨씬 더 깨끗했다. "여긴 언제나 밤이야. 우리를 찾아온 손님들이 언제든 원할 때 더 쉽게 잘 수 있게 해주지."

그가 어느 방 앞에서 걸음을 멈추고 우릴 위해 문을 열어주었다. "뭐든 필요한 게 있으면, 루프 밀실을 통해 내 책상으로 찾아오면 돼. 얼음은 복도 끝에 있다."

그는 떠나갔고 우리는 안으로 들어갔다. 방은 할아버지가 나에게 보내주었던 엽서 속 사진과 똑같아 보였다. 큰 침대와 끔찍하게 생긴 커튼, 받침대 위에 놓인 뚱뚱한 주황색 TV, 가짜로 옹이를 그려 넣은 소나무 널빤지를 댄 벽, 거의 소음처럼 느껴질 정도로 부조화를 이루며 서로 상충하고 부딪치는 무늬들, 막연하게 불안감을 불러일으키며 어디선가 끊임없이 들려오는 윙윙거리는 희미한 배경음. 그 방엔 발 받침대를 길게 뺄 수 있는 침대 겸용 소파와 둘이 누워도 될 만한 간이침상까지 있었으므로 우리 모두 잘 곳이 있었다. 우리는 각자 편안하게 자리를 잡았고, 이내 밀라드와 나는 침대 겸용 소파에 올라가 에이브 할아버지의 업무 일지를 파헤치기 시작했다.

"에이브랑 H는 요번 우리 임무랑 비슷한 임무를 여러 번 완수했어. 그들이 난관을 어떻게 해결했는지 확인해보면 도움이 될지도 몰라." 밀라드가 말했다.

운 좋게도 밀라드는 길게 자동차 여행을 하는 동안 두 번이나 그 파일을 완독했고, 세세한 부분에 대한 기억력이 워낙 예리해서 일지의 상당 부분을 거의 즉각적으로 떠올렸다. 그가 1960년대 초반 임무 보고서를 뒤적였다. 에이브와 H는 텍사스주 팬핸들 지역의 어느 지역에서 위험에 빠진 이상한 아이를 구출하는 임무에 투입되었는데, 아이가 정확히 어느 소도시에 사는지 알지 못했다. "그래서 그들이 어떻게 수색을 시작했는지 알아?" 밀라드가 보고서를 훑어보며 물었다. "현지인들과 뒤섞이면서 사람들에게 말을 걸었어. 그리 오래 걸리지 않아서 그들은 그 지역에 순회 축제가 열린다는 소식을 들었고, 너도 알다시피 이상한 종족들이 편안하게 뒤섞일 수 있는 곳이 바로 그런 데잖아. 두 사람은 애머릴로 외곽에서 그 축제단 행렬을 따라잡았고, 순회 축제단과 함께 바퀴를 달아 이동하던 거대한 골판지 코끼리 안에 숨어 있던 이상한 아이를 찾아냈어." 보고서엔 종이 코끼리 사진이 첨부되어 있었는데, 정말로 규모가 거대해서 집채보다도 컸다. "믿어지냐? 트로이의 코끼리라니!" 밀라드가 웃음을 터뜨리며 말했다.

"그래서 두 분은 그냥 사람들한테 물어봤다는 거네? 그게 바로 그들의 기발한 탐정 역할이었단 말이야?" 계속 귀를 기울이고 있던 에녹이 끼어들었다.

"단순하고 솔직한 탐정 역할이지. 최선의 방법이야." 밀라드가 말했다.

"알겠어, 또 다른 일은 어떤 걸 했대?" 내가 물었다.

"정기적인 수색 작업이지!" 이상하게 흥분한 말투로 그가 말했다. "여기, 여기 있다." 밀라드는 여러 페이지를 넘기다가 자신이 찾던 보고서를 찾아냈다. "빠르게 투명인간이 되어가는 젊은 여자가 있었어. 그 여자는 미접촉 상태였고, 내 개인적인 경험에 비춰 볼 때 겁에 질렸을 게 분명해. 에이브의 목표는 그 여자가 완전히 사라지기 전에 찾아내서, 호의적인 다른 이상한 무리의 품으로 데려가는 것이었어. 이왕이면 다른 투명인간들이 좋았겠지. 하지만 그건 어려운 일이었어. 그 젊은 여자가 이전의 모든 접촉 시도를 거부하고 달아났었거든."

"그런데 신문을 이용해서 그 여자를 찾아냈네? 어떻게?" 내가 말했다.

"타블로이드 신문에 난 기사 헤드라인을 보고 그 여자가 있

that exited through the elephant's
and left a supernatural stink in his
at could only have been a peculiar
which nearly overcame us . . .

는 곳을 정확히 찾아낼 수가 있었어. 타블로이드 신문은 항상 진지하게 받아들일 순 없지만, 가끔가다 한 번쯤은 진실 한 조각을 싣기도 하잖아. 이거 보여?" 밀라드가 페이지를 넘기자 임무 보고서 뒷면에 바닷가를 배경으로 두어 명의 아이들과 모래사장에 구겨져 있는 신문이 찍힌 사진이 붙어 있었다. 헤드라인은 희미했지만 부분적으로는 읽을 수 있었고, 벌거벗은 미스터리 소녀에 관한 이야기였다.

"이 우스꽝스러운 기사 덕분에 두 사람은 캘리포니아주 해변 도시까지 그 여자를 찾아갈 수 있었고, 결국 이상한 해변으로 데려가는 데 성공했대. 모래사장에 발자국이 찍히기 때문에 해변은 투명인간들에겐 끔찍한 곳이야. 그래서 두 사람도 그 여자를 충분히 오래 따라다니다가 다가가서 자신들을 소개하고 그 여자에게 벌어지는 일을 설명할 수 있었던 거고, 그 여자는 도와주겠다는 그들의 제안을 받아들였어."

"우리의 임무 대상에 대한 신문 기사 헤드라인이 없으면 어떻게 해? 시내에서 축제가 열린다든지 하는 너무도 명확한 내용이 하나도 없으면?" 엠마가 물었다.

"**전부 다** 이상하게 보이는 아이들이 3,000명이나 있는 학교에 그 애가 다닌다면?" 에녹이 말했다.

"위치는 알려졌는데 다른 단서가 전혀 없는 경우에는, 사람들과 뒤섞여서 어떻게든 이상한 아이들이 스스로 모습을 드러내기를 무작정 기다려야지, 뭐."

"잠복근무네. 영화에서 본 것처럼." 내가 말했다.

"잠복근무는 얼마나 오래 걸려?" 브로닌이 물었다.

"몇 주일, 때로는 더 길어질 수도 있고."

"몇 주일이나! 더 길어질 수도 있고!" 에녹이 말했다.

"우리는 몇 주일까지는 필요 없을 거야. 학교로 들어가자. 사람들과 이야기를 나눠보는 거야. 주변에 물어보고. 너희들은 그냥 잘 섞이기만 하면 돼." 내가 말했다.

"네가 우리한테 해준 광범위하고도 철저한 평범해지기 수업 덕분에 그건 아주 식은 죽 먹기일 거다." 에녹이 말했다.

"그거 빈정거림이지!" 브로닌이 말했다.

에녹이 브로닌을 가리켰다. "이제야 좀 이해를 하는군."

⚜

너무나도 피곤한 상태가 아니었다면, 엠마가 바로 건너편 침대에 누워 있는데 소파에서 잠을 청해야 한다는 어색한 상황 속에서 아마 난 밤새 깨어 있었을 것이다. 둘 사이의 거리감이 부자연스럽게 느껴져서, 고맙게도 드물게 조용한 순간이 찾아오면 그런 생각이 내 정신을 완전히 사로잡았다. 그러나 베개에 머리가 닿은 순간 나는 의식을 잃었고 불과 몇 분밖에 안 지난 것 같은데 다시 눈을 떠보니 브로닌이 내 위로 상체를 수그리고 어깨를 흔드는 게 보였다. 꿈도 없이 순식간에 여덟 시간이 사라졌는데도 내 몸은 도무지 휴식을 취한 것 같지 않았다. 하지만 이미 다시 활동을 개시해야 할 시간이었다.

학교는 몇 시간 뒤에 시작될 테고, 나는 우리의 수색 작업에 온전한 하루를 꼬박 다 쓰고 싶었다. 시간이 많이 걸리지만 그럼

에도 우리가 스스로에게 허락한 딱 한 가지 호사는 마음껏 샤워를 하는 것이었다. 머리칼은 다들 떡이 졌고 귓속과 손톱 밑엔 길에서 뒤집어 쓴 흙먼지가 끼어 있었다. 그 사람에게 우리가 각자 소개를 할 때엔 이상한 세계의 모든 점을 설명해야 할 것이다. 그러므로 최소한 자동차에서 계속 잠을 잔 듯한 몰골을 보여주면 안 된다는 데 모두의 의견이 모아졌다.

내가 제일 먼저 샤워를 했으므로 여유 시간이 좀 생겨났다. 에이브와 H가 투명인간 소녀 사건에서 그랬던 것처럼 나도 뉴스를 검색해보기로 결심했다. 인터넷 시대인 지금은 그런 일쯤이야 더 쉬워졌지만, 그러려면 내 휴대전화가 제대로 작동하도록 호텔 방을 나가서 루프를 벗어나야 했다.

덥고 시끄러운 현재로 돌아가 얼음 기계 옆에 서서 나는 학교가 언급된 최근 기사들을 재빨리 검색해보았다. 잠깐 사이에 나는 2, 3주일 전쯤 날짜로 《브루클린 이글》지에 실린 괴이한 정전 사건으로 콘 에디슨 전기회사 당혹, 후버 고등학교엔 불안감 번져라는 제목의 기사를 발견했다. 기사의 주요 골자는 평일 학교 수업 중 강당에서 행사를 진행했는데 모든 전등이 꺼졌다는 이야기였다. 800명의 학생들은 갑작스러운 암흑에 휩싸였고 학생들이 우르르 몰려가는 혼돈이 벌어지면서 부상자가 생겨났다.

내 생각에도 그건 이상했다. 정전이 뭐가 그렇게 무섭다고? 천둥 번개와 폭풍이 일상인 플로리다의 우리 학교에선 정전은 늘 있는 일이었다. 그래서 나는 실제로 그곳에 있었던 학생들이 단 댓글을 쭉 읽어 내려갔고, 그냥 정전이 아니었다는 사실을 알게 되었다. 발전기로 작동되는 비상등도 다 꺼졌다고 했다. 그중에서도 가장 이상한 일이 있다면서 의견을 남긴 사람의 댓글 내용은 이랬다. "내 휴대전화의 손전등 기능이 작동하지 않았고, 다른 사람들도 휴대전화에 전혀 불이 켜지지 않았다." 몇 분 뒤 전등은 다시 들어왔지만, 그때쯤엔 이미 피해가 발생한 다음이었다.

내가 보기엔 전자기파가 발생해서 모든 기기의 전원을 차단해 본체와 배터리의 전력이 나갔던 것처럼 생각되었다. 하지만 그 이론엔 맞지 않는 다른 사연이 있었다. 같은 날 나중 시간대에 여학생 화장실에서 폭발이 일어났다. 댓글을 단 학생들에 따르면 그것은 엄밀히 폭발이 아니었다.

"사진용 섬광 폭탄이 터진 것 같았다. 벽은 타서 불에 그을렸지만 부서진 것은 아무것도 없었다." 한 사람이 적은 내용이었다.

달리 말해 폭발로 인한 피해는 없었다는 이야기였다. 그 말은 폭탄이나 전형적인 폭발이나 화재가 아니었다는 의미였다. 그렇다면 무슨 일이 있었던 것일까?

남자 둘이 부상을 당했다고 전해졌는데, 둘 다 학교 직원이었다. 폭발 용의자는 여학생인데 미성년자라 이름은 알려지지 않았다. 여학생은 현장에서 달아난 상태로, 심문을 위해 현재 추적 중이었다. 남자 교직원 둘이 여학생 화장실에서 무얼 한 걸까? 기사엔 추측 내용이 없었지만 한 사람이 이런 댓글을 남겼다.

"변태다!!!!"

나는 루프로 들어가 방으로 돌아간 뒤 다른 친구들에게 내가 알아낸 사실을 이야기했다.

"내가 듣기론 이상한 아이가 일으킨 사건 같아." 브로닌이 말했다.

엠마는 열심히 머리를 말리며 화장실 문밖으로 몸을 기울였다. 머리를 말리느라 덜덜 떨리는 목소리로 그녀가 말했다. "만약 그렇다면 전기를 마음대로 조종하는 사람을 찾아봐야겠네."

"혹은 빛이나." 밀라드가 말했다.

"그러니까 우린 그날에 대해서 사람들과 이야기를 나눠봐야겠어. 무얼 기억하는지, 누가 관련되었는지 학생들한테 물어봐. 고등학교는 소문을 만들어내는 공장이야. 우리가 해야 할 일은 빠르게 친구들을 만들어서 서로서로 헛소리를 떠들고 싶어 하는 사람들의 자연스러운 경향을 파고드는 게 전부야." 내가 말했다.

내 입으로 말을 하면서도 약간 이상하게 들렸다. 빠르게 친구들을 만든다고? 고등학교에 다닌 2년 동안 나에겐 친구가 **딱 한 명**이었다.

"어쩌면 용의자 소녀가 누군지 아는 사람이 있을지도 몰라. 화장실 화재 현장에서 달아난 친구 말이야." 브로닌이 말했다.

"어쩌면 보안 카메라 영상을 우리가 손에 넣을 수도 있겠지." 에녹이 말했다.

"누군지 몰라도 꽤 강력한 존재인 것 같아." 엠마가 말했다.

"그건 의문의 여지가 없지." 밀라드가 말했다. 그는 긴 바지에 깃 달린 셔츠, 베레모까지 완벽하게 옷을 차려입고 있었다. "누군가 쫓김을 당한다면, 그건 쫓김을 당할 만큼 가치가 있기 때문이야. 그러니까 맞아, 상대는 강력한 존재라고 나도 인정하겠어. 그리고 위험인물일 가능성도 높아. 그러니까 누구든 상대를 찾았다는 생각이 들면 당장 접근하지 마. 나머지 우리들한테 알려서 최선의 행동 방향을 결정하자."

"왜 귀찮게 옷을 다 차려입었어?" 내가 물었다. "금방 도로 나 갈 텐데."

"가끔은 나도 옷 입는 게 그리워. 게다가 피부 마찰 때문에 문제가 생겼어."

"그 사람을 우리가 찾았다고 치자. 그런 다음엔 어떻게 해? '우리랑 같이 가자. 우리가 너를 시간의 루프로 데려다줄게.' 그렇게 말해?" 에녹이 말했다.

"그럼 왜 안 돼?" 브로닌이 물었다.

"미친 소리 같잖아!"

"상대는 미접촉 상태란 걸 기억해. 그런 사람들은 시간의 루프가 뭔지, 이상한 종족이 뭔지, 세상에 자기 같은 다른 사람들이 더 있다는 걸 몰라, 아무것도 모른다고." 내가 말했다.

밑창이 덩굴식물처럼 요란한 운동화를 이제 막 찾아 신은 에녹이 앞뒤로 발을 굴리고 있었다. "으어, 이 신발 **진짜 폭신하다.**"

"제이콥은 우리랑 처음 만났을 때 아무것도 몰랐지만 그런 설명으로 잘 넘어갔잖아." 브로닌이 말했다.

"난 내가 미친 걸로 생각했었어. 그러다가 엠마가 나를 공격했고 거의 목을 잘릴 뻔했지!"

"난 네가 와이트인 줄 알았다고!" 엠마가 화장실에서 소리쳤다.

"그러니까 너희 둘, 처음엔 껄끄럽게 시작했구나. 하지만 지금은 둘이 사랑에 빠졌잖아." 브로닌이 어깨를 으쓱하며 말했다.

나는 가방을 싸느라 바쁜 척했다. 에녹과 밀라드는 브로닌의 말을 무시했다.

브로닝은 어리둥절한 표정을 지었다. "내가 뭐 잘못 말했어?"

엠마가 화장실에서 나왔다. 엷은 갈색 머리를 느슨하게 하나로 묶은 모습이었다. 자기 눈동자 색깔과 똑같으면서 몸에 완벽하게 꼭 맞는 검정 진 바지와 잘 어울리는 초록색 스웨터 차림에 대조적인 색깔의 리복 운동화를 신었다. 그 순간 느껴진 격렬한 갈망의 아픔이 너무도 깊고 그윽해서 나는 시선을 돌릴 수밖에 없었다.

미국인으로 받아들여지기에 충분히 자연스러운 억양으로 그녀가 말했다. "너희들 모두 사람들과 섞일 준비 다 됐어?"

브로닝이 큼지막한 엄지 두 개를 들어 올렸다. "**완벽하게 준비 끝났지**." 브로닝의 말투는 날카롭고 이상했다. "쿠우우우우울, 친구."

브로닝이 말하는 걸 듣기만 해도 마음이 불편해졌다.

"아무래도 너는 그냥 원래 말투를 쓰는 게 좋을 것 같아. 그리고 은어는 제발 쓰지 마."

브로닝은 아랫입술을 쭉 내밀고 엄지손가락을 아래로 뒤집었다. "개실망."

제 14 장

chapter fourteen

첫번째 수업 종이 울리기 직전에 우리는 학교에 도착했다. 열의가 지나친 교감의 눈에 띄는 걸 피하고자 자동차는 몇 블록 떨어진 곳에 세웠다. 친구들과 함께 걸어가며 혹시라도 숨길 수 없는 찌르르한 통증이 찾아오는지 배 속에 정신을 집중했지만 아무 느낌이 없었다.

우리는 학생들 무리에 섞여 중앙 계단을 올라갔고, 곧이어 양옆으로 교실이 있고 아이들이 바글거리는 길고 밝은 복도로 들어섰다. 괜히 얼씬대다 밟히지 않기 위해 벽에 딱 붙어선 우리들은 십 대들이 물고기 떼처럼 몰려다니는 동안 어쩔 줄 몰라 하며 잠시 그곳에 서 있었다.

우리는 이야기를 나누려고 빈 교실로 잽싸게 피신했다. 벽엔 셰익스피어와 제임스 조이스 포스터가 붙어 있고 책상은 줄을 맞춰 놓여 있었다. 나는 엠마가 한 번도 진짜 학교에 다녀본 적이 없다고 했던 말을 떠올렸다. 교실 풍경을 살펴보는 그녀의 표정은 약간 동경하는 듯한 분위기였다.

"평소 같으면 절대로 이런 제안을 하지 않겠지만 우리 찢어져서 찾아봐야 할 것 같아. 단체로 당황한 표정을 짓고 몰려다니는 것보다는 사람들 시선을 덜 끌 거야." 밀라드가 말했다.

"그러면 더 넓은 지역을 돌아다닐 수도 있겠지." 엠마가 말했다.

"그럼 결정된 거다."

친구들이 현대의 미국 고등학교를 혼자서 돌아다녀도 좋을 만큼 준비가 됐는지는 확신이 안 섰지만 밀라드의 말은 옳았다. 뛰어드는 것밖에 다른 선택은 없었다. 브로닌은 에녹과 짝을 이뤄 체육을 하는 운동장과 건물 외부를 관찰하겠다고 자청했다. 사람들에게 말을 걸어서(하지만 브로닌의 괴상망측한 가짜 미국인 억양은 곤란했다) 최대한 알아낼 수 있는 것을 확인할 예정이었다. 투명인간인 밀라드는 아무와도 대화를 나눌 수 없었으므로 본관 건물에 숨어들 작정이었다. "지역 신문에 기사가 언급될 정도로 극적인 사건이 있었다면, 어딘가 보고서 파일에 다른 더 작은 사건들도 분명 기록이 있을 거야." 밀라드가 말했다.

"그 학생에 대한 징계 보고서도 있을지 몰라." 엠마가 말했다.

"혹은 심리 상담 기록이나. 걔가 무슨 일이 있었는지 사실대로 이야기하려고 했었다면, 최소한 학교 보건 교사한테라도 보내서 정신 건강 상태를 확인하게 했을 거야." 내가 말했다.

"좋은 생각이다." 밀라드가 말했다.

그렇다면 남은 사람은 엠마와 나뿐이었으므로, 마지못해 우리 둘은 짝을 이뤘다. 내가 언제나 소문의 온상인 구내식당으로 가자고 제안하자 엠마도 동의했다.

"너희들 정말 괜찮겠어? 1940년대에 대한 이야기나 본인의 능력을 사용하는 건 안 된다는 거 기억하지?" 모두 흩어지기 전에 내가 물었다.

"그래, 포트먼, 알아들었어. 네 걱정이나 해." 에녹이 나에게 손을 흔들며 말했다.

"모두들 한 시간 뒤에 이 교실 밖에서 만나. 뭐든 일이 잘못되면 화재 경보를 누른 다음 정문 출입구 쪽으로 달려가. 알겠지?" 내가 말했다.

"알았어." 밀라드만 빼고 모두들 대답했다.

"밀라드? 넌 어딨어?" 엠마가 물었다.

교실 문이 조용히 닫혔다. 그는 이미 가고 없었다.

오래전부터 학교 구내식당은 내가 지구상에서 가장 덜 좋아하는 장소로 손꼽혀왔다. 그곳은 시끄럽고 흉측하고 고약한 냄새를 풍기는 데다가, 우리가 지금 와 있는 이곳처럼 나로선 도저히 스텝을 맞춰 끼어들 수 없는 복잡한 사교댄스를 빙글빙글 춰대는 불안한 십 대들이 패거리를 이루어 득시글거리는 곳이었다. 그럼에도 지금은 나와 한 조를 이루어 한 시간을 보내기로 자원한 엠마와 함께 구내식당의 상처투성이 리놀륨 벽에 기대어 서 있었다. 학교 다닐 때 종종 그랬듯이, 나는 자신을 낯선 문화권의 어떤 의식을 관찰하는 인류학자라고 상상했다. 식당엔 자기보다 80년이나 어린 사람들이 가득한데도 엠마는 훨씬 더 편안해 보였다. 그녀의 자세는 느긋했다. 침착한 눈빛으로 홀 안을 살펴보았다.

엠마는 우리도 줄을 서서 아침 식사를 주문해 테이블에 앉아서 먹자고 제안했다.

"섞이자는 거지. 영리한 판단이야." 내가 말했다.

"나 배고파서 그래."

"그렇구나."

우리는 줄을 섰고 머리에 위생모자를 쓴 식당 조리원 아주머니들 앞을 한 걸음씩 지나간 끝에, 후들후들한 스크램블드에그와 기름기 많은 갈색 소시지 한 국자와 초코 우유 한 팩이 담긴 쟁반을 받았다. 엠마는 약간 움츠러드는 기색이었지만 불평 않고 쟁반을 받아 들었다. 우리는 쟁반을 들고 앉을 자리를 찾아 실내를 돌기 시작했다. 무작정 사람들과 이야기를 나눠보자는 계획은 이론상으로는 합리적인 것처럼 들렸지만, 그 시점쯤 되자 터무니없는 계획으로 여겨지기 시작했다. 무엇을 어떻게 해야 하지? 아무나 마구잡이로 접근해서 우리 소개를 해야 하나? **그래서, 최근에 누구든 좀 이상한 애 본 적 있니?** 식당에 있는 학생들은 모두 각자 할 일에 바빠 보였다. 사귄 지 오래된 친구들과 끼리끼리 뭉쳐 어울려 다니며 서로 이야기를 나누거나……

"안녕, 같이 앉아도 될까? 난 엠마야, 앤 제이콥이고."

엠마가 어느 테이블에서 걸음을 멈추었다. 어리둥절해서 말문이 막힌 네 사람이 우리를 올려다보았다. 쟁반에 사과 하나만 달랑 올려둔 금발머리 여학생과, 분홍색으로 염색한 머리칼이 비니 아래로 삐져나온 여학생, 그리고 쟁반 가득 쏟아질 듯 음식을 많이 담아 놓고 야구 모자를 쓴 운동선수 느낌의 두 남학생이었다.

분홍머리가 어깨를 으쓱하더니 말했다. "당연하지."

"캐런." 사과 소녀가 친구를 나무라듯 낮게 속삭였지만, 이내 내가 앉을 수 있도록 옆자리로 옮겨주었다.

우리는 쟁반을 내려놓고 자리에 앉았다. 넷 중에 세 사람이 괴물이라도 보듯 우릴 쳐다보았지만 엠마는 알아차리지 못하는 눈치였다. 그녀는 곧장 본론으로 접어들었다.

"우린 여기 새로 왔는데, 이 학교가 좀 이상하다는 소문을 들었어."

엠마의 말투는 거의 미국인처럼 들리긴 했지만 완벽하진 않았고 그들도 그걸 알아차렸다.

"넌 어디서 왔니?" 분홍머리가 말했다.

"영국 웨일스, 그 근처."

"멋지다. 나는 물개 출신이야. 쟤는 돌고래 출신이고." 야구 모자를 쓴 남학생 중 하나가 말했다.

"웨일스는 고래*Whales*가 아니고 나라 이름이야, 멍청아. 영국 이랑 가까워." 분홍머리가 말했다.

"쳇." 모자남 1호가 목을 돌렸다. "흥."

"우린 교환학생이야." 내가 말했다.

사과 소녀가 눈썹을 들어 올렸다. "**너는** 외국인 말투가 아니네."

"캐나다라서." 플라스틱 숟가락 겸용 포크로 기름진 갈색 덩어리를 찍으려던 나는 이내 안 건드리는 게 낫다는 생각을 했다.

"이 학교는 확실히 이상해. 특히 최근엔 더." 분홍머리가 말했다.

"강당에선 무슨 일이 있었던 거야? 정전이라나 뭐라나?" 내가 물었다.

"아니야." 줄곧 말이 없던 모자 쓴 남학생이 머리를 흔들었다. "그건 그냥 학교 측에서 학부모한테 변명한 거지."

사과 소녀가 고갯짓으로 그 남학생을 가리켰다. "존이 거기 있었거든. 쟤는 이제 우리 학교에 유령이라도 나타났다고 생각해."

"그런 거 아니야. 난 그저 '정전'이라는 설명을 믿지 않는 것뿐이야. 무언가 다른 일을 감추려는 거라고."

"예를 들면 어떤 거?" 내가 물었다.

그는 자기 식판을 내려다보았다. 갈색 덩어리를 뒤적거릴 뿐이었다.

쟤는 그 얘기 하는 거 싫어해. 괜히 얘기했다가 미친 사람 취급받을 거라고 생각하나 봐." 분홍머리가 속삭였다.

"입 좀 다물어, 캐런." 사과 소녀가 말했다. 그녀가 존에게 몸을 돌렸다. "너 나한테는 얘기 안 했잖아."

"어서 해봐, 자식아. 캐런한테는 말하고 우리한텐 입 다물 거냐?" 다른 모자 남학생이 말했다.

존은 양손을 들어 올렸다. "좋아, 좋다고. 그런데 내 얘기는 그날 무슨 일이 실제로 **있었는지**에 대한 설명이 아니야, 알겠지? 그냥 그렇게 **보였다**는 것뿐이야."

모두들 기대에 찬 표정으로 그를 쳐다보았다. 그가 깊이 숨을 들이마셨다.

"거긴 엄청 깜깜했어. 아무도 휴대전화 화면이나 손전등 기능이 작동하지 않았어. 사람들 말로는 전기에 문제가 있었다잖아. 하지만 강당에는 외부로 통하는 문이 하나 있고, 그건 곧장 교직원 주차장으로 이어지잖아?" 존은 앞으로 약간 몸을 숙이며 목소리를 낮췄다. "누군가 그 문을 열었어. 그런데도 거의 빛이 들어오지 않는 거야. 그날 햇빛 쨍쨍한 날이었는데도."

"뭐라고? 난 이해가 안 돼." 사과 소녀가 말했다.

"마치……" 남학생은 목소리를 더 작게 낮추었다. "어둠이 빛을 **먹어버린** 것 같았어."

같은 날 나중에 화장실에서 벌어졌던 폭발 아닌 폭발에 대한 이야기를 내가 막 꺼내려던 찰나, 누군가 내 어깨를 두드리는 묵직한 손길이 느껴졌다. 고개를 돌리자 어제 만났던 교감 스타일의 남자와 짧은 머리에 차가운 파란 눈동자를 지닌 여자가 얼굴을 찌푸리고 서 있었다.

"실례 좀 하자. 너희 둘은 우리와 함께 가줘야겠다." 남자가 말했다.

엠마는 한 손을 들어 올리고 고개를 돌렸다. "가세요, 우린 한참 대화중이라고요."

우리와 같은 테이블에 앉은 아이들은 감동 먹은 표정이었다. "젠장." 분홍머리가 속삭였다.

"부탁이 아니란다." 차가운 파란 눈의 여성이 엠마의 어깨를 잡았다.

엠마가 어깨를 움츠려 손을 피했다. "내 몸에 손대지 말아요!"

그러자 상황이 험악해졌다. 구내식당에 있는 모든 사람들이 대화를 멈추고 우리를 빤히 쳐다보는 것 같았다. 여자는 양손으로 엠마를 잡으려 다가섰고 남자는 내 팔을 붙잡았다. 내가 음식 쟁반을 냅다 남자에게 쏟아버리자, 그는 내가 테이블에서 벌떡 일어날 수 있을 정도로 잠깐이나마 손을 놓쳤다. 여자가 비명을 지르며 뒤로 펄쩍 물러난 걸 보면 엠마가 여자의 어딘가를 불로 지진 게 틀림없었다. 그런 다음 우리는 가장 가까운 출입구를 향해 같이 달려갔다. 여자 쪽은 쓰러져 의식을 잃은 듯했지만 남자는 계속 뒤쫓으며 다른 사람들에게 우릴 막는 걸 도와달라고 소리쳤다. 몇 명이 앞을 막으려 시도했지만 우린 그들을 피해 달아났다. 그러고 나자 야구선수 유니폼을 입은 운동선수 대여섯 명이 우리가 향하던 출입문 앞을 막아섰다. 우리는 그들에 못 미쳐서 달리기를 멈추고 싸울 태세를 갖추었다.

"이젠 어떡하지?" 내가 물었다.

"불길을 뿜어서 뚫고 지나가자." 엠마가 말했지만 나는 그녀가 불꽃을 일으키기 전에 엠마의 손을 잡았다.

"**안 돼!**" 내가 낮게 속삭였다. 사람들이 우릴 향해 휴대전화를 들어 올리고 모든 장면을 찍고 있다는 사실을 알아차렸다. "모두들 지켜보는 동안엔 곤란해."

나는 어쩔 수 없다고 체념하며 붙잡히게 되면 어떻게 변명을 해야 이 곤경에서 빠져나갈지 생각하기 시작했다. 그러나 바로 그때 야구선수들 뒤쪽 출입문이 벌컥 열렸다. 유혈 살육 현장이라도 벌어진 듯, 여학생들이 떼로 비명을 지르며 뛰어 들어왔다. 공포로 일그러진 얼굴에 눈물로 뒤범벅된 그들은 정말로 **고래고래** 비명을 질러댔고, 야구선수들과 교감 선생 같은 남자와 구내식당 전체의 시선과 관심이 즉각 그들에게로 옮겨 갔다. 나는 대체 무슨 일이기에 여학생들이 그렇게 비명을 질러대는지 생각할 겨를조차 없었다. 그런 일이 일어나게 만든 천사들에게 감사할 따름이었다. 엠마와 나는 정신이 딴 데 팔린 운동선수들 틈을 파고들어 열린 문으로 빠져나왔다.

우리는 복도에서 끽 미끄러지듯 멈춰 서서 주변을 둘러보며 어느 쪽이 주 출입구였는지 기억하려고 애를 쓰다가, 무언가 괴상한 물체들이 우릴 향해 복도를 달려오는 광경을 목격했다.

고양이 떼였다.

고양이들은 젖은 몸에서 물기를 뚝뚝 떨어뜨리면서 뻣뻣하게 전혀 고양이답지 않은 동작으로 휘청거리며 움직였고, 그제야 나는 낄낄거리며 웃는 에녹과 그를 과학실에서 복도로 쫓아내며 고함을 지르는 브로닌의 목소리를 들었다. 에녹은 허리를 반으로 꺾고 웃어대는 중이었다.

"미안해! 참을 수가 있어야지!"

고양이들이 우리 다리 주변으로 뒤뚱거리며 지나가자 고약한 냄새가 코를 찔렀다. 포름알데히드였다.

"에녹, 이 멍청아! 너 때문에 다 망쳤어!" 브로닌이 소리쳤다.

아마도 우리를 구하기에 충분할 만큼 강력하고, 유일하게 가능했던 방해 작전을 에녹이 펼쳐준 셈이었다. 바로 좀비 고양이 떼의 출현.

"내가 이런 말을 하게 될 줄은 정말 몰랐지만 고맙게도 저 엉터리 괴짜 덕을 확실히 봤네." 엠마가 말했다.

구내식당의 비명 소리는 잦아드는 듯했다. 머지않아 모든 사람들이 우리를 뒤쫓고 있었다는 사실을 기억해낼 게 틀림없었다.

"감사 인사는 나중에 하자." 나는 이렇게 말한 뒤 벽으로 달려가 화재 경보 레버를 잡아당겼다.

"네가 죽은 고양이들을 **좀비**로 만들었다고?"

엠마는 화가 난 척하려 했지만 웃는 것에 더 가까웠다. 우리는 앞마당에 나와 잠시 화재를 피해 건물에서 빠져나가는 고등학생들 틈에 섞여 숨었다.

"죽은 고양이들을 그렇게 써버리는 건 낭비잖아! 학생들이 막 조각조각 해부를 하려던 참이었단 말이야." 에녹이 말했다.

"**과학**을 위해서야." 브로닌이 말했다.

"당연히 그렇겠지." 에녹이 양쪽 손가락 두 개씩을 들어 허공에 따옴표를 만들었다. "**과학**."

"너희는 운동장에 가보기로 했었잖아." 내가 말했다.

"아무도 우리한테 말을 안 하더라고." 에녹이 말했다.

"**너**한테는, 그 뜻이지?" 브로닌이 말했다. "그러더니 에녹이 지루하다면서 어슬렁어슬렁 가버렸어."

"열린 창문으로 달콤하기 그지없는 방부 용액 냄새가 솔솔 풍겨 나오는데 도저히 참을 수가 없어서 나도 모르게……"

나는 거의 구역질을 할 뻔했다.

"그래도 다행스럽게 저 자식이 죽은 동물들과 노는 사이에 나는 실제로 뭔가 얻어낸 게 있었어. 화장실에 불이 났을 때 학교에 있었다는 아주 도움이 되는 청년이랑 얘기를 나눴거든. 그 사람 말로는 요란한 소리와 함께 밝은 빛이 번쩍 했고, 좀 있다가 여학생 하나가 복도로 달아났는데 그 뒤를 어른들 몇 명이 뒤쫓아 가는 걸 봤대."

"어떻게 생긴 사람들이었대?" 내가 물었다.

"여학생은 갈색 피부에 검은 머리가 길었고, 어른들은 화상을 입어서 피부가 빨갛게 되고 옷에서 연기가 났고 **엄청** 화가 나 있더래."

"사람들이 그 여학생을 잡았대?" 내가 물었다.

"아니, 잘 **빠져나갔대**."

"그 여자애 이름은 뭐래?" 내가 물었다.

브로닌은 고개를 저었다. "나도 몰라."

누군가 내 소매를 세게 잡는 것이 느껴졌다. "**여기 있었구나!**" 밀라드였다. 수많은 평범한 아이들 틈에 있었으므로 그는 속삭였다. "너희를 찾으려고 사방으로 돌아다니는 중이었어. 빌어먹게 어렵더라. 어떤 멍청이가 화재 경보를 울렸어!"

"그거 우리가 한 짓이야. 저 안에서 벗어나야 했거든." 엠마가 설명했다.

"아직 우린 달아나야 하는 상황이야." 내가 말했다. 건물 앞 공터 곳곳과 중앙 계단에 폴로셔츠를 입은 관리 직원인 듯한 사람들이 우리를 찾느라 학생들 무리를 살피고 있었다.

화재 경보는 중단되었고 스피커에서 학생들은 모두 교실로 돌아가라는 방송이 흘러나왔다.

"가자, **지금 당장**. 이 사람들이 아직 우릴 가려주는 동안 피해야 해." 내가 말했다.

"흩어져." 엠마가 말했다. 그러고는 도로 건너편을 가리켰다. "저기 자동차 뒤에서 만나."

우리는 뿔뿔이 흩어져 재빨리 앞마당을 빠져나와 길을 건넜고, 엠마가 가리켰던 길가에 주차된 자동차들 뒤에서 다시 모였다. 다른 아이들이 쭈그려 앉아 있는 동안 나는 폴로셔츠를 입은 어른들이 다가오는지 망을 보았다.

"이제 잘 들어. 제이콥과 나도 뭔가 알아냈어." 엠마가 말했다.

"나도 마찬가지야." 밀라드가 말했다. "서류 파일이나 기록을 뒤져보는 행운을 누리지는 못했지만 학교 사무실에서 상냥한 아가씨랑 이야기를 나눴는데……"

"네가 누구랑 **이야기**를 나눴다고? 우리가 이상한 존재들이란 게 노출돼도 넌 **아무런** 상관이 없냐?" 내가 말했다.

"너희들이 생각하는 것보다 난 훨씬 더 세련되게 처신할 수 있는 사람이야. 정말이지 그렇게 히스테리 부릴 필요 없다고." 밀라드가 말했다.

"그래서 네가 누군가와 이야기를 나눴단 말이지." 브로닌이 말했다.

"그래! 정말 사랑스러운 아가씨였는데 내 느낌으론 우리의 주인공을 잘 알고 어디에서 찾을 수 있는지도 아는 사람 같아."

"좋아, 거기가 어딘데?" 엠마가 말했다.

"나는 너무 심하게 몰아붙이고 싶지 않았어. 우리의 주인공은 그 아가씨의 친구래. 주인공이 위험에 처했다는 것도 잘 알고, 그래서 당연하게도 친구를 보호하려고 하더라. 조금씩 그 아가씨의 신뢰를 얻었는데 하필 화재 경보가 울렸어."

"그럼 그곳으로 돌아가서 그 여자애의 신뢰를 얻는 걸 마무리 해." 에녹이 말했다.

"나중에 만나기로 약속을 해뒀어. 어차피 그 아가씨도 학교 안에선 그 문제를 의논하는 게 전혀 편하지 않은 것 같더라."

"네가 누군가와 대화를 나눴다니 **믿을 수가** 없다." 엠마가 고개를 절레절레 흔들며 말했다.

"눈에 띄지 않고 얘기만 나눈 거야, 걱정하지 마. 도대체 이 널링스 어르신에 대해선 아무도 믿음이 없는 거야?" 밀라드가 콧방귀를 꼈다.

그 여학생은 방과 후에 어느 카페에서 밀라드와 만나는 데 동의했다고 한다. 몇 시간 여유가 있었으므로 우리는 자동차 쪽으로 다시 걸어가 차에 타고 다음 행동을 의논했다. 브로닌은 관광을 하고 싶어 했다.

"우린 뉴욕에 와 있어! 자유의 여신상을 우리도 봐야 한다고! 다른 관광지도 마찬가지야!"

"우린 임무 수행중이야. 절대 안 돼." 내가 말했다.

"그래서? 할로우 사냥꾼들은 임무 중에 절대로 재미를 보면 안 돼?"

"혹시 그런 일이 있었더라도 작전 일지에는 한 번도 그런 내용을 언급한 적이 없어." 밀라드가 말했다.

브로닌은 팔짱을 끼고 심술을 냈다. 난 상관하지 않았다. 자유의 여신상을 보러 갈 만한 시간이 있었다고 해도 나는 그런 것을 즐길 마음의 여유가 없었을 것이다. 브로닌은 여러 가지 경험을 이런 식으로 구분 짓고 스트레스가 심한 일을 옆으로 미뤄두는 재주가 있었지만, 나는 어서 그 여학생을 찾아서 우리 도움을 받아들이도록 그 애를 설득하는 데 너무 몰입해 있었다. 하지만 그 두 가지 일을 가까스로 해낸다고 해도, 아직은 10044번 루프가 어딘지 알지 못했다. 왜 그토록 수많은 것들이 비밀로 감추어져야 하고 암호로 적혀야 하는지 이해했지만, 이번 한 번만이라도 H가 평범한 영어로 있는 그대로 무슨 일을 해야 하고 어디로 가야 하는지 알려주었더라면 좋았겠다는 생각이 들었다.

"그 루프 번호의 의미는 뭐라고 생각해?" 내가 물었다.

우리는 차에 앉아서 다음 행동을 고민했다.

"미국에 있는 모든 루프는 번호가 매겨졌어?" 에녹이 물었다. "그렇다면 번호 안내 책자를 찾아보면 될 텐데."

"그러면 좋겠지만 우리한테 안내 책자 같은 건 없어. 우리한테 있는 건 내가 집에서 가져온 서류들이 전부야."

나는 더플백에서 가져온 서류들을 꺼냈고, 친구들은 혹시 내가 놓쳤을지도 모를 단서가 있는지 나를 도와 꼼꼼히 더 찾아보았다. 우리는 손으로 그린 지도와 할아버지가 보낸 엽서, 업무 일지의 모든 페이지에서 10044라는 숫자를 확인했다. 한 시간 뒤 나는 눈이 가운데로 몰리기 시작했고 몇몇 친구들은 하품을 했다. 전날 밤에 여덟 시간씩 잠을 자긴 했지만 우리의 피로를 풀어주기엔 역부족이었다. 나는 무릎에 할아버지의 업무 일지 파일을 올려둔 채로 운전대에 머리를 기대고 잠이 들었다.

　브로닌이 에녹에게 소리치는 통에 나는 목에 경련을 느끼며 깨어났다.

"이제 내 옷도 다 빨아야 하게 생겼잖아! 구역질 나!" 브로닌이 말하고 있었다.

무슨 말인지 브로닌에게 의미를 묻기도 전에 나도 스스로 냄새를 맡았다. 포름알데히드였다. 전에는 너무 피곤해서 알아차리지 못했지만 에녹은 온몸에서 고약한 약품 냄새를 풍겼고, 이제 그와 함께 창문을 닫은 차 안에 몇 시간이나 함께 있었던 우리한테도 냄새가 배었다.

"우리 전부 화장실을 찾아서 씻고 너희는 전부 옷을 갈아입어야 해." 밀라드가 말했다. 그는 몹시 당황한 목소리였다.

두어 시간 동안 잠에 빠져 있었기 때문에 밀라드의 연락책과 만나기로 한 시간까지 여유가 별로 없었다. 그는 나에게 카페 이름을 알려주었다. 나는 휴대전화에 카페 이름을 입력했다.

"거리가 1.5킬로미터밖에 안 돼. 시간 충분할 거야." 내가 말했다.

"그러기를 바란다. 첫인상이 얼마나 중요한데!" 밀라드가 말했다.

"우와, 너 그 여자애한테 진짜 반했나 보다. 냄새까지 신경 쓰고? 그 정도면 거의 사랑인데?" 에녹이 말했다.

나는 자동차 시동을 켜고 인도 옆에서 차를 뺐다. 내가 붐비는 도로로 막 접어들려고 할 때쯤에야 비로소 밀라드가 아주 대수롭지 않게 말했다. "그나저나 너희들 자는 동안에 내가 루프 번호 10044의 위치를 알아냈어."

"뭐라고? 정말이야?" 내가 말했다.

밀라드는 에이브 할아버지의 엽서 한 장을 들어 올렸다. 운전 중이라 흘끔 쳐다볼 수밖에 없었지만, 엽서 앞면엔 강과 길쭉하고 좁은 섬을 지나는 엄청나게 큰 다리 그림이 그려져 있었다. 섬은 우리 집이 있는 니들 키섬보다도 폭이 더 좁아 보였다. 신호등에 걸렸으므로 드디어 나도 좀 더 자세히 엽서를 들여다볼 기회가 찾아왔다. 엽서 꼭대기엔 **뉴욕시 퀸스버러 다리와 블랙웰스섬**이라고 적혀 있었다.

"블랙웰스섬? 들어본 적 없는 이름인데." 내가 말했다.

"뒤를 읽어봐." 밀라드가 엽서를 뒤집었다.

나는 할아버지가 쓴 엽서 내용을 소리 내어 읽기 시작했지만 밀라드가 말했다. "아니, 여길 보라고. 우체국 소인 말이야, 제이콥."

우체국 소인은 약간 뭉개져 완벽하게 원 모양이 아니었지만 12년 전이었던 날짜는 알아볼 수 있을 정도였고, 검은색 작은 동그라미의 아랫부분에 숫자가 찍혀 있었다.

10044.

"기가 막히다." 내가 말했다.

나는 엽서를 뒷좌석 친구들에게 넘겼고, 그들은 제대로 보려고 한곳으로 몰려들었다. 한 손으로 운전대를 잡은 채로 다른 손으로 휴대전화를 꺼낸 나는 엄지로 검색창에 10044를 입력했다. 곧바로 지도가 나타났다. 맨해튼과 퀸스 사이를 흐르는 이스트강

QUEENSBORO BRIDGE AND BLACKWELL'S ISLAND, NEW YORK CITY.

한복판의 길쭉하고 좁은 섬 주변으로 빨간 선이 그려졌다.

루프 번호는 전혀 비밀 암호가 아니었다. 그건 우편번호였다.

༐

우리는 차 안에서 포름알데히드 냄새가 빠져나가도록 카페까지 가는 길 내내 창문을 내리고 차를 몰았고, 그런 다음엔 패스트푸드 음식점 화장실에서 대충 씻고 옷을 갈아입었다. 밀라드는 수돗물과 화장실에 있는 물비누로 머리부터 발끝까지 깨끗하게 몸을 씻었다. 그의 특수 상황을 감안할 때 내가 보기엔 우스운 일이었지만, 밀라드는 남들 앞에 나타나기에 충분히 깔끔하다는 느낌을 받은 다음에야 비로소 화장실을 나섰고 우리는 카페까지 걸어갔다. 그곳은 낡은 소파가 놓여서 누군가의 거실처럼 느껴질 만큼 어둡고 아늑했다. 그곳 천장 골조와 바 사이엔 크리스마스 조명이 늘어졌고, 바의 한쪽 끝에선 대형 커피 분쇄기가 모터 소리를 내며 돌아가고 있었다. 실내는 절반쯤 비었으므로, 구석 자리에 앉은 소녀를 나는 즉각 알아보았다. 소녀는 구불구불한 갈색 머리에 검은색 베레모를 쓰고 군복 바지를 입고 있었다. 예술가 타입이라는 생각이 들었다. 그녀는 커다란 커피 머그잔을 만지작거리며 한쪽 귀에만 이어폰을 꽂고 휴대전화로 무언가를 듣고 있었다. 우리가 문으로 들어서자, 소녀의 머리가 우리 방향으로 살짝 기울었다.

밀라드가 우리를 이끌고 그 테이블로 다가갔다.

"릴리?"

"밀라드." 소녀가 대꾸하며 고개를 들었지만 밀라드를 정면으로 바라보는 건 아니었다.

"얘들은 내 친구야. 내가 아까 얘기했었지." 밀라드가 말했다.

우리는 인사를 주고받은 뒤 자리를 잡고 앉았다. 나는 소녀가 허공에서 들려오는 목소리를 듣고도 동요의 빛을 내비치지 않는 이유를 알아내려고 애를 쓰는 중이었다.

"무얼 듣고 있었어?" 밀라드가 소녀에게 물었다.

"직접 들어봐."

밀라드가 테이블 위에 놓인 나머지 이어폰을 집어 귀에 꽂느라 이어폰이 허공으로 둥둥 떠오르기 시작했다. 그가 음악을 듣는 동안 두 가지 사실이 나의 관심을 끌었다. 소녀의 의자 옆에 기대어 있는 얇고 하얀 지팡이와 절대로 우리 모두의 얼굴을 똑바로 보지 않는 릴리의 눈빛이었다.

엠마가 내 옆구리를 쿡 찔렀고 우리는 놀란 표정을 주고받았다.

"자기는 모습을 잘 드러내지 않는 사람이라고 밀라드가 말해줬어." 소녀가 중얼거렸다.

"아아!" 황홀한 표정을 짓는 게 분명한 목소리로 밀라드가 말했다. "이 곡 진짜 오랜만에 듣는다. 세고비아, 맞지?"

"대단하다!" 릴리가 말했다.

"이건 음악 작곡 역사상 가장 위대한 곡 중에 하나야." 밀라드가 말했다.

"나 말고 다른 클래식 기타 애호가를 만나는 건 매일 있는 일이 아니야. 내 또래 애들 중엔 진짜 음악에 대해서 조금이라도 아는 애들이 하나도 없어."

"나도 그래. 그런데 난 아흔일곱 살이야."

엠마가 밀라드에게 얼굴을 찌푸리며 입 모양으로 물었다. 왜?

릴리는 쿡쿡 웃더니 손가락으로 밀라드의 팔뚝을 쓸어내렸다. "구십 대 노인치고는 피부가 꽤 매끄럽네."

"몸은 젊지만 영혼은……"

"네 말 무슨 의미인지 나도 정확히 알아." 릴리가 말했다.

우리가 두 사람의 데이트를 방해하는 느낌이 들기 시작했다.

"야, 너 맹인이구나!" 에녹이 거의 소리를 질렀다.

그 말에 릴리는 웃음을 터뜨렸다. "응, 맞아."

"어휴, 입 닥쳐, 에녹." 브로닌이 말했다.

"밀라드, 이 응큼한 놈!" 에녹이 껄껄 웃으며 말했다.

"내가 사과해야겠다. 에녹의 뇌엔 문제가 좀 있어. 뭐든 뇌에 들어가기만 하면 즉각 입으로 내뱉어버리거든." 밀라드가 말했다.

"괜찮니, 릴?" 바리스타가 멀리에서 소리쳐 물었다.

릴리는 그에게 손으로 오케이 표시를 보냈다. "별일 없어요, 리코."

"여기 사람들은 널 잘 아나 보네." 내가 말했다.

"사실상 나한테 여긴 제2의 집이야. 매주 목요일 밤에 내가 여기서 연주를 하거든. 하지만 팝과 재즈 공연이야. 세고비아는 연주 못 해." 릴리는 근처에 놓아두었던 기타 케이스를 머리로 가리키더니 어깨를 으쓱했다. "세상이 아직은 받아들일 준비가 안 됐나 봐." 갑자기 소녀의 표정이 바뀌었다. 무언가 불쾌한 것을 떠올린 듯 약간 굳어졌다. "밀라드 말로는 너희가 누구를 찾고 있다던데."

"우리가 찾는 사람은…… 그 두 남자에게 화상을 입힌 여학생이야." 브로닌이 말했다.

릴리의 표정이 뾰로통해졌다. "그 사람들이 **그 애**를 공격했어. 걔는 그냥 자신을 방어했던 것뿐이야."

"나도 그런 뜻이 아니라……"

"방어 한번 거창하게 했네." 에녹이 말했다.

"그 사람들은 더 심하게 당했어야 해." 릴리가 대꾸했다.

"그 친구가 어딨는지 우리한테 말해줄 수 있어?" 엠마가 물었다.

우리의 연이은 질문은 릴리를 긴장하게 만들었다. "누어에 대해서 너희는 왜 관심을 갖는 건데? 너희는 그 애를 알지도 못하잖아."

누어. 소녀의 이름은 누어였다.

"우리가 그 애를 도와줄 수 있어." 브로닌이 말했다.

"너희를 믿어도 될지 난 확신을 못 하겠고, 그 말은 내 질문에 대답이 되지 않아."

"우리는 그 애가 겪고 있는 상황을 이해해." 모든 이야기를 다 털어놓지 않고도 진실에 접근하기를 바라며 내가 입을 열었다.

"좋아." 릴리는 커피를 한 모금 마셨다. 입 안에 커피를 약간 머금고 돌리기도 했다. "그 애가 겪고 있는 상황이 뭔데?"

나는 엠마와 시선을 주고받았다. 얼마나 이야기를 털어놓을 수 있을까? 우리가 릴리를 신뢰한다고 해도, 그녀는 얼마큼 우리

이야기를 믿어줄까?

"스스로 도저히 이해가 안 되는 일들이 그 애한테 벌어지고 있을 거야." 브로닌이 말했다.

"그리고 부모님한테는 그런 얘기를 털어놓을 수 없을 거야." 내가 덧붙였다.

"양부모님이야." 릴리가 말했다.

"그건 그 애의 몸에 영향을 줄지도 몰라. 몸이 달라진다거나." 엠마가 말했다.

"그 애를 관찰하는 사람들이 있을 수도 있어. 그 애가 알지 못하는 사람들. 그런데 그건 겁나는 일이지." 밀라드가 말했다.

"너희가 설명하는 건 거의 모든 십 대 소녀들이 경험하는 일이야." 릴리가 말했다.

나는 릴리 쪽으로 몸을 기울이며 목소리를 낮췄다. "그리고 그 애는 다른 사람들이 할 수 없는 일을 할 수 있을 거야. 불가능해 보이는 일들."

"강력하고도 위험한 일들이지." 밀라드가 덧붙였다.

릴리는 한동안 꼼짝도 하지 않았다. 이윽고 그녀가 아주 나직하게 말했다. "맞아."

"그 애가 겪고 있는 상황을 우리가 아는 이유는 우리 모두 그런 과정을 겪었기 때문이야. 우리 모두 각자의 방식으로." 엠마가 말했다.

그러고 나서 우리는 한 사람씩 우리가 할 수 있는 이상한 능력에 대해서 릴리에게 털어놓았다. 그녀는 고개를 끄덕이며 거의 말없이 조용히 듣기만 했다. 그녀는 겁먹은 것 같지 않았다. 달아나지도 않았다.

밀라드가 마지막으로 고백할 차례였다. 나는 그의 망설임을 감지할 수 있었다. 그가 이 소녀를 좋아한다는 것은 확실했고, 지난 몇 시간 동안 즐겼던 환상을 떠나보내고 싶지 않은 것 같았다. 환상 속에서 그는 혹시라도 어쩌면 릴리와 함께할 기회가 있을지도 모를 그저 평범한 남자였다.

"그리고 나는 있잖아…… 지금 말하는 사람은 밀라드인데, 너한테 이런 말하기 정말 유감이지만, 음, 여기 있는 내 친구들처럼 나 역시 **완벽하게** 평범한 사람은 아니야……"

에녹은 절레절레 머리를 흔들었다. "으어, 지켜보기 고통스럽다."

"괜찮아, 밀라드. 나도 알아." 릴리가 말했다.

"알아?"

"넌 투명인간이잖아."

밀라드의 표정을 볼 수는 없었지만 추측은 가능했다. 눈을 휘둥그렇게 뜨고 입은 떡 벌어졌을 것이다.

"어떻게…… 네가 그걸 어떻게……"

"난 **완전** 맹인은 아니야. 시각 장애인들 중 상당수는 약간 시력이 있어. 나는 10퍼센트쯤 남아 있지. 이 지팡이 없이는 돌아다닐 수 없을 정도지만 허공에서 나에게 말을 거는 목소리를 들었을 때 알아차릴 정도는 되거든! 솔직히 말하자면, 처음엔 내가 미쳤나 보다고 생각했지만, 네가 누어에 대해서 묻기 시작했을 때부터 모든 게 이해되기 시작했어."

"난 도저히 무슨 말을 해야 할지 모르겠다." 밀라드가 말했다.

"누어가 유일한 사람이 아닐 거라는 건 나도 짐작했어."

"어째서 처음부터 좀 귀띔해주지 않았어?" 밀라드가 말했다.

"네가 사실대로 인정하는지 보고 싶었어. 네가 말해줘서 기뻐." 릴리는 미소를 지었다.

"완전 바보가 된 기분이야. 날 사기꾼이라고 생각하진 않았으면 좋겠다." 밀라드가 말했다.

"그런 거 전혀 아니야. 너도 조심해야 했겠지, 나도 알아. 하지만 그건 나도 마찬가지였어." 릴리가 목소리를 낮추었다. "누어를 찾는 사람들은 너희뿐만이 아니야."

"또 누가 있는데? 경찰?" 내가 물었다.

"아니야. 누군지는 나도 잘 모르겠어. 그 사람들은 그 애 집에도 찾아오고 학교에도 와서 질문을 하고 다녔어."

"그 사람들 생김새는 어땠어?" 내가 말했다.

"얘는 **맹인**이야." 에녹이 말했다.

"맞아, 넌 계속 그 점을 지적하네." 릴리가 말했다. "그 사람들은 강당 전등 사건이 일어난 다음에 학교로 누어를 찾아왔었어. 그 사람들이 화장실에서 누어를 구석으로 모는 바람에 어쩔 수 없이 걘 자신을 방어할 수밖에 없었던 거야."

나의 마음은 곧장 교감처럼 보였던 남자와 차가운 눈빛의 여자에게 향했다. 그들도 이상한 종족일 가능성이 있을까? 혹은 심지어 와이트였거나?

릴리가 설명을 이어갔다. "누어 말로는 그 사람들은 창문을 검게 선팅한 SUV 차량을 몰고 다닌대. 그리고 힘 있는 사람들 행세를 하더래. 경찰, 사회복지사, 교직원 같은. 그래서 누어는 더 이상 어른들을 신뢰할 수 없게 됐어." 릴리는 고통스러운 표정을 지었다. "누어는 내가 아는 가장 강한 사람이야. 그런 애가 무언가를 그토록 두려워하는 건 한 번도 본 적이 없어."

"우리는 그 애를 도우려고 이곳에 파견됐어. 내 생각엔 우리가 그 사람들로부터 누어를 보호해야 할 것 같아." 엠마가 말했다.

"그래서 너희가 무얼 할 수 있는지에 대해선 이야기했지만, 너희 **정체**가 뭔데?"

"우린 페러그린 원장님의 이상한 아이들이야." 브로닌이 말했다.

"있잖아. 이젠 더 이상 그 말이 맞지 않는 것 같아." 에녹이 말했다.

"우리도 아직은 우리를 뭐라고 불러야 하는지 몰라. 하지만 우리 할아버지는…… 우리 같은 사람들을 위한 일종의 FBI 같은 일을 하셨어. 우리가 그 일을 인계받은 거고." 내가 설명했다.

"이상한 비밀 결사대." 릴리가 말했다. "이상한 비밀 결사대 *Oddfellows*…… 방어…… 연맹*League of Defense*."

"약자로 하면 O-L-D네." 에녹이 말했다.

"우릴 위해서 방금 이름을 지어낸 거야? 즉석에서?" 브로닌이 말했다.

"난 마음에 들어." 밀라드가 말했다.

"너야 당연히 그렇겠지." 에녹이 말했다.

"우리가 네 친구를 찾아서 도와줄 수 없다면 그런 거창한 이름은 필요 없을 거야. 악마의 영토로 돌아가서 남은 평생 벌을 받으며 살아야 할 테니까." 엠마가 말했다.

"우리를 친구한테 데려다줄 수 있어?" 내가 물었다.

"누어는 숨어 있어. 하지만 혹시 너희를 만날 생각이 있는지 문자를 보내줄 순 있어." 릴리가 말했다.

바로 그때 카페의 앞 유리창으로 검게 선팅을 한 SUV 차량이 아주 천천히 지나가는 모습이 눈에 들어왔다. 조수석 창문을 한 뼘쯤 내리고 미러 선글라스를 쓴 사람이 주변을 살피는 모습이 보였다.

"우리도 움직이는 게 좋겠어. 여기서 나가는 뒷문이 있니?" 내가 말했다.

"내가 가르쳐줄게, 하지만 먼저 누어한테 문자를 보내야 해." 릴리가 말했다. "그러려면 휴대전화에 깔린 음성 문자 전환 앱에 대고 내가 소리를 내서 이야기를 해야 한다는 의미거든. 사안의 중대성을 감안할 때, 그건 나 혼자 있는 공간에서 하는 게 낫겠어."

"내가 도와줄까?" 밀라드가 의자를 뒤로 밀고 일어나며 말했다.

다른 테이블에서 누군가 유심히 우리를 살펴보았다.

"밀라드, 진정해. 사람들이 눈치채겠어." 내가 속삭였다.

릴리가 자리에서 일어났다. "고맙지만, 난 괜찮아." 약간 느리지만 자신감 있는 걸음걸이로 카페 뒤편의 화장실을 향해 그녀가 걸어가기 시작했다.

말소리가 들리지 않을 정도로 릴리와의 거리가 멀어지자 밀라드는 애석해하는 한숨을 길게 내쉬었다.

"얘들아, 나 사랑에 빠진 것 같아."

제 15 장

chapter fifteen

몇분 뒤 릴리가 화장실에서 나오자 밀라드는 달려가서 그녀에게 팔을 내밀었다. 다른 손님들에게 이상해 보이지 않도록 릴리는 살짝만 그의 팔을 잡았고, 둘이 함께 테이블로 돌아왔을 때 릴리가 말했다. "좋아. 누어가 너희를 만나는 데 동의했어."

"잘됐다. 어디에서?" 내가 말했다.

"길은 내가 안내해줘야 할 거야. 그 친구가 있는 곳에는 나밖에 갈 수가 없거든."

릴리의 말이 무슨 뜻인지 알 수 없었지만 그럼에도 강한 호기심이 일었다. 우리는 릴리를 따라 카페 뒤쪽 골목으로 이어지는 뒷문으로 빠져나왔다. 최대한 눈에 띄지 않게 건물 앞으로 돌아가 주차해둔 곳으로 간 나는 검정 SUV가 시야에 들어오지 않았으므로 곧장 골목으로 차를 몰고 가 다른 친구들을 태웠다. 모두들 끼어 타야 했다. 밀라드는 릴리가 앞에 앉아야 한다고 주장했다. 릴리는 그리 멀지 않은 주소를 불러주었다.

차로 이동을 하는 사이 주변 풍경이 바뀌었다. 집들이 점점 더 낡고 흉측해지더니 아예 사라지고, 주택가 대신 오래되고 녹슨 창고와 공장 건물들이 나타났다. 후방 거울로 보니 특정한 회색 세단 한 대가 한동안 우리를 계속 따라왔다. 나는 갑자기 우회전을 한 다음 연달아서 세 번 더 재빨리 방향을 바꾸었다. 그러고 난 뒤엔 따라오던 차가 보이지 않았다.

릴리가 우리에게 알려준 주소는 벽돌로 지은 창고 건물이 줄지어 서 있는 곳이었다. 그 블록의 맨 끝에는 아직 공사 중인 5, 6층쯤 되는 건물이 서 있었다. 맨 아래층 주변엔 철책이 둘러쳐졌고, 위쪽 절반은 창문도 없이 뼈대만 세워져 있었다. 나는 그 건물을 지나쳐 이면 도로에 차를 세웠다.

차를 떠나기 전에 나는 더플백을 꺼내 몇 가지 필수품을 챙겨 넣었다. 손전등. 무겁긴 하지만 차에 두고 간다는 생각만 해도 피해망상에 사로잡힐 지경인 할아버지의 업무 일지 파일. 글러브 박스에 들어 있던 배 모양의 비상식량 세트. (임무를 완수하려면 이런 물건도 쓸모가 있을지는 절대 아무도 모르는 일이니까.) 나는 더플백을 비스듬히 등에 둘러매고 트렁크를 닫은 뒤 친구들을 향해 돌아섰다.

"준비됐어."

"안엔 어떻게 들어가?" 엠마가 물었다.

"비밀 입구가 있어. 나를 따라와." 릴리가 말했다.

그렇게 해서 움직이기 시작한 우리는 지팡이를 내짚으며 성큼성큼 걸어가는 릴리와 속도를 맞추느라 가끔은 거의 안간힘을 써야 했다.

"넌 가는 길을 정말로 잘 아는 것 같아." 밀라드가 말했다.

"응. 둘이서 몇 번 여기서 놀았어. 누어랑 나랑. 아마도 사람들한테서 벗어나고 싶어질 때마다?" 릴리가 대답했다.

"어떤 사람들?" 내가 물었다.

"너희도 알잖아. 부모님들이지. 특히 누어의 양부모님들." 릴리는 그들에 대해서 나지막이 뭐라고 중얼거렸지만 나는 제대로 알아듣지 못했다. 그리고 나서 그녀는 방향을 틀어 창고 건물과 공사 중인 건물 사이의 골목길로 지팡이를 짚으며 걸어 들어갔다. 골목을 절반쯤 들어간 릴리는 속도를 늦추고 손으로 나무 담장을 어루만지기 시작했다. 어떤 널빤지에 이르자 아예 걸음을 멈추었다.

"여기야." 릴리는 널빤지를 밀어서 위쪽으로 올려 입구를 드러냈다. "너희 먼저 들어가."

"너희 둘이 **여기서** 놀았다고?" 브로닌이 물었다.

"꽤 안전한 곳이야. 부랑자들도 여긴 들어오는 방법을 모르거든." 릴리가 말했다.

그곳은 어딘가 미심쩍은 개발업자가 10년 전에 짓기 시작했다가 돈이 떨어지면서 중간에 내팽개친 것 같은 건물이었다. 마무리되지 않은 채로 쇠락해가는 상태여서, 낡은 느낌과 동시에 새 건물의 분위기가 둘 다 느껴졌다.

릴리는 휴대전화를 꺼내 버튼을 누른 뒤 "올라가고 있어"라고 말했고, 그 말은 문자로 변환되어 전송되었다.

잠시 후 답신이 도착하자 릴리의 휴대전화는 우리 모두에게 들리도록 자동화 시스템 목소리로 문자 내용을 읽어주었다.

"안뜰에서 멈추고 기다려. 내가 먼저 그 애들을 봐야겠어."

누어였다. 우리가 찾던 이상한 아이. 이제 우리와 가까이에 있었다.

릴리를 따라서 공사장 비계 사이로 비집고 들어가는 도중에 내 휴대전화가 주머니에서 진동하기 시작했다. 나는 휴대전화를 꺼내 확인했다.

모르는 번호였다. 평소 같으면 그냥 무시해버리겠지만 어쩐지 그러면 안 될 것 같은 느낌이 들었다.

"잠깐만." 친구들에게 내가 말했다.

나는 뒤로 돌아 다시 공사 현장인 바깥마당으로 나가 전화를 받았다.

"H다."

온몸이 긴장되었다.

"어디 계신 거예요? 포털 이후엔 우리랑 만날 줄 알았어요."

"설명할 시간이 없다. 잘 들어, 너희 임무는 중단해야겠다."

내가 잘못 들었을 거라고 생각했다. "뭐라고요?"

"중단하란 말이다. 취소해라. 내 말 잘 들었겠지."

"왜요? 모든 게 계획대로 잘……"

"상황이 달라졌다. 너희가 자세한 부분까지 아는 건 중요하지 않아. 그냥 당장 집으로 돌아가거라. 너희 모두."

버럭 화가 치밀어 오르기 시작했다. 우리가 그 모든 수고를 다 겪고 난 이후에 이제 와서! 믿을 수가 없었다.

"우리가 뭘 잘못했어요? 우리가 무슨 일을 망치기라도 한 거예요?"

"아니, 아니다. 잘 들어라, 일이 너무 위험해지고 있어. 그냥 내가 시키는 대로 해. 임무는 중단한다. 집으로 돌아가."

휴대전화를 너무 꽉 쥔 나머지 손이 덜덜 떨리기 시작했다. 지금 그만두기엔 우린 너무 멀리까지 왔다.

"전화가 끊기려나 봐요. 잘 안 들려요."

"집으로 가라고 말했다."

"죄송해요, 대장님. 전화 연결이 안 좋네요."

"누구야?" 엠마의 목소리가 들려 돌아보니 그녀가 나를 데리러 도로 나오는 중이었다.

나는 통화를 종료하고 휴대전화를 등에 맨 더플백에 집어넣었다. 진동을 느낄 수 없는 곳으로.

"잘못 걸린 전화였어."

🐏

우리는 릴리를 따라 문이 없는 출입구를 통해 건물로 들어갔다가, 구리선을 잡아 뜯느라고 벽에 검은 핏줄처럼 길게 골이 파인 복도를 걸어갔다. 발밑에서 모래와 회반죽이 요란하게 바스라졌다. 찢어진 단열재가 분홍색 솜사탕 덩어리처럼 사방에 나뒹굴었다. 릴리는 가는 길을 한 걸음 한 걸음 모두 기억하는 듯, 거의 정확히 이미 발자국이 찍혀 있는 곳을 디디며 움직였다. 이따금씩 그곳과 어울리지 않는 물건이 놓여 있다는 걸 나는 알아차렸다.

빈 커피 캔이나 뒤집힌 골판지 상자 같은 것들이었는데 릴리의 지팡이에 부딪치는 그 물건들을 보면서, 나는 릴리가 복도를 어느 정도 걸어왔고 앞으로 거리는 얼마나 남았는지 가늠할 수 있도록 그곳에 길잡이로 놓아둔 것임을 깨달았다.

모퉁이를 돌자 계단이 나타났다.

"나 혼자서도 올라갈 수는 있지만, 너희가 도와주는 게 더 안전하겠지." 릴리의 말에서 **너희**란 밀라드를 의미한다는 것쯤은 우리 모두 알았다.

그는 릴리에게 팔을 내주게 되어 행복하기 그지없었다. 우리는 6층까지 단숨에 계단을 올라갔고, 그러고 나선 모두들 약간 숨이 가빠졌다.

"이제부터 약간 이상해질 거야." 릴리가 미리 경고를 했다.

우리는 계단을 벗어나 다시 복도로 향했는데, 그곳은 완전히 새까만 암흑이었다. 그 말은 계단에서 스며드는 희미한 빛조차 전혀 없는 완전한 암흑이라는 뜻이었다. 빛이 조금씩 조금씩 희미해져 부드럽게 어두워지는 것이 아니라 마치 빛이 보이지 않는 장벽에 부딪친 것처럼 명확한 선이 존재했고, 일단 그 선을 넘어서자 뒤쪽에 두고 온 계단은 볼 수 있었지만 반대 방향으로는 아무것도 보이지 않았다.

"강당 문도 이런 거였겠지." 내가 말하자 엠마가 대꾸하는 소리가 들렸다. "으음."

나는 손전등을 꺼내 어둠을 비춰보았지만, 광선도 이내 어둠에 흡수되었다. 엠마가 손바닥에 불꽃을 피워 올렸다. 불빛은 불과 한 뼘쯤 주변을 비출 뿐이었다.

"누어가 빛을 차단했어. 그래서 나 말고는 아무도 그 친구를 찾을 수 없어." 릴리가 설명했다.

"멋지다." 에녹이 말했다.

"서로 팔짱을 끼고 내 뒤로 인간 사슬을 만들어봐. 내가 인도 할게." 릴리가 말했다.

우리는 어둠 속에서 릴리의 뒤를 따라 느릿느릿 주춤거리며 복도를 걸어갔다. 우리는 두 번이나 창문이 뚫린 방을 지나쳤지 만, 바깥에서 스며드는 빛도 방의 출입구부터는 손가락 한 마디 도 넘어오지 못했다. 물속에 있거나 우주 공간에 있는 느낌이었 다. 몇 번 방향을 바꾸며 나는 머릿속으로 지금껏 옮겨 온 길의 지 도를 그려보려고 노력했지만 금세 헷갈려, 릴리의 도움 없이 다시 밖으로 나갈 수 있을지 자신이 없었다.

우리의 발소리가 달라졌다. 복도가 끝나고 큰 방으로 들어서 는 중이었다.

"우리 도착했어!" 릴리가 외쳤다.

위쪽에서 강렬한 광선 한 줄기가 내려왔다. 이젠 어둠보다는 불빛 때문에 앞이 보이지 않게 된 우리들은 일제히 눈을 가렸다.

"너희 얼굴을 나에게 보여줘! 이름도 얘기하고!" 소녀의 목소 리가 위쪽에서 들려왔다.

나는 손을 치우고 빛을 향해 눈을 깜박거린 다음 내 이름을 외쳤다. 다른 친구들도 똑같이 따라 했다.

"너희는 누구지? 원하는 게 뭐야?" 소녀가 소리쳤다.

"얼굴을 마주 보며 이야기할 순 없을까?" 내가 말했다.

"아직은 안 돼." 소녀의 대답이 메아리로 울렸다.

할아버지는 과연 얼마나 자주 이런 상황을 맞닥뜨렸을지 궁금해졌다. 나에게도 할아버지의 풍부한 경험이 조금이라도 있어서 거기 기댈 수 있으면 좋겠다는 생각이 들었다. 이제껏 우리가 헤치고 온 모든 고난은 바로 이 순간을 위한 것이었다. 만약에 이 소녀가 이제부터 내가 하는 말을 마음에 들어하지 않거나 믿어주지 않는다면, 그간의 모든 노력은 수포로 돌아갈 것이다.

"우린 너를 찾으려고 먼 길을 여행했어. 우린 네가 혼자가 아니라고, 너 같은 사람들이 다른 데 또 있다는 말을 하려고 왔어. 우리는 **정말로** 너랑 같은 사람들이야." 내가 말했다.

"너희가 나에 대해서 뭘 안다고 그래!" 소녀가 소리쳐 대꾸했다.

"우린 네가 대부분의 사람들과 다르다는 걸 알아." 엠마가 말했다.

"그리고 너를 뒤쫓는 사람들이 있다는 것도 알아." 내가 말했다.

"그리고 넌 지금 무서울 거야. 나도 내가 다른 대부분의 사람들과 다르다는 걸 처음 깨달았을 때 무서웠어." 브로닌이 말했다.

"그래? 어떻게 다른데?" 소녀가 말했다.

우리는 소녀에게 각자의 능력을 보여주는 것이 최선이라고 결정했다. 나는 눈으로 보기에 이상한 능력을 별로 가지지 못했으므로, 엠마가 먼저 양손으로 불꽃을 피워 올렸다. 브로닌은 무거운 콘크리트 덩어리를 머리 위로 들어 올렸고, 밀라드는 거기 있지만 눈에 보이지 않는다는 것을 알리기 위해 주변에 아무 물건이나 집어 들었다.

"얘가 바로 내가 너한테 말했던 그 애야." 릴리가 말했다. 밀라드가 싱글싱글 웃는 모습이 보이지 않아도 눈에 선했다.

"그러니까 우리 얘기 좀 할 수 있을까?" 내가 물었다.

"거기서 기다려." 소녀가 말했고, 이내 소녀가 만들었던 불빛이 순식간에 꺼졌다.

ෆ

우리는 소녀의 발소리가 다가오는 동안 어둠 속에서 기다렸다. 발소리는 우리 위쪽에서 들려오다가 계단을 따라 내려왔고 이윽고 소녀가 보였다. 나도 모르게 헉 숨을 들이마셨다. 소녀는 말 그대로 빛을 뿜어내고 있었다. 처음엔 움직이는 빛의 덩어리처럼 보이던 소녀는 거리가 점점 더 가까워지고 내 눈도 어느 정도 적응이 되자 십 대란 걸 알 수 있었다. 이목구비가 뚜렷하고 새카만 머리를 얼굴 주변에 늘어뜨린 키 큰 인도 소녀의 길쭉한 눈매는 강렬함으로 이글거렸다. 갈색 피부의 모든 모공에서 빛이 새어나왔다. 소녀가 입은 모자 달린 스포츠용 재킷과 청바지마저도 안에서 새어나오는 빛 때문에 은은하게 반짝거렸다.

소녀는 릴리에게로 가서 그녀를 꽉 껴안았다. 릴리의 머리꼭대기가 누어의 뺨에 겨우 닿을 정도였고, 누어가 릴리에게 팔을 두르자 순간적으로 릴리가 광채에 휩싸인 것처럼 보였다.

"너 괜찮아?" 릴리가 물었다.

"대체로 지루했어." 누어가 말했다. 릴리는 조금 소리 내어 웃더니 우리에게 친구를 소개하려고 돌아섰다.

"얘가 누어야."

"안녕." 누어는 여전히 우리를 탐색하며 차분하게 말했다.

"누어, 이쪽은…… 어, 너희들을 뭐라고 부른댔지?"

하필 릴리의 시선이 엠마를 향해 있었다.

"나는 엠마야."

"그게 아니라, 너희 **진짜** 정체가 뭐냐는 뜻이야." 릴리가 말했다.

엠마가 얼굴을 찡그렸다. "지금은 엠마 정도로 소개하면 충분할 것 같아."

"난 제이콥이야." 나는 누어에게 한 걸음 다가서며 손을 내밀었지만 그녀는 그저 내 손을 빤히 쳐다만 볼 뿐이었다. 어색한 기분으로 내가 손을 내렸다. "어디 가서 얘기 좀 할 수 있을까?"

"물론이지. 응접실로 안내할게." 누어가 말했다.

소녀는 릴리의 팔을 잡으며 방향을 틀어 복도를 걸어가기 시작했다. 우리에게 등을 보이는 걸 꺼리지 않는 것을 보면 우리가 위협적인 존재가 아니라고 결론을 내린 듯했다. 누어한테서 뿜어져 나오던 빛이 차츰 희미해지기 시작하더니 몸의 중심으로 줄어들어 이내 지퍼를 채우지 않은 재킷 사이와 청바지가 찢어진 부분에서만 빛이 흘러나왔다. 처음 우리를 만났을 땐 잔뜩 경계했다가 긴장을 늦추기 시작하면서, 누어의 내면에서 뿜어져 나오는 빛이 감정과 상응하는 것 같았다.

우리는 소녀를 따라서 노출 콘크리트 벽으로 둘러싸인 큰 방에서 역시 노출 콘크리트 벽으로 둘러싸이고 창문이 없는 더 작은 방으로 옮겨 갔다. 의자 몇 개와 낡은 소파 하나를 끌어다놓고 그 위에 담요를 걸쳐놓은 공간이었는데, 문고판 책 몇 권과 만화책, 빈 피자 상자 여러 개가 주변에 흩어진 풍경은 그곳에서 꽤 여러 날과 밤을 보냈다는 증거였다. 눈에 띄는 전등은 없었지만, 방의 네 귀퉁이에서 마치 난로 불빛 같은 따뜻하고 노란 빛이 어디선지 모르게 은은하게 비쳐들고 있었다.

우리는 자리를 잡고 앉아 이야기를 나누었다. 사실은 주로 내가 대부분의 이야기를 도맡았다. 나 역시 인생이 완전히 달라지는 놀라운 발견을 했던 게 불과 몇 달 전이기 때문이었다. 내가 이야기를 하는 동안 누어는 경계하는 눈빛으로 귀를 기울였다. 나는 본인의 진정한 천성을 전혀 알지 못한 채 성장했던 과정을 소녀에게 들려주었다. 할아버지의 죽음이 어쩌다가 이런 진실을 찾는 여정에 불을 지폈으며 그 결과로 어떻게 시간의 루프를 찾고 이상한 아이들을 만나게 되었는지.

누어가 한 손을 들어 나의 말문을 막았다. "**시간의 루프** 이전까지는 나도 이해가 됐어."

"아 맞다. 나도 이젠 그 존재에 너무 익숙해져서 낯선 이에겐 얼마나 이상하게 들릴지 까먹었어."

"그곳에선 하루가 끊임없이 계속해서 반복돼, 24시간마다. 수세기 동안 우리 같은 사람들을 위험에서 보호하고 안식처가 되어준 곳이야." 엠마가 설명했다.

"평범한 사람들은 거기 들어갈 수 없어. 우리를 쫓아다니는 괴물들도 마찬가지고." 밀라드가 말했다.

"무슨 괴물?" 누어가 물었다.

우리는 할로개스트가 어떻게 생겼고 어떤 냄새가 나고 어떤 소리를 내는지 최선을 다해 설명했다. 그러나 설명을 끝냈을 때 누어는 어리둥절한 표정이었다.

"왜 그래? 혹시 너도 공격당한 적이 있어?" 내가 물었다.

"너희 얘기를 이해하려고 애쓰는 중이야. 미친 사람들이 하는 말 같아. 시간의 루프. 아무도 볼 수 없는 괴물. 변신." 누어는 소파로 걸어가서 책모서리가 구부러진 만화책을 들어 올리더니 공중에서 흔들어댔다. "너희는 이런 걸 너무 많이 읽은 것처럼 허황된 이야기를 하고 있어. 정말로 너희들을 좋아하는 것 같은 릴리만 아니었다면 난 벌써 너희들 엉덩이를 걷어차 여기서 쫓아냈을 거야, 그리고 또……"

"이것도 있잖아." 엠마가 손바닥에 동그랗게 불꽃을 일으켜 오른손에서 왼손으로 전달하자, 최면에 걸린 듯 불꽃이 춤을 추었다.

"그래." 누어가 만화책을 떨어뜨렸다. "그거." 팔짱을 낀 누어는 소파 팔걸이에 몸을 기댔다. "하지만 나를 쫓아다니는 건 괴물이 아니야. 최소한 그건 아니라고 생각해."

"얘네들한테 다 털어놓지 그래? 얘들은 널 돕고 싶어 해." 릴리가 말했다.

"내 평생 그 말을 얼마나 많이 듣고 살았는지 알아? '저 사람들은 널 돕고 싶어 하는 것뿐이다. 저 사람들을 믿어라. 손해 볼 건 없잖니?' 항상 똑같은 대사였어." 누어는 깊이 숨을 들이마셨다가 빠르게 내뱉었다. "하지만 이번 경우엔 다른 선택의 여지가 없는 것 같네."

"넌 버려진 건물에서 숨어 지내고 있어. 먹을 것을 날라다 주는 앞 못 보는 친구한테 의지하면서." 에녹이 말했다.

누어가 잡아먹을 듯 에녹을 노려보았다. "그래서 너는 무슨 재주로 이상한 아이가 됐니, 꼬맹아?"

"아, 별로 흥미로운 재주는 아니야." 엠마가 에녹 앞으로 한 걸음 나서며 재빨리 말했다.

"방금 뭐라고 했어?" 에녹이 엠마 등 뒤로 고개를 내밀었다. "뭐야, 내가 부끄러운 거야?"

"당연히 그런 거 아니야. 그냥 약간 좀…… 이른 것 같아서 그랬어." 엠마가 말했다.

"엄밀히 따지자면 늦은 거지. 이젠 각자 가진 패를 다 보여주는 시간이야. 비밀은 없어야 해." 누어가 말했다.

에녹이 엠마를 옆으로 밀쳤다. "너도 들었지? 비밀은 없어야 한다잖아."

"좋아. 제발 너무 흥분하지나 마."

에녹이 선 채로 주머니에서 비닐봉지를 하나 꺼냈다. 무언가 축축하고 검은 물체의 무게로 봉지가 축 늘어졌다. "다행히도 학교에서 고양이 심장을 하나 간직해뒀지." 그는 방 안을 구석구석 살피기 시작했다. "혹시 누구 인형이나 박제된 동물 본 사람 없어? 또는…… **죽은** 동물이라도?"

누어는 약간 움츠러들면서도 호기심이 동하는 듯했다. "아래층 복도에 내려가면 미라가 된 비둘기 시체가 가득 찬 방이 있어."

그녀는 에녹에게 그곳 위치를 알려주러 밖으로 나갔다. 1분 뒤 누어는 우리가 있는 곳으로 뛰어서 돌아오며 깔깔 웃다가 허공을 손으로 휘휘 저어댔다. 그러자 한쪽 날개와 눈이 둘 다 없는 비둘기 한 마리가 미친 듯이 푸드득거리며 방 안으로 날아 들어왔다. 나머지 우리들은 머리를 감싸며 새를 피해 달아났다. 비둘기는 스스로 벽으로 날아가 부딪친 뒤 깃털을 구름처럼 우수수 날리며 바닥으로 떨어져 움직임을 멈추었다.

에녹이 뛰어 들어왔다. "이제까지 새는 한 번도 조종해본 적이 없어! 죽여준다!"

"정말 **미친 짓**이었어. 하지만 아무럼 어때?" 누어가 헉헉 호흡을 고르는 동안 미소를 지으며 말했다.

"뭐라고 해야 할까? 난 지극히 재능 있는 사람이야." 에녹이 말했다.

"넌 괴짜야! 하지만 내 생각에도 멋지더라. 정말이야." 누어가 또다시 깔깔 웃으며 말했다.

에녹은 환하게 웃음 지었다.

"이제 너도 전부 다 알게 됐어." 엠마가 바닥에서 몸을 일으키며 말했다.

"네 차례야." 내가 말했다.

"알았어, 알았다고." 누어는 소파로 가서 앉았다. "사실 너희한테 털어놓으면 안심이 될 거야. 이 얘기를 조금이라도 아는 사람은 온 세상에 릴리뿐이거든."

우리는 누어 주변에 둥글게 자리를 잡고 앉았다. 빛은 약간 희미해졌다. 누어는 부드럽지만 망설이지 않는 목소리로 자신의 이야기를 털어놓기 시작했다.

"처음 뭔가 이상하다고 느꼈던 건 지난봄이었어." 그녀는 한숨을 쉬더니 우리를 둘러보았다. "이런 얘기를 입 밖에 내자니 기분이 너무 이상해."

"천천히 해. 서두를 필요 없어." 엠마가 말했다.

누어는 고맙다는 듯 고개를 끄덕인 뒤 다시 이야기를 시작했다. "6월 2일 화요일, 이른 오후였어. 학교 끝나고 집에 막 들어갔는데, 아빠도 아닌 진상*Fartface*이 온종일 집에서 나를 기다리고 있더라고."

누어가 양아버지를 실제로 부르는 이름은 진상이 아니었지만 어쨌든 F로 시작되는 이름이었다.

"내가 동네 길가에 있는 아이스크림 가게에서 형편없는 최저 시급을 받으며 일을 해야 마땅한데 그 대신에 방과 후 동아리 활동을 하느라 시간을 낭비하는 상황에 대해서 우린 엄청나게 긴 대화를 나눴어. 방과 후 수업은 대학 입시 지원을 위한 것이고, 어차피 주 정부에서 나를 돌보는 대가로 그자와 티나에게 돈을 대주고 있으니 내가 나가서 돈을 더 벌 필요는 없다고 나는 설명했어. 진상은 그게 못마땅했어. 고함을 지르기 시작하더라. 그자가 고함을 지를 때면 언제나 하던 대로 나는 아이들 방으로 달아났어. 거긴 나와 피 한 방울 섞이지 않은 두 아이와 함께 내가 사는 방이었고, 문에 자물쇠가 달려 있거든. 그렉과 앰버는 아직 집에 오기 전이라 방 안엔 나 혼자뿐이었는데, 진상은 도무지 나를 혼자 내버려두질 않았어. 문밖에서 그자가 계속 소리를 질러댔고 나는 점점 더 화가 치밀었어. 그러다가 아무 생각 없이 나도 그자에게 고함을 지르려고 입을 열었는데 목소리가 나오는 대신에 이상한 일이 벌어졌어. 방 안의 모든 전등이 순간적으로 밝아졌어. **훨씬 더** 환하게 빛을 뿜더니만 **깨져버리더라고**."

"그래서 그때 알게 된 거야? 네가 다르다는 걸?" 엠마가 물었다.

"아니, 아니, 그땐 방 안에 귀신이 있거나 뭐 그런 건 줄 알았어." 누어의 얼굴에 재빨리 미소가 번졌다가 사라지더니 이어 그녀가 머리를 흔들었다. "며칠 뒤까지는 아무것도 깨닫지 못한 상태였어. '엘 타코 주니어'에 갔을 때 알게 됐지."

"맙소사, **맞다**. 그날이었구나?" 릴리가 말했다.

"으음. 나는 바드 대학교 진학을 위한 미술 입시 프로그램에 막 뽑힌 참이었어. 나에게도 그런 기회가 올 줄은 생각도 못 했었는데, 네가 나더러 지원해보라고 권한 덕분이야."

"넌 언제든 어디든 충분히 들어갈 자격이 있었어. 기운 내." 릴리가 말했다.

누어는 어깨를 으쓱했다. "대학 입시와 모든 미래를 위한 선택이긴 했지만 비용이 3,000달러여서, 내가 가진 돈에 정확히 2,600달러가 모자랐어. 그래서 그 비용을 벌려고 방과 후 수업이랑 동아리 활동은 다 관두고 아이스크림 가게에서 아르바이트를 할 작정이었어. 진상은 내가 일자리를 얻는 건 '빌어먹게 옳은' 짓이라고 말하면서도 내가 버는 돈은 고등학교도 졸업하기 전에 대학 진학을 위해 써버릴 게 아니라 자기네 집안 고지서 내는 데 보태야 한다고 우겼어. 그래서 나는 양부모와 상관없는 별도의 은행 계좌를 가질 법적인 권리가 있다는 걸 그자에게 일깨워주었지. 그랬더니 그 진상이 또다시 고함을 지르기 시작했고, 어차피 그때쯤 난 도망쳐서 엘 타코 주니어에서 너를 만났어."

"그 사람이 누어를 따라서 음식점 안까지 쫓아와서는 애한테

고함을 질렀어. 그래서 이번엔 내가 그 사람에게 소리를 지르기 시작했더니, 사람들 앞에서 앞이 안 보이는 여자애한테 소리를 지르기가 민망했는지 그 사람은 쿵쾅거리며 거리로 나가서 우리가 식사를 끝내기를 기다렸어."

"그래서 우린 역사상 가장 긴 타코 식사를 이어갔지."

"사실 우리 둘이서 그때 시켰던 대식가 세트도 다 해치우기에 충분한 시간이었어." 릴리가 말했다. "4,600칼로리나 되는 음식이라서 전에는 한 번도 시켜본 적 없는 메뉴였지만, 우린 오래도록 자리에 앉아서 버텼고 나는 스트레스로 계속 먹어대는 중이었고……"

"그 사람이 길에 서서 계속 우릴 빤히 쳐다보고 있었거든. 결국 나는 정말 화가 나서 더는 참을 수가 없었고, 진상이 보는 앞에서 이성을 잃고 싶지가 않아서 화장실로 뛰어 들어갔어. 그러고는 거기서 그 일이 벌어졌어. 내 안에서 무언가 쌓여 올라오는 느낌을 받으면서 꽥 비명을 지르려다가 이번엔 가까스로 참았어. 그랬더니 화장실 전등들이 반짝거리기 시작하면서 이상해지는 거야. 그런데…… 나로선 어떻게 설명해야 좋을지 모르겠지만, 난 이미 방법을 알고 있었어. 내가 **해낼 수 있다**는 걸 알았던 거야. 나는 손을 뻗어 머리 위로 올렸고 공중에서 빛을 도려냈어. 실내가 어두워지면서 주먹을 쥔 내 손 안의 작은 공간은 마치 세상에서 가장 밝은 반딧불을 잡은 것처럼 빛을 뿜었어."

에녹이 말했다. "그거 정말 짜릿하게 멋지다."

"그렇게 생각할 수도 있겠지. 하지만 나는 죽도록 무서웠어. 뇌가 망가져버렸다고 생각했어. 그러더니 곧 늘 그런 일이 벌어지기 시작했고, 처음엔 통제하는 방법을 몰랐어. 어떤 일에 대해서 슬퍼지거나 화가 나서 감정이 심하게 격앙될 때마다 그런 일이 벌어지기 시작했어. 학교가 워낙 끔찍한 곳이다 보니 주로 학교에서 그런 일이 많이 생겼어. 그래도 감정 폭발의 순간이 온다는 걸 느낄 순 있었고, 그럴 때마다 나 혼자 있을 수 있고 아무도 보는 사람이 없는 빈 교실 같은 곳으로 그럭저럭 제때에 달아났어. 몇몇 사람들은 무언가 심상치 않다는 걸 눈치챘지만, 그 사건을 나와 정확하게 연결하진 못했던 것 같아. 그냥 내가 화난 모습과 전등이 깜박거리는 걸 눈으로 볼 뿐이었지. 하지만 그 무렵부터 그들이 학교 주변에 얼씬거리기 시작했어. 새로운 사람들이."

"그 사람들이 누군데?"

"아직도 잘 모르겠어. 겉모습은 교직원 같고, 교직원들도 그 사람들을 학교에 소속된 것처럼 대우하는 것 같지만 예전엔 아무도 그들을 본 적이 없어. 처음엔 그 사람들이 모든 학생들을 감시하는 것 같았는데 얼마 지난 뒤엔 그들이 나를 찾고 있다는 느낌을 받았어. 그러다가 강당에서 그 사건이 있었고, 그러고 나선 나도 확실히 알게 됐지."

"정확하게 무슨 일이 있었던 거야?"

"신문 기사는 우리도 읽었지만, 어떤 사건이었는지 네가 직접 설명해주면 좋을 것 같아." 밀라드가 말했다.

"그날은 내 인생 최악의 날이었어. 글쎄, 어쩌면 두 번째나 세 번째로 끔찍한 날일지도 모르겠다. 학교 전체 회의 도중에 나를 걸고넘어지는 사건이 있었어. 처음에는 그냥 애교심과 학칙에 관해서 선생들이 항상 잔소리하는 끔찍하고 뻔한 연설이었는데 그러다 보니 나에 대한 회의로 변해버리더라고. 다만 저들은 그 주인공이 나라는 걸 몰랐지. 누군가 학교 기물을 파손하고 전구를 깨고 물건에 불을 지르는 행위를 지속하고 있다면서 혹시 강당에 그 장본인이 있다면 일어나서 공개 사과를 하라는 거야, 그러면 퇴학은 시키지 않겠다고. 그 자리에서 일어나 사과하지 않으면 퇴학 조치시키겠다나. 나는 속이 메스꺼워지기 시작했어. 마치 내가 그랬다는 걸 다 알면서 단지 내가 자백하는지 보려고 나를 갖고 장난친다는 확신이 들었어. 그런데 내 바로 뒷줄에 있던 여학생, 수지 그랜트라는 못된 계집애가 어쩌면 내가 범인일지 모른다고 속삭이기 시작했어. 내가 결손 가정 출신이고, 어쩌고저쩌고, 고아이기 때문에 세상에 불만을 품었다나 뭐라나, 그래서 학교 기물을 파손했을 거래. 스스로 화가 나는 게 또렷하게 느껴졌어. 정말로 엄청 화가 났어."

"바로 그때 그 일이 일어난 거야?" 내가 물었다.

"강당 천장엔 무대를 비추는 극장 조명이 다닥다닥 붙어 있었는데 그 전등이 동시에 다 켜졌다가 깨져버렸고, 엄청난 양의 유리 파편들이 모두에게 쏟아졌어."

"젠장. 난 **그런** 정도인 줄은 몰랐어." 릴리가 말했다.

"심각했어." 누어가 말했다. "거기서 나가야 한다는 건 알겠더라. 그래서 어둠을 틈타서 달아났어. 그랬더니 가짜 교직원들이 나를 뒤쫓기 시작했고, 이젠 그들이 찾던 사람이 나라는 게 확실해졌어. 그 사람들은 화장실까지 나를 따라왔고, 나로선 그 사람들이 빤히 보는 앞이지만 넓은 강당에 있는 모든 전등을 동시에 꺼버리는 것밖엔 선택의 여지가 없었어."

"어떻게 생긴 사람들이었어?" 이미 답을 안다고 다분히 확신하면서도 내가 물었다.

"너무 평범한 생김새여서 설명하기가 어려울 정도야." 누어가 대답했다.

"나이는? 키는? 몸집은? 인종은?"

"중년이었어. 키도 중간쯤. 몸집도 중간쯤. 대부분 남자였지만 여자도 한두 명 있었어. 몇 명은 백인, 몇 명은 유색인."

"옷은 어떻게 입었어?" 밀라드가 물었다.

"폴로셔츠. 깃에 단추가 달린 셔츠. 코트. 언제나 남색이나 검은색. 특별한 배경 없이 평범한 직업을 가진 평범한 사람들을 담은 카탈로그에서 빠져나온 것 같았어."

"그 사람들한테 화상을 입힌 이후에 넌 뭘 했어?" 내가 물었다.

"집으로 도망치려고 했지만 집에도 그 사람들이 진을 치고 있었어. 그래서 이리로 왔어. 다행히도 난 사람들을 피해 숨어 다닌 경험이 많거든."

"그 사람들에 대한 이야기를 들으면 들을수록 이상한 종족은 아닌 것 같아." 브로닌이 말했다.

"그들은 **전혀** 이상한 종족으로 보이지 않아. 내가 듣기로는 와이트들 같아." 밀라드가 말했다.

"와이트라니, **백인** 같다고? 몇몇은 유색인이었다고 내가 방금 말했잖아." 누어가 혼란스러운 표정을 지었다.

"아니, 아니, 와이트라고. W-i-g-h-t. 예전엔 그들도 이상한 종족이었는데 어쩌다 스스로 괴물이 되어버렸고, 그 뒤로는 한 세기 이상 우리의 적이었어." 엠마가 설명했다.

"아. 음. 되게 헷갈린다." 누어가 말했다.

"그 사람들은 와이트일 리가 없어. 숫자가 너무 많아. 와이트들은 소규모나 홀로 활동하잖아." 내가 말했다.

"그리고 와이트들은 남은 수도 이제 별로 많지 않아." 엠마가 말했다.

"그건 우리 생각이고." 에녹이 말했다.

"실은 나도 어제 학교에서 할로우의 존재를 느꼈던 것 같아." 내가 인정했다.

"뭐라고? 그런데 왜 아무 말도 안 했어?" 엠마가 소리쳤다.

"느낌이 겨우 2, 3초밖에 안 들었어. 그게 뭐였는지 자신이 없었어. 하지만 그 사람들이 와이트라면 아마 적어도 할로개스트를 한 마리는 데리고 다닌다는 뜻일지도 몰라."

"친구들, 그 사람들이 **누구**인지는 중요한 사실이 아니야." 밀라드가 나섰다. "누어를 안전한 곳으로 피신시키는 게 제일 중요하잖아. 일단 그 임무부터 완수하면 폴로셔츠를 입은 그 사람들의 정체에 대해서 질릴 때까지 토론할 수 있을 거야."

"안전한 곳? 정확하게 그게 어딘데?" 누어가 물었다.

내가 소녀를 쳐다보았다. "시간의 루프야."

누어는 시선을 피하며 한 손으로 이마를 짚었다. 구석에 있는 조명이 깜박거렸다. "너희가 나한테 보여준 모든 것들로 짐작할 때 나도 그 말을 믿을 준비가 돼야 당연하겠지. 하지만……"

"알아. 받아들일 게 굉장히 많지. 게다가 네가 받아들이기엔 너무 빨리 한꺼번에 쏟아졌고." 내가 말했다.

"그냥 많은 정도가 아니잖아. 다 정신 나간 소리야. 내가 너희와 함께 가려면 나도 제정신이 아니어야 하잖아."

"넌 그냥 우릴 믿기만 하면 돼." 엠마가 말했다.

누어는 몇 초간 우리를 묵묵히 쳐다보았다. 그녀가 고개를 끄덕이기 시작했다. 그러더니 말했다. "하지만 난 못 믿어." 누어는 소파에서 일어나 문 쪽으로 몇 걸음 걸어갔다. "미안해. 너희가 꽤나 좋은 사람들로 보이긴 하지만, 거의 알지 못하는 사람들을 믿는 건 더는 안 할래. 죽은 새를 살려낼 수도 있고 손으로 불꽃을 피우는 사람들이라고 해도 마찬가지야."

나는 엠마와 브로닌, 에녹을 쳐다보았다. 우리는 모두 침묵했다. 무슨 말을 해야 할지 정말로 막막했고, 어떻게 누어를 설득해야 좋을지 방법도 알지 못했지만 내가 뭐라고든 말을 해야 한다는 건 알았다. 이런 식으로 실패할 순 없었다. 누어를 실망시킬 수도 없고, 할아버지를 실망시킬 수도 없고, 친구들을 실망시킬 수도 없었다. 나 자신을 실망시킬 수도 없었다. 그러나 내가 말을 하려고 입을 열자마자 건물이 흔들리기 시작했다.

지축을 흔드는 진동은 요란한 엔진 소리와 함께 다가왔다. 건물 위에서 헬리콥터가 맴돌았다.

§

우리는 걱정스러운 눈빛을 주고받으며 헬리콥터 소리가 지나가기를 기다렸다. 째깍째깍 시간이 흘러갔지만 소리는 점점 더 커질 뿐이었다. 누가 굳이 말해주지 않더라도 그것이 무슨 의미인지 우리는 알았다. 하지만 어쨌거나 나는 있는 그대로 말했다.

"놈들이 여기까지 우릴 추적했나 봐."

분노와 두려움이 가득한 눈빛으로 누어가 나를 쏘아보았다. "너희가 앞장서서 놈들을 이리로 **데려온** 건 아니고?"

누어는 릴리의 팔을 붙잡더니 빠른 걸음으로 방에서 빠져나 갔다. 우리도 따라가며 그들에게 변명했다.

"우린 놈들을 어디로든 데려오지 않았어! 어쨌든 고의로 그 런 건 아니야. 임브린의 목숨을 걸고 맹세할 수 있어!" 밀라드가 말했다.

우리는 더 큰 방으로 들어갔고 그곳에 서서 유리 천장을 끼 우지 않은 드넓은 천창을 통해 뻥 뚫린 하늘을 올려다보았다. 갑 자기 헬리콥터가 하늘을 막으며 시야에 나타나 그 공간을 소음으 로 가득 채우더니 회전날개로 요란한 바람을 뿜었다.

눈부신 스포트라이트 광선이 켜지면서 빛에 닿은 모든 사물 이 표백된 듯 새하얗게 보였고 바닥엔 새까만 그림자가 드리워졌 다. 누어는 우리를 따라가기보다는 차라리 당당히 맞서서 누군지 모를 그 사람들과 대적할 준비를 하듯이 강렬한 시선으로 그 빛 을 똑바로 쏘아보았다.

"넌 우리와 함께 가야 해! 다른 선택의 여지가 없어!" 내가 소 리쳤다.

"분명 있어." 누어는 똑같이 소리쳐 대답하고는 양손을 위로 뻗어 공중에서 빛을 제거했다. 우리가 있던 실내와 머리 위쪽 공 간이 순식간에 깜깜해지면서, 남은 빛이라고는 하늘에 뚫린 작은 구멍에서 내려오는 한줄기 빛과 누어의 손에 담긴 공처럼 둥근

빛뿐이었다.

어둠을 뚫고 위쪽에서 무언가 작은 물체가 슉 하는 소리와 함께 떨어졌고 콘크리트 바닥에 '팅' 금속성을 내며 부딪쳐 이리저리 뒹굴었다. 그 물체에서 하얀 연기가 구름처럼 솟아 나오기 시작했다. 최루탄이나 그 비슷한 물건인 듯했다.

"숨 쉬지 마!" 엠마가 소리쳤다.

릴리는 기침을 하기 시작했다. 브로닌이 릴리를 번쩍 안아 올렸다. "나 브로닌이야! 내가 널 안고 갈게!"

누어가 브로닌에게 고개를 끄덕여 감사 인사를 전했다. "이쪽이야"라고 말한 뒤 그녀가 암흑에 휩싸인 복도 중 한곳으로 달려가기 시작했다.

우리는 모두들 누어의 뒤에 바짝 따라붙었다. 비정상적인 어둠 속에 홀로 남고 싶은 사람은 아무도 없었다. 복도 끝까지 달려가자 왼쪽이나 오른쪽으로 꺾어지는 T자 길이 나왔다. 누어가 오른쪽으로 방향을 틀었으므로 우리도 따라갔지만, 잠시 후 사람 목소리와 함께 묵직한 발소리가 들려오더니, 두 남자가 환한 손전등 불빛을 앞세워 앞쪽 모퉁이를 돌아 등장했다.

그들은 우리에게 멈추라고 소리쳤다. 메아리치는 '펑' 소리와 함께 또 다른 깡통이 복도에서 날아와 우리 주변에 떨어져 사방으로 가스를 분사했다.

우리는 모두 기침을 하며 반대 방향으로 달려갔다. 그들이 우릴 죽이려는 게 아니란 점은 분명해졌다. 그들은 누어를 생포하고 싶어 했다. 어쩌면 이 시점엔 우리를 전부 다 붙잡고 싶을지도 몰랐다.

"이 건물에서 빠져나가야 해. 계단. 계단이 어디야?" 달려가며 내가 소리쳤다.

모퉁이를 돌아선 우리는 막다른 길에 도달했다. 누어가 휙 몸을 돌려 우리 뒤쪽을 쳐다보았다.

"저 사람들을 지나쳐야 해." 누어는 발소리가 들려오는 방향을 가리키며 말했다.

"망했다. 그렇다면 해피밀 선물을 사용하는 수밖에……"

나는 뒤로 맨 더플백을 앞으로 돌려 안에 손을 넣고 수류탄을 찾기 시작했지만 누어는 탈출로가 막혔는데도 전혀 당황하는 기색이 아니었다. "이쪽으로 들어와!" 작은 방으로 이어지는 출입구로 뛰어들며 누어가 소리쳤다.

우리는 그녀를 따라 들어갔다. 창문도, 문도 없는 공간이었다. 다른 출입구는 없었다.

"우린 여기 갇혔어!" 가방 안에서 수류탄을 손으로 움켜쥐며 내가 말했다. 그걸 사용하고 싶진 않았다. 건물이 우리 위로 무너져 내리면 어쩌지? 하지만 다른 선택의 여지가 없다면 위험을 감수하는 수밖에 없었다.

"나더러 너희를 믿으라고 부탁했었지. 먼저 나를 믿어 줘." 누어가 말했다.

발소리가 점점 더 커졌다. 나는 가방에서 빈손을 꺼냈다. 누어는 우리를 구석으로 몰아넣더니 방 한가운데 서서 양팔을 번갈아 뻗어 올렸다가 허공을 긁어내리기를 반복했다. 손이 한번 지나갈 때마다 방 안은 조금씩 어두워졌고, 복도 쪽에서 새어 들어오던 희미한 자연광도 줄어들다가 이내 완전히 사라져 누어의 양손에 모였다. 그러고 나서 누어는 하나로 뭉쳐진 강렬한 빛의 덩어리를 자기 입 안에 넣고 꿀꺽 삼켰다.

내 눈으로 직접 본 것을 이야기할 뿐이지만, 그 광경은 내가 목격한 가장 이상한 능력이었다. 나는 빛 덩어리가 누어의 뺨을 지나 목구멍을 타고 내려가 위에 도달하는 장면을 지켜보았다. 배 속에 들어간 뒤부터는 누어의 몸이 빛을 흡수해 기세를 꺾어놓은 듯 어두워지다가 마침내 발소리가 출입구 근처로 다가올 때쯤 완벽하게 사라졌다. 우리는 완전히 깜깜한 암흑 속에 서 있고, 두 남자는 출입구를 막아선 채로 눈부신 손전등 불빛으로 방 안을 비추었지만, 어둠이 손을 뻗어 그들을 휘감은 것 같았다. 두 사람의 손전등 불빛은 두 개의 점처럼 작았고, 거의 앞이 보이지 않는 어둠 속에서 두 남자는 주춤거렸다. 한 남자가 불빛으로 자기 손을 비춰보는 사이 다른 남자가 찌글찌글 거리는 무전기에 대고 말했다.

"목표물은 6층에 있다. 반복한다, 6층이다."

우리는 벽에 등을 대고 감히 숨도 쉬지 못한 채 침묵을 지켰다. 너무도 완벽한 어둠속에 휘감겨 숨었으므로 그들이 우릴 찾지 못할 수도 있다고 나는 진심으로 생각했다. 딱 한 가지만 빼면 정말로 그들이 못 찾고 지나갔을 수도 있다.

바로 내 전화기. 진동으로 해둔 상태였고 가방 안에 깊숙이 넣어 소리가 줄긴 했지만 그래도 소리가 울렸다. 희미한 진동음이 들리면서 즉각 우리 위치가 발각되었다.

그 뒤로 벌어진 모든 일은 믿어지지 않을 만큼 빠른 속도로 이어졌다. 두 남자가 동시에 한쪽 무릎을 바닥에 꿇었다. **발사 자세**

라는 낱말이 내 머릿속에 떠오른 순간 누어가 갑자기 목구멍 깊은 곳에서 솟아난 듯한 으르렁 소리를 내며 포효했고, 누어의 배 속에 간직되었던 불덩어리가 목을 타고 올라와 순식간에 입에서 나와 두 남자를 향해 발사되었다. 눈을 질끈 감고 얼굴을 돌렸는데도 수천 개의 전구가 한꺼번에 터져버리는 듯한 광경이었다. 열기의 파장이 느껴졌다. 두 남자가 비명을 지르며 나동그라지는 소리가 들렸다. 내가 다시 눈을 떴을 때, 실내는 빈틈없이 새하얗고 밝은 빛으로 살아났고 바닥에 쓰러진 남자들은 얼굴을 움켜잡고 있었다.

우리가 그들을 지나 방에서 막 빠져나가려는 찰나, 또 다른 발소리가 들려왔다. 복도에서 다른 남자가 모퉁이를 돌아 나타났다. 그는 총을 들고 있었고 곧장 쏠 태세였지만 브로닌이 그에게 돌진했고, 그의 어깨를 붙잡아 뒤쪽 벽으로 집어던지던 도중에 총이 발사되었다. 그는 곧장 벽에 구멍을 뚫고 반대편까지 밀려나가며 흩뿌려진 핏방울과 함께 콘크리트 가루 먼지를 풀썩 피워 올렸다. 놀란 누어가 입을 떡 벌린 채 벽에 뚫린 구멍과 브로닌을 번갈아 볼 정도의 시간만 허락했을 뿐, 우리는 모두 퍼뜩 정신을 차리고 구멍으로 빠져나왔다.

벽의 반대편으로 구멍을 빠져나가 형편없이 구겨진 남자의 몸을 넘어서자 그곳은 햇빛이 환하게 들어오는 방이었고, 그 너머가 계단이었다. 우리는 쏜살같이 계단을 내려갔다. 브로닌은 어깨에 릴리를 맨 채로 어지러울 만큼 빠른 속도로 끊임없이 계단 모퉁이를 돌아 6층을 순식간에 내려와 지상에 도달했다. 건물 밖으로 달려가 담장에 난 구멍으로 빠져나와 뒷골목으로 피신한 우리는 창고 건물의 주차장을 지나 또 다른 골목으로 접어들었고, 뒤도 돌아볼 겨를 없이 조금씩 조금씩 소리가 작아지는 헬리콥터 소리에만 귀를 기울인 채 미친 듯이 달려가다가 드디어 멈춰 서서 숨을 몰아쉬었다.

"내 생각엔…… 내 생각엔 네가 그 남자를 죽인 것 같아." 누어가 눈을 휘둥그렇게 뜨고 브로닌에게 말했다.

"그자는 총을 들고 있었어." 브로닌이 릴리를 내려놓으며 말했다. "만약에 네가 내 친구들한테 총을 겨누었다면 난 너도 죽일 거야. 그게……" 브로닌이 땀으로 반짝이는 이마를 손으로 쓱 닦더니 긴 한숨을 내쉬었다. "그게 규칙이야."

"좋은 규칙이다." 누어가 말했다. 그러고는 나를 돌아보았다. "아까 한 말 미안해. 나랑 저 사람들이랑 한편일지도 모른다고 했던 말."

"괜찮아. 내가 너였더라도 우리를 믿지 못했을 거야." 내가 대답했다.

누어는 릴리에게 다가가 손을 잡았다. "너 괜찮아?"

"약간 놀라긴 했는데, 괜찮아질 거야." 릴리가 말했다.

"여기서 벗어나 멀리 가야 해, 그것도 빨리. 가장 빠른 방법이 뭐야?" 엠마가 말했다.

"지하철. 한 블록만 가면 역이 있어." 누어가 말했다.

"**차**는 어떡하고?" 에녹이 물었다.

"지금쯤이면 우리 차도 발각됐을 거야. 나중에 가지러 오는 수밖에 없어." 내가 말했다.

"그때까지 오래 산다면 말이지." 밀라드가 말했다.

몇 분 뒤 우리는 맨해튼으로 향하는 복잡한 지하철을 탔다. 이것이 우리가 가야 할 올바른 방향일까? 우리를 쫓는 사람들을 피하기 위해서 그냥 역으로 들어온 첫 번째 지하철에 올라탄 것뿐이었다. 친구들이 숨죽인 목소리로 그 사람들의 정체가 무엇이었을지 고민하는 동안—와이트였을까? 우리가 알지 못하는 적대적인 이상한 종족의 일파였을까?—나는 일어서서 지하철 객차 벽에 붙은, 노선이 사방팔방으로 뻗어나간 지하철 노선도를 쳐다보았다. 우리는 강 한가운데 있는 섬으로, 10044로 누어를 데려가야 했다. 엽서엔 그곳이 블랙웰섬이라고 적혀 있었다. 나는 누어와 릴리에게 그곳이 어딘지 아느냐고 물어보았다. 둘 다 들어본 적 없다고 했다. 휴대전화 지도 검색을 해보고 싶어도 지하철이라 휴대전화 수신이 되지 않았다. 게다가 일단 섬을 찾는다고 해도 루프는 어떻게 찾는담? 루프 입구는 눈에 띄는 경우가 드물었다.

하지만 생각을 하면 할수록 처음 계획에 대한 자신이 없었다. 우리에게 주어진 임무를 완수하는 것이 계획이었지만, H가 갑자기 임무를 중단하라는 명령을 내리면서 모든 것이 의심스러워졌다. 대체 무슨 상황이 달라졌을까? H가 전화를 걸어 나에게 경고하려던 위험은 정확히 무엇이었을까? 그가 걱정했던 것은 우리를 뒤쫓는 사람들에 관한 것이었을까, 아니면 루프 10044가 더 이상 안전하지 않기 때문일까?

더욱이 임무의 대상은 이제 그냥 **대상** 이상의 존재가 되었다. 그 소녀는 누어였고, 이름이 있고 이야기가 있고 얼굴이 있는 존재였다(그것도 아주 예쁜 얼굴이었다). 누어를 낯선 사람들에게 데려다주고 떠나는 것을 상상하기가 어려웠다. 전혀 알지도 못하는 어떤 루프에 누어를 버려둔 채 손을 씻고 집에 가는 것이 정말로 내가 해야 할 일일까?

이제 나는 누어를 흘끔 돌아보았다. 플라스틱 긴 의자에 꺾어 신은 반스 운동화를 올리고서 무릎을 가슴에 꼭 껴안은 채 나로선 상상도 할 수 없는 깊이의 피로함이 담긴 눈빛으로 바닥을 응시했다.

"이곳을 떠나야 한다면 넌 뉴욕을 그리워할 것 같아?" 내가 누어에게 물었다.

무슨 생각인지 몰라도 깊이 생각에 잠겼던 누어가 상념에서 빠져나와 나를 쳐다보기까지 5초는 걸린 듯했다.

"뉴욕을 그리워하다니? 왜?"

"왜냐하면 내 생각엔 네가 여길 떠나 우리랑 같이 집으로 가야 할 것 같거든."

엠마가 나를 날카롭게 쏘아보았지만, 목소리를 내어 반대한 사람은 밀라드였다.

"그건 임무가 아니잖아!"

"임무는 잊어버려. 누어도 이 미친 도시나 대서양 이쪽 편에 있는 그 어떤 루프에서 사는 것보다 우리랑 있는 게 더 안전할 거야."

"우리가 대부분의 시간을 보내며 사는 곳은 런던이야. 악마의 영토라고." 엠마가 설명했다.

누어는 약간 흠칫 놀랐다.

"말로 듣는 것처럼 나쁘진 않아. 어쨌든 일단 냄새만 극복하면 괜찮아져." 밀라드가 말했다.

"우린 말도 안 되는 이번 임무를 거의 완수했어. 이제 와서 망치지는 말자. 원래 저 애를 보내기로 했던 곳으로 데려가서 일을 어서 끝내자고." 에녹이 말했다.

"우리가 가려는 그 루프에 누가 사는지, 그 사람들의 능력은 어느 정도인지 전혀 모르잖아. 제대로 된 사람들인지도." 내가 말했다.

"그게 우리랑 무슨 상관이야?" 에녹이 물었다.

"나도 제이콥이랑 동감이야. 미국에는 임브린이 거의 남아있지 않다는데 미접촉 상태의 이상한 아이를 보호하고 교육하는 건 임브린의 일이야. 누어에게 이상한 종족이 되는 법을 누가 가르치겠어?" 밀라드가 말했다.

누어가 손을 들었다. "여기서 누구든 나 좀 이해시켜줄 사람?"

"임브린은 우리한테 선생님 같은 존재야. 보호자이기도 하고." 내가 설명했다.

"정부 지도자이기도 해." 밀라드가 말했다. 그러더니 나지막이 덧붙였다. "선거로 뽑힌 건 아니지만……"

"항상 다른 사람들의 일에 참견하고 모든 걸 다 아는 것처럼 구는 고압적인 존재들이지." 에녹이 거들었다.

"근본적으로 우리 사회 전체의 중추적 역할을 하는 분들이야." 엠마가 말했다.

"우리한텐 임브린이 필요 없어. 그냥 안전한 곳이 필요할 뿐이야. 어차피 페러그린 원장님은 아마 지금쯤 우릴 죽이고 싶어 하실걸." 내가 말했다.

"결국엔 원장님도 극복하실 거야." 에녹이 말했다.

"그러니까 너도 우리랑 같이 갈래?" 내가 누어에게 물었다.

누어는 한숨을 쉬더니 킥킥 웃었다. "될 대로 되라지 뭐. 방학이라고 생각하면 되겠네."

"이봐, 난 어쩌고?" 릴리가 물었다.

"너라면 언제든 환영이야." 밀라드가 약간 너무 간절하게 말했다. "하지만 안타깝게도 평범한 사람들은 루프에 들어갈 수가 없어."

"어차피 난 못 떠나! 금방 개학했잖아." 릴리는 웃음을 터뜨리다가 다시 말했다. "맙소사, 내가 이런 말을 하다니. 이런 정신 나간 사건이 전혀 일어나지 않았던 것처럼 말하네. 학교가 내 두뇌를 완전히 망가뜨려놔서 그래."

"글쎄, 교육은 **정말** 중요해." 밀라드가 말했다.

"하지만 나에겐 부모님이 계셔. 실은 꽤나 좋은 분들이시거든. 부모님이 내 걱정을 많이 하실 거야."

"난 돌아올 거야. 하지만 이번 일이 잊힐 때까지 뉴욕을 벗어나는 건 훌륭한 아이디어인 것 같아." 누어가 말했다.

"그럼 이젠 너도 우릴 믿는 거야?" 내가 물었다.

누어는 어깨를 으쓱했다. "충분히."

"자동차 여행에 대해선 어떻게 생각해?"

난데없이 지하철 의자에 앉아 있던 브로닌이 앞으로 축 늘어지며 바닥으로 쓰러졌다.

"브로닌!" 엠마가 소리치며 얼른 브로닌 옆으로 달려갔다.

지하철 객차 안의 다른 사람들 중에도 본 사람이 있겠지만 모두 못 본 체했다.

"쟤 괜찮은 거야?" 에녹이 물었다.

"모르겠어." 엠마가 말했다. 그녀는 브로닌의 뺨을 가볍게 찰싹찰싹 때리며 브로닌의 이름을 계속해서 불렀고 이윽고 브로닌이 다시 눈을 깜박거렸다.

"친구들아, 아무래도 나…… 젠장, 미리 말했어야 하는 건데." 브로닌이 움찔했다. 그러더니 치맛자락을 조금 들어 올렸다. 몸에서 피를 흘리고 있었다.

"브로닌! 맙소사!" 엠마가 말했다.

"총을 갖고 있던 남자가…… 나를 쏜 것 같아. 하지만 걱정하지 마. 총알에 맞은 건 아니니까." 브로닌이 손바닥을 벌려 자기 피로 물든 작은 화살을 보여주었다.

"왜 뭐라고 미리 말 안 했어?" 내가 말했다.

"거기서 빨리 벗어나야 했잖아. 그리고 무얼 맞았든 나는 그걸 극복할 만큼 튼튼하다고 생각했어. 근데 이제 보니까……"

브로닌의 고개가 옆으로 툭 꺾이더니 정신을 잃었다.

제 16 장

chapter sixteen

우리가 찾는 건 루프가 아니었다. 그 순간 루프를 찾는 일 따위는 안중에도 없었다. 우리 모두가 진심으로 바라는 한 가지는 그저 브로닌을 병원에 데려가는 것뿐이었다. 우리는 다음 역에서 무작정 지하철을 내렸고, 거기가 어딘지 살펴볼 겨를도 없이 지하철역을 벗어나는 계단을 올라갔다. 릴리는 밀라드의 팔을 잡았고, 엠마와 누어와 나는, 약해지긴 했지만 아직은 의식이 있는 브로닌이 발을 질질 끌며 무거운 몸으로 힘겹게 계단을 올라 인도를 걸어가도록 부축했다. 우리는 맨해튼에 들어와 있었기에 건물은 훨씬 높고 인도는 사람들로 붐볐다.

나는 911에 전화를 걸려고 휴대전화를 뒤져서 꺼냈다. 에녹은 길거리 사람들에게 소리쳤다. "병원 좀 알려주세요! 병원이 어디죠?" 그게 더 효과적인 방법임이 드러났다. 친절한 아주머니 한 분이 걱정하는 표정을 지으며 어느 거리를 가리키더니 우리를 서

둘러 인도하며 브로닌의 안부를 물었다. 물론 우리는 그녀에게 아무 이야기도 하고 싶지 않았고, 응급실까지 졸졸 따라와서 우리 이름을 꼬치꼬치 묻는 걸 원치 않았다. (나는 이미 임브린을 데려와서 그 아주머니와…… 의사들과 간호사들의 기억을 지우는 상상을 하고 있었다.) 그래서 우리는 장난으로 부상자 흉내를 낸 것처럼 연기를 했고 한 블록쯤 걸어간 뒤에 아주머니는 당연하게 화를 내며 가버렸다.

종합병원이 바로 앞에 나타났다. 한 블록 떨어진 곳의 병원 건물 간판도 볼 수 있을 정도였다. 그런데 세상에서 가장 달콤하고도 유혹적인 음식 냄새가 코를 자극하면서 나의 걸음이 느려지기 시작했다.

"너희도 이 냄새 느껴져? 로즈메리 토스트랑 거위 간 파테야!" 에녹이 말했다.

"절대 아니야. 이건 셰퍼드 파이(고기와 으깬 감자, 치즈 등을 넣어 구운 따뜻한 파이-옮긴이) 냄새야." 엠마가 말했다.

맹렬히 걷던 우리의 움직임이 느려졌다.

"난 이 냄새는 어디서든 알 수 있어. 이건 도사(쌀과 우라드 콩을 갈아 만든 발효 반죽을 얇게 부친 인도 남부 지역의 토속 음식-옮긴이)야. 파니르 치즈를 넣고 마살라 양념을 곁들인 도사." 누어가 말했다.

"너희들 대체 무슨 얘기를 하는 거야? 가던 걸음은 왜 **멈춰**?" 릴리가 물었다.

"릴리 말이 맞아, 우린 브로닌을 의사한테 데려가야 해." 밀라드가 말했다. "하지만 이건 내 평생 맡아본 것 중에서 가장 맛있는 냄새가 나는 코코뱅(물 대신 와인을 넣어 채소와 함께 끓인 닭고기 스튜-

옮긴이)이야……"

"있잖아, 나 괜찮은 것 같아. 근데 너희가 음식 이야기를 하니까 약간 배고파졌어." 브로닌이 말했다.

그녀는 딱히 괜찮아 보이지 않았다. 말하는 발음도 느릿느릿 어눌했고 아직도 우리한테 묵직하게 기대고 있는 상황이었다. 그러나 그 모든 상황을 받아들이는 내 두뇌의 일부분이 솜으로 뒤덮인 것 같았다.

"앤 피를 흘리고 있어! 그리고 병원이 바로 코앞이야." 엠마가 말했다.

브로닌이 자기 셔츠를 내려다보았다. 빨갛게 젖은 얼룩이 번져가는데도 그녀는 이렇게 말했다. "피 **많이** 안 나."

내 안에선 두 가지 욕망이 전쟁을 벌이고 있었다. 하나는 **빨리 병원으로 가, 이 멍청아!**라고 소리치는 목소리였지만, 이상하게도 아빠 목소리처럼 들리는 또 다른 목소리에 가려져 그 말은 거의 들리지가 않았다. 원기 왕성한 그 목소리는 얼간이처럼 이렇게 주장하고 있었다. **저녁 먹을 시간이 가까워지고 있는데 어차피 여기 와 있는 동안 우리도 뉴욕 요리를 먹어봐야 하지 않겠어? 빌어먹을, 진짜로 빨리 잠깐 들러서 저녁을 먹는 게 왜 안 된다는 거야?**

릴리와 엠마를 제외하고는 우리 모두 동의하는 듯했지만 두 사람의 반대도 약해지기 시작했다.

나는 문을 열고 모두를 안으로 밀어 넣었다. 그곳은 정말로 음식점이었다. 탁자엔 체크무늬 테이블보가 깔렸고 등받이가 나무로 된 의자가 놓이고 한쪽 벽엔 탄산음료 기계가 붙은 작고 오래된 음식점이었다. 앞치마에 종이 모자를 쓰고 카운터 뒤에 서 있는 여종업원은 마치 하루 종일 우리를 기다린 것 같은 미소를 짓고 있었다. 손님은 우리뿐이었다.

"너희들 배가 고픈 것 같구나!" 하이힐을 신고 경쾌하게 걸어오며 그녀가 말했다.

"어휴, 맞아요." 브로닌이 말했다.

종업원은 브로닌의 셔츠에 묻은 핏자국도 알아차리지 못하는 것 같았다. "솔직히 말하면 너희는 당장이라도 굶어 죽을 것 같은 모습이야."

"네. 굶어 죽을 것 같아요." 약간 로봇 같은 목소리로 에녹이 말했다.

"여긴 어떤 종류의 음식점이에요? 파니르 치즈 냄새가 나는 것 같던데." 누어가 물었다.

"아, 우리 집엔 모든 게 다 있단다. 너희가 원하는 음식은 모두 다 가능해." 버니스가 손을 살짝 휘저으며 말했다.

종업원이 이름을 말했던가? 내가 그걸 어떻게 알고 있지? 뇌가 곤죽이 된 느낌이었다.

이게 과연 좋은 생각일까 의아해하던 작은 목소리는 속삭임으로 약해졌다. 릴리의 반대 역시 조용해졌다. 내가 들은 릴리의 마지막 말은 이랬다. "너희는 원한다면 여기 있어도 좋아, 하지만 나는 너희 친구를 병원에 데려가야겠어!" 그러나 브로닌의 팔꿈치를 잡고 밖으로 끌어내려는 그녀의 노력은 별 효과가 없었다. (브로닌이 원하지 않을 땐 그 누구도 어디로든 끌고 갈 수 없다.)

"우린 돈이 없어요." 내가 말했다. 가진 현금을 몽땅 자동차 트렁크에 두고 왔다는 사실을 깨달으면서 느낀 실망감은 너무도

강렬해서 갑자기 누군가의 죽음을 애도하는 기분 같았다.

"마침 우연히도 오늘은 우리 가게 특별 홍보 기간이야. 모든 비용은 우리가 부담할게." 버니스가 말했다.

"정말이에요?" 브로닌이 물었다.

"그렇다니까. 너희 돈은 여기선 쓸모없어."

우리는 다급히 카운터로 달려가 고정된 플라스틱 스툴 의자에 모두 한 줄로 앉았다. 메뉴는 없었다. 우리는 그저 버니스에게 각자 원하는 것을 말했고, 그녀는 보이지는 않지만 뒤쪽에 있는 요리사에게 주문 내용을 외쳤다. 놀라울 정도로 짧은 시간이 지난 후, 벨 소리가 울렸고 버니스가 우리 음식이 담긴 접시를 연이어 들고 나오기 시작했다. 밀라드를 위해선 와인으로 조리한 닭고기. 누어를 위해선 파니르 치즈와 마살라 양념을 곁들인 도사와 망고 라씨. 엠마를 위해선 민트 젤리로 장식한 양고기 파이, 나를 위해선 더블치즈버거와 감자튀김과 딸기셰이크. 브로닌을 위해선 바닷가재 요리와 딱딱한 껍질을 깨는 도구, 그리고 바닷가재 그림이 들어간 턱받이 세트. 릴리를 위해선 김이 모락모락 나고 날달걀을 올린 한국식 비빔밥. 주방에서 일하는 사람이 한 명뿐인 기름에 찌든 오래된 식당에선 말할 것도 없고 그 어떤 레스토랑에서도 그토록 다양한 요리를 내놓을 것이라곤 상상도 하지 못했지만, 나의 뇌 한구석에서 이 모든 것을 거부하는 목소리는 아주아주 작아졌다.

그거 먹으면 안 돼.

당장 떠나야 해.

이건 나쁜 생각이야.

너무 늦기 전에

멈춰.

내가 더블치즈버거와 감자튀김과 딸기셰이크를 먹었는지는 기억나지 않는다. 하지만 어느새 쳐다보니 셰이크는 바닥이 났고 내 접시에는 기름진 음식 부스러기만 놓여 있고 머리가 너무너무 무거웠다.

"어머나, 애!" 버니스가 카운터 뒤에서 가슴에 한 손을 얹고 종종걸음으로 나왔다. "엄청 피곤해 보여!"

그랬다. 나는 정말 피곤했다.

"너무, 너무, **너무** 지쳤어요."라고 엠마가 말하는 소리가 들렸고, 친구들도 돌림노래를 하듯 웅얼웅얼 공감했다.

"2층에 올라가서 눈 좀 붙이지 그러니?"

"우린 가야 돼요." 누어가 말했다. 그녀는 카운터 의자에서 일어나려고 애를 쓰는 중이었지만 그럴 기운을 모으지 못하는 것 같았다.

"그래? 내 생각엔 가지 않아도 될 것 같은데." 버니스가 말했다.

"**제이콥.**" 엠마가 내 귀에 대고 속삭였다.

엠마의 말소리는 취한 것 같았다.

"**우리 가야 해.**"

"**나도 알아.**"

어찌 된 일인지 우리는 최면에 걸려 있었다. 그건 나도 알았다. 인어의 판타지랜드에서 만난 이상한 사람들이 우리에게 시도했던 것과 같은 수법이었지만 이번엔 우리가 미끼를 물어버렸다.

"2층에 너희 모두를 위해 방에 침대를 준비해놨어. 그냥 이쪽으로 가면……"

이제 그 말을 들은 나는 스스로 일어날 수 있다는 사실을 깨달았다. 사실은 우리 모두 일어서 있었다. 그러자 버니스가 우리를 출입구 쪽으로 밀고 갔다. 빨간색과 하얀색 줄무늬가 촘촘히 칠해진 이상한 터널 같은 복도였다.

우리는 밀리는 대로 몸을 내맡겼다. 우리가 다가가자 복도가 점점 길게 늘어지는 것 같았다. 옥신각신하는 소리가 들려 돌아보니 버니스가 양팔을 벌리고 릴리가 들어오는 걸 막고 있었다.

"이봐요. 그 애한테 살살 해요." 내가 흐릿한 발음으로 말했다.

릴리가 말을 하고 있었다. 릴리의 입이 움직이고, 안간힘을 쓰느라 핏대가 서는 것도 보였지만 목소리가 내 귀에 들리지 않았다(혹은 들려올 수가 없었다).

"우린 곧 돌아올 거야, 릴리, 여기서 그냥 기다려." 누어가 말했다.

물론 릴리는 복도로 걸어 들어오는 게 허락되었더라도 우리와 함께 갈 수는 없었을 것이다. 복도의 중간쯤 되는 지점에서 나는 머리가 띵해지면서 위장이 뚝 떨어지는 느낌을 받았고, 슉, 루프가 우리를 빨아들였다.

릴리는 더 이상 우리 뒤에 있지 않았다. 촘촘한 줄무늬 복도는 이제 끝이 나고 전방에 계단이 보였다.

"그냥 올라가기만 하면 돼!" 버니스의 모습은 어디에서도 보이지 않았지만 그녀의 목소리가 메아리처럼 울렸다.

우리는 천천히 각자 몸을 이끌고 한 번에 한 계단씩 올라갔고, 계단참 꼭대기에 올라간 순간 마지막 남았던 의지력이 모두 사라지는 게 느껴졌다. 우리를 유혹해 잡아들인, 뭔지 모를 사이렌의 마수에 걸려든 우리가 이제 할 수 있는 건 복종뿐이었다.

‍

계단 꼭대기에 오르자 어린 두 소녀가 손과 무릎으로 기어 다니며 마룻바닥 널빤지를 구석구석 철저하게 살펴보는 것 같은 광경이 펼쳐졌다. 우리가 복도로 들어가자 그들은 하던 일을 멈추고 우리를 올려다보았다.

"너희들, 인형 본 적 있어? 프랭키가 인형 하나를 잃어버렸대." 좀 더 큰 소녀가 물었다.

소녀는 농담을 하는 것 같았지만, 미소를 짓지는 않았다.

"미안해." 누어가 말했다.

"우리가 청한 건…… 잠인데?" 혼란스러운 듯한 목소리로 밀라드가 말했다.

"저쪽으로 들어가." 좀 더 큰 소녀가 고갯짓으로 자기 뒤쪽의 문을 가리키며 말했다.

우리는 그들 곁을 지나갔다. **"달아나. 가능할 때 달아나."** 한 사람이 낮게 외치는 소리를 들은 것 같았다. 그러나 내가 돌아보았을 때 둘은 다시 바닥을 응시하며 꼼꼼하게 확인하는 중이었다. 마치 꿈속을 걸어 다니는 듯한 기분이었다.

문을 지나자 안쪽은 작고 깔끔한 부엌 공간이었다. 어린 남

자아이가 식탁에 앉아 있고 나비넥타이를 맨 남자가 옆에 서 있었다. 남자가 아이에게 일종의 시험을 치르게 하는 듯 퍼즐과 블록으로 높이 쌓은 탑이 식탁에 놓여 있었다. 우리가 들어오는 소리를 들은 남자는 팔을 들어 옆방을 가리켰다. "저쪽으로 들어가라." 그는 우리를 쳐다보지도 않았다. 그의 관심은 아이에게 고정되어 있었다. "**상귀스 베비무스**(Sanguis bebimus, 라틴어로 '우리의 피'라는 뜻-옮긴이). **코르푸스 에디무스**(Corpus edimus, '우리의 몸'이라는 뜻-옮긴이)." 남자가 말했다.

"**마테르 셈페르 케르타 에스트** *Mater semper certa est.*" 아무것도 쳐다보지 않으면서 아이가 대꾸했다. "**마테르 셈페르 케르타 에스트.**"

"'어머니는 언제나 확신한다.'" 밀라드가 통역을 해주었다.

교사가 수그렸던 허리를 펴더니 벽을 두들겼다. "거기 조용히 좀 해!" 그가 소리쳤지만 우리한테 한 말은 아니었다. 그가 왜 화를 내는 건지 그 방을 거의 빠져나와 다음 방으로 들어가기 전까지는 알 수 없었지만, 그제야 내 귀에도 노랫소리가 들려왔다.

몽롱하고 듣기 싫은 목소리가 신음하듯 이어졌다. "새애애애앵일 축하합니다…… 사랑하는 프랭키이이이이이의…… 새애애애앵일 추우우우욱하 합니다아아아아……"

그들이 나를 놓아준다면 당장 달아났겠지만 나는 발을 더 빨리 움직일 수가 없었다. 노래를 한 사람은 광대 분장을 하고 새하얀 가발을 쓴 남자였다. 그는 침대 겸용 소파에 앉아 작은 칵테일용 탁자에 배를 기댄 채 병에서 술을 한 잔 따르고 있었다. 그는 움직이지 못하는 듯했다. 손에 든 술잔을 홀짝 홀짝 마신 뒤 병에서 다시 잔에 술을 따르고는 몇 마디 노래를 한 뒤 다시 술을 홀짝

였다. 우리를 본 그는 잔을 들어 올리며 말했다. "건배! 생일 축하한다, 프랭키!"

"생일 축하해요." 나도 모르게 말했다.

광대는 술잔을 들어 올리고 입을 벌린 채로 그렇게 얼어붙은 듯했고, 그의 목구멍 뒤쪽에서 무언가 나사가 풀린 듯 소리가 흘러나왔는데 간신히 알아들을 수 있는 말이었다.

제발

나 좀

자게 해줘어어

"이쪽으로 들어와!" 앙칼진 목소리가 옆방에서 들렸다.

우리는 인형이 바글바글한 침실로 모두 떼 지어 들어갔다. 남은 공간마다 온통 인형이 빽빽하게 들어차 있었다. 바닥에도 인형, 벽에 걸린 선반에도 인형, 구석에 놓인 커다란 안락의자에도 철제 난간이 달린 침대에도 인형들이 넘쳐나게 많았다. 인형이 너무 많아서 두 번째 말소리가 들리기 전까지 나는 침대 위 도자기처럼 반질한 인형 얼굴들에 파묻혀 있는 여자아이의 존재를 알아차리지 못했다.

"앉아!" 아이는 꽥 소리를 지르고는 주변에 있던 인형들을 던지기 시작했다. 우리는 자동인형처럼 움직여 바닥에 앉았다. 브로닌이 신음하는 소리가 들렸다. 통증이 더 심해진 모양이었다.

"소리를 내도 좋다는 말은 하지 않았다!" 여자아이가 말했다. 아이는 면으로 된 잠옷 셔츠에 1970년대나 80년대에 유행했던 노란색 코듀로이 바지를 입고 있었고, 말을 할 때마다 윗입술이 빈정거리듯 일그러졌다. "그나저나 너희는 누구지?"

굳었던 내 혀가 풀리는 게 느껴지면서 나는 대답을 하기 시작했다. "내 이름은 제이콥이고 플로리다에 있는 소도시 출신인데……"

"지루해, 지루해, **지루하다고!**" 아이가 소리쳤다. 아이는 엠마를 가리켰다.

엠마의 전신에 전율이 흐르더니 그녀가 말을 하기 시작했다. "내 이름은 엠마 블룸이야. 콘월에서 태어나 웨일스에 있는 루프에서 나이를 먹었고……"

"따분해!" 소녀가 고함을 지르고는 에녹을 가리켰다.

"나는 에녹 오코너인데 우린 서로 무언가 공통점이 있어."

아이는 호기심이 동한 듯했다. 에녹이 말을 하는 동안 아이는 인형들 사이에 누웠던 침대에서 일어나 그에게로 걸어왔다.

"나는 살아 있는 생명체의 심장을 이용해 죽은 것을 움직이게 할 수 있어." 에녹이 말했다. "먼저 해부를 해야 하지만……"

여자아이가 손가락을 퉁기자 에녹의 입이 꽉 다물어졌다. "너 잘생겼다." 아이가 에녹의 턱선을 손가락으로 어루만지며 말했다. "하지만 말할 땐 생김새가 무너져." 아이는 손가락으로 에녹의 코끝을 꾹 눌렀다. "쓰담쓰담. 네 얘긴 나중에 더 듣기로 하겠다."

아이가 브로닌을 향해 돌아섰다. "너."

"내 이름은 브로닌 브런틀리고, 난 힘이 꽤 센데 우리 오빠인 빅터도……"

"따분해!" 아이가 고함을 질렀다. "품(Poop, 바보, 똥, 응가 등의 뜻-옮긴이)!"

발소리가 우릴 향해 다가왔다. 나비넥타이를 맨 교사가 문가에 나타났다.

"왜?"

"이런 인형들은 더 이상 필요 없어, 품. 이것들을 좀 봐. 얘네들이 모노폴리 게임을 함께하면 재미있을 것처럼 생겼어?"

"어…… 아니?"

"맞아. 마음에 안 들게 생겼어."

아이는 쌓여 있던 인형들을 발로 걸어찼고 인형이 사방으로 날아갔다.

"근데 **쟤**는 마음에 들어." 아이가 에녹을 가리켰다. "하지만 나머지는 **끔찍하고 따분해!**"

"정말 미안해, 프랭키."

"저것들을 어떻게 처리해야 할까, 품?" 아이가 고개를 돌려 곁눈질로 재빨리 우리를 살폈다. "저 사람 진짜 이름은 **품**이 아니야. 난 누구든 내가 부르고 싶은 대로 부를 수 있기 때문에 그냥 그렇게 이름을 붙인 거야."

"아무래도 잡아먹어야 할 것 같아." 품이 제안했다.

프랭키는 비웃음을 지었다. "넌 항상 저들을 잡아먹고 싶어 하더라. 참 괴상해. 그리고 지난번엔 먹고 나서 배가 아팠어."

"아니면 내다 팔 수도 있겠지."

"팔아? 누가한테?"

"누구한테라고 해야지." 교사는 이렇게 말한 다음 이내 손으로 입을 가리더니 새하얗게 질렸다.

프랭키는 노발대발했다. 아이는 남자를 가리키더니 재빨리 보이지 않는 줄을 아래로 잡아당겼다. 줄에 묶여 끌어당겨진 것처럼 교사는 바닥에 무릎을 꿇었다. "넌. 나한테. 이래라 저래라. 하지 마."

"네, 프랭키. 네, 알겠습니다." 그의 목소리가 덜덜 떨렸다. "마테르 셈페르 케르타 에스트."

"맞아. 지극히 맞는 말이야." 작은 인형들이 줄지어 그를 향해 방을 가로질러 행진하고 있었다. "네가 너무 순종적이어서 요번엔 네 다리 한쪽만 물어뜯어줄게, 폽."

교사는 같은 문구를 계속해서 점점 더 빨리 되풀이했다. "마테르 셈페르 케르타 에스트!" 그러다 이윽고 발음이 부정확해졌다. 인형들이 벌처럼 그에게 들러붙어 꽉 붙잡고는 도자기 재질의 이빨로 그를 우적우적 씹어댔다. 남자는 소리를 지르며 흐느꼈지만 저항하지는 않았다. 그가 정신을 잃을 것 같아 보이자 아이가 팔을 벌렸다가 양손을 하나로 모았고, 박수 소리와 함께 인형들이 모두 축 늘어지며 쓰러졌다.

"오 폽, 넌 너무 웃겨."

남자는 제정신을 차리고 얼굴을 손으로 쓱 닦으며 비틀비틀 일어섰다. "어디까지 얘기했더라?" 그가 헛기침을 했다. "애너미스트(모든 생물, 무생물에 영혼 또는 정령이 깃들어 있다고 믿는 사람들-옮긴이)나 맨타트 _Mentats_, 웨더맨 _Weathermen_ 일파에 팔아치울 수도 있겠고……" 남자가 떨리는 손을 자기 목에 갖다 대고 재빨리 맥박을 확인하고는 이내 등 뒤로 손을 감추었다. "하지만 늘 그렇듯이 언터처블(Untouchables, 과거 인도 계급제도 중 불가촉천민을 가리키는 말-옮긴이) 일파가 값은 제일 높게 쳐줄 거야."

"우웩. 난 그자들이 **정말 싫어**. 하지만 내 집에 발을 들이지만 않는다면……"

"내가 연락해서 매매 거래 모임을 잡아볼게."

"그래도 **저 아이**는 팔지 않을 거야." 프랭키가 에녹을 가리키고는 손가락 두 개로 허공에 U자를 그렸다. 에녹의 입술이 흉측하게 과장된 미소를 짓도록 구부러졌다.

"멋지다, 프랭키. 아주 쓸 만해."

"쓸 만하다는 건 **나도 알아**. 나머지 저것들은 어떻게 되든 관심 없어. 다만 한 가지 조건이 있어. 저것들을 누가 사 가든 놈들을 고약하게 다루라고 해! 내가 구경 갈 거야."

꿈도 없이 암흑 같은 긴 공백이 지난 뒤 깨어보니 의자에 몸이 묶여 있었다. 우리 모두 의자 다리에 발이 묶이고 양손은 뒤로 결박된 채 한 줄로 띄엄띄엄 앉혀져 있었다. 엠마, 브로닌, 누어, 심지어 밀라드까지 비어 있는 것 같은 의자에 밧줄이 여기저기 허공에 감겨 있었다. 에녹만 빼고 전부 다. 에녹은 어디에도 보이지 않았다.

우리는 오래된 극장의 무대 위 찢어진 노란 커튼 뒤에 나란히 앉아 있었다. 목을 뒤로 젖힐 수만 있다면 우리 뒤로 연결된 밧줄과 도르래와 무대 위 천장 바로 아래 좁은 통로에 달린 조명을 볼 수 있었을 것이다. 우리는 재갈을 물린 상태가 아니었는데도 말을 할 수가 없었다. 나는 갖은 애를 써도 입조차 벌릴 수가 없었다. 그러다가 커튼 너머에서 여러 사람의 목소리가 들려왔다. 그들은 우리에 관해서 이야기를 하는 듯했다.

"저들은 내 구역을 침범했어! 내 재산을 훔쳐 가려고 했다고! 저것들을 교수형에 처할 권리는 나한테 있지만, 그러는 대신에 내가 자비를 베푸는 거야. 그러는 게 당신들 모두에게도 호의가 되겠지." 정신병자 같은 여자아이, 프랭키 목소리였다.

"우습군, 보통은 네가 우리한테서 재산을 훔쳐 가려고 하잖아. 지난번에 너한테서 산 견본품은 겨우 이틀 만에 송장 먼지로 변해버렸어." 걸걸한 남자 목소리가 말했다.

"제대로 관리를 못 한 건 내 잘못이 아니지." 프랭키가 말했다.

"판매자는 사용자의 실수에 책임이 없습니다." 번지르르 알랑거리는 듯한 목소리의 주인은 가정교사 품이란 걸 알 수 있었다.

"네가 나한테 쓰레기를 팔았잖아! 공짜로 하나는 받아야겠어!"

금방이라도 몸싸움이 벌어질 것 같은 분위기였지만 곧이어 어느 여자가 소리쳤다. "그만들 해! 중립 지대에서 싸움을 벌이는 건 안 될 일이야!"

상황이 정리되었다. 걸걸한 목소리가 말했다. "넌 이미 내 소중한 시간을 너무 많이 낭비했어, 프랭키. 어서 너의 강아지와 망아지 쇼를 시작하지 그래."

"좋아, 품!"

요란하게 삐걱거리는 소리와 함께 먼지를 풍기며 커튼이 올라가기 시작했다. 커튼 너머는 텅 비고 퇴락해가는 극장이었다. 객석 의자는 찢어지고, 위층 발코니 좌석 부스는 위태로운 각도로 기울어져 금방이라도 무너질 것처럼 보였다.

무대엔 여섯 사람이 있었다. 그들의 시선이 우리에게 향했지만, 그들은 우리를 관찰하는 것 못지않게 서로서로 감시하는 듯, 각자 신중하게 거리를 유지했다. 프랭키와 폽은 우리와 가장 가까운 곳에 서 있었는데, 프랭키는 서커스 단장이라도 된 듯이 연미복을 입고 지휘봉을 들고 있었다.

지금 돌이켜 보면 놀랍게 생각되지만, 당시엔 그들이 누군지 알 도리가 없었다. 만약에 내가 그들의 명성을 미리 알았다면 너무 겁을 집어먹고 제대로 생각도 하지 못했을 게 뻔하므로 당시로선 아마도 모르는 게 최선이었다. 프랭키는 뉴욕에서 가장 악명 높은 이상한 갱단에게 연락을 취했고, 세 일파의 우두머리들이 그곳에 나타난 것이었다. 맨 앞 가운데 앉은 사람은 치솟는 파도 모양으로 머리칼을 꾸민 젊은 남자였다. 그는 흠 잡을 데 없이 깔끔한 정장에 붉은색 진흙투성이 구두를 신고 위협적인 미소를 희미하게 짓고 있었다. 그의 이름은 렉 도노반이었다. 바로 뒤에 선 두 사람은 그의 부하들로, 얌전한 아가씨는 무심히 신문을 읽고 있었고, 그 옆에 있는 청년은 전혀 글을 읽지 못하는 인상을 풍기며 약간 놀란 듯 입을 헤벌렸다.

렉은 나를 빤히 쳐다보면서 또 다른 사람과 논쟁을 벌였다. 티 하나 없이 깔끔하고 새하얀 원피스에 큼지막한 실크 리본을 허리에 두른 어려 보이는 소녀였다. 소녀는 공들여 복잡하게 땋아 고데기로 곱슬곱슬 구부린 긴 머리채를 등 뒤로 늘어뜨리고 있었다. 새하얀 우윳빛 얼굴은 살결이 매끄럽고 아주 차가운 표정을 짓고 있었는데, 입매는 렉과 정반대로 입꼬리를 아래쪽으로 향한 채, 마치 무언가를 씹거나 소리 없이 혼잣말을 하듯 계속 입술을 움직이고 있었다. 그 소녀에게 가장 기묘한 점은 구름 같은 검은 연기가 소녀의 머리와 어깨 주변에 드리워져 천천히 휘감으면서 절대 사라지지 않는다는 점이었다. 검은 연기는 깔때기처럼 형태 가 줄어들어 소녀의 오른쪽 귀에서 뿜어져 나오는 것처럼 연결되 었다. 소녀의 이름은 안젤리카였고 혼자였다.

렉은 사진 찍히는 걸 싫어했지만, 어느 날 나는 지금 내 앞에 앉아 있는 것과 거의 똑같은 자세로 찍힌 흐릿한 스냅사진을 보 게 되었다. 한편 안젤리카는 카메라를 워낙 좋아했고, 그네에 나 른한 모습으로 앉아 검은 연기를 한쪽으로 피워 올리는 모습을 담은 특별한 그녀의 인물 사진은 미국의 이상한 종족들 사이에서 아주 유명해져, 어떤 이들은 뿌듯한 마음으로 그 사진을 액자에 넣어 걸기도 하고, 어떤 이들은 사격 연습용이나 지명 수배 포스 터로 써먹었다.

렉과 안젤리카는 아직 나타나지 않은 누군가에 대해서 말다 툼을 벌였는데, 그 주인공은 언터처블의 대표였고 프랭키는 그 사 람 없이는 경매를 시작하지 않겠다고 버티고 있었다.

"그자가 털북숭이 낯짝을 들고 여기 나타날 리가 없어. 따지 고 보면 그 작자는 이 도시 어디에도 나타나지 않을걸." 렉이 말했 다. 운율이 느껴지는 그의 목소리엔 약간 아일랜드인의 억양이 들 어 있었다.

"난 그자가 꼭 오면 좋겠어. 놈을 꽁꽁 묶어 넘겨서 현상금을

받을 테야." 입을 헤벌린 멍청이 부하가 말했다.

"그럼 난 돈을 주고서라도 구경할 용의가 있어." 안젤리카가 말했다. "하지만 어떻게 해도 너는 그 현상금을 받지 못할걸. 도그 페이스와 그의 패거리는 너희를 두려워하지 않아. 레오 패거리라면 또 몰라도, 너희는 해당 사항이 없어." 소녀는 경쾌하게 한숨을 쉬듯이 말을 이었고, 톤이 높고 명랑하게 시작된 문장이 팔랑거리며 바닥으로 내려왔다.

렉은 회중시계를 꺼내 흘끔 들여다보고는 꼬았던 다리를 풀고 일어섰다. "1분만 더 기다리겠다, 프랭키. 시간이 지나면 난 부하들을 데리고 사라질 거야."

"퐁, 저자를 당장 앉혀라!"

"앉으십시오, 도노반 씨." 가정교사가 말했다.

"어린아이한테 욕을 먹고도 가만있는 놈의 명령은 절대 듣지 않겠다." 렉이 말했다.

"나에 대해서 그런 말을 하다니 후회할 날이 있을 거다. 언제고 넌 용서를 빌게 될 거야." 프랭키가 말했다.

둘의 말싸움이 격렬해지기 전에 극장 뒤쪽에서 쾅 소리가 나며 양쪽 여닫이문이 동시에 활짝 열렸고 체구가 작은 인물이 다급하게 등장했다.

"저기 왔군! 내가 올 거라고 말했잖아." 프랭키가 말했다.

그는 모자와 함께 얼굴을 가릴 정도로 깃을 높이 세웠던 외투를 벗으며 객석 통로를 성큼성큼 걸어 들어왔다. "늦어서 미안해. 교통 상황이 악몽이었어!" 그가 톤이 높고 날카로운 뉴욕식 억양으로 말했다.

그는 계단을 뛰어올라와 조명이 비치는 무대로 진입했다. 그의 얼굴을 본 나는 충격에 사로잡혔다. 눈동자와 입술을 뺀 얼굴 전체가 촘촘하고 긴 털로 뒤덮여 있었다. 이 사람이 바로 뉴욕에서 가장 멸시당하는 이상한 종족인 엘더가의 언터처블 패거리 우두머리 도그페이스였다.

"도그페이스!" 렉이 외쳤다. "지난주에 우리한테 그렇게 얻어터지고도 자네가 몸소 모습을 드러낼 만큼 배짱이 있을 줄은 진심으로 몰랐네그려."

"자네 입장에선 그게 그렇게 **보였나**?" 도그페이스는 손가락 두 개를 혀로 핥아 눈을 가렸던 털을 빗어 넘기며 대꾸했다. "우습군, 내가 기억하기로는 자네 부하들은 셋이나 수레에 실려 치유사를 찾아갔지만 내 부하는 둘만 다쳤던데."

"네가 수를 세는 법을 까먹었겠지. 잔말 말고 내 구역에 얼씬거리지 마라, 안 그러면 다음에 너희 부하들이 찾아갈 곳은 치유사의 집이 아니라 영안실이 될 거야." 렉이 말했다.

"와, 와, 와. **내 구역에 얼씬거리지 마라!**고? 누가 저 인간 기저귀 좀 갈아줘야겠는걸." 성난 소년이 렉을 조롱하며 대꾸했다.

자리에 앉은 렉이 다시 의자에서 벌떡 일어났지만 부하 중 하나가 그를 다시 눌러 앉혔다. 렉이 싸움을 일으키지 못하도록 의자에 도로 끌어 앉히는 실랑이를 촌극처럼 보여주는 동안 도그페이스는 혼자 낄낄 웃으며 조금도 움츠러들지 않았다.

"나 같으면 함부로 덤비지 않을 거야. 밖에 부하 셋이 문에 바짝 귀를 대고 대기 중이거든. 저 친구들이 혹시라도 내가 짖는 소리를 듣기라도 하면 넌 죽은 목숨이야." 도그페이스가 말했다.

"지루한 기 싸움은 그쯤 했으면 됐어." 안젤리카가 말했다. 표정은 평온했지만 검은 연기는 더 짙어져서 소용돌이 구름을 이루었다.

"네, 그러면 **제발** 이제 시작해볼까요." 가정교사가 말했다.

모두들 자리를 잡고 앉았다. 각 패거리의 우두머리 사이엔 긴장감이 확연했지만 그들의 관심은 차츰 친구들과 나에게로 향했다.

"오늘은 우릴 위해 어떤 애들을 준비한 거야, 프랭키? 또 촌에서 올라온 얼뜨기들인가?" 도그페이스가 물었다.

"속임수 같은 잔재주나 부릴 줄 아는 이상한 아이들은 더는 필요 없어. 이번엔 진짜 재능 있는 애들을 원해." 렉이 말했다.

"맞아. 저 친구 식구들 중엔 지금도 죄다 돌덩어리처럼 멍청한 바보들 천지거든." 도그페이스가 말했다.

렉이 그를 험악한 눈빛으로 째려보았다.

"아니, 아니야. 여기 있는 애들은 진짜 물건이야. 그래서 저것들은 **진짜로** 값을 비싸게 받을 거야." 프랭키가 말했다.

"그건 두고 봐야지." 안젤리카가 말했다.

"내가 유일하게 관심을 갖는 부분은 저들이 도둑질을 할 수 있는가 하는 점이야. 난 힘쓸 사람이 필요해. 망볼 사람도 필요하고." 렉이 말했다.

"나는 변신을 잘하는 카멜레온 같은 존재가 필요해. 최근 들어 평범한 인간들이 우리 부하들을 자꾸 알아보는 통에 몇몇은 깔끔하게 면도를 해야 했어." 도그페이스가 말했다.

"너도 면도 좀 하지 그랬어." 렉이 껄껄 웃으며 말했다.

"이 아이는 투명인간이야!" 프랭키가 말했다. 아이는 홱 몸을 돌려 지휘봉으로 밀라드를 쿡 찔렀고, 밀라드는 꽥 소리를 질렀다.

우리는 아직 말을 할 수가 없었다.

"흐음. 흥미가 동하는 것도 같군⋯⋯" 렉이 손가락을 맞대고 서로 두들기며 말했다.

"저 아이들은 너희 패거리가 될 만큼 못생기질 않았잖아. 나한테 넘기는 게 나아." 도그페이스가 말했다.

"나는 그 어느 때보다도 날씨를 좌우하는 재주가 필요해. 바람을 일으키는 사람, 구름을 몰고 오는 사람, **실력이 뛰어난 사람**으로." 한숨을 쉬며 안젤리카가 말했다.

"좋다, 말을 해봐라." 프랭키가 지휘봉을 우리 방향으로 흔들며 말했다. "너희가 할 수 있는 재주를 저들에게 설명해라."

거의 무감각하게 굳어 있던 턱과 혀가 느슨해지는 것이 느껴지면서 막혔던 혈관에 갑자기 피가 돌 때처럼 마구 저리고 따끔거렸다. 처음엔 입을 열기도 어려웠다. 브로닌도 말을 하려고 애를 썼지만 발음하는 법을 잊어버린 것처럼 다들 소리가 웅얼거렸다.

도그페이스가 양손을 들어 올렸다. "저것들은 다 뭐지, 멍청이들인가?"

"당연히 멍청이겠지, 애당초 프랭키가 저들을 잡아들일 수 있었던 이유가 뭐겠어?" 렉이 말했다.

"내 전보 주소는 잊어주길 바라." 안젤리카가 의자에서 일어났다.

"저것들의 혀를 묶어놔서 그런 것뿐이야! 가지 마!"프랭키가 애원했다.

프랭키는 지휘봉으로 브로닌을 때리기 시작하며 소리쳤다. **"당장 말을 해!"**

그 광경을 보고 있자니 머릿속에서 무언가 재갈이 풀리는 듯했고 목소리를 되찾은 나는 버럭 소리를 질렀다. **"그만두지 못해!"**

성난 프랭키가 홱 방향을 돌려 지휘봉을 휘두르며 나에게로 걸어왔다. 하지만 나에게 오려면 중간에 엠마 앞을 지나쳐야 했고, 엠마는 이미 아무도 눈치채지 못하는 사이에 손목을 묶었던 밧줄을 태워버린 뒤였다. 다리는 아직 의자에 묶여 있었지만 엠마는 상반신을 날려 프랭키를 바닥에 쓰러뜨렸다.

엠마는 프랭키의 목에 팔을 둘러 조르기 기술을 시도하며 불꽃을 일으킨 손을 아이 얼굴 옆에 갖다 댔다.

"그만, 그만, **그만해!**"프랭키는 안간힘을 다해 몸부림을 치며 소리쳤다. 온 힘을 다해 노력해봐도 프랭키는 엠마에 대한 염력을 잃은 듯했고, 다시는 힘을 되찾지 못했다.

"우릴 다 풀어주지 않으면 이 아이 얼굴을 녹여버리겠다! 진심이야! 정말로 녹여버릴 거다!"엠마가 소리쳤다.

"오 **제발** 그렇게 해주렴. 걔가 얼마나 골칫거리인데."안젤리카가 말했다.

다른 사람들도 웃음을 터뜨렸다. 그들은 놀란 듯했지만 갑작스러운 상황의 변화에도 딱히 냉정을 잃진 않았다.

"너희는 왜 거기 가만히 서 있는 거야? 저것들을 죽여버려!"프랭키가 고래고래 소리쳤다.

도그페이스는 발목을 꼬고 느긋하게 기대앉으며 깍지 낀 손으로 뒤통수를 잡았다. "나도 잘 모르겠어, 프랭키. 상황이 이제야 좀 흥미진진해지는걸."

"동감이야. 이번 한 번만은 오늘 침대에서 일어나 나오길 잘했다 싶어." 안젤리카가 말했다.

엠마는 화난 얼굴이었다. "얘가 죽어도 당신들은 아무 상관도 없어?"

"난 상관있어." 가정교사가 건성으로 대꾸했다.

"넌 나한테 이러면 안 돼! 너희는 내 소유물이야! 내가 너희를 잡았잖아!" 프랭키가 소리 질렀다.

혀와 마찬가지로 내 팔과 다리에도 마음대로 움직일 수 있는 느낌이 돌아오는 중이었다. 소녀의 마법은 깨져버렸다. 친구들을 쳐다보니 그들도 사지를 움직이고 있었다.

"우리끼리 공평하게 나눠 갖는 걸로 하자." 렉이 허리띠에서 총구가 뚱뚱한 권총을 꺼내 가늠쇠를 꺾으며 말했다. "너희는 하나씩, 나는 둘."

"나에겐 더 좋은 생각이 있어." 도그페이스가 말했다. 그는 네 발로 기듯 바닥에 엎드리며 사납게 으르렁거렸다. "전부 다 내가 데려가겠다."

"그렇게는 절대 안 되겠어." 안젤리카가 그에게 경고했다. 소녀 주변에 낀 구름이 밝은 흰색으로 번쩍거리더니 우르릉 쾅쾅 천둥소리가 났다. 내가 연기라고 생각했던 것은 실제로는 폭풍 구름이었다. "그리고 그 불길을 우리한테 쓰는 건 생각도 하지 마라." 소녀가 엠마에게 말했다.

"우린 아무도 데려가지 못해. 아무도 우릴 사고팔지도 못할 거다." 내가 말했다.

"임브린 위원회에서 당신들이 하는 짓을 알면 전부 다 아주 심각하고 어려운 곤경에 처할 거야." 밀라드가 말했다.

밀라드의 말에 몇몇이 의아한 듯 눈썹을 들어 올렸다. 렉이 앞으로 몇 걸음 다가서며 갑자기 약간 더 예의를 차린 말투로 말했다. "너희가 우릴 오해한 모양이구나. 우린 사람들을 **사고팔지** 않아. 그런 종류의 인신 거래는 오래전부터 불법이었어. 하지만 가끔씩 범죄를 저지른 이상한 피의자들의 보석금을 내기 위해서 값을 부르는 경우가 있을 뿐이야. **만약** 문제의 이상한 종족들이 우리 마음에 드는 경우에 말이지."

"무슨 범죄를 저질렀다는 거지? 범죄자는 **당신들**이야!" 밀라드가 말했다.

"프랭키의 구역을 침범했잖아." 도그페이스가 말하자 너무 겁을 먹어 말도 못 하고 있던 프랭키가 열심히 고개를 끄덕였다.

"저 애가 우리한테 덫을 놓았던 거야! 음식으로 우리한테 약을 먹였다고!" 브로닌이 말했다.

"**이그노란티아 레기스 네미넴 엑스쿠사트**_Ignorantia legis neminem excusat_. 법에 대한 무지함은 누구에게도 핑계가 되지 않는다." 가정교사가 말했다.

"우리는 너희의 보석금을 기탁하는 거다. 그러면 너희는 감옥을 건너뛰는 대신에 석 달간 우릴 위해 봉사하며 그 대가를 치르면 돼. 그 기간이 지난 뒤엔 많은 사람들이 계속해서 우리와 지내기로 결정을 내린다." 렉이 설명을 계속했다.

"계속 살아남은 자들에 한해서나 그렇겠지. 우리 입회식은 마음 약한 자들에겐 맞지 않아." 도그페이스가 교활한 웃음을 지으며 말했다.

"아가씨는 아주 재능이 뛰어나군." 안젤리카가 조심스럽게 엠마를 향해 한 걸음 다가서며 살짝 목례를 했다. "넌 우리 패거리에 들어오면 아주 편하게 지낼 수 있을 거다. 우린 너처럼 자연의 힘을 다루는 종족이야."

"한 가지만 짚고 넘어가겠다. 난 당신들과는 어디도 가지 않을 것이고 당신들은 누구도 내 친구가 될 수 없어." 엠마가 말했다.

"난 너흴 친구로 생각하는데." 도그페이스가 말했다.

브로닌의 밧줄이 요란한 소리를 내며 끊어졌고 그녀가 의자에서 일어섰다.

"움직이지 마! 쏴버리겠다!" 렉이 소리쳤다.

"쏘기만 해, 내가 태워버릴 테니." 엠마가 말했다.

"얘가 시키는 대로 해!" 프랭키가 울먹거렸다.

렉은 머뭇거리다가 총을 살짝 내렸다. 말은 험하게 했지만 그들은 정말로 프랭키가 죽는 걸 원치 않는 듯했다. 혹은 정말로 우리를 죽이고 싶지 않거나.

브로닌이 누어의 의자로 다가가 등 뒤로 묶인 밧줄을 끊어버렸다.

"고마워." 누어가 일어나 손목을 문지르며 말했다. 그러고는 손을 허공으로 들어 올려 눈부신 조명등 불빛을 잘라냈다. 조명은 무대 위 통로에 매달린 채 아직 켜져 있었지만, 깔때기 모양의 불빛은 우리 머리 위 높이에서 중단되었다. "됐다. 이제 좀 낫군." 누어는 양손을 겹쳐서 손에 모아 쥐었던 불빛을 뭉친 다음 뺨 안쪽에 집어넣었고, 불덩어리는 껌처럼 볼록 튀어나왔다.

"성모님 맙소사." 렉이 숨죽인 채로 중얼거렸다.

"너희들은 **대체** 정체가 뭐냐?" 도그페이스가 물었다.

브로닌은 마침 밀라드의 밧줄을 막 끊어낸 뒤 이제 나에게로 걸어오고 있었다.

"이 근처에서 온 아이들일 리가 없어. 저런 정도의 이상한 재능이라면 모두들 이름을 알았을 거야." 안젤리카가 말했다.

"와이트들을 기억해?" 밀라드가 말했다.

"농담하는 거겠지." 렉이 말했다.

"지금 놈들이 죽거나 감옥에 가 있는 건 우리 덕분이야."

"주로 **이 친구** 덕분이지." 브로닌이 말했다. 브로닌은 내 손목에 묶였던 밧줄을 끊어버린 뒤 도보 경주의 우승자라도 된 것처럼 내 팔을 들어 올렸다. "우리는 페러그린 원장님의 아이들이야. 원장님이 당신들이 하는 짓에 대해 들으면, 당신들을 절대 가만두지 않을 거야. 당신들 머리에 어떤 불덩어리가 떨어질지 몰라."

"살다 살다 별 미친 소리를 다 들어보는군." 렉이 말했다.

"그럼 우린 그들과도 잘 어울려 지내면 되는 거야." 도그페이스가 말했다.

극장 안의 권력 구도가 달라졌다. 우리는 그들에게 내키지 않는 존중을 얼마간 이끌어냈고, 권력의 균형은 평형을 이루었다. 하지만 각 패거리의 우두머리들은 아직 우리를 경계하면서 자기들끼리도 서로 견제하고 있었기 때문에, 경계를 늦춘 사람은 아무도 없었다. 렉은 아직 총을 겨눈 상태였고, 엠마는 여전히 프랭키의 얼굴에 불꽃을 대고 있고, 도그페이스는 네발로 엎드려 당장이라도 덤벼들 태세였으며, 안젤리카의 구름은 이제 소리 없는 폭풍우를 일으켜 가는 빗방울이 머리와 어깨를 적시고 있었다. 불붙은 다이너마이트 주변에서 우리 모두 춤을 추는 기분이었다.

"너희한테 한 가지 질문이 있다. 진실되게 답하는 것이 최선일 거야. 너희 같은 사람들은 타당한 이유 없이 남의 도시에 함부로 들어오지 않아. 그런데 너흰 여기 무슨 일로 온 거지?" 렉이 말했다.

나는 그들과 동등한 지위에서 대화를 할 수 있다고 생각했던 것 같다. 하지만 지금 돌이켜 보면 왜 그런 말을 했는지 모르겠다. 나는 자부심과 무모함을 느끼는 중이었고 그래서 생각 없이 진실을 쏟아내고 말았다. "우리는 저 애를 도우려고 왔다." 누어를 향해 고개를 살짝 기울이며 내가 말했다. "저 애는 이상한 능력을 갓 깨달은 완전 신참인데 위험에 빠졌고, 그래서 우리와 함께 집으로 데려가는 중이었어."

패거리 우두머리들이 나의 설명을 제대로 이해하는 동안 긴장된 정적이 흘렀고 이내 그들은 서로서로 쳐다보았다.

"저 아이가 신참이라고 했나? 그 말은 그럼…… 미접촉 상태라고?" 도그페이스가 말했다. 그는 뒷다리에 기대앉은 자세로 바꾸었고 으르렁거리던 목소리도 평소 말투로 바뀌었다.

"맞아. 그게 무슨 상관이지?" 엠마가 물었다.

안젤리카는 턱에서 빗물을 뚝뚝 흘리며 머리를 흔들었다. "큰일 났군."

"빌어먹을!" 렉이 욕을 하며 허공에 주먹질을 했다. "빌어먹을, 불을 뿜는 애는 내가 우리 패거리로 꼭 데려가고 싶었는데."

"당신들 무슨 얘기를 하는 거야?" 브로닌이 물었다.

"그래, 방금 무슨 일이 있었던 거지?" 누어가 말했다.

프랭키는 깔깔 웃기 시작했다. "어휴, 너희 신세가 참 **처량하게** 됐구나."

"넌 입 닥쳐." 엠마가 말했다.

"미접촉 상태의 이상한 아이를 납치하는 건 심각한 범죄야. 대단히 엄중한 범법 행위지." 가정교사가 설명했다.

"아무도 나를 **납치**하지 않았어." 누어가 말했다.

"너희는 외부인들이야, 그런데도 미접촉 상태의 이상한 아이를 구역 경계 너머로 이동시키려 했지. 그런 행위의 의미는……" 렉이 요란한 한숨을 푹 내쉬더니 발을 굴렀다. "이런 거 정말 **싫다!**"

도그페이스가 일어서서 손에 묻은 먼지를 비벼 털었다. "우리는 너희를 고발할 수밖에 없다. 안 그러면 우리도 공범이 될 거야." 그가 말했다.

"꼭 그래야 해? 난 얘네들이 점점 더 마음에 들어." 안젤리카가 말했다.

"설마 농담이겠지." 도그페이스가 초조하게 오락가락 걸어다니기 시작했다. "만약 우리가 이번 일을 보고하지 않았다가 나중에 레오가 알게 되면 어쩌려고? 우린 다 죽은 목숨이야. **그야말로** 곧 죽음이라고."

"너는 '아무도, 아무 인간도, 아무 존재도' 두려워하는 게 없는 줄 알았어." 안젤리카가 말했다.

도그페이스가 그녀를 향해 홱 돌아서서 고함을 질렀다. "레오를 두려워하지 않는 건 오직 멍청이들뿐이야!"

렉은 몸을 틀어 돌아섰다. 우리에게 등을 보이며 돌아서는 그의 손에 작은 휴대전화 같은 것이 들린 것 같았다. "나도 이러는 거 정말 싫다. 정말 싫어. 나도 너희들과 협조 좀 해볼까 하고 기대하고 있었어. 하지만 안타깝게도 선택의 여지가 없군."

그가 기계에 달린 버튼을 몇 개 눌렀다. 잠시 후 사이렌이 울려 퍼지기 시작했다. 사방에서 동시에 소리가 울리는 것 같았다. 벽과 천장, 심지어 공기 자체에서도. 친구들과 나는 서로 쳐다보다가, 무기를 내린 채 더 이상 우리를 향해 다가오지도, 위협을 하지도 않는 미국인들을 번갈아 쳐다보았다. 그들은 그저 실망한 표정이었다.

엠마가 프랭키를 놓아주었다. 아이는 바닥에 쓰러졌다. "우리 친구는 어디에 있어? 너 대체 에녹한테 무슨 짓을 한 거야?" 엠마가 아이에게 소리쳤다.

프랭키는 미국인들 쪽으로 엉금엉금 달아났다. "걔는 이제 내 수집품이야! 너희는 그 애를 도로 데려갈 수 없어!" 아이는 렉의 무릎 사이에 숨어 우리를 내다보았다.

그 말을 듣고 나자 거기 남아 있을 이유도, 우릴 그곳에 붙잡을 명목도 없는 것 같았다. 사이렌이 요란하게 울려댔다. 친구들과 나는 주변을 살폈다.

"우린 가는 게 좋겠어." 내가 말했다.

"그런 걸 굳이 두 번 말할 필요는 없어." 엠마가 말했다.

엠마와 누어, 나는 거의 다시 원래 기력을 되찾았다. 하지만 브로닌은 아직 약간 비틀거려서 우리가 부축해야 했다. 우리는 최대한 빨리 계단을 내려가 뒤쪽 출입구를 향해 객석 통로를 달려갔지만 그렇게 걸음이 빠르진 못했다. 미국인 우두머리들도, 그들의 부하들도 우리를 막으려는 시도는 조금도 하지 않았다. 우리는 벌컥 문을 열고 밖으로 나가, 저물어가는 오후 속으로 뛰어들었다.

1920년대 양복을 입고 골동품 기관총을 든 대여섯 명의 남자들이 우리를 향해 달려오고 있었다. 그들은 총을 겨누며 우리에게 멈추라고 소리쳤다. 빗발치듯 날아온 총알이 우리 뒤쪽 콘크리트에 맞고 튕겨 올랐다.

한 남자가 내 다리를 냅다 걷어차는 바람에 나는 곧장 포장도로에 얼굴을 묻으며 엎어졌고 구두 신은 발이 내 뒷덜미를 짓눌렀다.

퉁명스러운 명령이 떨어졌다. **"놈들 눈을 가려라."** 주머니 같은 것이 내 머리를 푹 덮었다.

사방이 깜깜해졌다.

제 17 장

chapter seventeen

나는 거친 손길에 이끌려 바닥에서 일어난 뒤 어디론가 끌려가다, 이내 누군가에게 팔을 잡혔고 허공으로 들려 올라갔다가 금속 바닥으로 내동댕이쳐졌다. 문이 쾅 소리를 내며 닫혔다. 자동차 뒤에 실린 것 같았다. 저들이 내 머리에 씌워놓은 두건 때문에 아무것도 보이지 않았다. 콘크리트 바닥에 쓸린 턱 부분이 아팠고 손목은 또다시 꼼짝도 못 하도록 단단히 결박된 상태였다. 용량 큰 공기 실린더가 여러 개 달린 고성능 엔진에 시동이 걸렸다. 엠마가 뭐라고 말하는 소리가 들렸지만 갱단 일원 중 하나가 "입 닥쳐!"라고 윽박지르고는 뺨을 때리는 소리가 들린 뒤 이내 조용해졌다. 내 가슴속에선 분노의 불길이 치솟았다.

자동차가 요동을 치며 흔들렸다. 아무도 말을 하지 않았다. 우리의 운명이 스스로 밝혀질 때까지 기다리는 동안 나의 머리엔 두 가지 생각이 떠올랐다. 하나는 이 갱단이 뉴욕에서 모든 사람들이 두려워하는 유일한 인물, 레오를 위해 일하는 부하들일 것이라는 점, 그리고 다른 하나는 내가 더플백을 잃어버렸다는 점이었다. 에이브 할아버지의 업무 일지가 들어 있는 나의 더플백. 할아버지가 굳이 공을 들여 비밀 지하 창고에 자물쇠로 잠가두었던 유일한 물건. 민감한 정보로 가득한 파일. 할로우 사냥꾼으로서 보낸 할아버지의 평생 자취가 거의 전부 들어 있는 장부. 그런데 내가 그것을 흔적도 없이 잃어버렸다.

마지막으로 더플백을 갖고 있었던 건 프랭키의 집으로 들어갈 때였다. 가정교사가 그 집과 버려진 극장 사이 어딘가에서 내 가방을 가져간 게 틀림없었다. 그가 안을 들여다보았을까? 자신의 손에 들어온 물건이 무엇인지 그는 알아차렸을까? 그가 가방을 내던져 버린 쪽과 파일을 읽은 쪽 중에서 어느 편이 더 나쁠까?

이제는 어느 쪽이라도 상관없었다. 이들이 정말로 레오의 부하들이라면, 그리고 모두가 생각하는 것처럼 그가 끔찍한 인물이라면 어차피 난 오늘을 살아서 넘기지 못할지도 모른다.

운전자가 브레이크를 세게 밟았다. 내가 금속 바닥에서 옆으로 밀려가기 시작하자 불한당 한 명이 내 목을 잡았다. 차가 멈췄고 문이 열리는 소리가 들렸다. 우리는 끌려 내려졌고 어떤 건물 같은 곳으로 들어가 복도를 걷다가 무슨 일이 일어난 건지 거의 알아차리지 못할 정도로 부드럽게 루프 입구를 통과했다. 그러고 나서는 다시 바깥이었고, 이젠 주변 환경과 소리가 달라진 게 느껴졌다. 날씨는 추웠고 거리는 소란스러웠다. 우리는 더 옛날 시대로 거슬러 올라왔다. 포장도로를 걸어 다니는 사람들 발소리가 달랐다. 아무도 운동화를 신은 사람들이 없었기 때문에 신발 닿는 소리가 더 딱딱했다. 우리 주변으로 사방에서 자동차가 돌아다녔는데 엔진 소리가 훨씬 거칠게 울렸고 경적 소리도 더 요란했으며 매연도 더 많이 뿜어댔다.

울퉁불퉁한 포장도로에 두 번이나 발이 걸려 비틀거리자, 내 팔을 잡고 걷던 남자가 어리석은 짓은 하지도 말라고 경고한 뒤 머리에 씌웠던 두건을 확 벗기더니 다시 앞장서 걸어갔다. 갑자기 환한 대낮의 햇살에 노출된 나는 눈을 깜박거리며 주변 풍경을 살펴 여기가 어딘지 알아보려고 애를 썼다. 내 목숨이 앞으로 있을지 모를 빠른 탈출 기회에 달렸다는 걸 나는 알았다.

그곳은 뉴욕이었고 20세기의 전반부 어디쯤, 1930년대나 1940년대라고 추측되었다. 오래된 자동차와 버스는 틀림없이 그 시대 물건이었고 남자들은 하나같이 양복에 모자를 쓰고 있었다. 나를 잡아 온 불한당들은 그곳에 완벽하게 어울리는 차림이었다. 그들이 편한 마음으로 내 두건을 벗긴 건 내가 와 있는 곳을 눈으로 확인해도 더는 걱정할 필요가 없기 때문이었다. 아마도 그들은 그 지역 전체를 통제하고 있을 것이다. 이 루프에서 도와달라고 소리치는 건 소용없는 짓이었다. 불한당들은 문제를 일으키는 평범한 인간들을 아무나 죽여버릴 것이다. 공연히 사람들의 시선을 끌지 않으려고 그들이 굳이 숨긴 물건은 기관총이어서 다들 신문지에 감싸 팔에 끼고 있었다.

우리는 도로를 따라 걸어갔다. 아무도 우리를 눈여겨보지 않는 듯했다. 원래 이것이 그냥 뉴욕 시민들의 태도인지, 아니면 이곳 사람들이 일신의 안전에 이롭다는 이유로 레오의 부하들을 모

른 체하는 훈련이 된 것인지 알 수가 없었다. 나는 친구들도 함께 따라오는지 확인하려고 뒤를 돌아보려 했지만 그러다가 뒤통수를 세게 얻어맞았을 뿐이었다. 내 앞에 있는 불한당들과 옆에 있는 사람들만 볼 수 있었고, 뒤쪽 어딘가에서 도그페이스와 렉이 작게 대화를 나누는 소리가 들릴 뿐이었다.

우리는 골목으로 꺾어져 들어갔다가, 인부들 몇 명이 위아래가 붙은 작업복을 입고 일을 하던 하역장 계단을 올라가 어두운 창고로 들어갔다.

"레오가 기다리고 있어." 일꾼 하나가 거칠게 말했다.

분주하게 움직이던 요리사들과 웨이터들이 우리가 지나갈 수 있도록 다들 벽에 바짝 붙어 섰다. 그들은 절대로 눈을 마주치지 않으려고 조심했고, 우리는 주방 통로를 지나 행진을 이어갔다. 연회실을 지나, 한낮인데도 어둑어둑했지만 거의 절반쯤 손님들이 들어찬 고급스러운 바를 통과한 다음엔 금박을 입힌 계단을 올라가 사무실에 당도했다.

넓은 사무실은 섬세하게 조각한 목재 가구와 금박 장식으로 고급스럽게 꾸며져 있었다. 저 멀리 거울처럼 반들거리는 거대한 책상 뒤에 한 남자가 앉아서 우리를 기다리고 있었다. 가는 세로 줄무늬가 들어간 검은색 양복에 요란한 자주색 넥타이를 맨 남자는 전체적인 옷차림과 별로 어울리지 않게 두툼한 모직 천으로 된 아이보리색 홈부르크식(챙이 좁고 위로 올라간 형태에 가운데가 움푹 패인 모양의 남성 모자-옮긴이) 중절모를 쓰고 있었다. 그 옆에 선 키 큰 남자는 우두머리의 오른팔인 듯 옷차림이 온통 검은색이었다.

책상에 앉은 남자를 향해 걸어 들어가자 그가 나를 빤히 쳐다보았다. 고드름으로 찔러대는 것처럼 피부가 따끔거리는 느낌이었다. 그는 편지 칼로 책상에 깔린 초록색 펠트 천을 푹푹 찔러대 작은 상처를 내고 있었다. 그의 시선이 내 옆에 차례로 자리를 잡는 순서대로 엠마, 밀라드, 브로닌에게 향했다.

누어는 그들과 함께 있지 않았다. 놈들이 누어에게 무슨 짓을 했을지 궁금해지면서 싸늘한 두려움이 전신을 훑고 지나갔다. 이어 렉과 안젤리카, 렉의 두 부하들이 다급한 걸음으로 따라 들어왔고, 그들에게도 불한당들이 한 명씩 딸려 있었다. 도그페이스의 모습은 어디에도 보이지 않았다. 혼자만 달아난 것이 분명했다.

"레오, 만나서 반갑습니다. 오랜만에 뵙네요." 렉은 모자를 쓰지 않으면서도 모자챙을 잡는 시늉을 하며 말했다. 그의 부하들은 침묵을 지켰다.

안젤리카는 허리를 숙여 인사했다. "안녕하세요, 레오." 공손히 인사를 하는 소녀의 구름 역시 겁에 질린 듯 공손한 크기로 작아져 소녀의 몸 주변에 딱 붙어 있었다.

레오가 편지 칼로 소녀를 가리켰다. "이 안에선 비를 내리지 않는 게 좋을 거야, 엔젤페이스. 카펫을 세탁한 지 얼마 안 됐어."

"알겠습니다, 어르신."

"그래서." 레오가 편지 칼로 우리를 가리켰다. "바로 이자들인가?"

"이자들이 맞습니다." 렉이 말했다.

"도그보이는 어디 있나?"

"놈은 달아났습니다." 화가 나서 씨근덕거리는 목소리로 키 큰 남자가 말했다.

레오는 편지 칼을 더 꽉 쥐었다. "그러면 곤란하지, 빌. 사람들이 우리가 범죄자를 호락호락하게 다룬다는 생각을 갖게 된단 말이야."

"꼭 놈을 잡아오겠습니다, 레오."

"그러는 게 좋을 거야." 그가 렉과 안젤리카를 쳐다보았다. "이제 너희들 얘기를 해볼까. 듣자하니 너희는 불법 경매에 참석했다지."

"아이고 아닙니다, 그런 게 아니었어요." 렉이 대꾸했다. "여기 이 이상한 아이들 보이시죠?" 그가 친구들과 나를 향해 손짓을 했다. "저희는 이 아이들을 고용하려는 중이었어요. 말하자면 그건…… 취업 설명회였죠."

"취업 설명회!" 레오가 껄껄 웃었다. "참신한 변명이로군. 그 아이들을 은밀하게 거래하려던 게 아니라고 확실하게 말할 수 있나? 공짜로 너희에게 봉사시키려고 공갈이나 협박으로 아이들을 꾀는 중이었겠지?"

"아뇨, 아닙니다요." 렉이 말했다.

"우리는 절대 그런 짓 안 해요." 안젤리카가 거들었다.

"그렇다면 너희는 외부인들과 무슨 일을 하고 있었던 걸까?" 레오가 말했다.

"나리께 데려오려던 중이었습죠." 렉이 말했다.

"맞아요."

"프랭키는 저 아이들이 별로 특별한 존재가 아니라고 생각했고 그래서……"

"프랭키는 바보 멍청이야!" 레오가 고함을 질렀다. "누가 보잘것없는 존재이고 누가 잠입한 스파이인지 구분하는 건 그 애소관이 아니야. 외부인이 있으면 너희는 나에게 데려와야 하고 내가 그들을 심판하는 거야! 알겠나?"

"네, 레오." 두 사람은 합창을 하듯 대답했다.

"그나저나 빛을 먹는다는 아이는 어딨지?"

"라운지에서 대기하고 있습니다. 지미와 워커가 지키고 있어요." 레오의 부하인 빌이 말했다.

"좋아. 그 아이는 험하게 다루지 말게. 먼저 친해지고 싶으니까, 잘 기억해둬."

"알겠습니다, 레오."

레오가 우리를 돌아보았다. 책상에 올렸던 다리를 내리고 앞으로 당겨 앉았다. "너희는 어디에서 왔나? **캘리포니오**(캘리포니아에최초로 정착했던 스페인계 식민 정복자들의 후손-옮긴이) 놈들이겠지, 안그래? 너희들은 미즈의 *끄*나풀이지?"

"난 플로리다 출신이에요." 내가 말했다.

"우리는 영국에서 왔고요." 브로닌이 말했다. 그녀의 목소리는 쉬어 있었다.

"우린 미즈가 누군지도 모르고 당신이 무슨 말을 하는지 하나도 모르겠어요." 엠마가 말했다.

레오는 고개를 *끄*덕였다. 자기 책상을 내려다보았다. 이상할 정도로 꽤 긴 순간 동안 침묵을 지켰다. 그가 다시 고개를 들었을 때 얼굴이 분노로 불그레하게 변해 있었다.

"내 이름은 레오 버넘이고 이 도시를 다스린다."

"동부 지역 전체다." 빌이 말했다.

"이제부터 심문은 이런 방법으로 진행하겠다. 나는 질문을 던지고 너희는 솔직하게 대답을 한다. 나는 너희가 감히 거짓말을 해도 좋은 사람이 아니다. 너희가 내 시간을 낭비해도 괜찮은 사람이 아니야." 레오는 손을 머리 위로 들어 올렸다가 세게 내리치며 편지 칼을 책상에 깊숙하게 꽂았다. 방 안에 있던 사람들이 전부 놀라 펄쩍 뛰었다.

"죄목을 읽어줘라, 빌." 레오가 말했다.

빌이 서류 뭉치를 넘겼다. "구역 침범. 체포 불응. 미접촉 상태의 이상한 아이 납치."

"놈들 신분에 대한 거짓말 죄도 추가해." 레오가 말했다.

"알겠습니다." 빌이 글귀를 적어 넣으며 대꾸했다.

레오가 높은 의자에서 일어서더니 의자 뒤로 걸어 나가 금빛 등받이에 양쪽 팔뚝을 올려놓았다. "와이트와 그림자 괴물들이 이 도시에서 갑자기 사라지고 형편이 나아지기 시작하면서, 나는 누군가 우리 영역을 침범하는 것이 시간문제일 뿐이라는 걸 알고 있었다. 누구든 외곽 지역에 있는 보잘것없는 루프부터 공략하기 시작할 거라고 짐작했지. 파인배런(플로리다주에서 메인주까지 대서양 연안 및 멕시코 연안에 있는 불모지로 소나무가 드문드문 자라는 곳-옮긴이)에 있는 미시 파인먼의 외딴 거주지라든지, 포코노스(펜실베이니아주 동부에 있는 산악 지대-옮긴이)에 있는 주스 배로우의 합동 농장 같은 곳 말이야. 하지만 내가 도대체 얼마 만에 만나보는 건지도 모를 만큼 역대급으로 강력한 떠돌이 능력자를 데려가려고, 그것도 아예 **백주 대낮에 우리 뒷마당으로 곧장** 쳐들어오다니……"그는 화가 머리끝까지 나 침을 튀기면서 열변을 토하더니 몸을 똑바로 폈다. "그건 단순히 무모한 짓일 뿐 아니라 나에 대한 모욕이다. 캘리포니오 놈들이 이렇게 떠들어대겠지. '레오가 약해졌어. 레오가 잠을 자고 있어. 우린 분명 **무사히 빠져나올 능력이 있으니까** 춤을 추듯이 그의 집으로 쳐들어가서 돼지 저금통을 훔쳐 가지고 나오자고.'"

"상당히 화가 많이 나셨네요. 어르신의 말씀을 거슬러서 더 화를 돋우고 싶은 마음은 절대로 없지만 우리는 정말이지 어르신이 생각하는 그런 사람들이 아닙니다." 밀라드가 말했다.

레오가 의자 뒤에서 걸어 나와 밀라드 앞에 가 섰다. 그는 눈에 띄지 않고 달아나기 더 어렵도록 줄무늬 가운을 강제로 걸치고 있었다.

"넌 여기 출신인가?" 레오가 차분한 음성으로 물었다.

"아닙니다." 밀라드가 대꾸했다.

"그 떠돌이를 데려갈 작정이었나?"

"정확히 떠돌이가 뭔데요?"

레오가 밀라드의 배를 주먹으로 때렸다. 밀라드는 허리를 반으로 접으며 신음했다.

"그만둬요!" 엠마가 소리쳤다.

"빌, 떠돌이가 뭔지 이놈들에게 설명해줘라."

"떠돌이는 자신이 이상한 종족인지 알지 못하여 아직 어떤 이상한 집단이나 무리에도 소속되지 않은 존재를 가리킨다." 마치 외운 내용을 암송하듯 빌이 말했다.

'떠돌이'란 미접촉 상태를 가리키는 다른 낱말인데 좀 더 멸시하는 뉘앙스를 풍기는 것 같았다.

"그 아이는 곤경에 빠져 있었어요. 우린 그 애를 도우려고 한 겁니다." 내가 말했다.

"5대 자치구에서 그 애를 빼돌리려 하다니." 레오는 믿어지지 않는다는 투로 말했다.

"런던에 있는 우리 루프로 데려갈 생각이었어요. 당신 같은 사람들로부터 안전한 곳으로요." 브로닌이 말했다.

레오의 눈썹이 올라갔다. "런던이라, 이봐, 빌, 내가 생각한 것보다 더 나쁜 상황이로군. 서부 지역의 캘리포니오 놈들뿐만 아니라 이상한 영국인들까지 우리를 넘보고 있어."

"그 아이는 당신들과 상관없는 사람이고 당신 소유물도 아니에요. 우리와 함께 가기로 한 건 그 아이의 선택이었어요." 내가 말했다.

레오는 셔츠 깃을 바로 한 다음 내 앞에 와 섰다. 내 팔을 잡은 부하의 손에 힘이 들어갔다. "네놈이 정말로 무지한 건지 단지 모르는 척 연기를 하는 건지 모르겠지만 상관없다. 법은 법이고, 그 법은 이 나라 전역에서 똑같이 적용된다. 그 불을 먹는 아이는 우리 지역 주민이고, 방금 네가 인정했듯이 그 아이를 꼬여서 외부로 데려가는 건 범죄야. 너를 단죄의 본보기로 삼는 것밖에는 다른 선택의 여지가 없다." 그가 손을 들어 올려 내 뺨을 후려갈겼다. 너무 순식간에 벌어진 일이라 나는 미처 타격에 대비할 시간도 없었다. 손찌검의 충격과 힘은 거의 나를 쓰러뜨릴 정도였다.

"빌, 이 못된 애송이들을 사무실에서 끌고 나가라. 놈들의 정체를 알아내도록 해. 겁내지 말고 엄하게 취조해라. 우릴 말랑말랑하게 보는 건 끝이야."

"알겠습니다, 레오."

밖으로 끌려 나가며 나는 엠마의 얼굴을 살폈고, 엠마는 내 얼굴을 쳐다보았다. **우리는 괜찮을 거야**라고 내가 입 모양으로 말했다. 하지만 며칠 전 플로리다의 집을 떠나온 이후 처음으로 솔직히 나도 자신이 없었다.

내가 레오를 만난 건 그때가 처음이었지만, 마지막일 리는 없었다.

ɛ

감방에서 얼마나 오랜 시간을 보냈는지는 알 수가 없었다. 며칠이 지난 것 같은 기분이었지만 아마도 24시간이 채 지나지 않았을 것이다. 감방엔 창문도 없어서 햇빛도 들지 않았고 침상과 변기 외엔 가구도 없었다. 유일한 불빛은 절대 꺼지지 않는 알전구 하나였고, 그런 상황에서 시간의 흐름은 가늠하기가 어려웠다. 특히 루프 시차에 시달리는 상황이어서 애당초 몇 시였는지 몸이 좀처럼 알지 못하는 경우라면 더더욱.

그들은 금속 용기에 담긴 음식과 금속 컵에 담긴 물을 가져다주었다. 몇 시간마다 한 번씩 누군가 나를 심문하러 찾아왔다. 대개 매번 다른 사람이었다. 처음 그들이 알고 싶어 한 내용은 내가 어디 출신인가 하는 점과 누구와 함께 일을 하는가 하는 부분이었다. 그들은 정말로 내가 캘리포니아에서 왔으면서 거짓말을 하는 거라고 믿는 눈치였다. '캘리포니오'라는 용어를 되풀이해 사용하며 내가 바로 그런 인물이라는 것이었다. 나는 가능한 모든 방법을 동원해서 그 점을 부인했지만, 내가 영국 출신의 이상한 아이들 집단 소속이라는 진실은 도무지 받아들여질 가능성이 없었다. 내가 확실한 미국인이고 현대에서 온 사람인 반면 친구들은 그렇지 않다는 사실 때문이었다. 그들을 설득하기란 너무 어려웠다. 내 이야기는 이치에 맞지 않았다. 그들은 나를 죽이겠다는 말을 너무도 쉽고 잔인하게 입에 올렸고, 친구들과 내가 저지른 '범죄'에 대한 다양하고 끔찍한 처벌 방법들을 수시로 언급했다. 그러나 나를 때리지는 않았다. 나를 고문하지도 않았다. 아무래도 그것은 복도 끝 쪽에 있는 남자와 어떤 관련이 있는 듯했다. 몇 시간에 한 번씩 그들은 나를 감방에서 끌어내 또 다른 창문 없는 방으로 데려갔고, 그곳에 가면 짧게 자른 머리에 작고 동그란 안경을 쓴 올빼미 같은 남자 앞에 앉아야 했다. 그는 의자 등받이에 느긋하게 기대 앉아 피클을 야금야금 씹으며 말없이 장시간 나를 빤히 바라보기만 했다.

나의 이론은 그가 내 마음을 읽으려 한다는 것이었다. 피클이 그의 기술의 일부인지 아니면 그냥 피클 중독자인지는 모르겠다. 결국 그는 뭔지 모르지만 자신이 알아내고 싶었던 것을 확인한 모양이었다. 혹은 어쩌면 그들이 내 친구들의 두뇌를 꿰뚫어본 것인지도 모르겠다. 어쨌든 나를 취조하던 다른 사람들의 말투가 별안간 달라졌다. 이제 그들은 내가 캘리포니아 출신이 아니라고 주장하는 말도, 대서양 건너에서 온 이상한 아이들 무리에 속한다는 말도 믿어주는 눈치였다.

그 이후로는 유럽의 이상한 종족들에 대해서, 임브린에 대해서, 페러그린 원장에 대해서 모든 걸 알고 싶어 했다. 그들은 임브린들이 일종의 침략이나 공격을 계획하고 있다고 믿었다. 그들은 우리가 미국에서 다른 이상한 아이들을 얼마나 많이 납치했는지 알고 싶어 했다. 우리가 얼마나 많은 떠돌이들을 유인했는지. 나는 이제껏 한 명도 없었으며, 우린 임브린 모르게 단독으로 행동했다고 설명했다. 그리고 레오에게 했던 말을 그대로 반복했다. 위험에 빠진 미접촉 상태의 이상한 아이를 도와주라는 전화를 받았다고 말이다. 우린 그 아이를 돕고 싶었고 그게 전부였다.

"어떤 위험에 빠졌다는 건데?" 심문자가 물었다. 그는 늘어진 턱살까지 수염을 덥수룩하게 기르고 머리는 새하얗게 센 거구의 남자였다.

그들에게 이야기를 해주어도 해가 될 건 없다고 판단한 나는 누어를 쫓아다니던 사람들의 모습을 설명했다. 창문에 검게 선팅을 한 SUV 차량. 건설 현장 위로 접근했던 헬리콥터와 우리를 뒤쫓아 와서 브로닌에게 일종의 마취제 화살을 쏜 남자들.

"난 교육을 많이 받은 사람이 아니다." 나를 심문하던 사람이 말했다. "하지만 우리의 적에 대해서는 속속들이 다 알고 있지. 나는 놈들이 어떻게 생겼는지, 옷은 무얼 입고 다니는지, 아침 식사로는 무얼 먹는지, 그자들의 어머니 이름이 뭔지도 다 알고 있어. 그런데 그 사람들은 내가 알고 있는 조건에 하나도 맞아떨어지지가 않는다."

"맹세컨대 사실이에요. 임브린들은 이번 일과 아무런 상관이 없어요. 페러그린 원장님은 아무런 상관이 없다고요. 우린 그냥 위험에 빠진 그 애를 돕고 싶었을 뿐이에요." 내가 말했다.

나를 심문하던 사람은 와락 웃음을 터뜨렸다. "그냥 돕고 싶었을 뿐이라니." 그가 너무 가까이 몸을 수그리는 통에 박하 향과 식은땀 냄새가 뒤섞인 듯한 그의 시큼한 체취를 맡을 수 있을 정도였다. "나도 임브린을 한 번 본 적이 있다. 스키넥터디(뉴욕주 동부에 있는 도시-옮긴이)에서 봤지. 스무 명쯤 되는 아이들을 데리고 숲에서 사는 할머니였어. 아이들은 새끼 오리들처럼 그 노인을 따라다니더군. 같은 침대에서 잠도 자고 말이야. 심지어 **화장실**까지도 할머니를 따라다녔어." 그가 머리를 절레절레 흔들었다. "이 세상에서 **그냥 돕고 싶어 하는** 사람은 아무도 없다. 그리고 임브린이 있으면서 단독으로 활동하는 아이들도 없어."

나는 억울한 마음이 불쑥 치밀면서 자존심에 상처를 입었다.

"우리 할아버지는 단독으로 활동했어요." 그것을 비밀로 할 이유가 뭐람? 임브린들이 그들과 맞서려는 움직임을 꾸민다는 생각을 계속하도록 내버려둘 순 없었다. 그랬다가 어떤 결과가 나타날지 누가 안단 말인가. "할아버지는 할로개스트와 싸우고 위험에 빠진 이상한 아이들을 돕는 동료들과 조직을 구성했어요. 사람들은 그분을 갠디라고 알고 있더군요."

나를 심문하던 사람은 더 이상 웃지 않았다. 그는 내가 하는 모든 말을 작은 메모지에 받아 적는 중이었다.

"할아버지는 올해 초에 돌아가셨지만 내가 자신의 일을 물려받기를 원하셨어요. 적어도 할아버지 생각이 그랬다고 나는 믿어요. 우리가 받은 이번 임무는 할아버지의 지인한테서 연락받은 거였어요."

메모를 적던 심문자가 고개를 들었다. "갠디의 지인 중에 아직 산 사람이 있다는 거냐?"

그가 나를 빤히 쳐다보는 태도에서 나는 섬뜩함을 느꼈다. 그제야 나는 실수를 저질렀다는 걸 깨달았다.

"아뇨……" 나는 헷갈린 것처럼 연기를 했다. "그러니까 내 말은 기계에서 임무를 전달받았다고요." 나는 거짓말을 했다. "전신 타자 통신문으로 인쇄되는 거라던가? 마치 내가 바로 옆에 있다는 걸 알기라도 하듯이, 기계 옆에 서 있는 동안에 임무 지시가 막 인쇄되어 나왔어요. 하지만 난 그때 분명 우리 할아버지의 옛날 지인한테서 온 거라고 **짐작**했죠." 나는 H에 대해서 한 말을 파묻고 싶었지만 이미 너무 늦어버렸다.

심문자는 메모장을 덮었다. "네 이야기가 아주 큰 도움이 됐다." 그는 윙크를 보낸 뒤 의자를 소리 나게 끌며 일어났다.

"우리는 남의 구역을 침범할 생각이 없었어요. 우린 당신들의 영역이나 법이나 그런 것들에 대해서는 하나도 몰랐다고요." 내가 재빨리 설명했다.

자물쇠에 꽂은 열쇠가 쩔그럭거리며 문이 열렸다. 심문자는 미소를 지었다.

"즐거운 하루 보내거라."

❦

20분 뒤 그들은 나를 감방에서 끌어내 레오에게 데려갔다. 방 안엔 그와 장례식에 참석한 사람처럼 검은 옷을 입고 나를 붙잡고 있는 레오의 오른팔, 빌뿐이었다. 레오는 내가 방문으로 들어서자마자 내 쪽으로 다가왔다. 바로 내 코앞까지 접근했다.

"네 할아버지는 살인자였다. 너도 그건 알고 있겠지, 안 그래?"

무슨 말을 해야 할지 몰랐으므로 나는 아무 말도 하지 않았다. 그는 확실히 이성을 잃은 듯했다.

"갠디. 또는 어떤 이름이든 상관없다."

"그분 성함은 에이브러햄 포트먼입니다." 내가 차분하게 말했다.

"유괴. 살인. 그자는 정신이 이상한 놈이었어. 나를 **봐라**."

나는 시선을 들어 그의 눈빛과 마주쳤다. "그건 당신이 잘 모르고 하는 말씀이에요."

"어 그래? 빌, 갠디에 관한 서류철을 가져와."

빌이 서류함으로 걸어가 내용물을 뒤지기 시작했다.

"할아버지는 좋은 분이었어요. 괴물과 싸웠다고요. 할아버지는 사람들을 구했어요."

"그래, 우리도 그렇게 생각했었지. **그자**가 바로 괴물이란 걸 우리가 알아내기 전까지는 말이다." 레오가 말했다.

"바로 여기 있네요. 레오." 빌이 말했다.

빌이 갈색 서류철을 들고 걸어왔다. 레오가 받아 들고 서류철을 펼쳤다. 그가 서류들을 넘기는데, 굳은 그의 표정 뒤에서 무언가 금이 가는 듯했다. "여기 있군." 그가 말했고, 이내 나는 움찔하는 그의 모습을 보았다.

그가 내 뺨을 세게 후려쳤다. 나는 비틀비틀했다. 나를 붙잡고 있던 남자가 다시 나를 일으켜 세웠다. 머리가 핑 돌았다.

"이 아이는 내 대손녀(가톨릭 성세를 받을 때 종교상의 후견을 약속 받은 여자아이-옮긴이)였다. 사탕수수처럼 달콤하고 상냥했지. 여덟 살. 애거사." 레오가 말했다.

나도 볼 수 있도록 그가 서류철을 뒤집어 보였다. 서류에는 세발자전거에 걸터앉은 어린 소녀의 사진이 붙어 있었다. 두려움 의 검은 응어리가 나의 뱃속에서 커지기 시작했다.

"그들은 밤중에 아이를 데려갔다. 갠디와 그의 일당들 짓이 었어. 그들은 심지어 그림자 괴물도 한 마리 데리고 다녔다. 놈들 을 위해 **일하는** 괴물 말이다. 괴물은 창문을 깨고 2층에서 곧바로 아이를 데려갔다. 창문에서 아이 침대로 곧장 검은 배설물 흔적이 남아 있었어."

"그럴 리가 없어요. 할아버지는 절대 아이를 유괴할 분이 아 니에요."

"그자를 **목격한** 사람이 있어!" 레오가 소리쳤다. "하지만 아이 는 본 사람이 없었다. 두 번 다시는 보지 못했어. 우리는 사방팔방 으로 찾아다녔다, 샅샅이 뒤지고 다녔어. 그자는 아이를 괴물 먹 이로 던져주었거나 직접 죽였을 거다. 그자가 우리 애를 다른 패 거리에 팔았더라면 나도 소문을 들었겠지. 어떻게든 풀려나서 연 락이 닿았을 거다."

"그런 일을 겪으셨다니 유감입니다. 하지만 우리 할아버지가 한 짓이 아니라고 장담할 수 있어요."

레오는 또다시 내 뺨을 후려쳤다. 이번엔 다른 쪽 뺨이었고 눈앞이 아득해지면서 귀가 윙윙 울리기 시작했다. 어느 정도 시력

을 되찾았을 땐 그가 창밖에 펼쳐진 잿빛 오후를 내다보고 있었다.

"그 일은 우리가 그자의 소행이라고 의심하는 유괴 사건 열 건 가운데 하나에 불과하다. 유괴당한 열 명의 아이들은 두 번 다시 모습을 드러내지 않았다. 그자는 손에 피를 묻힌 놈이다. 그런데 네 말로는 그자가 죽었다지. 그렇다면 그 피가 **네놈** 손에도 묻어 있겠구나."

그는 술병이 빼곡히 실린 이동식 테이블로 걸어가 손수 갈색 액체를 한 잔 따라서 단숨에 잔을 비웠다.

"이제, 아직 살아 있다고 네가 말한 그자의 지인은 어디에 있지?"

"나는 몰라요. 모릅니다."

나는 H에 대해서 사실대로 말하기로 결심했다. 이미 무심코 비밀을 누설해버렸지만 그렇다고 해서 이 사람들을 그에게 연결해줄 만한 정보를 내가 가진 것은 아니었다. 나는 그가 어디에 사는지조차 알지 못했다.

레오의 부하는 계속 내 목을 움켜잡고 있었는데 그의 손아귀에 힘이 들어가는 것이 느껴졌다.

"너는 **알고 있어.** 놈에게 그 여자애를 데려가고 있었잖아!"

"아니에요, 루프로 데려가려던 거였어요. 그 사람이 아니라."

"어떤 루프?"

"모르겠어요. 아직 그 사람이 말해주지 않았어요." 나는 거짓말을 했다.

빌이 손가락 관절을 으드득 꺾었다. "놈이 멍청한 척 연기를 하네요, 레오. 어르신을 어리숙하게 봤나 봅니다."

"괜찮아." 레오가 말했다. "우리가 놈을 찾아낼 테니까. 내 도시에선 아무도 나를 피해 숨지 못한다. 정말로 내가 알고 싶은 건 너희가 그 아이들을 데려다 무얼 할까 하는 점이야. 너희의 희생자인가?"

"아무것도 하지 않아요. 우리에겐 희생자가 없습니다."

그는 던져두었던 서류철을 집어 몇 장 넘기더니 내 얼굴에 들이댔다. "이건 네 할아버지가 구했다는 아이들 중 한 명이야. 우리가 2주 뒤에 발견했지. 네 눈엔 이 아이가 구출된 걸로 보이나? 응?"

그것은 죽은 사람의 사진이었다. 어린 사내아이였다. 신체가 훼손됐고, 끔찍했다.

레오는 나의 배를 주먹으로 때렸다. 나는 신음하며 몸을 수그렸다.

"이게 바로 구역질 나는 너희 집안 가업의 성격인가? 그런 거야?"

그가 나를 발로 걷어찼고 나는 바닥에 쓰러졌다.

"우리 애는 어딨지? 애거사는 어디에 있어?"

"나는 모릅니다, 몰라요"라고 말을 했거나 그렇게 말하려고 시도를 했지만, 그는 내가 도무지 숨을 쉴 수 없을 정도로 두 번 더 걷어찼고, 이내 코피가 쏟아져 바닥에 사방으로 튀었다.

"일으켜 세워라. 제기랄, 카펫은 또다시 세탁하라고 해야겠군." 넌덜머리를 내며 레오가 말했다.

양팔을 붙들려 일어나긴 했지만 다리가 미처 체중을 지탱하지 못했으므로 나는 바닥에 무릎을 꿇었다.

"나는 갠디를 죽여버릴 작정이었다. 내 두 손으로 미치광이 개자식을 죽여버릴 작정이었어." 레오가 말했다.

"갠디는 죽었어요, 레오." 빌이 말했다.

"갠디는 죽었어." 레오가 되풀이해 말했다. "그렇다면 후손인 네가 감당해야겠지. 지금 몇 시인가?"

"6시가 다 됐습니다." 빌이 말했다.

"아침에 놈을 죽이겠다. 한 가지 준비할 게 있다. 관객을 초대 해라."

"**당신 생각이 틀렸어요.**" 떨리는 목소리로 내가 속삭였다. "**할아버 지에 대한 당신 생각은 틀렸어요.**"

"어떻게 죽게 해줄까, 꼬마야? 물에 빠져서? 아니면 총에 맞 아서?"

"**내가 증명할 수 있어요.**"

"둘 다는 어때요?" 빌이 말했다.

"좋은 생각이야, 빌. 한 번은 이놈을 위해, 또 한 번은 이놈의 귀한 할아버지를 위해서. 이제 그만 놈을 데려가라."

୬

그날 밤 그들은 처음으로 내 감방의 전등을 꺼주었다. 희미 한 어둠 속에 누워 몸이 사라져버리기를 바라며 나는 생각에 골 몰했다. 친구들 걱정이 앞섰다. 그들도 얻어맞고 고문과 협박을 당했을까? 누어의 안부도 염려스럽고, 그들이 누어를 어떻게 하려는 계획인지 걱정되었다. 내가 그 애를 구하려고 들지 않았더라면 오히려 누어가 달아나기에 더 좋았을까? H가 시켰던 대로 그때 바로 임무를 중단했더라면?

그렇다. 분명 그랬을 것이다.

나에 대한 걱정도 했다는 건 인정하겠다. 레오의 불한당 부하들은 내가 그곳에 도착했을 때부터 협박을 일삼았지만, 나를 죽이겠다는 그들의 장담은 이제야 처음으로 진짜라고 느껴졌다. 레오는 더 이상 나에게 얻어낼 것이 없었다. 그는 나에게서 정보를 얻어내려는 것이 아니었다. 그는 오직 내가 죽는 것을 지켜보고 싶을 뿐이었다.

그런데 나의 할아버지에 대한 그 모든 미친 소리는 무엇일까? 그런 말들이 사실일 거라는 생각은 단 1초도 한 적이 없었다. 하지만 어떻게 다른 사람들이 그런 생각을 할 수가 있지? 한 가지 가능성은 와이트들이 할아버지에게 누명을 씌웠다는 것이었다. 에이브 할아버지가 저지른 것처럼 보이도록 유괴와 살인을 교묘하게 연출해서, 할아버지를 오해한 레오 패거리가 그를 죽여준다면 와이트들이 해야 할 일을 그들이 대신 해주는 셈이었을 것이다. 그런 범죄 현장에서 할아버지의 정체가 확인되었다는 부분(레오가 특히 강조했던 점이었다)에 대해서는 와이트들이 변장의 달인이기 때문으로 설명할 수 있었다. 어쩌면 놈들 중 하나가 할아버지처럼 옷을 입었거나 감쪽같은 가면을 만들었을지도 모를 일이었다.

갑자기 감방 문을 두들기는 요란한 소리가 들려왔다.

드디어 때가 되었군. 놈들이 나를 데리러 온 게 틀림없다. 아침까지 기다리지도 않을 작정인 듯했다.

문에 달린 창문이 미끄러지듯 열렸다.

"포트먼."

레오였다. 나는 깜짝 놀랐지만 이내 이해가 되었다. 그는 손수 방아쇠를 당기고 싶은 것이다.

"이쪽으로 와라."

나는 침상에서 일어나 창문 앞으로 가 섰다.

"와이트들이 우리 할아버지한테 누명을 씌운 거예요." 그가 나를 믿어줄 거라고 생각해서가 아니라 그냥 꼭 말할 필요가 있다고 여겼기 때문에 나는 주장했다.

"빌어먹을 누명 이야기는 집어치워라." 그는 잠시 뜸을 들여 마음을 진정시켰다. "이 숙녀분을 혹시 아느냐?"

그가 창틈으로 사진 한 장을 내밀었다. 전혀 예상치 못했던 상황 전환에 완전히 허를 찔린 나는 반응을 보이기까지 시간이 좀 걸렸다. 하얀 장갑에 깃털 모자를 쓴 염색한 금발 머리의 가수를 찍은 스냅사진이었다. 여인은 하수구 세정제 상표인 '드라노'가 적힌 캔을 들고 있었고 그걸 마이크 삼아 노래를 하고 있는 듯했다.

"그분은 남작 부인이신데요." 기억이 완전히 사라지지 않은 것에 감사하며 내가 말했다.

레오는 사진을 내렸다. 그는 이마를 찌푸린 채로 한동안 물끄러미 나를 관찰했다. 나는 그의 심중을 전혀 읽을 수가 없었다. 나는 시험을 통과한 것일까? 아니면 해서는 안 될 말을 한 것일까?

마침내 그가 입을 열었다. "우린 몇 군데 연락을 취해봤다. 네 친구들이 플라밍고에 들렀다는 말을 털어놓았거든. 당연히 우리는 걱정이 되었고, 혹시 너희가 거기 사는 주민들을 한 명이라도 살려뒀는지 확인하려고 그곳에 사는 친구들에게 전화를 걸었지. 대단히 놀랍게도 너희는 거기서 신사 숙녀 행세를 했을 뿐만 아니라, 내가 처리하려고 했던 몇 가지 사업까지 처리했더구나."

나는 당황했다. "사업이라뇨?"

"그곳을 마치 자기들이 다스리는 구역인 양 휘젓고 다니던 멍청한 노상강도들 말이다. 내가 직접 플로리다에 가서 놈들을 밟아버릴 심산이었지. 그런데 네가 나 대신 수고를 덜어주었더군."

"그건, 어, 수고도 아니었어요." 나는 여전히 절반쯤은 죽임을 당할 사람답지 않게 차분하고 이성적인 말투로 말하려고 애썼다.

레오는 껄껄 웃더니 당혹스러운 듯 바닥으로 시선을 내리깔았다. "나 같은 거물이 대체 왜 여행자들이나 간혹 들르는 외딴 루프에 신경을 쓰는지 궁금하겠지. 글쎄다, 거기 내 누이가 살고 있지 않다면 나도 신경 안 썼을 거다."

"남작 부인요?"

"누이의 진짜 이름은 도나다. 도나는 그곳 날씨를 좋아하지." 그는 머리를 절레절레 흔들며 혼잣말을 중얼거렸다. "거기서 **커플 오페라** 레슨을 받는다나 뭐라나……"

"저를 풀어주는 건가요?"

"보통은 누이의 호의적인 말 정도면 너의 사형을 면해주는 것으로 그쳤을 거다. 하지만 넌 흥미로운 곳에도 친구들이 포진해 있더군."

"제가요?"

그가 작은 창문을 쾅 닫았다. 자물쇠에 꽂힌 열쇠가 돌아가고 문이 열렸다. 이제 우리 둘 사이엔 아무것도 없이 서로 겨우 몇 걸음 떨어져 있을 뿐이었다. 그러고는 레오가 옆으로 물러섰고, 나를 향해 복도를 성큼성큼 걸어오는 사람은 바로 페러그린 원장이었다.

짧은 순간 나는 꿈을 꾸고 있다고 생각했다. 그러자 페러그린 원장이 말을 했다.

"제이콥. 당장 그곳에서 나와라."

원장님은 나에게 화가 난 듯 보이고 싶었지만 얼굴엔 온갖 걱정이 낳은 고통의 흔적이 촘촘히 새겨져 있었고, 안도감으로 가득한 눈을 크게 뜨고 있었다. 내가 달려간다면 두 팔을 벌려 안아줄 것임을 나는 알았다. 실제로도 페러그린 원장은 나를 품어주었고 나는 그녀를 꼭 끌어안았다.

"페러그린 원장님. 페러그린 원장님. 정말 죄송해요."

그녀는 내 등을 토닥이며 이마에 입을 맞췄다.

"사과는 나중으로 아껴둬라, 포트먼 군."

나는 레오를 돌아보았다. "제 친구들은 어떻게 됐어요?"

"하역장에서 기다리고 있다."

"그럼 누어는요?"

그의 표정이 즉각 시큰둥하게 변했다. "함부로 밀어붙이지 마라, 꼬마야. 그리고 다시는 이곳으로 돌아오지도 마. 내 누이를 도와준 걸로 넌 면책특권을 얻었다. 하지만 그건 한번뿐이야."

ㅇ

레오의 부하들은 우리와 함께 복잡한 복도를 지나 레오의 클럽과 주방을 통과해 하역장까지 나가는 길을 안내해주었다. 희미한 새벽 여명 속에서 엠마와 브로닌이 기다리는 모습이 보였고, 그 옆에 서 있는 하얀 셔츠와 회색 바지는 밀라드일 거라고 짐작했다. 친구들이 다치지 않고 멀쩡한 모습으로 서 있는 것을 본 순간 나는 거의 오싹한 한기처럼 밀려드는 안도감에 전율했다. 그전까지는 나의 희망이 얼마나 바닥으로 치달았는지 미처 깨닫지 못했다.

"오 새들 맙소사, 새들에게 감사를." 페러그린 원장과 내가 다가가자 브로닌이 손뼉을 치며 노래를 불렀다.

"내가 괜찮을 거라고 했잖아. 제이콥은 자기 하나쯤은 감당할 수 있단 말이야." 밀라드가 말했다.

"**괜찮다고?**" 나를 살펴보며 창백하게 질린 엠마가 말했다. "저 사람들이 대체 너한테 무슨 짓을 한 거니?"

한동안 거울을 보지 못했지만, 코피가 터지고 다른 상처들도 있을 테니 얼굴 꼴이 무시무시할 것 같았다.

엠마는 나를 껴안았다. 그 순간만은 우리 둘 사이에 무슨 일이 있었든 아무런 상관도 없고, 그저 다시 엠마를 품에 껴안았다는 사실이 행복할 뿐이었다. 그러다가 그녀가 약간 너무 힘을 주어 껴안으면서 금 간 갈비뼈에 통증이 전달되었다. 나는 헉 숨을 몰아쉬면서 뒤로 물러났다.

머리가 풍선처럼 금방이라도 펑 터져버릴 것 같았지만 나는 괜찮다고 엠마를 안심시켰다. "에녹은 어디 있어?" 내가 물었다.

"악마의 영토에." 밀라드가 대답했다.

"다행이다."

"에녹은 그 끔찍한 식당에서 탈출해서 너희 집으로 전화를 걸어 원장님께 자초지종을 얘기했고, 그래서 원장님이 이곳까지 우릴 찾아오신 거야." 엠마가 설명했다.

"녀석한테 우리 목숨값을 빚졌네. 내가 이런 말을 하게 될 줄은 정말 몰랐다." 밀라드가 말했다.

"못다 한 이야기는 악마의 영토로 가는 길에 하도록 하자." 누군가 프랑스어 억양을 지닌 사람이 말했다. 돌아보니 쿠쿠 원장님이 다른 임브린과 함께 출입구 근처에 서 있었다. 그녀는 높고 큰 은색 깃이 달린 강렬한 파란색 드레스를 입고 있었고 표정은 평온했다. 쿠쿠 원장도 다른 임브린도 우릴 만난 행복감의 흔적을 조금도 얼굴에 드러내지 않았다.

"어서 가자, 차가 대기 중이야."

레오의 부하들은 시선과 총구를 우리에게 향한 채로 우리가 걸어 나가는 모습을 지켜보았다. 나는 다시 누어를 떠올렸고, 일종의 포로 같은 형식으로 그 아이를 이곳에 남겨두고 떠난다는 사실에 마음이 쓰였다. 그런 생각을 하니 기분이 엉망이었다. 우리는 임무에 실패했을 뿐만 아니라, 어쩌면 전적으로 누어 혼자 내버려두었을 때보다 더 끔찍한 운명에 몰아넣은 것일 수도 있었다.

임브린들은 서둘러서 우리를 하역장 밖으로 내몰아 큰 차에 태웠다. 차는 문이 채 닫히기도 전에 출발했다.

"페러그린 원장님?" 내가 말했다.

그녀는 약간 몸을 틀어 옆모습만 보여주며 말했다. "아무 말
도 하지 않는 게 좋겠다."

제 18 장

chapter eighteen

우리는 팬루프티콘에 연결된 맨해튼 루프 입구를 통해서 악마의 영토로 돌아왔다. 그 루프의 존재를 알았더라면 친구들과 내가 며칠씩이나 운전을 해가며 말 못 할 고초를 겪을 일도 없었을 텐데. 나는 부상을 입었다는 이유로 즉각 꾸짖음을 당하는 상황은 모면할 수 있었다. 혼을 내는 대신 임브린들은 나를 라파엘이라는 이름의 뼈 치료사에게 데려갔고, 그는 리틀 스태빙가에 있는 다 허물어져가는 집에서 작업을 했다. 그날 하루 종일 그리고 밤새도록, 내가 약병이 가득한 방에 누워 있는 동안 그는 따끔따끔한 가루와 고약한 냄새가 나는 연고를 나의 상처에 뿌리고 발라주었다. 그는 가루 어머니가 아니었지만 낫기 시작한 걸 나 스스로도 느낄 수 있었다.

병상에 묶인 신세로 거의 잠도 자지 못한 채 나는 실패와 의구심과 죄책감에 시달렸다. (H의 말을 듣기만 했더라면. 그가 간절하게 나를 설득했을 때 임무를 중단했더라면.) 레오가 우리 할아버지에 대해 했던 말들도 나를 괴롭혔다. 그게 사실일 거라고는 절대 생각하지 않았다. 당연히 할아버지는 와이트들의 누명을 쓴 것일 테고, 그것만이 모든 상황을 이해할 수 있는 유일한 설명이었다. 하지만 누구든 할아버지에 대해 그런 터무니없는 거짓말을 꾸며댔다는 단순한 사실이 심히 불쾌했다. H와 다시 대화를 할 수만 있다면 내가 나서서 그 점을 바로잡아야 할 것이다. 그러나 무엇보다도 먼저 나를 괴롭힌 것은 누어에 대한 죄책감이었다. 누어가 나를 아예 만나지 않았다면 지금보다 더 안전하게 지냈을 것이다. 그렇다, 쫓기는 삶이었겠지만 적어도 자유로웠을 테니까.

아침이 되자 친구들이 나를 만나러 왔다. 엠마, 밀라드, 브로닌. 에녹도 함께 왔는데 그는 어떻게 프랭키의 손아귀에서 벗어났는지 들려주었다. 기괴한 무아지경에서 빠져나온 그는 인형 옷을 입고 있는 자신을 발견했고, 최대한 빨리 그 옷을 벗어던지고 달아났다고 했다.

"내가 프랭키를 공격했을 때 에녹도 깨어난 것 같아. 우리에 대한 통제력을 다 잃어버린 걸 보면, 에녹을 붙잡고 있던 염력도 그때 사라진 게 틀림없어." 엠마가 말했다.

"멀리서도 사람들에게 영향력을 미칠 수 있다니 상당히 강력한 아이였어. 새로 쓰는 책 『이상한 인명사전: 미국 편』에 프랭키를 포함시켜야겠어." 밀라드가 말했다.

"나도 멀리서 사람들을 통제할 수 있어. 죽은 사람들이라면 말이야." 에녹이 말했다.

"참 안됐네, 너희 둘이서 귀여운 커플을 이룰 수 있었을 텐데 말이야." 내가 말했다.

에녹이 침대로 다가와 내 팔에 멍든 부분을 철썩 때렸고 나는 비명을 질렀다.

친구들 말로는 페러그린 원장님이 아직도 자신들에게 말을 걸지 않는다고 했다. 심지어 꾸짖지도 않았다나. 악마의 영토를 벗어나지 말라는 경고 이외에는 우리가 돌아온 뒤로 우리들 중 아무에게도 말을 걸지 않았다.

"아직도 너무 화가 나셨나 봐. 원장님이 이러는 모습은 한 번도 본 적이 없어." 엠마가 말했다.

"나도 마찬가지야. 케르놈에 살 때 모두가 탄 나룻배를 우리 오빠가 가라앉혔을 때도 이러진 않으셨어." 브로닌이 말했다.

"위원회에서 우리를 이상한 세계에서 축출하는 결정을 내리면 어쩌지?" 엠마가 물었다.

"이상한 세계에서 축출시킨다는 건 있을 수 없어. 안 그래?" 에녹이 말했다.

"전체적으로 이번 일은 아주 끔찍한 생각이었어." 우울해진 브로닌이 말했다.

"네가 수면제 화살인지 뭔지에 맞기 전까지는 일이 착착 잘 진행되고 있었어." 에녹이 말했다.

"그래서 다 내 잘못이라고?"

"병원을 찾아 다녀야 하는 상황만 아니었다면 우린 프랭키의 루프 함정에 빠지는 일도 절대 없었을 거야!"

"누구의 잘못도 아니야. 우린 그냥 좀 운이 나빴을 뿐이야." 내가 말했다.

"그때 붙잡히지 않았더라도 무언가 다른 게 우리 발목을 잡았을 거야." 엠마가 말했다. "우리의 엄청난 무지함을 감안한다면 그만큼 성공한 것도 놀라울 지경이야. 그렇게 아무런 준비도 없이 제대로 훈련도 안 한 주제에 미국에서 임무를 수행할 수 있다고 생각한 우리가 바보였어." 엠마는 흘끔 내가 있는 쪽을 살펴보다가 이내 고개를 돌렸다. "에이브 포트먼은 오직 한 사람뿐이야."

그것은 가벼운 비난이었지만 그래도 아프긴 마찬가지였다. 고통스러운 노력 끝에 나는 침대에서 일어나 앉았다. "할아버지의 동료는 우리가 준비되었다고 생각했어. 우리한테 임무를 준 건 그 사람이었어."

"그래서 나도 그 이유가 너무도 알고 싶구나." 문 쪽에서 목소리가 들려왔다.

우리 모두 일제히 고개를 돌리니, 페러그린 원장님이 불을 붙이지 않은 파이프를 손에 들고 문기둥에 기대고 서 있었다. 얼마나 오래 거기 있었던 것일까?

호된 꾸지람에 대비하여 모두들 긴장했다. 페러그린 원장은 방과 실내 장식, 치료 도구들을 찬찬히 살피며 걸어 들어왔다. "너희 때문에 얼마나 많은 문제가 발생했는지 너희들은 조금도 모를 거라고 생각한다." 방 한가운데서 그녀가 걸음을 멈추었다.

"많이 걱정하셨을 것 같아요." 밀라드가 말했다.

페러그린은 밀라드 쪽으로 고개를 홱 돌리고 눈을 가늘게 떴다. 아직은 우리가 말을 하는 것이 못마땅하다는 명확한 의사 표현이었다. "맞아, 걱정을 많이 했지, 하지만 너희들의 안부만을 염려한 것은 아니었다." 그녀는 평소답지 않게 차가운 어조로 설명했다. "우리는 이미 수개월 전부터, 할로개스트의 위협이 찾아들기 훨씬 전부터 미국인들의 파벌 간에 평화를 중재하려는 노력을 기울이고 있었다. 그런데 너희들의 행동 때문에 그 모든 노력이 심각한 위험에 직면하고 말았어."

"우리는 몰랐어요. 원장님과 쿠쿠 원장님은 임브린들이 이상한 세계의 재건을 위해 노력하느라 바쁘다고 하셨잖아요." 내가 나직하게 말했다.

"그건 임브린들만 아는 일급비밀이었다. 다른 아이들도 아니고 바로 내가 데리고 있는 아이들이, 잘 알지도 못하고 **전적으로** 신뢰할 수 없는 인물의 지시를 받아 분별없이 계획된 구조 임무를 수행하기 위해서, 허락을 받는 건 고사하고 심지어 나한테 **말도** 하지 않은 채 위험하기 짝이 없고 속속들이 제대로 파악도 되지 않은 영역에 발을 들이다니! 그것이 얼마나 위험한지 내가 너희에게 미리 주의를 주어야 할 필요가 있으리라는 생각은 한 번도 해본 적이 없었는데……" 흥분한 말투가 쩌렁쩌렁 울릴 만큼 커지자 페러그린은 잠시 뜸을 들이며 손가락 관절로 눈을 문질렀다. "미안하구나. 며칠 동안 잠을 못 잤거든."

그녀는 드레스 주머니에서 성냥을 꺼내더니 발을 들어 올리고 능숙한 손길로 밑창에다 성냥머리를 문질러 파이프에 불을 붙였다. 명상에 잠긴 사람처럼 두세 모금 연기를 들이마신 그녀가 설명을 계속했다.

"다른 임브린들과 나는 레오 버넘의 휘하에 있는 5대 자치구 일당으로부터 너희를 석방시키려고 밤새도록 협상에 힘썼다. 중대한 범죄를 저지른 혐의가 있는 장본인들과 평화 협상을 중재한다는 건 꽤나 복잡한 일이지." 페러그린 원장은 다음 이야기를 이어가기 전에 잠시 또 생각에 잠겼다. "미국은 형편없이 분열되어 있다. 너희 때문에 상황이 얼마나 어려워졌는지 본인들도 알아야 할 것 같아서 이제부터 설명하려는 내용의 골자만 일러두자면 바로 이런 거다. 미국에는 현재 주요 파벌 집단 셋이 존재한다. 동부 해안 지역 대부분에 영향력을 펼치고 있는 '5대 자치구' 일당과 디트로이트에 본거지를 둔 '보이지 않는 손' 일당, 서부 지역에서 로스앤젤레스를 중심으로 하는 '캘리포니오' 일당이다. 텍사스주와 남부는 독립적으로 떨어져 나가 거의 무법 지대에 가깝고 어느 한쪽 루프로 몰아서 집중 관리하려는 노력에 저항해왔기 때문에, 점점 악화일로에 있는 사회적인 균열은 불행하게도 계속 심해지는 상황이다. 하지만 주요 세 파벌 사이의 긴장감이 우리의 우선적인 관심사였지. 그들은 오랜 세월 경계선을 두고 영역 분쟁을 겪어왔기 때문에 해묵은 앙금 같은 것들이 깊지만, 지난 백년간은 할로개스트들의 공격 위협 속에서 각 파벌의 이동 범위도 심각하게 줄어들었고, 이따금씩 발생하는 소규모 충돌이 전쟁으로 커지는 것을 막아주었다. 하지만 이제 할로우들이 대부분 사라지면서 충돌이 악화하고 있어."

"다시 말해서 우리가 하필 더할 나위 없이 나쁜 시기를 골라 얼렁뚱땅 뛰어들었다는 의미네요." 밀라드가 말했다.

"그런 셈이지. 특히 우리 임브린들이 그간 미묘하게 심혈을 기울여 온 과정을 감안한다면 더더욱 그렇다." 페러그린 원장이 맞장구를 쳐주었다.

나는 그래도 이런 이야기를 일부나마 들어본 적이 있지만 친구들은 금시초문이었다. 그들은 충격을 받아 기가 팍 죽은 표정이었다.

"어째서 미묘한 상황이 되었다는 건지는 저도 이해하겠어요. 그런데 제가 이해가 안 되는 건 위험에 빠진 이상한 아이 하나를 도와주려고 한 것이 왜 그토록 끔찍한 일이냐는 거예요."

"유럽이었다면 아무 문제가 없었을 거다. 하지만 미국에선 그런 일이 심각한 범죄가 돼." 페러그린 원장이 말했다.

"하지만 우리 할아버지는 미접촉 상태의 이상한 아이를 찾고 도와주면서 평생을 보내신 분이에요."

"그건 옛날 일이지!" 페러그린이 거의 고함을 지르듯 대꾸했다. "관습은 변하게 마련이다, 포트먼 군! 법이 개정됐다니까! 그렇기 때문에 네가 나나 다른 임브린에게 간단히 **물어보기만** 했더라면, 미국인들이 유독 텃세가 강하고 25년 전엔 영웅적인 행동이었더라도 지금은 사형죄에 해당하는 범죄란 걸 너에게 알려줬을 거다."

"하지만 대체 **왜요?**"

"왜냐하면 이상한 세계에서 가장 귀중한 자원은 바로 우리이기 때문이다. 이상한 종족들 말이다. 두 개의 루프에서 서로 갈등이 벌어지면 그들에겐 각계각층에서 가능한 한 많은 수의 인적 자원이 필요해진다. 싸움에 나설 사람, 뼈 치료사, 밀수업자, 투명인간 스파이, 기타 등등. **군대**를 꾸려야 하니까. 하지만 우리 이상한 종족들은 인구가 매우 제한되어 있기 때문에 새로운 인원을 확충하기가 어렵지. 게다가 사악한 할로우들의 굶주림 덕분에 아주 오랜 세월 새로운 이상한 아이들을 찾는 것이 어려웠다. 놈들이 어린아이들을 그야말로 눈에 띄는 대로 낚아채 갔으니 말이다. 새로운 젊은 피가 부족해진 이상한 종족 인구는 점점 나이가 들어 루프에 매여 살게 되었지. 급격하게 나이를 먹는 두려움 때문에 루프에서 멀리 떨어질 수 없는 군대는 별로 효과적이지 못하다. 그렇기 때문에 정말이지 이상한 세계에선 한 번도 우리와 접촉해본 적 없는 이상한 아이보다 귀중한 보배는 아무것도 없다. 특히 강력한 재주를 갖춘 아이는 더 그렇지."

"H는 왜 우리한테 그런 이야기를 하지 않았을까요? 누어를 돕는 일이 해당 지역 일파를 화나게 하는 짓이란 걸 그 사람도 알았을 텐데요." 내가 말했다.

"나도 그에게 똑같은 질문을 하고 싶구나. 그리고 물어볼 것이 몇 가지 더 있어." 페러그린 원장이 버럭 화를 내며 말했다.

"그 사람의 동기가 선했다는 건 저도 확신해요. 누어는 아주 고약한 사람들에게 쫓기고 있었다고요." 밀라드가 말했다.

"그 아이를 돕는 건 선한 일이었을 수 있겠지. 하지만 그 문제에 내 아이들을 개입시킨 건 그렇지 못해." 페러그린 원장이 말했다.

"저희가 정말 잘못했어요. 저희가 죄송해하는 마음은 믿어주시길 바라요." 엠마가 말했다.

페러그린 원장은 그간 사과를 하려는 우리의 모든 시도를 무시했듯 엠마의 말도 무시했다. 그녀는 창문으로 걸어가 사람들로 복작거리는 도로를 향해 파이프 연기를 내뿜었다. "평화적인 대화가 꽤나 진전을 이루고 있었는데 이번 일로 우리에 대한 파벌들의 신뢰에 심각한 손상을 입었다. 중립을 표방하며 중재에 나선 집단은 평화 이외에 어떤 안건도 의중에 품고 있다는 의심을 받아서는 안 돼. 이건 좋지 못한 역행이다."

"그들이 전쟁을 벌일 거라고 생각하세요? 우리 때문에?" 밀라드가 물었다.

"아직은 우리가 상황을 회복시킬 기회가 있을지도 모른다. 하지만 상당수의 중요한 문제를 놓고 파벌들이 꽤 사이가 멀어진 것은 사실이다. 그들끼리 영역의 경계선을 정하는 데 동의를 해야 하고, 평화 유지를 위한 위원회를 선출해야 하는데…… 사소한 문제는 하나도 없고, 이해관계가 상당히 복잡하게 얽혀 있다. 만일 그들 사이에 전쟁이 벌어진다면, 그건 미국의 이상한 종족들에게만 재앙이 아니라 우리 모두에게 엄청난 불행일 거야. 전쟁은 좀처럼 억제할 수 없는 병균이다. 틀림없이 번져나갈 거야."

다들 축 늘어진 어깨와 시선을 내리깐 표정으로 보아 우리 모두 맹렬한 수치심을 느끼고 있었다. 나는 애당초 H에게 연락을 취했던 것부터, 모든 것을 후회하기 시작했다.

한참 시간이 지난 것 같은 정적이 흐른 뒤, 페러그린 원장이 우리를 돌아보았다. 그녀가 한숨을 쉬며 말했다. "무엇보다도 괴로운 것은, 미국의 파벌들이 우리를 신뢰하지 못하는 것보다 더 괴로운 것은 이젠 내가 **너희들**에 대한 신뢰를 잃었다는 점이다."

"그러지 마세요, 원장님, 그런 말 마세요." 브로닌이 애원했다.

"특히 나는 너에게 가장 실망이 크다, 브런틀리 양. 이런 종류의 행동은 블룸 양이나 오코너 군에게는 그리 놀랍지 않은 일이야. 하지만 너는 항상 너무도 성실하고 친절했잖니."

"앞으로 잘해서 믿음을 되찾을게요. 약속해요." 브로닌이 말했다.

"한 달 동안 이곳 악마의 영토에서 주방 청소 담당으로 일을 하도록 해라."

"네, 알겠어요, 당연하죠." 브로닌이 열심히 고개를 끄덕이며 대답했다. 벌을 받는다는 것은 용서가 가능하다는 의미였으므로 브로닌은 벌을 받게 되어 안도하는 듯했다.

"블룸 양, 너에겐 스모킹가에 있는 쓰레기 소각로 일을 맡기겠다." 엠마가 움찔하는 것이 보였지만 그녀는 아무 말도 하지 않았다. "오코너 군, 너는 굴뚝 청소를 맡을 거다. 널링스 군은……"

"페러그린 원장님?" 내가 그녀의 말을 잘랐다.

그녀는 문장 중간에서 말을 멈추었다. 친구들은 각자 믿어지지 않는다는 듯 다양한 표정을 지으며 나를 쳐다보았다.

"무슨 일이지?" 페러그린 원장이 말했다.

이제부터 물어보려는 질문이 격렬한 저항에 부딪칠 거라는 걸 나는 알았다. 하지만 그래도 나는 말을 할 수밖에 없었다.

"누어는 어떡해요?"

"그 애를 뭘 어떡해?" 페러그린 원장이 물었다. 그녀의 인내심이 바닥나고 있다는 건 나도 알았다. 하지만 이 문제를 그냥 넘길 순 없었다.

"우리가 그냥…… 그 애를 거기 **남겨두고** 왔잖아요."

"나도 무슨 상황인지는 알고 있다. 만약에 그 아이를 우리와 함께 악마의 영토로 데려오는 일이 가능했더라면 난 마땅히 그렇게 했을 거야. 하지만 나의 모든 영향력은 **너**를 무사히 석방시키는 데 집중시켜야 했다. 당시에 그 아이도 함께 데려가야겠다고 주장했다면, 마치 우리가 원했던 것이 결국 그 아이를 손에 넣는 것이었다는 인상을 풍길 수 있는 상황이었어. 우리가 정말로 추구한 것이 미접촉 상태의 이상한 아이를 그들의 손아귀에서 빼내오는 것이었다고 말이다. 그렇게 되면 평화 협정을 위반하는 꼴이 되겠지."

페러그린 원장의 말에도 일리는 있었지만, 원장은 정치 이야기를 하고 있었고 나는 한 사람에 대한 이야기를 하는 중이었다. 전쟁을 피하면서 **동시에** 누어를 구해낼 방법은 없었을까? 그래서 나는 계속 고집을 부렸다.

"레오는 미치광이에다 위험한 인물이에요. 나쁜 짓 같아 보이겠지만, 혹시라도 우리가 몰래 그 애를 빼내올 수 있는 방법이 있다면 그 사람들도 우리가 한 짓인지 알지 못할 테고……"

엠마가 비수 같은 눈빛으로 나를 노려보았다. **그만해**라고 그녀가 입 모양으로 말했다.

페러그린 원장은 이성을 잃기 직전이었고 나도 그건 알 수 있었다.

"포트먼 군, 그 여자아이가 위험에 빠졌다면 그건 네 잘못이야. 방금 그렇게 설명을 해주었는데도 여전히 그 루프에서 아이를 빼내려는 시도를 하겠다고 주장하다니 믿을 수가 없구나. 도저히 믿어지지가 않아."

"그게 제 잘못이라는 것도 알고, 저도 그건 인정해요." 나는 페러그린 원장을 너무 심하게 몰아붙이지 않으면서 내 요점을 납득시킬 요량으로 빠르게 말을 이어갔다. "하지만 원장님도 누어를 뒤쫓는 사람들을 보셨어야 해요. 그 사람들은 헬리콥터도 있고 특별 작전에서나 쓰는 전술 장비 같은 것도 갖추고 있었어요."

"분명 다른 파벌 중 하나였을 거다."

"그렇지 않다니까요." 나는 이제 페러그린의 말을 무시하며 주장을 펼쳤다. "레오의 부하들은 그들이 **누구인지** 모르고 있었어요⋯⋯"

"포트먼 군."

"누어에겐 분명 무언가 특별한 부분이, 무언가 중요한 점이 있어요, 제 느낌으론⋯⋯ "

"포트먼 군!"

"제이콥, **단념해**." 밀라드가 나를 향해 씨근덕거렸다.

"누어가 중요한 인물이 아니었다면 H가 굳이 우릴 그 애한테 보냈을 리가 없다고 생각해요, 안 그래요? 그 사람은 멍청이가 아니에요."

"포트먼 군, 그 아이는 네가 **상관할** 바가 아니야!" 페러그린 원장이 고함을 질렀다.

페러그린이 그렇게 큰 소리를 지르는 건 본 적이 없었다. 방 안에 정적이 흘렀다. 창문으로 들어오던 거리의 소음도 조용해진 것 같았다.

그녀는 분노로 부들부들 떨고 있었다.

"가끔 불완전한 상황에선 더 위대한 선을 성취하기 위하여 꾹 참아야 할 때가 있지. 한 사람의 안전이 수천 명의 안전보다 더 중요할 순 없다." 말투를 조절하려고 갖은 노력을 기울이며 페러그린이 말했다.

이젠 나도 화가 났다. 그 때문인지 나는 더 적절한 말을 생각해내지 못했고 결국 이렇게 지껄였다. "참내, 엿 같네요."

브로닌이 헉 숨을 내쉬었다. 페러그린 원장에게 감히 그런 식으로 말을 한 사람은 아무도 없었다.

페러그린 원장이 앞으로 한 걸음 다가왔다. 내 침대 위로 몸을 수그렸다. "맞아, 포트먼 군. **엿 같지**. 하지만 그 엿 같은 선택들 사이에서 결정을 내려야 한다는 건 곧 지도자가 된다는 것이 얼마나 **엿 같은지**를 알려주는 이유가 되기도 하지. 그것이 바로 우리가 높은 지위의 지도자들 사이에서 중대한 결정을 내려야 할 때 현재도 앞으로도 절대 어린애들을 포함시키지 않는 이유다." 페러그린은 **어린애들**이라는 말을 일부러 비난하듯 강조했고, 그래서 마치 그 낱말을 우리 얼굴에 던져버린 기분이 들었다.

엠마가 이마를 찌푸리는 것이 보였다. "페러그린 원장님?" 그녀가 말했다.

페러그린 원장은 마치 어디 감히 할 말이 있으면 해보라는 듯이 신경질적으로 몸을 돌려 엠마를 마주 보았다. "**대체 무슨 일인가, 블룸 양?**"

"우리는 더 이상 어린애가 아니에요."

"아니, 너희는 어린애다. 오늘 너희가 그걸 증명했잖아." 그러고는 페러그린은 방향을 홱 틀어 방에서 성큼성큼 걸어 나갔다.

페러그린이 떠난 자리엔 아득한 정적만이 남았다. 그녀의 발소리가 집 안을 벗어나 완전히 희미해지자 친구들이 목소리를 되찾았다.

"너 진짜 못되게 굴었어, 포트먼. 너 때문에 원장님이 더 화나셨어. 그 여자애에 대한 이야기를 그렇게 주절주절 늘어놓다니!"
에녹이 말했다.

"너희들 중 한 사람이 아직도 그 루프에 남아 있다면 우린 전
부 다 걱정을 했을 거야. 그런데 왜 그 애 걱정은 하면 안 돼?"내
가 말했다.

"그건 네가 상관할 바가 아니야. 페러그린 원장님이 말씀하
셨듯이."브로닌이 웅얼거렸다.

"그 사람들이 누어를 **죽이거나** 하진 않을 거 아냐. 버려진 건
물 같은 데서 헬리콥터를 피해 숨어 있는 것보다는 레오의 사람
들과 있는 게 더 안전할 거야."에녹이 말했다.

"그건 우리도 모르는 일이야! 우리 임무는 그 애를 안전한 루
프에 데려다주는 거였어, 그냥 아무 데나 버려두고 오는 게 아니
라……"

"빌어먹을 그 **임무**는 좀 잊어버려! 더 이상 임무 따위는 없어!
임무는 끝났다고! 시작부터 어리석은 임무였어!"엠마가 폭발했
다.

"동감, 동감, 동감이야. 우린 그런 일이 있었다는 것조차 그냥
잊어버리고 임브린들이 우릴 용서해주길 빌어야 해."브로닌이 말
했다.

"부분적으로는 그들 잘못이기도 해!"내가 말했다. "무슨 일
이 벌어지고 있는지 임브린들이 우리한테 이야기만 해주었더라
도 이런 일은 생기지 않았을 거야. 그들이 평화 협정 같은 걸 준비
하는지 내가 그걸 어떻게 알겠어……"

"이번 일을 임브린 탓으로 돌리려고 하지 마."브로닌이 말했

다.

"저들은 우릴 멍청이 취급하고 있어! 너희들도 너희 입으로 다들 그렇게 말했었잖아!" 내가 말했다.

"네 생각은 모르겠지만, 미국인들이 어떻게 사는지 보고 나니까 나는 우리한테 임브린이 있다는 게 **기쁘고**, 절대로 다시는 임브린에 대해서 불평하지 않을 거야. 그러니까 지금부터 우리가 하려는 일이 그거라면 부디 나는 빼줘." 브로닌이 말했다.

"난 불평을 하는 게 아니야, 내가 하려는 말은 그냥······"

"우린 임브린들과 동등한 존재가 아니야, 제이콥. 그건 너도 마찬가지야. 내 말은, 영혼의 도서관에서 모든 사람들을 위해 네가 했던 행동은 정말로 위대하지만, 단지 네가 유명한 영웅이고 사람들이 네 사인을 받으려고 한다는 이유만으로 네가 임브린만큼 중요한 사람이라는 의미는 아니란 거야."

"내가 그런 사람이라고 말한 적 없어."

"글쎄, 넌 지금 그런 것처럼 행동하고 있어. 그러니까 페러그린 원장님이 너한테 비밀을 감추었다면 그건 당연히 이유가 있었을 게 분명해, 그리고 내 의견은 이게 끝이야."

브로닌은 나머지 아이들을 침묵 속에 버려둔 채 돌아서서 밖으로 나가버렸다.

"나머지 너희들은 어때?" 내가 물었다.

"우리한테 뭐 어떠냐니, 뭐가?" 엠마가 따지듯이 물었다.

"독립적인 존재가 되면 어떤 일이 벌어질까? 우리 스스로 모든 결정을 내린다면? 원장님이 지금 우리한테 열받은 이유도 결국은 전부 그거 아냐?"

"일부러 멍청한 척 고집부리지 마. 우리 때문에 전쟁이 시작될 수도 있었어." 에녹이 말했다.

"페러그린 원장님은 우리한테 화를 낼 정당한 권리가 있어." 엠마가 말했다.

"종종 우리가 어린애들 취급을 받았다는 건 나도 동감이야. 하지만 독립심을 주장하기엔 하필 우리가 나쁜 때를 골랐어." 밀라드가 말했다.

"그건 우리가 알 수 없는 노릇이었어. 하지만 우리가 실수를 하나 했다는 이유로 완전히 포기해야 하는 건 아니잖아." 내가 말했다.

"응, 맞아. 이번 경우엔 그런 의미가 맞아. 난 묵묵히 고개 숙이고 굴뚝 청소나 열심히 하면서 곧 모든 상황이 정상으로 돌아가길 빌 거야." 에녹이 말했다.

"참 영웅적인 발언이네." 내가 말했다.

에녹은 웃음을 터뜨렸지만, 내 말에 그가 상처를 입었다는 걸 알 수 있었다. 내 침대 곁으로 다가온 그는 주머니에서 시든 데이지 몇 송이를 꺼내 담요 위로 집어던졌다. "너도 영웅은 아니야. 넌 에이브 포트먼이 아니고 절대로 그렇게 될 수도 없어. 그러니까 제발 그렇게 되려는 노력은 집어치워." 그러고는 에녹도 가버렸다.

나는 얼어붙은 느낌이었다. 무슨 말을 해야 할지 알 수가 없었다.

"나도 가보는 게 좋겠다." 밀라드가 중얼거렸다. "원장님이 오해하시는 건 원치 않아, 혹시라도 우리가……"

밀라드가 뒤에 한 말은 잘 들리지 않았다.

"뭐? 음모라도 꾸민다고 할까 봐?"

"그 비슷해." 그가 말했다.

"다른 아이들은 어때? 걔들도 나를 보러 온대?" 임무를 위해 우리가 떠난 이후로는 호러스나 휴, 올리브, 클레어를 줄곧 보지 못했는데, 그때가 엄청 오래전 일 같았다.

"아마 안 올걸. 나중에 보자, 제이콥." 밀라드가 말했다.

나는 이런 마무리가 마음에 들지 않았다. 나만 이쪽에 있고 모두들 다른 편으로 갈라서서 우리 사이에 줄이 그어진 느낌이었다.

밀라드가 나서자 그가 입은 재킷과 바지가 문밖으로 둥둥 떠서 멀어져갔다. 이젠 엠마와 나 단둘뿐이었는데 그녀 역시 출입문 쪽으로 갔다.

"가지 마." 갑자기 수치스러운 절박함에 사로잡히며 내가 말했다.

"정말로 가봐야 해. 미안해, 제이콥."

"이렇게 다 끝낼 필요는 없어. 이건 그냥 후퇴일 뿐이야."

"그만둬. 제발." 엠마의 눈가에 눈물이 맺혔고, 나 역시 눈물이 핑 도는 걸 깨달았다. "끝이야. 이렇게 끝이어야 해."

"어떻게든 H한테 전화를 걸어서 무슨 일이 있었는지 다 이야기하고, 다음엔 어떻게 해야 하는지……"

"잘 들어, 제이콥. 제발 잘 들어." 엠마는 손바닥을 마주 겹쳐 간절히 기도하는 사람처럼 손가락 끝을 자기 입술에 댔다. "넌 에이브가 아니야. 넌 에이브가 아닌데, 그렇게 되려고 계속 노력하다가 결국 네가 죽게 될까 봐 난 두려워." 천천히 엠마가 돌아서자 문틀이 액자처럼 그녀를 감쌌고, 결국 그녀는 떠나갔다.

ᵔ

나는 길에서 들려오는 소음에 귀를 기울이며, 생각에 사로잡혀, 꿈을 꾸며, 기묘한 가루를 내게 뿌려주려고 라파엘이 들어올 때마다 그와 대화를 나누며 침대에 누워 있었다. 계속해서 뒤숭숭한 꿈을 꾸다 말다 했다. 나의 감정은 분노와 후회 사이를 오갔다. 그렇다, 나는 친구들에게 버림받은 심정이었고, 그들을 더 이상 친구라고 불러도 좋을지 의아하기도 했지만 그들이 왜 내 편을 들어주길 거부했는지도 한편으로는 이해가 되었다. 그들은 나를 위해 많은 것을 감수했고 그러다가 모든 것을 잃을 뻔했다. 누구라도 이상한 세계에서 추방될 수 있다는 사실을 나는 몰랐지만, 이번 일로 우리 모두 그 단계에 가까워졌으리라는 점은 상상이 갔다.

엠마가 나에게 했던 행동, 나에게 했던 말, 그리고 매몰차게 떠나간 것 때문에 나는 그녀에게도 화가 났다. 하지만 동시에 우리 관계가 깨져버린 것이 내 잘못은 아닐까 궁금했다. 엠마가 오랜 세월 일부러 피해왔던 옛날 감정을 향해 내가 억지로 밀어붙였다면? 에이브 할아버지의 지하 창고에 들어가지 않았더라면, H에게 전화를 걸지도 않고, 엠마를 이런 일에 절대 끌어들이지 않았다면, 우리 둘은 아직 함께였을까?

그리고 페러그린 원장님. 원장님은 숨이 꽉꽉 막히고 좌절감을 안겨주고 잘난 척할 때가 있지만 나에게 화를 낼 이유가 분명 있었다. 임브린들에게 내가 느꼈던 절망감과 부모님에 대한 분노를 떠올리자, 이 모든 상황에 대한 내 나름의 이해심이 언짢을 정도로 폭발했다. 진짜 문제는 내가 제대로 준비되지 않은 상태에서 세상을 헤쳐 나가려고 했다는 점이었다. 이상한 세계의 우주는 심오하게 복잡했고, 긴 세월을 보내며 거의 평생 동안 이 세계를 연구해온 나의 친구들조차도 이곳의 규칙과 전통과 분류 체계와 역사에 대해서 아직 제대로 파악하지 못하고 있었다. 우주비행사들이 우주에 나갈 준비를 하는 것처럼 신참들은 체계적인 훈련과 연구가 필요했다. 하지만 페러그린 원장님의 루프가 붕괴되었을 때 나는 다른 선택의 여지없이 스스로 내 목숨을 구하기 위해 헤엄쳐 나가도록 이 세상에 내던져졌다. 뜻밖의 행운과 이상한 재능, 그리고 친구들의 용감함이 절묘한 조합을 이루면서 기적적으로 나는 살아남았고 심지어 승리를 거둘 수 있었다.

그러나 행운은 늘 기댈 수 있는 수단이 될 수 없었다. 나의 실수는 이번에도 또다시 뛰어들면 어떻게든 모든 게 잘 풀려나갈 것이라고 생각했다는 점이었다. 홧김에, 그리고 순전히 혼자만의 기분에 취해서 나는 다시 깜깜한 물속으로 뛰어들었고, 더불어 친구들을 몇 명이나 억지로 끌어들였으며, 그것은 현명하지 못했을 뿐만 아니라 궁극적으로는 잔인한 짓이었다. 그러다가 나는 정말로 죽음의 코앞까지 갔었다.

나는 준비도 안 된 주제에 자신감이 지나쳤다. 그 점에 대해서는 나도 페러그린 원장님을 비난할 수 없었다. 그러므로 나는 원장님에게나 친구들에게 화를 낼 수 있는 처지도 아니었다. 생각을 깊이 더 하면 할수록 점점 더 치밀어 오르는 나의 분노는 엉뚱한 사람을 향해 몰려갔다. 곁에 있지도 않았던 사람이었다. 이젠 살아 있지도 않은 사람이었다. 바로 할아버지였다. 할아버지는 평생 내가 어떤 사람인지 알고 있었다. 이상한 종족으로서 할아버지는 언젠가 내가 어떤 삶을 맞닥뜨릴지 잘 알았다. 하지만 할아버지는 그에 대해 나를 전혀 준비시켜주지 않았다.

왜일까? 4학년 때 내가 할아버지한테 무례하게 굴었기 때문일까? 내가 할아버지의 마음에 상처를 주었기 때문일까? 할아버지가 그토록 옹졸할 거라고는 믿기 어려웠다. 그게 아니라면 혹시, 페러그린 원장님이 언젠가 의견을 제시했듯이, 내가 고통을 겪지 않기를 바란 할아버지의 배려였을까? 할아버지는 내가 평범한 사람처럼 느끼며 자라기를 원했기 때문일까?

그렇다면 얼핏 보기엔 다정한 생각이었다. 하지만 약간만 더 깊이 들여다보면 그렇지가 않았다. 할아버지는 **다 알고** 있었기 때문이다. 할아버지는 이곳에서도 살았고, 이렇게 복잡하고 피비린내 나고 분열된 미국의 이상한 세계에서도 산 적이 있었다. 할아버지가 정말로 내가 고통을 겪지 않기를 바라는 마음으로 진실을 밝히지 않았다면, 그로 인해 내가 위험에 처하게 되리라는 것도 알았을 것이다. 할로우들은 절대로 나를 잡지 못한다 해도, 결국 이상한 미국인들의 범죄 조직이 나의 존재를 알아차리고 찾아냈을 것이다. **그런** 식으로, 어느 비정한 노상강도가 포상을 받으려고 찾아낸 떠돌이 존재로서 내가 이상한 종족임을 알게 되었다면 나의 놀라움이 얼마나 컸을지 상상해보라.

에이브 할아버지는 나에게 지도 하나, 열쇠 하나, 단서 하나도 남기지 않고 나를 떠나갔다. 나에게 이야기를 해주는 것이 자신의 의무였음에도 할아버지는 그러지 않았다.

할아버지는 어떻게 그렇게 경솔할 수 있었을까?

신경을 쓰지 않았기 때문이지.

내 머릿속의 고약한 작은 목소리가 다시 돌아왔다.

할아버지가 신경을 쓰지 않았다는 것을 나는 믿을 수가 없었다. 무언가 다른 이유가 반드시 있을 것이다.

그러자 그 이유를 알 만한 사람이 아직 살아 있다는 사실이 떠올랐다.

"라파엘?"

뼈 치료사가 움찔했다. 그는 창가에 놓아둔 의자에 앉아, 새벽의 푸른 여명을 온몸으로 받으며 잠을 자고 있었다.

"네, 포트먼 나리."

"이 침대에서 빠져나가야겠어요."

☙

세 시간 뒤 나는 다시 일어나 돌아다닐 수 있게 되었다. 한쪽 눈엔 보라색 멍이 들었고 갈비뼈는 아직도 아팠지만, 그 외엔 라파엘이 보여준 기적의 힘 덕분에 전체적으로 기분이 괜찮았다. 나는 벤담의 팬루프티콘을 향해 가능한 한 눈에 띄지 않게 길을 거슬러 돌아갔으나, 아침나절의 바쁜 움직임이 본격적으로 시작되어 사방에 사람들이 돌아다녔고 두어 번은 걸음을 멈추고 사인을 해주어야 했다. (사람들이 나를 알아볼 때마다 아직은 매번 놀라웠다. 인생의 대부분을 평범하고 아무것도 아닌 존재로 살아왔던 터라, 지금도 누군가 내게 접근할 때마다 먼저 드는 생각은 사람들이 나를 다른 사람으로 착각했을 거라는 짐작이었다.)

악마의 영토를 벗어나면 안 된다는 것은 나도 알고 있었다. 나를 목격한 누군가가 페러그린 원장에게 보고를 할지도 모른다는 위험 역시 감수하는 중이었다. 하지만 그것은 내 걱정거리 목록의 우선순위에 없는 내용이었다. 나는 그럭저럭 건물 현관을 통과했고 중앙 로비를 지나 아무에게도 들키지 않은 채 팬루프티콘 통로로 들어가는 데 성공을 거두었다. 팬루프티콘 입구의 직원은 나를 알아보았지만 내가 집으로 간다고 말하자 손을 흔들며 들여보내주었다. 나는 여행객들로 붐비는 로비를 뜀박질로 가로질러 심사관 책상에 앉은 관리자들과 열린 문틈으로 왕왕 울리는 샤론의 목소리를 지나쳤다. 긴 복도의 모퉁이를 돌아 더 짧은 복도로 들어선 나는 A. 페러그린과 아이들 전용이라는 문패가 달린 빗자루 보관함을 발견했고 안으로 뛰어들었다.

화분 창고에서 밖으로 걸어 나오자 플로리다의 오후 태양이 비스듬히 저물면서 후텁지근한 열기가 나를 반겼다.

친구들은 악마의 영토에 있었다. 부모님은 아시아를 여행 중이었다.

집은 비어 있었다.

나는 집 안으로 들어가 거실 소파에 앉아서 주머니에 든 휴대전화를 꺼냈다. 아직 배터리가 조금 남아 있었다. 나는 H의 번호를 눌렀다. 벨이 세 번 울리고 남자가 전화를 받았다.

"홍스입니다."

"H와 통화하고 싶어요."

"기다려요."

수화기 너머로 사람들 목소리와 접시가 부딪치는 소음이 배경음으로 들렸다. 그러더니 H가 전화를 받았다.

"여보세요?" 그가 조심스럽게 말했다.

"제이콥이에요."

"지금쯤은 임브린들이 널 가둬놓고 못 나오게 감시하고 있을 줄 알았는데."

"그런 건 아니지만 다들 굉장히 화가 났어요. 내가 당신한테 전화를 걸고 있다는 것까지 임브린들이 알게 되면 기뻐하지 않을 거란 점은 확실해요."

H가 껄껄 웃었다. "당연히 그렇겠지." H도 나에게 화가 났을 거라는 걸 알고 있었다. 그의 목소리에서 화가 묻어났다. 그러나 그는 이미 나를 용서한 것 같았고, 어쩌면 우리가 대화를 나누기 이전에 이미 마음이 풀렸을 것이다. "애야, 네가 무사해서 다행이다. 네 걱정을 많이 했어."

"알아요. 나도 내 걱정을 많이 했어요."

"넌 대체 왜 내 말을 듣지 않았니? 이젠 상황이 전부 엉망이 되고 말았어."

"알아요. 죄송해요. 바로잡는 걸 도울 수 있게 해주세요."

"고맙지만 됐다. 넌 충분히 할 만큼 했어."

"당신이 내게 임무를 중단하라고 말했을 때 일을 중단했어야 옳았겠죠. 하지만……" 혹시라도 이런 말을 하면 비난처럼 들릴까 봐 걱정한 나는 약간 머뭇거렸다. "왜 우리가 불법적인 일을 하고 있다는 말을 미리 해주지 않았어요?"

"**불법**이라니? 그런 소리는 어디서 들은 게냐?"

"그게 파벌들의 법이래요. 미접촉 상태의 이상한 아이를 함부로 데려갈 순 없대요……"

"우리는 누구든 가고 싶은 곳으로 갈 자유가 있다. 그런 자유를 빼앗는 법은 무시해야 해."

"음, 나도 동감이에요. 하지만 임브린들은 파벌들 사이에서 평화 협정을 맺게 하려고 협상 중이었고 그래서……"

"내가 그걸 몰랐을 것 같니?" 실망한 목소리로 그가 말했다. "파벌 일당들은 자기들이 원하면 언제든 전쟁을 벌일 거다. 그러니 누구든 그게 너나 나 때문이라는 생각을 심어주려는 사람이 있거든 속아 넘어가지 마라. 어차피 빌어먹을 패거리들이 서로 싸움을 벌일지 말지 여부보다 훨씬 더 중요한 일이 위태로운 지경이니까."

"정말로요? 그게 뭔데요?"

"그 여자아이 말이다."

"누어 얘기로군요."

"당연히 그 아이 얘기지. 그리고 다시는 그 아이 이름을 소리 내어 부르지 마라."

"그 애가 왜 그렇게 중요한데요?"

"안전이 보장되지 않은 전화선으로 그런 이야기를 하고 싶진 않다. 게다가 넌 알 필요도 없어. 사실 애당초 널 이번 일에 끌어들여선 절대 안 되는 일이었다. 좀 더 신중하게 판단했어야 했는데 다 내 잘못이다. 또한 내가 했던 약속을 어겼다는 것 때문에 괴롭다. 그 때문에 넌 거의 죽을 뻔했어."

"무슨 약속요? 누구랑요?"

잠시 정적이 흘렀다. 전화가 끊겼나 잠깐 생각했지만 배경음으로 접시 부딪치는 소리가 아직 들려왔다. 마침내 그가 말했다. "네 할아버지하고."

그 말을 듣자 나도 처음 H에게 전화를 걸려고 했던 이유가 떠올랐다.

"왜요? 할아버지는 왜 저한테 아무 이야기도 해준 적이 없을까요? 할아버지는 왜 나에게 비밀을 지키라고 당신에게 부탁했을까요?"

"너를 보호하고 싶었기 때문이다."

"그건 절대로 불가능한 일이었어요. 괜히 나만 완전히 준비 안 된 상태로 남겨지고 말았다고요."

"에이브는 언젠가 네 정체를 너에게 이야기해줄 생각이었다. 하지만 너무 일찍 세상을 떠나는 바람에 직접 전하지 못한 것뿐이야."

"그럼 할아버지는 나를 무엇으로부터 보호하려고 했던 건데요?"

"우리 일로부터. 에이브는 네가 개입하는 걸 원하지 않았다."

"그러면서 할아버지는 왜 임무 중에 나한테 엽서를 보냈죠? 나를 위해 만들어준 지도는 또 뭐고요? 집 지하실에 만들어놓은 창고 비밀번호는 왜 내 별명으로 했을까요?"

H가 깊이 숨을 들이마셨다가 천천히 내뱉는 소리가 들려왔다. "네 할아버지는 응급 상황을 대비해서 너에게 도구를 남겼던

거다. 하지만 그뿐이었어. 아무튼 미안하지만 이제 난 막 나가려던 참이었다."

"무슨 일인데요?"

"마지막으로 일을 하나만 할 거다. 그런 다음엔 정말로 은퇴할 거야."

"그 아이를 되찾으려는 거 맞죠?"

"너하고는 상관없는 일이다."

"기다려주세요. 나도 같이 갈게요. 나도 돕고 싶어요. **부탁이에요.**"

"고맙지만 됐다. 아까도 말했다시피 넌 충분히 할 만큼 했다. 그리고 넌 명령을 잘 따르지 않더구나."

"앞으로는 잘 따를게요. 약속해요."

"알겠다, 그럼 지금 이 명령을 잘 들어라. 넌 원래 네 인생으로 되돌아가라. 임브린들의 품과 안전한 너의 작은 세계로 돌아가거라. 넌 아직 이런 일에 준비가 되지 않았기 때문이다. 어쩌면 나중에 언제고 네가 준비가 됐을 때 우린 다시 만날 수도 있을 거다."

그러고는 그가 전화를 끊었다.

제 19 장

chapter nineteen

나는 전화기를 손에 들고 우리 집 거실에 서서 끊어져버린 전화선의 정적에 여전히 귀를 기울이고 있었다. 가슴이 쿵쾅거렸다. 내가 H가 있는 곳으로 가야 했다, 그것도 빨리. 내가 그를 도와주어야 했다. 그렇다, 난 풋내기이고 경험도 없지만, 그는 늙었고 훈련도 부족했다. 그는 인정하려 들지 않겠지만 그에겐 내가 필요했다. 하지만 한 가지에 관해서는 그가 옳았다. 내가 명령을 따르는 데 형편없다는 점이었다. 에효, 암튼. 어쩌면 실낱같은 기회일 수도 있겠지만, 이 시점에서 나로선 손에 닿는 대로 붙잡는 수밖에 없었다.

우선 H부터 찾아야 할 것이다. 다행히도 나는 어디부터 찾기 시작해야 하는지 정확히 알았다. 그의 전화번호를 처음 알게 된 종이 성냥에 적힌 주소였다. 그곳은 맨해튼 어딘가에 있는 중국 음식점이었다. 이번에 H에게 전화를 걸었을 때 나는 배경음에서 음식점에서 나는 것 같은 소리를 들었다. 요리로 바쁜 주방이나 식기를 정리하는 곳인 듯했고, 그곳에서 일을 하는 사람이 전화를 받은 게 틀림없다고 생각했다. H는 그곳의 뒤쪽이나 위층에 살고 있을 것이다. 식당 이름과 주소는 성냥에 적혀 있었으므로 그곳을 찾는 건 쉬운 일이었다. 다만 내가 뉴욕으로 건너가야 했다.

이번엔 짐을 따로 꾸리거나 특별한 것을 하나도 챙기지 않았다. 나는 여러 날 동안 계속 입었던 옷을 갈아입었다. 그 옷엔 피도 묻어 있었고 약간 고약한 냄새도 풍기기 시작했다. 그러고 나서 나는 뒷문으로 달려 나가 곧장 화분 창고로 뛰어 들어갔다. 일단 루프의 반대편으로 나가 팬루프티콘의 복도에 당도한 나는 어디로 가야 할지 정확하게 알았다. 페러그린 원장은 팬루프티콘 위층에 있는 복도 중간쯤에 있던 문을 통해 우리를 뉴욕에서 데리고 나왔다. 전날 지나왔던 길을 그대로 되밟아가기만 하면 되는 일이었다. 뛰어가면 너무 많은 시선을 끌 것 같아서, 여행객들이나 환승 관리자들이나 접수원들이 아무도 나를 알아보지 못하기를 바라며 나는 고개를 숙인 채 빠르게 걸어갔다. 계단 입구까지 무사히 가는 데 성공한 나는 계단을 올라가 아무런 제지 없이 위층 로비에 진입했으나 돌연 거대한 검정 벽에 얼굴을 부딪치고 말았다.

그 벽이 말을 걸었고, 천둥처럼 울리는 낮은 목소리는 틀림없이 샤론이었다. "포트먼! 넌 렌 원장님의 새로 지은 동물원 루프에서 그림 곰 우리를 정리하고 있어야 하는 게 아니었던가?"

페러그린 원장은 내가 받은 벌이 무엇인지 말해주기도 전에 나가버렸지만, 어쩐 일인지 샤론은 다 알고 있었다. 민망한 소식은 빨리 번져가게 마련이다.

"그 얘길 어떻게 전해 들었어요?" 내가 물었다.

"벽에도 귀가 달렸거든. 나중에 너에게도 언제 한번 구경시켜주지. 벽에 달린 귀도 주기적으로 귀지를 파주어야 해."

나는 몸서리를 치며 머릿속에 떠오른 이미지를 지워버리려고 애를 썼다. "난 지금 저쪽으로 가는 길이었어요."

"이상하기도 하지. 그 루프는 아래층인데." 그는 팔짱을 끼며 몸을 수그렸다. "넌 이 동네에 엄청난 소란을 일으켰어, 알고 있지? 새들이 깃털깨나 날렸지."

"친구들과 나는 누구도 언짢게 만들 의도는 없었어요. 정말이에요."

"난 네가 나쁜 짓을 했다고 말하는 게 아니야." 그가 목소리를 낮추었다. "가끔은 깃털을 날려줄 **필요**가 있거든. 내 말 무슨 뜻인지 알려나 모르겠구나."

"암요." 나는 초조하게 발을 뒤채며 말했다. 이러다가 언제라도 임브린이 옆을 지나가다 나를 볼 수도 있는 상황이었다.

"임브린들이 운영하는 방식을 모든 사람들이 좋아하는 건 아니야. 그들은 자기들끼리만 모든 결정을 내리는 데 너무 익숙해졌어. 그들은 아무와도 의논을 하지 않지. 다른 사람들의 의견을 묻질 않아."

"무슨 뜻인지 나도 알겠어요."

"알겠어?"

그랬다. 하지만 그 순간에 그런 이야기를 나누고 싶지 않을 뿐이었다.

샤론은 더 가까이 다가서며 내 귀에 대고 속삭였다. 그의 숨결은 차가웠고 흙냄새를 풍겼다. **"다음 주 토요일 저녁에 도축장에서 모임이 있어. 너도 거기 오면 좋겠구나."**

"어떤 종류의 모임인데요?"

"그냥 생각이 비슷한 사람들끼리 이런저런 아이디어를 주고받는 모임이다. 네가 와준다면 아주 고마울 거야."

나는 그의 두건 안쪽을 들여다보았다. 암흑에 휩싸인 하얀 치아가 희미하게 빛났다. "갈게요. 하지만 내가 임브린들을 거역할 거라고 기대하진 마세요."

그의 후드 안쪽에서 빛나던 희미한 치아가 환한 미소로 바뀌었다. "지금 네가 가려던 곳이 바로 거기 아니었니?"

"그것보다는 상황이 좀 더 복잡해요."

"당연히 그렇겠지." 샤론은 허리를 펴고 원래 키로 버티고 섰다가 이어 내 앞길을 비켜주었다. "너의 비밀은 지켜주마."

샤론이 손을 내밀었다. "이게 필요할 거다." 그것은 티켓이었다. 한쪽에는 시간 관리국이라고 인쇄되어 있고 반대편에는 아무 데나라고 적혀 있었다. "미국 쪽 루프는 경비가 철저해. 그곳 상황이 워낙 긴박하거든. 그냥 아무나 보낼 수가 없다."

나는 그의 손에서 티켓을 받으려고 했지만 처음엔 그가 놓아주질 않았다.

"토요일 잊지 마라"라는 말을 한 다음에야 그가 손을 펼쳤다.

이젠 혼자 여행을 했으므로 장소를 이곳저곳 옮겨 다니는 것이 더 쉬웠다. 지난주엔 거의 내내 셋 또는 넷이나 되는 다른 사람들의 행방을 걱정하며 돌아다녔었는데, 이젠 어깨 너머로 일행의 속도를 확인할 필요도 없이 붐비는 로비를 내 마음대로 빨리 걸어갈 수 있었다. 인파를 쉽게 빠져나가 직원에게 티켓을 내미니 아주 자유로운 기분이 들었다. 책상 뒤 작은 의자에 앉아 있던 거구의 남자는 이제껏 단 한 번도 본 적 없는 아무 데나 티켓을 유심히 쳐다보았다.

"현대의 옷을 입고 있구나." 그가 나를 살펴보며 말했다. "의상부에 가서 시대 오류 확인은 받았니?"

"넵. 괜찮다고 했어요." 내가 말했다.

"그 사람들이 준 허가서도 받아뒀어?"

나는 주머니를 두들기며 말했다. "어, 네. 여기에 넣어둔 것 같은데……"

내 뒤로 줄이 길어졌다. 심사관은 혼자서 다섯 개의 문을 관리했고 인내심을 잃어가는 중이었다. "그냥 저기 문 안쪽에 걸린 외투 중에서 아무거나 골라서 가리고 들어가거라. 필요한 경우엔 주머니에 지도가 들어 있을 거다." 그가 나에게 들어가라는 손짓을 보냈다.

나는 그에게 감사 인사를 한 뒤 문으로 다가갔다. 작은 금제 문패엔 1937년 2월 8일, 뉴욕, 불록 백화점이라고 적혀 있었다.

안으로 들어간 나는 문 안쪽 고리에 걸려 있는 비상용 의상인 낡은 검정 외투를 걸쳐 입었다. 비좁고 특색 없는 방으로 걸어 들어가자, 순식간에 암전과 함께 이제는 익숙한 시간의 급격한 변화가 느껴진 다음, 문 너머로 달라진 소음이 들려왔다. 나는 백화점으로 걸어 들어갔다. 최근에 문을 닫은 것 같았다. 바닥에 텅 빈 선반과 먼지로 뒤덮인 벌거벗은 마네킹이 뒹굴고 있고, 신문지로 가려놓은 쇼윈도를 통해 새어 들어온 희미한 빛이 그 모든 소품들을 감쌌다. 정문 옆에는 졸음 가득한 경비원이 서 있었는데 방금 만나고 온 심사 직원과 상당히 비슷한 유니폼으로 보아 그도 우리 일원임을 알 수 있었다. 그가 하는 일은 나가는 사람을 막는 게 아니라 악마의 영토로 들어오는 사람들을 선별하는 것이었으므로, 짐도 없이 혼자 나타난 여행자는 그저 자신감 넘치게 목례를 살짝 하는 것만으로도 쉽게 통과할 수 있었다.

그리고 나서 거리로 나간 나는 어둑어둑한 겨울 날씨 속에서 6번가를 빠른 걸음으로 걸으며, 인도를 향해 새하얗게 뿜어대는 세탁소의 수증기와 군데군데 검게 쌓인 눈더미와, 올이 다 드러날 정도로 낡은 외투를 입고 덜덜 떨며 줄지어 지나가는 사람들과, 따뜻한 식사 단돈 1센트라고 적힌 안내문을 지나쳤다. 외투 주머니에 손을 넣어보니 간단하게 그린 지도가 잡혔다. 지도엔 백화점 루프 입구가 표시되어 있고, 700, 800미터 전방 앞쪽을 가리키는 루프의 장막 너머는 현재 세계였다. 지도엔 '읽고 난 뒤에 태울 것'이라는 글귀가 적혀 있었으므로 나는 남루한 옷을 입은 남자들이 옹기종기 모여 불을 쬐고 있는 드럼통 불길에 지도를 던져 넣었다. 나도 몸이 덜덜 떨리기 시작했으므로 뛰어갔다.

몇 블록 지나자 공기가 희박해지면서 내 주변에서 대기가 전율하기 시작했다. 짧은 거리를 지난 뒤 나는 루프의 장막을 통과해 1937년을 빠져나와 다시 현재로 되돌아갔다. 공기는 따뜻했고 순식간에 밝아지면서 건물들이 탑처럼 높이 치솟았다.

나는 택시를 잡아타고 운전기사에게 성냥에 적혀 있던 주소를 알려주었고, 10분 뒤 우리는 철제 비상계단을 외부에 두른 벽돌 긴물 앞에 당도했다. 거리로 이어지는 건물 1층엔 자그마한 중국 음식점, 홍스가 자리 잡고 있었다. 쇼윈도 안엔 오리가 매달려 있고 문 위엔 수술이 달린 홍등이 하나 걸려 있었다. 나는 택시비를 내고 가게 안으로 들어가 웨이터에게 H를 찾았다. 그는 어리둥절한 표정이었지만 성냥을 보여주자 그제야 고개를 끄덕이더니 나를 밖으로 데리고 나왔다.

그가 골목 하나를 가리키며 말했다. "뒤로 돌아가서 4호실이야. 집세는 수요일에 보내겠다고 전해라."

골목엔 공중전화가 있었다. 접이식 문이 달린 부스 안에 들어 있는 공중전화라니, 현대 뉴욕과는 어울리지 않는 기묘한 옛날 방식의 물건이었다. 공중전화 박스는 음식 볶는 소리와 접시 부딪치는 소리가 들려오는 홍스의 뒷문과 허름한 아파트 건물 로비로 들어가는 문 사이에 자리 잡고 있었다. 문을 밀고 들어가자 벽을 따라 우편함이 다닥다닥 붙어 있는 공간이 나타났고 반대편 끝엔 엘리베이터가 두 대 있었는데 한쪽엔 '고장'이라고 적혀 있었다.

몇 층일까? 엘리베이터 버튼을 누른 뒤 띵 소리와 함께 문이 열린 순간 나는 그것을 느꼈다. 할로우가 가까이 있을 때 내장을 찌르는 듯한 바로 그 느낌. 선연한 감각은 바로 지금 건물 안에 할로우가 있거나, 혹은 놈이 워낙 여러 번 드나들어서 지워지지 않는 흔적을 남겼다는 의미였다. 그런 할로우라면 H가 데리고 있는 녀석일 수도 있었다.

나는 엘리베이터를 타고 꼭대기 층 버튼을 눌렀다. 문이 삐걱거리며 닫혔다. 엘리베이터가 올라가기 시작했다.

엘리베이터가 올라가면서 배 속을 찔러대는 뾰족한 나침반 바늘 같은 통증이 변하는 것을 느낄 수 있었다. 처음엔 180도로 똑바로 위를 향하더니 올라갈수록 점점 각도가 내려왔다. 14층을 지날 때쯤은 거의 90도를 가리켰으므로 나는 재빨리 15층을 눌렀다.

엘리베이터가 멈추었다. 문이 열렸다. 즉각 나는 뭔가 심각하게 잘못되었음을 가리키는 두 가지를 알아차렸다. 첫 번째는 복도 한가운데로 핏자국이 흘러간 흔적이 있었다. 그것을 발견한 순간 발밑을 내려다보았다. 핏자국은 엘리베이터 뒤쪽 구석으로 이어졌고 빠른 속도로 양이 점점 많아져 웅덩이를 이루었다.

가슴이 두근거리기 시작했다. 누군가 다쳤고, 그것도 심하게 부상을 입었다.

두 번째는 긴 복도에 전혀 불빛이 없다는 점이었다. 전등이 하나도 보이지 않았다. 그저 어두컴컴할 뿐이었다. 벽도, 바닥도, 천장도 보이지 않았다. 그런데 내 배 속의 나침반은 곧장 어둠을 가리키고 있었다.

누어가 여기 있다는 의미였다. 누어가 여기 와 있고 무언가 끔찍한 일이 벌어졌다. 내가 너무 늦게 왔다.

어둠 속으로 이어진 핏자국을 따라서 복도를 전속력으로 달려갔다. 바닥을 딛는 내 발이 더는 보이지 않게 되자 나는 약간 속도를 늦추고 팔을 앞으로 뻗은 채 배 속의 통증이 인도하는 대로 따라갔다. 모퉁이를 돌다가 나는 누군가 복도에 버려둔 상자에 발이 걸려 비틀거렸다. 어둠 속으로 몇 걸음 더 성큼성큼 걸어간 뒤, 나침반 바늘이 급격하게 왼쪽으로 회전하며 어느 아파트 문을 가리켰다.

살짝 열린 문틈으로 마침내 희미한 불빛을 볼 수 있었다. 나는 어깨로 문을 열고 들어갔다. 강화 철로 만들어진 듯 뜻밖에도 문이 엄청 무거웠다. 불빛을 따라 짧은 현관 복도를 지나가자 더러운 냄비가 아무렇게나 쌓인 부엌이 보이고 그다음으로 방이 나타났다. 식물 화분이 빽빽하게 들어찬 우중충한 방엔 물리도록 달콤한 냄새가 자욱하게 배어 있었다.

한쪽 구석에 놓인 소파에 웅크리고 있는 사람은 누어였다. 누어의 몸에서 배어나온 불빛이 부드러운 주황색 조명처럼 방 안을 채웠다. 그녀는 움직임이 없었다.

나는 누어에게 달려갔다. 얼굴은 머리칼로 뒤덮여 있었다. 누어의 내면에서 번득이는 불빛에 눈이 부셔서 나는 눈을 찡그리며 조심스럽게 그녀를 똑바로 눕혔다. 목덜미에 손가락 두 개를 대어보았다. 손에 닿은 그녀의 살갗이 뜨거웠다. 잠시 후 나는 동맥과 맥박을 찾았고 안도의 한숨을 내쉬었다.

방 건너편에서 기이하고도 애절한 울부짖음이 들려왔다. 나는 몸을 홱 돌려 살펴보았다. H가 낡은 페르시아산 러그에 등을 대고 누워 있었다. H의 할로개스트는 주인 몸에 걸터앉아 근육질의 혀 하나로는 H의 허리를 감고 나머지 혀 둘로는 양쪽 손목을 감고 있었다. 놈은 당장이라도 H의 두개골을 깨고 뇌를 먹어버릴 듯한 모습이었다.

"저리 가!" 내가 소리치자 할로우는 울부짖음을 멈추고 나를 향해 거친 숨소리를 내뿜었다.

놈은 H를 죽이려는 것이 아니라는 깨달음이 찾아왔다. 놈의 친구가 죽어가고 있었다.

녀석은 **울고** 있었다.

나는 녀석을 달래어 쫓아버리려고 할로개스트 언어를 몇 마디 떠올렸다. 놈은 또다시 나에게 거친 숨소리를 내뿜었지만 마지못해 H의 손목에서 혀를 풀어낸 뒤 뒤뚱거리며 부엌으로 물러났다.

나는 노인 곁에 쭈그려 앉았다. 피가 그의 셔츠와 바지, 몸 아래 깔린 카펫까지 흠뻑 적신 상태였다.

"H. 제이콥 포트먼이에요. 내 말 들리세요?"

그의 의식이 또렷해졌다. 그의 시선이 나에게 고정되었다.

"빌어먹을 녀석, 넌 정말로 명령을 더럽게 안 따르는구나." 얼굴을 찡그리며 그가 말했다.

"어서 병원으로 가야겠어요."

나는 그의 몸 아래쪽으로 팔을 밀어 넣기 시작했다. 그가 아파하며 신음하자 부엌 쪽에서 할로개스트가 으르렁거렸다.

"괜한 생각 마라. 이미 난 피를 너무 많이 흘렸다."

"하실 수 있어요. 저랑 같이 병원에만……"

그가 몸을 확 비틀어 내 품을 벗어났다. "**싫다!**" 내가 충격을 받을 정도로 그의 목소리와 팔에선 강한 힘이 느껴졌지만, 이내 그는 다시 바닥으로 쓰러졌다. "허레이쇼에게 너를 공격하라는 명령을 내리게는 하지 마라. 이 근처엔 사방에 레오의 부하들이 우글거리고 있다. 내가 다시 밖으로 나가면 총알이 빗발치듯 쏟아질 거야."

누어가 구석에서 신음 소리를 냈다. 고개를 돌려 살펴보니 아직 눈을 감은 채로 누어가 소파에서 돌아눕고 있었다.

"아이는 괜찮을 거다. 잠자는 가루를 좀 많이 뿌려서 저 지경이지만 결국 깨어날 거야."

H는 움찔했고 그의 눈빛이 약간 투명해졌다.

"물."

나는 부엌으로 가려고 튕기듯이 일어났지만 세 걸음도 걷기 전에, 할로개스트의 혀 하나가 이미 내 옆의 허공을 가로질러 날아가더니 물이 찰랑거리는 컵을 가져왔다. H가 일어나 앉도록 내가 부축하는 사이 할로개스트의 혀는 놀라울 정도로 조심스럽고 다정한 움직임으로 그의 입에 물 컵을 기울였다.

H가 물을 다 마시자 할로우의 혀는 빈 컵을 가져가 커피 탁자 위에 내려놓았다. 컵받침 위에.

"저 녀석 훈련을 정말 잘 시키셨네요."

"지금쯤은 당연히 그래야지. 40년을 함께 지냈는데. 우린 결혼한 지 오래된 부부 같은 사이다." H는 고개를 숙여 자기 몸을 내려다보았다. "맙소사, 놈들이 나를 아주 스위스 치즈 꼬라지로 만들어놨구나." 그가 공중에 미세한 핏방울을 뿜으며 기침을 했다.

할로우는 신음 소리를 흘리며 궁둥이를 들썩거렸다. 녀석은 주방에서 기어 나와 근처에 쭈그려 앉았고, 검은 눈에서 흘러나온 기름진 눈물방울이 뺨을 지나 목에 묶고 있던 얼룩진 손수건 위로 떨어졌다.

H를 쳐다보다가 나도 갑자기 울고 싶어졌다. **또다시 이런 일이 벌어지고 있어**라고 생각하니, 가슴속에 서러운 흐느낌이 차올랐다. **난 또 한 사람을 잃어버렸어.**

나는 흐느낌을 꿀꺽 삼키고 어렵사리 입을 열었다. "무슨 일이 있었어요?"

"원래는 아주 쉬운 일이었어." H가 갈라진 목소리로 말했다. "간단하게 빼오면 되는 일이었지. 우리 둘을 그곳에서 데리고 온 허레이쇼가 아니었다면, 우린 지금쯤 둘 다 레오의 포로가 되어 있을 거다." 그가 한숨을 쉬었다. "내가 늙은 모양이다."

"왜 제 도움을 받지 않으셨어요?"

"너를 또 다치게 할 순 없었다." H는 무언가를 그려보는 듯 나를 지나쳐 천장을 물끄러미 바라보았다. "에이브의 특별한 손자. 갈대 상자 속의 아기 모세."

"그게 무슨 말씀이세요?"

그의 고개가 누어를 향해 돌아갔다. "이젠 네가 프라데시 양을 도와주거라. 나는 죽어가니 이젠 다른 사람이 아무도 없다."

"제가 무얼 해야 하는데요? 어디로 가요?"

"우선은 뉴욕을 벗어나라."

"악마의 영토로 돌아가면 돼요."

"안 된다. 임브린들은 저 아이를 다시 레오한테 돌려보낼 거야. 그들은 저 아이가 얼마나 중요한 인물인지 모른다." H는 점점 의식이 약해져 웅얼거리기 시작했다. "그건 저 아이 본인도 모른다."

"저 아이가 왜 중요해요?"

"잠 가루를 뿌리기 전까지 저 아이가 오늘 하루 동안만 내 목숨을 세 번이나 구해줬다는 거 아니? 내가 저 아이를 구해줘야 한다고 생각했는데 말이야." 그가 힘없이 소리 내어 웃었다. "전구를 꺼뜨리는 아이의 재주가 총알을 막지는 못한다는 게 안타까울 뿐이다."

그의 정신이 육신을 빠져나가는 중이었다. 그의 눈이 서서히 감기기 시작했다.

나는 그의 뺨에 손을 대고 거친 수염 자국을 어루만지며 억지로 나를 보게 했다. "H, 저 아이가 왜 중요한데요?"

"난 네 할아버지에게 맹세를 했었다. 너를 개입시키지 않겠다고."

"이제 그런 이야기를 할 단계는 지났어요."

H가 서글픈 듯 고개를 끄덕였다. "그런 것 같구나." 그가 불안한 숨을 들이마셨다. "저 아이는 출현이 예언된 일곱 중 하나다."

H가 나에게 무슨 말을 할지 나름대로 상상했던 그 모든 이야기 가운데, 그건 포함되지 않았다.

"이상한 세계를 해방시킬 사람들이지. **경외성경**(전거가 확실하지 않아 성경에 수록되지 않은 30여 편의 문헌. 구약외전과 신약외전으로 나뉨-옮긴이)에 그렇게 나와 있다."

"그게 뭔데요? 일종의 예언서인가요?"

"오래전부터 내려오는 글이다. 저 아이의 탄생은 새로운 시대의 도래를 알리는 신호다. 아주 위험하기 짝이 없는 시대지." 그는 고통스러워하며 인상을 찌푸리다 눈을 감았다. "그 사람들이 저 아이를 뒤쫓는 것도 그 때문이다."

"헬리콥터와 검은 차를 동원한 사람들 말이로군요."

"맞아."

"그들도 파벌 중 하나인가요?"

"아니. 그보다 훨씬 더 심각한 놈들이다. 평범한 인간들이 만든 아주 오래되고 아주 은밀한 비밀 집단이지. 우리 세계를 전복시켜……" 그가 움찔하더니 이를 악문 채로 숨을 들이마셨다. "우릴 통제하려는 자들이다." 이제 호흡이 부족해진 그는 말을 하다 말고 숨을 몰아쉬었다. "역사 강연을 할 시간이 없다. 저 아이를 V에게 데려가라. 그 사람은 우리 중에 마지막으로 남은 사람이다. 마지막 사냥꾼."

"V." 머리를 빠르게 회전하기 시작하며 내가 말했다. "에이브 할아버지의 업무 일지에서 봤어요. 할아버지가 직접 훈련시키셨다죠."

"그렇다. V는 거대한 바람 속에서 살고 있다. 누가 찾아오는 것을 원치 않으니 조심해야 한다. 허레이쇼, 금고 안에 있는 지도 좀……."

할로개스트가 끙 소리를 내더니 벽으로 성큼성큼 달려가 그림 하나를 옆으로 치우고 작은 금고를 드러냈다. 허레이쇼가 금고 다이얼을 돌려 번호를 맞추는 동안 나는 H에게 집중했다. 그의 몸이 축 늘어지는 것이 느껴졌다.

나는 그의 손을 꽉 움켜잡았다. "H, 꼭 알고 싶은 게 있어요."

그는 의식을 잃어가는 중이었고, 할아버지의 비밀을 알아낼 수 있는 마지막이자 최고의 연결 고리가 잘려 나가기 직전이라는 생각이 들자 문득 그간 내가 밀어두었던 어떤 생각 하나가 되살아났다. 이야기를 들은 이후 내가 줄곧 덮어두려고 애썼던 사실이었다.

"왜 누군가는 우리 할아버지를 살인자라고 부르죠?"

나를 쳐다보는 H의 눈빛에 새로이 힘이 생겨났다. "너한테 누가 그런 말을 했느냐?"

나는 그 가까이 몸을 수그렸다. 그는 몸을 떨고 있었다. 레오가 에이브 할아버지에 대해 비난하며 했던 말도 안 되는 이야기를 나는 재빨리 그에게 들려주었다. 그의 대손녀를 유괴했다는 것. 사람들을 죽였다는 것. 그냥 사람들이 아니라 **어린아이들**을.

H는 이렇게 말할 수도 있었을 것이다. **와이트들이 전부 누명을 씌운 거다.** 혹은 간단하게 **다 거짓말이다**라고 한다든지. 그러나 그는 그런 대답을 하지 않았다.

그가 말했다. "너도 알게 되었구나."

잠시 눈앞이 아득해졌다. 그러자 바이러스처럼 의심이 전신으로 퍼져나가기 시작했다. "그게 무슨 뜻이에요? **대체** 무슨 말을 하는 거예요?"

나는 H의 어깨를 움켜잡았다. 그를 마구 흔들었다. 할로개스트가 비명을 지르며 혀로 내 손목을 휘감아 나를 H한테서 떼어놓았다. 나는 방바닥을 가로지르며 미끄러져 탁자 다리까지 밀려갔다.

끔찍한 두려움이 나를 사로잡았다. 레오의 비난에 진실이 담겠을 수도 있다는 두려움이었다. 그것이 바로 우리 할아버지의 비밀이었던 것이다. 그는 내가 평범한 인간으로서의 묘미를 잃을까 봐 나를 보호하려 했다거나, 할로우로부터 또는 검은색 차를 타고 다니는 정체 모를 집단의 위험으로부터 나를 보호하려던 것이 아니었다. 그는 **자기 자신**으로부터 나를 보호하려 했던 거다.

나는 바닥에서 몸을 일으켰다. 할로우는 H를 굽어보며 그를 나의 시야에서 가린 채 나에게 거친 숨을 뿜어내고 있었다. 나는 할로우의 언어로 비키라고 명령을 내렸지만 놈은 나와 싸우고 있었다. 혹은 어쩌면 이젠 H와 할로우가 **둘 다** 나와 싸우고 있었을 것이다.

나는 할로개스트를 향해 달려가며 외쳤다. **저리 가, 가, 그를 놓아줘.** 그러자 놈은 시키는 대로 H한테서 풀쩍 몸을 날려 떨어지더니 천장으로 올라가 혀로 조명기구에 매달렸다. 아주 찰나의 순간이지만 나는 이상한 물체에 시선을 고정시켰다. 나무 모양의 공기 청정기가 천장에서 내려와 거의 숲을 이루었다. 물론 악취를 없애기 위함이었다. 할로우가 이곳에 **살고** 있기 때문이었다.

나는 H 옆에 무릎을 꿇었다. "죄송해요." 이번에는 나도 그에게 손을 대지 않았다. "제발 부탁이에요. 할아버지가 한 일을 말씀해주세요."

"저들이 우리를 속였다. 일곱 번이나 저들이 우리를 속였어."

"누가요? 뭘요?"

"그 비밀 집단."

나는 절반쯤만 귀를 기울이고 있었다. 내가 알고 싶은 것은 딱 하나였다. "우리 할아버지가 정말로 **아이들을 죽였어요**?"

"아니, 아니다."

"할아버지가 아이들을 **유괴**했어요?"

"아니야." H의 얼굴은 고통으로 뒤덮였다. 회한인 것도 같았다. "우리는……" 그가 가쁜 숨을 몰아쉬었다. "……아이들을 구하는 거라고 생각했다."

갑자기 현기증이 느껴지면서 나는 발뒤꿈치를 깔고 주저앉았다. **할아버지는 살인자가 아니었어. 나쁜 사람이 아니었어.** 그 생각이 얼마나 나를 무겁게 짓누르고 있었는지 미처 깨닫지 못했다. 그 생각 자체가 고통이었다.

"우리는 좋은 일을 많이 했다. 그러다 더러 실수도 저질렀지. 하지만 에이브의 마음은 언제나 옳은 곳에 가 있었다. **그리고 너를 아주, 아주 많이 사랑했어.**" H의 목소리는 이제 속삭임에 가깝게 작아졌다.

뜨거운 눈물이 솟구쳐 올랐다.

"죄송해요."

"아니다. 미안해하지 마라." 그가 마지막 남은 힘을 끌어 모아 내 팔을 어루만졌다. "횃불은 이제 네 손에 쥐여졌다. 네가 그것을 들고 가는 걸 도울 사람들이 더는 없다는 게 유감일 뿐이야."

"고맙습니다. 두 분 모두가 자랑스러워하시도록 노력할게요."

"네가 그럴 아이란 건 나도 알아." H가 미소를 지었다. "이제 때가 됐구나." 그가 천장을 올려다보았다. "허레이쇼, 이리 내려오렴."

나의 통제를 받은 할로우가 머뭇거렸다.

"내려오도록 해줘라. 오래전에 나는 저 가엾은 짐승에게 약속을 하나 했었다. 그러니 내가 죽기 전에 약속을 지켜야겠지. 내려오도록 풀어줘라." H가 말했다.

나는 자리에서 일어나 뒤로 물러나 놈을 풀어주었다. 할로개스트가 바닥으로 뚝 떨어졌다.

"이리 와, 허레이쇼. 내가 떠나고 있다는 게 스스로도 느껴지는구나. 어서 이리 와."

할로우가 H를 향해 기어갔다. 노인은 나를 피해 몸을 돌리려고 애를 썼다.

"넌 보지 마라. 이 장면을 나에 대한 너의 마지막 기억으로 남기고 싶지 않다."

할로개스트가 말을 타듯 H의 가슴에 올라앉았다. 무슨 일이 일어날 것인지 뒤늦게 깨달은 내가 할로개스트에게 어서 비키라고 명령을 내리려 했지만, 놈에게 고함을 질러도 H가 나를 막고 있었다.

나는 H가 할로우에게 속삭이는 소리를 들을 수 있었다.

"넌 정말 착한 녀석이었어, 허레이쇼. 내가 너에게 가르쳐주었던 걸 기억해라. 이제, 어서 시킨 대로 해."

할로개스트는 부들부들 떨며 울먹였다.

"괜찮아. 난 괜찮을 거다." H는 갈고리처럼 생긴 할로우의 손을 쓰다듬으며 다정하게 말했다.

그 일이 벌어진 순간 나는 시선을 피했지만, 그 소리만은 절대 잊을 수 없을 것이다. 다시 고개를 돌렸을 때, H의 눈은 사라지고 없었다. 안구를 파먹힌 텅 빈 눈구멍은 잘 익은 자두처럼 보였다. 할로개스트는 어깨를 부들부들 떨며 우적우적 씹어댔고, 괴로

움과 희열의 중간쯤 되는 소리를 내고 있었다. 잠시 후 놈은 마치 수치심에 휩싸인 듯 일어서서 천천히 방향을 돌리고 멀어졌다.

"난 너를 용서한다. 형제여, 난 너를 용서한다." H가 말했다.

그는 할로우에게 말을 하는 것이 아니라 허공에 대고 말을 거는 것 같았다. 유령에게.

그러고 나서 그는 숨을 거두었다.

할로개스트와 나는 H의 시신을 사이에 두고 서로 마주 보았다. 나는 놈에 대한 통제력을 되찾으려 했다.

앉아라.

주인이 죽었으니 다른 때보다도 이젠 놈을 통제하는 것이 더 쉬울 거라고 생각했다. 그러나 내 명령은 소용이 없었다.

두 번, 세 번 노력해보았지만 결과는 똑같았다. 놈이 나와 누어의 안구를 노리고 달려들려는 마음을 먹기 전에 나는 먼저 놈을 죽일 방법을 계획하기 시작했다.

할로개스트는 턱을 있는 대로 크게 벌리고 세 갈래 혀를 끝까지 뽑아내더니 끔찍한 소리를 질러댔다. 창문에 금이 갈지도 모른다고 생각될 정도로 소름 끼치도록 음조가 높은 비명이었다. 나는 근처 탁자에서 묵직한 황동 문진을 집어 들고 고약한 몸싸움에 뛰어들 태세를 갖추었다.

그러나 할로개스트는 나를 향해 다가오지 않았다. 놈은 뒤로 주춤주춤 물러났고, 몇 발자국 뒷걸음을 치다 벽에 부딪치자 움직임을 멈추었다. 그러자 할로우가 존재하는 곳에선 언제든 내게 그 방향을 알려주던 뻐근한 통증이 갑자기 한순간에 빠르게 사라졌다. 그와 동시에 괴물의 혀가 줄어들기 시작했다. 쪼그라들면서 도르르 말린 놈의 혀는 칙칙한 갈색으로 변했고, 그러다 이내 죽은 꽃처럼 시들어 바닥으로 떨어졌다.

벽에 몸을 기대고 있던 할로우는 방금 마라톤을 뛰고 온 것처럼 고개를 숙인 채로 가슴을 요란하게 오르내렸다. 그러더니 바닥으로 쓰러졌고, 놈의 몸이 격렬한 발작을 일으키듯 덜덜 떨리기 시작했다.

혹시라도 속임수인 경우에 대비하여 나는 조심스럽게 천천히 한 걸음씩 옮기며 방을 가로질러 가기 시작했다. 그러자 갑자기 시작된 것처럼 발작이 돌연 멈추었다. 그와 동시에 순간적으로 배 속의 통증이 완전히 사라졌다.

할로우가 몸을 움직이기 시작했다. 놈이 고개를 돌려 나를 올려다보았다. 놈의 눈은 더 이상 검은 눈물을 흘리던 구멍이 아니었다. 이제는 시간이 지날수록 회색으로 빛을 머금으면서 차츰 동공 없는 눈자위로 변하는 중이었다.

괴물은 다른 모습으로 변신하고 있었다. 놈은 와이트가 되는 중이었다. 필요하다면 묵직한 문진으로 머리통을 박살 낼 준비를 갖춘 채로 나는 메스꺼우면서도 홀린 듯 그 광경을 한동안 지켜보았다.

놈의 몸이 꿈틀거리기 시작했다. 흉강 안에 든 여러 장기들이 탈바꿈을 하듯이, 놈의 움직임은 자신도 모르게 생겨난 것 같았다. 할로개스트의 숨결처럼 축축하고 냄새 고약했던 놈의 호흡도 차분해지면서 고르게 변했다. 거의 생명체의 탄생 순간을 목격하는 기분이었다.

놈은 일어나 앉아 나를 쳐다보았다.

갑자기 떠오른 생각에 사로잡힌 나는 뒤로 한 걸음 물러났다. 이 생물은 오랜 세월 H의 꾸준한 동반자였다. 온갖 종류의 사건들을 눈으로 보고 들었을 것이다. 그런 놈이 이제 거의 인간이 되었다. 만일 놈이 무엇이라도 기억하는 게 있다면 어떤 것들을 기억할까? 할로개스트로 보낸 과거의 삶 가운데서 와이트는 얼마나 많은 부분을 간직하고 있을까? 그때의 기억은 얼마나 빠르게 사라져갈까?

"뭐라고 말을 해봐라. 말을 해." 내가 놈에게 명령을 내렸다.

놈은 그저 나를 빤히 응시할 뿐이었다. 끙 소리조차 내지 않았다. 어쩌면 와이트들은 가축들처럼 태어나자마자 일어서고 뛸 수도 있지만, 아무것도 알지 못하고 말도 못 하는 존재일지도 모른다.

놈은 팔을 뻗어 벽에 기댄 채 중심을 잡더니 천천히 일어났다. 놈은 소파 옆 작은 탁자까지 가까운 거리를 비틀비틀 걸어가더니 테이블보를 벗겼다. 순간적으로 나는 그 생물이 갑자기 자신이 벌거벗고 있다는 사실을 깨닫고 수치심을 느껴 허리에 두르려나 보다고 생각했다. 그러나 그러는 대신 놈은 H에게 비틀비틀 걸어가 그 옆에 무릎을 꿇더니 H의 얼굴에 테이블보를 덮어주었다.

그렇다면 놈이 무언가를 기억한다는 의미였다. H가 자신의 주인이었다는 사실을.

"말할 수 있겠어? 난 너의 목소리를 듣고 싶다." 내가 말했다.

놈은 멍한 표정으로 약간 몸을 앞뒤로 흔들며 고개를 돌려 나를 쳐다보았다. 놈의 입이 벌어졌다. 소리가 새어 나왔다.

"ㅇㅇㅇㅇㅇㅇㅇ"

말이 아니라 신음 소리였다. 그러나 아무 말도 안 하는 것보다는 나았다.

"그렇지. 넌 이름이 뭐야?" 내가 물었다.

놈은 고개를 양쪽으로 갸웃거렸다. 말을 만들어내려고 엄청나게 노력은 하는데 머릿속에 뿌연 안개가 구름처럼 꽉 들어찬 것 같았다.

놈은 다시 입을 벌렸다. 숨을 들이켰다.

꺅 하는 비명 소리가 정적을 깨뜨렸다. 누어가 깨어나 겁에 질려 소파에 앉아 있고, 와이트와 나, 그리고 테이블보 아래 시신으로 있는 H를 번갈아 쳐다보았다.

"괜찮아! 모두 다 괜찮아!" 내가 소리쳤다.

그러나 나의 긴장된 말투와 누어의 눈앞에 펼쳐진 광경은 내 말을 반박하고 있었다. 이제 할로우는 변신 중이었으므로 누구라도 알아볼 수 있었다. 잠에서 깨어나자마자 갑자기 끔찍한 광경을 마주한 누어의 내면에 든 불빛은 잠을 자는 동안 몸 안에서 맥박과 함께 조용히 고동치다가 이제 뾰족하게 빛나는 별이 되어 그녀의 목구멍을 타고 치솟는 중이었다. 나는 위험한 상황이 아니라고 거듭 설명하며 누어에게 다가갔지만, 그녀는 말을 할 수가 없는 듯 머리만 흔들고 있었다. 두려움에 질린 표정이었다. 나나 와이트나 시신 때문이 아니라 자신의 몸 안에서 일어나는 일을 멈추는 방법을 모르기 때문이었다. 이상한 아이로선 신참이라 누어는 아직 자신의 능력을 완전히 통제하지 못했다.

나는 바닥으로 몸을 날리며 양팔로 머리를 감쌌다. 벌어진 손가락 틈으로 나는 누어가 소파를 붙잡고 나한테서 고개를 돌리는 모습을 보았다. 빛으로 만들어진 재채기를 하듯이 누어의 코와 입에서 폭발이 벌어졌다. 깔때기 모양의 제트 엔진 같은 빛의 폭발이 허공을 지나 부엌까지 날아갔다. 벽과 바닥, 아파트 전체가 흔들렸다. 뜨거운 압력 파장이 나를 휩쓸고 지나가며 뒷덜미의 가느다란 솜털을 그을렀다. 타일이 쩍 갈라지고 접시가 깨지고 금속으로 된 물건들이 쨍그랑거리는 요란한 소음이 사방에서 들려왔고, 갑자기 눈부신 광선이 번쩍거려 나는 눈을 질끈 감았다.

빛이 다시 어두워지자 나는 고개를 들었다. 방 안엔 새로운 빛이 스며들었다. 누어한테서 뿜어져 나오던 은은한 주황색 불빛이 아니라, 깨진 유리창으로 새어 들어오는 환한 햇빛이었다. 부엌에선 연기가 솟구쳐 나왔다. 절반만 변신했던 할로우는 어디에서도 보이지 않았다. 폭발의 반동으로 소파에서 붕 날아올라 바닥으로 떨어진 누어는 방바닥에서 신음 소리를 내고 있었다.

"누어? 다쳤니?" 나는 천천히 일어나 앉았다.

"머리가 죽을 만큼 아파." 누어의 목소리가 들리더니 곧이어 소파 뒤쪽에서 그녀의 얼굴이 드러났다. "그것 말고는……" 누어가 자신의 모습을 살펴보았다. "구멍 난 덴 없어." 말을 하는 그녀의 입에서 연기가 새어나왔다. "너는?"

"난 괜찮아." 내가 말했다. "네가 나를 기억하는지 모르겠지만……"

"제이콥." 누어는 계속 소파 뒤에서 나를 지켜보았다. "네가 여긴 웬일이야?"

나는 좀 더 똑바로 자리를 잡고 앉았다. "널 도와주러 왔어."

"그건 통 쓸모가 없는 말이던데." 누어가 H를 쳐다보더니 움찔했다. "누구에게든." 그녀는 소파에 얼굴을 파묻었다. "이건 진짜로 일어나는 현실이 아니라고 계속 나 자신한테 이야기하고 있어." 그녀가 쿠션에 대고 말했다. "하지만 악몽에서 도저히 깨어나지 못하는 것 같아." 그녀가 고개를 들고 나를 쳐다보았다. "젠장. 너 아직도 여기 있네."

"이건 꿈이 아니야. 겨우 몇 달 전에 나도 똑같은 일을 겪었어. 네 기분이 어떤지 나도 정확히 알아."

"분명히 말하는데 넌 몰라. 대체 무슨 일이 일어나고 있는 건지 말이나 해봐."

"그러려면 몇 시간은 걸리겠지만, 요점만 추려서 말할게. 나쁜 사람들이 너를 손아귀에 넣고 싶어 해. 나는 좋은 사람들 편이야. 그리고 우린 가능한 한 빨리 뉴욕에서 벗어나야 해."

"넌 날 잘 알지도 못하잖아. 왜 나를 도우려는 거야?"

"설명하기가 약간 어려운데, 일종의 가업 같은 거야." 나는 등 뒤에 있는 H를 흘끔 돌아보았다. "게다가 난 약속을 했어."

"방금 네 이야기 중에 이해되는 게 하나라도 있는 것 같아?"

"차차 이해하게 될 거야." 나는 일어서서 그녀에게 걸어갔다. "걸을 수 있겠어?"

누어는 소파 팔걸이를 붙잡고 몸을 지탱해 자리에서 일어난 다음 한 걸음 앞으로 움직여보았다.

"그런 것 같네." 누어가 말했다.

"달리기는 어때?" 내가 물었다.

누어는 약간 몸을 흔들어보다가 소파에 털썩 주저앉았다. "아직은 기력을 회복하는 중이야. 그나저나 정확하게 어디로 달려가야 하는데?"

"V라는 사람을 찾으러. 그 사람은 H와 우리 할아버지랑 함께 일했었대. 그게 내가 아는 전부야."

누어는 웃음을 터뜨리며 머리를 흔들었다. "이건 미친 짓이야."

"언제나 그래. 너도 익숙해질 거야."

우리 뒤쪽에서 무슨 소리가 들려왔으므로 둘 다 동시에 고개를 돌려보니, 이전까지 할로개스트였지만 아직 완전히 와이트로 변하지는 않은 생명체의 새하얀 뒷모습이 눈에 들어왔다. 놈은 창틀을 양손으로 움켜쥐고서, 마치 건물을 장식하는 괴물 석상처럼 창문에 웅크리고 있었다. 금방이라도 뛰어내릴 듯 몸을 거리를 향해 내밀고 있었다.

누어는 쿠션 뒤로 몸을 움츠렸다.

"저 녀석 이름은 허레이쇼야. 이제껏 네 눈엔 보이지 않았겠지만 저 녀석은 항상 저 노인의 곁에 있었어." 내가 설명했다.

"이이이이이이." 절반만 할로우인 녀석이 어깨 너머로 우리를 돌아보며 말했다. 말을 하려고 애를 쓰는 것 같았다. "유우우우…… 우우우욱."

"6! 그게 네가 말하려는 거야?" 흥분한 내가 녀석을 향해 한 걸음 다가가자, 녀석은 경고의 비명을 내지르며 창틀을 잡았던 손을 놓으려고 했다.

나는 양손을 들어 올리며 얼어붙었다. "그러지 마!"

놈은 새로 태어났으면서 동시에 헤아릴 수 없을 만큼 늙은 존재였다. 그리고 너무도 극심하게 지쳐 있었다.

놈이 다시 입을 열었다.

"디이이이이이." 절반만 할로우인 녀석이 말했다.

누어가 소파에서 앞으로 당겨 앉았다. "방금 그거 D였지?"

"오오……오오"

"5." 내가 말했다.

나는 흥분한 얼굴로 누어를 쳐다보았다. "우리한테 말을 하고 있는 거야!"

"좌표 번호를 부른 것 같아. E-6. D-5. 지도에 적힌 것 같은." 누어가 말했다.

《시간의 지도》에 적힌 것처럼.

"폭풍 속에." 절반만 할로우인 녀석이 높고 떨리는 목소리로 말했다.

녀석은 말을 할 줄 알았다!

"폭풍의 한가운데."

"그게 뭔데? 폭풍의 한가운데 뭐가 있어?" 내가 물었다.

"네가 찾는 사람."

녀석은 창틀을 잡고 있던 한 손을 들어 올려 벽을 가리켰다. 벽에 숨겨져 있던 금고는 이제 완전히 모습을 드러내 활짝 열려 있었다. 누어가 만들어낸 폭발의 여파로 금고 문이 떨어져 나가 서류들이 바닥에 어지럽게 떨어져 있었다. 지폐 뭉치를 고정해놓은 머니 클립, 사진 한 장, 책 한 권, 아주 오래되어 닳고 닳은 지도

한 장. 나는 몸을 수그려 사진을 집어 들었다. 그것은 무시무시하게 음산한 하늘 아래 저 멀리 굴뚝 같은 검은 토네이도가 다가오는 소도시를 찍은 흑백사진이었다.

폭풍의 한가운데. 거대한 바람 속에.

나는 사진을 높이 들어 올렸다. "V를 찾으려면 우리가 이곳으로 가야 하는 거야?"

내가 다시 뒤를 돌아보았을 때 창문은 텅 비었고, 방금 전까지만 해도 절반만 변신한 할로우가 앉았던 곳엔 그저 커튼만 바람에 휘날리고 있었다.

나는 누어를 돌아보았다. "어떻게 된 거야?"

누어는 눈을 휘둥그렇게 뜬 채로 소파에서 일어나 창문으로 절반쯤 다가가 서 있었다. "그냥…… **손을 놔버렸어.**"

아래쪽 거리에서 사람들이 고함치는 소리가 들려왔다. 누어가 다급하게 아래를 내다보았다.

"안 돼! 사람들이 널 볼 수도 있어!" 내가 낮게 소리쳤다.

누어는 너무 늦게 움직임을 멈추었고 창문 아래로 몸을 숨겼다. "방금 사람들이 날 본 것 같아."

"괜찮아. 뒷문으로 빠져나가면 돼."

나는 지도와 돈, 사진을 챙겨 들고 창문 밑에 숨은 누어의 곁으로 갔다. 우린 서로 무릎을 마주한 채 둘 다 쭈그려 앉았고 바람이 불어와 우리 두 사람의 머리칼을 날렸다.

"준비됐어?" 내가 물었다.

"아니." 하지만 누어는 두렵지 않은 표정으로 도전하듯 나를 빤히 쳐다보았다.

"날 믿어?"

"젠장, 아니."

나는 웃음을 터뜨렸다. "그 부분은 노력해보면 되겠지."

나는 누어에게 손을 내밀었다.

누어가 내 손을 잡았다.

옮긴이의 말

　'무엇을 상상하든 그 이상을 보게 될 것이다'라는 문구를 꽤 흔하게 만난다. 상업 광고에서, 미디어 자막에서, 때로는 과장이 좀 심한 지인의 입에서도. 삐딱한 성정 탓인지 그러면 오히려 괜히 고까운 마음이 들면서, '그래? 어디 한번 두고 보자'는 마음이 든다. 내 상상력을 과소평가하나? 높아진 내 기대치를 정말 채울 수 있을까? 심술이 동하는 까닭이다.

　시리즈와 속편의 숙명은 더욱 처절할 수밖에 없다. 전작보다 나은 후속작이 많지 않은 이유도 그 때문일 것이다. 이미 눈높이가 올라간 데다, 더 무슨 이야기가 남았을까 의심부터 드니까. 하지만 기발한 이야기꾼들의 탁월한 상상력은 종종 독자나 소비자의 허를 찌르며 서사의 마력으로 우리를 사로잡는다.

　『페러그린과 이상한 아이들의 집』, 『할로우 시티』, 『영혼의 도서관』 3부작으로 독자들을 연달아 휘몰아치는 모험과 낯선 세계로 이끌었던 작가는 이제 배경을 본격적으로 미국의 현재와 과거로 옮겨 새로운 3부작을 선보인다. 애당초 관객으로서, 독자로서 『페러그린과 이상한 아이들의 집』 시리즈에 그야말로 '홀렸던' 이유는 여러모로 '이상한*peculiar*' 아이들이 따돌림을 받지도 않고 조금도 이상하게 여겨지지 않는 그들만의 다른 세상이 굳건히 존재하고 있다는 기본 세계관 때문이었던 것 같다. 현실에선 어떤 이유로든 '이상하다'고 규정된 아이들과 어른들을 쉽사리 손가락질과 차별을 일삼으며 배척한다. 특히 '이상한' 여자들은 마녀사냥의 역사에서 보듯 죽음으로 내몰리기 십상이었다. 어느 사회가 건전하고 공정한지를 평가하려면 구성원 중 아이들과 소수자들을 어떻게 대하는지 보면 된다고 한다. 그들이 불행하고 차별받는 사회일수록 갈 길이 멀다.

우리의 주인공들 역시 타고난 '이상함' 탓에 가족과 친구들과 공동체에게 버림받지만, 그들만의 세상에선 괴이한 재능을 소중하고 특별한 자산으로 인정받고 저마다 쓰임새를 찾는다. 페러그린을 비롯해 새로 변신 가능한 임브린들은 강력하면서도 사고의 유연함을 잃지 않는 가모장의 모습이다. 이들은 하나같이 파괴적인 초능력을 지닌 슈퍼히어로가 아니다. 전작에서 과욕을 부려 끔찍한 거대 괴물이 되기를 자처했던 이상한 종족은 파멸을 면치 못했다. 개성 넘치고 기묘한 능력을 지닌 등장인물들의 매력은 바로 그 소소하고 엉뚱하고 독특한 기이함에 있다. 우리는 엄청난 초능력으로 인류를 구하는 슈퍼히어로에 크게 열광하지만, 한편으론 소외된 괴짜 왕따 캐릭터에 대해서도 각별한 애정을 품는다. 누구나 가슴 한구석에 어두운 그늘을 드리운, 사람에게 상처받은 아픈 기억 하나쯤은 갖고 있기 때문일까. 아픈 손가락에 더 신경이 쓰이고 결핍을 지닌 주인공을 더 진심으로 응원하게 되는 공감의 연대 안에서 나도 모르게 위로를 받는다.

　어린이도 아니고 그렇다고 어른도 아닌 어중간한 상태로 시간에 갇혀 반복되는 나날을 견뎠던 주인공들은 이제 반항기를 마음껏 표출하는 십 대 청소년으로 성장하는 중이다. 게다가 이상한 세계가 지닌 힘과 비밀을 알고 있는 탐욕스러운 인간의 개입으로 더 깊어진 위험과 갈등은 새로운 국면을 맞았다. 그들의 미래가 어떻게 펼쳐질지, 또 어떤 괴이한 능력을 지닌 새로운 종족들을 만나게 될지 도무지 상상이 되지 않는다. 새로운 시리즈와 함께 처음 선을 보인 인물들에겐 또 어떤 비밀과 개인사가 감추어져 있을까. 거의 무정부 상태로 혼란의 도가니인 미 대륙의 이상한 세계를 임브린 위원회는 어떻게 감당할 것인가. 다음 작품인 『새들의 회의The Conference of the Birds』가 또 기대되는 이유이다.

　현대 디지털 기술이 온통 집약된 물건인 스마트폰으로 찍는 사진도 가끔은 일부러 흑백사진으로 바꾸거나 세피아 효과를 입혀 예스러운 느낌을 즐긴다. 확실히 흑백의 빛과 음영이 만들어내는 효과는 그윽하고 신비하다. 어떻게 보면 이번 작품은 흑백사진과 컬러사진이 공존하는 아련한 어린 시절의 가족 앨범 같은 느낌이었다. 익숙하면서도 낯설고, 신기하면서도 정겹고, 각각의 장면 뒤엔 내가 알지 못하는 이야기들이 분명 더 담겨 있을 것만 같다. 작품에 실린 묘한 느낌의 컬러사진들처럼 이상한 아이들의 모험도 더욱 다채로움을 띠기 시작했다. 에이브 할아버지가 남긴 과거의 단서를 찾아 현재의 난제를 풀어가는 제이콥의 여정에 계속 응원을 보낸다.

시간의 지도

초판 1쇄 펴낸날 2019년 12월 18일

지은이 랜섬 릭스
옮긴이 변용란
펴낸이 김영정

펴낸곳 폴라북스
등록번호 제22-3044호
주소 06532 서울시 서초구 신반포로 321(잠원동, 미래엔)
전화 02-2017-0280
팩스 02-516-5433
홈페이지 www.hdmh.co.kr

ISBN 979-11-88547-14-2 03840

* 폴라북스는 (주)현대문학의 새로운 종합출판 브랜드입니다.
* 책값은 뒤표지에 있습니다.

이 도서의 국립중앙도서관 출판예정도서목록(CIP)은 서지정보유통지원시스템 홈페이지
(http://seoji.nl.go.kr)와 국가자료종합목록 구축시스템(http://kolis-net.nl.go.kr)에서 이용
하실 수 있습니다. (CIP제어번호 : CIP2019047331)